鲁东大学文学名家系列丛书

赵曙光——著

# 赵曙光

## 文学作品选

山东人民出版社·济南
国家一级出版社 全国百佳图书出版单位

**图书在版编目（CIP）数据**

赵曙光文学作品选 / 赵曙光著. -- 济南：山东人民出版社，2019.9

ISBN 978 - 7 - 209 - 10755 - 6

Ⅰ.①赵… Ⅱ.①赵… Ⅲ.①长篇小说—小说集—中国—当代 Ⅳ.①I247.5

中国版本图书馆 CIP 数据核字(2018)第 287713 号

**赵曙光文学作品选**

ZHAOSHUGUANG WENXUE ZUOPINXUAN

赵曙光 著

主管单位 山东出版传媒股份有限公司

出版发行 山东人民出版社

出 版 人 胡长青

社 址 济南市英雄山路 165 号

邮 编 250002

电 话 总编室（0531）82098914

市场部（0531）82098027

网 址 http：//www. sd - book. com. cn

印 装 山东华立印务有限公司

经 销 新华书店

规 格 16 开（169mm ×239mm）

印 张 29

字 数 430 千字

版 次 2019 年 9 月第 1 版

印 次 2019 年 9 月第 1 次

印 数 1—1000

ISBN 978 - 7 - 209 - 10755 - 6

定 价 48.00 元

# 代 序

张清芳

赵曙光老师于20世纪50年代在北京大学中文系读书，大学毕业后又留在北大读研究生（四年制），师从王瑶老师。毕业后先是分配到四川大学任教，两年后因为气候不适应、水土不服等原因，辗转返回家乡任教，直至1988年在烟台师院中文系退休。赵老师从大学期间就喜欢文学创作，在毕业工作后也坚持利用业余时间进行创作，多次在《光明日报》《文汇报》等发表散文、诗歌作品，不过因为工作、家庭等种种事情缠身，他那时的作品并不很多。他的创作真正进入爆发期，反而是在退休之后，因为他有了更多的时间去周边不同的地方体验生活、了解生活，这激起了他巨大的创作热情，使他把自己的所见所闻、所思所想都化为创作素材，源源不断地写出小说、诗歌、散文。

我与赵老师相识于我博士毕业之后，记得大概八九年前赵老师有事到鲁东大学文学院的中国现代文学教研室，我当时也在，当赵老师知道我是北京大学中文系毕业的博士之后，特别高兴地称呼我为“校友”。从那之后，赵老师与我之间就经常联系，并常把他的作品送给我看，我就有机会拜读了他的很多作品。

赵老师非常勤奋和多产，写了多部散文集、诗歌集和几十篇短篇小说，只是因为现在文学作品市场化了，发表和出版很不容易，因此几十年来赵老师的作品公开发表的并不多。本选集共分为四辑，分别是诗歌、散文、短篇小说和一部长篇小说，这部题目为《凭眺渔姑口》的长篇小说构思于20世纪70年代末，成书于2004年前后，讲述了较为精彩的抗日战争故事，流宕着爱国主义热情。赵曙光老师的这些文学作品是他多年创作经验、生活经验的累积和体现，有一定的文学史价值，今年能够以《鲁东大学文学名家系列丛书·赵曙光文学作品选》的专书形式出版，真是可喜可贺！我这个校友也为赵老师感到特别高兴和自豪！特以此为序。

# 目 录

## 第一辑 诗歌

## 第二辑　散文

## 第三辑　短篇小说

## 第四辑　长篇小说·凭渔姑口

# 第一辑　诗歌

## 黄昏一瞬

一棵柳树下
坐着两老翁
不知谈什么
东西南北风
一边一只狗
俯身眼蒙眬
夕阳天边尽
归牛脚步轻

2012 年 8 月 15 日上午 8 时 15 分

## 孤独的思考

山光水光
谁也握不住它的踉跄
日光月光
谁也拦不住它的匆忙
幻想梦想
谁也网不住它的渺茫
希望无望
谁也主宰不了它闪动的翅膀

## 抓住时间不放

揪住“时间”的环扣
慢慢慢，不要慌张
“时间”哧哧一笑
扯断了索缰
一拍脚下的风火轮
加油不加油都是一样

## “我是冠军”

比赛者都爱吹牛
如“诸葛亮挥泪斩马谡”的那个马谡一样
比赛比赛
发呆发呆
那是玩命
有多少爱
冠军只有一个
谁能将它掰开
跳高跳远跑跑
尚有真理在赛
其他各种比拼
有理无理安排

## 坐在草棚连椅上

这是2012年7月24日下午4时30分所听所思。

2012年9月16日上午8时补记。

小棚西南方的树上
不断地送来好听的鸣唱
我们俩都回头看、找
深藏在哪棵树里
看不清、找不见
两人想鸟儿是歌颂我们吧
两人是心爱的实践者
歌颂心灵之爱是它的灵性
这鸣唱的声音清亮、清纯、清新
里面带着无限的笑意、暖意、善意
谢谢你，自由自在、自由自在的鸟儿
你把这两人看成是和谐的一景吗

## 最后的话

你走了
走过了大山小山
千万座
涉过了大水小水
千万条
没法计量的思想

拖得很远
你可以忘记我
我可不能忘怀你
我告诉过你
我暗恋着你
你也曾不经意地说
我没听清楚

## 大暴雨

天号啕大哭了
天看到了什么
心里不舒服
太刺激人
不得不这样发泄了
云用白纸给擦拭
而泪太多了
湿透了纸
还渗出这么多泪

## 雨真自由

天空偶尔有闪电
早起有几声雷
已经下三天雨了
雨的自由就是任性
2011年9月15日上午8时写昨夜一夜雨

## 追求自由的树叶

大树沉醉在泥土里
它没长得性格高耸
枝叶繁茂密不透风
泼下一地绿色边际无穷
什么力什么情在里面藏着
并不在表面显露笑容
树叶的动由自己决定
不管你“风”“不风”

## A 型痴呆

2011 年 5 月 21 日下午 4 时后，读文君环保画有感。2011 年 5 月 22 日早 5 时，写成 5 节 10 句。

大树抓不住
泥土的皱纹
板结的梦醒了
一张皲裂的脸
撕碎了的湿地
缝补出斑驳的洇痕
红袄绿裤春末的精灵
火爆的身材没半点轻松
自然干涸了
色彩和舞步

# “云的性格”

天空是跑道
云是运动员
它们不一起上场
时不时地来去
不是比速度比力
而是比独立比性格
有的急性子
匆匆飞走了
仿佛去追赶失去的风
有的艮巴巴
磨磨蹭蹭慢慢挪
仿佛还有没完成的心思
有的站住不动
似在等待约会
到何地去忽悠
还没商量好

2014 年 9 月 14 日上午忽得

# 不遂人愿

想念的
偏不梦见
丝毫不搭边的
却时不时地往梦里挤

# 黑色的旗·蓝色的结实

我打一把大蓝布伞
有岁数的“灰古即”
别人很稀奇
它风雨中蓝色的结实
她打一把黑伞
狂风冷不丁一吹
它变形了——
已握不住歪七扭八的黑旗

2008 年 7 月 4 日下午写时正值大雨

# 思想

他有许多思想
没印进书里
放在干旱的旮旯里潮湿
无言成为幸福和酸涩的阶梯
无字碑的启迪在于它无字
可猜它酸涩，可猜它甜蜜
有无数的猜，就热闹成万岁

## 命运不一

你在高空
可深呼吸
四方喝彩
光环熠熠
我在谷底
空气偏稀
乌鸦飞过
投下凄厉

2011 年 11 月 10 日上午 8 时 35 分

## 一朵云

天空有朵云
是谁给高天的胸脯文了身
是飞龙
是卧虎
即使是散乱的柳条
也有精神
或者是一片颤巍巍的枫叶
也带着该有的气韵

## 暴雪

人们都用感叹的语气
斥责雪
埋怨雪
老人说
没有雪能行吗
明年能丰收吗
大自然的害虫
各种有害的菌类
能冻死吗
暴雪说
我是温柔的暴雨
白色的暴雨
因为季节的关系
我们改变暴戾的脾性
用温柔的姿态和色彩和动势亲近你

写于2009年12月17日于暴雪中

## 狗有菌

小院不大狗不少
早晨浊流到处跑
偶尔筑起一“灰堆”
结构可算很奇妙

劝君且莫抬头走
不然脚下会粘胶
棵棵树根都有“泪”
哪个墙角没画稿
难道此处不是污染源
何用提着烧瓶到处找
身上的菌苗还少吗
谁说不是人自扰

2008 年中秋节次日晨买油条归

## 病中行

我在大病中
思想、感情仍运行
一路上诗意经常来叩门
汽车的尾气罩朦胧

## 深刻

爱到深刻时
不是笑
而是哭
这感觉也深刻

## “泥石流”的思绪

在舞台后边
蹭下一只落叶
鼓鼓囊囊地
似一只蠢蠢欲动的蛤蟆
歌手有眼睛
边走边唱
有时跨过落叶
像没看见落叶一样
我认为他会踩扁落叶
让读者去欣赏那难看的形象

## 落叶、青蛙

我正走在大树跟前
树上掉下一片叶子
叶子驼着背，趴着
在风下一闪一闪
这是一只青蛙吗
仿佛它正叫着
呱——呱——呱
呱——呱——呱
别踩着它
它正做最后的挣扎
它还在慢慢地爬

青蛙落叶

落叶青蛙

2006 年 10 月 23 日

## 梦醒

天上人间梦梦醒

人间天上醒醒梦

小雨点点点点寒

小风阵阵阵阵冷

## 胡想

时间

你停住吧

不要前进

也不要后退

我也不会再老

时间也不会再老

## 依偎自然

藤缠树，树拥藤

依偎得自然

完整的美丽

听不到埋怨

## 我崇拜火

我崇拜火
它是最严厉的老师
要给我做最后的裁判
它说我的生命不及格

我流下最后的眼泪
可不是最后的运作

感谢大自然给我生命
我把最后的几节
淡灰色的晶体
回报大自然

大自然说：大方
别慌

2007 年 7 月 26 日早晨看新闻

## “名叫”

喜鹊，认为是报喜
乌鸦，认为是报丧
几千年的习俗
让它们的形象分成等级
呀，喜鹊幸运儿
别以为你是名叫

你的叫声就不乏味了

呀，乌鸦还走运

你虽然不是名叫

可民间评你是最孝的俗禽

2011 年 3 月 11 日上午 10 时

## 矮

舞台上的人物

个子显得特别矮

那着蟒袍玉带者

更矮

## 乐谱

我的窗外

有

许多的

两线谱

三线谱

四线谱

五线谱

六线谱

可听不到任何的乐声

## 落叶·诗

满地落叶
那全是诗
诗和落叶一样的
凋零就是诗
落叶是凋零的笑声
落叶是凋零的哭声
没有凋零
便不成诗

## 魔鬼

我是魔鬼
魔鬼就站在这里
不可过来
不可过来
过来了
魔鬼就抱碎你的骨头
魔鬼就咬下你的舌头
魔鬼是真正的狼
变色的魔鬼
变色的狼
呀，变是辩证法的最高法则
忽然成了变色龙

2008 年 1 月 22 日上午

## 呻吟

邻居的鸽笼里
有几只老鸽子
每晚都低沉地叫唤
低沉，说不上沙哑
也听不出抒情
有人说那是他发情期的表白
可我听的是呻吟
渗到我的灵魂里
变成不平静的夜
猫，也在不远处叫
好听点说：一片唠叨

## 路径·桥梁

什么是路径
执着和关心
什么是桥梁
善良和博爱

## 罪过

松火蒌
年轻时
就被我了
摘回来了
放在窗台上
不到一周
就变了颜色
它未老先衰了
它的翅膀没有张开
整个形体
没有轻松的笑容
它紧闭着黑棕色的披肩

它像我一样了
这是我的罪过

（2008 年 6 月 29 日下午在怡诗兰广场取来两枚松火蒌）

2008 年 7 月 10 日早 8 时 10 分写

## 武工队员之歌（歌词）

我们是勇敢的武工队员
为祖国南北转战
铁臂推倒暴风骤雨
双脚跨过万里江天

心头流动震天雷
肩上扛着山外山
奔袭日寇
打击敌顽
机动灵活的战略战术
智慧让我们左右逢源
我们是勇敢的武工队员
为祖国南北转战
革命是我们的性格
胜利是我们的信念

## 墓碑

小孩都有墓碑
你要不要墓碑

我不要墓碑
墓碑是什么
在旷野上点缀
仿佛是人间的关怀
其实是千斤闸般的压力
让路上看看那千篇一律的贫乏词儿
看到死亡的没有生气

我不要墓碑
我不愿让死亡再多一份笔直的桎梏
我不愿将生者的规则
再留给死者作猴吃芥末的遗产

# 历史，永远活着

被害的人死了
害人又被害的人死了
害人的人死了
有关的人死了
看害与被害的人死了
什么也不知道了
糊糊涂涂过去了
反正疮疤看不见了
反正鲜血渗尽、洗尽、晒尽了
什么痕迹都不存在了
一切都死了

但历史没死
它不管你是流氓
它不管你是哑巴
它不管你是流氓对哑巴
它不管你是哑巴对流氓
它挺直着身板
运用一切有声的、无声的语言
它像万里长城那样庄严
它像长江黄河那样浩荡
它像月亮星辰那样鲜灵
它像太阳、银河系那样无边无际
有序、有头、有故事、有结尾、有踱
表达着社会、人生

历史不死，永远活着
将一切镌刻在
有声的世界
无声的世界

## 小花穗

你带着对我的思念去了
我收下你思念的种子
小花穗
你的景况怎样
我手上仍有你的气味
轻轻的冷，淡淡的油腻

（她落款“小花穗”。我收到信后，再看《制钱穗子》。）

2012 年 1 月 14 日写

## 来·欲·去（三首）

### 名片

影子躬身向前
要递上前往的名片
它黑黢黢的模样
一身沿街乞讨的穷酸
来不及掸掉仆仆征尘
整个没有半点斑斓
前面并没有接纳它为天生的“我材”

它摇摇晃晃感叹气喘
掬一捧温水暖暖手吧
身上找不到一丁点耀眼的光环

## 求索

影子在前
月亮在后
我看到影子
在不远的前方晃动
那是我的目标吗
那目标如此苍白、惺松
踏碎这一扇暗淡的轨迹吧
可，它伶俐地躲闪，从容
占领它是自己的天真妄想
影子要保持它完整的光景
它不马马虎虎屈服
让时空保存它短暂的机灵

## 茫然

影子在后
月亮在前
我回眸发现
我被影子追赶
它是魔鬼，它是神仙
它踉踉跄跄，摸爬滚打
直叫我气喘吁吁，不栗而寒
你怎么还不亮出匕首和短剑呢
一个耄耋老人

不够你当人质的价钱
有多少玄而又玄的悬念
转回身去伫看
影子并不狰狞
可也并无笑脸

2011 年 3 月末

## 影子的影子

阳光的影子
在我身后
阳光说
那不是我的影子
那是你的影子
我说
我只是我
我并没有影子
阳光和我达成无痕的协议
那不是阳光的影子
也不是我的影子
那是什么呢
那是影子的影子
影子默默地不说话

2012 年 1 月 13 日上午

## XYZ

不是同父异母兄妹
就是同母异父兄妹
没有这样的故事
哪有乌七八糟的变态爱恋
许多许多就是这样的
所以它得不了什么什么奖
人们都把这作品捧得高高的
其实千万年来
生活哪有这等事
只是作者可以这样来构思
因为生活里太平淡
离奇古怪让人们爱看
大家都照这个路子写作品
让人疑心、窝心

2006 年 5 月 31 日上午

## 不用上税的胡说

根须爬满我的脸
是从哪儿长出来的
沿着缝隙寻找吧
喔，根须的芽簇在我的心里
盘根错节呀

纠缠不清呀
那是一团毛线球的记忆
那是一堆杂草丛生的忧喜
那是一疙瘩爱花惜叶的挣扎
那是一伙分不出东西南北的经历
那是一股长长短短的进攻和退却
那是花里胡哨的机智和愚钝
那是一场又哭又笑兜不完的故事
那是有永远推拒不去的更年期
快用水洗洗脸洗洗心吧
打开水龙头，水都是浑的

## 暗恋

石桌石凳
坐在对面
一个你
一个我
你穿着红色的衣裙
飘起一角
那看一次我就不能忘了
它不是晃我的眼
而是晃我的心
我蠢蠢来了一句：
“那太单薄，
飘起来
就看到你的隐私了。”

你回答：
“那不是裙
那是裙裤
很厚实。”

时间过得太快
含蓄的躯体站起来了
走了
我看到裤裙
以及下面的细腿
你没有回头
一直走到看不见
我一直看着你
等待你回回头
我准备挥挥手
最后也没用上手
低头看石桌
没留下语言与时间的痕迹
石凳上
也凉了曾有的温度

## 阳台

阳光在屋顶上
敞开胸怀
春风在屋顶上
唱歌摇摆
孩子们在屋顶上

眺望青山碧海
稚嫩的笑声在屋顶上
酿成希望云脉
这是一盘平平和和的镜框
真美啊，乳白色栏杆的阳台

## 看图

监狱墙上的铁丝网
如五线谱
燕子站在上面啁啾
这是象征性警示

## 分析分析我吧

（这小姑娘是大堂经理，见过两次，知道我遇人遇事愿分析）

我们见面的次数太少
说话太少
也没看到你有什么喜怒哀乐
我想分析也无处下手
我不是算命先生
你听不到奉承的语言

## 不算箴言（一）

没经历过前世
也不知道有没有来世
现世是真实的
就过好现世的每一天

## 不算箴言（二）

不要亏待自己
珍惜生活
过好生活
享受生活

## 最后的雪花，化了

天晴了
怎么还有雪花飘来呢

这是掉队的雪花
这是散兵游勇
这是开小差的
这是不服管教的
这是受到处罚的
这是喝醉了酒的

这是睡懒觉的
不
这是有意思的雪花
这是不合群的
这是有个性的
这是爱胡思乱想的
这是独立独行的
这是天马行空的
这是爱画“句号”的

也许它是假冒伪劣吧
是一片白色的羽毛
不
它在大地上溶化了

## 休班了

主人休班了，放假了
（汽车也休班了，放假了）
主人的天下在屋里
汽车在屋前的道路上排列着
如同色彩斑斓的靴子
有时暴晒、有时风吹、有时雨浇
它们没有痛苦
抱怨的尾气安息
没有不加爱护的牛、马、驴、骡
打一个嘟噜算作叹气
人和动物不一样

动物和汽车不一样
所以世界能如此多样化的美丽

## 情

世间一切情
爱情是最复杂微妙的
没有一本书
能将它说得清楚
2006年12月13日凌晨2时20分

## 树上只筑一个鹊巢

轻微微的小载
它认为是轻松
过去创造过奇迹
奖赏一个砝码标重
公众的口碑丈量
小负荷有我深重的敬意、恩情

## 树上筑了五个鹊巢

沉甸甸的重载
幸福是习惯的规定
它不喜欢轻描淡写
只有隆重才是认同

前面有多少沟壑和深涧
它会挽上裤角漫点星空

## 死

我的死
也是颗粒归仓

## 纹

我脸上的纹比
我手心的纹路还多

## 美国火山

美国火山喷出的岩浆流动着
像似不断延长的排骨

## 生命

难得糊涂地走过去了
没留下糊涂难得的踪迹

## 感情的来历

你满足了我的好奇
我成全了你的记忆

## 潮湿

我的心，我的感情
像外面的天气一样潮湿

## 牵挂

感情的牵挂挂中情
牵挂的感情情中挂
体验的东西难中难
春天的梦里春的花

## 名利谣

喜名喜利喜名利
东奔西奔寻灵犀
空虚无聊一鼻灰
争来争去娘希 P

## 杂感

一霎时
星星收敛了翅膀
钻进窝里
睡觉了
天空空成了光板
一律的蓝
白云早成了色盲
扎撒着双手
摸索着瞎奔

2011年6月29日凌晨4时得

## 奴才

奴才可惜什么
死在奴才的时代

## 拧出来的思想

拧呵
拧呵
像拧洗过的衬衫一样
拧出点思想来吧
思想没有啦，没有思想啦

净是些皮肤瘙痒病

忽然蹿出一句
“死亡，是辩证法的胜利”
忽然蹿出一句
“死亡，是辩证法的失败”
这是两位作家的格言
我还没有消化得了
思想变成胜利的沉淀
思想变成沉淀的失败

2014 年 2 月 26 日凌晨一时半后

## 孤独的十字架

孤独寂寞处决了我
空虚无聊枪毙了我
它们是刽子手
是不用指派的刽子手
手上不带任何武器
也无有严厉的语言
只板着冰冷的面孔
舒展无声无息的根须
缠来缠去

不用行贿宴请
不用拍桌子瞪眼
它溜达溜达就来了
可以不见它溜达溜达就走了
心底永远有它的位置

像上帝的十字架一样

孤独的十字架

2014 年 2 月 26 日凌晨 2 时后

## 大镢的赞歌

即使全部现代化了
大镢也不愿浪费它的余力和余热
这就是大镢的性格
抬起有力的大镢，
开垦红色的理想。

大镢的颜色，
闪着银光，
大镢的性格，
叮叮当当。

高唱进行曲，
大镢有改天换地的力量。
我的大镢，
是一架桥梁，
让我走进劳动者的行列，
迎接新世纪的太阳。

我的大镢，
雪亮雪亮，
塑造新的生活，
为大地换上新装。

我的大镢，

热爱歌唱，
为人民群众创业，
为时代谱出新的乐章。

我的大镢，
无比刚强，
永葆革命者的青春，
是一副硬骨头的形象。

我的大镢，
是一团火光，
烧掉官气、老气、娇气，
烧掉旧的作风旧的思想。

五尺的镢柄，
我觉得它是顶天立地的英雄模样。
抬起闪亮的镢头，
趁着大好的时光，
大镢辛勤地劳动，
汗水写出丰收的诗行。

大镢过处，
捧出来泥土的清香；
大镢过处，
高粱筑起十里青纱帐；
大镢过处，
棉花荡起银色的海洋；
大镢过处，
身后是玉米金黄；
大镢过处，
身后是滚滚麦浪；

大镢过处，
身后是数不尽的粮仓。

大镢是我的老师，
我要学习它的榜样，
大镢是我的战友，
我们的心一块跳荡。

我锋利的大镢，
是这样勇敢坚强，
我锋利的大镢，
天天同我一块打仗！

硬茧磨在手上，
阳光照在心上，
唱出一曲不老歌，
炼出一块不锈钢。

大镢为什么这样闪亮？
它的光来自太阳。
大镢为什么这样有力量？
力量来自群众力量的海洋。
大镢为什么这样慷慨激昂？
它满腔都是造福人民的理想。
它对未来无限向往。
大镢是我的武器，
时刻不离我的身旁，
我要带着它，
去到祖国的边疆。
我永远爱看它的形象，
我永远爱听它的歌唱。

## 雪与落叶

雪
洁白的灵感
落叶
零碎的诗韵

## 燕子思考

这雨中
燕子将头伸进窝内
思考
窝内有什么
有小蛋
将要出生的小蛋
你的思考
就是温暖
特有的磁力场
剩在外面的长尾巴
不断地震颤
那是思考以外的语言

（2006 年 5 月 27 日莱西李家庄，雨中看燕子头或身子伸向窝内，外面露出长长的尾巴。）

# 第二辑　散文

# 枫韵

枫叶，小小的样子，薄薄的样子，孱弱的样子。其实看样子，读不懂它，猜不透它。它有它自己的世界。

枫叶，红里透绿，红里透青，红里透紫。它不是单纯的红，有许多颜色糅合其中，因而它非常丰富。也许它包含赤橙黄绿青蓝紫，那么可以说一片枫叶就是一个有棱有角的太阳了。

它除了可以点缀这秋色、这江山，没有什么别的用处。可不知为什么，人们欣赏它、谈论它、歌赞它，有名句云“停车坐爱枫林晚，霜叶红于二月花”。它之所以引人注目，可能因为它蕴含着一种精神，或者说它的存在本身就是一种精神。散碎的虹霞似的层次，展示它错落有致的姿态；波伏浪涌的走势，烘托它喧闹不羁的气质。这，是天赋予它的一种象征性品格。

你看，它长得并不圆滑、稚嫩，而是毛毛森森、满披皱纹，缺乏妩媚靓丽。不过它以粗犷见长，体内有粗粗细细的脉络，可见它的神经是灵敏的、激情的，是有节奏地运作的。尽管如此，它仍是极普通的叶子。然而它的不同凡响，全因它有个性吧。有个性就真实、就美丽、就可爱。

你看，它铁青着筋，紫血涨满了脸，可以想见它跟狂风讨论过、争辩过，它是有理必争、寸步不让的。

你看，它那一身伤痕，可见它跟寒霜摔打过、搏斗过，它是宁为玉碎、不为瓦全的。

它是很耐寒的叶子：挺立在季节的最后，装点结尾的风景。它是很富抗争力的叶子：以倔强的独立寒秋，弘扬自己的生命力。

它为了生存，尽到自己的力量了，尽到微薄的力量了，竭尽全力了。它筋疲力尽那一刻，倒下了，倒在不得不倒的时候，它是那样地勇敢、豪迈、光彩。它从不奢想无穷无尽的意外和偶然性。

它没有什么遗憾。它飘飘洒洒地落到地上、沟渠旁、河滩边、小桥头、山岗上、弯路间。它知道这是自然的落，没有勉强的成分在内，所以听不到它的叹息、它的哀鸣、它的啜泣。它也从不抚摸朦胧的、遥远的忧伤。它的倒下不是随波逐流的那种尴尬，也没有失宠被弃的那种丧魂落魄。它的飘洒是它最后唱的歌，充满了慷慨的豪情，一往无前、义无反顾，没有丝毫衰老和无可奈何的意味。

它把身子铺在曲曲弯弯的路上，仿佛要展示一生的经历似的。噢，那不是被动起伏的溪流、激情澎湃的溪流、声浪喧腾的溪流吗？那里有它的红晕、有它的铁青、有它的绿、有它的紫、有它的震颤、有它风霜雨露的日子；有它四季的精华、有它山阳水月的梦、有它呼风唤雨的歌、有它五光十色的世界。当然也有它生生不息的呼吸、千丝万缕的牵挂。说到归齐，那是生活留下的横七竖八的纷纭，历史撇下的冷冷热热的齿痕……

爱枫者，把它们收拢起，垒成矗立的一峰。人们可以想象，可以体会，那是时轮和命运铸造的一峰，是多么丰富别致的一峰，是临终的美丽一峰！在时空的怀抱里，一切的记忆、一切的印象里，高高矗立着映照不尽的、散碎的、虹霓般的、层峦叠嶂的纪念碑。

爱枫者，将它们一把火烧掉，人们可以想象、可以体会它们又变成一堆纯然的黑色，分不出什么汗、泪和血。它们又酝酿成有滋有味的故事、温存脉脉的煦光，投向待哺的土地，播爱人间，祝福明天。

## 帆

我带着帆的印象、帆的憧憬，从童年走进了老年。

我喜欢帆，那样一张洁白的帆，像云朵，像银花，像淡月，像尚未描上画的图纸，像无瑕的绢，像童年的岁月。

我喜欢帆，那样一张褪了色的帆，像冬季，像阴霾的天气，像粮食入囤后的场院，像老秋的茄叶，像令人难猜的歌谣。

我喜欢帆，那样一张带补丁的、像乞丐、像补糊的窗户，像翻过千百遍的书页，像艰苦岁月的衣衫，像破旧的垫肩，像不敢记忆的年代。

我喜欢帆，那样一张带着潮汐痕迹的帆，像泪痕，像带着血丝的眼波，像洇湿的尿布，像斑斑点点的围裙，像表情不变的痴呆儿，像坎坷一生的老人的脸。

我喜欢帆，那样一张披着愁风苦雨的帆。

我喜欢帆，海中的炊烟，平和地，飘动着，直直的炊烟。

我喜欢帆，海中十字架，冷冷地，飘动着，静静的十字架。

我喜欢帆，海中的树，海中的塔，海中的屏幕，海中的扑克牌，海中的墓碑，海中的礁岩，海中的照片，海中的游魂，海中的想象。我喜欢帆，那寂寞劲儿，那孤独劲儿，那冷清劲儿，那不顾一切的劲儿，那不怕一切的劲儿，那探幽发微的劲儿。我喜欢帆。

我喜欢帆，我就联想到桅杆，那苍劲的桅杆，那挺拔直上的桅杆，那塑着希望和幻想的桅杆，那抚着日月星辰的桅杆，那岁月中摇曳的桅杆，那映着晨露和晚霞的桅杆，那骨头一样的桅杆，那不弯腰、不屈服的桅杆，那横眉冷对的桅杆。那桅杆像一只无形的把手，命运提着它，在空间里停，在时间里流。

我喜欢帆，我就联想到了船，那结构千姿百态的船，那色彩沉厚丰美的船，那十里百里千里万里漂去的船，那长江黄河五湖四海任重的船。那船工、纤夫号子谱写的晨曦，那雾露沉沉的意韵，那浊浪排空的悬念，那系着妻儿老母的梦，那船，那船在寻找平安……

我喜欢帆，我就联想到多变的云天、莫测的水域、无法设想的遥远。我喜欢帆，我就联想到它用韧性支撑岁月的期待，用矜持顶住狂风雨，用狂放描绘四季的图案。收拢巧云、收拢鸥鸣、收拢大自然的浸染，收拢各种各样的传奇。

我喜欢帆，我就联想到它永无止境的旅途、征程。当帆安然地垂落的时候，它不灰心丧气，它知道这只是为再航行集聚精力。当帆从容地高悬的时候，它不趾高气扬，它知道有节奏的呼吸，随时都可以收拢翅翼，停泊新的港湾。

我喜欢帆，那样一张充满急遽呼吸和绵绵记忆的帆，那样一张几度板结和松动的帆，那样一张孕育机智、蕴藏希望、集聚幻想的帆，那样一张轻轻飘远的帆，那样一张童年的帆，那样一张老年的帆，那样一张一生一世的帆。

那是谁的感叹、谁的哀怨、谁的歌啸、谁的灵悟？那是帆，永远编不完的故事。我喜欢帆，一生一世的帆。

## 海鸥，大自然的精灵

一群海鸥落在近岸的海面上，“欧欧欧”地叫着，一点也不怕人。我来了兴趣，要数数它们有多少只，一二三四……二十……五十……它们像梭子一样欢快地交织，我眼花了，没法数了。

海鸥，你们这是一个家族吧，是几代相聚呢？度过多少个春秋，飞过多少海洋，遭遇过多少暴风骤雨，观赏过多少晨阳夕照。仿佛翅膀上都烙上了四季的印痕：驮着春天的绿意，夏天的烈日，秋天的金色的梦，冬天的银白的纯情。眼下，你像万千花朵，开放在蓝色的土地上，千姿百态，色彩缤纷，这是大自然的展览会，海鸥呵，多美！

海鸥，你在逡巡什么呢？也许要寻找到一块干净的水域，那儿最湛蓝、最纯洁、最肥沃。也许在那沸沸扬扬的地方，才会有充足的鲜美的鱼虾。

海鸥，我捕捉到你们的形象了。你们是犁铧，耕耘蓝色的土地，播下各色各样的种子，在一望无边的花园里，开满翡翠色的花、琥珀色的花、珊瑚色的花。你们准许探索者掐一朵吗，准许我掐一朵吗？我不知掐哪一朵好，每朵都幻化神奇、灵光美丽，不过，也无比的诡谲呵。

海鸥，你们点缀着海洋，衬托着海洋更为浩瀚。多大多深多广的海洋，有人叹为观止，曰：“挑沙填海空费力。”有人在神秘莫测的海洋前，自然而然地跟千变万化的历史、社会、人生联系起来思考，比拟着生活，揣摩着未来的日子，将日积月累提炼出的经验，形神兼备地念道：“海鸥过山，必定坏天。”又有人生出另一种说法：“海鸥戏弄水，海浪旋如雷，泡沫四处冒，风暴头上飞。”这是最通俗的海洋预报了。

每逢这时刻，钓鱼的老人就会深沉地说：“大海孩子脸，海鸥直打战。”立即收渔具赶回家。久而久之，这诸多情状，在民间也便演绎出“男人出海，女人心跳，海鸥远飞，不把信报”的谣谚，表现了人们对海洋激变的猜测与不安。

忽然来了刚放晚学的几个小学生，他们看到海鸥聚会的奇景，不禁活跃起来，立即吹响哨子，要把冲锋的恐惧投给它们，接着便往大海里扔石子，比赛谁扔得远。不用说有的石子扔进海鸥聚会的海域，这自然惊扰了它们。腾，飞起一只海鸥；腾，又飞起一只海鸥；腾腾腾，一片一片的海鸥飞起了，它们盘旋一阵便向遥远的海域飞走了。我心里埋怨孩子们破坏了海鸥的聚会，干扰了我的观赏、我的幻想、我的思绪。几个孩子看海鸥飞远了，不由地产生失落感，而后悔而惋惜起来。他们毕竟是孩子，还不知海鸥的感情、海鸥的心情，还不知保持它们难得的平和与宁静。

不过我想，它们该飞了，它们的生活和品质就是飞，不停地飞，不疲劳地飞，向遥远的地方飞，漂洋过海，穿越时空的世界。远征才是它们的幸福。

海鸥飞走了，飞远了。海鸥，在你的征途中，你要和多少航船，多少海员、旅客、渔民相遇，你记得住他们焦渴、期盼的眼神吗？不管晴朗的日子还是浪烟水雾的日子，你熟悉的姿容、祥瑞的身影，便会出现在它们的眼里、心里，给他们的征途一线光亮。你多情的语言、殷殷的叮嘱，向他们报一声平安。

“海阔凭鱼跃，天高任鸟飞”，海鸥，这“海阔”“天高”都是你的了。海鸥，你是海天的骄子，大自然的精灵。

## 春之灵动

朦胧的冬日归隐到遥远的冰冷的记忆中时，溪流开始舒畅地弹拨了，百鸟也敞开闷涩的喉咙快乐地唱出新的音韵。

广阔的原野苏醒了，张开惺忪的眼睛，放眼望去云朵是纯净的，风是和煦的，一切都给人以和颜悦色的感觉。

田垄里去年秋天施了肥、播了种，经过一冬风雪的熬炼和酝酿，麦苗茁壮地生长，一波一波，绿色的浪涛直卷到天上。一群小牛，在山上吃草，有这一点缀，整个山也有生气了。小鸭大鹅在河里洗澡，有这一陪衬，河水也显得活络了。

春耕已进入高潮。鞭梢抖出脆响，犁铧耕着春光，一行行地，写出春耕的诗句。翻卷着黑油似的泥浪，踏泥过去脚丫香呀。小狗最爱耍欢，跟着犁铧乱跑。那穿着花样夹克衫的小孩，踏着耙犁，像在摇篮里东摆西摇，她要把双休日，阅读在这田野里，用劳动写出多姿多彩的日记。耙犁像是一只熨斗，熨平土涛泥浪，也把他的心地熨得平乎了。

及时耕耘，及时播种，有耕耘有播种，就会有绿色、绿意、绿的形态。因而丰收便不是朦胧的、遥远的、无期的，而是清晰的、实在的、定时的。秋天就会有棉花的云、高粱的虹、谷穗的深沉、花生的含蓄、玉米龇牙笑、白薯满心甜……就会有金色的溪流，溪流上荡漾着多彩的歌。快快耕耘播种吧，流点汗怕什么，腰酸腿痛怕什么，几声叹息怕什么，难道没有辛勤劳动就会有成功的果实、饱满的籽粒？

一场微风伴着细雨，播下的种子发了芽。借着春雨、春风、春阳，借着和谐、熨帖、舒畅，玉米松根了、谷子松根了、高粱松根了、花生松根了……一切热爱泥土的族类，都用蚯蚓似的根须，去汲取泥土的精华，去酝酿、构思、纺织透绿的故事。满地绽开绿色的微笑了，那是大自然展示的理想的神韵。快一点舒叶扬花呀，快一点结出饱满籽粒呀！奉献给人们，让世界多增加些香甜美好吧。

季节到了，时节不等人。农谚说："春天捅一棍，秋天吃一顿。"是呀，快追赶春光，抓住春光，创造春光。耕耘，播种。耕耘，播种。布谷鸟远远近近一声声地叫了。有耕耘播种就有金黄的憧憬，有耕耘播种就有金黄的希望。

# 都市梦绿

绿，逐渐回归都市，给都市带来新的生命的活力。润泽的色彩、清新的声音、和谐的形态，使人们心灵里多了生存的愉悦和幸福。都市人觉醒了。

可曾几何时，都市在悄悄地，然而是急急地褪去绿色。喧闹、嘈杂成了主旋律，黄褐、灰暗成了主色调。不规律、不均匀挤走了清风、和风、爽风，滤干了空气中的水分，阉割了异彩纷呈的世界，连太阳都蒙上一层烦闷，月亮也走得风尘仆仆。连绵的楼群把绿色的山胡乱地遮住了，不能"悠然见南山"了。

都市拒绝了绿，害了绿，绿成了都市人久远的记忆，成了都市人的梦。

春天本该是绿的天地吧，可都市的绿却被一冬积存的烟云挤得透不过气来。花池和树坑被大大咧咧的石狮子和红铜狮子所占据。花草、树林已没有空间奉献绿荫，抬眼望去，一堵堵粗壮的烟囱，挡住了群山的树浪、花圃的色彩。窗口的盆花，瑟缩着，不住地发抖，缺乏营养，仿佛是穿着超高跟鞋的弱女子，有气无力地支撑着软绵绵的身子。

夏天，都市酷日的烈焰，流淌着热浪。穿梭的汽车吐着滚烫的废气，把喘吁吁的声音铺在冒气发黏的柏油路面。一街钢铁碰撞的声音，一街酒精味道，一街治疗性病的野广告，这些都和柏油路一样干涩，也和柏油路面一般颜色呵！傍晚时分远远传来了鸽哨，那放飞的鸽哨缺乏底气，听起来分明是一串灰白色的呻吟。

到了秋天，天空仿佛是被胡乱浸染的布幅，灰黄的单调的烟云，吞没了秋高气爽的神韵。七月八月的巧云哪儿去了？巧云没有了，巧云衰老了，巧云归隐了。孩子们也不唱关于它的歌谣了，歌谣生锈了。在那垃圾成堆的旮旯里，孤零零的几棵老树，落叶从秋末开始了它们的归根，三三两两地抛撒着，似一路飘着冥冥的纸钱。

冬天，都市变得更加苍白，雪花倦怠地降在大地上，这是雪花吗？雪花从银末变成黑铁粉了，它们仿佛在煤池子里洗过澡似的，灰黢黢的。寒风呼叫着，拂干净屋瓦上灰色的眼泪。几只乌鸦穿梭似的挣扎，留恋着都市边缘的腥味。迟钝的、蛮横无理的、老态龙钟的灰云斜卧在天边，像是一具具瘫痪的躯体。

没有了绿色的思考，也就没有了绿色的希冀，也就没有了绿色的展望。如果都市只充斥着五花八门的广告、频送秋波的霓虹灯、灯火喧闹的酒吧之类，毋庸置疑，它们永远不能丰富都市的色彩，只会使都市更俗气。

多长的夜呵，绿变成了梦，绿变成了会飞的梦，飞进孩子们的酒窝里，飞进姑娘的眼睛里，飞进小伙子的双臂上，飞进老人们的拐棍上。老人们奇异地梦到自己的拐棍长出了绿叶子。这是梦，这不是梦？我想繁华和现代化并不排斥绿色，相反，这生命的原色正是都市所需要的文明和活力。都市需要绿色文化。

智慧的人们，只要好好关照绿、接待绿、种植绿和扶持绿，而不有意或无意地破坏绿、损伤绿，那么，绿色的世界就会慢慢苏醒。

## 坚实的蜃楼

我出生以及童年少年生活的地方，离蓬莱阁不远。那时节仿佛闭眼都可以看到它，它跟苍茫的天空连在一起；沉下心都能听到它，它跟浩渺的涛声连在一起。总觉得它隔我那么近，也不神秘。后来我从它东侧的关口坐着小船流浪到外地、天南海北跋涉的时候，即使很近，我都认为它隔我远了，越来越远了，好多事物、好多情感、好多记忆都远了，不管如何苦思冥想，也不像童年少年时那样亲切了，轮廓似乎都变了。是的，模糊了，它的样子不清晰了。上了岁数以后，有了沧海桑田的感受之后，我算有了一个贴切的认识：凡是靠得近的事物，人们不会感到它稀罕、珍贵。当时间空间拉开距离之后，过往的陈芝麻烂谷子都觉得稀罕、珍贵，有味道了。

多少年来，我一直想捕捉它的一个形象，剪裁、雕塑，放在我的脑海里，让它鲜活地存在我的意念中。先从慈祥、平和方面想，如行走着的满脸皱纹的老翁、老妪或披着蓑衣垂钓的渔翁，但不像，极不像；再从劲道、冲刺方面想，如同蹿出水面的咧着大嘴的鲸头，这像，很像，作为飞跃、拼搏的写照，永远悬在我心的挂毯上。

的确，它已变成我经常思念、思考的一片园地了：蓬莱阁，从你诞生起，有多少人来过，绅士、盗贼、政客、军阀、老板、富婆、骚人墨客、离乡别井的游客、异乡归来的游子、闯了祸的学生、自杀前的少女……如果扫描下来这所有的身影和脚印，可以装订成几亿卷本的大书，其内涵是难以估量的丰富，要是由表及里地由此及彼地归纳其博大与深奥，那么有血腥的手、失足的恨、潦倒的眼泪、得意的忘形、祈祷和许愿、奸诈和侥幸以及题字绘画者的心态、雕刻泥塑者的眼神、迷迷蒙蒙者的困惑、夺利者与抢权者的机谋，每个人都有每个人的故事，多少章节、多少叙述、多少描绘，其声音之多部、其色彩之纷纭、其姿态之变化，怕是神楼仙阁也难以负载吧。

蓬莱阁，在你巧夺天工的雕梁上，在你异彩纷呈的画栋下，挂着万千英雄的呐喊，回荡着仁人志士的悲歌。蓬莱阁，在你砖凹处、石阶处、泥淖里、草丛里，染着军阀混战的血迹，藏着倭寇践踏的蹄声。这是多沉重的声音，多浓烈的色彩，多屈曲难伸的图形，只有在宇宙的大书案上才能翻开它厚重的书页。这千古不灭的巨著里，任何形而上的意念、形而下的质地，都牵引着人们的目光、思考，并心领神会其中的奥妙吧。

蓬莱阁这本巨著中，存蓄着多少喜怒、多少哀乐、多少爱恶、多少难以表述的故事，可以说它浓缩了宇宙、人生。整个社会在这里展览，烟云天地、茫茫人间在这里凝聚。往日的涛声，诉说不幸；现实的悬崖，展示不平。纷纷纭纭的贵客，绽开知足的花朵；浑浑噩噩的贱旅，倒下凋零的碎叶。

但是蓬莱阁岁月给你的印记是深刻的，在墙壁上有隐约可见的弹痕，在廊房楼角有风吹雨打、霜冻冰摧的伤痕，那是破落的象征，那是不可熨平的疤痕。

蓬莱阁，你朦胧，你朦胧得很，你朦胧得难以测量。你是一个谜，一个不知深浅的谜。我进而想你是一场梦，是一场没完没了的梦、五彩缤纷的梦、不是梦的梦。我更进而想你是一个虚幻，当然更好，只要虚幻就好，你就拥有无限的空间，无限的时间让你展示、表述奇妙和美丽。最后我想你是一个魔影，是妖魔鬼怪当然也是神童仙女汇聚的地方，因而令人恐惧、稀罕、奇怪、向往并上下求索。我还异想天开地觉得你是一件不可亵渎的玩具，可掇出风声、雨声、涛声、鸥鸣，可掇出近处闪着的帆影。那长山列岛像防盗门当上你的屏障一样，你把它们揽进怀里，让它们变成仙山、仙境、仙阁的一部分。这样可以说你更加朦胧和深邃了。

不知为什么，蓬莱阁，我总觉得你是一座云遮雾罩的蜃楼、变幻莫测的蜃楼。即使在骄阳下，你仍然是朦胧的，一种氤氲之气笼罩着你，永远展示着神秘的色彩、气息、形象，展示着你真实的存在、实在的美。而最诱人的是那无尽的故事，在你之中在你之外的无尽的故事，从中让人体会出深重的沧桑感。

蓬莱阁，你是一座坚实的蜃楼。人到老年，你不仅离我近了，而且端的在我心中。

## 胶东，好个秋

我的故乡胶东半岛的秋天特别美、特别醇，让人醉。好个秋，天空把烫人的热气都吐干净了，像又厚又圆又广阔无垠的水晶，淡雅高远。人们赞美说：天高云淡、秋高气爽，真是宝地仙境。此刻，人的心境说不出的畅快，和自然环境一样的清明。

秋天是成熟的季节，金色的颗粒丰收了，多味的瓜果丰收了，向人间诚挚地献出脆生生、又香又甜的营养。不用说这都是由春天的忙碌、夏天的汗水酝酿而成。汗水能培植出成功的果实。无边的原野笼罩在氤氲之气中，绿色的驼峰是森林，连绵的红霞是玉米和高粱，苍穹下蒸腾着阵阵香气，这是一个五光十色的世界，人们感受着色彩斑斓的诗意。

秋天是忙碌的季节，树荫里、树荫外，欢声笑语，收割机后庄稼摞成垛了，摞成垛的是欢声笑语呀。秋天是忙碌的季节，脚前收了，脚后要种，你看那犁铧，好像是文笔，在原野上描绘。步犁过处，浪起浪落，匀平有致；播种机，忽高忽低地响，把歌曲播进泥土里。多好的歌曲也要经受泥土的熬炼呀。

颗粒要归仓，赶运庄稼吧。秋天的路，如亮丽的小溪，淌走了汗水、烦闷和焦急的叫嚷，淌来了金色的狂潮、银色的波浪。其间多少爱、多少情、多少喷香吐蜜的歌流淌着，多少美、多少笑、多少玫瑰色的理想流淌着。秋天的路是多姿多彩的画廊，包容着无尽的灵感和画意。

你看，那一串胶轮车，匆匆滚过石板桥。潺潺流水惊喜这画面，急忙拉开快门摄影，在清亮的版面上洗出印出一排金色的岛屿。可乐煞了车把式，高声唱着丰收的歌谣，高高扬起鞭子，那鞭子仿佛是一甩钓竿，要钓下那一钩月亮，那一钩弯弯的月牙分明是一尾清冽冽、光灿灿的鱼。月牙是鱼，游弋太空，应和着忙碌的季节。

秋天，是最安详的季节。水库边的柳丝仍然晃着，像一面面旗，散发着春天的气息、夏天的热情，翕动着秋的意蕴。水电站的机器声有节奏地响，这有节奏的响衬托得周围更加静谧安详，正应合“鸟鸣山更幽”的通感了。好恣呵，月亮和星星跳进清水里洗澡、游戏。一条条小船停靠在月色朦胧的地方。远山，涂染上青铜色，屏障了多少有意思的故事，在风云变幻中蕴藏。

故乡的秋天，是沉甸甸的、香喷喷的、金黄黄的，它丰收了眼前的果实，而且更重要的是丰收了下一个展望，更开阔更耀眼的展望。呵，故乡的秋天，白天照在我的眼里，夜里积聚在我的梦里。

## 芝罘岛抒怀

天空高远，大海深沉。深秋的芝罘岛是另一番景色了。登上主峰老爷山，云蒸霞蔚，似要沾满了我的衣袖。山鸟低飞，仿佛抚摸我的疏发。东港池、西港池在芝罘岛的腋下，风流汹涌，如千万头雄狮跃起，显出无限臂力。这里的声音、这里的力量是属于海的，也是属于山的。芝罘岛挑起跃动的海，多情的海簇拥着芝罘岛。山海依存，互偕互趣，天地多娇。

芝罘岛多奇丽的故事。其中两千二百多年前秦嬴政三次来芝罘，礼拜阳主、刻碑颂功德、寻长生不老药，最为动人。如今，这一切早已成为历史的尘埃、虚幻的影子，成为记忆中的故事，像公公石、婆婆石一样成为传说了。

而芝罘岛却是不衰败的芝罘岛，是年轻的、永远的芝罘岛。如今的芝罘岛，海产资源更加丰富，旅游景点已形成规模，是有名的避暑度假胜地，海陆空四通八达，与国内许多城乡相连，展示了多姿多彩的蓬勃生命力，给人以新时代新生活的深切感受。

芝罘岛是陆连岛，其状如大陆长出的一株灵芝，上有粗粗的纹络，那是芝罘岛的血脉和神经，那八百米的空中索道，是一条最耀眼夺目、激人心跳的血脉和神经吧？灵芝是仙草，象征吉祥，入药有滋补的疗效。它植根黄海深处，汲取了黄海的精华。可以想象正是黄海水改变了它的咸涩，而让其成为香泉甘露，于是才浇灌出这样鲜活的“灵芝”。

当我怀古论今的时候，我倒生出更美的想象。芝罘岛的形象，更似一只弹跳起飞的仙鹤，给人以不断进取、努力拼搏的启示和召唤。它身披霞光，象征着斑斓的前景，它仰头高歌，以渔号阵阵、鸥鸣起落、潮汐律动的协奏，焕发出人们奔腾不息的精神。

芝罘岛的秋色，给我的感受是丰富的。自然我也联想到它的冬天、夏天、春天的样子。它是个充满美妙故事的世界，越来越精彩。

## 我爱

我爱，我爱，我爱。我爱心灵的感受，我爱感受自然的积累。我爱胡思乱想。我爱在梦与非梦之间，理顺那杂乱无章，顿然灵悟。

我爱在窗外摆三五盆花，让兰草依偎着仙人掌，寻找矛盾中的和谐；我爱站在山腰，面对大海，仰天长啸："大江东去，浪淘尽，千古风流人物。"

我爱村头蜿蜒而去的小河，猜它流向何方；我爱小河边开满的山花、长满的野草；我爱它们的千姿百态，五彩斑斓，热腾腾的气息；我爱在湍流的漩涡中，冲冲憋闷的脚丫，洗洗背心上的盐垢；我爱从湿地上采回一束金樽花，烹一碗黄花汤，尝尝大自然的清新鲜美、甜风甘露。

我爱老院门前的那棵大枣树，当骤雨来临时，我躲到它的腋下如同躲在母亲的衣襟下避雨，看烟云雨丝飘远，悠然自得；我爱她不用浇水，不需剪枝，季节到了，就会献出一树崩脆酥甜的大枣。感谢我的大枣树。

我爱我村中那座关帝庙，它的香火不断，许愿的、告别家乡的、叶落归根的，都在它的面前供奉；我爱关公那红红的脸，总在我记忆里闪；我爱他长长的胡子总在我梦里飘；我爱庙旁贴的对联："兄玄德弟翼德德兄德弟""师卧龙友子龙龙师龙友"；我爱桃园三结义的故事。

我爱对缺乏春雨的苍穹发出愤慨，并斥责它不为民分忧；我爱对突如其来的破坏性狂风控诉，而心无余悸；我爱鸽群飞上蓝天，紫灰色的羽翼和雨后的彩虹融为一体；我爱曚昽黎明、迷离夕照、清风朗月给我爱的权力、爱的激情、爱的喜悦和眼泪；我爱宽阔的大地，以博大的胸怀，容纳任何风貌、任何性格的芸芸众生。

我爱听音乐，让贝多芬、莫扎特、柴可夫斯基的音响绕梁三日；我爱在任何伟大的著作上作批注，写上自己的观点、心得和评价；我爱读《史记》，对照司马迁的身世，让不平的历史存入记忆的档案；我爱思考谎言和佞臣、漏洞和贪污犯如何相依为命，破坏国家的肌体。

我爱包拯，我爱他的铁面无私、无畏的胆量，让乱臣贼子、贪官污吏和杀忠害良者，在他的三口大铡前瑟瑟发抖，而逃不开正义的裁判。我爱"七品芝麻官"，爱他的战斗艺术，爱他表面笨拙而底里聪明，我爱他能临场发挥，变劣势为优势，来审判诰命夫人而出奇制胜的才智。我爱有千百位思想家出生于世，将他们的仁爱学说施行于世，让智慧的光芒照亮亿万人的眼睛，让社会人生展示清平安宁的途径。

我爱散步，我爱在黄昏中散步，看远远的山、远远的水、远远的树、远远的云，想想远去的日子，想想现在的日子，想想未来的日子，沉湎入暮的遐思；我爱在梦中散步，在梦中寻找生活的形态、味道和色彩。

我爱，我爱，我爱。我爱太阳的热烈，我爱月亮的淡雅，我爱蓝天碧水的安宁，我爱花草树绿色的静谧，我爱清新空气普度众生的胸怀，我爱“好雨知时节，当春乃发生。随风潜入夜，润物细无声”的诗句。

我爱朴，我爱拙，我爱实，我爱爽，我爱活生生的真、善、美。

## 石拱桥

这一带村庄，多的是石拱桥。从远处看，一层一层的，颇像天上的龙斑云。这些石拱桥，桥龄有四五十年的，有上百年的，还有二百多年的，都有沧桑变化的阅历。它们久经风雨多显出老态龙钟的样子。尽管如此，它们都体现着桥的品质：奉献微薄的力量，为这古老的土地造福。

石拱桥，弓着腰，牛羊马驴骡从它背上过，小推车小拖车从它背上过，乡村剧团从它背上过，村邮递员从它背上过，唤鸭赶鹅的老奶奶从它背上过，上学放学的孩子从它背上过。它背上走过了柴米油盐酱醋茶，走过了苦辣酸甜咸涩香，走过了八千里路云和月，走过了四季冷暖风雨潮。你看那簇簇鲜花在它身旁开，片片青草在它四周长。最显眼的是那大片大片的油菜花，黄金似的，摇动着灿烂的旗；同样醒目的是更加大片大片的稻谷，滚动着珍珠般的波涛。那芬芳的味儿，那热乎乎的气息，飘洒、濡染在大地上、苍穹下，万物都被熏醉了。人们喜洋洋地依在大自然的怀抱中，觉得出温存的意蕴。为这空间增添色彩的，是百鸟的鸣唱。其中布谷鸟声，最为动人，那鸣唱仿佛挂在林间似的，在朝霞中、在夕照里，都透着不同风味的悲壮和慷慨，衬托出这诸多石拱桥的色调。这环境、这氛围充满了妙趣、意趣，展示着几许气韵、神韵。

我觉得石拱桥最给人以想象力：它仿佛是饱经沧桑的老爷爷，那桥下潺潺的流水，是它唱的歌谣。

当然也可从另一个角度去想象它。桥面斑斑驳驳，那是它日积月累的皱纹吧；那石板缝里的青苔、枯苔，如同它的白发梢，是时光给它梳下的苍老吧。

对于石拱桥，人们的感受不同，认识不同，评价也自然不同。有人感叹说，它已衰老；有人笑说，它还年少；有人惊呼，桥壁上有往年的弹痕、空间里还流淌着自弃者的哀吟和呼救者的嚎叫，它心灵里经得住这重重的震颤吗？

石拱桥很通人性，“心有灵犀一点通”，对于各种各样的声音——哀叹也罢，同情也罢，歌赞也罢，它并不在意。比起那长长的、宽宽的、平平的水泥桥、柏油桥、钢板桥，它是微弱而渺小的，不过各自有各自的位置，它甘愿做毛细管，做理所当然的时代连接……

它弓着腰，悄悄地，将姿容映进长长清流水；默默地，映出一道虹霞分外娇。

## 朦胧吟

早晨起来，看远山是朦胧的，看近水是朦胧的，看远近的炊烟是朦胧的，看高岗上运行的火车是朦胧的。看田野上的庄稼、树木、花草都是朦胧的。而且连狗吠声、鸡鸣声、车马声、汽笛声都变成朦胧的了。

晌午有晌午的朦胧，黄昏有黄昏的朦胧。一到夜晚，朦胧之韵更加鲜明突出，城市、村庄、山、水、林、田、路以及天空是朦胧的。一切静的，一切动的，一切有声的，一切有光的，都是朦胧的，整个宇宙是朦胧的风景。

这一刻，我感慨颇多，心里想，过去的一切是朦胧的，未来的一切肯定是朦胧的。现在的一切，朦胧些好。朦胧有诗情画意了。我心里立刻有一种感觉萌动。于是记下这感觉：

我看朦胧，朦胧里有静有动，有晦有明，有邪有平，有失败的记忆，有成功的桅杆，有昨日的长叹、明天的憧憬，有生命的种子、希望的倩影；我看朦胧，朦胧里有拼搏的姿态、志气的升腾，有低谷的萤火，有高空的流星，有流淌的活水，有迸射的火种；我看朦胧，朦胧里有汗有泪有血，有汗泪血凝成的生命；我看朦胧，朦胧里有睡有醒，有三十年河西三十年河东，有酒的颜色有生的播种；我看朦胧，朦胧里有千里星思万里月情；我看朦胧，朦胧里有混沌、污浊、血腥，有四大皆空；我看朦胧，朦胧里有长命百岁、夭折短命，有急遽的死亡，有崭露的新生；我看朦胧，朦胧里有空白、空旷、空灵，有妖魔出现，鬼怪横行；我看朦胧，朦胧里有清官良吏，有小人奸佞；我看朦胧，朦胧里有帅有兵，有卧虎也有醒龙，有蝇营狗苟，有奇才豪雄；我看朦胧，朦胧里度过各种节日、演出各种节目，也展示着忧郁、愤怒、不幸、不平。悲伤是朦胧，幸福更是朦胧，朦胧里的影子更是朦胧，朦胧里的梦境更是朦胧……

我写这感觉时，本想让感觉跟着我走，没料到我竟跟着感觉走了，因此有的节骨眼，显得语无伦次，不过究竟它与模糊有所不同，与糊涂隔得更远。当然说它是诗，它缺乏形象；说它是政论，它缺乏逻辑和论证过程；说它是简洁明快的散文，它又太啰唆。

朦胧是一种感觉、一种特殊的感觉，许多事物都在朦胧中表现它的存在。我对朦胧有独自的体味和理解，因写《朦胧吟》。

## 根雕

根在大自然里，根在泥土里，根在风里雨里，根在虚虚实实里。当根在地的怀里存活的时候，从不被人们所见，人们不讨论它、评价它。当偶尔有裸露在地表外、呈黑褐色的根块扑进人们的眼睑时，人们即可见风吹雨打霜剥露蚀的无情。然而根紧紧抓住石缝和泥筋，倔强地盘错在那里，一股劲儿地为叶为花供应着泥土的精华、营养。谁都知道叶、花离开根就会衰败和死亡。可叶、花通常是第一个为人们所赞美。对此，根并无怨言。随着季节的自然交替，叶、花“一岁一枯荣”时，人们不禁感叹生息的短暂，显出无可奈何的凄凉。而根，却几年、十几年、几十年不变它的青春，有的几百年、上千年仍葆有它生命的品质，它用遥遥无穷期的活力，竖起赞美天长地久的旗帜。

但有来必有还，有生必有灭。当树老了、树衰了、树死了，包括未死而伐的树，从此它的生命力全集中到根上了：凝聚起生命的全部经纬。它以朴拙、老节、沉默的语言，向人间诉说沧桑。

在这里，根雕艺术家有了施展才华的过程，他用慧心和灵巧的手，平静地或者热烈地转变异化、升华根的素质，开阔它新的天地、新的世界。思想与思想的交接，情与情的互流，毅力和意志的波涛和气息铸造成根雕的生命，根的生命延伸成根雕，根雕有了生命，根雕的生命扩大和加深了根的意境和内涵，因而成为不受许多限制的生命。崭新的姿态、崭新的走势、崭新的光路、崭新的语言出现了。一种跨越的精神，使根从自在的变成有为的了。这一“有为”，包装着艺术家的心气、神气、灵气，蕴藏着艺术家的个性。有个性在，作品便有特点，站起来的是深刻和精美。

在展观的场所，根雕也成了树木、森林了。地上站的、躺的，有狮虎豹狼蛇虫牛羊，还有钟鼎灯屏、活佛菩萨、渔夫猎人……挂在墙上的有龙凤鹰鸽，那似乎带着声响的是燕子、是云朵、是雷电……对这些形象、意象的捕捉，仁者见仁，智者见智，各有所钟：可能体味出奋斗拼搏的意志、摸爬滚打的力、仰天长啸或低头哭泣的情感。你看那高高擎起的手，要摸天、要摸太阳、要摸月亮星辰、要揽住满天风云。毋庸讳言，直拔可以表现力，扭曲也可以表现力；滑露可以表现不平常的历程，坑洼也可表现不平常的历程；阴晦可以表现心境，清明也可以表现心境。表现的形式、方法，各个不一，表现的效果，也各个不同。艺术家追求着深刻。

当然还有另外的追求，即作品什么也不像，读者猜不透、说不准它像什么。追求多题旨，自有它的妙谛。说太抽象，也不必摇头，不要排斥抽象，抽象也是真实的存在。单纯的具象、简洁的具象有美，抽象也有美。同样，准确有诗意，不准确仍然有诗意。既然是艺术的存在，必然有美的原因，也必然感人。感人的有时表现为鲜明夺目，更多地表现为潜移默化。因而说不出作品的思想、精神、道德，艺术美的幅员反而扩大了。这当然追求的是另一种深刻。

根雕是个小世界，是大世界浓缩成的小世界。根雕是个小舞台，是大世界简化成的小舞台。根雕艺术家，用耐性、韧性调度这个小世界、导演这个小舞台。

根须，小河一样在他脸上流淌；根须，血管一样在他心里展布。

当然对根雕也有另外的理解，备录如下：经过雕凿，根失去原来的粗糙、拙朴之气和自然自由的性格。打磨、重编、望文生义、望风捕影而生出新的名称，使之获取形而上的性质。调度和导演出来的力、一统的色彩，必然丧失崇高的神韵。它跟泥塑、石雕不同，虽然也是创造，但会因原型和意趣的不和谐、矛盾，强加给根以转化、变化、跨越、升华而扭曲了根的本义和品性，以削足适履、画蛇添足而致虎犬之失招，也令人惋之惜之。定格是匠人的财富，却贫穷了“自然天成”。再说，根雕放在展厅里，难免有贵族化之嫌。

## 重阳见蜃楼

往常重阳这天，我多半到山上遛遛，取“登高”之意。今天兴趣变了，偏偏要去看看海。

也许大家对海的深沉颇有兴致，尽管天上层云低沉，仍然有赶小海的、有撒小网的、有钓蛏子的。穿着水衣水裤的，在较远处作业；甩渔竿的，则在海边忙碌。一个观海人看见从遥远处的海里漂来一个锃亮的玻璃浮漂，他追着浮漂，顺着海边赶，直到浮漂停在海边了，他也便赶到，挽起裤脚脱下鞋袜，将浮漂抱上来，如获至宝地观摩着。不住地说可以加工成圆圆的鱼缸，养几条好看的鱼。几艘大的舰船在天海相接处停泊，仿佛悬在水面上似的，舰船下面都有一条白白的线。

一个老头和一个小女孩拎着绿色塑料桶，里面装的晒巴鱼干，下到海边台阶的最低层，把晒巴鱼放到海水里反复泡洗，他们有经验，晒鱼多放到海水里泡洗几次，可以洗上色道，冲上味道，不干燥，长油气，而且苍蝇不叮。他们冲洗了一会，把鱼放到塑料桶里，慢慢地回家了。他们住在离海很近的巷子里，用海也方便。两位中年盲人也到海上来了。一个一手拄着有色的杆子，一手牵着另一个盲人的杆子。两个人都笑着，连眼窝里也有笑，怪天真的，这完全是内心喜悦的表白，不是给别人看的。听他们的口音，是从内地来的，内地没有海，他们找机会到这滨海小城来会会海，倘若不会会海将是一生的遗憾。但他们的眼睛看不见海，只能用耳朵听海，用心去体会了，实际上是用心灵会海。可是他们能直接听到海潮的声音、海潮的心跳，至于海的颜色、海的姿容、海的气势、海的动态、海的腾跃、海的变化却只能靠灵魂去品味了。何况远处有海岛、有舰船，上上下下有鸥鸟，还有轻轻呼啸的海风，这些都是大海有机的一部分，他们难听得真、听得切、听得实在、听得鲜活，会有种种遗憾的。不过他们把海的梦采去了，也便会充实以后的日子、以后的人生。他们在可能的条件下满足了。

忽然天更加阴沉起来，似乎夜提前降临了。天黑得离奇，昏暗中透明，透明中有怪影，仿佛变成了“童话式”的妖魔的世界，零星雨点落下来了。海边立刻阴森肃杀起来，气氛很慌张。钓蛏子的、赶小海的、甩渔竿的早匆匆地收起了家什，骑车跑掉了。盲“仙人”也不见了。海边显得很冷清。此刻奇景幻观出现了：天南和天北黑默默地几乎看不到什么了，只有中间露出宽宽的、亮亮的一带，亮亮的地方，似乎让人感到并不太远，约五百米，其下有几座似接不接的高高低低的海岛，海岛间还有晃悠悠的船。这一切如同剪纸一样摆挂在海面上。

这是什么东西？过去我常到这海边，从没见过这个海域有如此的景象。而海边的情景也变了，海潮喧闹起来，海浪腾跃起来了，沸反盈天的，浪涛重重地拍打着石岸，簇簇浪花奔扑到岸上。水是浑浊的，仿佛里面有许多不安分的怪物，那许多旋涡恰像是许多凶恶的眼睛在窥伺。我忽然想起会不会是海啸的前兆呢？虽然我从没见过海啸是什么样子，可听说过海啸的厉害，它能吞没半个城市。这会不会是海啸的前兆呢？我忐忑不安了。隔海远一点保险，我躲到矮松树后面，一边贴着墙根快走，一边瞧着海里的“剪纸”。不久拐进胡同，到了滨海汽车站。看到许多人在那里躲雨，我不大害怕了，我定定神，忽地顿悟了：刚才看到大海里的景象不就是海市蜃楼吗？细想想这定是海市蜃楼无疑。这难以见到的海市蜃楼，特别已是初秋的季节更难见到。我却没能很好地领略它、欣赏它，岂不是大大的遗憾？不行，我要再去捕捉它。我不由地加大加快了步子，不一会儿来到海边，急切投目那奇景幻观的海域，却是空空一片了，再没有剪纸似的海岛和船了。其实再去捕捉它的想法，就太幼稚可笑。难道海市蜃楼还会等待我的顿悟，要求我的领略、观赏吗？宇宙万物是瞬息万变的，虚幻的奇观自由自在地来去，当人们由敏感和睿智觉察到、认识到它正有的存在，便得把握这瞬间去观察、探究它的表里和过程，尽量给予丰满的描绘，并把它放到记忆的深处。而我却由于平庸的生活惯了，毫无思想准备，加上缺乏认识和胆略，面对无限风光竟惊慌失措而逃，不敢持久瞩目，洞观其变，能不失之交臂？我失悔晚矣。可我也有收获，这让我对人生进行思索：一闪即逝的事物，在人生中是很多的，作为令人羡慕的契机，也常会在不自觉中失掉的。我之于海市蜃楼或许还不如盲人之于海。

我呆呆地站在海边，回忆海市蜃楼，海市蜃楼是剪纸、是图画、是雕塑、是梦境、是仙境。但它是虚幻的，容易消逝，转眼间已变成是我的回忆了。它只占有时间，而不占有空间，这正如同过去的一切时间一样，过去了的就不会回来了。人生如此短暂，能不抓紧吗？我的时代紧迫感油然而生。

记下这一点关注和感受，以激励自己。那天是辛未年重阳节，上午十点钟，北黄海上。

## 春雷，响动

春雷，你呼啸着来了，你扇着翅膀来了，你鼓着巴掌来了，你唱着歌儿来了。在我日夜思念你的时候，总埋怨你姗姗来迟。请原谅我的无知，季节不对，你怎能来呢？当然，那不过是因为我特别殷切地盼望你，显得异常焦急罢了。今天你总算来了，谢谢，美好的季节……

春雷，你来了，你用有力的手掌，摇醒、推醒、拍醒，甚至插醒那些贪睡、怠惰和优柔寡断的人们。他们舒出一口气，走向了田野，走进了车间，走进了哨所，走进了实验室。土地苏醒了，机器轰鸣了，哨所深藏着警惕的眼睛，实验室内弹出电子计算机的声响。人们用各自的智慧说话，用各自的构思探求，用各自的符号记录，把历史和现实联系起来，把信仰和理想融合到一起，去攀登一个又一个高度，将甜蜜的事业推向崇高的目标。

春雷，你来了，你用高昂的号音，催开每朵鲜花，转动每个齿轮，唤醒每个头脑；让所有的汽笛、铧犁、舵盘、啄木鸟，按着你的节拍工作；让每所幼儿园都洒进阳光；让所有的空地都栽上树木、青草、鲜花；也让不起眼的任何一片叶子都溢出新鲜气息。我希望每一颗果实，都长成甜瓜、肥桃、红枣，该脆的酥脆，该香的喷香，即使有点酸涩，又怕什么呢？最重要的是都能贡献出自己的味道，多一点，就能多丰富一点这世界。

春雷，你来了，你滚滚的车轮，从远方来，又向远方去了。把湿润的辙印、深沉的轨迹，沿着马路扩展，沿着小河扩展，沿着起伏的山峦扩展，沿着弯曲的海岸线扩展，沿着青青的麦畦扩展，沿着桃红柳绿的梢头扩展，向时代的洪流里扩展，向风光明媚的理想境界扩展。滚动着，带着汗水滚动着，带着思考滚动着，带着自豪和信念滚动着，带着欢声笑语滚动着，轻快地滚动着。你这惊天动地的车轮，把往日的、枯燥的、贫瘠的、辛酸的图案抹去了。挥动着欢快的、清新的、健美的彩笔，绘出一幅舒展向前的画卷，越来越美，越来越好，越来越合乎人意。

响动的春雷，我向你致敬！

## 我最爱的花

我把大海比作花园。这花园里遍开的是雪浪花，开向东，开向西，开向南，开向北，自由自在地开，多旺盛呵！它不随时间流逝而湮没，也不因地处偏僻而消沉。时空限制不了它，任谁也阻挡不住它。礁石想拦吗?越拦挡它开放得越挺拔。

你看它沸腾、激荡的样子，仿佛全身都燃烧着激情。然而它从不以奇异的香味，引人喜爱；也不以五彩的颜色，惹人注目。也许，它不愿用袭人的花香，令人沉醉，而只给人以淡淡的纯净，使人清醒；也许它不愿以艳丽的色彩，使人眼花缭乱，而只给人以蓝蔚蔚、白花花的一瞬，令人思索、探求。然而它深刻的爱就在这里。所以，道是无情还有情。你看，它是那样清白而又冰冷，迷茫而又机警。按时潮汐，如同令行禁止，似乎有谁在统帅这个军阵。然而，龙王也不敢自诩这是他的创造，因为它一怒之下，可以冲倒水晶宫；任何神仙、皇帝、至高无上的人也不敢采它据为己有，因为刹那间就不见它的踪影，只给贪婪者留下一个如痴如迷的短梦。所以，道是有情还无情。

不管谁赞美它，它都不忘乎所以、受宠若惊；不管谁诅咒它，它只管走自己的路，无动于衷。因为它有自己的性格、自己的见解、自己的向往、自己的历程……我觉得它是真正的自由之花、生命之花、不同凡俗之花、不屈不挠之花。百人百姓，性格各异，世人对花的喜爱也各不相同。宋朝周敦颐说："水陆草木之花，可爱者甚蕃。晋陶渊明独爱菊。自李唐来，世人甚爱牡丹。予独爱莲之出淤泥而不染……"我最爱的花呢，是雪浪花，因为它与众不同：难以捉摸，飘忽不定。

我最爱雪浪花。它铺满了时间的路程，它点缀了空间的原野。神灵般的大自然呵，你用智慧的构思、精巧的布局，让海洋上和陆地上的花朵相辉映，显得那样和谐、壮美，让时空因为这些花朵而得充实、丰富。

我最爱雪浪花。它不仅可以观赏、可以提炼出人类的所需……最重要的是，它永不停息地、一页一页地翻卷着历史的篇章，开辟着明天的进程。它的形象就是沸腾、拼搏、冲击；它的生命，就是咆哮着前进。雪浪花极富进取精神，为了前进，为了飞跃，为了摧枯拉朽，它不惜一切，甚至粉身碎骨，和枯枝败叶、千年污秽同归于尽。你看那摔碎的宝玉、砸烂的水晶，不就是它不死的魂灵吗?



我最爱雪浪花。它昂扬的高歌、有力的鸣啸，是热烈的爱呢，还是凌厉的憎？暴风中，它那深沉的呼吸，声声犹如轰雷。清晨月夕，它那素雅的花蕾，仿佛是献给大海女儿的银簪。大海女儿低徊着，舒缓着，叙谈缥缈的理想、朦胧的爱情。

我最爱雪浪花。虽然永远不能把它采来，但可以把它的想象和意境，栽进我贫瘠的心田里，让它开放出向上的花、澎湃不息的花、百折不挠的花！

## 山村写意

一夜淅淅沥沥的春雨，是春的歌。谁也猜不透那歌声里蕴藏着多少柔情、力量和理想。它好像是大自然的酵母，万物遇到它，便生机焕发。你瞧凤凰山脚下，多热闹呀，杏树、桃树、梨树、苹果树……都鼓舞起满身的激情，燃起一片红的火焰、黄的火焰、白的火焰呀，好一个五彩缤纷的展览会。土改林、合作林、公社林，还有四化林，它们正用挺直的树干和强大生命力的绿叶，记载着四十多年来农村的变化。

雨后，香水河仿佛穿着轻纱般的衣裳，显得特别年轻、活跃，大队的鸭群、村民的鸭群，有的头上描上红点儿，有的腿上系着绿色布条儿，混成大群，一齐扑进河里，嘎、嘎、嘎，清脆的音响回荡着。香水河把蔚蓝色的乐曲倾注到月牙水库里，水库变成一个大音乐厅。小型电灌站的机器声，突、突、突，在远山近谷中回响，像为大自然在不停地鼓掌。汩汩的流水，顺着盘山渠道流进绿色的田园。

广阔的原野和城市联系起来。顺着大道，膘肥体壮的大马，拉着胶轮大车奔跑，远了，远了，把粪肥送到田间呀。啵啵啵，急驶的汽车载着水泵，柴油、化肥、胶鞋、暖瓶……一辆辆，穿过柳云槐海，向山村进发。邮递员、修配工人、地质队员……骑着新车飞奔，一串串，近了，近了。挑着锣鼓背着琴的，是下乡演出的剧团演员，顺着盘山小道来了。推着装着影片和放映机小车的，是山村放映员，顺着水库边的小路来了。背着红十字药包的，是山村女医生，涉过香水河来了。挑着货郎担的山村售货员，也穿过花红柳绿来了呀！宽阔的道路，仿佛是大社会的纽带，把城乡、工农联系起来了。

在村街心的大柳树下，已不像往日那么静。那里叮当叮当不住地响。铁匠师傅拉着风箱，呼呼呼，好像叙说着他满腔的热情；熊熊的炉火，腾腾腾，仿佛是一朵跳动着的大红花。大锤小锤起起落落，叮叮当当，打铁锹呀，淬镢头呀。这里是春耕第一线的后勤部，为春耕赶修战斗武器呀！

这是一幅山村写意图，在画面的上空，你瞧呵，风吹着小学校升起的五星红旗，卷着飘着，像一片灿烂的霞光，照耀着这美丽富饶的山村！

## 花河边

不知为什么，人到老年总爱回忆童年的事情，去寻找童年的足迹。这次回故乡的第二天早晨，我便去“瞻仰”童年时常结伴游玩的花河。是梦吗？认不得了，这变得年轻了的花河！

记忆中的花河，是一条又臭又脏的水沟，流水也不是轻快的、舒畅的。真的，与其说是流水，倒不如说是一道黄、一道青、一道灰、一道紫的浑浊的液体，带着千年的污秽、万年的屈辱，喘着粗气，想流也流不动，只能在故乡干瘪的脊背上拥挤着、爬行着，像破了头、鼓了脓的疮口，充满无尽的哀怨、呻吟、痛哭……就这样，一代一代流下来，又一代一代传下去，成为我的故乡的一份历史的遗产。它像万钧的重负，压在故乡人的肩头上，死扣着。古城啊，苍老而呆滞。童年时我就奇怪，花河本没有花，古人为什么偏偏给它起了一个好听的名字呢？这到底为什么？我猜想、忖度了很久，终于悟出来了：这不过是古人借此寄托一个美好的理想罢了。

如今的花河，可是真正的有花的河流了。漫长的河边不但盛开着各色各样的野花，重要的是，这几年河边的场地铺平了，农贸市场部门在这里开辟了花市、鸟市、金鱼市。鲜亮的市场牌挂在高高的桩子上。花鸟鱼虫谁不喜爱呢？这是生活的需要呵，生活需要美。谁见到清一色、红一片能不感到单调、枯燥、乏味呢？生活需要五光十色，溢香流彩呵！

花市上的花多得数不过来：茉莉、玫瑰、玉兰、月季、迎春、牡丹、芍药、美人蕉、君子兰……还有浙江来的米兰，云南来的茶花，福建来的水仙。真是五颜六色，千姿百态，众香扑鼻，香得清新，香得飒爽，香得芬芳，香得风流，连空气都染香了，连黎明的曙色、连初升的太阳都染上了香的神韵。

我想人类如果没有百花齐放，怎能衍续下去？没有百花齐放，怎能成为完整的、丰富的世界？

卖花人讲着自己的花的好处、特点，招揽顾客。买花人，讲着价，想便宜点买到手。端两盆花，放在自己的窗台上，仿佛那是自己舒展的笑容，跟和煦的阳光融合到一起，美滋滋、甜细细的，感谢这些养花的能工巧匠，用智慧的构思和辛勤的汗水，培育出这样美丽的花，迎合着适宜的季节，迎合着清平盛世，点缀我故乡小城的河边，美化了环境，美化了生活。

我站在河边最低一层的条石上，看花河水清澈见底，不觉惊讶了。水为什么会这样清？不远一位提水浇花的老者笑着告诉我，如今花河跟花山水库连在一起了，因此，花河有了长流水。原来如此。你看吧，自由自在的小鱼虾，轻拂着鹅卵石飘然而过，悠然自得，轻松愉快。我想起庄子说的话："鲦鱼出游从容，是鱼之乐也。"的确，生活在花河边的人民如今是这般快乐，花河中的游鱼能不快乐吗？

花河呵，如今你成了名副其实的花河了。起名字的古人的理想实现了。花香随着流水，流到很远很远，一直流进渤海湾去。我想，渤海湾里也一定注满了百花的芬芳，那是故乡的花河赠给她的诗情画意呵！

## 春天的小河

春天，我站在一条小河边远眺。

沿着小河走来孩子们植树的队伍。孩子们荡着欢快的波涛，闪着夺目的亮光，唱着悦耳的歌曲，扑向阳光照耀下的原野，向应该是果林葱茏的地方流去，向应该是青草如茵的地方流去，向应该是鸟语花香的地方流去，向一切应该有生命力的地方流去……孩子们植树的队伍和那一条小河肩并着肩，向老远老远的地方流去。跨过时间和空间，我开阔视野，看到不久的将来，我们祖先流血流汗传下来的土地上，有绿色的波涛滚滚，那是绿色的大河，绿色的原野啊。我的祖国，你绿得多娇，绿得清新，绿得多美。眼前，孩子们植树的队伍，不也正是一条春天的小河吗？

## 海滨秋风凉

秋风凉了，今天天气阴沉，海边的人肯定少了。到海边一看，旅游的人果然不多了。大家的胃口也装不下过凉的东西，卖冰糕的老太太穿上了风雨衣，被风霜浸泡过的脸上也没有笑意了。

海滨路添置了好几幢新的雕塑，布置错落，远近适宜。它们都是抽象派作品，造型古怪，只能看其形象，但琢磨不出意思来。也许美就是这个客观存在了。

钓鱼的人疏疏朗朗地在海边垂钓。他们是大自然的真正的朋友、大海的真正的朋友，可谓“相看两不厌”了。有个中年钓鱼者，带着三个小板凳，自己、妻子和晚生的孩子，都坐在小板凳上，这是准备一天的钓，多孔的提兜里装着午饭哪，有花卷、咸鸭蛋、香肠、煮鸡蛋、一瓶啤酒，旁边的大瓶子里装着凉开水。

一个六十多岁的钓鱼老者，眼前放着三根转轮渔竿，那是很讲究的。他悠然自得地看着渔竿、渔线，一有动静，就提渔竿，狠力地拽两下，旋着转轮，满怀希望提上来，然而常常是空的。他来了两三个钟头了，只钓出四五条尚处于童年期的广鱼和偏口。一个旅游者不无逗乐地说：“可熬一锅了。”旅游者的妻子也会问：“熬一锅什么？”，那旅游者答道：“一锅鱼汤，名副其实的鱼汤。”钓鱼的人看了看他们，不脸红，也不回话。垂钓者有另外的收获，是外地的观钓者不能理解的。

远远地，有四个小孩子，有七八岁，或十几岁的样子，可能是小学的同班同学。他们要过好暑假的最后几天。他们蹲在或猫腰站在伸向海的一堵挡浪坝垛上。渔具很简单，渔线系在空的“崂山可乐”的易拉罐上，坠儿是一个大螺母，鱼饵是海蛆。把渔线放开，左手抓住易拉罐，右手抡着线向外扔去，扔得不算近，起码有十五米的样子，还激起一朵小花。他们的凉鞋，塞在后腰的皮带下，活像别的手榴弹样，给人以忙碌而进取的感觉。他们各自的白色透明的塑料筒里，也都有三四条广鱼了。他们互相问：“你钓的小鱼怎么吃法？”

一个说：“我送给我爷爷。他爱喝酒，小鱼送给他，用油一煎，就是酒菜了。”

又一个说：“我的鱼送给退了休的王老师，表示对她的敬意。”

另一个说：“我把鱼送给街道上的‘老聋婆’奶奶，她是孤寡老人。”

再一个说：“我的鱼送给我的小同桌，她今天过生日。”孩子们都有自己的目标，劳动也有意义。

而我呢？我分享着秋风凉了的大海和大海的朋友的一切诗境、诗情、诗意、诗美。我不由地看远处，有几艘轮船浮得老高老高的，真叫人奇怪，想过去的船停在海面上不是这样的。今天的船可能是太大了。

## 春满幼儿园

昨夜春雨低唱，歌声是那样深情、凝练、空灵。叮叮咚咚的音符，将小溪、原野、山峦唤醒。一山绿了，一山青了，一山红了，满是生命铺开的新叶和希望绽开的花朵。

在果林边最安静、最清新的地方，有一幢蓝砖红瓦的新屋，屋檐下挂着狼尾巴谷穗、火焰似的红辣椒，那是象征和平、静谧的旗帜吗？这里是新建的幼儿园，白白嫩嫩的脸庞，展示着生命力的微笑。

有两位耐心的老师在这里服务。一个白发，一个青丝。白发者是当年的子弟兵妈妈，如今身边什么人也没有了，但她不愿到敬老院去，她自愿住在幼儿园里，帮助护理孩子。村里委任她为主任。她带着一个部下，就是那位青丝者，一位十七岁的姑娘。姑娘幼儿师范毕业后，自愿回本村幼儿园担任老师。她的心全凝聚到小天使的身上了。

她们都戴着白帽子、穿着白褂子，像医院里的医生和护士。子弟兵妈妈硬朗朗的身板，坐在大沙发上，戴着眼镜纳垫肩，细针密线，结实地缝着。平常有急需垫肩的年轻人，来跟她要，她就乐呵呵地给他一个；也有年轻人拿着料，托她缝个垫肩，她便乐呵呵地给他缝。有了垫肩，好上山呀，好下泊呀。那垫肩像是扁扁的大月牙，什么色的都有。当田野升起大月牙，穿行在花红柳绿间，该是壮美吧，柔美吧。她缝了好多好多垫肩了，她身边没有什么人了，那是给谁缝的呢？也许她是给这些孩子们留的，等孩子们长大成为农村建设者了，她把垫肩分给他们。即使那时机械化已达到很高很高的水平，但也离不开垫肩呀。垫肩象征什么呢？子弟兵妈妈，你想得很远呵！

那姑娘看着老妈妈安详、认真的样子，甜蜜蜜地笑了，她不觉哼起老辈子传下来的谣谚，那是老妈妈教的。好听的谣谚，能刻印到孩子们的心中。如果顺向顺风，孩子们的妈妈、爸爸都能听到这谣谚，都会觉得熟悉、亲切、甜美。那谣谚也是阳光和雨露吧。此刻，她正从机井里取水浇花草、果树、菜畦。在晒架上挂着洗净的各色各样的衣裙、纱巾，仿佛那是给春天增加的色彩和风光。在对面影壁上，有她尚未画成的《春满幼儿园》的图画。她用幻想和智慧描绘着未来，多才多艺多情的姑娘。

园内开着蝴蝶似的小花、星星似的小花、金樽似的小花、珍珠似的小花、银冠似的小花、火球似的小花……几个小孩贴着篱笆俯卧在小床上，看着这各样各色的小花，看着看着就笑了，看着看着就醉了。太阳给他们盖一身温暖……

## 洗衣裳

在桃红柳绿中，遮掩着一条潺潺的小河。三四个战士、五六个农家妇女，个挨个儿在小河里洗衣裳。那一棱一棱颤悠悠的波浪，带着汗香，带着泥土香，带着火药香，连带着朗声笑语漂走了，漂走了。

战士和妇女，是亲密的邻居。他们在万里无云的蓝天下，在一块田里，挥舞着镰刀，收割金黄的小麦；他们扛着大枪，挑着凄清的一弯月牙，站在一个山头上，为祖国站岗放哨；他们在昨夜星斗满天的打谷场上，一起看《喜盈门》电影……

现在，一件一件草绿色褂子、海蓝色褂子，各式各色的花褂子，披在向阳的树枝上，瞧，那不是春天的彩旗吗？

## 樱桃林

又是"一树樱桃带雨红"的季节，战士从边疆归来探家。爷爷高兴极了，几年前孙子应征入伍时，比这个节气早一些。孙子也还有些孩子气。他跟新栽的年青的樱桃林一起成长。

"土里吃，土里醉，土里做梦好滋味。"爷爷邀孙子一起去赶樱桃会。樱桃会，是家乡一带继承下来的古老传统。大家都记着"三集樱桃两集蒜"的谚语，樱桃的时间大约半个月，各种各样的上好樱桃都上市了。这些日子，青年男女、老人孩子，向樱桃会集中，一方面展览樱桃，一方面展示自己。当然，这里最乡土，也最新潮了。

爷爷挑拣着，买二斤火珠似的樱桃，在小河边、垂柳下，和孙子坐在石板上吃。

爷爷让孙子多吃，他说："我已经吃了很多年的樱桃了，孩子，你多吃吧。"

孙子让爷爷多吃，他说："我将来还有很多年可以吃樱桃，爷爷，你多吃吧。"

他们让着、吃着、笑着，心里甜哪。

尔后，战士把樱桃核，用方手巾包起来，他准备把它们带到边疆去，在那里的山峦间、河滩上栽上郁郁葱葱的樱桃林，像家乡的一样。

那时，站在边疆的樱桃林前，也就看到家乡的樱桃林了。边疆的樱桃林和家乡的樱桃林连接到一起了，连笑语、歌声、意志、感情，连星光、月光、风光、阳光也都连接到一起了……

## 浪花，在阳光下闪耀

浪花，在阳光下闪耀。何必问呢，这一朵是河里的浪花还是湖里的浪花。哪里没有茁壮的新芽、丰收的喜悦？何必问呢，这一朵是江里的浪花还是海里的浪花。哪里没有攀登的气概、胜利的捷报？很显然我说的这浪花，并不具体，但又到处都是。那新生的事物、那茁壮成长的事物、那朝霞般的事物、那夕阳红里的事物，都可看到、听到、摸到这浪花的形态、温度、声响和味道。感觉到这浪花的存在。

是啊，那千亩万亩微风摇荡的庄稼，是浪花！那千台万台机器轧轧的响声，是浪花！那千所万所学校朗朗的读书声，是浪花！那科研那技术那文化那文艺的不断革新、不断发明、不断创造、不断出精品，是浪花！那缉私缉毒缉黄的边防海防战士在密林里在沙滩上的脚印，是浪花！有谁能说，那万里长城的走势不是浪花？那三边防护林不是浪花？那钻塔上的彩旗不是浪花？那起飞的机群、那启航的舰船、那奔驰的火车汽车不是浪花？那香喷喷的稻麦、高粱、谷子、大豆不是浪花？那鲜灵灵的菜园、果园不是浪花？那满山满野的牛群羊群马群猪群，那鸡群鸭群鹅群不是浪花？毫无疑问，它们是浪花，因为它们展示着蒸蒸日上、欣欣向荣、奔流不息的时代洪流。

对呵，我找到了它了，在庆功会上，英雄儿女胸前戴的红花；在劳模会上，劳模奖状缀满的鲜花；在灯火辉煌的宴会厅里，五洲宾朋为友谊干杯的酒花；在东方之珠回归祖国怀抱的日子那千山万水、千家万户的掌声呼声歌声笑声以及闪耀在万里长空的礼花。这都是浪花，它集聚着百花的芬芳，积累着日月的光华。

有谁说浪花的形象难以捉摸？

有谁说浪花的神采不易描画？

这浪花穿着钢铁的盔甲，执着风雨的长鞭，发出惊天动地的咆哮，迈着矫健的步伐，飞跃，前进，飞跃，前进。我歌赞的浪花，是一种象征、一种旗帜、一种奋发向上的斗志、一种无坚不摧无攻不克的力量，是民族不屈不挠、改天换地的理想、信仰和精神。它处处都在涌动，时时都在飞跃，时空里充满了它的神韵。浪花，在阳光下闪耀，满怀豪情地奔向21世纪。

## 牵山挂海几多情

在秋风海浪的时候，她，一名山区的军嫂赶织毛衣，织一件肥肥大大、厚厚实实的毛衣，要寄到老远的海疆去。时间过得好快，那还是春夏之交的时候，小伙子从海疆寄来一封有分量的信。信内附来一张彩照：一只海燕在翻卷的怒涛上翻飞，远近的龙斑云做了照片的大背景；只是画面上没有任何人物。妈妈眯缝着眼寻找半天，找不到她日夜牵挂的儿子。妈妈焦急了，忙问媳妇："怎么没有咱的铁柱呢?"

年青的媳妇聪颖地笑了，说："妈妈，这是一张艺术照呵。你看那凌空的海燕，不就是他吗?"媳妇知识面广，形象思维丰富，有艺术美的见解，又富于联想，体会出其中的象征意义。当她翻过照片背面，铁柱的一首诗扑进她的眼睑，诗题为《战士的形象》，诗曰："剪一只凌空的海燕/录一带汽笛的鸣响/拍一排翻卷的怒涛/印一张明丽的阳光/一幅战士的形象/寄回遥远的家乡。"铁柱入伍前常写诗，入伍后继续写诗。军嫂经常是他的第一个读者。有意思的是，这次军嫂对照片内涵的理解，恰跟铁柱的诗情画意吻合。

可妈妈对此却琢磨不透，妈妈又问："那铁柱本人到哪里去了？离别这么久了，怎不叫妈妈见见，是胖了？是瘦了？是壮了？是弱了？不懂事的孩子，老大不小了，还跟妈妈捉迷藏!"妈妈流露出埋怨的神色。

媳妇笑吟吟地解释说："妈妈，你怎能见到他呢？他在风光的那一边，老远的前边，站岗放哨呵!"她似乎看到了那清朗的黎明、伸手不见五指的夜晚，还有那始终如一警惕的目光。妈妈似懂非懂，直是不放心地说：“看这多大的海、多远的海、多深的海，在老远的那一边，想必更冷了。”她不禁打了一个寒战。照片引起她百般思绪，儿行千里母担忧，从春夏一直惦记到秋冬。

军嫂为了安慰妈妈，也为了寄托深情，到百货大楼买来了上好的毛线，说给铁柱织件肥肥大大、厚厚实实的毛衣寄到老远的海疆，妈妈听了高兴了，不住地点头微笑。

军嫂料理家里的活，忙乎地里的活，看管鸡鸭鹅猪牛羊，抽空坐在临山的窗前织毛衣，她织进了家乡的山岗，织进了村前的河流，织进了门前的葡萄紫枣儿红，织进了庭院的花香鸟鸣，不用说也织进了千丝万缕故园的怀念……夏天在热烈的氛围中度过了。一转眼就进入了秋风海浪的季节，毛衣赶织好了，肥肥大大厚厚实实的毛衣熨熨帖帖地织好了，不久，毛衣寄到远方战士的手里。

呀，真美的图案！沉甸甸、暖和和、甜蜜蜜。多少情、多少盼、多少无言的祝愿。还有呢，线扣里密密地织进多少恋。当然喽，也在战士心中织上了经纬万道、分量千钧的诗。

## 少小护林员

闻新和恽琴，同住一个村，又是邻居，在学校里又在同一个班。他们一起上学，放学一起回家，也经常在一起讨论功课。在学校倡导爱护少年林时，他们又结成了对手，都当了护林员，一人负责两棵树。他们为树锄草、施肥、浇水，关心备至，像爱护眼睛一样爱护小树。

他们心里有树，梦里有树。他们知道有了树就有了绿色，就会有清新的空气，就会有润泽的湿地。当那好雨来临的时候，雨珠洒在树上，声音真好听。水珠顺树叶滚下，晶莹透明。雨帘成了荧屏，映出季节的旖旎风光。有了树就能引来莺啼鸟啭、千蜂万蝶飞舞，也便形成了有声有色的氛围。有了树就会有神秘的山岗、甜蜜的小溪，连月亮和星星也增多了灵性和神韵。清新的春意、朦胧的诗意，就会变成神奇的童话、智慧的歌谣。真是的，梦都变成绿色的了。所以，他们对护林工作特别上心。

沿海，春天风多。一夜大风吼叫起来。飞沙走石，敲打着窗户，闻新梦中惊醒，立刻感到小树在心灵的眼睛里摇晃，他想在满天漫地的风沙中小树定是呼呼作响，那是小树痛苦的嘶喊。闻新寻思远了一些，心里就滚烫了、火急了。他忙穿上衣服，掀亮手电，跑向羊角河汇入大海处的滩涂上。少年林就栽种在那里。好大的风沙呵，风扑着小树，小树在风中弓着腰、晃着臂，使力挣扎，多遭罪呵。闻新要抢救小树，可苦于没有办法。正踌躇间，忽见不远处有恽琴的身影闪动。恽琴顶着狂风来了，似一只顽强拼搏的飞燕，闻新和恽琴“会师”了。他们的心思、感情和力量拧到了一起。

怎么办？他们商量了一下，两个小机灵，赛过诸葛亮。

他们急忙往回跑。从家里各扛出两根高高的青竹。闻新紧靠小树刨坑，恽琴用锨掷土，坑里埋下一根青竹，用脚踏实了土。闻新猫着腰，恽琴站在他肩上。闻新慢慢站起身来，恽琴用绳子，将小树和青竹缠在一起。于是，四棵树像四名不屈的战士，屹然挺立，笑微微地，一起抵御着凶猛的风沙。

过了好长时间，风停了。闻新和恽琴笑了，他们胜利了。经过一次风沙的洗礼，原野新生了。朝霞显得非常喜悦鲜亮。大海推出的太阳，火红耀眼，饱满有力，仿佛它是在经过一次大的裂变之后而新生的一个更强壮的太阳。

多好看呵，少年林里多棵小树下，都站着少小的护林员。护林员和小树依偎在一起，霎时都长高了似的，心长高了，境界拓远了。少年林是绿色世界的一角。多好看呵，他们如同从太阳那里剪裁来的一朵朵火花，在晨曦中透明地燃烧着。

# 零感杂拾

## 蜜蜂

一只蜜蜂正作万里飞行，忽遇暴风雨的袭击。它受了重伤，扑进花丛里喘息。

当它慢慢苏醒时，即刻想起了自己的责任——酿蜜。它用全身力气，吸吮花中的原汁。不久，花朵变成坟墓，它在花丛里安息。

黄昏后，一阵狂风吹过，败叶飘零，连花朵也坠地了。当车马从它们身上驰过的时候，谁也没听到它“喷香”的叹息。

## 潮湿

什么都潮湿了。

汗，潮湿了；泪，潮湿了；血，潮湿了；心，潮湿了；梦，潮湿了；身后的影子，潮湿了；岁月，潮湿了；什么都潮湿了。

多好的潮湿。

一切潮湿，都走进了土地。

## 帆儿

帆儿走了，云朵一样；帆儿走了，黄叶一样；帆儿走了，相思一样；帆儿来了，花朵一样；帆儿来了，歌谣一样；帆儿来了，鸽子一样；帆儿来了，图画一样；帆儿来了，亲人一样。

## 真理

真理跟太阳在一起，真理跟空气在一起，真理跟水分在一起，真理跟粮食在一起，真理跟正义之王在一起，真理跟自由之神在一起。

真理在宇宙的怀里睁着双眼；

宇宙在真理的怀里屏着呼吸。

### 开垦

你一言，他一语，商量开垦荒地。我听呆了，我害羞了。庄稼汉是语言大师，他们用生活的犁，把我那块干巴巴的语言荒地开垦了。

### 论文

大地是我的书桌，庄稼是我的稿纸，汗水是我的思想，镰刀是我的笔，我写下第一篇论文——劳动。

### 金黄色的语言

我抱着一捆捆沉甸甸的谷穗，觉得出劳动的分量，那金黄色的语言，远比苍白的诗句，结实而有力。

### 挑水栽瓜秧

正是栽地瓜秧的时候，天旱得很，需要挑水栽瓜秧。我用铁锨在干河里挖了一个缸口大的坑，汩汩汩，不一会涨满了水。我挑水挑得多、挑得快，而水沁得少、沁得慢，一会儿，水坑就干了。我不得不挨着那个坑再挖一个缸口大的坑，汩汩汩，汩汩汩，两个坑的水亲了嘴。我挑水，挑呵挑呵，一直挑不干。

### 间苗

小孩子光着脊梁在谷地里间苗。火辣辣的阳光照在他的脊梁上，也照在谷苗上。孩子的脊梁越晒越黑，谷苗越晒越葱绿。他们都在赤橙黄绿青蓝紫的照射下，茁壮成长。大自然培育出结实的身板和光灿灿的籽粒。

# 一树樱桃带雨红

又是樱桃成熟季节，我来到了樱桃夼。连绵的群山环抱着一条狭长曲折的樱桃林带，仿佛一匹锦缎从天上飘然舒展下来。碧绿矮小的樱桃树上，挂满了密密麻麻的火珠星斗，映得十里山间光彩夺目，恰好昨夜山间淋过一阵轻雨，我不禁想起古典诗人那语言清丽、以景见情的句子，“一树樱桃带雨红”。

樱桃固然好看，但主要是好吃。而樱桃花开却是最美的，它清新俊雅，鲜丽明媚。花一开，果农的心就踏实了，劳动就算有了初步收获。一年的风霜雨露，即使在睡梦中也牵动着果农的心。剪枝整杈，刮树治虫，施肥灌溉，一身身汗水，孕育出一树树好花。每年四月，那淡粉色的蓓蕾刚一冒头，一夜之间，就像多情的仙女把洁白的小花朵撒满了万树枝头，纷纷扬扬。伴随花而来的是嫩叶，青绿带着红晕，没有多久，忽来一阵微风细雨，粉白的花儿不见了，嫩叶也变深绿了。此后谁也没看见，春风如何为樱桃梳妆打扮，春阳如何给樱桃添脂着色，可是眨眼间樱桃却熟了，果农微笑了。樱桃夼要开樱桃会了。四周山村的嫂子、大娘们，姑娘、小伙们，男女老少都穿上新衣，挽着元宝筐或荷花篓，说着、笑着、闹着，聚会到樱桃市来，连百里以外的县、市果商也来采购，樱桃夼变成珠潮宝市了。一些科班的和土长的画家决不放过这时机，他们来写生了，想把这十里山间樱桃红，用线条和彩色描绘到他们尺幅的画面上，借景物抒情言志啊！

我站在向阳山坡上，放眼远望，果树重重，依山起伏，波红浪绿，滚滚滔滔，微风过处，分不出哪是沟壑，哪是山坡。我像漂浮在樱桃树海之上，觉得风是香的，云朵是甜的。近处果肥压枝，枝儿低垂，很像撑起的一把锦纹闪烁的大伞，也像一座玲珑晶莹的翡翠宝塔。妇女们戴着海蓝色的小帽，挽着花色丝线镶边的元宝筐、荷花篓，在林中摘果，从西坡飘到东坡，从后坡飘到前坡，真如百蝶齐舞。两手快如穿梭，一串串樱桃好像流星飞驰，一会儿，筐篓里就堆满了玛瑙珠儿。在这忙碌的季节，孩子们也来帮忙抢收。他们跳着蹦着，钻到果树下，用长钩钩住果枝，摘着樱桃。小调儿唱起来了，此起彼伏，仿佛那声音也感染了樱桃的色味。在这里摘樱桃，拣那些熟透而龇牙咧嘴的、不能存放的樱桃吃掉，是不算偷的。孩子们衔着樱桃咀嚼着，可乐坏了这些小天使。

“樱桃好吃吗？可别忘了树难栽呀！”一个耳熟的声音从树行间传过来。孩子们笑着喊“王泰爷爷”。提起王泰，这百里方圆无人不知，他摆弄了五十多年樱桃了，人称樱桃王泰。如今他虽上了年纪，可精神不减当年，他承包了这樱桃果业，而且还大搞科研，研究樱桃怎样才能抗折腾，怎样才能延长保鲜时间的课题。

我赶忙上前打招呼：“老人家，好樱桃，今年又是个大丰收。”他听了，不由地高兴起来，布满皱纹的古铜色脸上，透出一丝微笑，斑白眉毛下的两眼格外有神，像妈妈听到别人称赞自己的孩子一样舒心得意：“我们樱桃夼的樱桃，哪年不是大丰收呢？但是只有党的好政策在樱桃夼扎了根，才算是真正的丰收啦！”

我正分享着果农丰收的喜悦。深刻理解一靠政策，二靠科学的重要。此刻，王泰用小筐罗托来一些大樱桃。个儿大得出奇，果肉肥厚。他说：“这是我培植的新品种，叫‘泰字一号’，不满五十个，可重达一斤。”说着他随便抓一些放在秤盘上，把秤砣拨到一斤的位置。三五一数，整好是四十六个。噢哟，如此肥重的樱桃，堪称奇佳之品了。他指指樱桃让我吃：“不是吹，你品品，简直是冰糖汁、一篓蜜。”

我捏起两粒，放到嘴里，仿佛它是自由自在地溶化了。不禁脱口而出：“真甜啊！——王泰大爷，我记得咱们一带樱桃是带酸头的？”

“过去，樱桃是用果农的血泪浇灌的，怎能不酸呢？如今，旭光、水光、风光（果农老爱在水、风之后加个‘光’字）充足，酸味光化了，只剩‘甜’了。”

他的话既富诗意，又寓哲理，意思是丰富的。我正在捉摸着，忽听“得”一声，几辆胶轮大车停下了。王泰张罗着大家把筐筐包装好的樱桃装上了车。一阵鞭响，马蹄扎撒，踢起一阵沙尘，胶轮向火车站驰去。把冰糖夼、幸福夼的情义运往五洲四海。

我随着大车走在石拱、水泥路面的长桥上。河水潺潺从桥下流过。水势挺旺，这是因为村西不远处有甜水河和香河相汇合的缘故。听前辈人讲，给汇合后的河起名，颇费了一些思考。有人认为这是风水之地，故多是福禄寿喜上考虑。独一有远见的人主张将“甜”“香”二字切音贴意，取名为“章水河”，意思在于祝愿这里出些高妙的文章，诞生些举人、进士之类的人才，以光天下。不过，多少辈过去，人们为此而失望了。其实，放宽一想，这“甜”“香”二水灌溉滋润出了出类拔萃的樱桃，独占世界金榜之魁，难道还不算“状元红”吗？

章水河的两岸，有新建的青砖红瓦的果库、幼儿园、百货店、邮局、银行、电影院、小学校、中学校……显示着樱桃夼富裕的风貌。我不由地捕捉到一个形象：章水河正像一腾挪跌宕的长龙，两岸的樱桃林正像搏击长空的雄鹰，一起飞翔在阳光灿烂的长空。樱桃夼，你奋飞吧！追赶时代的脚步，追赶祖国大好的春光！

## 甜丝丝的米花

一个十七八岁的小伙，挑着担子走进小胡同里，吆喝着：“爆米花来，爆米花来！”

小胡同里成排的柳树，柳丝荡着，扬着千万只绿色的手向他打招呼；杏花也从墙头伸出红润的脸来张望。

“爆米花来，爆米花来！”年轻人在一大柳树下放下了担子，生起了火。爱爆苞米的儿童来了，爱爆麦粒的年轻母亲来了，爱爆大米的老奶奶来了。爆米花机摇动了，那年轻人加着煤，看着压力表，左摇几下，右摇几下，旋律明快、节奏和谐，好像是演奏一曲轻音乐，连柳丝、杏枝都忍不住也来参加合奏了，轻晃着她们的美姿。

风箱呼呼呼，火焰腾腾腾。春天又添了几分色彩。不一会儿就放了一炮，那是春天欢迎一切新生命的礼炮吗？你听声音是多么深沉浑厚啊！

长长的袋子里倾倒出香喷喷、大咧咧、银花花的米花来。有的还加了糖精，更散放着甜丝丝的味儿。欢笑的脸，拎着一篮篮米花走了。把香喷喷、甜细细的滋味撒满一路。

此刻，从高楼上走下一个五六岁的小姑娘，她脖子上挂着一把钥匙。面前的情景，引来她羡慕的眼光，舌头舔嘴唇，心想，爸妈在家就好了，他们一定也会给自己爆一些米花的，可现在不行。她的眼跟着摇动的爆米花机转动着。

“小妹妹，爆米花吃吧！”年轻人问。

小姑娘用惋惜的口气回答说：“爸爸妈妈去上班了，拿不出钱来，怎能爆呢？”

“爆吧，不要你钱。”

“那怎么行呢？妈妈说过不能让别人白白劳动，再说我们也不认识。”

“难道爸妈不在家，拿不出钱来，我就不能给你爆一碗吗？看你这样有礼貌、聪明、懂事的小姑娘，我一定给你爆。”年轻人劝说着。

“那好吧，先爆米花，晚上爸妈回来把钱给你送来。”

不一会，小姑娘拿来了一茶缸苞米粒。爆花机开始摇起来了。

“你这摇的个什么东西？”小姑娘问。

“摇的地球！”

小姑娘笑。恰好她妈妈是位中学的地理教员。她看到妈妈支架着的地球仪。“摇的地球”这话使她觉得很有趣。

“地球本是椭圆的，你看被我摇得更加椭圆了。”年轻人又调皮地说。

小姑娘仍然笑着。她一边看他操作，一边听他跟其他人说话，知道他是河南人，家里承包了田地，眼下利用农闲时节，千里迢迢地出门搞点副业，来到本市已经十几天了，生意很好。现住在鸿兴旅馆里。

爆米花的年轻人摇着机把手，看了看压力表说好了，只听轰的一声，又放了一响礼炮。然后把爆米花倒进小姑娘的篮子里。小姑娘说声“谢谢”，拎着“香喷喷、大咧咧、甜丝丝”走了。

傍晚，爸妈回家了。小姑娘兴致勃勃地告诉大人关于爆米花的事。妈妈很感动，决定当晚把爆米花钱送去。可是小姑娘把他的住处忘了，只记得是个什么“兴”来。而本市带“兴”字的旅馆很多，有“中兴”“振兴”“义兴”“正兴”“云兴”“华兴”“鸿兴”……到哪儿去找呢？妈妈带着小姑娘到每个带“兴”字的旅馆去打听，终于在“鸿兴”找到爆米花的年轻人。妈妈说了感谢他的话，将爆米花的费用送给了他。妈妈想得很周到，还用自行车带给他一小袋好烧的煤。爆米花的小伙推辞了一阵，看母女很真诚，只得收下了。

这一夜，一切都在甜蜜的梦中。明天，在另一条胡同里，又会响起一声声春天的礼炮……

## 请回故乡拍照

玻璃板下还压着一张我的照片。那是庐山五老峰的一位姑娘拍摄的。那天雾大，由于光线不好，老实讲，相片照得很不理想。但我珍惜这张照片，因为它能引起我一段很有意思的回忆。

那年春末，在庐山开会，会务组安排了一天旅游时间。当我和几位会友攀登上五老峰时，我因为粗壮一点，满身已是汗湿的了。我脱下衬衫，拎在肘弯。忽听蹲在高石头上的摄影姑娘兜揽生意的声音：

“照一张吧，老师傅，留个纪念。”听去不是江西腔，一口不太标准的普通话。

照一张，来一次不容易，我早有这打算了。我坐在一块背靠卧龙松的石头上，衬衫搭在膝盖上。

可能是职业造成的特点，姑娘是位见面熟，看我这样子打趣说：“你摆出拳打镇关西，或者倒拔垂杨柳的姿势，照一张才带劲！”可见我膀大腰圆的块头，使她联想起电影里的鲁智深了。

我正想说几句，她又说：“不过，你可别坐化了，要是坐化了，从今后，这里就得改名‘六老峰’了。”说罢笑起来，仿佛她有笑不完的“笑”。

说笑间，姑娘为我拍好了照，收了费，为了日后将照片寄给我，她让我在一个特制的信封上写上通信地址。当我写出“山东烟台”的字样时，她不由激动起来，眉飞色舞地说：“没想到，你跟我爸妈还是同乡呢。”这句话是故意用亲切的莱阳土话说的。

出门在外人都有这样的体会：遇见老乡，格外亲热。

她解释道：“我爸妈祖辈都是莱阳人。南下时，他们来到江西。我是小江西。”

“你回过故乡吗?”我深情地问。

“我才不去呢，那个鬼地方。”刚一出口，姑娘见我一怔，马上觉察到说溜了嘴，便带纠正意味地补了一句，“不，那个穷地方。”

谁不爱自己的家乡呢。她没回去过，却又有这么大的偏见，岂不怪哉?

“美不美，故乡水，亲不亲，故乡人。你为什么说莱阳是个鬼地方、穷地方呢?”我问道。

“那里人一年到头吃地瓜干，身上净虱子!”她毫不犹豫地回答说。噢，我明白了。她的认识还停留在新中国成立前呢。那年月，中国哪块地方不穷困呢。即使如此，各地方仍有自己的骄傲。且不说别的，单说产于芦儿港的莱阳梨，就驰名中外。莱阳人民，在革命和建设年代里，出了不少英雄。不是吗?姑娘你母亲也很早参加了革命。

我告诉她现在莱阳已不是过去那个样子了。孩子想吃地瓜，是稀罕的了，卫生条件也大有改善，不但虱子、臭虫、跳蚤，连蚊子也不多了。一切都大变了。我劝她跟父母一起回故乡看看，带着相机。

当我沿石阶下到半山时，不觉后悔起来，忘了问她的住址了。不然，休会时可以去访她的父母，跟那出生在五龙河畔的同乡谈谈。

晚上，月光如水，这是庐山难有的好月光。五老峰照相的事，又在心头蠕动。我站起身，走到牯岭区所有的照相服务部去问，可惜门都锁着。我惆怅了老半天。

如今，看着玻璃板下在五老峰照的相片，就想起那位摄影姑娘。她是不是回到故乡，为故乡新貌拍照了呢?相信，她会擦净镜头上的阴影，拍出故乡最美的风景来!

# 年轻的朋友

下了火车，我肩背挎包。一手再拎一个提包，直奔故乡紫槐泊。半月前，我接到叔兄弟的信说家乡近几年变化很大，让我回家看看，并帮助设计一个农村公园。我是搞园林设计的，为家乡做点事，也是责无旁贷。我正走着，忽听不远处飞来“年轻的朋友们今天来相会……”的童音歌声，原来是一个小孩子拉着一辆空板车边跑边唱。我看他那个乐活劲儿，不禁喊道：“小家伙，你跑得好快呀!”

小孩笑了，乜斜我一眼，说：“看你头发梢都银花花的了，来，我捎你一路。”说着他夺下我背的、提的包放在板车上，架起车杆大步走去。这时我才发现小孩赤着一双大脚丫子。

“怎么，连双鞋没混上?”我半好奇半惊讶地问。

“说实的，就是金鞋银鞋也穿得起。不过穿什么也不如我这双‘人造革’舒服、自在。”说着故意掀开褂子后襟给我看，原来皮带下别着一双新式健身鞋。

我对他产生了兴趣，满心欢乐，不由吟起诗来：“少小离家老大回，乡音无改鬓毛衰。儿童相见不相识，笑问客从何处来。”刚一落音，他说这是唐朝诗人贺知章的《回乡偶书》。

没想到这个赤脚的孩子，知道得不少，不觉心中暗暗佩服。问他是谁家的孩子，他说爷爷叫蒯大炮，父亲叫蒯迎春。噢，我立刻记起蒯大炮是当年淮海战役的支前英雄；蒯迎春是搞水利的劳动模范，据说如今的蒯迎春已是远近闻名的万元户了，怪不得他说就是金鞋银鞋也穿得起呢。我问他拉车到哪去，他告诉我，几个村的“两户一体”们决定在交叉路口自办一所职业高中，设农、林、牧、副、渔几个科。大家积极性很高，几个月工夫，各种基建和设施便初具规模，公推蒯迎春为第一任校长。最近要搞图书资料室，蒯迎春今早打发孩子把家里的所有书籍、杂志、报纸，通通拉到学校里去。

此刻，我看他脸冒汗花，忙夺下车杆说：“来，该我啦，不过遗憾的是辆空车。”

“好，就按你的话办，为了不使你拉空车失望，这样吧，你拉着我。”他没客气，一下子蹦上了车。

我拉车前行，忽听孩子朗读起英文来，发音还挺正确。“怎么，准备出国?”

“出国还不到时候，我准备越级，以同等学力去考大学，所以得抓紧复习功课。”

不一会儿，到了村头，他下车接过车杆说：“不久，在农中旁要建个公园，供群众休息娱乐。三叔，你是搞园林设计的，半月前我就请辛大爷给你去信了，刚才听你到紫槐泊，我就猜准是你，三叔，我猜得对不对?”

“对!”

“对，那么我就算代表全村人欢迎你来啦!”

我已经十五年没回故乡了，今天从这孩子表现出的开朗、进取精神，我已经看到故乡的巨大变化。呵，这已不是昔日的故乡了，树木葱葱，人才迸发，好迷人呀!

## “老啤来了”

啤酒的发明者，不知魂归何处，假如他的后人有确凿证据，证明啤酒是其祖先发明，并要求专利，那么我估计他将是全世界第一富翁了。发明啤酒是对人类的一大贡献，这是当之无愧的。

据说啤酒有许多妙用。它除可饮用外，还用为增鲜剂、去腥膻味剂，还有消毒杀菌、清除头屑的作用，用其擦玻璃制品特别明亮等。如果当真无疑，啤酒不但可以在酒林中占一席之地，就其有利于人的种种方面，亦大大值得亲善。

当下，“超常”饮料，喝者越来越多。供应啤酒的地方，也便应运而生。一到夏天，小城里差不多每个十字路口都有卖啤酒的铺子和小摊。你看他们临时用粉笔写的招牌就觉得特别有趣：啤酒、散啤酒、冰镇啤酒；有的简化为啤、散啤、冰啤。省去一“酒”字，也不会望生歧义。还有匠心独运者写着“老啤来了”，这不仅把啤酒看成是朋友，而且召唤顾客光临，也显得特别亲切。

喝啤酒喝得来劲，喝得过瘾，便也产生无奇不有的姿态和花样。那天傍晚，一个开出租三轮的小伙子，疲惫地将车停在“老啤来了”的牌子前，脱下背心搭在车棚上，买来六罐散啤、五只羊肉串。先端起一罐散啤，从头顶上浇下，直淋到肩膀、胸、背上，一股特有的啤酒味立即在周身漫溢。然后他用毛巾一擦，将带啤酒味道的毛巾往脖子上一缠，坐在台阶边吃边喝起来，这豪爽粗犷之举着实令人心动。

约莫半个小时过去了，五罐散啤干了，五只羊肉串也下肚了，小伙子肚子胀胀的，像一面橄榄型的鼓。此刻他唱道：“谁说啤酒能醉人，谁说啤酒不醉人。啤酒醉人不醉人，别问我口问我心。老啤来了友情深……”他一边哼，一边倚着梧桐树坐下，闭上眼，渐渐传来甜甜的鼾声。

几抹晚霞在西天燃烧，小城的喧闹声依然。店前喝散啤的人越来越多。店主人拉亮了电灯，“老啤来了”的牌子在灯光下格外醒目。

## 生日

我是个不过生日的人。我的生日，母亲在世时，只有她记得牢。一进六月，她就开始在嘴上念叨了：“伏生的生日快到了。”伏生是我的乳名。等我离故乡到外地上大学，自己就没过过生日。然而，每逢放假回家，母亲都告诉我：“今年的生日，家里也照常给你过了。”奇了，人不在跟前，母亲也从不忘给儿子过生日，一直到她那年秋天去世。那时我不懂母亲的心。

结婚后，我曾多次告诉爱人我的生日。但她工作太忙，总是忘了我的生日。可她却从不忘孩子的生日，像我的母亲永远不会忘我的生日一样。于是，我明白了，天下的母亲，都是不会忘记自己孩子的生日的。

进入垂暮之年，老伴说，过去一直忘记给你过生日，今后不能再忘了，话语间流露出愧疚之意。孩子说：“人家对过生日可重视了。爸，你怎么就不过呢?”

“我是什么人？我非权贵，我非龙凤，不过是一个出身于农村的穷孩子，历经坎坷，哪有心思过生日？不过生日，也剩不到年龄门槛的那一边。”我说归说，但仔细想想，记住这生命的坐标，可以提醒自己把握今后的日子。于是我逐渐注意起自己的生日来了。这年，我该六十岁了。一到五月，我就提前在台历上标明。生日前一天写着：“明天生日，不要忘了。”生日当天写着：“今天生日，当天就过。”家里人因我是“六十大寿”，想隆重举行一次“生日祝福”，不怕花钱，多做几样菜，也不妨唱唱《祝你生日快乐》的歌曲。

但我忽然想，多少年都没正经八百地过生日，今天突然大搞一次，岂不反常。这难保不是准备大别的兆头？我不愿无缘由地改变生活的习常环节，一切顺其自然为好。不要反常，反常了，不正常的现象就会出现。对于生日，还是悄悄地过为好。于是老伴简单做了几样吃食，不会喝酒，也打开一罐酒喝了一杯。

照老例，煮了一些宽面条，浇了打卤吃。这面条，母亲谓之宽心面。她曾说：“吃了宽心面，人心就宽了。”我从小就欣赏这名儿，所以就深深地记着。心宽和心窄是相对的。人一心宽，就上下通达、左右顺畅。人一心窄就容易发愁，就伤害身体，引来百病。医书说，怒伤肝、脾、胃，恐惧伤肾，就是这个意思。我是个心窄的人，母亲最明白我的弱点，说：“何必为古人担忧呢?”我自然不会傻到替古人担忧。我是为摆在面前的境遇担忧。我心窄，吃了宽心面也仍然没有宽心。母亲请原谅我，我不太相信那宽心面了。

## 绿豆面窝头

今年春天，我应县城高中毕业班几位同学之邀，跟他们谈谈有关高考的问题。我看到他们健康、活泼、幸福的样子，不禁想起生产救灾年月的一件事。

那时我正在故乡养病。整个农村都病着，患的是饥饿病。季节已是春天了，但大地仍是那样苍凉、萧疏。

也是这所高中的毕业班的几位同学，知道我曾在大学学习过，毕业后又在大学任教，就托人带信给我，让我谈谈高考的问题。不久后的一天上午又来了六位同学，很有礼貌地、诚恳地谈了他们的愿望。他们的诚挚和热情感动了我，便答应前去会会面。

那天是星期五，午睡后，我出发了。越过公路，沿着小洙河走去。一个姑娘穿着红小褂，赤着脚，在河里洗葱根。河水涮净了葱根上的泥土，也流走了她红霞般的颜色。这跟远山近田连在一起，扑进眼里的是一片青青鲜活的景色，这使我堆积在心田里的灰色的意绪略略消退了，而平添了些许的诗情画意。

已是课外活动时间。在我走到离校门尚远的十里墩时，就围来一群同学。他们兴奋，我也兴奋。在教室里，我就高考的一些体会和经验跟他们谈了谈，也回答了他们的提问。

晚饭时间到了。他们给我端来一个绿豆面窝头、一碗小米稀饭、一碟咸菜。

这几月我在农村养病，生活实在困难。也怪，饥荒影响了心态，吃什么都好吃，而且总吃不够。真是“吃着碗里，看着锅里”。父亲每每说：“不够吃时大口吃，不够烧时大口烧。”这是什么理呢。穷里找出穷办法。人们粮不够吃，就寻找替代食品了，比如什么野菜呀，地瓜叶呀，白菜帮子呀，玉米芯呀，花生皮呀，茅根草呀。其中最难吃的是茅根草。父亲带我在河滩地坎上刨茅根草。刨一天，收来两篓，用水洗净、晒干，用石磨磨成碎末，兑上糠蒸着吃。吃后，总觉得有刺钩在肠胃壁上，扎扎巴巴地难受。最痛苦的是它最易导致便秘，其尴尬程度不堪言状。

而眼前这刻上，正吃着绿豆面窝窝头，仿佛从来没吃过这么好吃的东西，心中自有一种甜、一种香、一种情味。

饭后他们留我住一宿。我走进他们的宿舍。这是一幢大房子，直通木板床，一屋子 30 多人，好不热闹。又谈了一气，熄灯铃响了。我随大家一起睡在通铺上，同榻抵足而眠，重温中学时代的生活。因为当时不失眠，甜乎乎，一觉到了天亮。从此这天真童稚、情投意合的乡情，便扎根在记忆里了。

又吃早饭，还是绿豆面窝头，还是那样好吃。临别时，同学们还让我带上一个绿豆面窝头，说："老师，带上吧，这是非常时期，我们知道你家里吃不上这个。最重要的是这可做个象征性的纪念，你一定会将它捕捉下来，将来也许可写出一段文字……"此话不无幽默，不过既有同情，又着意开导，情真意切。我用小手帕将窝头包好。刚转过十里墩，就听到他们上课的铃响了，铃声敲在我的心上，沉沉的。

回到家中，老父老母正从窗口望着外面的枣树，早巴望我回来呢，我把窝头一人一半地孝敬了他们。他们细嚼慢咽，品着滋味，连连说好吃，真香、真甜。

在我一生中，我常愿回忆这记忆中的绿豆面窝头的味道。我永远忘不了那些年轻的朋友和他们的绿豆面窝窝头以及跟这一切联系在一起的日子。

## 梦·心态·联想

当年，父亲在进入暮年的时候，常听他说："昨夜我又梦见我的妈妈了。"我很不以为然。如今他早辞世多年，而我已经进入暮年，我也常常做梦梦到自己的母亲。一场梦醒来，仿佛刚才梦到的一切，是真的一样，母亲的音容笑貌是那样的真切、亲切。这时现实感和失落感搅到一起，别有一种滋味在心头了。有时我觉得也许世上确有魂灵的存在。不然为什么要开追悼会呢？人们在挽联或祭文上写着"告慰在天之灵""英灵千古""永垂不朽"……梦中所见也许就是亲人的魂灵吧。梦确实是个大学问。奥地利的齐格蒙德·弗洛伊德写过《释梦》《梦的理论》，但总的看，并没有把梦说清楚。在民间，人们、特别是那些不幸的人们很愿谈梦，有

"圆梦"之说，颇有讲究。梦，神秘、荒诞不经、风马牛雨鸡狗，由梦引出许多真实的和不真实的故事，颇有意味。梦有大学问，心理学家们、"梦理"学家们，大有可为。

我的母亲辞世于忧患频仍的年代，她的大去，仿佛都跟饥饿和恐惧有关。

记得在生产救灾年代，我在故乡养病。不够吃呀，饥饿呀，怎么办？母亲领我到野地去剜野菜。她知道许多野菜的名字，什么萋萋菜、板凳腿、和尚头、山茄子……她一边剜着野菜，一边让我辨认着，一边讲着过去吃野菜的情景。她还讲个天南海北的故事或唱个童歌老谣给我听。

在沟边崖畔休息的时候，妈妈让我也讲个故事给她听。我知道许多书的名字，像妈妈知道许多野菜的名字一样，什么《三国演义》《水浒传》《西游记》《儒林外史》《红楼梦》《聊斋志异》……我就随便讲一段给她听。她听了仿佛忘记了疲劳，脸上有了笑意了。那年，听了不少的故事，吃了不少的野菜，不知不觉中度过了一个春荒，可我们都损害了自己的身体，伤了元气。母亲得了更严重的水肿病。因为她总是把结实的东西，偷偷地留给我，而自己却用一点"意志"忍着难堪的饥饿。

后来，她病重的时候，我正在农村接受贫下中农再教育，收到电报后，领导班子让我回去看看。我急忙买了两块大山楂糕，赶往故乡了。母亲已卧床不起多日了。看到儿子回来，情绪很激动，常常两眼注视着我流泪，无声地流泪。我猜她是依依不舍了。我也流着泪。后来，明白人告诉我，老年人一到这个样，长别的日子就快到了。当时我拿小刀一片一片地割山楂糕投进她的嘴里，她抿了抿就咽下去了。病人口没味，最爱吃这个。她不大说话，老是愿看我，看我就流泪。三天光景，山楂糕也吃完了，母亲的泪也流了不少。因为我正在接受贫下中农再教育当中，没有特大的事是不能长时间离开的，我该回岗位了。走的那天，母亲叫人从小柜里取出春天给我做的棉坎肩，让我带着，说："冬天快到了，你把它穿在贴身衬衫上，特别暖和。"她摸了棉坎肩，又说："后娘絮边，亲娘絮肩。"这话从小就听她说过，不知听过多少遍了。我一直觉得没有多大含义，只是习俗对继母的一种贬抑而已。直到人生经历多了，才知道它的情深义重了。这些年经济富裕了，可以到市场选购很漂亮的很讲究的马甲，家人也的确给我买来了很多。然而我还是那样怀旧，冬天一到，总愿穿母亲亲手给我做的棉坎肩，尽管它好几处已绽开了线，开了缝，露了棉。

回到岗位，一天行走在路上，带队的告诉我，说，接到大队部来电说你母亲病逝了。你要回去，我准假，可奔丧已来不及了，因为是埋葬后才来的信。我一个月前，回家守过母亲三天，如今无法也不该再提出这个要求，何况是已经埋葬了呢？

放寒假的时候，我得以回故乡看看。哥嫂跟我说，母亲病重之际，眼看着出的气多，进的气少的时候，脸已经走了样了，哥哥问母亲：“叫弟弟来家吧？”

母亲有气无力地、动动停停地说：“不用了。你弟有病，怕人哭。听人哭，他心烦，来家。他听着你们大家哭，会犯病的。不要叫他回来了。”不久，她长闭了眼，大去了。没有一般老人弥留之际等子女归来那种死不瞑目的表情。

哦，我记起来了。那是我在故乡养病的日子里，妈妈跟我也常谈论人生。她说：“人的一生，就是活着的时候，感情的一切也都是活着的时候，人一死，就什么也不知道了，什么也没有用处了。”

我奇怪她为什么提出这样的问题，而且做这样的解释。

她又说：“你是孝敬老人的孩子，在学校学习的后半期，每月分出十元钱捎来家里了。我们在村里分口粮，再种点自留地便可凑合度日了。”

我说：“我当不了大官，也挣不多少钱，赡养得不好，很抱愧，将来情况好一些，再尽孝心吧。”

“当大官，或大财主，那就操心了。要知道‘神乐一身轻，仙求全日宁’，这一点要记住。对待父母，合乎自然就可以了。古话说，‘一箪食，一瓢饮’，尽到力量就算行了。这就是孝心了。我还要求什么呢？”她从父亲吟诵的《论语》中知道了“一箪食，一瓢饮”六个字，在这里用上了。

“哪，母亲如果百年之后，我应该怎么办呢？”

“你在外面工作，我不让他们叫你回来。你有病，怕哭，怕听到哭声，听到一片哭声，你会病倒的。”当时我患着严重的神经官能症，忧郁、易怒，怕不规律的形状、不规律的声音、不规律的颜色，一遇到这种情景，就坐立不安、烦躁不已。

唉，原来母亲在弥留之际，还记得这一点，也想得太周到。母亲的心哪！

如今哥嫂老了，我也老了。时间过得真快呀。当年父亲“梦母”的情景，又轮到我心上了。奇怪吧，昨晚又做了一个梦，母亲还是那个样子，还是那脸笑容，母亲问：“今天是你的生日，你想吃什么？我给你做。”我不由地笑出声来。我醒了。果然，今天是我的生日。梦，提醒了我。

## 千里土

有一件事在我一生中是最带命运色彩的，它给我的痛苦是最多的。

那年父亲从农村来看我，那时农村特别穷。父亲 80 多岁了，皱纹满脸，瘦骨嶙峋，但身板挺硬朗。别人说“有钱难买老来瘦”，他自己对这一点，也颇得意。其实我心里明白，一年到头吃粗糙的农家便饭，一年见不到几次鱼肉，想不瘦也不可能。他们一生就如此了。我这里生活虽仍属低水平，但到底比农村好一些，饭桌上时时有点鱼和肉。

父亲穿的一双布鞋太破了，前露脚趾头后露脚后跟，院子里的小孩一见就笑了。现在许多人生活水平都提高了，不理解还有许多穷苦人。父亲走时，我把当月应该寄给他的钱，让他带着，又按我脚给他买了一双胶底布鞋。回来试了试，多少大一点，但是可以穿，他高兴地穿着走了。

老父亲回到故乡，平常日舍不得穿那双鞋。上山下泊是光着脚的，也许光脚干活更方便。所以直到这时候，他仍是出产“千里土的专业户”。

说起千里土，倒真的很有意思。

七十多年前，每逢靠近春节，父亲从胶东半岛中部的农村挑着炊帚、扫帚、小箅到北部滨海小城去卖，挣点零钱补家。一次在街头遇到一位同姓同乡，同乡在邮局当挑夫，看他身板行，问他愿不愿干邮政挑夫，他说愿干。试用期一个月，一根扁担挑两个小邮袋，三天行二百里地，他干得很从容。不久他被录用为正式邮政苦力。以后我看过他的绿色证件，上面特征栏内写着："瘦巴个儿、满脸皱纹、步履轻快。"因为他天长地久地长距离跋涉，练出一双铁脚板，脚丫缝里也多是泥土。这泥土就是"千里土"了。不过谁发现它能治病呢，说偏方治大病。我小时候看到隔三岔五有来索取千里土的。这事不知是不是有些可笑，也不知中医药研究者可曾研究过"千里土"的问题。

后来，邮局买进一辆自行车，分配给了父亲，据说这是全城第一辆自行车。这车很结实，德国造，父亲常夸车子的飞鹰"葫芦"好。骑上自行车向农村投递邮件，虽然告别担子了，但依然要靠双腿、双脚蹬动，也便仍然有千里土，仍然有人来索要千里土。

多少年打磨，父亲练出了一双厚实有力的双脚。所以每次我给他买一双新布鞋，除了过年过节走亲戚穿穿外，到地里干活，是从不穿鞋的。那双鞋两年后，还有九五新。

一年的中秋节，我带上月饼回家探亲。我还记得给父亲买过一双稍大的布鞋，临行前我便又买了一双塑料底的布鞋，这鞋尺码小点，我穿在脚上紧巴点。见了父亲，我让他穿上试试，真巧了，非常合适。我又穿上他那双布鞋，也正好。父亲说："我们把鞋换过来吧。"我原来就有这个意思，父亲高兴极了。

过了半年时间，家里来信说，春节以后各村向我村送来不少秧歌队，差不多每天都有，有时一天好几帮。父亲生性乐观好动，爱看热闹，尽管80多岁了，还跟着秧歌队转来转去，沟边河底，石堆土顶也不在乎，为了走得快，冬天也不穿棉鞋，就穿那双塑料底布鞋。可真不幸，一次不小心踩在小冰坨上，滑倒了。人们要去扶他，老人摆手不让，要自己爬起，老人迷信，认为自己爬起来才算好，才吉利。可过了约莫一刻钟，他数次挣扎，都没爬起来。脸色青紫，呼吸缓慢，家人急送医院检查，原来左小腿骨折，地方小医院也无法医治。从此他只能坐，不能站了。我曾叫家人用小推车将他推到火车站，我背他上了火车，到城市诊疗。上医院时，我将自行车后座边绑上粗粗的棍子，他坐在后座上，一手握住棍子，便牢靠地坐住了。一连医疗、针灸了好多日子，但总不见好。当时我这里住房太窄，孩子小，我两口一上班就没有人照顾他了，便又送回家乡了。

又过了几年，正是农历腊月二十九，父亲去世了。他去世前的几天，一直昏睡。他除了小腿骨折之外，没有别的什么病。他是睡死的，很自然，无痛苦，想来也没有任何的牵挂。

父亲90多岁去世，算是喜丧了。但我很伤心。我想如果我不把那双塑料底布鞋换给他，他还穿着那双胶底布鞋，便不会滑倒，也不会骨折，也不会瘫痪，至少还可以多活许多年，看看我熬到生活较好的情景，他可以坐在家里看电视。彩电的节目总比秧歌队好得多。

据说从父亲回到故乡，要千里土的便不多了，农村有的是千里土。

而如今再没有人说起他的千里土了。

## 酒缘

我的父亲与酒有缘。爱喝酒，常喝酒。每次一小杯，两小杯。或者就瓶口一大口、两大口。他喝酒经常不就什么菜肴，有时十几粒花生米、几根咸菜丝，或三四寸长干粉条，或一棵大葱，便给酒添了更多的成色和兴趣。他自称是喝穷酒的。可喝酒时，却能吟诵李白的诗句："人生得意须尽欢，莫使金樽空对月。天生我材必有用，千金散尽还复来。"他读过两年私塾，因而能为酒点缀上诗情和画意。

多少年过去了，父亲老了，回到故乡。他还是爱喝酒、常喝酒，还是个喝穷酒的。我工作在外地，每逢假期探亲，他愈加高兴，便站起来从屯灶上取下酒，就着瓶口喝上两大口。他口里有味道，谈话也便多了味道。他给我讲了许多人生的故事，其中之一令我终生难忘。

父亲在旧邮局当村差。自行车的后座上系着一个铁丝编成的长方形的筐子，里面装着绿色邮包，在筐内一角，他总用黑布袋装着半瓶酒。酒，夏天可以祛暑，冬天可以取暖。在特殊情况下又可以解瘟祛病。一天几十里的路，酒与他形影不离。

一个酷暑天的正午，他正从高粱地间狭窄小路上推车穿行，忽听一喊："站住！"接着从高粱地里蹿出一个人来。父亲愣怔一下，站住了，慢声问道："兄弟，干什么？"那人道："给我留下些钱。"

"我是邮局送信的，没有多少钱。"父亲指指绿色邮包，重复说，"我没有多少钱。"

"我不信没有钱。你骗谁？"

父亲想了想，说："也是，有卖邮票的几块钱，还有十几块钱的邮票。再就是有信，有两个香椿邮包……"

"把这些东西拿出来。也算我没空手。快拿！"那人大咧咧地命令着。他看我父亲很为难的样子，便要亲自动手。

父亲灵机一动，忙说："我拿吧。"

父亲应手揪出那手榴弹似的黑布袋，高举着，朝那人大喝："不要动！"那人一看那黑家伙，不禁惶惶然，撒丫子跳进高粱地里。父亲一边喊："别跑，别跑。"一边推车走出了青纱帐。这是他邮政生涯中的一次奇特遭遇。半瓶酒建立了功勋。

父亲喝了一辈子酒，喝过了九十多岁。不过关于他的酒的历史、酒的文化，既不轰轰烈烈，也不狂放不羁；既不借酒为非作歹，也不借酒浇愁。他是喝穷酒的。他大去的日子，没有一点病，没有一点痛苦。只记得那天他喝了两大口酒，呼呼睡去。安详地，平和地，一直不醒，再没有醒。他带着"香中之辣""辣中之香"永远地去了。乡里人说：酒缘，这是酒缘。

## 女儿

我的女儿出生在三年困难时期后期，不用说，先天不足。半年以后，又把她送到乡下老家，由母亲帮着看，每月往家多寄些钱。母亲偏爱孙女。可是，我那家乡山瘠地薄，自古就是穷困的，卫生条件差，老母亲也缺乏科学的育儿方法。孩子哭，就认为是饿了，就喂鸡蛋呵、芋头呵！久而久之，消化不良，小肚子鼓胀得像个小西瓜，而其他部位，就剩下皮包骨头了。老母亲越发操心，累得不得了，也瘦了。我决定回故乡带回女儿。

离开家乡那天，两岁的女儿老哭，不让我抱。没法。她二伯父抱着她，我相跟着走向车站。小车站停车时间短，上火车时，我把她抢抱过来，进了车厢，找到座位。她用小手拍打着车窗，一直哭了半路，到她累了，便倒头睡在我的怀里。到了城市，她不认识她的母亲了。

经医生检查，她得了软骨病。最关键的部位，鼻梁是塌着的。她是个塌鼻子的小姑娘。

好久好久，她对新的环境很冷漠。有时她会突然喊起来："我要回家！"她也许认为那个有猪圈，有满院子鸡鸭，有枣树和草棚，有来来往往光屁股的孩子的地方，才是她的家。

约两个月后，她逐渐适应了这里的一切。大杂院里，有的是和她一般大小的孩子，一起玩，也就稳住了心，还会叫妈妈、爸爸了。不过她还是个塌鼻子的小姑娘。

四岁的时候，都上了幼儿园。因为她的身体弱，我们本打算让她晚去一年。她不表态。于是作为后到生，插班了。班上已没有凳子。我们从杂品站里买了一个一尺高的竹方凳。她坐着它，排在头排上。后来不管上小学、初中、高中、电大都相同，她都坐在全班的第一个位，就连电大考试，也坐在第一个位子。很怪，监场的老师，总愿时不时地走过来，低头看头排座位上的学生的卷面。她最怕这个。到了题难时，后面的学生，眼睛好的，可以互相看。坐在前排、目标显眼，就干瞪眼，不敢旁视。

她上小学、初中，都是在动乱年月中度过的。那时不是学生听老师的，而是老师要听学生的。学生既然不愿学，教师有什么法子？但学校照常要在期中或期末开家长会。接到通知后，我说我去吧，装着马上走的样子，她急忙拦住，用全身推着我的腹部，坚决不让我去，说怕同学和老师笑话我的肚子大。

新时期开始，她上了高中。但过去她基础没打好，学什么都吃力。这算是后期的"文化营养"不良吧。



她不想考大学了，老实讲她也考不上。外语不行，数学也不开窍。要早就业。她母亲想叫她到科室工作，以便将来业余学习。她母亲听别人讲，女孩子如到工业口，重体力活干不了，一般能分配到科室。其实只听其一，而未听其二。其二是必须有可靠的后门，才有可能。她根本没有这种有利条件，瞎想能不落空？当然有人说，教师或高级知识分子的子女就业有照顾，以解除他们的后顾之忧；不过这要看谁走运了。她母亲断断续续奔走几年，甚至想送礼，然而即使送礼都不知怎样送，向什么地方送。希望仍然落了空。

女儿入厂后，进行过一次考试，她考得很好，考分名次第三，出乎意料的是，她被分配干体力活。然而考零分的，由于有硬的关系，却被分配在科室，闲而无事打毛衣呀，胡聊乱聊呀。如果有人想学点文化，看点书，倒会被冷嘲热讽，以至孤立。我的女儿决心要摆脱这个环境，并寄希望于我能当个“官儿”。

“爸，你会乔装打扮吗?”

“我不会。”

“那，你不能当官。”

停停，她又问：“爸，你狡猾吗?”

“不。”

“那，你当不了官。”

她对我没指望了。她经常埋怨我们把她送到农村老家，把她身体搞垮了，因而影响了自己的天赋。至于我们，也觉得亏待了她。值得庆幸的是，她的软骨病好了，塌鼻子鼓起来了。她和一般姑娘一样，也有了匀称好看的鼻子。不然，就这一个塌鼻子，就够她受的，也够我们受的。最有意思的是，由于她先天不足，我们总觉得她是个孩子，长多大了也还把她当成个孩子。小时候她枕了个小枕头，长大后她枕着两个摞起来的小枕头。直到去年小枕头漏糠了，才觉得该给她买个大枕头了。她调皮地说：“我现在可是个大孩子了吧。”说罢，她翻开了《中国古代文化史讲座》，看着。

“你这样爱学习，是个明白事的大孩子了。”我们说。我们自费供她上了电大，称为“自学生”。白天干体力活，晚上去电大班学习。往返十四五里路，够累的。有时回来很晚，走在长长的胡同里，路灯也不大亮，连大人都为她担心，但她不害怕。她读书很用功，也不受时髦新潮、奢华之风的干扰。一年过去了，她每门课都及格了，有的课还考得很不错。于是她转成正式生了。

她干活经常要在油里洗机器零部件。虽然按时发手套，可她说不能戴手套在油里做活，光着两手方便。这样干上一天，总会出点问题，差不多两天班后，她都要皱着眉头让我挑刺。挑刺时，她头转到一边，咬着牙。我上了年纪，眼不大清亮，经常一刻钟了还挑不出来。好歹挑出后，她还得擦紫药水，以防化脓。她满身火油味。她说闻着这味道，吃饭都咽不下去。这也算是一种职业病吧。

我觉得亏待了自己的女儿，对她“娇生惯养”不够。我因此想到自己的学生时代，暑假回家，家里不管怎样穷，父亲总是买桃子、甜瓜、西瓜给我吃；寒假回家，母亲总要端出大红枣，还给我炒大花生、烙花生米吃。有时要给我留好多日子，走时还要带着。现在我们的生活比过去好多了。秋天以后，苹果，家里有几个月不断，可橘子和香蕉也不是天天有、随意吃。该我吃的一份，总是留下一些，等她吃完后，再拿给她。冬天，她经常去买几串冰糖葫芦，分给我一支，我不吃，等第二天，又拿给她了。我真希望能由此解脱些对她的歉意。

听，她的脚步声，飞出去一天的小鸟，又飞回来了。她走进门，我把冲好的一杯茶，送到了她的跟前。转身找针，准备给她挑刺……

## 友谊

高中一年级时，我和王谅就在一个班。我坐中间北行第二座。同班中他年龄较小，但个子高，坐在北墙第二行最后一个座。一天微雨，课间操时我们都没到院子里。我在两座位中间，两手分压在桌面上，做撑举，算是运动。他走过来跟我拉谈。几句话过后，我就知道他和我一样，也是个悲欢厌世者。他还哼出两名诗：“同是天涯沦落人，相逢何必曾相识。”

当时，他报了他的家庭住址，约我有暇到他家里玩。

星期天下午我去了。他家各方面条件较好。他在客屋里接待我。我们一边说话，一边下象棋。晚饭时，大娘端来一盘炒鸡蛋和两条清炖黄花鱼，两碗大米饭。我直谢大娘为我来而麻烦。大娘直是微笑。

那是我家里穷，很少改善生活，遇到这种礼，难免显出小家子气。王谅看我拘谨，便说："你要把这看成如同你的家一样。"

一年过后，我转学公立一中去。那里离他家更近。从此每个星期六的下午放学后，我都到他家去玩。直到八九点钟以后才回家。

高二暑假，他考取了北京的一所大学。我因家庭经济情况困难，越级考取了本地一所大学。录取通知书寄来了。一家人都高兴。但入学前，被人揭发了。报到那天，妈妈煮了两个红皮鸡蛋，塞到我的衣袋里，沉甸甸地走到学校。不料在报到处的墙上贴着一张布告，大意是：我是越级高考，劝我回校继续学完高三。我一下子愣住了，呆了，傻眼了。那时没有心脏病、高血压，否则，一定会瘫倒在地，不省人事。

回校后，教导主任批评了我一阵子。临毕业的学期，思想斗争比较激烈。父母年事已高，家里出项多、进项少，真需要我挣钱养家糊口了。父母有这个打算是合情合理的。何况新中国成立初期，各方面人员缺，就业没问题。据说全级只有两人不考大学，我的成绩极好，当地报社和铁路，可以先由我挑。我心里曾活动过。

到北京考大学的王谅，越级考没被揭发，他不时来信，描绘这座文化古城的美丽、庄严、伟大。他说北京是个卧虎藏龙的地方，一定要来看看，开阔一下视野，上完学再回家乡也可。他的劝告终于战胜了我就业的打算。

同学给我凑了路费，我到北京参加高考，进京第二天，天一放亮，我便到那大学去找王谅。他一见我便说："这一年，苦了大哥了。"他领我到饭馆吃了早饭。他在小饭铺里为我包了几天极俭省的伙食。后来放榜了，报纸上也登了，我考取了一所大学。我背着行李到校报名。这样过了共八年的大学和研究生生活。

刚进大学不久就是中秋节了。中秋节的前一天，王谅给我打电话，邀我中秋节到他那里一块过。那天下午我去了。那时还是有轨电车呢。直到今天想起这一节，耳际还鸣响着“咣当咣当”的声音，古老而沉重，一股思古的幽情，萦绕心头。我们一直在西操场散步。“西操”很小，西墙根下有一块卧碑，乏了我们坐在卧碑上聊天。傍晚时分，他拿出月饼、花生和梨，我们一起吃着，对看着，谈着往事、谈着未来。我体会到友谊的滋味，想到“人生得一知己足矣”的话。我们赏着异乡的月，我还是第一次赏异乡的月呢。常言道：十五的月亮十六圆。可这晚我觉得十五的月亮又亮又圆呵。以往的月亮、以后的月亮都比不上这晚的月亮又亮又圆呵。这因为我和朋友在异乡团圆了，友谊是那又亮又圆的月亮。

## 徒步八达岭的路上

大学期间的一个暑假，我们三个经济拮据的同学，不能回故乡探亲，于是自由组合，徒步到八达岭旅游，这也是别开生面的，别有趣味的。

行装很简单，一个挎包，里面装上日用杂品，少量助学金当盘缠，戴上草帽就出发了。一路上，有说有笑，有嬉有闹，情趣横生。各人讲一些各自故乡的风情、故事，三人陶醉在淳厚的乡情民俗中，也增长了有关各地的若干知识。

那一天，已近黄昏时分，我们贪着赶了点路，谁料夜幕降临时，竟然前不着村后不着店了，只得紧赶。新中国成立初年，山区还不安全，当然，我们三个小伙子，腰中没有钱财，仗着五尺之躯，夜行倒不怎么害怕。只是担心一旦走错了路，遇到狼群，可是不好招架的。我们不禁忐忑不安起来。

微风吹动，也不觉得凉爽。月亮上来了，满山满路清淡明亮。有一两只失眠的鸟儿，偶尔鸣叫几声，把远山的回声送来，可以体会“鸟鸣山更幽”的意境了。

这刻上，三人的心情，稍好一些，仿佛重温童年的梦一样。不过心里仍焦急。忽然，发现不远处展现出葱茏的一片。由经验知道那是一片村庄了。走不老远，果然如此。只是街上早没有了行人。也不知道村会在哪里。正踌躇间，见大树掩映下，有一座旧庙。走前一看，庙已翻成村里的小学校了，只是没有大门，围墙也坍塌不堪。我们蹒跚地走进院子里，四周看了看，轻呼道："老师，老师！"一会儿，听到了厢房里有了响动。接着一个姑娘的声音，用一口标准的普通话，问我们情况，我们抱歉地把一来一往的情由简单告诉了她。从窗棂看，她点起了灯，又一会儿，开了门。

胆子好大啊！在这深更半夜里，一个姑娘家敢给我们这些赳赳武夫似的小伙子开门，这立即使我们产生无限的敬意。

月光下，看她不过有十七八岁，圆圆的脸，柳叶眉，眼睛深邃有神，不笑也有俩酒窝，个儿适当，穿件蓝阴丹士林布小褂，黑裤子，光脚穿双青布鞋。她随便打量一下我们，便开了北屋，点上罩灯，从粗高的柱子看，过去这里是大殿，供过什么神。现在改成教室了，满屋是破桌子、旧凳子。她问我们吃饭了没有，我们骗她说吃过了。她笑笑离开了。我们每人把四张长桌拼到一起当床，正要闩门，她又来了。一手拿着一包饼干，一手提一暖瓶水、一个杯子，放在桌子上，说时间太晚了，饿了吃些饼干点补吧，还说照顾不周到的地方请原谅，等等。她大方又礼貌。也许生活就该这样吧。一股温暖的气息在我们心房里油然而生。不由地问了她的姓名。她告诉了。她还告诉我们，她去年初师毕业，分配在这里，和小天使们一起了，她非常喜欢农村的孩子，农村学校放假和城市不同，放的是麦假和秋假。夏天，是要上课的。

她走后，我们闩上门，又捡了几个砖块放在桌头上，把挎包垫在砖块上当睡枕，和衣倒下，草帽往脸上一盖，有蚊子也不在乎，因为路途太累，身子一落"床"，就呼呼进入梦乡了。

天不亮，我们就起床了。昨夜是真饿，但不好意思吃饼干，只喝了点水。不过，麻烦人家了，不能不辞而别。我写了一张感谢的字条，压在暖瓶下。

登高八达岭，心旷神怡，这就是地理课本、历史课本中的长城吗？而今它已是我心中的活生生的长城了。几十年过去，风霜雨露，沧海桑田，我再没有机会登八达岭了，可是八达岭永远在我心中耸立着那活生生的形象。同样，就是那样一个夜晚、一个农村小学成为我们人生旅程的一个驿站。在那儿，我们和那个乡村女教师邂逅相会了，她以勇敢、无私、热情为我们所做的事情，不伟大、也不隆重，但它却像绵绵不断的长城一样，盘踞在我的记忆里。虽然，我们原是陌生人，在这个特定的短暂时间里，也不过是同路人，只要一分手，再见就难了，也许一辈子也见不到了。可就在这一生活交叉点上相遇，见过一两面之后，几十年过去了，她好看的样子，仍历历在目，她好听的语音，仍不绝于耳。

如今，我们都进入垂暮之年，那位乡村女教师也该是这样了，此刻，她在哪里呢？她生活得很理想，或一般化，抑或不尽如人意呢？我在黄海之滨，以真诚的敬意，遥遥地为她的老年祝福！

## 制钱穗子

抗日战争的前一年，社会上笼罩着不祥的气氛。但在我故乡的小县城里，还没有死气沉沉。这主要表现在孩子们在夏夜里的欢乐。一到朦胧夜幕降临的时候，街心那块三角形高地，就热闹起来了。每到此刻，大人们也开明了，也不管了。小到五六岁，大到十几岁出头，不分男孩女孩，都自动出来，有的说，有的笑，有的打，有的闹。有的手拈银色葫芦花，逗引着“葫芦哥”（葫芦蛾，叫葫芦哥大概是孩子们对它的爱称吧），口里唱道：“葫芦哥，早上窝，上得晚了，没有你的窝！”“葫芦哥”像孩子们一样调皮，如醉如痴地，高一头低一头地翻飞。

玩“闯城”的，更热闹。两帮各有七八个孩子，数目相等，可以自由组合，大都按照年龄和体力配搭而成，要求力量差不多。两帮相距六七米远，面对面站着，各拉紧了手，唱道：“金雉翎，跑马城，马城开，快过来！”预先进行了“剪锤包”，赢者一方先向对方的阵地闯去（以下双方轮换）。如果闯开了两人扯手处，便可将扯手的两人中任何一人作为俘虏，领到自己这帮里来，成了自己队伍中的一员。如果没有闯过去，对方便把闯者俘虏了，成了对帮的一员了。这样唱着、跑着、闯着，双方人员，来来往往，嘻嘻哈哈，那有意思的劲，没法说了。

更使人忘不了的是，大翠仙家里买来个九岁的女孩子，也来参与闯城了。大翠仙是一个低级妓女，身材失去了，脸上擦着厚厚的脂粉，坐在大门口的小板凳上，倚门卖笑，专拉卖草的、卖粮的和其他赶市的庄稼人。价钱便宜，大翠仙就依靠这几个收入过日子。后来，她年岁大了，从良了，嫁给了一个兵痞。大翠仙虽然洗手了，可有一次，花了六块大头洋，从外地人手里买来了这个女孩子。因为买她来时，她脖子上挂着一大串制钱穗子，是明朝清朝的制钱，共十二枚，簇拥成花穗状，从此人们就叫她小花穗了。有关她的种种，孩子们一直不知道，也没来得及问。

她红红的脸盘，大大的眼，像房檐滴水一般的刘海儿，说话很闯浪，她很快和大家就熟了一块做闯城的游戏，大家都愿闯她的城门，能擒她作为俘虏，特别高兴；拉着她软软的小手，就是最大的胜利了。有家老弟兄俩只有一根独苗子的，名叫小友子，力气最大，他和小花穗玩得真投机，他们拉着手老半天也不散，没有能闯开他们的城门的。玩过闯城之后，该休息了，往常就回家了。今夜我们五六个一般大小的男孩子在大翠仙街门的台阶上，围坐在小花穗的身旁，有的捂着她的眼，有的拉着她的胳膊，有的伏在她的腿上，小淘气还脱下她的大花鞋，抠着她的脚丫子，一会，又用手伸在她的腋窝里，抓挠着，让她笑。她笑得前仰后合，不知怎么样好了。大家还摘下细的制钱穗子看着，抚弄着，都说："挺好看。"

"要是好看，你们轮流，每人戴三天吧。让年龄最小的先戴。可别弄丢了。妈妈说，永远不要弄丢它。以后这物件落在谁手里，谁就是我的亲人了。"小花穗深情地说。她似乎懂得自己说的意思，可我们还不大懂。

于是我们从年龄最小的开始，六个男孩子轮流着戴着她的制钱穗子。

虽然是暑假，可我们这些干体力活人家的孩子，白天也得帮大人做活。白天我们都盼望夜晚早早到来，只有夜晚才是我们的世界。月亮一露头，我们就上街了，就找小花穗。只要她到了，大家便玩得更美恣了。其中小友子和小花穗在麦秸垛的空洞里玩……小友子那年十一岁，在这帮孩子中，他的年龄最大了。制钱穗子最后轮到他戴。

可是好景不常在，不幸的时刻来了。这晚，小花穗不见了，小花穗没有来。听人说，她走了，她走得很突然，没有和小同伴告别，也没跟小友子告别，也没带走她的制钱穗子。有人说，小花穗被大翠仙倒卖了，大翠仙挣了一些钱。我们都恨大翠仙，每人抓一把小石头扔到她院里，小淘气朝她门缝里还撒了一泡尿。

小花穗走后，孩子们都很想念她。小友子说：那天在麦秸草垛里，小花穗告诉他说，小花穗一来到这街上，大翠仙就将她放鹰了，让她练习抓兔子，男孩子是兔子，和男孩子大咧咧地玩，就是让她来勾引男孩子。可见，我们都被她勾引了，抓到了。不过小花穗也真弄丢了她的那串制钱穗子，它落到小友子手里。小友子经常哭丧着脸，他想她想得最厉害。

小友子一直想了她很多年。他常说："我看她真好看。身上的味也好闻。'闯城'时，她流汗了，我扯着她软软的小手，连汗味都是香的。"他抚摸着那串制钱穗子，"我将来一定去找她，或许在某个地方不知不觉碰到了她。"

三角高地，一直没有小花穗的消息。过了十年，小友子被抓了兵，也不知流落到什么地方去了。如今，当年那些八九岁的孩子都已老了。

在开放的浪潮中，许多流浪到外面的家乡人，都有了音讯，有的回乡探亲，有的叶落归根，回乡定居。只有小友子没有音讯。几十年沧桑，也许他在无意中碰到了小花穗，有情人成了眷属，在一个美好的地方繁衍成了一个家族。不过这未免太理想化了、太戏剧化了些。当人到老年，在总结人生道路和历程的时候，对生活所做的判断，往往是不一样的，判断也往往是准确的。

## 伞

星期五的下午是社团活动时间。这天请名作家讲"生活与创作"问题，谈得有深度、有广度、有厚度，听了很亲切，很真实，很有说服力，受到启发和点拨。

散会时，忽然下起雨来。幸好我带着伞。因为午睡起床时，早已阴云密布，当然要未雨绸缪了。这刻上，我正把伞撑起，不觉身后来了位女同学，她刚才也坐在小礼堂里听报告。

“沾光，”她指了指我的伞，说，“我们走一路好吗?”

我笑笑回答没问题。我的伞较大，是温州出产的油纸伞。

我们走在甬道上。道旁的花草、树木吐着清香。雨丝滴物的声响，洒洒洒的，衬得周围更加宁静。我尽量把伞斜在好的一边。半晌，她忽然问：“半个月前，你收到一封不认识的人的信吗?”

我愣怔一下，也便记起是收到过这样的一封信。那信放在宿舍楼放电话的小桌上，信封的左下方有仙女散花的图案，没贴邮票，显然这是本校的人送来的。拆开信封一看，是撕下的半张笔记本纸写的几十个字，这与其说是信倒不如说是一张小纸条。我很好奇，时不时地看了好多遍，所以直到现在还能背得下来：

陈厚新同学：

近好。我需要《少年维特的烦恼》一读，请送26斋201房间。谢谢。

郭青萍

从名字、住址和字体上看，写条人是位女同学。但是，我们从无来往，并不认识，我也没有这本书。因此我既没回条，也没亲自去说明情况，而是无声无响地置之不理。这是惰性呢、傲气呢、还是怎的？人各方面都非常顺利、非常得意，往往是这样的不经心、不在乎，却不料，眼下这姑娘“将起军”来了。

我不知为什么觉得理亏了似的，支支吾吾地说，收到了那张条，可是没有那本书，所以没法去送，很对不起。我想这可以作为理由解脱歉疚了，并获得她的原谅。

不料，她停住了脚步，似嗔似笑地说：“没有，可以去借一本送给我，或者买一本送给我，不借不买，也得告诉一声原因才对啊。”她的“似理非理”“非理似理”的话，很刺激人。不过，这倒引起我的兴趣和注意，在雨伞下我仔细瞧瞧她的侧面，又机智而调皮地看了看她的正面。唷，一个很美、气质略带悒郁的姑娘，也许她天真执着的目光就构成一股能够支使动别人的魅力。我想再说些什么解释解释，但终于没有勇气说，又默默地向前走。我越发把伞倾斜到她那一边，仿佛要用这一具体行动来赎罪似的。

我住的十九楼到了。我一摸右肩，淋湿了很大的一块。她半怜惜半俏皮地说：“看，连上帝都惩罚你了。”说罢又笑了，笑得很委婉。我不自然地笑了，心里想，什么上帝惩罚我，是我自己惩罚我自己罢了。

她住在 26 楼，还要再走一段路。她说：“你进楼吧，我淋一会就到了。”

我体贴地说：“淋一会儿，全身也会湿的。这样吧，你打着走吧。”

她没客气，接过伞，凝神了我一下，打着伞径自走了。

第二天、第三天、第四天……她一直没给我送伞来。我也没去拿。再下雨的时候，我猜想她会想起伞，会给我送来的，但没有，我也没去拿。不就是一把伞嘛。时间隔得久了，也就不好要了，也就不愿要了，慢慢我忘记这伞了。

一年以后的七月间，晚饭后，我从饭厅归来，发现门旁放一把油纸伞，我张开一看，好几处已经破条烂缕了，陈旧不堪了。一年前的往事自然地从记忆的海洋里浮起了。而现在“‘破’伞归赵”了。我开了门锁，地上的一封信扑眼而来，这是从门底缝塞进的，仍旧是仙女散花的图案的信封。这的确是一封写得很认真的信了。信上说：

陈厚新同学：

近好。我毕业了，在即将离校之际，不能不写这封信给您，而且将您的伞一并奉还。请千万不要生气，我相信您不会生气。这把伞本该早奉还您，但故意不送。一直等您来拿。可您终未来拿。在校园里，我曾老远地看见过您多次，然而我都躲路而走了。我总希望您来拿，您为什么不来拿呢？也许您认为这只是一把不值钱的伞，或者也许是我的言语和行动不值得您注意，或者也许是您，太任性、太傲气……结果您胜利了，我失败了。然而您的“胜利”，暴露了您的弱点：您太闭塞，太容易怠慢人。这您是失策了。您该知道多一个朋友多一条路，多一个朋友对您的事业，都是不会无用的。在大学里不交朋友什么时候交朋友呢。难道能等到需要朋友时现交朋友吗？许多事实证明，没有朋友的扶植和支持，难能顺利和成功。请原谅我的直言不讳，由于您太软弱，太不开窍，太不动脑，您将失去很多的机运，因而您不会有……我现在作这样的推测，也许不够理智、不够科学。然而我先瞎说在这里了，这绝不是有意气您。

伞，我一直用了一年多，伞被我用坏了，如果您生气，明天晚八时还可以到201房间找我。我可还您一把新伞。再见了。

郭青萍

这信的直率，或者甚至简直是刻薄伤害了我脆弱的自尊心，第二天晚上我没有去，或者总因为是一把不值钱的伞，或者是另有原因，我终于没有去。

“江山易改，本性难移”这句古老的俗语，在我身上得到了印证，并且表现得突出而生动。如今我已老了，想改也晚了。往事如烟。当我总结这段生活经历时，我觉得郭青萍虽然是学生物的，但她却有哲学家、心理学家的头脑，当年她对我的分析和批评是合乎实际的、正确的。我的坎坷历程和现实的反省也确是这样的。

## 一粒樱桃

每年樱桃上市季节，我就想起一件苦涩难堪的事。

那年我养病在故乡。一个研究生毕业、又在大学里任教的人，在五十年代很缺，因而是很“名贵”的，尽管只有五十多元纸币（工资定错了），但是农民看我已是小康水平了。不过遗憾的是一个三十岁的男生没结婚，在农村却是“大逆不道”的，引来无数的“莫名惊诧”。有病就讨人嫌了。我一筹莫展。可怜天下父母心，对此事，父亲母亲急三火四，可能他们认为“不孝有三，无后为大”吧。所以催我逼我时的火药味太冲，我说老人家不要再管这个事了，百年之后，也不要带着这个心思和牵挂走。他们也真没有办法，找对象也不是吹口气就能成功的。

养病以休息为主，我每天都到山野散步。有时也赶集采风。离我家六里地有个集，五天赶一次，我经常去散散步、散散心，买点韭菜、大葱、黄瓜、茄子什么的，在集上转转，听听乡音，看看讨价还价，争斤论两的，颇有情趣。我正穿行，忽有一个高挑挑的姑娘从对面跟我打招呼：“大哥。”我愣怔了，不认识呵，正迟疑间，她问：“你是簸箕掌村人吧，你是在四川成都工作吧，你是来家养病的吧？”一连几问表明她对我的情况很熟悉。我点点头，也便更奇怪了。我们一同到路边闲散处面对面站着，我问她些事情。她说她是五里外一个村庄的供销社的售货员，赶集来看看行情。她说她的父亲在四川成都工作，她要去看他，苦于没有一个伴。她问我：“你什么时候走呢？打个伴好吗？”原来如此，乡里乡亲的，本来就热情，姑娘又闯朗，所以按年龄一下子就喊我“大哥”了。不过时到今日，即将“腾飞”了，关于她对我的情况如此了如指掌，想起来还是一个谜。她真是个特级“侦察员”。当时我说：“我一时半会儿还不能回去，病没好。”她又信赖而恳切地说：“等你什么时候走，告诉我一声好吗？”

停了些日子，樱桃上市了。我在集上又碰上了那位供销社的售货员。她又开口叫我“大哥”了。“来，吃樱桃吧，我请你吃樱桃。”她掂了掂元宝篓里的樱桃，邀我到胡同拐弯的背静处。老实讲，那时我真没有多余的钱买樱桃吃，可心里想，能掉价儿让她请我吗？她似乎看出我的意思，便说：“我知道你现在困难，不过不要紧，这是暂时的。你需要什么，请不客气地告诉我，我可以支援你。我猜目前你最缺的是粮食。”说着拿出一摞粮票递给我。我没收他的。她又说：“听说你是由于饥饿而得了病，这些粮票你用吧，不要紧，停些日子我还可以支援你一点。”我的情况她太熟悉了，又会分析。她的大方，她的真诚，她的毫无顾忌，使我感动。但我却不能要。这有各种各样的原因，其中之一是我认为这粮票也许是她贪污的。“当年的售货员姑娘，也许你绝不是那样，可能你家里少有积蓄，是纯情地支援我这个不到半生已潦倒的人。这样，我不懂了你，错怪了你，由于我的过敏，造成了一个意念中的‘冤案’。”几十年后我这样歉疚地想。的确，当时我虽是驴瘦毛长，却不愿沾上一点灰尘。我没要她的粮票，她有难堪的神色。在路旁正好有一块磨秃了的长方形卧碑，她把元宝篓放在卧碑上，揭开蒙着的花手帕，红珠儿似的樱桃，鲜亮夺目。她说：“不要粮票吗？真难为你了，我小看了你，你见外了。这全是我欠考虑。我大专上了一年，因救灾，学校下马了，回了故乡干了这个售货员，听到你的情况，就特别同情你，就这样做了。这都不算了。先生，来吧，学生请你吃樱桃。”她交了些底，结尾的话很幽默，仿佛她有意缓解这僵局。我没坐，只站在卧碑前，摇了摇手，直说：“谢谢，你吃吧，我不吃。”我觉得一个大学教师，在农村集市，不是买樱桃请别人吃，而是农村姑娘买樱桃请我吃，太掉价了，太没面子。她又抓樱桃给我，而且说：“你离家多年，没吃故乡的樱桃了。我就为你买的。”她看我不接，又笑笑说，“没有毒，不药人。”我表现出更奇怪的样子，更不理解的样子，更加矜持。姑娘笑了一下，立刻收敛了表情，她失望了，泪花转转地说：“吃一粒也好。”我一粒不吃，走开了。消失在山道中，没再回头，没再去琢磨姑娘的表情和处境。那时的我与其说幼稚、年轻不如说是无知更贴切。

回到家里，老人知道了这一切，批评了我。母亲说：“人家姑娘是真诚的，吃一粒是应该的，也是合情合理的。吃一粒不但药不死，也赖不着你。你太不懂事了，心里太没有戏了。黄花闺女这种感情多么金贵。”父亲听了更火冒三丈，两个耳光扇上了，嘴还咳着说不出话来。他肯定埋怨我又失掉了一次机会，一个连寡妇或打离婚的都找不到的三十岁的“老”伙子了，又让一个到手的姑娘飞走了。过后嫂子问我：“长得不好看吗？不顺眼吗？”我说：“挺好看，挺水灵，挺顺眼。但是我的情绪不好，什么都是多余的，白费心。再说我不配她，我怕损害她，她越好，我越觉得这样做，合适。现在无法使她明白。”嫂子愤愤地说：“你不必开脱自己了，无论如何也不该那样，你做得太无情、太无理。可能她一辈子都为此事窝囊。以后你的脾气可得改。”但是当时父亲的耳光，母亲和嫂子的话，我并不明白，后来经的事多了，才略体会出人间的真情、实性。于是，再遇到“一般人”请我吃东西，我尽管并不太需要，也总要尝一点点。一粒樱桃提供的启示吧。但我还始终未能够做到一视同仁，“任何人”让我吃东西，我都会伸出手来……

## 一本老辞典

书柜里珍藏着一本《王云五大辞典》，它伴我已经57年了。这不是我买的辞典，它是邻居一位杨婆婆送我的。那是日本兵刚踏入家乡城的日子，兵荒马乱的，母亲前时回故乡了，父亲晚上到邮局值夜班。家里只剩下我一个人。父亲考虑我害怕，与杨婆婆商量，晚上让我锁上家门到她家里住。杨婆婆家里人都闯外，家里也只有她一个人，听了自然很关怀也很高兴，说：“来吧，和我做个伴。”好几年，我就给她挑水吃，如今照应也便更多样些。不料，睡了几夜，就觉得不方便，最让我头痛的是她睡觉经常大声说梦话，有时会冷不防地把我惊醒，朦胧中一股恐惧压迫心头。我不得不找个理由不去了。后来她被故乡人接走了。临走前，她送给我这本《王云五大辞典》，说：“好好学习吧，这辞典将来你用得着。”以后我再没见到杨婆婆。只有这本辞典伴了我一生。

杨婆婆怎么有这样一本辞典呢。我一直不知道。这辞典长17厘米，宽10厘米，厚5厘米。它是上海商务印书馆出版的，定价为三元。这本辞典的特点是用四角检字法。

上初中时，许多同学用四角检字法的字典、辞典。为了提高检字速度，几个同学一起经常组织比赛，一个字、三个字、十个字，看谁查得快。一次次比赛，越查越快、越查越熟。这辞典我一直用了很多年，直至有了各种新字典、辞典，老实讲，我对它仍有着执着的信任感和偏爱。

以后进京考大学了，我的行李很简单，一张狗皮褥子、一床毯子、一个床单、一床带飞燕图案的被。嫌沉重没带枕头，枕头就是辞典了。一枕就是十年，辞典封面满是汗渍，久而久之封面破损不堪，脱落了。换粘上白色厚纸，又破旧了，再换粘，真不知换粘了多少次。直到有了简化字的字典、辞典。这些年又有了《辞海》《康熙字典》《成语词典》，查字寻词很方便，但这本功不可没的《王云五大辞典》，我却永远不会冷淡它，我把它放在柜子深处。

大辞典伴我走过漫长的道路，是我无声的伴侣，给我鼓励和鞭策。在清风朗月的日子里、在文化奔波的路上、在教育的园地里、在笔耕的寂寞中，它都能助我一臂之力，用坦诚的语言给我以知识，让我战胜空虚、启动停滞、斥退尴尬、展示亮光。

## 水

一家三口人，每月只用两吨水，在号召节约用水的情况下，街道组长赞美之后，又觉得奇怪。他叫我介绍一下节水的经验。我说没什么可谈的。只是从童年、少年时就形成的一种思想罢了。后来这种思想又传承感染给了全家。有了这种思想就有了节约用水的办法。

教我爱护水、珍惜水的第一个老师，就是我的母亲。她说："不能糟蹋水。糟蹋了，到阴间，就就得去喝那些水，遭罪了。"她拿出一本民间所谓的"善书"（《玉历宝钞》）来，让我看，什么牛头马面啦，什么有常无常鬼啦，什么十八层地狱啦，小鬼青面獠牙，天神也威严可怕。还有什么下油锅啦，什么望乡台啦，什么投生桥啦。母亲指着一张人喝浑水图说："你看，水可糟蹋不得，谁能喝得了一生糟蹋的水呵。"我看了有些害怕，因为我曾经浪费过水。

我那小城里缺水。有水也多半是"赖水"（硬水，味咸涩）。孤老院的水井离我家最近。井口无盖，一阵风吹来，大路上的什物，一股脑儿刮到井里去了。加上人们将水筲随便放，打水时筲底沾的杂物，也带到井里去。所以停上四五年，就要淘一次井。淘井一般选在春夏之交或夏秋之间，一帮小伙子先从井里往外打水，水流一街一地，流得很远很远，等看到井底了，这才用抬筐顺下两个人去，他们趁着酒劲，用镐刨、锹掷，装满一筐筐碎石、砖块、污泥、腐草，提上井口，一天的工夫，井外堆了一座小山。淘井有时能淘出制钱、大头洋和金银首饰来，这多半是挑水人不注意掉到井里去的，更多半是善男信女对井许愿祈福献上的。有时也会淘出枪支和手榴弹，这多半是逃兵扔进去的。淘井有时也是不得已，那是令人害怕而且恶心的：有人投井自杀。投井的，多是姑娘或年轻的媳妇。她们或因婚姻不幸，或因在家内受气，不得解脱而投井了却一生。她们的命运虽为人们同情，但在井里死却给人们带来麻烦。有的邻里不停声地骂，说哪棵树不能吊死，偏偏投井呢？于是人们临时决定淘井，不但要淘去不干净，更重要的是要淘去那一井晦气。水，干净水，来之不易。

我从十一岁就开始挑水了。因为担杖钩比我的身子长，所以必须把钩在担杖头上挽一道，用绳绑牢，因为井深三丈还要拎着带钩的粗绳子，提出一筲水可费力了，特别到冬天，井台上的冰冻得很厚，很滑，探着身子打水，危险。一担水挑到家里，我对它珍贵极了。谁浪费，我都恨，有时会发火。

至于吃甜水，只有过春节时有客来，需要烧甜水喝，才挑两担。因为那甜水井位于北河，隔得太远，往返十二里地。如果遇上鞭杆子风小青雪，披风顶雪去挑，眼圈、耳朵、鼻尖都刺得通红。可见，要吃甜水更艰难了。

抗日战争中期，我们小城一连半年纹丝雨不见，干旱得要命，地裂路抻，有人说旱魃作祟，组织人打旱魃，传说打旱魃，但谁看见过旱魃呢？官府和绅士约定在文庙求雨，文庙有大殿、有两廊，院子宽敞，参加求雨的，几乎是全城出动了，学生们头戴柳条柳叶编起的圈帽，光着脊梁，赤着脚丫。商会雇了八条大汉用八抬大轿抬着龙王，龙王青面獠牙而有角，蓝胡子、蓝眼睛、蓝脸庞、蓝袍子，一身蓝，皆取水的颜色。许多青年小伙子挑来一担担水，表示水族之众。绅士名流跪祭龙王后，八条大汉抬着龙王游街，周围簇拥着水担子，还有人用一束束柳条蘸着水，洒向天空，口里念念有词："龙王爷下雨吧，龙王爷下雨吧。"祈求的声音，响遍街巷，那时我是个学生，在队伍里走，时时有凉丝丝的水滴落在光着的脊梁上。那时我们虽然年龄小，可早早分担了父母辈的苦难和期待，心里虔诚，默默有词，盼着老天爷下雨，祈求水来救命。渴望水、崇拜水、神化水，水在我心灵中扎了根。

后来，日子难过，父亲收入养不活五口之家，生活所迫，家里决定让我这个十二岁的孩子回故乡，跟伯父母（他们无子女）一起生活。交通不便，也无钱雇车，280 里路需要徒步。家里把我托付给一个上马掌的老伙计。妈妈为我蒸了几个大饽饽和十几个干饼，装进背袋里，还放上几头大蒜。我问装蒜干什么。父亲说：路上渴了，且水并不现成，遇到小河，遇到泉源，渴了都可喝，喝时吃上一瓣蒜，可以消毒祛瘟。记得出发的日子是十一月，路上所见的一幕，一辈子都忘不了，那是晌午时分，在路旁的半坡上，有一个人躺在地上，另一个人给躺着的人理疏喉咙下的部位。那人吃干饼噎着了。他俩是同村人，一道挑笤帚、炊帚和小箅子到滨海小城去卖。担子百十斤重，远路无轻载，够累的，到这里又饿得厉害。他们吃起干饼。由于那年纪稍轻的吃得急了些，噎着了，干咳嗽，脸胀得鸡冠子似的，以致目瞪鼻歪了，喘不过气来了。此刻如有几口水一喝，噎着的干饼便会被送下去。可惜附近找不到一口水，连个脏水湾也没有，即使马尿人尿也没有。就这样干瞪着眼，噎死了，他是个撑死鬼，抑或是个饿死鬼？我只觉得，水呵，太重要了。有了这个认识，我们虽然饿，但没敢随便地吃，我们走到一条小河边，坐下来，吃起饽饽，干呛呛的，猫着身子喝口水，咬口蒜。这从生活中获得的认识是生动深刻的，一辈子忘不了：野餐时眼前一定要有水。

童年少年时期一眨眼过去，时光给我留下许多难以释怀的东西，其中之一便是水，对水的认识、水的观念、水的感情形成了一种精神之流，一直流过青年、壮年、成年时期，而今已是暮年，我对水的感情始终在心田里涌流着……

# 一对月牙板

写字台的抽屉深处，放着一对月牙板。它又叫鸳鸯板。这后名似乎比前者更好听些，更多情些。多少年不敲它了。不过在灾难的年月里，它曾热闹了好一阵子，也曾救了我一次急难，所以至今不能忘它。在惆怅、迷茫笼罩心间的时候，不知为什么常愿取出它来，把玩一会儿。它，铜制的，金光闪闪；敲起来，叮叮当当，节奏铿锵，每次品味体会，它都给人以不同的韵致。只可惜它并不是我的私有。我用蓝布缝了一个小袋，将它放在里面，藏在抽屉深处，仿佛是历史留给我的一件稀世珍宝，我非常爱惜它。它刻在我心头的，是一段颇有意思的故事。

“文化大革命”的第三年，学校没有学生了。教职员工随着时代闹“革命”，花样翻新，莫衷一是。下乡接受贫下中农再教育时，一切都围绕着忆苦思甜进行。在这种情况下，每个单位差不多都要成立宣传队、宣传组，人人都是宣传员，不用说，积极为路线斗争服务了。

领导小组让我编个“三句半”小节目，我“狗”嘴里吐不出“象”牙来，正愁眉不展呢。季节已是深秋，天上杂云密布，一阵风过后，纷纷扬扬下了一阵雪豆子，接着下起了绵绵细雨。屋内光线暗下来，也觉得潮冷得多。心情也不觉更加惆怅。忽然。有人轻轻敲门。我立刻开门，不认识来人，也便礼貌地说声：“请进。”

来人，工人师傅打扮，紫红脸膛，大眼生生，双眉上挑，一副爽朗的笑容，羊皮坎肩，脚蹬一双高腰水靴。他笑笑问：“焦老师在吗?”

当他知道我就是“焦”，便说他是慕名而来，称赞我见过世面，说一个名牌大学的研究生，因病来到这样一个不出名的学校，实在可惜。他谈吐直爽。我略一沉吟，笑问道：“师傅贵姓?”

“鲁达那个鲁，平庸那个庸，名鲁庸。”语言剔透利落。“真是标准的京剧道白。”我说。他听了，用“黑头”腔调哈哈大笑起来。屋子里立刻变得活跃起来。

“你说得一点不错，我爱好京剧，爱唱京剧，可以上台，不过我不在正式剧团。自己喜爱这玩意儿，又肯钻研，久之，形成自己的一路。有时正式演员还拜我为师，要求指点几招几式呢。”他的自豪感溢于言表。

接着，他简略地谈了他来校干临时管道工的情况。从他的打扮和言谈举止中，我看出他有智慧，也有才能，可他只干个临时管道工，孰能不迷惑不解。他说了这当中的情由。

他在本市一所重点高中毕业。在校时功课很好，每考必名列前茅。同时名列前茅的有一女生名叫耿华。他们都是学校文艺队的队员。耿华能歌善舞。鲁庸主要清唱京剧和说山东快书。文艺队差不多月内都有活动，或到工厂，或到近郊农村演唱，也利用寒暑假到边防海岛为战士作慰问演出。鲁庸和耿华接触机会多了，互相崇拜，爱的萌芽在心中朦胧滋长。但又不急于表白出来。朦胧的爱更美、更有味、更富吸引力。

不料，大龄的教务处职员对耿华也颇有兴趣，他借自己为文艺队的领队的权威条件，在夜里排完节目之后，常留下耿华谈话，东拉西扯，耿华很厌恶。她把有关情况透露给鲁庸，引起鲁庸的警觉。这夜领队又留耿华谈话。鲁庸留个心眼，躲在走廊旮旯里，以防不测。领队谈着谈着，便对耿华动手动脚，急火火将她抱住。耿华大喊。鲁庸赶来救她。领队恼羞成怒，动手便打鲁庸，反侮鲁庸偷听师生谈话。鲁庸忍无可忍，抓起小道具枣木拐，朝领队后背打去，打出了伤。正在争吵之际，来了不少人劝解。以后经过多方调解，了结此事。领队构不成罪，而鲁庸档案内却留下了棍击师长的一笔。那时考大学，政审抓得紧。鲁庸各科虽然考得很好，却因这一“铁案如山”，自然地名落孙山，鲁庸没机会解释也无法解释自己的冤情。

耿华知道鲁庸的遭遇后，心情十分痛苦，难堪的记忆折磨着她，从而性格变得沉闷起来。为了争气，她考进名牌的海洋学院，在学习中求得解脱精神的重载。

有次学校组织活动，让我写个“三句半”，我觉得困难，自知身上缺乏“三句半”细胞，因而发愁。正在这刻上，鲁庸师傅“雪中送炭”来了。

鲁庸师傅一进我的房间，就看出我有心思了，便试探着问。我把构思“三句半”的困难、愁苦的心情告诉了他。“好汉不吃眼前亏，人家有权嘛。——其实演节目，也容易。”他仿佛深知眼前的形势，并熟知如何应付，面对一筹莫展的书呆子，略带启发意味地笑笑说，“比如说个山东快书就很容易。可长右短，短的十句八句就可以了。打着钢板还遮丑。瞎咧咧几句，就可以交代过去。”他理解我的难、可怜我的愚，同情我的遭遇，为我出谋划策。

我说不会敲铜板。他说可以教给我。

我觉得这个路子可走，便到校乐队去借铜板，没有。钱费不多，自己买吧。走遍全市所有大百货公司文化用品柜台看了，都说多少年缺货了。我把情况告诉了鲁庸师傅。

“那样吧，我把我那副借给你用。”他强调说，“要求只一个条件，不要丢失。那是一件纪念物，是耿华赠我的。”他的话，我很理解，我知道这副铜板有非同一般的意义。

隔天他送来了，我一看，满眼金光闪闪的。他立即打铜板给我看，还要出很多花样，像那些山东快书名家一样的光彩夺目。我很佩服他。

他教给我，怎样捏板，怎样打法。我勤学苦练了四五天，才勉强打出个“噔咯噔，噔咯噔，噔咯噔咯噔咯噔”来。我又学写山东快书段子，短的，长的，打着板照着念，熟能生巧，慢慢觉得有点味儿了。

后来好长时间没再见鲁庸师傅。听说他不干临时管道工了。只是他没来取这一对月牙板。

新时期开始了，上课了，这是我的业务，我又登上了三尺讲坛。此刻我想把那一对月牙板还给鲁庸师傅，但苦于不知他的住址，打听几次也无着落。我只得把它装进小布袋里，藏到抽屉深处。

一天下午我正在大街上散步。忽听到老远处有人喊我，似“黑头”般的语态，好耳熟。我停住脚一看，原来是久久不见而时常打听的鲁庸师傅，不觉高兴起来。我们靠近了，很亲切地交谈着以往、现在和将来。

我们都笑着，笑得真畅快、真充分、真彻底、真由衷。他着重告诉我：耿华海洋学院毕业后，分回本市的港务局工作，如今担任高级工程师。她一直没有嫁给别人。她怀旧，跟鲁庸接起了感情的琴弦。她认为真正的爱情是建筑在两人都甘心情愿的奉献上。当然这“牺牲”并不是对等的，不能以斤两、尺寸衡量。她没考虑鲁庸文化水平的差距，也没考虑两人职业不同而形成的志趣差异。她认为爱情的语言是另一种语言，是不受任何限制的心底交流。于是他们结婚了。他们欣赏并赞同不生育文化，所以他们不要孩子。

这几年，鲁庸患了肝炎病，耿华更体贴他，从不惹他生气，里里外外一把手，毫无怨言。肝炎忌喝酒，鲁庸却爱喝，她很惯他，这大年纪了，该任着他的兴致，常常购买低度好酒奉献。本来嘛，还能活多少年呢，想开点。也怪，随其自然，病情反有好转，眼下病菌已不扩散，病情进入稳固期。可见情绪好坏对疗养的重要。他们的爱情如同初恋时一样热烈，并讲究实际，堪称温暖和睦的家庭。经过风霜的花果，色彩更为斑斓。他边介绍他的近况边赞美他的妻子耿华，说自己是个有福的人。

我想：爱情就该有牺牲吧。也许不叫牺牲更好，而称为一种奉献的储存和酿造。

我说：“鲁庸师傅，好多年没见了，我打听过你许多次，抱歉的是一直没打听到你的住址。心里老存着沉重。鲁庸师傅你知道这为什么吗？”

“这还用问，为的是那一对月牙板！”他不假思索地答道。

“走吧，跟我到家里拿吧。顺便我请你喝两杯‘竹叶青’。”我恳切地要求。

“先放你那里。别丢了就行。那是一件有意义的纪念物。”

我还要说别的，可他已经走远了。

## “菩萨保佑你”

事情过去七年多了，但一种遗憾像铅块一样压在心头，越来越重，歉疚和不安，在我灵魂深处筑着巢，孵化出若干的虚幻和想象，揪着我的愁，揪着我的心痛。

1991年4月22日，我由J市开完会转B市探亲访友。下火车时正是早晨，一夜硬板颠簸显得过分疲劳。春节前外甥来信说希望我到他那里玩玩，我去信告诉他打算到B市看看。我便到了外甥的单位。不料传达是个刚刚到位不久的小青年，不知规章制度、缺乏知识和礼貌，还时不时瞅着我装换洗衣服的大包和装洗漱用具及杂物的小包，仿佛里面夹带着定时炸弹似的。言谈、举止犹疑，让我这个外来老人感到十分冷漠和无情。停了一个钟头，我确知外甥周末回远郊的家未归，便留下一张字条，匆匆而去。

我准备到睦邻庄瞧一个老朋友去。在钻石路坐车到整齐店转一次车可达目的地。片刻来了一辆双车厢的大客车，不料售票员说这车到整齐店不停。又等上了后边单车厢的一辆车，取出一角钱刚买了票，又不料售票员说，这车不载客了，全下去，上前面的车。再看前面车，已是满满的，车门处还有几个挣扎着上不去。我已是花甲之年，自觉没有缩身术能钻进去，只好等下一辆车了。不久又来了一辆车，一时间争先恐后，我已失掉上蹿下跳的本领，等我上车一看，早已座无虚席，只好挤站在售票台前，手里捏着那张票。早晨下火车，脸也没洗，头有点晕。我背着装换洗衣服的长方形大黑软包，来回拨拉，低头一看，地下太脏还有痰迹，我不肯也舍不得将包搁在地上。我用膝盖夹着长方形大软包，一手拎着装洗漱用具等杂物的小包，用剩下的指头抠着售票台支棱凹陷处，免得因急刹车而摔倒。在我身前同样站着一位年轻的姑娘，长披发，穿着纯白的层叠套裙，颈项上自然地垂挂着紫黑色的小珠项链，淡雅而深沉。全身匀称，透着淡淡的清香。到整齐店站，车门开了，那姑娘一亮月票下了车。我下车时，售票员不让我下，说我的票是张假票，罚款两元。我奇怪怎么是张假票呢。票值仅仅是一角。我既然要做假，也不至于如此糊涂，冒如此大的风险去做这样不值钱的货色。这不是冒险家、投机家的所为。这顶多可说是废票，一点也没有撕剪，也没有红笔或蓝笔画的道子。我有意至今还将这票收藏在要事夹内，纪念这次尴尬的遭遇。当时这个出人意料的袭击，使我一时反不过情绪来，我低声细气地断断续续地说明情况。售票员仍斥责地说是张假票。乘客起了嗡嗡之声，也许嘲笑我这个老人使用的竟是一张假票，也许更是催着开车。正在这风风火火之际，那刚下车的姑娘又上了车，站在车门台阶上，说明她见到我买票的实情。不料刹那间车的两扇门忽然关起，卡住姑娘的前后身，她本能地“呵呀”了一声。接着车门开了。她下了车。刚才这一举措，不知是有意惩罚她多嘴，还是怎的？不得而知。不过有她这一证明，售票员没再罚我两元，只说，补一张票吧。在家千事好，出门万事难。出门人一切要求平安无事，哪有劲头和闲情去申辩不该补票呢．拿出一角钱再买一张票算了。

一生第一次遇到这样尴尬的事，令人窝囊。最恼人的是，车要继续前进，主事人不容解释，不给时间解释，也确实没有时间因而也无法解释。我如同破不成瓢的葫芦，瘪弱地闷死。联想刚才访亲受到的冷遇，一股倒霉的情绪袭击心头，沮丧侵吞了一切。

下了车那姑娘同我走了一段路，最后指给我转车的站点。我看清楚她了，她是一位少见的文静而标致的姑娘，她的标致令我不敢正面多看她，以免亵渎神圣。不过，我时不时地看她白色层叠套裙上的污痕，惋惜她为我横遭的打击。一路上仿佛没做完这噩梦似的，我没向她致谢，也没问其他情况，便于以后致谢。在等车的时候，我情绪平静了下来，我又看到姑娘为一个不熟不悉的老人作证明，而被车门卡住，被污染的衣裙，我又听到她受击时“呵呀”的声音，我又想到我没送上一句赞美和感谢的话。我深深感到歉疚和失礼了。我立刻跑到姑娘去的胡同口找，早已无影无踪。

老朋友知道了这一切，批评我的无知，说白活了60岁，白当了40年的教师，白有了相当多的阅历，白见了许多世面，竟至如此缺乏修养知识，多少年了仍然是个大老粗，“真的，我要有枪，真不如让我一枪崩了你。”朋友极尽嘲讽挖苦之能事。我是应该受到嘲讽挖苦的。我越发感到自愧。第二天上午，第三天上午，我曾用两个上午的时间到钻石路车站、整齐店车站等那姑娘，以便奉献上我的感谢的语言。然而时光如流水，一去不复返，何况人海茫茫到何处去寻觅？也许这一生再见不到她了。也许即使见了，她不会认识我，我也不会认识她了。人生呵，多的是不和谐不完整。当然见到了有一种戏剧性，见不到呢，也会有另一种戏剧性，都会给人以不同的品味。

我想了很多。在“事不关己，高高挂起”的世情司空见惯的时候，在当今损人利己、损公肥私的不正之风猖獗的时候，作为一个弱女子为无利可图、无好处可沾的干巴老头作证，到底是为什么呢？试想我的女儿如果遇到这样的事，她能站出来作证吗？我不敢肯定。听过我课的女学生，如果遇到这样的事，她能站出来作证吗？我不敢肯定。即使像我这个久经风霜而且知受冤之苦的人，如果遇到这样的事，能站出来作证吗？我惭愧地说我仍然不敢肯定。而她，却为一个风尘仆仆、疲惫不堪、无牵无挂、无利无害的外乡老人作证，虽不特别伟大，也不特别隆重，但我认为这了不起，这需要一种为真理辩护的精神。她的仗义执言，她所表现的人道主义，是感人至深的。我将永志不忘。我从这位善良的姑娘身上看到民族传统的美德。我虔诚地为她祝福，并向她鞠躬。

我想了很多。我想到一个未成名的哲学家的慷慨陈词，“人们的一切行动，都是表演”，“一切行动的结果、后果、归宿和平共处所至，都是命运”。

我想了很多。我最后想到去年腊月二十三，俗称“辞灶”或“过小年”的那天上午，有人轻轻敲门，我的妻子去开门，看那人穿着洗旧的蓝粗布斜襟上衣，戴着洗旧的蓝粗布帽，下截裤腿缠着发了白的绑布，手捧着一个破得像小学生用久的讲义夹，夹子张开着，说：“我来化缘修庙宇，这是我的介绍信。”这些年人们不轻易给不熟悉的人开门。有卖菜刀的，敲开门举着菜刀，说卖菜刀，如此这般出了一些稀奇古怪的事，令人不寒而栗。因此，这些年家家争安防盗门，因而防盗门事业大发展。我家没有怕盗的，也不必防盗，便没安防盗门。我们家里时时都有人在，经常见上门乞讨的人。我们没有太多的警惕性。妻子没看那人的介绍信，转身想取五角钱打发那人走。我一听说是化缘的，认为这可不是一般的乞丐，不能像打发要饭的那样，劝妻子取出两元新票送出。那人没笑，也没哭丧着脸，静静地说：“菩萨保佑你。”转身向楼上去了。我顺门缝跟着那人瞧，那人也回头看我。那人两眼很平静，但无神采；脸很白净，但无光泽。妻子说，这定是个道士。我从他的打扮、神态上看不像道士，而是尼姑。我好奇心来了，站在凉台上，专等那人出来，再一次辨别究竟。不一会儿那人走出来，走得很快，走的是“一”字步。从一切现象看，我断定她是一个尼姑。她风尘仆仆，恐怕不是本省的，穿一双黄胶鞋，可知她路途跋涉之遥远，看她衣服洗得褪了色，可见她生活也是不富裕的，而是清苦的，也可推知她在尼姑庵里也是个辛勤干活的出家人。我估计在这个傍年的时候，大家都图吉利，她出来化缘，更容易取得收获。然而，她的化缘及我跟妻子的所作所为，难道也都是在“表演命运”？

我想了很多。真巧，都是两元钱；真巧，都是女人；真巧，“菩萨保佑你”。能把这一切联系到一起吗？不然怎样才能将这个谜解得有戏剧色彩、戏剧性呢？我把这一构思跟老朋友谈了。他思考了半晌，深沉地但不无戏谑地说：“江郎才尽了。”又说：“你描绘的故事，平添了神秘色彩，但这表现的却是因果报应，怎么思想贫乏到如此程度，竟写起因果报应来了？你是怎样理解人生的，怎样看待生活的，怎样理解、看待和写作文学的？”老朋友的质问，使我哑默悄悄地闭上了眼睛。这些总是几十年间我们曾多次探讨过，曾明白了一些，如今是不是我又糊涂了、朦胧了。我似乎又走进了一个不知如何“表演命运”的狭窄胡同。我睁开眼看着他，他正在挑战地看着我，“相看两不厌”，不觉相视哈哈大笑起来。我们之间也演开戏了……

## 大家同赶海

离退休人员夏天组织了一次活动，到娘娘岛赶海。大家坐在大客车里，真是平等了。人一离退休就立即平等了。不管你当过校长、教授、讲师、主任、处长、科长、一般办事员、炊事员、电工、杂工……谁先抢到座就是谁的，来晚了坐在中间夹座里，再晚了，便只好坐马扎子，马扎子坐完了，如果还有人来，或站着拽住一个车架梁，或坐在车的某个不关重要性的部位上。真是平等了，不平等也不行了，谁也不吃谁的，谁也不怕谁给小鞋穿，谁也不怕谁给扣大帽子，谁也不看谁脸色行事，谁也不听谁声音行事。谁也不用拍谁的马屁，谁也不用给谁抬轿子，谁也不用给谁偷偷送礼了，谁也不用讨好谁而给谁以小恩小惠。谁都可以开个不痛不痒不冷不热的玩笑，如“你是天下最好的人”“祝你长命百岁、千岁、万岁、万万岁”“祝你永远健康、永远健康”。这些不用钱买的话，到处扔几把，都哈哈大笑一阵子。对那些做过缺德的事、伤天害理的事的人，也不挖苦他、斜视他。时过境迁了，大家都变得健忘了。

来时车上很热，大家比较沉闷。一到海边，大家各方面便放开了。有赶海的，有看别人赶海自己不赶海的，有几位专来看海而不赶海的。妇女们坐在石头上谈些家长里短，日常起居，有谈儿子、孙子及他们的媳妇的，有谈身体的，有谈病情的，有觉得人生短暂的，有欢欢喜喜的，有谈社会风气而唉声叹气的，有要争取多活几年、而力图找乐的，有活一天算一天的，有说忧患意识太重的。什么有兴趣谈什么，想起什么谈什么，东扯葫芦西扯瓢，谈到激动兴奋时，有流露不满情绪的，有的嗓门高起来骂大街的。“神行太保”也免职了，“小报告”也没油水了。大家都进入人生结尾阶段了，老实讲大家都知道活不多少年多少月多少天了。让人们开怀畅谈吧。人们从愚昧中走了出来，人们进步了，人类进步了。

到了退休，到了赶海，大家没有大小、上下、尊卑的区别了。平等感油然而生。谁能不老呢，谁能不病呢，谁能不死呢？把过去龌龌龊龊的人事忘记吧，把好的地方记得更加深切些。平等了，但是并不完全平等，没有法完全平等。世界上没有平等主义。待遇不同，住处不同，环境不同，精神状态不同，感情情绪不同。到什么时候才能真平等呢？那就是毁灭性地震，那便是死，但那时平等不平等谁也感觉不到了。

## 深秋动物园

又到深秋季节了，我忘记不了动物园的“老朋友”。往常一般都是春夏之交最热闹的季节去看望它们。今年气候反常，一入秋我就老牵挂着它们，搜寻它们的模样，想象冬天它们该怎样度过。是不是也像人那样喜欢老缩着，打不起精气神。人一到老年，想的事也多了。过去替古人担忧，现在又添了为动物担忧，真多余。

动物园是依山修建的，没有路标，走到哪儿算哪儿。我先到白头兀鹰的高笼下。白头兀鹰蜕落了一些不大中用的羽毛，零乱地落在高架底下。白头兀鹰不甘冷落，不甘寂寞，时时在利爪上磨砺自己的喙。然后昂首远望：远处有山，层峦叠嶂的山；有树，朦朦胧胧的树。你要飞吗？你能飞吗？你还会飞吗？我知道你曾经飞过，你曾飞过许多地方，你现在还想飞到远方去吗？远方有什么呢？有高山，有树林，有青草地，但那都不属于你了。你低头看看你的爪子，爪子还能弹跳腾飞吗？你伸展伸展翅膀，翅膀还能大幅度扇动吗？没有活力，翅膀已经变质了。不但翅膀如此，仿佛每一个部件都失去活力了。白头兀鹰终于低下了头，闭上曾经锐利过的眼。你想飞呢？不想飞呢？你知道罩在你天空上的是什么？我叹了口气，向坡下走去。

我走到老虎栏前，这号称万兽之王的族类，各据一方，平起平坐了。谁也不想吃掉谁，谁也不用害怕谁了。不会心有余悸了，“狐假虎威”之类，在此也用不上了。这只虎不知为什么，毛色没有了光泽，一到老秋，比往常更加暗淡，也许由于饮食配搭不当，缺乏合理的营养。何况在这里净吃些死物，不劳而获。它眼球上有血丝，好像常常熬夜似的，但它没看那些色情、暴力、警匪、灾难的电视节目，怎么会熬夜了？难道它也患失眠症？谁敢说它不在思考，不在怀念故乡故土，不因圈在栏里而愤愤不平？它的蹄子还是那样大，只是弹力不足了。它蹒跚着脚步，正沿着半圆形走动，来回走十几回一停、二十几回一停。它不知走了多少个来回了，早晨走，黄昏走，我猜它深夜也走，不然为什么它眼睛有血丝呢？这样的大蹄子，一步一步，如果排起来，可以回它的故乡几次了，至少五次了。可遗憾的是，它并未走出去一米、半米甚至四分之一米。那粗粗的铁栏杆，被它的身子磨得锃光瓦亮。可它的皮毛却没有光泽了，可能就因为这样百无聊赖地磨呵磨呵，连情绪也没有光泽了。地下足印相叠千次万次几百万次几亿万次，分不出轻重缓急，模糊一片了，成为装订不起来的画页。到此刻，万兽之王的日子，变成难受的日子了，怎样度过那漫长的岁月呵。不过它仍然从栅栏这方，走到栅栏那方……我不愿看它了，它是那样的不威风了，它只有虚假的威风了。它的大头上仍有个依稀可辨的“王”字。

## 耍把戏的

清明过后不久的一天下午，五点多钟了，天气很阴沉，耍猴的从火车上下来，偶有银丝挂面似的细雨飘下来，他们走不多远，衣服都潮乎乎的了。

不管如何先得把今天的晚饭挣出来。于是在农贸市场旁的一小块三角地上敲起了锣。他们一共六个人，一个近六十岁的老头，敲着锣，定是个管事的，大家都看他的眼色行事。围绕在他周围的有一个壮年人、两个青年人、一个年轻妇女、一个十二三岁的男孩子。男人们全都穿着单薄的旧棉袄。那个年轻妇女穿着旧的红色人造革皮夹克，很醒目，像一朵野百合花辉映在这人群里，方显出点生气。男人们都满面油汗灰，看样子起码有五天以上没洗脸了，脖根明显有几条弓形的黑线。这一帮人看举止听言谈，可能是需要拉帮挣点钱而由几家子组成的。他们牵着四个猴子：两个体格健壮的猴子，一个母猴身上紧紧伏着一个小瘦猴。另外还有一只很和善的家狗，黑灰杂毛，乍看起来跟一般的狗没有什么特殊的地方。这四个猴子、一只狗的脖颈上都系着一根铁链子，铁链子有粗一点的有细一点的。两个青年人放下各挑的一副担子，打开箱子，里面装着各种各样的小道具，还有大大小小的竹圆圈拴在绳扣里。

当下锣儿一敲，虽然阴沉的天时有细雨，但也集聚不少热心看耍的人。老头儿敲着锣向外开了开场，让猴儿能活动开，让狗儿能走开，让小孩子能跑开。

此刻，那个青年脱下一只袄袖，露出一只膀臂来，肌肉腰子鼓鼓地，大嗓大声地喊道：“诸位爷们，贵方宝地我们初来乍到，请多关照。正在农闲季节，到此挣几个钱，为春荒添粮，为冬寒添衣做准备，打破天窗说亮话，为一家糊口，求大家支援来了。有钱的帮个钱场，有干粮的帮点干粮，无钱无粮的帮个站场。来，给爷们献丑了。”他手一招，六个人一齐向大家弯腰行礼。

穿红色人造革夹克的妇女“报幕”了：“第一个节目，罗汉跟头。”说时迟那时快，只见那个十几岁的男孩，脱下棉袄，一领双排扣黑褂，腰扎宽皮带显得十分英俊威武，他顺场跑了一圈，接着翻走筋斗云，正跟头、反跟头、高跟头、低跟头、花跟头，跟头翻了无数，全场喊好。又报第二个节目：猴花脸。壮猴、母猴、小猴一齐出场，它们戴着纸壳脸谱，表演幼儿园保姆带小孩，老太太拐篓赶集，老公公挑担，顽皮孩子似的做出许多动作，都有表情，表情也特有意思，引人发笑，而表演新媳妇回娘家，尤令人怜悯，大家不禁捧腹了。正在人们因逗乐而嬉笑之时，老头重敲一下锣，便把锣反过来捧着，示意人们支援帮助，立刻有票子放在锣内，有的扔在地上，地上还滚动着钢镚儿。要把戏的眼睛里洋溢着喜悦的目光。老头更是高兴，他一边不断地点头，一边不断地说“谢谢”，一边捡拾着钱票和钢镚儿。捡拾到的都放进反过来的锣里。又有几个人跑进场内向锣里递钱。老头一式地点头感谢。

钱收到的不少了，晚饭的费用也够了，夜幕也降临了。可耍猴的仗义，还要送上个节目答谢破费钱的仁人。穿红色人造革夹克的妇女宣布节目开始，下一个节目是猴王骑龙马。壮猴扮猴王，大狗扮龙马。当猴王披挂好，要骑龙马时，龙马却不让骑，狗朝猴吠，眼有怒色地吠。猴要完成节目任务，又骑，狗扑吠，龇牙咬。狗这刻犯病了，不听使唤了。耍猴的青年紧扯铁链子，像是惩罚狗，可狗不听那一套，不买账，朝青年吠，扑咬，引得全场惊疑。这是许多人所未见过的。这本是一只驯化有素的狗，表演节目的青年，也从未见过这情况。这怎么了？不听话了。有的看客也帮着分析：“可能走远路累的，人也有个不愉快的时候，难道狗就没有？”又一个看客从地理环境上分析：“从没来过海边吧，初来乍到，难免适应不了这里的气候，情绪有点儿烦躁。”另一个青年喜逗趣，逗得可也不是时候，说：“莫非狗进入了更年期，说不定它犯的是更年期综合征……”眼前的人听了不觉大笑一阵。如今社会学渗透到各个领域，用人的性情对照分析狗，实在有趣。人们都很通情达理，遇到这样尴尬的情景，纷纷说天晚了，你们该休息了，明天再演吧，我们准来看，语气里透着理解。

耍猴的很过意不去，如果不是因为饥肠辘辘，怎么也不愿意中途收场，这是艺规艺德。此刻青年人用手中铁链狠狠扯猴，以示惩罚。猴本来很乖，惩罚得不合理。狗的情绪传染给了猴，猴选择一蹿跳到青年的胳臂上，用爪子撕他的衣服，嘴里发出声音。青年人一看不好，用鞭竿将其推在地上。老头走过来，拍拍猴子的头，塞给猴一个大花生果儿，算是安抚它吧。回头对青年人说："罢了，别生气，耐着点，如今的牲畜也不像过去那样单纯了，不听鞭子的了，它们比过去懂事多了，也会耍赖。"大狗匍匐在担子跟前，白了老头一眼，有灵性的狗一定懂老头的意思了。它打着响鼻儿，这声响鼻儿仿佛有许多话在里面。

看客们散了，场儿空荡荡了，夜幕更深了。他们一行六人，加狗，加四个猴子，加担子都挪到墙根下。老头和穿红色人造革夹克的妇女在认真地数钱票，递给两个青年一卷儿钱票到附近饭铺去订饭菜。猴们围着一个小篓剥花生吃，狗趴在地上啃老骨头和干馒头。

一个过路人问："老乡，从哪儿来？"

"从河南南阳来。"老头用很疲倦的声音答。

"买你这狗，得多少钱？"

"五百元。"

"买你这只壮猴呢？"

"一千五百元。"

"怎贵这么多？"

"猴儿缺，还得没朝没黑地驯，一千五百元不算贵。狗卖了这只，家里还有。"过路的人只是说说，根本也不想买。大家随和地一问一答就算了。过路的人又问："今晚在哪儿宿？去旅馆吗？住旅馆跟我走。"原来他是三四流旅馆的"拉客"员。

"谁住得起旅馆呵。天也不太冷了。那儿不正好吗？"老头指了指农贸市场的棚子下，无精打采地说。

这刻上两个订饭菜的青年回来了，招了招手，跟老头说了说，准备分两班去吃饭。于是先走四个人，壮年和青年在这守摊子。那青年用牙启开一瓶景芝白干，嘴里吮一口酒，朝狗脸上喷去，又连连吮酒朝四个猴脸上喷去。这酒是给狗和猴解乏的呢，祛寒的呢，杀菌的呢，抑或是去邪的呢？不得而知。只是远近立刻浮荡起阵阵酒香。

## 黑羽鸟

五一节，盈盈跟父母从大城市回到小城市的爷爷奶奶家探望，那里有他牵挂的小朋友彤彤。彤彤的家和盈盈爷爷奶奶家是对门。

盈盈五岁，上幼儿园了。彤彤七岁，上小学一年级。他们一年能见好几次面。

去年十月一日天近黄昏的时候，他们在农学院后面的树林里玩。忽然发现一只小鸟躺在地上。捧起一看，不是麻雀，黑黑的颜色，又不是燕子。燕子他们认识。它比燕子还小，黑色羽毛黑得出奇。他们给它起名：黑羽鸟。

他们仔细察看，发现黑羽鸟的后脑上有处血口，很显然这是被猎枪打中的。不过羽毛仍轻微地翕动。杀鸟者并没拾到这个猎物。他们很伤心，他们这些年受到了爱鸟的教育。

附近有条小河，他们在小河里给黑羽鸟洗了澡，又回家找来药棉和紫药水，给黑羽鸟擦伤口消毒。又吐出唾液，扒开黑羽鸟的小嘴，把唾液抹在黑羽鸟的嘴里，这算给黑羽鸟喝点水。他们坐在沙滩上，看着黑羽鸟，盼它能够活过来。薄暮时分，黑羽鸟没有站起来、没有呼吸、没睁眼睛。他们蔫了。夜幕降临时，他们要埋葬黑羽鸟，但是他们仍存一线希望：夜里，黑羽鸟经过休整，能活过来。他们为此做了设计。他们用小锨挖了一尺深的坑，将厚厚麦秸草铺在底下，把黑羽鸟放在草上，在黑羽鸟跟前，他们还剥开好几块面包，搓成碎末，鸟上再盖一层厚厚的麦秸草，又用木棍木板撑在上面。他们又用石块和沙子埋上。

这不能算是黑羽鸟的墓穴，而是黑羽鸟的“安全岛”，他们盼它活过来，从通气口中飞出，远走高飞到广阔的山林中。这“安全岛”不远处是一棵高高的大杨树。大杨树是“安全岛”的坐标和记号。

他们做这一切时，是在黑蒙蒙的环境下操作的。幸好他们从家里找到了迷你灯，打开了这玩具似的迷你灯，其亮光能顶十个萤火虫。

盈盈和彤彤给黑羽鸟建成“安全岛”之后，约定下一个五一节会面时，一同去看黑羽鸟。

又一个十一节，当他们找到大杨树，找到“安全岛”，扒开外罩时，只见里面是空的。他们论定黑羽鸟飞出去、飞走了，远走高飞到山林中去了。他们为黑羽鸟高兴、祝福。他们努力追忆黑羽鸟的样子。今年盈盈六岁了、彤彤八岁了，已经懂得牵挂的滋味，他们牵挂着黑羽鸟。

## 清明

清明，人们都到山野、公墓上坟祭祀去了。山野里人太多了，我不去凑热闹，想去看风景，这情绪、情调也不对，还是到海边看看吧。

海边上的人不算多。顺着沙滩走，不远处有一个男孩和一个女孩，用沙石堆起一个高高的陵墓，周围有高高的围墙，围墙是用黑的海带草垒积而成的。这围墙内是一个独立的世界了。“陵墓”前用五光十色的鹅卵石做底座，底座上筑起一个小小的“人”字形碑。武则天的陵墓是无字碑，有特色，有历史的厚重感。他们的碑做成“人”字形，也是有特点的。碑上虽无字，但却是有字的，字以形表，即“人”字。当然，我猜不透他们的设计用意是什么。

还有香炉，香炉是一个大海螺皮，正中间插着三根草棍；还有蜡烛，蜡烛是两块高高的小红石；一个大蛤皮，当酒杯，里面盛着海水，当酒。碑前撒了一地花生米。这祭祀场景，既新鲜又质朴，是我从未见过的。

“小朋友，给谁上坟？”

“给叔爷爷。”

“为什么在这里上坟呢?”

“五十多年前，叔爷爷从这里坐船离开了家，再无消息。”沉吟一会儿，小男孩又说，“这是爷爷告诉爸爸的，爸爸又跟我们说了。”

当我问起他们的叔爷爷出走的原因时，他们断断续续地说出一段往事来：

那年我爷爷十五岁，我叔爷爷十三岁。年景不好，没吃的，一般以喝稀饭为主，只有午饭每人分二两花生米。那天爷爷到山里放羊晌午没有归家。叔爷爷下午饿了，把留给爷爷的花生米吃了。黄昏时候，爷爷牵羊回来，饿得猫咬狗啃的，可花生米不见了。问到叔爷爷，叔爷爷承认了这件尴尬事。爷爷打了叔爷爷两巴掌，哥哥打了他的弟弟。在饥饿难当的时候，叔爷爷没能忍得住，爷爷也没能忍得住……爷爷平常是个很好的哥哥，多让着弟弟，这次没让，没能忍得住，可见饥饿得厉害。那晚叔爷爷没吃饭，第二天早上也没吃饭，到晌午走了，有人看见他就从这里坐着木帆船走了，估计是到了东北。后来家里发现少了一些花生米，叔爷爷带走了一些花生米当干粮。

叔爷爷走了再没回来。后来爷爷去世了，去世前他最懊悔的一件事，就是打了自己的弟弟。他算是死不瞑目。他曾对家人说：“我打了弟弟，只为了二两花生米，弟弟出走了。二两花生米使我们永别了。谁知在那种时候，他性格如此倔强，变成了不恋家的弟弟。”

我听了他们的话，很凄然。但只能叹息，因为我也有过那段挨饿的经历。

当这两个孩子长大了的时候，家人把这一段讲给他们听了。他们倒成了有心人。也许看电影电视受了影响，清明这天便到海边祭祀叔爷爷了。

这时我抬头看，两个孩子一跳二蹦地跑开了，边跑边反复吆喝道：“叔爷爷，回来吧，这里还有你的家。”我觉得这不是一般的吆喝，这是一首情深意长的悼亡曲。

我很受感染，人间竟也有这样的故事。

修的“陵墓”是暂时的，海潮一漩一漩地涨，等晚上这里便是一片汪洋了，这陵墓便被淹没了，冲垮了，卷走了。可能海水会把这真诚的哀思、缅怀、胸臆带到远方去，送到他们叔爷爷的心里、叔爷爷的梦里。

这样，孩子们心里的陵墓是永久的。

## 感觉的海

生活在海边，我对海有特殊的感情。总觉得大海最深远、最广大、最活跃、最敏感、最神秘。它是历史的见证、社会的保姆、生命的源泉。它能包容一切。它是永远读不完的厚书，给人以幻想和力量。我爱海，隔些日子，我就要去看海，做心底的交流。大海仿佛能把我猜透，猜透我的喜怒哀乐。

出家门不久，天下起蒙蒙雨，幸好是夏天，细雨洒在身上倒更清爽。离海越来越近了，海的气息在鼻翼间飘荡着。浩大的气息，我给它起名为“海气”。此刻，斜斜的风、斜斜的浪涛、斜斜的海鸟儿，构成多美的画图。不远处，有一个老人、一个小孩各个坐在马扎上，斜着身子说话，斜着身子看海、听海，不顾斜斜的风雨，深情地欣赏大自然的图画。由我看去，他们也便是画图中的一部分。

走到他们跟前，看那调皮的小孩用豁开大口子的塑料袋罩在脑袋上，又用几支柳条把塑料袋扎在脖子上，免得塑料袋飘走。一双小凉鞋沾满了细细的沙子。再看那老人，腰板直挺，头上一顶草帽，风流式造型，高大而庄严，仿佛海边新添了一尊雕塑似的。两条渔线逶迤在老远的海里，却不见有什么渔竿。仔细一看，呦，两条渔线分别系在他的两腿弯上。那一边还放着一只带提手的塑料小筒。小筒里有三条小广鱼、两条小偏口。显眼处躺放着一根红白颜色相间的长竿子。这情景，叫人好奇。

“老人家，怎么这样钓鱼?”话音刚落，我蓦地发现那老人是个盲者，双目眍瘪着。

“看这样钓鱼怪吧?”他把头仰了仰，又说，“其实这与其说是钓鱼，倒不如说是‘钓意’。”

“钓意”? 真有趣。我不禁想起柳宗元“孤舟蓑笠翁，独钓寒江雪”

的诗句，不用说，“钓意”也在向往诗情画意，做审美内涵的追求。我笑着赞美老人出口不凡。

盲老人也笑了，连瘪下去的眼窝里也存储着笑。他又解释他的“钓意”：“‘钓意’其实就是钓味道、钓体验、钓感觉。我跟感觉走，感觉跟我走。”他学了不少新潮词，也用新潮词，而且加以改造发挥。可见他的思路是开放型的。

“这么说，你的‘钓意’是用双腿来感觉的？可能你的双腿有电波、微波。”他的话引得我的兴趣也浓了，但话一出口，我当即发觉自己的创造性也显得幼稚和失敬，便补上一句，“我不会说话，请老人家原谅，多包涵。”

“包涵什么？原谅什么？你没有错，我的腿上是有一种波，不过与其说电波、微波，不如说感觉之波更准确，更好。”他深沉地说，“我自小生活在海边，情感跟海相通，心跟海相通，感觉如同千万条线路跟海相通，我的气息跟‘海气’相通，我的爱通向大海。这当中是微妙的，我独称之为‘感觉之波’。”

他能有如此独特的体验，也是经久锤炼出来的，其中充满思辨的色彩。我不禁透露出对他失明的惋惜。

“十四岁前，我的眼并没坏，我原来知道海的样子，是熟悉海的。那时我钓鱼，是真钓鱼，那时我游泳，是真游泳。现在不行了。现在不过是温习旧时的梦，寻找那时的故事，恢复正常人的感觉而已。”盲人越说越激动，没想到他是个兴奋型的人。我恐怕谈话会引起他双目失明的悲哀，转身告辞了。

我喊声再见，并招招手。我忽地记起他是盲人，不由地小声自言自语：“他看不见。”

盲人耳朵灵。不料这小声的自言自语让他听见了。他笑笑说：“朋友，你的招手我感觉到了。”他说着冲着我的去向，挥了挥手。我看到笑意又溢满了他眍瘪的眼窝。这里他又是“我跟着感觉走，感觉跟着我走”了。

回到家里，我跟父亲谈了海边的所见所闻。

我的父亲一愣，忙问是什么样一个人。

我简单描述了他的样子，特别强调出他谈吐的哲理性和钓线系在腿弯上两节。

“噢，那是沈大夫呵，你巧遇上他了，他是有名的推拿大夫。”父亲流露出十分敬佩和感激之情，“他给我治过病。那年我患肾结石病，疼得厉害，我休克过去。送进医院，苏醒后，他用推拿法，配合一些通石的药，一周后打下一些石沫来，奇功异效呵。”

“爸，那他的眼是怎样变盲了呢?”我又想起他说的他在十四岁前眼睛是好的的话。

“他是个苦难的人，也是个了不起的人。”父亲感叹万分地说，“他上初中二年级的时候，日本帝国主义侵占了中国。他看到日本鬼子的种种罪行，心里深埋下仇恨的种子。国难国耻压得他喘不过气来。一天暴风雨之后，他来到海边，想发泄一下心中的郁闷。天意呀，鬼使神差似的，他用粉笔在石岸上写了‘平倭寇、雪国耻’几个字。不料正落入日奸的眼睛，随后跟踪并抓到了他。在号子里，他受到严刑拷打，日本人想从他口中问出一些线索来。直到发现小孩确没有什么背景时，最后将其双目剜出，放出来，让他活受罪，永远不能写字，也永远看不到海了。他的赤子之情、爱国之心，竟换来一场灾难。五十多年的光阴，他都在这样的墨黑里度过的。”

不过他的生命也真坚韧倔强。他有点儿文化底子，后来为了对社会有点贡献，他学了推拿，由于苦心钻研，勇于实践，日积月累，有了专长，成了主治医师。他退休后，仍对生活充满活力，时时寻找明白人的感觉。特别对海一往情深，终生不变，尤其愿在风雨浪涛的日子……

我问起沈大夫身旁那个孩子。爸告诉我，那是他领养的一个孤儿，如今相依为命了。

联系前后沈大夫的命运和言谈举止，多少日子以来都活灵活现地呈现在我的眼前。是呵，在历史、社会、人生的海洋里，他什么样的风浪没经历过。苦难给他一个智慧的心灵，心灵有眼睛，这眼睛很明亮，这心灵的眼睛无论什么都可以看到，都可以感受到、感觉到。

# 夜宿龙虾口

寒假是我深入生活、了解现实的最好时间。我到文化局开了介绍信，决定正月初六出去。春节前就跟龙虾口联系好了。

龙虾口离市区十公里，我骑着自行车，九点半就到了。兼管杂务的会计领我到海边不远的地方，那里是一拉四间倒厢房，青石达半腰、覆蓝瓦白墙，北边紧邻处有人家，由围墙连在一起。会计一路上跟我有说有笑，说让我在这里住，是早已研究好了的。他拿出钥匙给我开屋门。他边开门边说："这是我村的客房，来的客人多在这儿住。这些年，群众不愿将客人安排到家里去，特别是新正月里。"我早听别人说过，正月里下农村或渔村，村干部不欢迎。这次我有文化局开的信，他们不好推辞。

我看屋里烟呛火燎得挺厉害，有锅灶，有火炕，屋梁很粗大，堂屋有门，内房有门，门板也挺厚。有股潮湿的气味钻鼻子。

"有位从渔船上退休的大师傅会按时来给你做饭。饭现成，有大枣饽饽，有鱼。"会计最后仿佛想起什么，又叮嘱说，"晚上不知你的觉头怎样？你把堂屋门关好，再把房门也别上，可以看书，可以写文章，很安静。起夜的话，厕所在院子里，可得穿好衣服，海风厉害，千万别叫海风吹着。"

午饭时，大师傅来给我做饭。他细高挑的个子，一条腿有点跛。他进屋，不知为什么，满屋子里乱瞅。他为人自来熟，告诉我："长期海上作业，一条腿受了潮，你看，走路不方便。左手的拇指在船上切鱼时，伤个口，化脓了，到医院看，说中了毒，只得锯掉了。"说着他伸手给我看，感慨深切地又说，"年龄不饶人，如今六十岁了。这几年村干部照顾我，让我给来村的客人做做饭。不过，这屋子我不常来。"他说"这屋子我不常来"时语气很重。

他走了。我吃过饭。冬天人有精神。只听不远处传来大海的涛声，有节奏、有旋律，还夹杂着海鸥凄清的叫声，很有肃穆的诗意。我锁上门，走去海边。海边没有人，我沿着海边走，海风呼呼地刮着，海浪瑟瑟地窜着，心想冬天黄昏的海多么冷落萧疏呵。一路上捡回几只贝壳，拾到几行诗情就回来了。我打开电灯，吃了大师傅已经为我做好的晚饭。

我为了采访进入气氛，来龙虾口时，特买了两盒高级香烟、一斤高级软糖、两斤葵花子、两斤黑瓜子、两斤大花生，专等前来聊天的客人。不过奇怪，晚上竟没有一个人来。记得过去到各处采访时，人们对文化人很愿意接近。晚上来聊天的颇多，抽着我准备的烟、吃着糖，马上进入了境界，山南海北，海阔天空，听他们侃大山，人情世态、奇闻趣事，写作素材不久就可收获一大筐两大箩了，也算开了眼界。可惜，这次我在龙虾口住了四天四夜，白天外出采访，可晚上回到房里，一直没有一个人来聊天，即使约好了的，也没来。我一直检讨自己，有架子吗？板着面孔没笑脸吗？都不是的，那么对我如此冷落是为什么呢？

龙虾口地形险要，风景优美，民间故事很多。因此我常来这里深入生活，也逐渐地交上了朋友。不用说，有了朋友，朋友便把我让到家里了。从此，每当我教书感到疲劳、乏味的时候，就带点稀罕礼物，到龙虾口了。薄礼送给朋友家的老太太。老太太七十多岁了，穷苦一辈子，走南闯北，见多识广，见人当然不会认生。我让她讲个故事听听，过过瘾。我听故事已经成为嗜好了。

“远怕水，近怕鬼。”老太太笑笑说，“你爱听鬼故事吗？”我最怕鬼了。可人真怪，大凡越怕鬼的人，越爱听鬼故事。我拍拍手说：“快讲吧，我听不够。”

老太太听了我的话，也不禁拍手大笑，说：“你正月初六来我村住在那个大屋子里，没遇到女鬼、大姑娘鬼吗？”我疑惑不解了。她看我那莫名惊诧的样子，接着说：“一般我们不对外人讲这个，村干部嘱咐过不能对外人讲这个。如今你跟我儿是好朋友、好兄弟了，我就兜不住嘴了，可你千万别外传呵。不然，叫村干部知道了，好骂我扁嘴快舌了。”

那是1945年，几股杂牌军集中撤退的时候，邻县农村的一对姐妹正在山野剜菜，当时姐姐十八岁、妹妹十六岁，正是胆小怕事的年龄。呼啦来了一队杂牌军住在她们的村庄，她们吓蒙了，便往东跑，路上要饭吃，走了三天，夕阳下坠的时候，走进了龙虾口，求告着人们。

村人送给她们饭吃。有人想给她们保媒，有人想雇她们当劳力……当晚一个行善人家留她们住宿，两姐妹就住在我住的那间大屋里。不知她们是怎么想的，难过到什么程度，害怕到什么程度，也许觉得走投无路了，绝望了，就在那天夜里，双双吊死在大屋里。到今已过去五十年了。如果她们活到现在，也都是老年人了。她们死后，屋子好多年没住过人。后来人们逐渐淡忘了。外边来买鱼虾的、修理簸箕的、铁匠师傅、木匠师傅、瓦匠师傅，村里人都把他们送进那屋里住，房主人很欢迎，意思是让他们冲冲妖、镇镇邪，是想借人福压鬼祟。可他们走时，总和村里人说，那屋子不地道。睡前堂屋门关着，房门闩着，谁料早晨起来，门闩都拉开了，而且大敞着门。有的说晚上听见梁上有低低的啜泣声。有时睁开眼，隐约看见有披着长发的两个女人，一闪又不见了。有的说屋里没有灯，可是能看到两个姑娘，大大的眼睛挂着泪。有的还说，听到两个姑娘在对话："我们回家吧，姐姐。""妹妹，哪里是我们的家呵？我们迷路了。"村里人一传十，十传百，传了多少年，大家都觉得怪，都觉得是个谜。

"正月十六，来得不是时候，不在家里祝福、捂福，出来干什么呢？于是便把你这个文化人送到那个大屋子里。你读了不少书，向来不信鬼不信神，加上你手腕上有压鬼痣……"老太太盯了一眼我左手腕上的痣。她的敏锐观察，令人惊讶，这定是与她走南闯北、见多识广有关。她又说，"当时没人告诉你过去的事，当然你不会害怕。你在那里住了四夜，没觉出有什么不对吧？"

听老太太讲着故事，我早已毛骨悚然了。我最胆小，亲近的人总讥笑我说，"你是小蛋抱的"。我有神经官能症病史。人们一般认为不大可怕的东西，我都怕，何况鬼呢。我说到底是个前怕狼后怕虎的人。我想人经过大半生的坎坷之后，生活中总会留下若干难点和疑点。一听到鬼，尽管自己并没见到，也没觉得有任何异常，心里也会有些怕，身上也会怵起来。有幸住了四夜的大屋子，竟没闹起来，我知道这并非因为我福大，冲了妖、镇了邪，而是女鬼通情达理，可怜我这命运不好、半生坎坷的人，不愿再出来吓唬我，让我精神负担这永远解不开的谜。谢谢你们，多情多义的鬼姑娘！



## 骑车到牛角寨的路上

人们旅游大多喜欢乘汽车、火车、轮船、飞机，这样快速、气派大。如果远距离的游山逛水，经济宽裕、条件又许可，这当然最为便当。但我愿意短距离地走走，到一百多公里外的农村去观光体验，在那里可以观察、可以聆听、可以采风、可以思考、可以研究、可以观察、可以捕捉形象、可以激发灵感、可以得到启迪，实实在在地、由表及里地获得点东西。另外，这种旅游还有锻炼身体的目的，所以最好是骑自行车去。骑自行车，可快、可慢、可随兴致溜达溜达，可坐下来休息，可斜仰在大石上看蓝天白云，可俯首小溪听细水冲刷卵石的声响。自由自在，自得逍遥之乐。

这些年我觉得年岁大了，趁身体尚可，尽量抓住机会外出。十一月初，骑车旅行的兴致又发。同行者有董老师，目的地是距此七十多公里之遥的牛角寨。那里的山楂大丰收，可以看景，可以品尝，可以写意。

这天一早天气微寒，但天空是晴朗的。我不打扰家人，悄悄推出车，按预先约定的时间、地点，和董老师会合，一同骑车出发了。

骑出十公里外，开始出现顶头风，不久又下起了蒙蒙雨。心情不觉懊丧起来。这种天气骑车赶路，容易疲劳，也感到饥困。我们有点儿蹬不动了。由于风雨，路上行人很少。上坡的时候，我们推着车走。在路旁地里，从玉米秸秆窝棚里，窜出几个拣花生的小孩，头上戴着毛勾草编的大圈帽，唱着歌谣，活活泼泼地推着掇着、嘻嘻哈哈，有的招手向我们致意，有的扮着鬼脸，不知说些什么，也许在议论我们累得那熊样。

顶头风越来越猛，真顶不动了。多少年肚子没饿成这样了，猫咬狗啃似的，真难受。我下意识地记起有些年代经常背过的语录：“下定决心，不怕牺牲，排除万难，去争取胜利。”并默念两遍。但没立竿见影，仍然饿得不得了，仍然顶不动。

问题是眼前，我竟然饿得不行，顶不动了，这究竟为什么？是年龄大了？是经过无数沧桑，精神头不济了？是彻悟空灵，对啥无所求了？是时过境迁，要求不严格了？凡此种种，也许才使我表现得如童稚般真实了。可谓含泪的幽默。

既而，眼忽然一亮，发现地边上有别人撇下的一个小地瓜。这是可充饥的东西。我很想吃，只是怕被董老师看见，传出去，成了笑柄，丢了面子。可见多少年来，我的虚荣心还没克服掉。当然，此刻的感情是复杂的。在我思绪的屏幕上又映出往事，一天房东家的十几岁小孩从田里拿回八九个肥大的豆虫，房东大娘把豆虫放在锅底火堆里焙着，烧熟了。大娘问："同志，在城市里吃过豆虫吗？""没有。""好吃极了，来，给你两个。"我喜欢新鲜，又嘴馋，学那孩子的样子，把两个豆虫吃了。好香呵！大娘看我高兴的样子，告诉我，蚂蚱、蝎子、老鼠……都可以烧着吃。还告诉我，烧吃田老鼠时，用黏胶泥包着，在烧火灰里埋着，透熟后，剥泥时连鼠皮一块剥掉了，露出鲜嫩的肉，吃起来，可别有一种味道了。俗话说，"天上龙肉，地下驴肉"。龙肉谁吃过呢？而驴肉和鼠肉可以对比。听她话音，不用说鼠肉是野味中的上乘了。她脑子里风情民俗的知识很丰富，我很赞赏，这时，我灵机一动，装着解手，让董老师先行，说后面赶他。董老师转过弯，隔在大树的那一边了，我弯腰捡起两块白皮小地瓜，淋着雨洗了洗，也不见得太干净，在湿漉漉的衣襟上擦了擦，咬一口，哦，红瓤儿，白皮红瓤的地瓜，又甜又脆。一会儿，两块地瓜下了肚，肚子也不胀，也不疼，没有异样的感觉，什么忌讳也忘记了。在这特殊的情况下，获得了珍贵的满足，占有了被抛在大自然里的一份果实，我看到了"我"。

似乎有点力气了。不久，风也小了，雨也停了，我们骑车也快了。在这刻上，忽然我的思想沸扬激荡起来，想得太多、想得太远、想得太深。其中最突出的是，多年没尝过这样大饿的滋味了。今天又尝到了，难受呵。然而吃两块被丢在野地里的小地瓜有什么了不起的呢？何必有如许的精神负荷。其实如果能跟董老师说出实情，当着董老师面吃，不是更有味、更自然、更真情吗？

## 燕子的世界

燕子是季候鸟，秋去春来。燕子翅膀尖而长，飞得极快。尾巴分开像剪刀，剪子尾就给人以快的感觉，也显得洒脱。燕尾服也许就是按照仿生学的构想剪裁的。燕子捕食害虫，对农作物有益，所以农民和园林工作者都喜欢它。燕子多在房檐下筑巢。巢是用泥草筑成。看样子想必用的是干打垒的工艺。在动植物界，它的建筑艺术和技巧虽跟不上蜜蜂，但也有相当高的水平。

看到燕子，小孩子唱起童谣来了："来只燕，有大钱；来只狗，年年有；来只猫，步步高。"可见人们把燕子看成是吉祥物。家里的燕窝多了，便感到有福。跟燕子相处久了，也成朋友了。

不过，说起来，燕子的世界并不这样简单。燕子有燕子的故事。关于它们的一些故事，会让人惊讶，甚至惊叹不已。

我的侄女跟我讲了一些关于燕子的故事。即可品出不能理解的味道。侄女出嫁多年，出嫁后家境生活不宽裕，住屋破烂狭窄。不过丈夫是个粗壮的汉子，能干活，在村里干基建，日子逐渐好起来。在农村一有钱，首先打算的就是盖新房，这最能也最便于显富。习俗眼光也是这样，看谁家的家底是殷实是拮据，首先看的是住房。男青年要找对象，没有住房，是蛤蟆吃芥末干瞪眼。有钱都愿摆在显眼处。侄女开始她的住房工程了。她家推倒了旧房，在原址上盖新房。她的男人会木匠手艺，自己设计新房图样。备好了料，请了几个砖瓦工，半月时间起来大框。男人起早贪黑，花了半年时间装潢起漂亮的新房子。正好我到农村探亲，她邀我到她的新房子看看。我去了，赞美道："这房，老辈没住过，我虽然是教师也住不起呀，各人有各人的造化，你是有能耐的人，也是有福的人。"说着我又端详房子的大出厦，感到非常别致、讲究。

她说盖了新房后，燕子更爱来筑巢。燕子喜来，不用说很吉祥了。

我发现出厦处的三盏电灯旁，各有一个燕窝，燕窝把灯泡挤到一边，电灯歪成45度角。我说："燕子真聪明。筑巢也找个可靠的依托，牢固第一。而且也说明燕子喜欢光亮。你看它的窝贴着灯泡，也是近水楼台先得月吧。"

侄女听了，很得意的样子，笑了。她把几年来观察的关于燕子的情况，慢条斯理地跟我介绍起来，构勒出燕子形象的复杂性。她说："燕子真机灵，也真有感情。不过燕子有时也真歹毒。"说到"不过"这句话时，她表现出惋惜的样子，仿佛不愿亵渎燕子的风格和灵性。

她先谈优美的方面。

乳燕出生了，大燕特别忙碌，特别尽心，衔着小虫儿，站在窝边。乳燕张着漏斗般的小嘴，大燕便把小虫儿塞到乳燕的嘴里。喂了些日子。乳燕渐渐长大起来，大而尖的翅膀也渐渐扇动了。大燕便将乳燕引到地下，有时干脆是用嘴巴把乳燕推到地下，乳燕迫不得已地张开稚嫩的翅膀，如同扯起降落伞似的落到地上。这是乳燕的第一次试飞。当然乳燕落地只是一个过程的开始，目的是让它飞起来，飞得高、飞得远，有独立生活的能力。大燕在地上一次又一次逗引，导引乳燕飞起来。不行时，大燕飞个样儿给乳燕看，然后落在墙头上、屋檐上、树枝上。大燕很耐烦，像循循善诱的真正的特级教师。有时几个小时的练飞，有时一天的时间练飞，直到乳燕飞起来，飞走了，才告结束。动物可惜不会笑，燕子可惜不会笑，如果会笑，大燕、乳燕定会露出笑脸，笑出声来，展示心中的喜悦。但不知乳燕是否会记住燕父母的哺育之恩，准备将来尽反哺之报？燕父母是否有这种期盼和需要呢？都是不可推测的了。不过大燕看到乳燕飞起来、飞走了、飞远了，便吱吱地鸣叫几声，也许那就是它祝福的语言，祈祷它一路顺风、一生平安。它的鸣叫就是它唱的歌，流露出无限的喜悦，可能那就是它的笑，只是人们不懂罢了。

一天，西边那窝只回来一只燕子。这燕子守在窝口，很忧郁、很萎靡的样子。它可能有什么预感了。侄女说这窝燕子已在我家里住了第三个春夏了。按节气，一到九月九就飞走了，一到三月三就飞来了。她把燕子已看成自家的成员。而今一连三天，燕子是那样的孤独和寂寞，侄女看它闷闷不乐的样子，很是同情。她仰望着燕子，禁不住自言自语地说："燕子呵，你觉得孤单，就再领回一个伴吧。"听了她的话，燕子点了点头。我奇了，愣了，问它，它真点了点头。侄女肯定地说："我的眼不花，看得清楚，燕子真的点了点头。"看来燕子是明白她的话。令她高兴的是，几天之后，那燕子果真又领回一只燕子。可见燕子是比较开放的，两只燕子双双做伴飞出飞回，情绪显得活跃、轻松而愉悦。侄女高兴极了，见人就说这件事，对我也有滋有味地描绘了这件事。

她又谈歹毒的方面。

东边那窝燕有东边燕子的故事。一天燕子飞回来，可是暗中尾随来另外一只燕子。外来燕躲在暗处窥视。看准了主燕在喂乳燕，等到主燕飞走后，外来燕大口大口、大爪大爪地猛刨燕巢的根底。从此只要主燕飞出去，外来燕便飞来猛刨燕巢的根底。主燕并未发现这情况，直到第三天根底断了，燕窝坠落在地，乳燕摔死了。外来燕毁掉了主燕的后裔。外来燕再不飞来了。好残酷呵。这到底是为什么？我的脑子里立刻盘根错节起来。侄女思考再三后说，也许主燕不知怎样得罪了外来燕。外来燕采用这一办法来打击报复。"你看这一手多歹毒！主燕发现这一切，恐怕很伤心，便飞走了，不知到何处筑新巢了。"

看来，燕子有自己的世界。它们有它们的喜怒哀乐恨，有时甚至会有不安不定的心绪。燕子的所作所为，不禁让人联想到人间的一些事情。

关于燕子，侄女给我上了一课。她比我知道得多。人在变化，世间一切都在变化，燕子也在变化吧。她叙说的燕子的世界，是我过去从没听说过的。燕子的行为是思想的支配抑或是本能？燕子的世界真是复杂，令人费解呵。

隔年，我采风，又过侄女家。她又给我补充了关于燕子的故事。这家燕子不知怎么得罪了那家的燕子。一天那家的一只燕子将这家的燕子引走，那家的另一只燕子，衔湿乎乎的泥草，将这家燕窝的洞口糊住了，这家的一窝乳燕都在里面憋死了。侄女还要补充，我急忙阻止了她，我说："我心里已憋得喘不过气来。"

# 租房，狗狼

在《今古奇观》中，有写义犬的故事。如今的微型小说中，也有写很有灵性的狗的文章。我只觉得太奇怪、太不可知、太不可理解。我曾遇到连着吠我三个小时的狗，至今想起来还纳闷。当然这狗比小说中描绘的狗差得多了。

那年夏天，女儿生孩子坐月子，住在家里。孩子哭，大人忙，屎臭、尿臊，加上暑热异常，让人觉得人生真是艰难、痛苦。我从小喜欢清静，正好收到退休通知，决定外出躲躲，玩一玩。我回到故乡县城郊区一个村，那里有我一个出嫁的侄女。过去她曾几次约我到她家里住几天，我都因为种种原因而未去成。这次去吧，而且可住时间长一些，为了方便，需要在她村里租一间房。我跟她说了这个意思。她们村先富了起来，盖了不少新楼，旧房闲着也是闲着，许多人将旧房出租，还可略有收入，何乐而不为。晚上，她来县城告诉我，果然租成了，租价适当。我决定明天去住。

第二天我到老家看看哥嫂。下午五点钟我去了那个村。侄女说，那家还没工夫收拾房子。我心里马上觉得不痛快，因为我哥嫂怕炕潮，让我带着一床小褥子和毛巾被，是要在这里准备过夜的，她眼下还没拾掇净屋子，自然误了事。停了一会儿，房东家的媳妇洗衣归来，看我的样子知道租房的人来了。便来侄女家借小车准备将房内的一些杂物撤走。我随之进屋看看，灶间有大锅，屋子里桌上有几本书，多是普及性理论著作，很旧了。一问才知是她公公的，她公公原是一个公社的负责人，早已退休，现在搬到新屋去了。院子、屋子同样很脏。原来堂屋上有两窝燕子，不知什么时候，一个窝全掉在地上，另一个掉下三分之二来，上面剩下三分之一的残破的窝。掉在地上的摔成深黄色土豆豆，沾着草，分明可以看出原来的窝是棱形小泥块组成的整体。屋子整个是凄清的样子，这引起我很多感慨。我走进内屋，南窗不大，没有铁栏杆。往炕下一看，有一个炕窑子，黑洞洞的，外门用一个黑乎乎的板挡着。这立即引起我不少阴森感，住这房的积极性不高了，我的情绪被破坏了。

我在东厢房里坐在长凳上等。院子里拴着一只狼狗。说它狼狗，是因为它像狗又像狼，似狗不全是狗，似狼不全是狼，既养在家里，必是狗无异，但带狼性。打从我进门时它就向我又扑又叫，眼下看我没走的意思，就更扑更叫。它跳得高，带着风，仿佛脚下都颤动。耳朵竖着，眼圆睁着，叫起来带杀气。我在屋里它看不见我，便停了声。一到院里站站，又扑叫得更凶。仿佛它跟我是誓不两立的。我见过不少的狗，按照狗性，它会看到我跟主人的关系，我是客人，该不扑叫了。另外谣谚云：“人敬有的，狗咬丑的。”从我的打扮上、举止上是富有的样子，不是丑的样子。何况已是花甲之年，我身上透着“温良恭俭让”的气息。它不该又扑又叫了。

天忽然阴沉起来，遥远处有花点雷声，四围立即变得郁郁的。我到院里看看天时，狗又扑又叫。我用眼瞪它，并给以嘲讽的笑，右脚不断地在地上叩击着，我在捉摸它，也带有奚落的意思。它站着瞪我，眼里特别有光，仿佛也有语言。一会儿它眼里冒出怒火。我躲进屋里，在不起眼处偷看它，研究它。它趴伏在晒得发烫的石板地上，暂作休息。看它这情态，我实在觉得好笑。然而它如此不停地扑、执着地叫，达到疯狂的程度到底为什么？我真难以理解。他比人的思想情绪复杂多了，“狗题”不简单了。

从下午5时我到这个村这个屋，一直到下午8时，狼狗见到我就扑就叫，断续扑叫了三个钟头。这是我过去所未体验过的。往日见过的狗，当它发现我和主人的关系时，就不再闹腾了。继而便摇头摆尾表现得十分亲善。而眼前这只中年狼狗，也许经历多了，发现我身上有什么异常，因而用十分异常的态度对待我。它狼性多于狗性，或者狗性已经泯灭，而狼性全部复归了，成为地地道道的拴着的狼。

我问房东晚上放不放开狗？她说夜里放开狗看门子。

我忽然觉得身体不适，先是肚内绞痛，后想拉肚，是感染了菌，是狗吓的，是窝囊的？也许是外出的疲劳加上眼前的尴尬，从里外聚起的一股火。侄女找来两片土霉素，吃了也是不好。侄女很热情，正在包百分之八十瘦肉的瘦肉馅饺子招待我。但我怕病倒在外面，我决定离开这里回家。我委婉地向她说明原因。侄女说：“叔，这么大岁数了，是老人了，万一病倒了，也不好办。听你的意见。我不能强留你。”我又是抱歉地表示麻烦房东一阵子，拨给五元钱作劳务费吧。侄女说，这是邻居，说明白就得，用不着。于是她给我推出自行车，过了几条小道，奔向大道。她又嘱咐我不要骑车，推着走。我回到县城去了。

这一夜，我老寻思狼狗为什么失去常规、常情、常态、常理地扑叫了我三个钟头。我很害怕，心想如果狗狼扯断了锁链，或拉倒了铁桩，我能招架得了它吗？它或许把我咬伤，那就得送进医院；它或者带有“疯”毒，那就可能置我于死地了。

、这一夜，我没睡得着，翻来覆去地向多处想，也许这狗狼有点神秘的灵性。

它可能看到我身上有不祥之气，所以狠狠地扑叫，目的赶我走，以免我的不祥影响了它的主人。它对主人有厚爱。

或者这租赁的房，有带着不祥之气的东西，我住下来将在这里遭遇到不幸，所以它狠狠地扑叫我，赶我走以免我受到伤害。那么，我与它有前世不解之缘了。

狗是有神秘的灵性的，这狗很有灵气。它狠狠地扑叫我三个钟头，执着的精神就很不凡。于是，狗的形象也高了，“狗题”也丰富了。

我准备写信问问我的侄女，她那里出没出什么骇人听闻的事情？在我离开她村以后那些日子，写作的任务很忙，再加上懒，终没能写信去问。不过，这狼狗在我心里，在我后半生便留下一个疑问……

## 戒指

在我的故乡，多少年不讲究戴戒指了，这些年又兴起来了。难道这也一种风俗民情、心态感情的复归？然而为什么给它起这样一个类乎禅道的名字？最初创造戒指的人早不知魂归何处，但他（她）留下的戴戒指的习俗和传统，为什么有这么大的吸引力，它的魅力在哪儿？人一到老年，对什么都想知道一个始末究竟。我于是查《辞海》的“戒指”条，知道戒指是个历史文化现象，由来已久，只是过去戴者常限于妇女，而今不分男女老少都戴得津津有味。有的久经风霜的老人戴上它，并不炫耀它多么值钱、多么漂亮、多么珍贵，而说它可压惊、可以避邪。由此看来，它的用处扩大了，成为一个有用的符咒了，难怪有些人对它如此赏心悦目。戒指的质地各个不同，金的、银的、铜的、景泰蓝的、石头的、化学的、丝编的，造型也花样翻新。我的认识是戒指如果摆脱表示婚姻情况或财富多寡的习俗观念，而注重其表情达意、特殊纪念的话，那么怎样简陋的戒指，也都有一个自己的世界。在这点上，我是体会很深的。

那是个多灾多难、不太平的年月。正是求学的时候，却不能求学了。生活所迫，不能不为糊口而奔波。那时对生活的理解很简单，很低水平，一有粮食，一有烧草，就是过日子了。每天，我和弟弟一起到海边拾海苔草。海苔草是大自然的赏赐。海苔草可以苫房，冬暖夏凉。但是它带盐分，容易返潮，若做烧草，则点火不旺，如夹着好草同烧，兼拉风箱催之，则稍有火苗，勉强可做熟饭。不过如拿它烧炕，火力可挺实在，经久不息。我兄弟俩拾一个月的海苔草，便可解决全家土炕取暖的问题。

拾海苔草休息的时候，我们坐在沙滩上，海阔天空地谈着。我读过两年初中，我弟读过一年初中，我们在几十年前的小县城里，算是有文化的人了。谈话的内容，多以学习为主，许多学校生活是我们非常愿意记起的。有位中学语文老师是我们十分敬重的。据说他曾在老早的北洋大学读过书。至于他为什么到这滨海小城来教书，有的说为了逃难，有的说为了躲避追捕，有的说为了革命。究竟实情如何，我们也不得而知。不过他给我们讲过许多篇《古文观止》上的文章，使我们终生难忘。他讲过《报任安书》《前出师表》《陈情表》《归去来兮辞》《桃花源记》《陋室铭》《范增论》《报刘一丈书》……他教书很认真，每教完一篇便让我们背诵。当时觉得他太严、太古板。几十年过后，觉得古代文选学得印象最深的，还就是他教的那些篇。以后文章习作有些长进，许多是得利于此呵。

这一天，天气很阴沉，我们在沙滩上展开了擂台赛，每人背诵一篇古文，互相指出错漏处、不足处。我背诵的是韩愈的《送李愿归盘谷序》。

背诵完后，我的兴致更大了，又用手指在沙滩上写这篇文章的最后部分：“嗟盘之乐兮，乐且无央！虎豹远迹兮，蛟龙遁藏；鬼神守护兮，呵禁不祥。饮且食兮寿而康，无不足兮奚所望？膏吾车兮秣吾马，从子于盘兮，终吾生以徜徉。”

忽然，手指在沙滩上翻出一个比制线大点的扁的石头，中间有匀称的圆孔，鸡血色带黑白交错的花纹。看之，很光亮；抚之，很润泽；轻弹之，有清亮的颤音。这是几千几万年海水洗刷出的奇物，天赐我们珍宝吧。我和弟观赏着，端量它有什么用处。此刻，天空轻轻飘下零碎的小雪花。是晚秋了。天晚了，我们挑起海苔草赶回家。

我们枯寂的生活从此添了件“通灵宝玉”，我们特别爱惜它，将其珍藏在木制的小匣子里，时常取出来把玩。有一天我从邻人戴的戒指中受到启发。我认为那奇物可以磨成戒指。所以那个冬天我除了在读书、写字、干家务活之外，就在磨石上磨那奇石。磨呵磨呵，不知磨了多少时间，终于磨成一个方形的扁扁的戒指。弟弟很喜欢，我就把它送给弟弟了。

情绪好时，日子过得马快；处境艰难，日子过得牛慢。现在想起来，当时的日子不知是怎么过的。旧时的贫苦少年，早早地分担起家庭生活的重载。我弟弟戴着心爱的戒指得空就到海边钓鱼，这为的是给家里增加点就饭的菜。那天他正在海边钓鱼时，被过路的国民党军裹走了，送上了一艘小兵舰，运到远方去了，从此便没有了消息。此后母亲时常哭，父亲便跟着叹气。几十年都在悬念中度过。“望穿秋水”“望眼欲穿”描绘不出“儿行千里母担忧”的失落情状。他们的心一直空荡荡的。父亲辞世了，带着那一缕怀念。母亲辞世了，带着那一缕更深的怀念。

这些年来往消息的渠道也多了。当我在无望和有望之间彷徨时，我的弟弟忽然有了消息。他走时只有十五岁，瓜子脸，还没有完全蜕掉孩子胎，只是个子高，身板很壮实。到了台湾一些年后，他因为古文底子不错，所以当上了初中教师，教语文课。他结了婚，生了一个女儿。各方面都说得过去。多少年最难过的就是想家了。他来信告诉我这难以负载的别情。他还给我和我的老伴（他未见过面的嫂子）寄来一些很有价值、很有意义的东西，其中有一对金戒指。一个上铸一“福”字，另一个上铸一“寿”字，不用说这有祝福的意思。人一到老年也最需要“福”“寿”了。同时，弟弟来信说，哥哥在四十四年前磨制的那个方形鸡血花纹石戒指，他一直保存到今，放在最珍贵的地方，它不怕潮、不怕干、不怕热、不怕冷，既不变形、也不褪色。不过它比过去可是重多了，这是因为它沾上几十年的日月光华、风霜雨露，更多地存蓄着他深沉的怀乡的眼泪……

# 第三辑　短篇小说

## 有大德、大爱的人

那天下午，常恙在“百家讲坛”听到一句很深刻的话：“人生有四不可靠——春寒、秋暖、老健、皇宠。”对于“老健”列于四不可靠之内，常恙是体会得深了。别人在他耳边经常送上赞寿的话语，他经常笑笑，心里明白，他是准备随时倒下的。他对晚辈亲朋讲，对此不必过于悲伤，只有死亡，是人生是世界上最平等的，谁都得死。他说人生一辈子就是活着的时候，比如对父母，活时你尽到孝道了，他（她）死的时候，你觉得于心无愧就行了。感情是你活着的时候才有，死后是什么也不知道了。你的哭、你的烧纸、你的香烛、你的醇酒，他（她）都感觉不到，也收不去了。所以这都无用了。

常恙有揪心的痛。2009 年 9 月，他到京城参加一次文学活动，当时正流行甲型流感，连出入宾馆第一道门，都要做检查。几天活动之后，他匆匆离开京城回乡了。他没抽时间去探望他的恩德之人，怕给恩德之人带去不良影响。

2010 年正月初十之后，他翻出恩德之人的电话号码，向他表达诚挚的祝福。接电话的是他的女亲家，她说沈继文已于去年 11 月份走了。“啊，走了。”对常恙有恩德之人，走了，这是他的不幸。“没见最后一面，真是对不起！”他哽咽着放下了电话。

那是 1951 年的夏天，常恙高中毕业了。那时毕业级有好几个班，只有两个学生不考大学：一个常恙，一个王焕。当时高中生也很稀少，有两个工作等着：一是报社编辑记者人员，一是铁路局人员。校领导说这先由常恙挑。这是为什么？这是因为常恙的语文成绩在级中名列前茅，他的作文经常被老师作为范文在班中点评，并且将写得好的段子朗读给大家听。课后老师还叫常恙将作文重抄一遍，收归校史馆存档。这一下子使常恙为同学们所重视。

彼时，常恙的未能结义而胜似结义的弟弟王谅已先一年考取北京师范大学。他每周都来信劝常恙到北京读大学，去见见世面。常恙本想参加工作，但是架不住这种苦口婆心的劝说，于是跟家里达成协议：上学期间他不必资助家里，家里也不必供给他。确实，谁家父母肯耽误儿女的前程啊？走吧，向前走吧，古代的穷小子都是徒步进京赶考呵。如今已是新时代了，无论如何情况不同了，不必徒步了。坐火车虽然方便，只是没有车费呵。如果学古人骑着毛驴进京报考，费用恐怕更多。自家又没有毛驴，而且恐怕时间来不及了。

正当艰难之际，贵人天降了，另一个班的同学沈继文站在了他的面前。

沈继文，善人、贵人、仁德之人，在常恙人生路上的关键时刻，他施发善心。

常恙没像彼时人那样喜欢跪下，他站着说了几句感谢的话，收下了这笔钱。买了到北京的车票后，剩下的钱寥寥无几了（等于币制改革后的“三毛”，当时可以买六个烧饼）。

常恙喜文科，考进了北京一高校的中文系。沈继文偏爱理工科，数理化优异，考进了唐山铁道学院。常恙长时间在困难中过日子，吃住全靠公费，没有多余的钱搞公关社交，所以基本上与外界没有联系，只和王谅弟间或见见面。

那一年的五一国际劳动节，他在天安门广场跟沈继文见面了。毕业后调到铁道科学研究单位工作的沈继文，告诉常恙他的家庭住址，约他下周日上午到家里玩。常恙按时前往。

后来常恙写了一篇短文记录这次会晤，取几段在此，略表意思。

“走进他的居室，看到一个旮旯里铺放着粗铁丝做的铁轨，上面放着好几个木板制作的机车模型，旁边有厚厚的几本书和写满数学公式的几张大纸。后来在交谈中得知，他正在研究机车的动力学性能和平稳度指标（这术语不一定准确，当时他只一说，常恙是外行，马虎一听）。

“沈继文毕业于铁道学院，开始分配在一所机车车辆厂工作，以后才调到研究部门。他已经结婚了，他为我介绍他的爱人，是纺织学校的干部。她长得很漂亮、很大方，还穿着一双红皮鞋，是属于敢于打扮的那种，这在五十年代是很刺眼的。

“我们在一起叙旧。沈继文坐在椅子上，漂亮的妻子站在他的身旁，一面喜听我们的谈话，一面用手抚摸他刚剃光的秃头。他在中学时就剃光头，说那样清亮又卫生，可能是家风渊源。眼前，她欢天喜地地抚摸着他的秃头，如同摸自己的孩子，给人以又亲切又狎昵的印象。他听任她抚摸，看出这是习惯成自然了，并不让人感到掉价，而产生对‘妻管严’的怜惜。他们很默契，那种美滋滋的样子，让人感到眼前是一个幸福的家庭，令人羡慕甚至忌妒。

“以后由于各种原因，各人坎坷而自顾不暇，所以避免与外界联系，偶尔通信联系不是找不到人就是因故缺乏呼应。更何况专业和工作性质不同，也无多话可说，自然而然地久疏问候了。

“人生短暂，转眼进入垂暮之年。虽平庸一生，但却有久久盘绕心头而不能释怀的往事。其中凑路费而不告诉名字的同学，是我常常压心的，他们究竟是谁呢？

“特别是，沈继文如今是怎样的情况呢？我退休后的第一件事，就是千里迢迢到那研究院去找他。得知他的经历和遭遇十分坎坷，如今也退休了。当年很漂亮的大姐，也成老太婆了，再无当年的风韵。他现在虽然已老化成天然的光头，她却再没有抚摸他秃头的雅兴和情趣了。

“我提起凑路费的事并请他告诉我其他九位同学的名字，表示我已到垂暮之年，应该对他们做个呼应，对他们当年的深情厚谊致谢。

“他听了愣怔半天，说：‘有这样的事吗？’

“我又强调地说：‘如果在大别之前，留下知恩不谢、有恩不报的愧事，将抱憾九泉之下。’我虽不懂、不信‘九泉’那一套，为了强调事理的重要却迸出‘九泉之下’四个字。

“他说：‘各人有各人的造化，各人有各人奋斗的故事，至于给你凑路费的事，可能压根儿记不得了。’”

以后，常恙每到北京必去探望沈继文。有次没看到那位漂亮且喜欢抚摸沈继文秃头的弟妹（也叫大姐，怎么称呼都行，这是初次见面时约定的），故问之。

沈继文脸上显出忧郁之色，说：“别提了，提出来让人伤心，你别看她年轻，她可是离休干部，她十三岁时就给革命送情报了，小孩嘛，容易办到一些事情，极重要的情报，她都能一追二追地送到目的地目的人，是立过功的。不过，她可不够格参加任何党派。在大家清一色装扮的时候，她很愿打扮，当时有很多人追求她，但她就喜欢我这个技术人员，说我可靠。我们的感情在发展中时，有一位和我是朋友的人竟敢趁我不在家，打算动武强暴她，她很灵巧地飞速逃脱了。后来跟我言此，我很恼怒，想找那人算账，她说，不必了，声张反倒不好，以后提高警惕就是了。可见她行事是有分寸的。不过，那混蛋却怀恨在心，伺机报复。在‘文革’最混乱的日子里，他放风说当年她不是革命者，而是地地道道的特务。不明实情的群众，呼啦一下上来了，不遗余力地批斗她。她已是身伤心伤了，留下了许多后遗症。本来她的生命不至于这样短，而今却郁郁西去了，归总可说红颜薄命啊。”常恙心里打了一个结，也许“红颜薄命”是从古到今形成的一贯的认识。

“她的遗像挂在哪里，我要看看她，向她鞠躬悼念，”常恙哀伤地说，“过去我只知道她热诚，可不知她的革命史。”

“挂在隔壁屋，那是女儿屋，但是不必去看了，看了我都会伤心，看一次，我伤心一次，长时期我心里的伤悲都烙在一起了。”

“女儿屋”？女儿。老实讲，他俩还从来没谈过家里的情况，按社交常识，常恙不敢问他，怕问到不合适处，让人心里打结，如同民间所说的“哪壶不开提哪壶”了。

当下既然提到女儿，话题便可深入一些了。常恙急忙介绍了自己家庭的成员，表示自家是个凑合的家庭，什么特色也没有。

“我的女儿在日本，干高科技，我每年至少去一次。她很孝顺，但她不是我们的亲生女儿，是抱养的。这也是没有办法的事，在那年月，不知妻子哪个部位受了伤，不能生育了，为了养老，只好抱养了。我们俩倾全力供养她，上小学、中学、大学，以后又赴日本留学，留在日本工作了，她的小孩，现在也上小学一年级了。”



常恙立刻想到屋子里那个类乎多动症的小男孩，太活泼，太调皮，只是给人的印象不是健康的那种，那小孩也很白净。“那小孩不想妈妈吗？”常恙问。

“女儿每年都会回来。”

“女婿不去日本吗？”

“他去干什么，能干什么，科盲，四体不勤。幸亏……”

常恙立即想起隔壁房间里“躲”着一个白面书生，不爱说话，缺乏基本礼貌的样子，对沈继文的客人尤其爱理不理，整天一副冷面孔。

“他不出国也好，可以照顾照顾你这上了年纪的老人，起码能起个监护人的作用。”

“别提照顾我了，我不照顾他就是好的了。”沈继文话语里露出另一种味道，颇有点嫌弃的意思在内。

“你不能要求他处处都好，面面都好，女儿好就行了。”

常恙是个看得开的人，说出这样的话，倒也合乎情理。他说：“我看看您女儿的照片。”

沈继文没有拒绝，“多动症”小男孩赶紧从架子里抽出一个大相册，从中抽出两张相片，都是妈妈和姥爷的合照。小男孩还要再抽时，常恙止住了他，“行啦，留个纪念就行啦。”

常恙拿过相片一看：沈继文坐在中间，女儿依偎在他左边，一脸福相的样子，肤白而且笑面。他把相片谨慎地揣在腰间，直到现在还把它夹在最珍贵的相册之内，不时地拿出来看。人啊，真是的，来到世间，都是匆匆的过客。但是那女儿并不知道她的义父和常恙之间的血肉情谊。他想跟她取得联系，告诉她有关的一切，只是没有她的通信地址，无从“上书”了。

这晚，常恙想回敬回敬，或者说回报回报，说：“继文，今晚给我一次机会，回敬你吧。”那些年“请吃饭”这三个字满天飞，头次见面的人或者老熟人之间都经常甩出这三个字。他说“回敬”比“请吃饭”文雅一些。

“不用，不用，我女儿有钱，别看你拿着教授的退休金，但她能拿多你十倍以上的酬金，甚至更多。”

常恙吓了一跳，她究竟干什么工作，老板、总裁、有专利？不得而知，又无法问，再问就不礼貌了。他说：“好，就依照你的安排，再争，就是穷争了。”“面子”的恶根性又发作了。

他想起刚才“多动症”男孩送的那两张照片，照片的背景是一处姹紫嫣红、数花齐放的花园，那布置的场景，豪华别致，就此可以看出他的女儿一定是很有钱的。

行啦，思考有钱没有钱，也没有什么意思了，客随主便吧。这便又“蹭”了沈继文一次饭，而自己却没有机会回敬之。

分别时，沈继文深情地对常恙说：“不论什么时候来京，一定要来看看我。”这是告别的话，也是嘱咐的话。

到此，思绪该拉回来了。

听到刚才沈继文亲家的话，常恙轻轻放下电话，轻叹一声：“人生无常啊，别离是永恒的。”

当年常恙将沈继文和他女儿的照片带回老年公寓，放在桌子上，搞卫生的服务员看了，都说这女孩真漂亮。她们又将这情况告诉了其他服务员，那些人也好奇，都来看了，评价是一致的。当时常恙想，如果能有机会跟这女生见见，可能会得到更多的文字情状。她的出身及经历真值得琢磨：苦在什么地方呢，福在什么地方呢，酸在什么地方呢，甜在什么地方呢？他灵怪地猜出一点点，重要的一点点：她的婚姻跟她的出生一样，肯定不是理想的。

如今听到沈继文亲家的话，他心想如何能跟这女生，这叫“钟荆荆”的女生联系上呢。他估计沈继文不会把“送路费”的事告诉她。“送路费”改变了自己的命运，而沈继文夫妇收养了她，也改变了她一生的命运。这两件事能联系起来思考吗？应该联系起来，世界上的事都可以联系起来思考。

世界充满了大德与大爱。

## 危险的交杯酒

那年春节后，一个外地的小朋友美心来电说，她很想常恙，但是已经上班了，离不开。常恙说，他也很想她。他俩有一段忘年忘性别的友谊，常恙是自由民，是已经退休多年的教师，那就由他去看她吧。

第二天，他便出发了。车不在正式的车站停靠，因为这是过路车，他便在一个热闹街口下了车。常恙正在恍惚时，美心赶上来了，喊道："老师，您好，谢谢老师来看我。"她兴奋的样子，仿佛这就是梦想成真吧，最简单的梦想成真。

"我有外出的习惯，到处走走，我的心放开了，也会看到很多的情况，听到很多的情况，联想到很多的情况。我是个在生活中滚爬的人，我愿到这里看看。"

已经是午饭的时间了，美心请常恙到交通要道的大饭店里吃饭。这饭店以粥为核心、为特色，后来常恙发现许多饭店都有粥这一"特殊"供应，墙上、塑料袋上也都有关于粥的宣传广告，看起来很符合目前五谷杂粮食疗的道理和精神。目前人们越来越重视食疗的作用，各处的药房生意都不显好了。这些年，常恙每天三顿饭都有稀饭，问问周围许多的人也是如此。

"老师你点菜吧。"

"我喜欢吃鱼，海鱼有吗？"

"这北面就是莱州湾，有海鱼。"

"来个烧溜鱼条吧。这么的，虽然我请你，但是我不愿过于丰盛图好看，浪费是人的一大缺点，你懂这个意思吧，那也请你点一个菜，咱们喝稀饭就菜就可以了。"

"到我的家乡，应该我孝敬老师，怎么还叫老师请我，我也挣钱了。"

"但你钱没有我挣得多，这一辈子都是我请你，这合乎逻辑。你多攒钱吧，将来在关键时刻用上。那年你不是说过，挣到十万块就结婚。"常恙脑子好，他记得很清楚，她说过这样一句闹话。

常恙问："这里有单间吗？"

美心说："有，就是太贵。"

服务员听到问话，在旁说："外加200元。"

常恙一愣，这单间意味着什么，似乎是有特殊服务的那种，和来者有秘密活动的那种，他想起旅馆里新增加的那种钟点房，但一般也没有这么贵。他所问的单间不是这种的，他的要求不过是与外界的噪声多少有点阻隔而已，清静一点，便于说话，而不是有什么秘密行动。

服务员问要几份粥。常恙没有经验，认为一份无非是一大碗、一海碗而已，便说："要两份。"美心没有说明这一份的情况。

不一会儿，服务员端来了两份粥，是两小罐，不是两大碗、两海碗。其实这一罐完全够两个人喝的，粥很稠，比八宝粥还稠，这是饭店的招牌食品。

菜也上来了，好嘛，喝粥吃菜就行了，别有风味。

最后粥剩得太多，这是一种浪费。不了解情况而导致的浪费，一直在他脑子里留存了很多年，想起来就有犯罪感。

太饱了，晚上本来不用吃饭了，但为了好看，晚上常恙还是请她吃大馅饺子。不料这夜她单位有外宾，她得上桌陪客，那是主要的。常恙一边吃饺子，一边看着大厅，西南方旮旯里有摔面的表演。大师傅尽显其功力，说是摔面，其实说是舞蹈也未尝不可。饭间，美心带过一个人来，手里举着杯，而且带着一罐啤酒。他们要给常恙敬酒，常恙说："滴酒不沾。"他们坐在方桌对面，拉开啤酒罐，你给我，我给你地将酒杯灌满，啤酒沫向上直涌，要溢出来的样子。两人将杯举起，脸对脸，把右胳臂交叉起来，成为连环的形态，将各自的酒喝尽。每个人都是好酒量，所谓的海量。

用这种形态喝酒，按社会习俗讲法，常恙觉得这个意义颇为不同，仿佛有点儿讲究。

冷场了，他们走了，美心高高的个子，而那男子却比侏儒高不许多。别看他个子不高，却是一个油水颇多的部门的科长。这是后来听美心说的。美心得照顾大的场面，因为能喝酒，个子又高，是个能在大场面应酬的角色。现在有些部门，职员能应酬、会应酬，便很吃香。小官们中官们经常带出来应酬。

这也是人间的一股滋味，被扔在一边，常恙很尴尬。活该，这是自找的。他要走了，美心招呼矮个子弄来一辆车，公家车，把常恙送到旧县委的招待所里。常恙已经在那里订了房。

一个老人折腾了一天，太疲劳了，服了安眠药，洗刷以后，他就躺下了。他回想这一天发生的一切，特别是那交杯酒，让他心事重重。正要模糊睡去，忽听有敲门声，这敲门声，越敲越急，越敲越重。他只得大声说："我躺下睡觉了。"他真怕有特殊服务，又补充说，"我是老师，上了年纪的老师，要睡觉了。"

门外说："我是小罗啊，是美心让我来照顾你的。"

不开门不行了，常恙打开灯，开了门，那个矮个子走进来，醉儿咕咚的。矮个子满嘴酒气地说："是美心让我来照顾你。"

"我不用别人照顾，我对自己的身体有数，如果有毛病，我不敢一个人出来，我没有心脏病，没有高血压，所以敢一个人出来。再说，这次我也不是非出来不行。美心担心我的身体，怕这一夜出了事，不好交代。"这日刚过正月初十，招待所没有多少人，二楼西侧，只有这一个房间住着常恙一个人，可能美心不放心。常恙也是久经"沙场"之人，看到矮个子，就觉得他有危险性，所以坚持不用他陪，再说他醉儿咕咚的样子，究竟应该谁照顾谁，真不好判定。常恙心中生出埋怨：美心如果你真不放心，可以让你父亲来跟我谈谈，既可以增加友谊，而且也达到了照顾的目的。

"你快回去吧，你耽误我休息了，我今天是太累了。"

矮个子在给美心打电话，打不通，便使性子将手机一下子摔在地上，又用脚踹了一下，手机碎了，过了一会儿他又捡拾起零部件，放在衣服的口袋内。粗鲁的行为增加了常恙对他的疑虑。

"你怎么这样听她的话，来照顾我。我不用你照顾，你在这屋里，我更觉着不安全。"常恙的声调里有不满意的意思了，真遭罪，他披着棉衣服接受矮个子莫名其妙的干扰。

“她不发话，我不敢走，走了，我便对不起她，没完成她交给的任务。我不能离开。”

“好吧，我叫她告诉你撤走。”常恙穿好了衣服，走到一楼服务台。晚间服务台处有个男师傅，都五十岁以上的人了，恐怕是退休人员，来找补差事的。

常恙拨通了美心的电话，此刻已是凌晨一点半了。“美心，请你将罗科长搬走。他来照顾我，我倒觉得更不安全了，让他快离开。他要不离开，我就离开招待所，另找地方了，明天回烟台。”这几乎是双重逐客令了。常恙依美心的话，将电话交给了矮个子，接着醉儿咕咚的矮个子便离开了招待所。显然，是她让他离开的。

出于礼貌，常恙还是走出招待所送矮个子，结果矮个子并没有回家，在这招待所东南方，有一家漂亮高级的宾馆，矮个子向那里走去。常恙很纳闷，问服务员，他怎么不回家。服务员说，他常在这宾馆里住宿。服务员也都认识这个常客。

天刚蒙蒙亮，常恙就醒了。由于夜里矮个子的干扰，他几乎没睡什么觉，心里生气，觉得此行有许多欠考虑的地方，不了解地情和人情。当然美心找人来照顾他是出于好意，不过那矮个子的“听话”，却使常恙不解，非亲非故，醉儿咕咚，深夜不回家，住在宾馆里，是怎么回事呢？不能从表面看问题，得深入了解一些情况，才能做出判断。他把问题提了出来，在热闹的中心地带买了两支糖球递给了美心。美心一籽一瓣地说出事情的原因。

矮个子在很有油水的部门当科长，不知什么学历，什么经历，也许经过难言的调教和熏陶而转业至此。奇了怪了，单讲他的身高，如今在某些部门都会被拒之门外。不过，如果有更厚重的根底，再差的条件，也会请他光临。

这些都是司空见惯的情况，见怪不怪，不怪就少生气了。

可矮个子真幸运，他不仅当了科长，而且有个漂亮的女人当媳妇。

位子和票子是很吸引人的，矮个子很走运，他娶了个漂亮媳妇，大家给这个漂亮媳妇打九十分。人们有爱打分的习惯，在这个小市区内，这分数让人有点儿发毛，他们结婚也是闪电式的。女方是久溜江湖，不久“天气预报”就忽冷忽热的了，很快就滑到负一层去了。从情绪情感行为上推，她另有男人，这是矮个子自己的感觉，没有任何的证据在手，俗话说“捉奸要捉双，不双瞎放枪”，矮个子只能不声不响，闷在心里。他家的事，周围的人都明白，也许有人亲自看见过，但怕惹乱子，引火烧自身，便都不愿说。

这刻上，美心考上了公务员，公务员跟公务员也便多了公开活动的场所，比如听一次报告，坐在邻座便会寒暄几句，也便认识了。

美心身材高挑，有平和的微笑，心地善良也最单纯。矮个子看她有文章可做。

“愿意到我单位工作吗？我这里不像你那里那样清水，这里是蛮有油水的。”这一有“油水”两人就认识了，“我们可以多联系，”美心说。

以后，矮个子不但打手机来问候，下雨阴天也总是叮嘱注意安全，还经常到单位送点小礼品，特别是在宴会上，总会来纠缠不已，两人都有海量，这便成为宴会上劝酒的头面人物了。经历过两次宴会后，矮个子悄悄对美心说：“咱俩今晚不回家，在宾馆住一宿吧，回家路上不太平。”美心这时也大咧咧地会说话了：“我身体棒，又在武校里待过半年，两个人上来靠不了身，而且跑得慢的，我会叫他啃地皮，包括你矮科长。”后面的语调，显然有点圆滑了，“你老婆挺漂亮，早早回家吧，她在家等你了。”

话到此，常恙心里咯噔一声，说：“事情危险。”他虽然觉得美心比过去成熟些了，能打着哈哈撤出旮旯圈，但总归是危险，处境危险。

常恙说：矮科长的妻子并不爱矮科长。各种复杂的原因促成他和她在一起成为夫妻，主要的原因是女方认为他没有美感，因而便失掉幸福，如同潘金莲不喜欢武大郎一样。所以她主动地，也许被动地在外面“打零食”。矮科长感觉到这一点，但没抓住手脖子，也白费，他想惩罚女方没有根据。女方和往常一样，无声无响，按部就班地生活，一切都不变样，叫他猴吃芥末也说不出辣味呛鼻子。其实女方早想离开矮科长了，只是主动提出来，对自己不利，法律上有些条文也不沾光。

危险就在此处，女方正瞅机会呢。如果矮科长与美心太黏乎，女方找熟人偷拍几张照片，说矮科长有婚外恋，美心是第三者插足，这便无法在道义上和法律上说清楚了。女方如果打主动仗，提出离婚，她有根据地，达到目的了，矮科长无以应对。倒霉的是美心，做了替死鬼、牺牲品。无法解释的冤案，越解释越糊涂。

而矮科长的女人，轻松地、自然地离开了窝囊废。真有这样聪明的女人。常恙加重语气地讲："这是我最后发出的警告，你要彻底地摆脱开，从里到外，从思想到举止摆脱开矮科长。离开危险，保住自己完整的理想前途。"

后来，美心是这样做了。

## 爱说大话的人

读古代战争题材小说，大凡将军出战，总要夸下海口：不战胜对方，誓不罢休。看戏剧，凡是将军出战，没有不说"取对方首级来报主恩"的。仿佛不这样说，不足以显出英雄气概似的，但最后经常败得很惨，叹一声"呔"，一吹胡子了事。

2009年9月，常恙进京参加一次文学活动，跟他同住一屋的，是一个五十多岁的人，身体挺好，脸色红润，也特别健谈。

他跟常恙参加一切活动都同去同归。他很少问常恙的情况，如经历、现状，虽看常恙是个很老的人，却不困惑常恙为什么来开这样一个会。

近年来，文艺人，或准文艺人，或半瓶醋但不缺乏经营头脑的人士，常常策划一些笔会或颁奖活动。要价很高，三天的会经常要价近三千元。拉网式地发信，那些受愚弄者的人名地址，不知他们从何处搞来的。有人不上当，但总有上当的人，与会者一人三千，十人三万，一百人三十万，二百人六十万，真可谓生财有道。

常恙每年都要收到几封这样的信，也将单篇或成本的文章寄去，从而得到与会通知单（筹办人经常为了增加可信度而写成获奖通知书，开头是这样写：XX 同志：首先祝贺您，您的文章经过专家评审，已取得 XX 奖项。）

常恙很好奇，这次进京去领奖，就是为了亲自窥探它的内幕，这也能增加学问或者一次阅历，因此将会务费寄去。

常恙按时前往，心想就算是对此社会一角的深入体验，也得买张门票，不入虎穴，焉得虎子？他也想去看看这些披着教授、专家外衣的“文艺工作者”，到底有多少斤两，衡量衡量他们的底细，逗着玩玩吧，也“马三立”一下。

爱说大话的五十多岁的人确是真正来领奖的。他投的是二十首古体诗。他说：“我拿的是古体诗，我的古体诗不但在全市、全省屡屡获奖，在全国也是屡屡获奖，不过全国性的奖我都没去拿。”

“那你的古体诗是相当有水平的。”

“这是真的，我的古体诗在全国来说，没有人能写得出。”他很自信。

“我觉得古体诗有很多限制，不灵活。”常恙说。

“新诗我也行，我的新诗，也没有人能写出。”五十多岁的“年轻人”侃侃地说。

常恙心想这“年轻人”有点儿毛病，自大狂，觉得谁也不如自己。当然大家的审美意识不同，他觉得他的作品谁也写不出，倒是合乎情理，如果都能写得跟他一样，天下文章岂不是一个色、一个调、一个梦了？

“你还写小说吗?”

“小说也写，省内艺术馆经常叫我参评，都获奖。”

没想到五十多岁的“青年人”在文学上是个多面手。

常恙心想，这个五十岁的“青年人”真的是来拿一等奖的。常恙问他的经历，想推测一下他之所以如此不知天多高、地多厚的各种根源。

他说：“我是北方某大学理工科毕业，热处理专业（也许是冷处理专业，因为业务生疏，记得不够准确——笔者），是 1975 年毕业的。

“你做哪方面的领导，局长吗?”常恙尊敬地问。

“什么局长唔，我在一个机械工厂里。”

“那也是副厂长以上的领导。”

“不，我在一个车间，搞的是热处理工作（业务不熟，听得不准确，可能是冷处理——笔者）。”那五十多岁的“青年人”说。

“现在还干老本行？”

“不干了，现在因为我的岁数大了，让我看守车间大门了，真正是冷处理了。”

“那每月给你多少工资？”常恙忘记社交的应有忌讳了。

“几百元吧。”他倒不在意，直说了。

常恙听了，打了好几个愣怔，心想这位五十多岁的“青年人”参加这次笔会，可真不容易：“参评费”近三千，路费也得几百吧。这次出行，就得好几个月工资。精神可嘉，但实际上不划算，评个三等奖有什么意思呢，没有含金量的“虚名”而已。唉，常恙心里真不是滋味。举办单位不应该策划这样的笔会，让一些收入不多的人上当受骗。常恙安慰自己，自己是深入虎穴，了解社会的这个旮旯，目的达到了。

“这次是上当受骗了。”五十多岁的“青年人”有了进一步的认识。

常恙急忙要转换一下语境，调过话头问：“你在工厂看大门没有失落感？”

“没有，很好，这正好便于写作了，更便于写古体诗了。我先打个腹稿，反复改，然后记在纸上，还可经日经月地改。”

“经过这样的推敲，你的古体诗没有人能写得出，这是有道理的。”常恙又把他爱说的话挑了出来，打算能对他有所提示，也即是暗示。

他也许有所洞察，没再跟“天外有天，人上有人”的古训对着干。俗话说：“咬人的狗不露齿。”

散会的前一天下午到晚上，主办方在蟹岛举办宴会和文艺晚会招待与会者。

饭饱之后，五十多岁的“青年人”和常恙离席在后边看节目，转头间看到身后站着一位高挑丰盈的女性，面容虽然笑着却透着十分的酸楚，这是不达标的“心理学家”常恙的内心分析。他立刻跟她打招呼：“府上哪里，什么时候出发回归？”

她走上前来，说："四川都江堰，明天上午离开。"

常恙请她给照个相，把相机给她，她一推常恙的相机，拿出自己的相机，说："我给你们照吧，洗出来，我给你们寄去。"这样，常恙和五十岁的"青年人"有了一张合照。她让别人给她和五十岁"青年人"摄下一张合照，又和常恙摄下一张合照。

回到宾馆后，那女性来到常恙和五十岁的"青年人"的房间，互换了通信地址和电话号码。

"如果我说错了话，请原谅。"常恙这样盯着那女性说。

"没关系，请直说。"女性慨然说。

"你的情绪十分不好，诸多的忧愁存储在你的眉宇之间。"假冒伪劣的语言，轻浮地溢出了。

"不错，我已经离异，这是个打击，女儿归我，我正培养她上大学，现在南京一大学学艺术，这也是我的沉重负担。"

"对不起，我不该问。没想到你这样坦诚地告诉我们你的不幸。"常恙后悔自己莽撞，犯了老毛病，总想了解周围人的命运如何。不过他却没想到这女士会有如此的精神重压，他又说一声，"对不起，主编老师。"为什么称"主编"呢，因为在此前就听说她自己一个人编了一份刊物，刊物内容侧重研究少数民族的风俗习惯，从穿衣戴帽到各种装饰品。她是个女强人，女文化人。

"如今，我最痛苦的是失眠，严重的失眠。一切方面都在强撑着。"

五十多岁的"青年人"坐凌晨一点南去的车。他早早地收拾行装了。

常恙也醒了。几天的相处，他对他的生活很同情，特别是对"冷处理"的不可理解。他取出一本《非梦集》，作临别赠书，并签名，随后握手告别了。

不足两个月，他给常恙寄来一封厚厚的信，里面夹了两张打印稿，是他新写的古体诗，花了四元八角的邮费。常恙读了一遍，觉得都很平淡，认为并非有他说的那样水平，谁都写不出的水平。不过，在两页信的落款处，他加了"晚学"二字，显得谦虚。也许他看了《非梦集》后，知道了常恙若干的不幸和不顺。

常恙写了封回信，大意是不要再花邮费了，你的生活太拮据，这些开销是一种浪费。

那女士给常恙和“青年人”照了一张合照，又请人给她和常恙以及“青年人”各照了一张合照，原说回故乡后，洗了就寄来。已过了两个月，还没有消息。常恙打电话问，那女士说没有忘记。常恙请她快寄来，并说若寄来几本自编的刊物读读，便最好了。但那女士答应尽快，却又拖了很长时间没寄来。

常恙打电话让“青年人”催催，半月后照片寄来了，只有两张照片，只字未题。可能她怕字迹落在“浪人”手里，将来出什么是非，这是合理的，但不够合情。很可惜编的刊物，不见踪影，这是常恙最感遗憾的。

总归是“青年人”有面子，能追来这照片。也许她的失眠症已好，也许其他各方面也有了变化。常恙欢迎这个样，常恙祝福她各方面顺心、顺利、顺畅，笑口常开。

当然，爱说大话的人，也有他的可爱之处。

## 直美娜的新发展

直美娜，几年前常恙在一家装裱店里见过她，那时她才21岁，成熟得早，又闯浪，当时对她的印象是：高高的个子，很丰满。她学习不怎么样，当时自费在京郊一所大学里学英文。什么学呀，就是混吧。她父亲跑运输，挣钱不少，供得起，心想成不了材，起码笼住她，最后可混张大学文凭。入学以后第一个暑假里她就约鲁西南一个高中生到海滨城市玩，他俩是在网上认识的。他们没有钱住旅馆，直美娜找到老同学，在同学宿舍里的一个旮旯里铺了点东西，就跟那中学生同居了。她父亲知道了，开车赶来，堵了个正着，把她提溜回家。她另有可爱的一面，奶奶不久即是八十岁寿辰，她正为奶奶绣“百寿图”，临走没忘记带走正绣着的百寿图。

她的性格是很鲜明突出的。

常恙常担心她会发展成“流氓”，每逢见到那装裱师，就问有关她的情况。装裱师说，她父亲把她抓走之后，她就怀恨在心了，就再不跟我联系了。她作为她的同学，希望她好起来。常恙没得到新的信息，也只能“念天地之悠悠，独怆然而涕下”。

转眼三年过去了。总归是老同学，她们断断续续又联系上了。

直美娜已经24岁了，也不知是卖乖抑或是被“幸福感”冲昏了头脑，陆陆续续地说出了她的现状。这现状是幸福，或者说危险，谁也无法评价。她自己的态度是走着瞧，先积累点“实在的”，只要有了“实在的”，而且越多越好，以后的日子就好办了。

毕业后找工作是个大问题，特别是私立大学学生，业务又没学好，只是有了一张大学毕业文凭。她在网上找工作，发现在山东的东北部有一个城市，有一家外资企业要聘一个文秘，如会一门外语优先录用。她符合这个条件，于是亲自前往。

外国男性经理亲自接待了她。经理五十多岁，眼光透着贪婪，看她体态丰盈，浓眉大眼，说话天真直爽，几句问话，就立即同意她工作，没有试用期，每月工资3000元，等于中学高级教师级别。直美娜乐得心里开花，想想上私立大学这几年，她省吃俭用，如今好了，不用几年时间，便可以对家里有所回报了，岂不好哉、美哉？

“美娜，走，咱们去吃午饭去。”外资经理非常聪明，来中国二十年，会说的中国话已经超过半拉架。他走到落地窗前，喊着直美娜，直美娜走过去。“你看那辆车，这是我们要坐的，这是钥匙，你先去吧，在车内等我，我收拾一下立刻去。”说着把钥匙塞进她的手里。

当外资经理坐上驾驶员的位置，系上安全带的时候，便对直美娜说：“将来你也得学会驾驶，到那时，我就把这车送你。”有钱的经理出手就是这样大方。

随便点了几个菜，要了至宝三鞭酒。喝着酒，气氛便上来了，经理便实话实说了。

“美娜，提个问题让你猜一猜，你猜我的生活快乐吗？”

美娜是个顺其自然的人。她认为完全没有必要一天到晚警警惕惕的，那样多累。而且生活过得太谨慎会封闭自己，不能看到大世界的种种把戏，也便不可能发挥自己的才能。即使被人利用，心想只要不是死亡，一切领域都可进去看看究竟。直美娜几年大学没有白上，这一思想活动在哲学上、心理学上都可开单章诠释。

“你的生活是不理想的，不然也不会再找文秘。”直美娜听他提的问题，已经摸到他的腰眼了，便吐出似糊涂又绝顶聪明的话来。

“好嘛，你的智慧就在这里了。可惜我遇到你太晚了，否则我的现实将是另一番样子。不会像现在里外都皱着眉头。”

“我有智慧将你里外的眉头都舒展开。”直美娜真会文字拼凑，只将经理话里的关键词汇稍做移动，就顺竿爬上了。

外资经理心里高兴地不得了，顺口说：“现在看来，让你干文秘是大材小用了。你要单管一个经销店，不要在最热闹的黄金地带，在偏僻的地方就行。老板是你，伙计也是你，卖点成，不卖点也成，开门成，不开门也成，我们单线联系，这房一层是铺面，二楼就是你的居室。这样你也不用外出租房了。”外资经理将她领进隔壁的一套房内，上下两层，他把一串钥匙交给了她。

直美娜认为今天是她大学毕业后的第一个幸福的日子。

“好，你晕乎乎的了，怕是累了，你先休息休息，这里什么都是现成的，一切应有尽有。我要走了，以后我们会天天见。”转身他又嘱咐她注意安全，就离开了这里。她出门送他，他将车开进铺面房后面的车库里，把车钥匙交给了直美娜，说，“抓紧时间学驾驶吧，你的前途是无量的。”他又再一次叮嘱“安全第一”的话。他的话语有点儿啰唆了，回头又说，“明天见面，你可再详细回答我的心境是怎样的，回答我提过的那个问题。”

次日晚饭前，外资经理提了两个高级快餐盒，早早来了。正好直美娜已经打扮好了。她在鬓发边的耳朵上点缀了个小小的蝴蝶结。糯米牙是她的骄傲，为了经常展示，所以她的笑容特别多，可以说是“笑面虎”，且这虎是雌性的。她笑着接过快餐盒，说：“正好我也饿了。”没等外资经理坐下，她已经打开饭盒吃起来了。这样随意，更让人觉得她自然、可爱。

男人到了感情完全倾泻出来，而且目的即将达成的时候，女性越自然越无拘无束，男性便越发高兴了。

外资经理双目凝视着她说："我估计你思谋过我的问题，现在回答吧，看能不能及格。"

"我能得高分的，你的心境是愁苦的，难以谈斤论两的愁苦。不过我们初识不久，我可没有姜子牙的功力，能说出你的根底和经历。"话的后半是她成熟了的表现。

"说来话长了。"他呷过一口酒，在一线喉里品着至宝三鞭酒的香醇，接着大段地说书了。

外资经理的老婆是他的同国人，因为家里有点儿资财，她的父亲开了这家公司。生意尚佳，父亲老迈，因为她是独生女，便把董事会总裁的位子传给了女儿。女儿事业心很强，因为总裁工作节奏快，疏于儿女情长之事，已过三十二岁了，尚未完婚。老父亲不免焦急起来，亲自出马，主动料理此事。他把本公司的二十多个分店的二百多名员工的资料细细盘点了一下，发现在山东东北部一个城市分店里有一财会人员，相貌柔和，身材一米七二，学历是本国一财经学院的毕业生，年龄二十八岁，最主要的一项是"未婚"。他动心了。

他立即乘机来到山东东北部这个分店，以调研工作的名义，召见了这个财会人员。见了权力谁不靠拢，见了财富谁不仰慕？经过一些周折，这个三十二岁的姑娘和二十八岁的小伙子，举行了婚礼，女总裁没费吹灰之力。当然"二十八岁"便成了外资经理。

结婚后，这"三十二岁"在各方面大权独揽，一切都听她的，对的、不对的都得听她的。"二十八岁"憋了不少气，其实如果真有爱情，憋气也许是幸福的曲折表现，而他不，他完全是奴才似的顺从，还经常受到她的冷面相向。不管如何，人生的道路也一直向前，两人生了一个男孩一个女孩。如今，两个孩子一个上大学，一个上高中。

基本情况介绍了以后，外资经理说："我看你比她强得多，我在你面前不像奴才了，而是真正的人了。""外资经理"说得漫无边际了，这是些什么话呢，女孩是你的雇员，她怎能跟董事长比。社会永远没有什么平台，所谓平台起码是凹凸不平的，有的平台或许还存有陷阱之类。有的人推销某种物质或者精神的物件时，把平台说得天花乱坠。平台摞平台，台阶便形成了。

直美娜听到的似是芝麻圆团子，又香又黏，但是刚炸出来，只觉得有点儿烫嘴皮，因而笑着，起身给“外理”沏了杯精制的茉莉花茶。擎到“外理”跟前，不料，一刹那，“外理”抓住她的手，拉到胸前，让这手摸着他急切跳动的心，“你明白它吗?”

“我明白，它是血红的。”

“那是血红的爱。”这“外理”也真有创造性，说出这样独创性的语言。不知有没有情爱小说用过这个话。即使用过，也不能算他剽窃，只能说他是学习到了，而且是她和他共同创造的，并没有发表欲，不想在媒体上再挣小费。

“那好，算我中年来福。”他五十多岁了，说中年勉强可以，“我想让你做两份工作：一是看铺子，二是做我的情人，领两份工资。但需要规定几个条件。”迸出个“情人”，可见“外理”也是这样的直筒子，透明的直筒子，百分之百得透明。

“什么条件，请先说说，我听听，看我能不能做到?”直美娜耸耸她的两个宝物，光辉夺目的招牌式的动态“建筑物”。

“第一，保密，我们是单线联系，任何人不能知道我们的关系；第二，你今年二十四岁，我们的关系最短保持六年，最长也保持六年，即到你三十岁为止。因为我们之间是神圣的，所以不应当破坏我的家庭，也不该让你保留着我们之间留下的种子；第三，终止合同后，我们的关系一点儿也没有了。喜怒哀乐之事，一切都在记忆中保存，最后淡忘了，便没了。”

“这些都是我能做到的。”直美娜又耸了耸，这仿佛是条件反射，情绪发生变化时，都会耸一耸，问，“两份工作就得有两份工资，这份工资怎样算呢?”

“外理”早合计好了，说：“你要计件呢，还是要月工资呢?计件是每件200元，月工资5000元。”这是庸俗透顶的口头协议，一等的下流。人如果没有羞耻心了，什么都说得出来，什么事都做得出来。

“那我就要月工资吧，每月5000元。”

直美娜有心眼，她要“实在的”，她想计件有时不可靠，月工资少点儿但可靠，这样跟看店那份工资加起来，每月净收入 8000 元。她心里除了“实在的”以外，什么人格、品德都不要了。

这是交易，也是故事，是交易中的故事。

## 捡嫩草啃啃

那天常恙到服装公司给一个朋友送书。没到下班时间，他就漫步到公司东侧的林荫草石园地等着。

两位园林工人从“小红帽”（休息、更衣处）换衣服出来，坐在园中地牙子上，说着话儿，卡掉鞋里的土。常恙在园中横斜的长方石板路上彳亍，看到他们，喊道：“老师傅，辛苦了。”

“这一天算过去了。”一个尖嘴巴的师傅有气无力地回答，透露出“做一天和尚撞一天钟”的意味。另一位师傅笑眯眯地，侧着头听老哥们讲话，他是懒语子，不抢话。

“住家在何处？”常恙问“尖嘴巴”。

“尖嘴巴”手指南边向西拐的路，说：“就是那条路归家，我骑自行车，几分钟就到，我载着你到我家玩玩。”

“府上有什么人？”

“家里有六口人，老伴、三个儿和一个姑娘。现家里只有我和老伴，三个儿子都干小买卖，姑娘在城里。可以说各吃各的，各穿各的，各住各的。”

“你家是和睦的家庭，不错，有福。”

“那你呢？”“尖嘴巴”问。

“我家里更简单，老伴和大女儿在加拿大，小女儿在家。住在一起的人，吃的口味不同，基本上也是各吃各的。对社会、人生的观点，也从未统一过，也各自坚持各自的观点和路线。”常恙说着便笑了。

“您到这服装公司干什么？”

“送一本书。”

“给谁？”

“给一女生。”

“尖嘴巴”对常恙的来路很是关心，问得很仔细，如同法官审问口供。

“女生好，女生比男生好，女生肯定含着有意思的故事。”“尖嘴巴”不像一般的园林工人，他仿佛是土生土长的女性专家。

“我们之间没有什么故事，只是一个忘年之交，我牵挂她的工作和生活而已。”

“世间没有无缘无故的牵挂，牵挂就是惦记、想念。惦记、想念就有故事。”“尖嘴巴”会分析，他着重地说，“连老驴老马也捡嫩草啃啃。”

常恙乍听有点懵懂，又问此话的意思。

“尖嘴巴”没做解释，只重复了“连老驴老马也捡嫩草啃啃”。

常恙明白了，问：“这一带有嫩草吗？”

“有，有的是。”

“你们村里有？”

“我们村里有。”

“就是本村的小姑娘？”

“不，是外来打工女，一般第一次得花200元，以后价钱就便宜了。你看她们过春节回家，都烫了发，也染了手指甲、脚指甲，也戴项链、戒指，还给家里带回钱去。”

常恙每天下午散步，算是躯体运动，也算走向社会、了解社会、交朋友。这刻真算是丰收了，他了解了社会的这一旮旯。在常恙的心中，“尖嘴巴”的身上有文学的东西，起码这句“连老驴老马也捡嫩草啃啃”的话就很新鲜。

隔了些日子，常恙按照“尖嘴巴”给他的手机号码打电话给他，接电话的人是一女性，声音年轻的女性。

“杨师傅在家吗？”常恙曾问过“尖嘴巴”贵姓，知道他姓杨，所以电话里这样问。

“他还没下班呢，他今天不休班。你是哪一位？”

“我们是新交往的朋友，我以为他在整理园林呢。”常恙怀疑起来，怎么他的手机在她手里，这肯定是他的妻子了，便问，“你是杨师傅家的大姐吗?”在这一带有个习惯，将认识的年龄相当的人的妻子称呼为大姐或者大嫂，这是客气话、礼貌话。

“我不是他的家人，我是他的女朋友，外地人。”

常恙不禁一愣，真“棒”的尖嘴巴，自己在实践着自己的理念，这园林工人比一个“破落”教授百分之九十九得开放了。不知他在她身上花过多少钱，可曾花过那第一次的200元。老实讲，常恙吓了一跳，手机不在妻子手里，而在女朋友手里，什么岁数了，还能吸引来一个女朋友?

常恙得来的文学材料，不愿意轻易失去。一日，他径直来到那次相遇时的园林里找“尖嘴巴”。放眼看附近，周边都没有“尖嘴巴”，他可能在“小红帽”屋内休息，或者干其他杂务。

走进“小红帽”，看里面坐着一个膀大腰粗的人，穿戴很整齐，他可能是这一带的管理员。那人问常恙有什么事情。常恙说找新交不久的杨师傅。那人说：“他病了，没有来。”“请几天假?”“不用请假，他辞职了。”“怎么辞职了?”

“前天夜里他老婆服毒自杀了，发现后送医院抢救，抢救过来，搬回家中休息，他得照看。无法上班了，又是临时工，‘无事退朝’了。”管理员最后来了句京剧台词，别有味道。也许他们相处久了，他能知道些关于尖嘴巴的“老驴老马也捡嫩草啃啃”等有趣故事，“无事退朝”显然有些嘲讽意味。

常恙是个有丰富联想能力的人，这几个片段会让他填满这似乎隐私的空间，他知道“尖嘴巴”老婆自杀的原因了。

常恙心想危险，这危险已波及农村，连临时工也在新潮中被淹了半截子。

## 花皮脸大娘被说

英奶奶年近九十，身体结实，经常到闺女家走走，到老娘家看看侄女什么的，也坐过进出县城的小公交车了。之所以说这公交车小，因为它是中面包车改装的。英奶奶有了老年优待证，也不交车费了。但是这次来的小公交，司机急火火的，年轻人上了车，没等老人爬上车，就“嘟”的一声，把车开走了。等下辆吧，老年人上了车，司机似理不理的，锁着眉头，斜眉竖眼地，脸变了颜色，让人看了心里不是滋味。英奶奶从年轻时起，就是要强的人，干什么事都不愿让别人不痛快。她是敏感的，急忙把手里的一瓶矿泉水递到司机手里，另外夹上一元票，说：“大侄子，我如今生活也好了，四世同堂，不缺吃，不缺穿，晚辈常给我零花钱。”

司机接去了一元票，这算交了车费了，没要她的矿泉水。司机也许有警惕性，记得用上“防毒攻略”；也许他有慈爱心，认为老奶奶该自己解渴。

可巧，这次车，人并不多。

司机将车开得慢，他今天也许被英奶奶给钱的事感动了，他的话匣子打开了。

小公交车，都是个人承包的。

里面的座位有限。

在这里，老人过了七十岁，坐公交车享受优待不花钱。这是社会的进步（不容易，这位司机还懂得这一点）。

司机说，可有些老人不知趣，怕吃亏，都要利用利用这“优待”，也坐上车去外面逛逛。这“利用利用‘优待’”，有点儿“不吃白不吃”的意思。

那天花皮脸大娘上车了。她要去看看闺女，她的闺女在市内干环卫工。她有老年优待证，不用花钱。

她气喘吁吁地上了车，在车厢里颤颤盈盈地，一个妇女急忙给她让了座，说：“花皮脸大娘，坐牢靠了，别摔着。”附近三里五庄，除了小孩外，差不多都认识花皮脸大娘。

花皮脸大娘坐稳后，笑笑说：“人人都会老，家家有老人。”

这是前些日子听广播时学的话，她问别人什么意思，别人跟她细细批讲了，她才大悟了。是啊，趁这老人受优待的时候，赶紧享受享受吧。她转头朝那让座的妇女说，“二侄媳妇，你要到哪儿去?”

“到市里医院去瞧瞧大夫。”

二侄媳妇指了指小肚子示意这里不舒服。

“又怀上了?”

“有两个男孩子了，不能再要了。”花皮脸大娘仿佛是计生委的公务员，劝起来了。

“他还想要个闺女，说没有闺女，花样不齐全。”

“你想要不想要，要是不想要，今晚回家，我给你刮去。”

“用什么刮?”

花皮脸大娘从小布包里抽出一把“天天见”牌木梳，说：“就用它呵!”几个月前，住远地的亲戚来看她，告诉她一个偏方，用木梳按照一定的穴位，可以将胎儿刮下来，这也许并没得到医学科学的证明，纯是“二百五”的瞎蒙。说着花皮脸大娘将“天天见”码到自己的头部，梳起自己那些软活活的头发。

花皮脸大娘对自己的身体实力，估计不足，白话这一阵，头忽然觉得发晕，临下车的一刹那，一跟头趴下了。

司机一看不好，让乘客都下了车，告诉乘客说回头再拉他们，只把二侄媳妇留下了，对她说:“走吧，你帮我把花皮脸大娘送到医院去。”说着他就开车，一拐弯就到了医院。

司机和二侄媳妇把花皮脸大娘送上了急诊。司机问二侄媳妇关于花皮脸家的电话，好让她家里来人。二侄媳妇也不知道，司机没有别的办法，回头到原地去接送那些客人。到那里一看，乘客早已走了，没有人等司机开车回来。这样也好，司机开车到了花皮脸大娘的住村，告诉她家里人有关情况，叫她家人快去医院。

花皮脸大娘家里的两个人，赶紧拿钱坐着司机的车来到了医院。

这就是花皮脸大娘为了不浪费“优待”坐车的故事。

英奶奶听了司机的谈话，觉得他话里的意思很多，他是在宣传自己是好人，见义勇为，劳动模范，完全彻底地为人民服务吗?可英奶奶想起司机那“似理不理的”“锁着眉头，斜眉竖眼的样子”，心里多了一份揣摩:编个故事，糊弄人。

英奶奶最后总结出一点：司机不愿这么多老人都来享受“优待”。这会影响他的生意，想想小公交，有多大的空间，有几个座位，能装几个人。不像大巴车，多坐几个老的，也耽误不了买卖。

英奶奶决定从此再不主动追求“优待”了，有意减少外出次数，真有要事到外处时，她让儿子孙子单独开车去送她。

停了些日子，英奶奶听到别人的传话：花皮脸降生时，她父亲做过一个梦：女儿的脸上招来一窝蜜蜂，赶也赶不走。这传话与英奶奶无关，与花皮脸大娘的现状无关，当然与司机更无关了。尽管无关，还是记下为好。

链接：一句话让常恙感动了一天

2011年5月24日早晨6点半到7点半，在环海路水产市场买了三条黄花鱼，四斤，每斤20元。女儿从市场回来说，这样的鱼在附近市场要卖26元一斤。

回来时坐19路车，一上车，司机师傅忙喊：“给老人让座。”不是播音喇叭，是他亲自喊，马上有人让座。我说：“早晨出来走走，不用让座，几站就到。”下车时，我赶忙到车头处，向司机师傅招手，他也跟我招手。我默默地祝福有爱心的司机师傅工作顺利，时时平安。

不知怎么了，他这一句话“给老人让座”，让我感动了一天，兴奋了一天，高兴了一天。

## “愁煞我了”

余彩嫚的口头语：“愁煞我了。”

有吃的，有穿的，有住的，银行有自己的存款，有人按时来看望，为什么还“愁煞我了”？“愁”也许是个永恒的话题。余彩嫚的“愁”，也许得从比较远的年代开始找原因。

50年前，余彩嫚经历过一次老式婚姻，丈夫结婚不久参了军。丈夫没经过什么殊死的战斗，就解放了一个沿海城市，之后驻防那个城市，一直没有离开。在授军衔时，他挂上校团长衔，算功成名就了。

夫妻间自然有了差距。余彩嫚没有文化，来到城市后，难以进入各种体面的场合。最主要的原因是到了三十开外两人没生育子女（那时医院还没有有关检查仪器，不知不生育的责任是在女方或是在男方）。这样他们之间便缺少有力的纽带作联系。丈夫提出离婚的问题，如果余彩嫚答应，她提出任何要求都可以满足，但余彩嫚生死不离，她认为“生是丈夫家的人，死是丈夫家的鬼”，这是根深蒂固的传统观念。她还表述了如下的意思：丈夫爱怎样做就怎样做，讨小也好，另拼也行，就是不离婚。丈夫因而也没什么办法。那时离婚不像现在这样容易，丈夫猴吃芥末干瞪眼。

那时军人红律比较严。余彩嫚不离婚，他也便没敢冲动胡来。他苦熬着，生活费让弟弟给余彩嫚送去。

弟弟是位中学教师，对嫂子劝慰关怀有加。有时请到家里，妯娌俩聊聊，和侄儿侄女谈谈，余彩嫚倒也开心。

这期间，余彩嫚的丈夫不幸得了肝癌，医治无效死亡，享年61岁。其弟在公墓里给哥哥买了一块墓地。余彩嫚告诉小叔子，放骨灰盒的地方，装修得大一点，准备将来自己的骨灰盒也放在里头。弟弟听了合情合理，说就那样办。他觉得嫂子真传统，对哥哥是死心塌地的。

为了消解余彩嫚的孤独和寂寞，他打听到一个老年公寓，里面老年人多，三三五五拉谈着，便会不愁了。征求余彩嫚的意见，余彩嫚同意了。

不日，余彩嫚搬进了老年公寓，住了个包间，费用稍多些。小叔子每月送来生活费，她自己还有存款，这都不在话下。但老年公寓也没释放她的“愁煞我了”。

余彩嫚在老年公寓住着，没有讲话的人，只是哼着“愁煞我了”的口头禅。走到公寓大门外，靠西南墙根有连椅，她坐在上面，很疲惫的样子，哼着“愁煞我了”。

她知道丈夫的骨灰盒放进北山上的一块地穴，她也几次到山上去看那地穴。

那附近住着一个退休职工，他过去是搞园林的，负责给树林浇水、剪枝等。退休后，他在就近村庄买了三间小房住下了。妻子前几年过世了，两人没有孩子，他是单身，自己做饭自己吃。在岗时，他上山总抡着一根长长的藤棍，棍头上钻一眼，上系一带穗头的红绳儿，他边看树林，也同时锻炼身体，所以身体是棒棒的。他高高的个子，给人的印象是他有使不完的劲儿。

“愁煞我了”，忽然这一声哀叹，引起他的注意。他看到在一处墓穴旁就地坐着一个老妇人。他走过去，深情地问：“大姐，你有什么难过的心事吗？说一说，我也许可以为您做点什么。”

“我愁了半辈子，真是愁煞我了。现在仍是愁。”

“您说说到底愁什么？”

“要说起来，真不知道愁什么，不缺吃，不缺穿，有住的，有用的，真不该有什么愁。”

“你是不是缺少说话的人，是寂寞吧，是孤独吧，寂寞孤独最容易使人愁。”

余彩嫚想了想，不相信这男人的分析，难道愁就没有另外的原因了？便说：“我是从小就愁的。”

“那你是从胎里带来的忧郁症，不好治，活一辈子就得愁一辈子。那结婚时也愁吗？”“踿山人”仿佛懂得点医道，便这样分析了。

“那是什么样的结婚呀，不像现在呀，我们那里的山村非常落后。男人参军即要出发了，家里人一撮合，就让我们拜了天地，说这样家里就有根了。”余彩嫚羞涩一阵，又说，“那时，连顿饭还没吃完，他就出发了。以后一两年，能见面，住上几天，又走了，后来真正定居时，我已经38岁了。”

“没有孩子吗？”

“没有孩子。没有孩子就是他要跟我离婚的主要原因，当然还有别的原因，我俩没有共同的语言，他说我没有文化。”

“如今，这些说没有共同语言而分手离婚的，多半是借口，什么共同语言啊，也许嫌你不漂亮是真的。一漂亮就有共同语言了，而且在某方面还得配合得好。婚姻是个最难解释的问题。”“踿山人”说话是一根不打弯的棍，像他手里的那根。

“年轻时，在农村，我不能说漂亮，也不能说丑陋不堪，算是中等人，拿得出手去。”余彩嫚顺语气，为自己争点说法，“过去是一场梦了，没法去论究，命中八尺，难求一丈啊。”

余彩嫚看看西方已是晚霞满天了，站起来要回去了，弯身又摸了摸座下的石头，还是温和的，便说今天谈的时间长点，最后没忘说：“愁煞我了。”

“你要走吗?”

“我该回老年公寓吃饭了，时间到了。”

“我看你就不用回去吃了，就在我这里吃一顿吧。”

“跛山人”一指不远处的下半截石头、中间白灰墙、上面蓝灰的三间房，说：“咱的饭简单，煮上挂面，就着豆瓣酱吃上一碗就行了，上了岁数，晚上也吃不多，吃多了也不好受。”“跛山人”是个实在人，把一些谁都知道的道理，也端出来当“明白”讲。

“愁煞我了”起身跟“跛山者”走了。

走进“跛山者”屋里一看，干净利索，由此便知他是勤快人。西屋一间放修理园林的工具，样样俱全。屋里屋外有多盆鲜花，门旁还有一盆山葡萄和一盆小山松，像秦叔宝和尉迟敬德两门神。

开了液化气灶，不一会煮了两碗冰冻馄饨。他没像说的那样下挂面。这算提高了小小的档次。

吃罢馄饨，她说：“愁煞我了。”起身走出门外，余彩嫚说，“今天打扰你了，真愁煞我了。”这里的“真愁煞我了”，也许改变了意思。

“跛山者”陪她走了几步，说：“‘愁煞我了’大姐，今后有了愁煞的事情就来找我吧，我能帮你干些活计。也许也能解决你的一些‘愁’，我蛮身有的是力气。你常出来走走，上山来，就以山为友吧。”

余彩嫚回头点了点头，脸上有了一丝笑意，这是很难看到的。回头她问：“老弟，怎么称呼?”“跛山者”告诉她他叫郓虎。问名字问得太晚了，于是余彩嫚心里多了一个名字。

要想不“愁煞我了”，还得广泛接触外界。但是要主动地广泛接触外界，是难的，被动地容易些。特别是女性，尤其像余彩嫚这样的女性，本身有自卑感，没有文化，没见过大世面，又被离婚过，这就是自卑感的由来。她一天到晚板着铁青的脸，本来不甚难看的脸，一板着，便增加了几分让人不敢靠近的丧气。

那天，郓虎爬了一阵山，回来后要在屋后栽上几棵树，是昨天买到的新栽子，在墙根下的土里斜埋着。

此刻，余彩嫚上山了，正碰上郓虎栽小树。相见后两人便拉上话了。

“种什么树?”

“大樱桃栽子，这是昨天在农贸市场买东西时，果农带来的大樱桃栽子，我买了三棵，价钱可不便宜。”郓虎告她。

“我的家乡，多的是苹果，有樱桃也是小的，可这是多少年前的事了。我有好多年没回家了。什么事都能变，也许现在也变成大樱桃了。”余彩嫚说着。

郓虎笑笑说：“卖樱桃的人说，小樱桃很少了，这许多年都改良了品种，多半是大樱桃了。小樱桃仍然有，极少了。”

“呀，是变了，要我说，什么都容易变。人容易变，树难道就不变了，小樱桃就不能变大樱桃了?”“变”在余彩嫚心里扎了根，她主动联系自身的经历，也就是命运，体会出一种永恒的道理。她说：“愁煞我了。”

余彩嫚扶着树，郓虎培土、浇水，一会儿栽上了三棵大樱桃树。她多少年没干这种营生了，虽然只是扶着树苗子，头盖上也汗涔涔的了。这不是因为累，而是因为与人合作时认真的心理产生的，她捡来了一份责任感。

这时郓虎拿出一瓶矿泉水，让她喝，她没拒绝，提在手上，告别郓虎上了山，自然是要看她丈夫的墓碑，也看一下自己将来那几寸的位置。最后扬着头，看着雾腾腾的夕阳，说：“愁煞我了。”

那天上午她向远处走一走，发现有一处空着的三间房。探头一看，里面有个十几岁的男孩。里面很简陋，不过倒像是一个住家人的样子。余彩嫚自然生出一种母性的关怀，问：“小朋友，怎么就你一个人，爸妈到哪里去了?”“小朋友”是社会的流行用语，比叫“小孩”亲切多了。

小朋友放下手中的书，站起来说：“奶奶，我是苦命的孩子，你没听说过吗，去年有一对夫妻，因为误食了有剧毒的野蘑菇，未抢救过来，双双过世。山里人都知道，可媒体没报道这段，因为他们是平凡的人，不值得。”说着，他已经双泪不止了。

“苦命的孩子。”余彩嫚听了他的话，不由地联系起自己来，“愁煞我了。”她又说了这一句，不知是指孩子，或者说自己，也许两人都包括在内。

“进来坐吧，奶奶。”说着小朋友端过来一把半高的椅子。

余彩嫚很痛快，便走进来坐下了。一种母性的爱意，立刻掠过她的全身，流露在眼里，看到这屋子里的一切，她觉得应该为这孩子做些什么。她站起来，在屋子里走走，没征求同意，就翻看几样东西，如装粮的柜子，碗柜。看到米袋是空的，面食也只有几块干巴馒头，菜呢，只有一小碗，里面剩下几根咸菜丝……心里不由地一阵酸，说：“愁煞我了。”她一时间生出了主意，说，“孩子提着你的小架子车，咱们走。”

孩子也很爽快，没怀疑什么，就按着余彩嫚的意见办了。

在二里地之外的一个超市里，余彩嫚买了大米、挂面、肉、德州扒鸡和几样菜，付了款，让小朋友在小架子车上推了几样，她在袋子里提了一两样。很快回到山屋里，她为孩子做起饭来。午饭她和小朋友一起吃，一个德州扒鸡，一个白菜豆腐粉条肉，吃的米饭。这是大众化的饭，孩子吃得很欢心，她吃得很舒心。她看到孩子脸上有笑意了。

吃饭的时候，他们坐得很近，她看到小朋友细皮白肉的，挺水灵，她很敏感，她纳闷，她觉出这当中有故事。她又不好问别的，余彩嫚年轻时是个有心眼的女性，眼下这“心眼”又复归了。她在去超市的路上已经问了小朋友的姓名及其他，此刻她说：“小柳，我给你洗洗头吧。”

小柳没考虑别的，痛快地说：“好，奶奶，你给我洗头我觉得亲。”

不一刻，烫了热水，洗起来。

小朋友头发很短，但是很黑、很柔，洗头中她发现了小朋友扎了耳眼，是戴耳坠那样的耳眼。她愣了一下，说：“愁煞我了。”

“奶奶你愁什么，我的头难洗吗？”小柳仰起头问奶奶。

“过去愁我自己，现在这愁又加上你了。”

余彩嫚打定主意，要来这里照顾小朋友，决定要弄明白小朋友的底细，也通常称为“隐私”。有时知道“隐私”也是有必要的，她问：“小朋友，你是男孩还是女孩，你怎么有扎耳眼呢?”

此刻，小柳正用毛巾擦头，一听脸红了，她也会长吁短叹了，说：“奶奶，我是女孩，名叫柳梳霞，母亲没去世之前，就常对我进行教育，说社会太复杂，要有自我保护意识，我就女扮男装了，脸常常不洗，有时还故意抹得灰黝黝地，奶奶发现了这个，我就得说实话了，这说明我还没有花木兰的本领。我分析花木兰当年肯定不会是个好看的人，没有女人味的人，不然不会那么长的时间，不被人发现，因为她是生活在群体之中，又是野巴巴的当兵人之中。当然祝英台女扮男装，有可能不被看出，第一环境是读书人的环境，人数也不多，梁山伯又是书呆子，不被看出是完全可能的。”柳梳霞年龄不大，听这分析，倒觉出她的成熟和好思。

“这样好，我决心来和你住在一起，照顾你的起居，那样吧，三间房，我租用你的一间房，中间的房咱俩合用，你要多少钱呢？你开个价吧。”

柳梳霞先是扑哧一笑，之后又哭了，说：“奶奶，你这样说就远了，我真想有位前辈人来指导我、保护我，奶奶既然要成为我的亲人，谈什么房租呢，倒不如你跟我要保护费、指导费呢。不过你要，我确实拿不出。我呀——”说罢又扑哧笑了。此刻，显然，她的情绪是好多了。

“小柳，就这样，你的一切都是原样，特别在打扮上，不要变。”

这刻，山友郓虎蹒跚走进屋内：“余大姐，你叫我好找，原来躲在这里来了，快回去吃饭吧。呀，你原来哪儿也不走，现在走出来了，便到处走了，这地方我还没来过呢。”

“我不是躲在这里，我是随便走到这里了。我发现这孩子需要我的帮助。我想到这里来住，这比老年公寓有意思。”

“比老年公寓有意思，此话怎讲?”

“老年公寓全是老人，唉声叹气者居多，每天早晨一楼西侧那几声嚎叫，经常吓得我发怵。几个服务员虽然年轻，但人家有面上的工作，也不能跟咱多拉谈，加上人家还有‘清规戒律’限制着，只能达到一般的雇客跟业主的关系，很难形成深厚的友谊，所以我的‘愁煞我了’，这么长时间，丝毫未减。”可见余彩嫚是有头脑的，半年的老年公寓生活，让她悟出了这些道理。“山友兄弟，难怪你不住老年公寓，现在我有心搬到这里照顾这个小朋友，你看如何？”

“那很好，你会增加生活的乐趣，责任心就是人生的一种乐趣。”郓虎对人生也有感悟，“我认为大姐搬到这里是再好不过了。”

“好，说搬就搬，走吧，帮我去搬东西吧。”

行李很简单，余彩嫚拿一些，郓虎挟着大彩电，搬来西屋住下了。

余彩嫚有钱，将柳梳霞送到学校，继续学业。日出晚归，梳霞有了奶奶的照看和呵护，也安全了，她慢慢恢复了女生的原貌了。

梳霞很用功，初中毕业，高中毕业，又考上了大学。在大学里学的生命科学，具体专业是有关菌菇方面的，后来当了硕士研究生，后来又是博士生，一直没离开这个专业。

余彩嫚慢慢地不说“愁煞我了”。晚年天上掉下个柳梳霞，天上也给她掉下了责任。她觉得有了责任有了牵挂，是幸福的。眼下她已 89 岁了，身体很硬朗。

文字到此得交代一笔山友郓虎。余彩嫚和郓虎一直是山友，人们都希望他们是黄昏恋，就是柳梳霞也劝过他们，但他和她没向那方面发展，一直是山友，永远是山友。她和他就是以山为友，与山交上了朋友。这感情是崇高的，没流入俗套里去。郓虎活到 81 岁去世。余彩嫚和柳梳霞火化了他，将其骨灰埋葬在他妻子的同穴里，他算是永远的不孤独。

2004 春夏之交，取材

2011 年 2 月 15 日完成初稿

2011 年 2 月 24 日顺成

## 期待的目光

临近新年的前几天晚上，文学院庆祝新年的聚餐在“贵族”餐厅里举行，教职工约五十名，名单都放在餐桌上，对号入座就行了。

常恙也感兴趣来了，他不在校内住，而倒插门住在老伴的家里。一般晚上他是不外出的，怕不安全，视力不行了。女儿说，多外出一次，多一次遇车祸的可能。今夜所以要来，是因为他要表明他还活蹦乱跳地活着，算是报个到吧。其实报什么到啊，有你没有你，人们照常热闹，倒不如说馋了，来打打牙祭好。可的确牙口不行了，赶热闹倒是真实的，来感染一些生命的青春气息。

服务员给常恙斟满一杯开水。

聚餐全过程中，常恙发现这名服务员大部分时间都在他的背后，为他服务，问这问那的。一趔趄，常恙不小心一只筷子摔在地下，正弯腰去找，服务员送来一双新筷子，他说："谢谢。"对方没说什么，只是笑笑，意思是这是应该的。

常恙滴酒不沾，不管啤酒、红酒、白酒、至宝三鞭……他狭隘地认为，酒对人并无利，可"酒专家"、某些"医生"都说少量地饮酒对身体有好处，他从来不信。它会醉人，使人耍酒疯、打老婆、打孩子、骂别人、出事多多，尤其是酒后驾车，伤死无数，犯罪频仍，何况谁听说过有酒鬼长寿的呢？常恙认为酒也有毒，那"醉"就是中毒现象。不过他尚未敢站起来高呼戒酒，他怕得罪酒厂董事长及总裁，以及那些专研究酒文化的所谓学者。

常恙的毛病是临场遐思，外篇溢出，且罢，书归正文。此刻他站起来，戴上围巾，双手合十，向同桌诸君一招呼，就提前离席了。

常恙走出餐厅东门，看到楼梯口靠墙处站着一女生，是在他身后的那位服务员。她没有迎送来宾的任务啊？她搀着常恙的胳臂，常恙说不用搀，此刻似搀未搀地走到楼梯的拐弯处，常恙轻扯了一下胳膊，又说"不用搀"。他从提兜里拿出一本《非梦集》递给了她留念，又问："你叫什么名字，电话号码多少？"那女生立即在小纸上写了，交给了常恙，然后女生小跑似的蹿到餐厅门口原来的站处。常恙转头看时，她眼里充满了期待的目光。"期待的目光"里面藏着很多的语言，难言的期待。两人匆匆招手告别了。



常恙在路灯下看了纸条：欧阳郁琴。心想是个很有味道的名字。

第二天上午常恙觉得这服务员将来会给自己带来一些写作素材，便在备忘录里做了她的存档，并把她的手迹也贴在档案的下方。

总归不是同行，常恙又不住在校内，除有几次托一个研究生给她送去几本书外，彼此并不通任何信息。

2009 年 2 月 10 日（正月十六日），常恙估计她不能上班，因为前些日子在电话里得知，她春节期间当班，过了初八休班，此刻应该正在家里休息。他便想到她家里搞点戏剧性访问。他进了村庄之后，在一条斜道上，打听欧阳郁琴的家，村子大，对这小字辈没有人知道。常恙急忙用手机呼她。她说，她已经不在原来的单位干了，她到一个“卓尔”美容院干了一份工作。常恙笑着说明今天的来意，扩大生活面，认识一下她父母，透露出想帮助她成功的意思。他心想有点戏剧性，虽然很唐突，但在农村，正月间串门是有情有理的。何况自己又不会给她添麻烦，他是“斑鸠不落地，肚子有了食”的那种，到处找文学的东西，为猎取写作素材是不择手段的。

欧阳郁琴没感到突然，只感到遗憾，说你早来一天，或者我晚走一天就好了，就能见面了。她电话里问，常恙老师你在哪个地方？常恙告诉她自己在村东头碾盘跟前。她说：“你在那里等着，我告父亲马上去接你。”

不大一会儿，来了一个高个子成年人，一看便知，拉起手来，他说：“常恙老师，让你来看我，大老远的，实在感谢。”

“我久居城市，太闷得慌，抓住一切机会出来走走，透透空气，认识了欧阳郁琴，早想来看看你了，一直找不到机会，今天觉得合适，不巧，又跟郁琴走了岔头。敢问老弟怎样称呼？”

“欧阳定一呀。”

说着话儿走进了欧阳家门。家里简陋，但很干净，房屋不多，院子不大。院子里有一只狗，老实的狗。常恙记忆他到过不少院落，只要有狗，没有不“汪汪”叫的。这狗不叫不咬，所以是老实的狗，常恙心里很踏实。

欧阳郁琴的母亲走上来搭话，说：“老师是稀客，刚才电话里，郁琴就告诉说你是作家，是平民作家，专爱跟平民交朋友，教授给她的书，都锁在那个柜子里，不让任何人动，别人要借也不借。”她说时指了指旮旯里那个像样的柜子。

好嘛，她有文学细胞，也许她喜欢文学细胞，所以珍爱文学细胞；这跟那书挡不了风，遮不了雨，不能充饥，不能解渴”论者，是有天壤之别了。

郁琴母亲在堂屋正间又接电话，大姐（这是我的习惯，遇到中年妇女喊大姐，又礼貌，又大方，民俗也是这样的）最后一连说两个“照办”。常恙问谁的电话，大姐说：“是郁琴打来的，告诉我要好好招待常老师，常老师是贵人进门，福星高照。”常恙谨慎地得意，地位“提高”了，反而有点赧颜。他觉得女生很会说话。

常恙告诉大姐，不用操办，经常外出，不麻烦人，你吃什么，我吃什么，看她正在和面包饺子，好嘛，吃饺子最方便，而我也只能吃十二个，他指了指做菜的备料，说不要忙活那些了，你忙半天，我也不能吃，又耽误说话儿，我主要听听话，我看重别人讲话，讲什么我都愿听。常恙没说了解社会、研究人生之类，庄户人不懂那一套。

饭后，郁琴的父母都坐在土坑上和他聊天。大姐说，郁琴跟小舅在日本干一年，在威海某单位疗养院干一年，又在你们单位干一年。常恙没问，也不便于问这一年一年都干什么工作。只是说她小小年纪经历是不浅了。

大姐似乎是概括地说：郁琴心太善，对弱势人群有同情心，很容易被打动。只是关于这些没说具体例子。

他问郁琴有男朋友了吗?

大姐说谈过一个，男朋友在村子里开小店。郁琴是个文化水平不高的女孩，不好高骛远，差不多就行了，住家过日子呗，差不多就行。可后来发现那男的吃喝嫖赌抽，没有不干的，最后决定分手了。

“没有孩子，分手不麻烦。”他这样顺口说，分寸不知高低。

大姐没讲是否同居，常恙琢磨她和他在一起住过，不然怎么会了解这些事。他叹了一口气。

常恙说：“她不太顺利，要想好起来，得离开服务行业。”

大姐说：“她当初不爱学习，现在后悔了，决心供弟弟学习，和家里一块供。”

“她什么文化?”

大姐说：“初中文化。”

“文化是低了，要离开服务行业，很难了。不过有办法，得有资金，自己开店。自己开店，自己就是董事长兼经理了，自己说话算数，也便自由自在，赚钱全是自己的。”

大姐皱皱眉头，表示没有资金，说：“现在干的美容院，是她叔姐开的，活太累，挣钱又不多。”

“叔姐开的美容院对叔妹该有些照顾吧。”“不，更狠道。”

这是常恙不大明白的意思，问：“这是近亲啦，怎么狠道法?”

她说：“越亲戚越严格，不然其他几个打工仔，如何管理。”思忖了一阵，又说，“郁琴心太善，狠不下去。”

这后面的话，常恙觉得前不靠山后不接水，很难联系，便不懂什么意思了，又不便问。语境所“逼”，他也说出半拉不囫囵的话：“我看找朋友比找工作难。”接着对老大姐讲了交朋友“只吃味，不吞钩”的理论和不知道何时遇到高人、贵人的见解。

常恙取出相机，为郁琴的父母拍合照，他们很配合。然后把相机交给她母亲，让她给郁琴爸爸和常恙拍合照。这算给人生的经历留个印记吧。

停了些日子，常恙到郁琴打工的美容院去看她。那是个有钱人住的花园小区。大家吃饱喝足之后，钱包里太鼓，就得把钱排解出去。女性的业务多，应酬多，社交多，亲戚朋友多，内部的“装修”（即精神方面）并不重要，重要的是外部“装修”，这是硬件，是门面，第一眼就可以看到，如腿模的细长腿，发模的长披发。有时尚，就跟时尚，故而美甲美容的顾客络绎不绝。欧阳郁琴的叔姐，挣钱挺多。

附近有很出名的大美容院，也有不少小美容院，绿叶红花交错搭配着，在价码上看高低。

美容院大门上，一概张贴着“男士止步”的喷绘大字。

常恙用电话呼她。她穿着工作服匆匆赶出：“常老师你来了，我估计你会来看我，不过我不会有你需要的故事，我是个很平淡的人，也只有平淡的事。”她可能知道他对社会的事情很关心，说这些，免得他失望。

说着她让他进了大门与工作间之间的两平方米的小隔间里，那旮旯里是个收银台，前面有一高凳，周围是一双双女式的鞋，还有一双双拖鞋，放得不整齐，歪七斜八，让人看了，心里不舒服。

“工作忙吧？”这是他最关心的。

“忙啊，一天十三个钟点，早八点就开了门，我是刚来的，要扫地，收拾各种各样的物件，正午一个钟头吃饭，晚上九点关门。”

“中间乏了怎么办，没有顾客，乏了能睡会觉吗？”

“眼前是工作台，可以伸只手臂垫着，头斜在上面休息，累过了，也可能打个盹。”

“每周能休息一天吗？”

“一个月休息两天，生意忙了，还得另行安排。”郁琴越说越结结巴巴了。

太累了，人啊，命运是如此的不同。

“待遇方面，叔姐对你优厚一点吗？”

“一点儿也不优厚，一月八九百元。”

“管一顿午饭吧？”

“不管午饭，只管住，楼上大屋里住几个都能塞进去，不管吃，不过好在可以自已做，外间有锅盆碗筷，有时从家里带点咸菜来。”

在见面之前，常恙想起郁琴母亲那天分别时说的话：“郁琴可苦了，别看她高凌凌的身材，她可没吃过什么好东西。”常恙这次在超市买了一袋蛋糕，一袋小动物造型的小果，一瓶蜂蜜膏送给她，她爽快地接受了。又在工作室最外间谈话。她穿的浅蓝色工作服，新烫的头发，脚指甲也染上了红色，跟旧拖鞋相配也算好看。

“我们相遇了、相识了，你想知道常老师一些什么情况呢，一点、两点、三点？我们相遇相识了就算有缘分，我们就是平等的，你可以随便问我什么事，什么事都可问，我都无保留地告诉你。”

“好，既然这样，常老师，你说我能在这里长期干下去吗？”她没问他的事，而问起有关自己的情况。

“工作太累，工资又低，你不能长期在这里干下去。”

“妈妈说，在这里干找不着对象，谁听说美容院都皱眉头，觉得这里没意思，专伺候小姐、少奶奶、富婆，摸索她们的长脖子、大脚丫子，如果加美身，还得按摩她们的前三件后面板……”

“不过这跟足疗、踩背不一样，纯女性的，没有什么危险。我觉得你初中文化，学历不够，学好任何一门本领都可以发财。这么多日子，你学会了一些手艺吧？心灵手巧，到时候学成全套的，再有资金，自己开个店，自己说话算数，自己当了老板，日子便好过了。你也可以发财的。”

她踌躇一阵子，转头看了看工作室，没有裂缝，一闭嘴，伸一只指头在嘴的前方，这动作一看便明白，是说话要小声，怕隔墙有耳，怕泄密。她告诉过常恙，叔姐是长脸冷面。是呀，现在在她的管辖之下，“长脸冷面”恐怕她有二心。

“我没有钱，家里也没有钱，没有资本，从哪儿发财呀？”

“主要是学好本领，现在社会鼓励民营，有很多优惠政策。”

“我是努力学习，也学会了几样。”

常恙笑起来了，心想也许她真的鼓起勇气，要走这条路，便说：“至于资金，可以多方凑凑，银行可以小额贷款，我还可以筹两万元无息贷款，什么时候还都可，也可以不还。”他是掏心的。

“常老师，你有好心，可是你不怕受骗吗？”

“如果受骗，那是我有可以受骗的地方和条件，我不怕受骗。如果你要骗我，我情愿，我反而认为那是你对我的信任，不是骗我，而是成全了我的祝福。”

她笑了，一只大脚丫子从拖鞋里抽出来，放松放松，我看到踩在拖鞋上的脚指甲全是紫色的，活像五颗摆列整齐的桑椹。

“常老师，你为我操心，到底欣赏我什么？不，倒过去说，你最不欣赏我什么？”

“我最忌讳的是你的虚荣心，如在电话里我问你有男朋友了吗？你总说正在谈，其实你除了第一任男朋友有过交往外，并没很容易就谈上了朋友。你有经验了，很谨慎了，唯恐再犯错误，再说你工作这样忙，每月只休息两天，哪有时间谈朋友呀？你心里怕别人笑话你‘到现在还没有男朋友’，特别在农村，有闲言碎语，扛不了那些老观念。现在生活多样化发展，晚婚晚育是先进观念。再说离婚率之高，叫人害怕，北京三十岁以上没有男友的女生就有八十万。这不算什么，工作易找，异性朋友难求，这里面有大学问，得顺其自然啊。”后面的话，思路有些“三岔口”。

她脸上掠过一片红云，点了点头，红云也跟着点头而动，这表明她同意常老师的分析。

后来常恙请一位中央美院毕业生为他出书画个封面，送来画稿时，常恙请他们夫妇吃饭，想请郁琴来见见面，一起热闹热闹，即“陪客”，结果她因工作忙，没有与席。

又后来常恙带一位研究古代文学的研究生去看她，并请她在五时出来，与他们一同聚餐，结果忙，她未能与席。

后来她来电说她转移工作地点，是美容院的连锁店，可见她的叔姐是有经营头脑的人。这连锁店只有两人工作，是她和她叔妹。没指定谁是店长，经营方针都照总店一样，这地方不像总店位置在有钱的居民区。从早年就是低收入区，但大家总算有较多的钱了，既有钱，就要表现在外面，以便提高“社会地位”，所以对美容院也同样光临。

9 月 23 日上午郁琴来电说，要送点东西给常恙，他愣了一下。他是从来不给别人送东西，也从来没有人给他送东西，他从来也不接受别人送东西。

下午，常恙散着步，不一会就到了郁琴的店里，这里离他住家倒是近了。看到她的叔妹，是没有笑脸的女孩。她可能听叔姐说过跟常恙是怎样认识的，当下又介绍：“这是常老师，原是一个单位的。”她叔妹似懂不懂，看到一个干巴老头子，一愣一愣了，一点头，转身到工作间去了。

她从工作室外面的接待室墙根下，拿出一个大礼盒要给常恙。常恙说：“你别慌，先放着。”他看礼盒上有“中秋节”的字样，又说，“这是送中秋大礼盒？”



“常老师，你送我那么多书，我向你表示表示，买这礼盒，在这个当口，比较合适。”郁琴直白地说。

“别提那几本书了，书是最不值钱之物了，特别是我的书，不值钱，内容多半没有什么喜悦之情，更没有青年人喜欢看的那些情节，也没有武打。有经历的老人也许愿看。沃尔玛超市糕点部的司秤员，那天看到我给本校困难学生在超市里打工者送书，她也要一本，我便送她一本。后来她告诉我，回到娘家，娘家妈快到七十岁了，看到这本书，摘不下眼镜了，她说里面写的，净是她经历过的事，是平民事、平民情，她愿看。”常恙先说了一些自己的认识，又转述老太太的话。

“我可不认为书不值钱，老师送我的那些书，我每本都看了几篇，因为别的事忙，不能全看，我都锁在柜子里，等以后看。”郁琴说到这里，也逗个趣，说，“老师，你看，等我老了，像那个司秤员的娘家妈那样老的时候再看如何？”她笑起来了，从来没看过她这样有趣，笑得有趣。

“你的子女、孙子等看到这些书，问你来由，你怎么解释呢？”常恙想做个鬼脸，但没做成，他扮不像孙猴子，也扮不像猪八戒。

“我的文化低，老师真想教导我，帮我成功，但因为种种原因，我失掉了很多学习的机会。不过老师没嫌弃我，反而很喜欢我，我认识您是福气。可到底很奇怪，人生就是这样奇怪，谁跟谁相见，而且有了友谊，只能用缘分来解释了。”她越说越开通，说，“是不是，老师，如果我早生几十年，或者你晚生几十年，咱俩可能成为一家子，你信吗？”

常恙很感动，这位不大顺利的姑娘，竟说出这样有感情有深意的话来。他发现这时刻他俩已经挪到大门之外了，她的叔妹几次从工作间出来窥探情报。只发现他俩说话很亲切，并没有动手动脚。

常恙要告别了，她要进门取大礼包，常恙止住她，告诉她：“我的身份不同，又加性格有准，从不接受外人送礼。”这道理让郁琴听了，便想通了，又说，“带回家孝敬你的父母吧。”

他顺势从提兜里抽出两本书来，说：“你既然喜欢书，我便又给你带来两本。你看——”他翻出《梦》里第一页上的签字给她看，签的字是：“郁琴　存念。常恙 2009 年 9 月 23 日（农历八月初五）上午接到您的电话很感动，祝工作顺利。”接着他又翻出《岁》的第一页，签字是相同的，只是书内多了一纸，附贴着一张复印的彩色荣誉奖状。

另外常恙还送她两张照片，一张是山东工商学院英语系女生给照的，她是湖北黄冈人。在照片背面写着两行字：“身后是群树，群树后不远是大海。”另一张照片是捧着在颁奖会上请书法家题的词：“无为而无不为。”

常恙赠书，只盖章，不题字。而对她这位基层的女孩，却给予特殊的看重，另外送两张照片，这也是不多有的行动，后来想想这些做法，感情是复杂的。

常恙走出十几步，她送出十几步。他让她止步，她眼里闪着泪花。他说：“回去吧，你叔妹监控你很久了。”

她说：“监控也白费，我比她强，我还有人挂心我。”

常恙说：“我想帮助你成功！”丢下这句话，就大步流星走开了。

总算有一天，她在一月内只有两天休息，如今抽出一天可以和常恙单独谈谈，在电话中她说：“不过上午有外地朋友，她是过去同一餐厅的服务员，来找我，我不能不陪。”

常恙说：“那好，有朋友在，就多一个社交面，就有一个希望在。”

下午他俩约在长途汽车站北门见。常恙递给她一斤方块干饼和一斤丹桂丸子，她收到提包里了。这天秋风见凉，她穿得有点儿单薄。本来如果是一整天，常恙可带她到蓬莱阁或者牟氏庄园，或者起码到养马岛走走。现下时间很短，去不了远处，他问怎么办，到哪去？她也提不出什么地方。

“到南山公园吧，离这里近。”

她同意了。两人坐公交车前往。围着人工湖走了半圈，拍了几张照片，她的头发飞扬着，衣襟也飞扬着。常恙说：“起风了，不巧。”转到一个旮旯里，见一圆的石桌和石凳，他们随意坐下，斜对面对视了一下，仿佛这是人生第一次和一个生拉硬拽的老人坐在一起。

“刚才，老师说不巧，而我说是很巧。”

“你不怕我是人口贩子，专门贩卖妇女儿童。巧，你进入虎口了。”常恙板着脸这样说。

郁琴哧哧笑了，说："我不但不相信你是人口贩子，反而我认为你年少时倒会被别人拐卖。现在，我也能拐卖你。"说罢她摆出两个架势，一看便知她曾练过拳脚，她的架势很有样儿。

"当然我不值你的三拳两脚，我也不是贩子之类，不然不会这么长时间，没被公检法查办。"

人工湖面有初秋的风掠过，泛起微波细澜。湖水不平静了，而他们的心也不心平气和了。他问："刚才你说你也能拐卖我，难道你认为天下能有个傻子买个老太爷家去侍候？"

"我这个傻子不肯拐卖你这个傻子，我把傻子留在家供奉着，像供奉福神一样供奉着，早晚上香，跪拜。"她说着反常地大笑起来。

"可惜你什么都没学到家。又没有文凭，我如何帮你成功？"他立刻拉回话头，现在不是闹笑的时候。

"前途很渺茫，像这湖水一样渺茫——对啦，这南山公园，我上周来过，很巧，今天又来了。"

"又谈朋友了？"

"是呵，他太小气，走了半天，也不问我渴不渴，饿不饿，最有意思的是不问我累不累，直说'交个朋友不容易'。"她忿忿然而又调侃地说，"他是个滴水不漏型。"

"在交朋友市场上"，她是有过经历和阅历了，能分辨出什么人什么型。常恙一边想，一边说，"不能看开始这一次，可能人家看到你这美女，太兴奋了，忘记问你累不累了。"

她放眼看了看远山远树，转过头来说："不是那样简单，他不肯花这零碎小钱，这钱走了是要不回来的，也得不到回报，聪明人是不干这事的。"

此刻，不知道为什么，常恙的思路跑到五十多年前去了。

一个华侨男生，少时不知得了什么病，早早秃了头，看他的头上是很不规律的形态，还处处有不规律的细毛出现，令人看去很不舒服。他一到班上就看好班上最美的女生，所谓班花者。这班花，细高挑，脸型合标准，匀称，老带着桃花的颜色。言语做派很高傲。各路才子均不敢靠近，更不用说无有胆量问津者。班花也自感冷落无趣。那时侨生少，他到系里要求有同学教他普通话，系里管事的知道班花普通话水平高，当时人们觉得她到广播电台当主播都够格，就商量她了，这算系里交给的任务，无法说不干。于是她教他普通话，在周末，他带她参加舞会。这一切他是有目的的，但她却不知情不知意。她对秃子并没有好印象，教普通话只是完成任务，跳舞也只是应付而已。

最后他们成了恋爱关系，再最后便结婚了，成为班中最早的结婚者。

后来侨生对好朋友介绍经验说，女方要什么给她什么，如要手表给她买手表（那时手表没有便宜货）；如要照相机，给她买……下馆子，吃特色菜不值几个钱，出手要大方……这样，如果结婚了，手表、相机都带进来，仍是自家的；如果目的没有达到，对方必会退还手表和相机，即使不还，也留个想头，在某种情况下，也许会成为手中的撒手锏，让她心里存一点禁忌和恐惧，便会有最难忘的影子跟随她。这个侨生实在厉害。

唷，眼前对比郁琴所谈的朋友，却不是这样大方，这样有心计。

常恙又想起她母亲说的：“可苦了这孩子了。”他说：“郁琴，你也不要太节省，该花就得花，比如每顿加点菜金，晌午饭买个荤菜。”他掏出四百元给她，她坚决不要，她怕别人听见，胡猜乱想些什么，说声再见离开了。

九月末的一天，常恙作客欧阳家。这天家里很热闹，他们村有个习惯，在某种农活突击时，有许多帮工来做活，带有互助组的性质。做饭时还有三位帮厨，皆女性。吃饭时来了五位壮汉。

午饭十二个菜，里面包括常恙带去的两条大黄花鱼和两只德州扒鸡。饭后常恙给五个男乡亲和郁琴的父亲拍了照，这张照片照得好，洗了七张，给他们每人一张留念，是由郁琴带给他们的，常恙自留一张留念。他给三位女帮厨也照了，不知为什么没进入镜头，没洗出来，也托郁琴转告，表达歉意。

午饭后，帮工帮厨都走了。大姐跟常恙在炕上拉呱，常恙说起给郁琴四百元钱她不要的事。说这里面没有什么交换的意思，只是怕她太节省，影响了身体的健康。郁琴母亲似有所悟。

托郁琴转送相片的时间是次日的上午，常恙顺便又带给她十根金锣火腿肠。

郁琴，谁给你起的这名字？“郁”可以是郁郁葱葱，也可以是忧郁、悒郁。你的琴，要表达哪种情绪呢？恐怕是后者为主吧。看你每天要工作十三个小时，每月只休息两天，而工资不够千元。想起这些，常恙心里很痛。文化不够，来不及补了。不过，这情况也有不同，鲁西南有位女生只有小学文化程度，由于刻苦努力，当了作家，古体诗词写得尤其好，这是天赋，又写出长篇小说，正准备拍电视连续剧。再有西安市一位女高中毕业生，考进社会科学院，攻读国际关系专业，毕业后考入北师大攻读历史和文化史专业，毕业后又考上人大博士后攻读汉史，重点研究《汉书》。她们不是一般的女性，是女中俊杰也。总之，这要看各人的素质了，有没有远大的志向，有没有一往无前的拼搏精神，再有的是，不期而来的机遇……

郁琴你呢？每天仍泡在十三钟头里，闷在旮旯里发呆，想学点什么，也没有时间。

不过，现在的郁琴是有点儿希望了。半年前，为了达到自己开店的水平，她学习了半年，达到了美容师的水平，办了营业证。不过资金还没筹集好，只得先在叔姐的店里干着。

常老师一直为她操着心，随时掌握她的情况，也把各种进程及时告诉了她。

这天常老师和她相约，她下午就离开了店，到烟台山公园玩到天黑，又到双囍大酒店吃了三个菜，不喝酒，一碗米饭。走出饭店，在海边走了一阵子，累了，在海边的台阶上并肩坐着。

潮水的声音，远船的灯火，偶尔有一两只海鸥掠过头顶，一钩月牙在蓝天上，时有轻云拂过。

“老师，我是你的孩子，孩子累了怎么办？”她的眼里噙着泪。

“累了，好办，回去吧。”

“我不回去，我讨厌那叔姐，那只‘老板狼’，两年时间，把我榨干了。我累了，我要在这里趴一趴。歌曲说‘月亮代表我的心’，我却是

‘我的心代表我的人’。”

常老师将挎包平铺在自己的双腿上让她趴在上面。看她孩子般天真的脸，心里觉出她暂时的幸福。他深感到生活的意义，说：“小朋友，谢谢你的信任。”

这期间，她眯缝着眼，听他讲了这段时间为“事业”谋划的一些情况。

第二天一早郁琴离开了叔姐的大宿舍，常老师在车站等着她。他们到了一个大乡镇，这里由于全国城市化的发展，也有了各行各业的身影。

常恙有一个三十多年前的学生，这学生有一子在医学院医疗门诊专业毕业归来，开办了一个诊所，聘了一个卫校毕业的男生当护士。两人以诚信为诊所之本，医术是好的，服务是好的，又以薄利取得病人及其家属的信任。这且不谈，年前那学生邀常老师去玩，两天的行程中，也看了他儿子开的诊所，发现其右边有一闲屋，是一个大窄通间。凡木匠见到木料，就揣摩这木料可做什么；凡理发师见人之头，就揣摩该做怎样发型合适又好看；凡鞋匠见人先看人的鞋子。常恙由于牵挂郁琴单开店的事，认为此间房一经隔间便可开设小美容店。归来后，他跟郁琴商量了这事，电话联系租了此房，此房优惠出租，月租400元，年租4800元，一次性付款，只收4500元。

常老师和郁琴来到后一次性付了门头房的房租费，又到街上，买了装修材料，装修要求大方、洁净。装修完毕，又把预先买到的美容店使用的工具，一一安置妥当。又聘了两位小姑娘——雅石和董婕来打工，两位小姑娘曾在美容院待过一年，也学了几手。郁琴当了经理，小姑娘以经理称呼她。郁琴止住道：“不用叫我经理，我比你大几岁，你就叫我琴姐吧，或者叫郁姐也行，我们姐妹相称，多么自然、亲切。”

常老师一旁看了心中大喜：有过屈辱经历的人，经常会体贴基层的朋友和下属的伙伴。

郁琴说，每天工作八小时，每周休息一天，如果活忙，两小妹又愿多干，津贴再议。先定下月工资1200元，管吃管住。

雅石到底是小姑娘，说：“郁姐，咱也买挂鞭放放吧。”

郁琴摇了摇头，这一点跟常老师的想法一致。放鞭可以开张，不放也不等于哑巴，不等于预示着将来的关张，低调比高调好。古时的将军，出战时就夸海口，而最后败者居多；运动员口号是拿冠军，可谁都知道冠军只有一个，难呵，不如说重在参与，落榜也光荣。

开门就有客，一个姑娘进来了，看样子是打工仔，要求美甲，姑娘也很闯浪，大咧咧地说，新年前回老家相亲。郁琴讲：“这是喜事，第一位是福星临门，不收费。”

常老师很高兴，他认为这位异姓朋友处处和自己想的一样，一切都以“和”字处理，有“和”必有“顺”，有“顺”必有“兴”。他觉得人生这样好，交上这样的朋友万幸。

常老师要告辞了，郁琴送他，顺着一条小河，听小河水哗啦哗啦流向前方，他听到时间的动静。

郁琴拽着常恙的胳臂，激情地说：“老师有恩于我，是我的大恩人……”她哽咽了。

常恙说：“人老了，抗不住孤独、寂寞、空虚、无聊。我什么也带不走。如果能帮助别人成功，就是幸福。时时通信息，我也会常来看你，有什么困难，就提出来，一块设法解决。”他掏出八百元给她，又说，“这是我给你的压岁钱。”

她笑了，说：“没到过年的时候，就给压岁钱。”

“这是补上年的。”

这次，她没推辞，收下了这个吉利数。他想起上次去欧阳家，临别时跟她母亲讲过关于她拒绝四百元的事，说：“我支援你是真诚的，不是买卖和交换关系，不要傻，不要拒绝真诚。”

她接住钱的时候，说了一句话：“好吧，先存在我这里吧。”可见她母亲是劝过她。她听了母亲的劝，说的这句话很自然，也很得体。

常恙用期待的目光看着她水灵的目光，高兴地说：“好好奔你的前程吧，你会成功的，祝你顺利。”

后来听郁琴的母亲说，她跟隔壁医疗门诊的医生真正交上了朋友，并且年底要结婚。

他故意打电话问她："交上了男朋友没有？"

"交上男朋友了。"

"是真的，是假的？"

"这回是真的。"

## 牛诗人的"牛作"

如今文化大发展，识字的会写诗，不识字的也会写诗，不识几个大字的也能写诗。他（她）不说是"写"，而说是"做"。这颇有味，"写"有点儿自然流淌出来的意思，是真正的诗，是真感情的流露。而"做"呢，便有点儿生生地"捏弄"的意思在内。可见当年选进《诗经》的作品，有的是写出来的，有的也难免是捏弄出来的。恐怕也有编者的强而任性地加工，编者恐怕也有失招的时候。

牛诗人有诗论，认为押韵就是诗，如"吃喝拉撒睡，人人本来会"，又如"喜怒哀乐愁，谁能说没有"，又说"个个都是好演员，须进作秀研究班"。

牛诗人看人人见面讲长寿，急三火四地追求长寿，自己琢磨了些日子，写出几句颇为得意的"诗"来。

**寿长、寿短**

讲解养生的人
指导长寿的人
未必能长寿

不讲养生
不追求长寿的人
未必不长寿

不要把寿短当压力

不要把长寿当高兴
顺其自然长与短

长点多点苦
短点早轻松
人生长短，个人说了不算数

一样的火
一样的“闭”
最后的日子都相同

赶快去做太极恋
免得人生一片空
恋上太极壮壮行

这一首总的是不押韵了。读来读去，虽不押韵，但他十分得意，认为诗确实不该全押韵，为了顺利表达出自己的意思，破韵也可，不押韵也可。韵是形式的问题，内容应放在第一位。他将这篇作品复印三百份，分发给文朋诗友。谈诗的评诗的文朋诗友，对这篇作品评论不一。认为是佳作的有，认为是平庸之作的也有，有的评论，话难免失之刻薄，说它是无味的隔夜茶。

牛诗人生逢盛世，不管东南西北都敢闯。

在这个城市有许多山会、庙会，牛诗人在这个宽容时代，在这个海纳百川的生活里抓住一切机会展示自己，有时参加朗诵会，朗诵完了，又放到展板上了。

牛诗人因为有许多优点，也有许多缺点，在求偶问题上有时积极，有时迟滞，到四十六岁尚未完成个人的大事业。隔一条胡同，有位离婚十年的寡妇向东凤，属羊，据说前夫就被她的羊角顶得抗不了而离婚的。她积极再找伴侣，但都怕她的羊角厉害，而没有敢靠近者。不过她仍过着非常舒坦的日子。

所以如此，主要手头有钱，胡同的“评论家”估计她家动产在六位数以上，另外祖辈留下一幢楼，只吃这楼房租，每月开销花不了。人称她为自由自在的向东风。

向东风看牛诗人的诗，觉得是诗，又觉得不像社会上那些诗，但不管如何他最近名气十分大，也很风光，来访者颇多，内中也有平面传媒、声电传媒的记者采访，可见他位居名人之列了。他社交面杂，学习面也杂，谈吐面也宽泛，人多称他为“杂家”，他地位升格了。好嘛，杂家更为社会看重。

人说因缘事最难研究，最难说明。这不眼前就多一例：向东风主动向牛诗人靠拢，奇怪吧！几个举止，几个眉目，两人闪电结婚了。牛世龙和向东风结婚，传遍城的西半部，都说看名儿本身吧，他和她也够龙凤呈祥了。

向东风跟牛世龙结合后，有说不尽的快乐。民间才子是一块很漂亮的招牌。她的闺密也纷纷祝贺她后福不浅，她听了暗暗自喜。当然牛世龙从她周围扩大了生活面，他看到这之前向东风的落拓与不幸，这通过她养的宠物狗可以看出。

**街心扫描（顺口溜）**

2012 年 8 月 20 日早 8 时 1 刻完成，这是 8 月 17 日下午所见所想，没有幸灾乐祸的意思。

一只流浪狗
躺在车行道
两眼直眯达
看样很疲劳
当年多风光
身穿小夹袄
时髦娘们牵
满街遛逍遥
无心搭理狗
双方都觉老
人生够几何

狗生知多少
娘们有新路
境界又提高
宠物不再宠
失落谁心焦
小狗没有罪
路人下眼瞧
有个老“嘉宾”
心思难猜到
挑出大拇指
硬要狗看到

这一节牛诗人又押韵了，因此也更上口。这首诗看出他有匠心，通过狗来总结向东凤的以往，又高评自己的未来，“娘们寻新路，境界又提高”这当中看到他对自己的评价，认为他已成为导师级人物，能影响别人的人物。不过称向东凤为“娘们”未免过于轻俏，也算他的调皮和“幽默”吧。

## 唐玄荪逸事杂拾

“这后遗症怎么治?”唐玄荪皱着眉头随口说出这样顺口溜。

他这是一种怪病，看不顺眼的人和事，总会来这么一句。他想用三寸加半寸的不烂之舌来改变社会风气。

他已经退休了。之前他曾干过教师，退休后，他自修了心理学和社会学。他认为想要挽救这世界，当从女生开始。前面说这世界，在他看来就是“社会风气”之意。所以从女生开始，因为女生最容易上当受骗，因为她们怜悯心太强，又有虚荣心，又没有主心骨，所以是弱势个体，一上当受骗，受伤害最大，经常达到崩溃的边缘。这他看到过也亲自抢救过。当然，也有个别的，因为家里穷，没有一技之长，而被逼去下流地儿求生活。

女生有怜悯心，因此他这个干巴老头，女生也不嫌弃他，而问他有什么需要帮助的地方。

一搭讪上，他就不会轻易放弃女生，而是通过她们进一步研究心理学、社会学了。

“这后遗症怎么治?”

这次他是到南方一大城市去参加心理学讨论会。火车到站是凌晨两点半以后。出了车站，他放直了拉杆箱放眼看星空，灯树满是亮堂堂的，够大都市的派头。这里是不眠之夜，眼前最热闹的一家肯德基餐厅，人头攒动。这肯德基是二十四小时服务，一天的营业额“老鼻子”多啦。他想如果能总结一下它的发财经验，写出一本小册子来，也可丰富一下经营系统的生意经。

忽然眼前来了一个女性。

“还不到三点钟，站在这里多累，不如找个地方休息休息、按摩按摩、喝喝茶、暖和暖和?”女性开说了，唐玄荪一看她很白皙，近50岁，整个人很丰盈，便推断她年轻时是个很清爽的人。

“我刚下火车，想看看这城市夜景。”这夜景没什么特点，有什么看头呢。他是顺势说话而已。其实他在想，还有三个钟头才天亮，在哪儿待这几个钟头呢，而且要保证百分之百的安全。找钟点房吗?钱花得起，但他想起钟点房里的那些令人毛骨悚然的故事，便不敢去了。转身到候车厅去吧，那里是安全的，可出站便没有理由再进候车厅，便打消了这个想法。难熬啊，眼下不到凌晨三点钟。

“我是老师，不能享受你说的这些。”唐玄荪不算理直气壮地说。

她笑了，说：“怎么老师不能享受呢。你看那些老干部都大大方方地享受。”语气中听出这老师傻的味道，“你们的钱也不少挣，这个也不用很多钱，按摩按摩、喝点茶只要八十元，如果有其他方面的，一百元就行啦。”



这话来的蹊跷，让人怎样分析，前面的要八十，而后面最关键的一项，却只增加二十元，怪哉。如果前面是二十元再增加后面的一项达一百元，倒比较合理。这是一闪念，唐玄荪的思想也略略复杂起来，他如果晋升为老鸨有限公司总裁，他可能这样定价。

近五十岁的女性又说：“走吧，任选。如果简单坐一坐，我还可以给你拉拉价。”大酬宾的语言都出来了。

唐玄荪环顾左右，山不接山，水不连水，山水不搭界地说：“我是老师，跟老干部风马牛不相及。”

“什么风马牛、雨鸡狗，一句话，你太死心眼。”近五十岁的女性冲出奚落之意。唐玄荪看到她的真实用意，因问道：“你做?”

“我不做，有年轻的。”近五十岁的女性说。

噢，这女人是拉皮条的，是中介，俗间叫“老鸨”。她纠合一些年轻女孩，开地下工厂，她赚大头，给女孩小头。她是名副其实的剥削者。

“年轻的都是什么文化，有大学生吗?”唐玄荪到任何地方都要做社会调查，又说，“如果有大学生，五百元都可。”

近五十岁女性对此话很懵懂：怎么干这个还得讲学历，又不是评职称、考公务员和其他企事业总管、店长之类，学历很重要吗? 她说：“没有大学生，多是初中生，没有一技之长。”她没说假话，因为她不知道唐玄荪的用意。

“如果有大学生，我倒可以跟她谈谈。”“唐·吉诃德”的劲头来了，“那样，我可以劝她离开这个环境，不干这个工作，选一个正途，去干点别的营生。我虽然是外省人，隔得很远，不过到她遇到困难时，我仍可帮助她。”唐玄荪慷慨陈词，他沙哑的嗓子表达出无限沧桑之感。他是穷孩子出身，常常记挂着处境不顺利者。

“近五十岁的”说不出什么来，又说了一次找地方休息休息吧，离天亮还有好几个钟头呢。

“不要再劝我了，我是老师，是教育人的人，我经常告诉我的学生和朋友，不干不利于自己、不利于社会的事。不要再劝我了，我不是小气，我有忧患意识。再说你在电脑上还能查到我的名字，我不能因此事而闹得身败名裂啊!”

她看到唐玄荪的心纹丝不动，酸酸（讪讪）地离开了。

唐玄荪站在那里，也没心思再看夜空、再看夜灯，他想怎样修拾这世界、这社会……他自不量力：你这忧患意识也是不值分文的。

不到十分钟时间，匆匆跑来一个小女孩，顶多十八九岁，嘴里叼着烟，走到唐玄荪面前，把嘴里的烟，卡夹在右手食指和中指间，这卡烟架势恐怕就代表了她的职业了。

来得好快呀，她恐怕是刚才那个女人的同伙。唐玄荪想着，真是的，这社会，不到凌晨三点钟，正常状态下正是少女们的休息时间。怎么她却像夜游神一样，游荡在这车站广场上。他想起那近五十岁说的话，“有年轻的”。

“老先生，天这么凉，不找个地方休息休息、暖和暖和、按摩按摩？隔天亮还有三个小时呢。你岁数不少了，累坏了就不好了。”少女开腔了，思想跟刚才那女人的口径是一样的，只是更温情些，脸上的笑也有稚嫩气。

唐玄荪犹豫一下，这“犹豫”其实是在想，这世道怎么了，这一行也泛滥起来了。

少女把唐玄荪的“犹豫”估计错了，认为他是怕人敲诈，说：“价码不贵，只要八十元，如加上别的，一百元便可，当然你还可以少给点，又当然你也可多给点，你知道生活多难。”唐玄荪想起那女人厚脸皮说的“要进行其他运作，就是一百元”的话。少女没好意思说得那样露骨。

“就是你做吗？在哪儿做？”

“就我做，在不远处，我租的房，很安静，很秘密，保证你满意。”少女一摆她烫过的赭色的长发，唐玄荪看到她戴的银色的长耳环。

“我是老师，是教育人的人，不能那样做。再说君子坦荡荡，如果那样我就失掉了我的人品质量。”唐玄荪挺严肃地说出这话，他的声音有些变化，沙哑得很。

少女吸了一口烟，很带架势的，也许她已有三年烟龄了，说：“怎么老师就不行了，你可以不做别的事，人品质量不受影响，在这里三个小时多难过。嫌贵的话，只给我五十也行，够一天的饭钱就行了，你看揽个生意有多难。”

“小姑娘，你什么文化?”

“我初中毕业，没有一技之长，家里有病人，出来干这个，也是不得已。”

交谈中，不时地有人在远处，影影绰绰地穿过。他们不怀疑唐玄荪老家伙是拐卖儿童妇女的嫌犯，即使是拐卖之类，没有呐喊，也无人管此等闲事。呀，又冷又更冷的社会人生。

“跟我走吧，别犟了。”

“别犟了。”这是什么话，是哄小孩吗？唐玄荪这样想，想着想着他忍不住了，说：“小姑娘，你要整得我身败名裂吗？啊呀，我是在电脑上可以查出名字也可以看到样子的人。”

“走吧，不干别的，就是休息，不干别的。”小女孩不算吞吐地又重复这些话。

唐玄荪抠搜出五十元，递给小姑娘，说：“你家里有病人，挺值得同情的，我外出没有很多钱，只能支援你这一点。”

小姑娘没接钱，丢下一句话：“我没对你做任何的服务，你又是个老者，我不能收你的钱。”说罢她踉踉跄跄地快步走开了。

真是仁义的花灯区。

唐玄荪心怀不明地想着，很后悔似的，也不知后悔什么，他觉得今天又办错了一件事。踌躇间，又走过一个人来，高爽的个子，大大的眼，玉石色脸，阴云密布，穿件棕绿色外套，戴白色的围巾，咖啡色的手提包挎在肩头，整个是位很协调的女性。意念中这是位刚上阵的中学教师。

有意思，唐玄荪感到危险：在异乡遇到了车轮战。

她站在唐玄荪面前，有为难之色。唐玄荪很迷惑，怎么一位中学教师这时出来干什么，大半是等车外出的。

“我猜你是位教授，而且肯定是一位退休教授，不是本地人，是来旅游的。”她说话了，声音很好听，但细品起来，声音中带着轻度的沙哑味道，仿佛有过几次长时间的哭泣而使嗓子变涩了。

这时两人靠得很近，他看清她，年纪二十三四岁，又一次看到她玉石般脸上有了憔悴的颜色，两眼也有了深深的鱼尾纹。他想她的生活，不可能是顺利的。诸多的坎坷，挂在她的脸上。他生出许多的怜悯，这怜悯多半因为她的憔悴之美，说不上是因为她坎坷，因为对于她，他还不知道什么。他说："姑娘，你猜对了，但不是满分，我不是来旅游的，我是来开会的。"

"呵，开会，这么大岁数还开会，开什么会？"

"来开颁奖会。"

"呵，你多好呀，我永远也不会有你这样的黄金时代了。"她用了个"黄金时代"，仿佛是词不达意。

"你是等车，到哪里去呢？"

她沉默了一阵，说："我是来找人的。找我的父亲，他已出走好几天了。"

这立刻引起唐玄荪的疑问：找父亲，出走的父亲，父亲已经出走好几天了？这当中有些什么事故，有些什么故事？

唐玄荪邀她到车站附近一个二十四小时开业的肯德基餐厅，坐下谈谈。找了一处僻静地方，他将拉杆箱放在旮旯里，转头问她："你吃过晚饭了吗？"

"有心事，吃不下饭。"

他想不吃饭是会将身体搞坏的，便要了两份饮料，每人一份，又给她要了一份鸡腿和薯条。

她谢谢他的好意，并大大方方吃起来。他俩坐的是高脚凳，身躯成四十五度角。

她介绍自己：我名叫吕晶池，今年二十四岁，去年大学毕业，学的是社会学专业，但是毕业后找不着工作。我是独生女，供我上大学的是父亲和母亲。可他们都不幸，与其说他们不幸，不如说我不幸，终归是我的不幸。我的家原来住在农村，没有什么家底，也没有"社会贤达"的亲朋。上学学费都是东借西凑的。母亲到大城市去收破烂，卖破烂，二十块钱买了辆破独轮车，推着车穿过东里西弄，吆喝着。有时挣钱多点，有时挣钱不多。省吃俭用，和别人住在一间破房子里，每天只交两块房费。我父亲在家种一亩半地，收获的菜有时背到几十里外的火车站，打票到大城市卖，为的是赚零花钱。同时还攒点钱，每逢春节团聚，他也给我零用钱。这样平平常常地过了三年，一直到我四年级的那个春节。母亲带着买卖破烂赚的一万多元坐火车回家，车上被扒手窃去了钱。她哭天哭地，回到了家，全家都不安生了。一万多元是命根子，是下一年的“大账本”，也有我的希望。母亲说：“人生下来就是为来受苦的，瞎忙活了一年。”

唐玄荪听到这里，说：“我打断你一句话。你妈妈的体悟，我曾听别人说过，我从去年开始也屡屡有此种想法，但过后仍回老道，还认为‘奋斗着是幸福的’，我认为你的前方是光亮的，不要灰心，不要丧气，奋斗不需要钱买，它只要求你有勇气，要求你有毅力，要求你有智慧，要求你有个性化的信仰。这是我奉劝你的话，作为邂逅的朋友，请你千万记住。”他是兴奋型的人，在一种语境里，就想以自己的心得，去感染别人。

“我有幸跟老师相遇。”吕晶池的脸上绽出淡淡的笑，但一煞儿收敛回去了。

“母亲一年白忙活了，精神一直在恍惚之中，达到俗话说的魂不附体的那种。过完正月初十，她又出发了，在路上遇上了车祸，经勘查，责任纯属自己。大车主还属仁义之人，通过有关部门，给我家五千元，作为殡葬钱，火化母亲的尸体，骨灰埋进老坟的一角。”她又呻吟地说了这一些。

唐玄荪立即想起她在找人的话，觉得她家的故事并没讲完，他露出期待的目光。

“最可悲的，是现实。我的父亲是有点传统文化的，由于家庭出身不好耽误了许多机缘。摆弄一亩半地，抽闲学习书法、绘画，寄托精神。但是由于一生不顺利，精神不够健康，而且十分脆弱。母亲的遭遇，让他失掉了方向，一股忧郁钻上了双眼，他双眼失明了，看不到世界，看不到社会，看不到自己，也看不到我了。”她哽咽了，又吞吐着说，“更让我为难的是，从几天前起，他失踪了，走失了，一个盲人，走失了，这让我失掉了魂。”

唐玄荪是个感情脆弱的人，心里歪倒了五味瓶，酸涩的主色泛到脸上。

“老师相信我的话吗？不认为我是骗子？现在骗子太多，可我不是骗子。”吕晶池严肃地说。

在二十几年前一天下午，他正散步，路过离长途汽车站不远的岔路口的人行道上，忽然有一衣衫褴褛的高个壮年人，向他跪下了，乞讨钱币。而他这天并不知会遇到这种情况，没带钱，一个子儿没带。乞讨人说给一块吧，没有，又说“给五毛钱也行”。唐玄荪一个子儿没带，尴尬极了，没法解释，摆了摆手，过去了。那跪下的人，呸了一声，说：“他妈的。”唐玄荪听见了，无心反骂他，也不敢反骂他，这明明是一把刀，他害怕，又直觉得对不起。其后第二天同一个时间，第三天同一个时间，他到遇“跪”的地方，他带着钱，想再碰到那个“跪”者，给他钱，不仅给五毛、给一元，而是多几十倍，成百倍。可遗憾的是，没再碰到他。后来在几位老朋友聚会中，他谈起此事。一位朋友说那是骗子，另一位有阅历的朋友说：“宁信其真，不看为假。”唐玄荪是相信后者的。不然那样大冷天，又衣衫褴褛，能为五毛钱而跪吗？

此刻，唐玄荪正经地说：“你不是骗子，你是正经的人，真实的人，真诚的人。”

“老师，当然你是好心人，天时这般了，我在此附近租住个小屋，你可以到我那里休息休息，不收你的费。”

唔，这引起唐玄荪的警惕，仿佛她的话与前两位有所连接之处，心想，难道她是她们的同伙，听说我要跟大学生谈话，并可有点公益的行动，特意派了这位看似大学生的人来？他灵机一动，忙说：“您需要我的力量的帮助吗？您可以说，我会帮助您，我出来开会，没带很多，所以只是小量的。不过，如果我们交往好了，我在远处照样可以支援您。”

“我不需要老师的支援，我会奋斗，奋斗下去。”她说这话语气是有力的。

“好吧，天蒙蒙亮了，我该去开会了，多保重，希望您能找到父亲，找回剩下的幸福，再见。”



三天会开完了。唐玄荪本想顺便到浙江的两个地方看看，只因日本福岛地震、海啸、核爆炸，觉得世界很不安全，恐怖主义随时可能发生。恐怖主义面是很大的，有社会的也有自然的，有人为的，也有非人为的。生活里有太多的未知数，他改变了计划，早归故里吧。

早已订好了票，是过路车。时间又是后半夜。唐玄荪到了车站肯德基餐厅，坐在几天前那个位子上。下午两点就见了好几拨大学生，有男生女生一起的，有两个男生一起的，或者两个女生一起的。唐玄荪都跟他们（她们）谈过，这也是了解社会嘛。下午四时以后，肯德基到了最忙碌的时候，所谓用餐高峰期。像唐玄荪在这里等车的人，或者闲聊的人，不在少数。肯德基点餐台前是人山人海，排了几行很长的队，大门外不断拥来食客，真好的买卖。唐玄荪看过许多肯德基的餐厅，都没有这里热闹、发财，他不断地感叹。忽听餐厅广播开始了：

"亲爱的顾客朋友们，你们好，欢迎您光临肯德基火车站餐厅就餐。只是现在已是就餐的高峰期，希望顾客们用餐完毕，即离开餐厅，不要坐着聊天、看报、看书、学习、交友、等车。以方便新来的顾客有地方就餐。谢谢您的谅解和支持，欢迎您再来，欢迎您常来，更多地希望您避开高峰期，再一次感谢您的谅解和支持。"

当然这广播起了作用，有些食客加快了"吃速"，有的看书、看报、聊天、交友、等车的，或者其他类型的只坐而不饮不食的清客，也悄然离开了餐厅。

不过餐厅广播并没停止，接着是滚动播放上面的台词，那是已经录好音的，内容一样、音色音质也一样。

唐玄荪也翻动了一个思潮，觉得应该离开，但一看旁边的大拉杆箱，他没有动。说因为拉杆箱，纯粹是假理由，他是想坐在这儿能再遇到吕晶池，从而知道一些新信息，老实讲从三天前那次邂逅，他已经牵挂她了。

当唐玄荪拉着拉杆箱一进餐厅时，大门口那个保安就看见他了，自然地点头招手。当广播响起时，保安曾经过唐玄荪的面前，他没赶他走，说服他走。保安一站，他们便点头招手。唐玄荪自然地流出一句话："这里的生意真好，真发财，我要学习它的经验，回到故乡，开个连锁店，也挣点钱。"保安没当心听他的话，蹒跚地走开了。

过了夜里十点，也没看到吕晶池，唐玄苏离开了肯德基火车站餐厅，走时想跟保安打个招呼，但没找到他，恐怕他下班了。

唐玄苏上了二层楼的二号候车厅，据说这个候车厅专门照顾老人和妇女儿童的，让他们早点进站台。厅很大，一排排，南北向，排排东西向的不锈钢（他也不知道是什么材质的，只是这样认为）的连椅。候车的人疏疏落落，天挺冷。唐玄苏不时站起，在连椅之间的空档处走动。活动活动腿，抻巴抻巴胳臂，也观察周围的一切。他发现有四五个刺儿头小青年，二十多分钟就要到这候车厅走上一圈，他觉得这是一帮子无业的混混，专门来观察“地形”“地貌”“人情”“人脉”的，是不好惹的居心叵测的一群。他提高了警惕，不断转换他的位置。

他发现负责这个候车厅的女服务员，倚坐在离放行口不远的连椅头上，抱着手提扩音器，在那里闭目养神。有时屏幕上出现字幕，告示哪次车放行，她便站起走动，招呼该上车的人行动。

这女服务员四十多岁，很大方开朗，唐玄苏一搭讪，她就接茬了。他说明了自己的去处，并表达了焦急和怕误车的心情，请她多关照。她看他是个老人，劝他勿急，可以百分之百地放心，一定按时通知他上车。

夜里长时间等车，是练习耐性的大课堂。

天挺冷，女服务员到一个去处，穿上了铁路职工的半大外套，暖和多了。她又经常在连椅间游弋。

她发现在两个连椅的接头处，躺着一个人，脸朝里，头下枕着一个小白包，一根长竹竿揣压在怀里。她过去拍一拍躺着的人的肩膀，大声说：“起来，到哪里去的？”

躺着的人，没有吭声。

唐玄苏也赶来瞧。

女服务员用手敲躺着的人的后背，喊道：“起来，这里不能睡觉。不能在这里睡觉，快走！”她命令躺着的人了。

躺着的人哼哼唧唧坐了起来，慢慢地站了起来，一手摸索着拿起小白包，一手拄着竹竿，触触点点地向北走去，他可能知道哪里是下楼的台阶。

“呀!”唐玄荪说，“他是盲人，他是无家可归的盲人。”

车站女服务员也发觉他是盲人了，听了唐玄荪的话，有点难为情的样子。

唐玄荪赶过去，搀着盲人，使他触触点点的竹竿子有了凭靠。那盲人高高的个子，反正比自己高，唐玄荪这样感到。他跟盲人说话，盲人也不回应。

刚走下五六个台阶，只看下边急三火四地蹿上一个人来，喊道：“爸，你要我好找啊。你这几天都到哪里去了?”

这来人是吕晶池，唐玄荪看清了她，她也看清了唐玄荪。

广播里响起了一个车次放行的信息，这是唐玄荪回故乡的车。

唐玄荪跟吕晶池说声再见，对方也说再见，都招了招手。

唐玄荪看吕晶池扶着父亲向外走去。远去的，是一双暗淡的影子。

上车后，唐玄荪想起这两次与吕晶池见面，有个缺失，忘记问吕晶池的住址及电话号码了。

当他牵挂起吕晶池及她盲人父亲的时候，他的心就痛了。

# 第四辑　长篇小说

凭眺渔姑口

# 内容简介

小说以太平洋战争爆发以后的时段为主，讲述了国共地方武装协作抗日直到胜利的故事。其特点是有枪声、炮声，但是不以枪声、炮声为主，而以另外的诸多故事情节，反映取得战争胜利的曲折复杂。

举人物关系为例：共产党金牛县武工队队长牛虎，少时是一孤儿，曾在国民党金牛县挺进军司令杨振方家当放羊倌。杨振方之妹杨峻莲在燕京大学上学时，他曾护送她入学，放假时，他接她回家。一个假期，在山神庙会上，她被地痞即将强奸时，牛虎一鞭子打在地痞的手腕上，地痞见来势凶猛而退却，杨峻莲被救。杨峻莲很看好牛虎的侠肝义胆，决心培养他，准备将来送他到大城市读书，在庙会上，她买到石板鱼两只，将一只送给牛虎留念。岁月蹉跎，后来，牛虎成为八路军武工队队长，是文武双全的人物。杨峻莲后来成为国民党军金牛地区挺进军中校参谋长，带领一团人众，驻守渔姑口。她一直念念不忘牛虎，想把他揽到自己的身边，作为贴心人提用，当然这是不可能的了。不过作为友军，他和她互相挂念着，在一致的目标推动下，互相配合得很好。

日本治安军司令山本征太郎的家乡是鹿儿岛，在中学时代他就看好邻家的中国姑娘贺蕊。贺蕊的老辈在那里开了一个饭馆，常有中国人在此聚会，斥责日本军国主义侵略中国，烧、杀、抢、掠、奸，无恶不作。山本偷听过这些言论，出于敌性本能，他一把火将饭馆烧掉。贺家父母先后去世，贺蕊无法度日，沦为羞女，为山本所占有。山本入伍，随海军陆战队开入中国，官运亨通，直被提升为大佐。几经周折，他将贺蕊调到金牛县，成为他的私密情人。山本在审问共产党金牛县武委会主任沈云时，因沈云铮铮铁骨而抠不出中共的底细，最后使用美人计，让贺蕊去陪沈云。贺蕊受过迫害，经历苦难，仍未失掉一颗中国心。她不但未为山本去掏沈云的情报，反而被沈云的民族大义所打动，继而为八路军工作了。

苏北名门谢氏有三兄弟，老大谢星天，老二谢星地，老三谢星人。谢星天化名白崑，潜伏在伪军部队里，担任国民党军金牛山挺进军司令。老三谢星人化名白仑。而谢星地，早年跟人到日本学习，大和民族的血液注进他的灵魂，他做了天皇的忠诚顺民，化名范一生，侵入中国，成了特工中的特工，作恶多端，不可救药。谢星地被逮捕后，国共双方公审他，放他在场院上的小屋里反省，他服了窗台上的土式农药，又剖腹自杀。谢星地生前是樱花山原子的丈夫，后又猎获樱花山原子之妹樱花水原子为情人。樱花水原子被俘后，参加了反战联盟，成为八路军的统战对象。在日本天皇裕仁宣布无条件投降的时候，敌伪军狼狈逃窜。樱花水原子被裹挟进一只大帆船回归日本。行进间，渤海湾起了大风暴，她指挥大帆船，靠拢一岛，幸免于难。有一光棍渔民，看她可怜，领回家中，供给吃住，成为夫妻，生了两男一女。和平时期，她回归故土。

举此几端为例，可见作品描绘的是非常纷繁复杂的社会历史画面。而这一切形态、色彩、声音集中演绎在金牛山、棋盘岭、贺家楼、金牛县城、马蹄港、渔姑口一带。你中有我，我中有你；敌中有我，我中有敌。特工的戏在作品中很热闹。

大格局、大形势，决定了小格局、小形势。1944 年，苏军已将德国法西斯完全驱逐出国境。在中国战场上，日本侵略军只剩下不到六十万人，伪军也只有八十多万人，而且士气大衰。在金牛山地区，日伪军被迫压进贺家楼到马蹄港一线，有形而实虚，苟延残喘，被八路军和挺进军分头消灭。

书名《凭眺渔姑口》，很有诗情画意，这是由杨峻莲和黎伯山的故事造成的意境。

# 序　一

## 我最恨日本鬼子

我最恨日本鬼子。这指的是日本侵略者、日本军国主义，不用说包括神社内的甲级战犯和其他的乙级战犯、丙级战犯、丁级战犯，以及其他烧杀抢掠奸中国人的诸多刽子手，特别是那些进行细菌战的畜生们……

抗日战争的第三年，一天早晨我背书包上学，走到日本人住家门口。忽然门开了，一条狼狗蹿了出来，扑我。我跑，它赶。我急中生智，摘下书包，抡开了，狼狗一扑一退。我抡书包发出各种各样的声音。我边抡边退，退出扑击圈。一个日本人龇着狼狗似的牙笑着。我怕狼狗及其主人。直到今天我恨狼狗及其主人，从未麻木而丧失警惕。

日本鬼子的狼狗吓破了我的胆，日本鬼子吓破了我童年的胆。童年时我怕、我恨日本鬼子及其狼狗，到今天我最恨的是日本鬼子。我从未对它丧失警惕。

然而，军国主义的徒子徒孙们却不想承认他们铁蹄践踏中国土地的这段历史，想歪曲这段历史、篡改这段历史，想赖账，可能吗？血染的土地答应吗？遭受过蹂躏的人民答应吗？如果你是聪明的，下跪请求恕罪吧。

到今天，中国土地上还遗留着日本侵略者的各种各样的炸弹、毒气弹，还时不时地给中国人造成血泊、残废和死亡。每想及此，我对日本鬼子就恶心，我想起大麻苍蝇、大肚蚊子、到处乱钻的老鼠，我像恶心苍蝇、蚊子、老鼠一样恶心那些不讲理的日本鬼子。

“巨龙，巨龙，擦亮你的眼。”

“巨龙，巨龙，永远擦亮你的眼。”

# 序　二

## 童年的歌谣

我们那几条胡同里，有七八个十一二岁的穷孩子，在那不平的世道里，童稚的心田内天赐般地生出了正义感。这当中我小学毕业了，算是文化最高的了。我除了活泼、调皮外，人们夸我多了点“天分”。那“天分”实际就是今天说的“才华”。我的“才华”表现在能够缘景随物，琢磨推敲出几句歌谣来。

我家不远处，有一个细高挑、满身瘦巴、整日叼着烟的娘们，她一站在门口，像衣裳架子，人给诨号“衣裳架子”。人们猜她家里是黄赌毒的集散地。本来这与我们孩子无关。可有一条，让人们不顺眼、不舒心：就是她与一个伪军中队长相姘。那个中队长长着一大堆胡子，长胡子飘在胸前，吞云吐雾似的，一出现在胡同里，让人感到比“镇关西”“蒋门神”还来路不善。的确，他借日本大砍刀之势，到处找茬儿勒索，横行乡里，欺压百姓，多有送小篓者。大人们恨在心里，但敢怒而不敢言。孩子们不知道天多高地多厚，给中队长起个外号叫“胡子匪”。

我费了脑筋给“衣裳架”和“胡子匪”编了个歌谣，念给小伙伴们听，都笑了，说很有意思。那一天我们正在草市上捡拾驴、骡、马粪，扫地上的草节、干草，看到“胡子匪”挎着日本刀，别着盒子炮，大摇大摆地穿过草市向“衣裳架”那儿走去。看他那个势力样子，我们憋不住一腔怒火，低着头装着没有看见他，高声吆喝道：“大胡子，喝酒醉；衣裳架，扎吗啡；胡子挂在衣架上，衣架搂着胡子睡。”这一吆喝被大胡子听见了，他咬牙切齿，又不好当众说什么，匆匆走进“衣裳架”的家里。这一次，我们精神胜利了，一齐拍起手来，高兴得不得了。

过了些日子，我的哥哥为躲日本法西斯拔兵，从东北逃归故里。入城时已是傍晚，家里人到坊公所去报户口，坊公所下班了。不料，这晚上忽然查户口，领头的是那大胡子中队长，把我家所有的人都叫到院子里排好，挨个点问。问到我哥怎么没有户口，家里人说明没报上户口的原因后，大胡子听了，狠狠地说：“把这人带走！”我憋不住了，搭腔道：“明天补报还不行？”声音并不冲。

大胡子早看清是我，怒气冲冲地吼道：“有你的，小兔崽子，在这里等着呢。”说着，便用大皮靴冷不丁从后边踢我腿腕，踢得我一下子跪下了。我立即爬起来，他不肯罢休，从北墙根把我一脚一脚踢到南墙根，一皮靴一跟头。又命令大兵将我带走。我父亲吓蒙了，不知怎样好了，便给大胡子跪下了，哀告道：“队长，他是个不懂事的孩子，饶了他吧，将我带走吧。”父亲代替我被带走了。我父亲为了“救救孩子”而跪、而被带走，此恩我一生难忘。后来我读到鲁迅先生那深情的“救救孩子”的呼喊，联想就比别人多。

半夜，家里人埋怨我小小年纪不该说话。我说我的话不伤筋不动骨，为什么竟惹得大胡子如此恼怒，用皮靴残酷地惩罚我。寻思半天猛省了，我对家人说出在草市带头唱歌谣的事：“大胡子，喝酒醉；衣裳架，扎吗啡；胡子挂在衣架上，衣架搂着胡子睡。”家里人于是恍然大悟了，歌谣得罪了大胡子，他恨在心里，伺机报复，这次查户口也许正是他精心策划而借机报复的具体行动。

第二天，家人托门路送上两块大头洋，父亲才得以放回。

# 第一章

## 1

春风绿遍了墨水河畔广大的原野。河边的柳树吐出米粒大的金芽芽了。

在墨水河的西侧，有金牛山和棋盘岭，郁郁葱葱的，深邃不可测。

“咩咩咩”，一群羊从山地上滚雪球似的走下来。在羊群后面走着一个二十二岁的青年人。他四方大脸，浓眉大眼，嘴角上挂着那种久经生活折磨而始终对未来充满信心的表情，对襟夹袄上面的两个扣敞开着，袒露着古铜色的胸脯。他的名字叫牛虎。

牛虎甩了一下羊鞭。羊群簇拥到墨水河边，涉着水到河中间饮水。春天的墨水河，水浅清澈见底。牛虎看羊得意地饮水，便走到小桥中间，看流水，看羊群，羊的影子映在水里，仿佛是天上的朵朵白云。

这时，顺着金牛山小路走下一位姑娘。她背着一小捆干柴，沿着墨水河边的草芽小路，往五道岗村走去。

“站住!”这一声振动着远山近水，把那姑娘吓了一跳。牛虎也很吃惊，忙抬头看。

那姑娘没有理那声音，照直走。背着猎枪，骑着高头大马的一个人赶到姑娘的前面，挡住了她的去路。在她身旁转悠着一只猎狗，卷着长长的舌头。那人翻身下马，山羊胡撅撅着，脸不是脸，鼻子不是鼻子，用鞭子指着那姑娘问：“耳朵塞进驴毛了吗?怎么叫你站住，你偏走。”说着把柴捆拽到地上。

姑娘愤怒地瞪着他，弯着腰提着绳头要背柴。山羊胡一只脚踏在柴火上，忿忿地问：“他妈的，你为什么乱砍柴火?”

姑娘理直气壮地说：“拾的!”

山羊胡用马鞭一指又说：“拾的，能有这样大的柴火?”

姑娘一拍双手，说："我没带家把什怎么砍哪！"

"用手砍，"山羊胡翻了一下白眼，想起了这个理由，又加重了这句话，"用手撅，比斧头还快。"

姑娘听了他这无理的寻衅，把落下来的一缕头发，轻轻抹上去，说："先生，你是有文墨的人，怎么能编出这样的理呀。"

"家有家法，山有山规。你问这山上哪根草刺不姓贺？哪个人不知道？还用编吗？"

"你这是仗势欺人！你伤天害理。"

山羊胡把山羊胡撅得更高了，说："你不服，小死闺女。"抡鞭朝她抽去。

姑娘喊："为什么打人？"顺手夺下鞭子，一下子扔进墨水河的一个水湾里，打了一个漩涡鞭子就沉没了。

"你好大胆，竟敢太岁头上动土。"山羊胡一摆手，猎狗扑上姑娘，撕拽着。姑娘一边抵挡着一边哭叫着。

山羊胡看到这一切，心满意足，竟捧腹大笑起来。

站在桥上的牛虎看在眼里，听在耳里，怒火不由地在胸膛里烧起来。出于同情心，他快步跑去，踢开了正在撕拽着姑娘的狗。那狗跑得远远的，蹲坐下，竖着两只耳朵，直勾勾两眼观望着，瞅了瞅它的主人，狗仗势欺人，"汪汪汪"叫着，又跑回来冲向姑娘。

"曲曲，曲曲。"山羊胡还用惯用的声音挑动狗。

牛虎听了，心想："真是狗仗人势，人助狗威，眼下不救这姑娘，她就有被狗咬伤的危险，见死不救缺德少教啊！"冷不防，他去夺山羊胡的猎枪，因为用力过猛，枪带子"巴艮"断了。牛虎退远几步看看枪膛内正好有火药，端着枪瞄准越扑越猛的猎狗，只听见一声枪响，猎狗歪七扭八地倒在墨水河畔的水汪里。

那一旁，山羊胡抚摸着脖子上被夺枪时勒肿的痛处，涎水都滴到胸脯上了。嘴里不住地哼着"哎哟"。

这时一看狗被打死，不觉小眼一逗，鼻子一蹙，粗声大气地嚷道："牛虎，好小子，你这下次赖的猎户崽子，竟敢多管闲事。"

牛虎钉子步站着，急忙地顶上一句：“你为什么欺负人？”

山羊胡看牛虎站在眼前，像那宝塔似的有力，没有半点软和气，心想动硬的不行了。一龇牙，冷笑着说：“咱们井水不犯河水，你放你的羊，我打我的猎，来，把枪给我。别伤了乡里乡亲的和气。”

牛虎一听他要枪，反倒稳住了，掂量着枪又横看竖看，心想反正弄成这样子了，一不做二不休，看他还能要出什么招。故意气他，没有交枪。

山羊胡刚才说的那段软和话，本非真心实意，是将狠巴巴的情绪像灰培火炭一样，压在里头，这时看牛虎要弄他，一下子火冒三丈，骂道：“他妈的，混蛋，你不认识你二爷爷啦。”

“贺家栋。”牛虎呼出他的名字，过去这名字除了贺家栋的父母和哥哥可以叫之外，一般人都称呼他二先生，今天牛虎不管三七二十一破口而出了，“贺家栋，剥了皮，认识你的骨头，十里八乡谁不知道你这贺剥皮。”

“咩咩咩。”贺家栋的大马过河，引起群羊惊恐的叫声。牛虎转过身看羊。这时贺家栋趁他不防，上去就夺他手中枪。哪知牛虎将身子一闪，飞起一脚，把他踢进墨水河里。

贺家栋在河里仰歪八叉，全身上下湿淋淋的，仿佛是一只落水狗，好歹爬了起来，筛糠似的颤抖，忽东忽西地撒眸，还不住地转过头对牛虎嚷道：“走着瞧，走着瞧。”

牛虎看着他那“瘦驴拉硬屎”的穷架势，又听到他嘟囔着“走着瞧”，又好笑又好气，便把枪在膝盖上撅两折，朝他身后的河水打去，“嘭”“嘭”，溅起两圈水花。

贺家栋颤悠悠地蹚过河。早已过了河的大马，嗅了嗅他湿漉漉的头，蹄子捣了捣沙滩，仿佛不耐烦的样子。他好歹爬上了马，向贺家楼奔去。

牛虎怒视着他的背影，隐在树林后面，转头对姑娘说：“咱这地方一到春天就缺烧的，你拾了点柴啊。”

姑娘听问忙答道：“妈妈病了，想喝碗开水，可家里连棵草刺都没有……”

牛虎把柴捆发给姑娘背好了，像嘱咐又像安慰地说：“快走吧，快给妈妈烧碗水喝。”

姑娘向牛虎投上感激的目光，背着柴火向五道岗走去。

牛虎看着她走远，准备赶着羊回杨家楼。刚走上桥，忽听有咳嗽的声音，站住脚寻声望去，原来不远处一棵树后，有两个人坐在大石头上休息。他们杂工打扮，一个约有四十年纪，一个十八九岁。眼前放着一副担子，装着箩圈、箩底、簸箕舌头、劈条子和各种扎箍簸箕修理箩的工具以及小铺盖卷。他们微笑着，深情地看着牛虎。

牛虎急步过了桥，一抡羊鞭。“咩咩咩”，羊群像滚雪球似的向杨家楼走去。这时两个杂工站起身，抖抖身上土，那年轻杂工挑起担子，背着夕阳的余晖随着牛虎走进村子。

## 2

夜幕笼罩着杨家楼。杨家楼村南头，有一座庄院，在庄院东南角，耸立着一座钟楼，钟楼的四壁有耶稣钉在十字架上的雕塑。因此叫人感到这庄院封建色彩之中，又带了点洋气。这里是国民党金兰县挺进军司令杨振方的住宅。在庄院围墙之外，有个大羊棚，羊棚外靠着水井的地方有一间草屋，在这间草屋里就住着杨振方的羊倌牛虎。

牛虎的父亲叫牛天臣，是这一带有名的猎户。青年时期，他给杨振方看树岚子，在一个山坡上盖了两间草屋。在不远处的另一山坡上，住着另一家三口，老伴俩外加一个黄花姑娘。老两口有个病病灾灾，牛天臣免不了走过去帮三帮四。老两口看他忠厚老实，是巴巴实实可靠人，就把姑娘嫁给了他。这老汉是远近闻名的猎人，有杆心爱的猎枪。老汉教牛天臣学会打猎。那时牛天臣的儿子牛虎，已经十五岁了，长成高个子，铁塔似的结实。姥爷对外孙子很爱，就把当初穷秀才教他识的那些字，又教给了牛虎，不管《三字经》《百家姓》，牛虎都学会了；还把当年穷秀才送给他的《水浒传》《三国演义》，也送给了牛虎，牛虎请教各位先生，也读懂了这两部书。

不久，姥爷、姥姥相继去世。

牛虎也长大了，到了秋冬天，就跟父亲到金牛山里打猎，也成了一个好猎手。有一年，一个草坡起山火，牛天臣一看草坡连着下面的山岚，形势危急，他便趴下身子，滚下山坡，连着三次滚，扑灭了火，可他烧成重伤，半年后死去。牛天臣为扑山火，成为这一带的有功之臣。

端的，俗话说：“福无双至，祸不单行。”忽然金牛山一带流行霍乱，牛天臣的妻子染上此病身死。杨振方送牛虎父母一块风水宝地，做成坟墓，埋葬了牛天臣夫妇。又让牛虎在他家放羊，维持生计。从此牛虎开始了放羊的生活。

草屋里的灯光很暗。在这种情景里，牛虎爱考虑问题。他思前想后，觉得人生在世确不容易。他吹灭了小油灯，可以在暗影里逃避一下纷乱的思绪、内心的痛苦。

远处传来阵阵狗叫。微风吹来了，院子里熬过一冬的枯草，沙沙作响。羊圈里不时传来羊在圈棚边磨皮的声音和钻挤挪动的声音。还有一阵长一阵短的“咩咩”的叫声。牛虎习惯地爬起身，从窗间听听院子里的动静。和自己长久相处的羊饿了吧。他又点上了小油灯。披衣坐在小凳上。今天在墨水河畔的一幕幕便浮现在眼前，推出去又进来，推出去又进来，心绪不宁，仿佛三伏天暴雨前的流云一样。

“汪汪汪”的狗叫声，从村北逐渐响到了村南。

牛虎轻轻拉开门，走到院子，看了看天，三更已经响了，夜已经深了。他走进草棚，用筛子撮上夜草，撒进羊圈里。外面狗叫声瘆人。他走到篱笆跟前张望。

这时从阴暗角落里钻出三个人来，扑向牛虎。这突如其来的事变，使他措手不及。一个胖墩把他拦腰抱住，另外两人各自扭住他的一只胳膊，往外架走。他吸足了一口气，用力一张，这双胳膊仿佛是长长的鹅卵石，又滑又硬，从两个人手中脱出。他顺手一拳，将一个人打出一丈多远，那人像一只恶狗趴在地上。接着他来一个鹞子翻身，把抱腰的人屈倒在地。他回转身来，正要狠打这个胖墩时，忽听一声枪响，牛虎心想：“可遭了，混蛋们开枪了。”正犹疑间，只看倚在墙根的那个人翻了一个身，倒在地上。“哼哼”几声，不响了。

这是哪儿射来的子弹？原来那是白天墨水河畔看牛虎打抱不平救出拾柴火姑娘的人——两个扎箍簸箕修理箩的杂工，射出的正义的子弹。

昨天他们走进杨家楼之后，就宿在附近一个场院屋子里。当他们听到汪汪汪的狗叫声由远至近，就警惕地踱出屋门，隐蔽在小河套的大树后面，窥视周围的一切，他们看到三个人鬼鬼祟祟地向牛虎的看羊屋逼近，立刻觉得这当中必有问题。接着传来了厮打声。月光下，人们的活动挺清晰。当他们看到一个打手倚在墙根举枪瞄准牛虎时，说时迟，那时快，其中那个四十多岁的杂工立即举枪射出这颗救活了牛虎的子弹。

那两个活着的打手，看到自己的伙伴被不知哪来的子弹结果了生命，害怕起来，牙帮打着牙帮，也顾不得主子的吩咐，慌忙逃命。牛虎看看眼前的情景心中不解，惊疑未定，愣怔着出神。

那年轻杂工早已取来死了的歹徒的枪，快步跑到牛虎眼前，拍了拍他宽厚的肩膀，温和地说："牛虎，这里危险，跟我来！"

牛虎仿佛从梦中惊醒，定眼一看，认出来是扎箍簸箕修理箩的年轻杂工，联系刚才这一幕，心中明白了八九。听喊他走，便不假思索地跟年轻杂工走去。

## 3

走进场院的小屋。牛虎看到年长的杂工站在草屋里。年轻杂工将缴来的枪递到年长杂工的手里，头向后一点。年长杂工微笑着，走前两步，抓起牛虎的大手摇晃了两下，急切而小声地说："牛虎，这里危险，快走吧。"

"呵，"牛虎还不完全明白他的意思，"是你救了我，可你怎么知道我叫牛虎？"

扎箍簸箕修理箩的，是金兰县武装斗争委员会的同志，这次化装出来是为了串联群众发动地方组织，配合八路军的对日战争。那扮着年长杂工的是武委会主任沈云，那年轻的是沈云的通讯员小高，名叫高青。他们进村安置了以后，立即向地下党交通员问了有关牛虎的情况。沈云没告诉牛虎这一切，也确实来不及告诉他这一切，只是笑笑说："牛虎，受苦人，我们了解你。"

"你们救了我！"牛虎还是感激不过，但是并不知眼前的人是谁，对他们的身份一直有点疑问，不觉问道，“你俩是扎箍簸箕修理箩的?”

“对，我们都是受苦人，是自己人。眼下有危险，你快走吧。”

“大叔，我往哪走呵?这世上除了我的影子之外，没有一个亲人了。你叫我往哪走啊?”

“投奔八路军去，连夜到金牛山去，投奔八路军!”沈云像叮嘱又像号召地说，“到了那里，你找到李勉同志，你说有两个扎箍簸箕修理箩的叫你去的。来，这枪你带着。”说着，把缴获的大肚匣子递到他手里。

牛虎说：“我早听说过李勉这名字，是八路军的领导，是穷苦人的贴心人。我正要找他呢。”

沈云就着月光匆匆草写了一个纸条，叠成个三角形，交给了牛虎，说：“见了李勉，把这个纸条交给他。”转身又对小高说，“给他一些路费。”小高立即点几张票子交给牛虎。

沈云和小高看着牛虎大踏步穿过小河边的树林，向墨水河桥头走去，渐渐融进沉沉的夜幕里，整个原野有细微的飒飒声，那是春天的露滴落下来，滋润着一切有生命活力的物件。

## 第二章

### 4

早晨，三匹高头大马前导，三十余马弁紧紧相随，簇拥着国民党金牛山挺进军司令杨振方。卫队一律身背长枪，腰挎短枪，耀武扬威，拥进杨家楼。昨晚在杨家庄院外的看羊屋的篱笆前发生的事情，大管家宋殿培当即派人报告了杨振方，以为事关重大，要求他回来处理。杨振方本不想回来，可是想到他母亲因为身体一年不如一年了，常常写信给他要他回来交代交代家底和后事；再加上半年前的事情，昨晚收到宋殿培的报告，决定回杨家楼看看。



半年前，他的妹妹杨峻莲从外地回到娘家。杨峻莲的男人王忠仁在国民党军队里当师长，因裙带关系，将杨振方安排在本乡当国民党地方军司令。杨振方在一次搜捕活动中，误杀了潜伏在这地区的国民党特派员，被下了监狱，不久即将问斩。在这危急关头，王忠仁花了十几个元宝，疏通了关系，算捞到杨振方一条活命，所以妹夫王忠仁是他的救命恩人。可是半年前，杨峻莲在大后方听到国民党有关部门的通知，说王忠仁在一次战斗中阵亡，哭闹了一阵，拿到了抚恤金，拾掇了一下家底，千里迢迢回到了家乡杨家楼。回到家乡后，她屡次写信告诉哥哥自己的难处，这样杨振方也常挂在心上。

当他骑马来到杨家庄院门不远，早在门前伺候的大管家宋殿培，跑前几步，勒住杨振方的马缰。杨振方翻身下马。宋殿培熟练地把马拴到马桩上。

杨振方眯缝着眼打量了一下宋殿培，想从他的表情中看出事故严重的程度。他看到宋殿培的眉头上拧着两个大疙瘩，很不耐烦地问："殿培，什么事，急三火四地找我回来。"

宋殿培是善于察言观色的人，听到杨振方带刺的话，后悔叫他回来，忙用小声细气的语调道："昨晚枪响，放羊的失踪，老太太吓病了。贺家栋赖我们打死了他的人。事情很蹊跷。小姑娘叫我请你回来。"

"先看看老太太。"杨振方看宋殿培还要说下去，急忙一摆手，意思叫他别啰唆了。

宋殿培亦步亦趋地陪杨振方穿堂过院，走进北正厅。北正厅一拉五间，青砖大瓦，玻璃窗玻璃门，冬暖夏凉，这里住着杨振方的母亲和妹妹。

杨峻莲早听说哥哥回来了，急忙迎出来，微微一躬身。杨振方放低声音问："小妹，妈，怎么样啦？"

"心脏病犯了，早点吃了两个荷包蛋，眼下气喘得平和些了。"杨峻莲回答。

他们说着走进东屋。杨振方轻放脚步走到他妈炕头前，说："妈，我回来了。听说你身体欠安。"

"振方你回来得正好，我这一年身体越来越不济了，早晨有口气，保不准晚上没了气，我该向你交代交代家底，安排安排后事了。”杨母斜倚在高高的枕头上，捋了捋散绺头发，又心事重重地说：“再说你妹妹刚刚二十四岁，你也得给她想想……”杨峻莲确实是她妈的一个心病，年纪轻轻守了寡。杨母认为是她家败落的表现，她对“守寡”二字，很忌讳，因为她是四十岁守了寡。可女儿的命比她还不济，想到这些，就容易触动她的心思，不知不觉，滚出两滴眼泪来。

杨振方坐在炕凳上，峻莲给他送过一杯茶来。他看到她那副少奶奶的打扮，心里就有点恶心，觉得内外不吉利。杨峻莲虽然死了丈夫，可是还香膏厚敷，没有守寡人守持的样子。然而她总比前些年消瘦了。想起他现在的地位，跟妹妹有关，又不觉有些同情了。他舒开满脸的乌云，面向母亲安慰地说：“这问题，我正在想办法。我们这种大户人家，对这事不能马虎。”

丫头给杨母水烟袋、火眉纸。她吹着了火，大口吸着水烟，咕噜噜，咕噜噜，烟雾立即溢满了全屋。她咳嗽了两声，说：“昨晚我家墙外响了枪。我觉得咱们这一带不太平了。”

“我们去跟哥哥一起住吧，免得有个三长两短。”杨峻莲急忙抢着说，“那样，哥哥也少挂些心。”

杨振方沉思片刻，慢慢转过身，对在一旁一直毕恭毕敬地站着的宋殿培说：“快请医生给老太太看病，其他的事再商量。”

宋殿培走出大门，解开杨振方骑的马，牵着马走到大街的一间门面前。这里住着几个月前从外地来的医生名叫范一生，他几个月的诊病治病，治好不少的病人，名传远近，特别是他有时间还出诊，极得人们的好评。几个地方士绅给他刻了一个牌匾，挂在门左，上写道：“大名府中医师范一生先生诊所。”

宋殿培见了范一生说明来意，范一生很快答应了。他紧跟着宋殿培走。他今天和往常一样打扮，礼帽、夹袄，只是加了一副金丝腿眼镜，谈吐举止大方，给人一种敦厚和蔼的印象。别人都说他出生在河北一个书香门第，又读过不少的书，见过大世面。

宋殿培从不远的小桥墩上牵过马来，笑着说：“转过几个街口就到，有劳范大夫大驾，请上马。”

范一生见了马，好像害怕似的，急忙一摆手说：“小医生胆小不识骑术。请你骑马先行，我跟着就到。”“既然如此，咱们就一起走吧，可就让范大夫受累了。”说着他牵着马前走引路。

杨振方早已耳闻范先生的厉害，传言范先生是小神仙，但是一直没有因由与其会晤。这次母亲去邀请他出诊，正好见面观察一下他的来历。老实讲他倒很怀疑范一生是八路军的地下工作者。原想他是不会来的。当下一听说他来了，忙率诸亲信出门迎接。杨振方微笑着说：“范先生，久仰，久仰。”

范一生谦虚地说：“多蒙抬举，对于杨司令在地方上的威名，也早有所闻。”

他们彼此寒暄着，走进客堂，分宾主坐下。家仆恭敬地献上茶来。

范一生揭开茶碗盖，滗了滗茶叶，品了口，看着摆设十分讲究的客堂。南墙正中悬挂着关云长的画像，相旁挂着对联，左联是“兄玄德弟翼德德兄德弟”，右联是“师卧龙友子龙龙师龙友”，眉联四个字“亘古一人”。下设檀香木的香案，银制的香炉烛台。他又品了一口茶，咂咂嘴唇，说：“杨司令以孝义治家，深知孔孟之道。”

“敝人是不孝之子，久事戎马，对老母多有不到之处。这也是为了个饭碗，没有法子。”杨振方转入正题，又说，“闻范先生医术高超，这次家母有病，特请阁下为家母望闻问切。”

范一生眨了眨眼睛，说：“敝医落脚贵方，医道浅薄，不堪过誉。至于令慈贵恙，定当全力医治。不知令慈得的什么病？”

“昨夜枪响，你可听到？”

“我睡觉深沉些，没听到有什么枪声，今晨听说，也很纳闷。”范一生蹙了蹙额头，问道，“杨司令可知是什么人放的枪？”

杨振方说：“我也正在考虑这个问题，这是杨家楼从来没有过的事情。”

“看来杨家楼也不太平了，我当医生的，是听到枪声就害怕，看来这不是我久居的地方。”

他们正谈着。杨峻莲走进来，见了范一生躬身行礼。她对杨振方说："大哥，妈妈心跳得很急。"

杨振方搓了搓手，说："这一枪，把家母的心脏病吓犯了。"

"先诊病要紧。"范一生说着站起身来，用手一扬，示意让杨振方带路。

杨振方头前走着。范一生瞟一眼杨峻莲，觉得这是个不平凡的女人。

## 5

稍晚点，一个膀大腰粗的人来到贺家楼，他是金牛县伪军大队长贺国栋。他坐着一辆日式汽车，后有一辆日本卡车护卫，卡车支着两挺机枪，伪军神气地站在车上。从金牛县的大路上开来，停在贺家庄院门口。

昨天晚上发生的事，贺家栋早派人向其兄报告了。要求他回来处理。贺国栋住贺家楼，杨振方住杨家楼，贺家楼与杨家楼相距一里，贺家和杨家分别是两地的占山户。两家在这一带拼命地置家产扩充各方面的势力，你想压我一头，我想压你一头。当地的群众都称他们为两条地头蛇。

两家的老辈，都想到要创业和守业，就得有像样的后一代，都想叫他们的后代从政从军。

杨振方因为有点小聪明，在上海一所大学的法律系学了一年，进入了军界，转弯抹角，当了国民党的地方军司令。

贺国栋从小不愿念书，托人在东北一家杂货店跑了外城，认识了不少三教九流青洪帮，在一个偶然的机会认识了日本关东军中尉山本，疏通了各种关系，在东北地方上拉起几十个人的队伍。后来山本的队伍进驻金牛县一带。贺国栋也回了家乡，正好由山本推荐提拔，当了金牛县伪军大队长。

这样贺家楼、杨家楼的两大家族都有枪杆子保护，更加耀武扬威。当地群众说杨贺两家从"地头蛇"一跃成了"云中龙"了。两家因为都想拔个尖，免不了经常出现个小摩擦。但是从来没有出过人命。昨夜的事，贺家打手死在杨家庄院墙外，确非一般。贺国栋为了显显自家的威风，决定亲自走一趟。

当下贺国栋走下汽车，一卡车伪军也跳下来，在四周立即布了防。贺国栋穿着日本式大皮靴，走起路来喇喇作响，仿佛贺家楼的地皮都在掀动。

贺家栋率管家护院迎过来，看到贺国栋仿佛是有了靠山似的，有了胆量，但是一想起昨晚的事，又哭丧着脸说："大哥，不好了。"

贺国栋看看贺家栋这样失意的样子，心里顿了一顿，忙问："不是就死了一个人吗？还用慌到这个样子。"

他们转过身走到贺家庄院小侧门的门口，不少的人正在围看打死的护院的尸体。贺国栋眉头一皱，火冒三丈："怎么还不埋了，简直有点不吉利，停在这里干什么，你还想吊丧三天出大殡吗。他妈的。"

每到这时，贺家栋都很害怕，怕他的哥哥在这种情况下，怒中生暴烈，干出什么事来，急忙解释道："想让大哥亲自过过目，想个办法，应付现状，姓杨的现在胆大包天了。"

"少废话，快埋了。"

"埋到什么地方。"

"还用问，也不是你家的老祖宗，埋到乱葬岗呗！"贺国栋跨过门槛又重复了句，"乱葬岗！"

贺家栋站在门口台上伸出了四个手指头，往金牛山下一指。管家护院立刻明白。他们明白得真透彻，四个手指头就是四个护院。四个护院抬着尸体走向乱葬岗。

贺国栋到正屋坐下后，问了问佃户交租的情况，又问了问钱庄、粉坊、油坊利润的情况。贺家栋倒三不着俩做了回答。贺国栋很不满意，告诉他一切账目要清楚，并且能一年三次，五月端午节，八月中秋节，大年春节向他报告。接着又问起家务事，亲朋邻居发生的家长里短，又问贺家栋最近干了什么，特别是昨天干了些什么。

贺家栋心想，哥哥一定知道了昨天的事情，消息传得真快啊，不谈不行了，颤巍巍地说："昨天我出去打猎，杨家看羊的打了我……"

其实贺国栋并不知道这些情况，不过凭着他反动的政治敏感，认为事情绝不会无中生有，一定会由一种事故引起，没有大风怎能翻了船。所以他有一搭无一搭地问了一句。谁知弟弟冒出了这样惊人的一句。

于是他不得不打破砂锅纹（问）到底，死死追问。

家栋不得不把打猎，放狗咬拾草姑娘，牛虎救姑娘把他打翻在地，夜里如何派护院打手对牛虎施行报复，不知从何处飞来子弹将一护院击毙，一籽一瓣地说了一遍，最后挤出了眼泪。

贺国栋跺了跺大皮靴，说：“过去我跟你说过多次，老二，什么事不要办得太露了。你知道别人给你起了个什么外号吗？土地爷。这次一闹，你叫我怎么收拾呀！”

“这全怨我，贪玩，任性了。没有记住大哥的话。”贺家栋抹了抹额上急出的汗珠子，悄声说，“事到如今，该怎么办好。护院被打死后，他的枪被夺走了。”

贺国栋站起来，大皮靴又在屋里刺啦作响起来，仿佛满腹的愤怒在刺啦声传了出来。片刻，他停住脚，意味深长地说：“死了个家丁护院倒没有什么，如果枪落在歹人手里，可就麻烦了。”

“我们没弄着牛虎，他失踪了。这里面能有什么文章呢？”贺家栋说。

“确实蹊跷，贺家楼一带不太平了，令人深思。”大皮靴又刺啦响了一阵，贺国栋忽然瞪大了眼睛，若有所悟地说，“可能有人插手。老二，你看咱们这地方有什么可疑的人吗？我们不要叫八路军钻了空子。”

贺家栋也恍然大悟，忙说：“有一个外方医生，在我镇挂牌行医，仅几个月，门庭若市，此人十分可疑，我看……”他用手比了个八字。

他的话音刚落，走进一个家丁。家丁是奉贺家栋之命在街面上听风探事的。家丁说：“报告大掌柜二掌柜。那医生被杨家大院请去，半天没有出来。”

“很明显，此人可疑，得先给他个‘甜头’，看能不能挤出点东西来。”贺家栋若有所思地说，“大哥，你的意思呢？”

贺国栋用手比比上铐的意思，说：“把这个小子押送到城里。”

## 6

贺家楼初五排十的大集，是远近有名的。它地处四个县的中心，为东西南北的要道，加上农林牧副渔产品样样都有，所以一到赶集的日子，百八十里外的人都来买卖东西。当地群众为这个集编了几句顺口溜：

贺家楼的集，
招人几百里，
三教和九流，
都来做生意。

可见这里大集贸易火热的情况。

中共和八路军，有时也利用集市做些工作。金牛特委因为贺家楼形势重要，所以把这里作为新开辟地区的重点，派武委会主任沈云和通讯员高青来到这里开展一次宣传发动。当然，这里的地下党组织对各村积极分子早已做了相当的了解，只等上级做一些必要的郑重其事的组织工作。因为各村具体情况还不大明了，所以他们打扮成两个扎箍簸箕修理箩的杂工，以便在集市上与地下党联系。

这天又是大集。贺家楼的大街上和河套里人来车往，熙熙攘攘，各行各业都按照习惯的地方摆出摊来。

沈云和小高在村头接河套处，摆下了摊子。约莫半上午，走来一位虎虎实实高个子的青年人，二十四五岁的样子，白皙的脸，淡眉毛，高鼻梁，光着头，眼睛里充满机敏和智慧。他的名字叫赵雷。

赵雷家是武术世家，到他爷爷，武艺练得尤精，特别擅长短刀，因为他愿意为穷苦人打抱不平，有权势的人轻易不敢惹他。一九〇〇年义和团起，他投奔了义和团，在对外国侵略军的战斗中，光荣牺牲。他的父亲继承了他爷爷的武术，并把武术教会了赵雷。不幸，那年贺家楼一带大旱，赤地千里，赵雷的父亲得了霍乱病，死去。当时他母亲在贺家大院当女仆，有一天在墨水河为东家洗衣服，淹死了。剩下的赵雷，无法度日，行好的人为他说话：到金牛山山神庙里干零活挣碗饭吃。后来老和尚死了，小和尚游方他乡，他仍住在山神庙的耳房里，采集山珍、拾些干柴卖了度日。八路军发展到这一带，不久便发展他加入党的外围组织。后转为中共党员，同飞云观大平爷单线联系。大平爷早是中共党员，并担任党的地下交通员。

当下赵雷看到沈云就认出来了。因为在卧仙夼召开的群众会上，听过沈云主任讲的话。赵雷从大篓子里取出一个带红布条的箩圈，笑着对沈云说：“师傅，上箩底。”

沈云说：“活挺多。等用吗？”

赵雷看看周围没有人注意他们，小声说：“七庄八疃今晚在山神庙等用。”

沈云点点头。赵雷离去。

接上了关系，对这次行动的时间、地点也清楚了。所以沈云和小高及早离开了大集，挑着担子到飞云观党的地下交通员大平爷家里去了。

大平爷是五十岁的人了。名叫吉亮，小名大平。因为人们年年过着动乱的生活，希望能过上太平的日子，好逗乐的人说，什么时候大平的“大”下再多上一点，那时候咱们就过上太平的日子了。这样大平的名字就叫开了。这反映了群众朴素的愿望。

飞云观这地方是贺家楼去海边马蹄港和卧仙夼的交通要道。大平爷从小被父亲送出学“厨子”，后来为远近的有钱家红白事办饭。入党后，按照党的指示在飞云观的交通口上开了个有吃有住的小店，起名“永泰”，供过往的行人食宿。便于了解周围各种动向及时向党组织汇报。

沈云和小高走到大平爷开的永泰小店。把担子往门前一放。走进店内，看里面有一些人在吃饭。小高搬过一条长凳在大门旁，两人就坐下了。沈云扫了一眼，从腰里掏出烟袋和火镰刀。又从火镰小袋内拿出两块深褐色的石头来，用镰刀“嚓嚓”打起来。几下子打着了火绒，装上烟，点上火，抽起来。抽了一阵子，抬起头来，对里面说：“东家，不扎箍簸箕修理箩吗？”

“有一张箩要修。”一个胖高个子老头搭上腔走到跟前说，“你是从哪里学的手艺？现在这一行买卖也不多了。”

“我是从老仙那里学的手艺。”沈云深深抽了两口烟，在鞋底上磕掉烟灰，笑着说，“修理活计手艺好，一年到头闲不着。”

高个老头一转身要接小高的担子，带慰问的语气说：“同志，辛苦了。”

沈云笑笑说：“不辛苦。”

小高自己挑起担子，和沈云一起跟高个老头进了里院。

沈云端详着屋内，又从窗上看了看后院，看里外无人，忙把门关严，问：“老人贵姓？”

“名叫吉亮，小名‘大平’。”

沈云上去扯着他的手说：“大平叔，很久听到同志说起你，今天见面了，你好呵。挺累吧？”

“累不着我，有老伴办饭，一个孙子里外张罗着，轻易不用我动手。”

“这样说你这里是发财的买卖，不用我操心了。”沈云开玩笑地说。

“这个嘛，倒是挺操心，耳听八方，眼观六路。”大平爷深沉地说，“比如好几天以前就听说自己家里的人要来。不但没看见用火镰打火的，就是扎簸箕修理箩的也看不见。自己就胡思乱想起来。”

“这可也是。”沈云点点头，说，“革命同志嘛，直到现在接上，你可放心了。”

大平爷哈哈笑了，说：“昨天早晨就放心了。”

小高挺纳闷，抢着问：“怎么讲昨天早晨就放心了？”

“刚才说的耳听八方、眼观六路就是这个意思。”大平爷停顿一下，接着说，“在杨振方墙外用枪打死了贺国栋家的护院，我暗暗分析是你们来了。这一手干得好啊。”

他这一提，都会心地笑了。

沈云接着问了问地方上各方面的情况。大平爷就自己知道的一一做了回答。

大平爷抱来柴火狠狠地烧了烧炕。不一会儿又端来炒鸡蛋、烙饼让他们吃。他们吃饱饭。大平爷一摸炕，说：“炕也热了，你们美美地睡一睡，这几天我看你们够累的。”

# 第三章

## 7

春天的夜，清月高悬，微风吹来，激起轻轻的松涛。

小高挑着担子在大路上走，离十几米远，沈云拉荒走，方向是金牛山山神庙。担子伴着脚步声发出咯吱咯吱的节奏声。

离山神庙一百多米远的柿树上，挂着系着红布条的一张大罗圈。罗圈旁高挂着一盏小马灯，按预定的标志，他们知道没发生特殊情况。

当他们走在柿树下，从树后转出上午在贺家楼集上看见过的那个高个子大汉。大汉握握他们的手，亲切地接过担子。

沈云说："赵雷同志，各村的积极分子都到齐了吧。"

"沈主任，除了温泉汤的'吃饱蹲'没来以外，都到场了。"沈云稍一愣，问道："'吃饱蹲'，是不是那个叫陈喜天的？"

赵雷点点头说："对，是他，这人懒一点，从前挑过货郎担。最近对革命挺有认识。"

"他为什么不来，托人捎信来说明原因啦？"

"没有。"

此刻，夜幕降临。沈云思考着。他仰起头，看了看天空的云，有一块云把月亮挡住了，按照他多年对敌斗争的经验，立刻警惕起来，他转头命令小高："今夜情况特怪，要加强警戒！"

"是，加强警戒！"小高边答边想转入柿树后。

"慢。小高，如有情况，呼号照旧。"沈云又低声地叮嘱着。

小高点点头隐蔽到柿树后的黑影里。

沈云在赵雷的陪同下，走进山神庙大门。赵雷在耳房放下担子，然后扶着沈云的臂膀登上台阶，走进大殿。满屋子人都投来喜悦和期待的目光。屋子里点着两盏大豆油灯，豆油灯火溢出一阵阵油香。两堆柴火冒着缕缕青烟，火红的光焰，把屋子里照得通红。

沈云就着火光扫视一下屋内的人，总有三十多位，当中有好几个人的面孔是熟悉的。他向他们招手致意。

赵雷拍了拍手，齐平按了几下双手，示意大家安静下来，接着他慢悠悠地说："今晚把各村的积极分子召集到这里来，主要布置大家回到村后，组织农救会、工救会、妇救会、青救会等有关注意事项。现在请县武委会主任沈云同志讲话。"

大家正想鼓掌，被沈云很快制止了。他原来坐在大方登上，现在站起来，和蔼亲切地说："同志们，太平洋战争爆发后，日本侵略军为了应付新的局面，逐渐减少侵华兵力，缩短战线，组织力量对我解放区进行扫荡，利用汉奸维持地方秩序，强化治安，并调动物力资源支援太平洋战争。同时，少数顽固派和土匪武装，利用一切机会扩充势力，明里暗里配合日伪军破坏打击共产党的力量。革命面临着新的情况，我党和党领导下的八路军必须更广泛地搞好统一战线，组织战斗力量，利用敌人各种矛盾，发挥机动灵活的战略战术，采取各种办法，打击敌人，消灭敌人。"

他停了一停，用小木棍挑了挑豆油灯芯，油花嘶嘶作响，灯光更加闪亮。他眨了眨眼睛，接着说："为了完成这个任务，必须更好地宣传群众、组织群众、发动群众，依靠群众，这是我党一切工作的基本方针。目前贺家楼一带进一步发展四大组织的工作已经成熟。至于如何进行得更好，请大家提提意见，讨论讨论。"

与会的三十多人，立即分成几个小组开始讨论。

此刻，沈云将山神庙的赵雷喊出，叫着车门泊的石景汉、杨树庄的孙玉刚、白石桥的李一朗一起到屋外的墙旮旯里，宣布县委决定，根据工作需要，决定这几位同志立即脱产，随武委会活动，立即出发到卧仙夼做短期集训。

大殿下的小铁马，在微风中不住地叮当作响，仿佛是为这山村舞台的演出伴奏。

刚才石景汉、孙玉刚、李一朗对沈云只有个印象，现在经赵雷介绍，又听了沈云的组织决定和安排，他们忙握住沈云的手，沈云用亲切的目光看着他们。

石景汉呼天哈地地说：“沈主任，好急乎，怎么立刻到卧仙夼集训？明天走不行吗？我回家换套衣服。”

李一朗和石景汉过去经常一起打短工，比较熟，经常开个玩笑。李一朗听了他的话，忍不住笑了，说：“你当叫你娶媳妇哪，还得回家换套衣服。”说着朝他上胸部就是一拳。

大家哈哈大笑起来。

“革命嘛，说走就走。”赵雷斩钉截铁地说，“至于衣服嘛，哪里都有你穿的衣服。”

石景汉是个爱红脸的汉子，此刻，又红了。沈云点点头，露出一个轻松的微笑。

四个人走出屋门，沈云送到台阶下。互相招着手，等到他们走出山神庙的院墙门，沈云又回到大殿内。

沈云看人们讨论得很热烈，十分高兴，他随意参加了一个组的讨论。你一句他一句，很快一些问题得到解决。贺家楼一带加强了农救会、工救会、妇救会、青救会的组织大串联。沈云宣布今夜的活动到此结束，让人们沿着小路迅速疏散回去。

## 8

沈云熄灭了两堆未烬的柴火，吹灭了豆油灯盏，扣上大殿的门。抽出毛巾揩了揩脸上的烟灰，擤了擤充满了油烟的鼻孔。走下台阶，正想去叫小高连夜赶回县委所在地卧仙夼。忽然他听到熟悉的三声春鸟的叫声。从急骤的声调中，他马上意识到发生了特殊的情况。于是立即拉荒向小高隐蔽的地方跑去。半路上看小高向他跑来，他刹住脚步，压低声音叫道：“小高，我在这里。”

小高听声是沈云，快步走到沈云跟前，风风火火地说：“沈主任，有情况。”说着他回身指着东北的山坡上，仔细听有急骤的脚步声，在月光下能看到隐隐约约的人影在晃动。“叛徒告密了。”沈云接着镇定而又急切地说，“小高，从西北方向撤回金牛山根据地。”

向西北方向走了几步，又发现不远有晃动的人影，而且听到有急骤的脚步声。沈云说："我们被包围了。"接着他们又向东南和正南方向试探，证实确实被包围了。

"怎么办，沈主任！"小高有些惊慌地说，"我们找个薄弱环节，突围吧，我打前锋。"

沈云迅速扫视一下周围，摆摆手，深情地注视着小高。这是多好的少年啊。他有高度的革命责任心，对沈云来说，他不但是个通讯员，有时简直可以说是一个得力助手。每到一个地方，他不但把小高看成下级，还把他看成兄弟，不但教他写字，有时还教他补衣服。他们之间的革命感情是深厚的，沈云有严重的关节炎，现在面临这样危险的境地，小高实在为沈云担心，他参加革命刚刚一年，当然免不了有些惊慌。可是沈云经历了不少的战斗，战胜了多次严重的危险。他能适当地估计形势，并善于处理。

"小高，跟我来，这地方我熟悉。"沈云仍不慌不忙地说，"走，跟我来。"

沈云领小高穿过树林奔向柿树顶。柿树顶上有一棵柿树弯成的"桥"，树根在这个悬崖上，可树头却高高地弯到那个悬崖上。只要勇敢而且敏捷，便可通过这"树桥"，离开敌人的包围，到安全的地方。小高原以为他们可以容易地走过这"树桥"，但是沈云由于关节炎严重，尽管他有勇敢，也过不了这"树桥"。沈云下定决心掩护小高，让他脱离危险，到安全的地方。

沈云说："小高，你走，我掩护。"

小高愣住着，一语未发。

这时敌人发现了他们，响起了稀疏的枪声，子弹在柿树顶上打着爆花，泥土飞扬。

"沈主任，快走，我掩护。"小高看沈云不想走的意思，哀求地说，"我掩护，你快走，沈主任！"他不知道沈主任硬走，会失足掉进百尺深壑。

枪声越来越急，子弹打断的树枝，不断地落在地上。沈云看小高还在那里愣着，就扯着小高蹲在一个地堰边下，深沉地说："小高快走吧，我们不做无谓的牺牲，在不利的情况下，只要有一条路，我们就要保存自己的力量，将来革命需要你。”

小高噙着泪花，说：“沈主任，你的担子重，保卫你是我的责任。”

“我不是不想离开这危险的境地，但眼下不允许，我腿有关节炎，走不稳这‘树桥’，眼力也不行了。现在决定我掩护你。”说着沈云掏出腰里的证件，又把余下的票子和一双一次没穿的大山鞋塞到小高手里，又说，“证件交还武委会，这钞票和鞋，就交由你处理，见了李勉书记，你向他汇报一下这里的情况。”

“我……我……”小高眼泪扑簌簌地滚下，哽咽着说不出话来，不一会，像决了堤的河水一样，哇的一声哭起来了。

这时候，情况十分危急，最近的敌人，已经在一百多米以外了。但沈云看到敌人猫着腰东一头西一头搜索前进，断定他们并没找到具体目标。又听到远近喊道：“快，抓活的！”

“快，小高，我命令你，迅速离开这里。”说着，沈云拍拍小高的肩膀，扯下小高的手榴弹，猛推一把小高说，“快走，由我掩护……”

小高最后看一眼自己跟随一年的首长，泪水淋淋地，转过身，蹿上柿树顶，迅速越过柿树“桥”。

小高过“桥”时，还听到沈云喊着“卧倒，匍匐前进”。开始，沈云看小高站立行走，目标太大，立刻这样告诉他，当他看小高按照要求动作撤退时，脸上掠过一丝胜利的微笑。

敌人是越来越近了。沈云从地堰下跃起，飞上了西沟的小石桥，朝敌人连摔去两颗手榴弹，同时诈喊着：“快，朝西小沟突围。”

喊声和手榴弹的爆炸声，引来了敌人的注意。几十个敌人像一群恶狼似的扑来。“抓活的！”“抓活的！”

沈云隐蔽在小桥下，仿佛是天然的壕沟，他端着大肚匣子，瞄准敌人，一枪一枪。他在金牛县八路军和地方武装中是出名的神枪手，百米之内百发百中。一刻工夫，他打死打伤了三四个敌人，煞了煞敌人的威风。

敌人选择地形，匍匐前进，暗暗地压缩包围圈。

沈云摔完手榴弹，打光了子弹，又杀伤了几个敌人。因为当时八路军装备极差，子弹奇缺，一般非战斗任务出勤，带的子弹极少。不然的话，他还可以坚持更久，给敌人以更大的杀伤。眼下弹尽，他想，决不能叫敌人俘虏去，枪不能落到敌人手里。于是他跃上东边的悬崖，正准备把枪甩到西边的悬崖，然后跳崖殉难。忽被一个大个敌人从身后一把搂住。就在这一刻，沈云一扬手，把匣枪甩到对过悬崖，接着甩开膀子和敌人厮打，一会儿又蹿上两三个敌人，一阵子把沈云绑了。

这时沈云看清楚了这帮队伍，是些二鬼子。原来贺国栋押走范一生以后，有人告密说山神庙有八路军组织的一次集会。贺国栋立刻派了一连人在贺家庄院里潜伏起来，待机而动。今夜是贺家栋亲自领人来了。

贺家栋走到沈云跟前骂道："你们的同党都到哪里去了?"

"只有我自己!"沈云自豪地笑笑说。

"你来干什么?"

"叛徒早告诉你了，何必再问。"沈云轻蔑地说。

# 第四章

## 9

沈云在山神庙战斗中，弹尽被捕，当晚被贺家栋押往金牛县城。

金牛县城里住着日本侵略军的大佐山本，他管带着千余日军。那里还驻扎着伪军大队长贺国栋的队伍，贺国栋纠集了一千五百多伪军。日伪军在金牛县城乡杀害无辜人民，奸淫妇女，抢掠财产，无恶不作，特别对于金牛山老根据地，更是狠毒至极。他们经常涉墨水河，联系马蹄港的日伪军对解放区进行扫荡。八路军经常给以反击。游击队员经常对他们进行突然袭击，这使敌人特别恼火。因此山本和贺国栋对游击队员和地下工作者，非常害怕，逮住革命者，他们对之也最为歹毒，杀害不少革命同志。

今天山本听到在金牛山山神庙抓到一个八路军的干部，非常高兴，认为这是很大的胜利。又听说是贺国栋之弟贺家栋率伪军行动而捕获的，立刻赏贺家栋大头洋二百，并提升贺家栋为金牛县侦缉队队长，直属山本指挥。当然，他不知道为了捕拿沈云，他们卖了好几个伪军的生命。

沈云被捕，押到金牛县城，日伪头目立即进行审讯，但沈云只字不说。

山本听说前几次的审讯中，什么情况也捞不到。审讯人员都有点为难了。山本很好奇，决心自己亲自审问。他命令日本军曹立即将沈云提到大佐办公室的外屋里。

绳索捆绑着的沈云，扶着窗台站着，看着窗外是一个大大的院落，杏花还没有谢完，而桃花逐渐盛开，像火焰，像红霞，春天是这样浓了。这些良辰美景，改变不了敌人心里的虚妄和恐惧，因此他们心里没有春天；这里的人民，生活在水深火热之中，在死亡线上挣扎，因此他们心里也没有春天。沈云想起了金牛山区，想起了那河边山角的杏花、桃花、梨花……每到这刻百花逐渐开放了。山里的空气像筛子筛过了似的，那样清新那样明晶，连一阵阵微风都带着百花芬芳的气息。春天到了，最可爱的是那里的人民和领导，在艰苦的生活和斗争中，有着美丽的憧憬和期盼，他又想起小高，他想起了和这些同志一起战斗的生活的日子。这些为人类春天而奋斗的人们是崇高的，正是这些人卷起那滚滚的春潮。而自己是一滴水，不能离开春潮澎湃的江河湖海。他渴望重新汇进这滚滚的春潮中……

“怎么，还没给这位沈先生解开。”山本从侧屋轻轻地走到他的身后，吐出一腔很关心的声音。他说着便亲自给沈云解开绳索，并且端过去一个方凳，一按沈云的肩膀让他坐下。

沈云坐在方凳上，气呼呼地瞅了他一眼，猜测着眼前这个瘦瓜子脸，矮个子的人。

山本大佐，日本侵略军金牛县首脑，他二十多岁在东京士官学校毕业以后，被派到中国东北营口当了少尉。后来很走运，一溜烟地飞升。

山本的家乡鹿儿岛有一个邻居，退休前是职业旅行家，他主要旅行的地区是中国，其实他是个特务分子，专门搜集中国的政治、军事、经济、文化情报，也捎带着用低价买一些古董玩物，所以成了中国通。退休后，少年山本经常到他那里求教。他常常慨叹中国地大物博，但是他又污蔑中国人懒惰、落后，认为大和民族是最有进取心的民族，可是天神对他们太刻薄，不过事在人为，优秀的大和民族有责任去管理其他愚昧民族。他对山本经常进行这样的法西斯教育。山本从少年时代就立下宏大志愿，要出征中国。为了这个，他就跟“旅行家”学中国话。他进入关东军之后，一直跟中国人打交道，学中国话。他天资聪明，中国话说得还算流利自然。如果你不能辨认他形体面貌上的特征，你干脆不会觉得他是日本人。

当下沈云听到他说话，心里很纳闷，过去是那样猛打，而今口气变得十分和蔼可亲，这要的什么花招呢？他正在忖度，又听那人说话了。

“沈先生，今天我们请你来，一块商量一下我们共同关心的事，好吗？”

沈云又一次看眼前这个矮胖子，但是脸并不胖，瘦瓜子脸，下边尖尖的，一半全是青胡茬，好像个干的毛葫芦。沈云曾多次看到日本俘虏，打眼一看即可认定对方是日本人。此刻他知道这是什么地方，眼前是什么样的人。他满心愤怒，沉吟片刻，用低沉的闷雷般的声音问道：

“我们之间除了战斗以外，还能商量什么呢？”

山本哈哈地笑起来，语气轻佻地说：“怎么，我们就不能商量商量啦？我们彼此有许多共同利益，那是可以商量的。”

沈云也哈哈笑了起来，充满讥讽的意味说：“你是侵略者，法西斯，我是被侵略受迫害的中国人，两样的地位，两样的处境，有什么共同利益？”

“我们是同情你的国家和民族的，你们贫穷落后……”

沈云截断他的话，说：“不错，我们是贫穷、落后，但是我们为什么贫穷、落后呢？你知道吗？”

“由于你们的民族愚昧、懒惰。”山本站在反动的立场这样分析着，又说，“另外特别自私自利，各人自扫门前雪，不管他人瓦上霜。”

“住嘴，你这是什么逻辑，我们的民族愚昧懒惰吗？我们自私自利吗？”沈云愤怒地斥责说，“我们是世界上最古老最文明的民族之一，我们对人类做出多方面的贡献。这是各个国家中学的历史课本都讲过的，这一点你却不知道，你的心长到尾巴上去啦？”

“你怎么说下道了。你骂人!”

“你侵略我们，烧、杀、抢、掠、奸，无恶不作，使我们更加贫穷、落后，我们的人民生活在水深火热之中，在死亡线上挣扎。这是我们的错误吗，是我们自私自利吗?”沈云呸了一口，说，“我们现在的处境，完全是外国帝国主义和国内反动派的罪恶统治和压迫剥削造成的。责任应该谁负，你说?”

山本叹了口气，和解地说：“沈先生，你不要谈这些大道理了，还是面对现实，商量一下事情吧。”

“还是那句话，我们之间没什么好商量的。”沈云说着站起身走到窗台前。几树桃花，仿佛是几簇照天烧的火焰，但是在树下有几个鬼子兵在等候着主子的呼唤，他们的脸上表情狰狞。

山本看他不言语了，声气和顺地说：“既来之，则安之，沈先生到了皇军方面，就在这里我们一起干吧，我不能亏待你。反正在哪干都一样。沈主任你说对吧。到这方面来，你的官也绝不比主任小。”山本把“沈主任”三字挑得特别高而慢，仿佛是重锤敲在沈云的心上。革命中最可恨的是叛徒，由于叛徒出卖，这次他弹尽被捕。他要想办法知道，这叛徒孙子是谁，以便赶快地告诉组织。

“你怎么知道我是主任，你的情报可挺准确啊!”沈云试探地问，语气多少平和一些。

“慢慢你就会知道的。人生在世只有一次，不要跟自己的骨肉作对。中国有句俗话‘今朝有酒今朝醉’，改日我请你共进晚餐，商量大事。关于这问题，我们也不逼你，给你长时间的考虑。”说罢他看了沈云一眼，脸颊掠过一丝奸猾的微笑，一按电铃，走进一个日本军曹。

沈云怒目而视，正要指出他不要自欺欺人时，一个声音催他离开。

“请!”日本军曹对沈云铁硬地说。

沈云转过身来朝着中门走去。他的腿因为关节炎以及这长时间的折腾，感觉软溜溜的，只能颤巍巍地挪步。他把胸脯挺直，在敌人面前不能示弱。

当他走出门来，一声炸雷在天空巨响，刚才还是一丝丝淡云，不知什么时候阴云密布，雾露雨迷蒙田野。

## 10

山本征太郎的家乡鹿儿岛。

他的住宅离海边不远。他从小就和海打交道，小学、中学一有闲暇就泡在海里，可以说他是在海水里长大的，一身咸盐末儿。他的性格也受海的漂染，消极的漂染，诡秘、多变而狡猾。此间，他认识了一个妓女，这妓女是中国人，名叫贺蕊。她的父母在当地开饭馆，这是一家小本经营的夫妻店。不料因一场大火，而家破人亡，父母失踪了，剩下一个十八岁小女，无依无靠，沦落青楼。她和山本在小学、中学是同学。如今女孩沦落的处境，让山本颇为“怜惜”。“怜惜”只管“怜惜”，但是并没有挽救她的办法。

他和她维持着朦朦胧胧的关系。

有一次贺蕊见到当年的一个中国籍邻居，那邻居讲，当年放火烧她家小饭馆的人就是山本。那小饭馆因为地处偏僻而环境特别清幽淡雅，经常有革命者在此聚会，一两人、三四人，言谈中批评日本鬼子在中国的胡作非为，也谈到中国土地反抗日本鬼子的情势高涨，以及战争的种种传闻。山本偷闻此事，出于军国主义的本能和忠于天皇的虔诚，他觉得这里对日本“大东亚共荣圈”的计划不利，在一天夜里他亲自引上火种，将小饭馆烧得片瓦不存。可见，他尚未充当军国主义的炮灰之前，已是丁级战犯了。而可怕的是，他后来反而不动声色地跟贺蕊多见面多接触，以奉献他的“虔诚”和“爱心”。

其实在中学时代，山本就很看好贺蕊，贺蕊的美丽和文静，在他心里盘根错节了，几次跟家长谈到要娶贺蕊为妻，都遭到家长的坚决反对：那是不可能的，支那民族有劣根性，只有大和民族是最优秀的，这家族里不能引进“杂色品种”，污染了这个族群。

山本是有知识的，他不信这一套谎话。他不忘记贺蕊，然而走的却不是正道，为什么火烧贺蕊家小饭馆，他的卑鄙行为，实在无知而莽撞，让人不能理解。这说明山本的情绪从青年时起就不正常，轻则有歇斯底里，重则精神分裂症。

山本长期在愧疚中滞留，有难以排解的矛盾。

山本对贺蕊是爱情，抑或是演戏？日本鬼子叫人猜不透。

贺蕊是个性格内向的女性，又偏多冷静的思考。何况身居异乡异国，孤立无援，一个被压迫民族的外侨，在这种情况下，只能忍气吞声。顺其自然发展吧。山本是狼是虎，走着瞧吧。这是弱者的智慧。

## 11

士官学校还没有毕业，山本就提前入伍了，被授予少尉军衔。

在开拔到中国之前，山本约贺蕊在樱花坡小桥边会面，做悲悲切切的告别。他的悲切之情是从未有过的。他以往的表现，总是雄壮勇猛的。

山本、贺蕊坐在一个椭圆形的大石头上，默默地看着前方，一弯缺月在峰峦之间淡淡地待着，一动不动。缺月仿佛在注视着他俩，准备按动快门，抢拍下几个画面。这是不同血统、不同身份的两个青年男女，没有根据却又有目的的约会。

山本拉着贺蕊白皙的柔软的手，说："贺蕊，我走后，希望你常到我家去，安慰我的父母，帮他们做些事情。我已经跟他们谈起过你，说你是贤惠的，可以信赖的。尽管他们……"

"一定照办。"贺蕊肯定地说了这句，忽然想起了她自己的身份，又吞吐地说，"不过，我是个沦落的人，你家老人会嫌垢的，我……"

"我不嫌垢就行。"山本拉着她的手，紧紧拥抱着她，浊泪滴在她的脸上，说，"我们分别是暂时的，几年之后，我把你搬到我的身边。"

在山沟的一个平滑的石上，贺蕊提前做了少尉的"慰安妇"。钩月被山峦掩住，海风凉森森的了。

停些日子，山本随一支海军陆战队开入中国。他是很顺利的，经过几次战斗，就一级一级升上去了，一直提到大佐，可谓官运亨通。

由于在鹿儿岛，他与有特工任务的旅行家往来亲密，知道了很多中国的事情；又看了几本中国的历史书和地理书；还听贺蕊父母讲过中国的风俗习惯以及吃喝拉撒睡许多掌故。一来二去，他成就为"明星"了。他既有此种种特长，日本司令官命他独当一面，常驻金牛县至马蹄港一线，掌握该地区生杀大权。他成了有身份的日本军曹。

不久，山本征太郎转弯抹角地把贺蕊调来马蹄港，住在离他司令部不远的圣教会的大院小楼上，贺蕊成了他独占独享的慰安妇。

当山本对沈云的进攻一无所获时，他要起新的一招。

夜里。他派贺蕊去“软化”沈云。

贺蕊经过梳洗打扮，走进拘押沈云的地方。

沈云经过一天特殊的战斗，是很疲劳的，脸朝墙壁睡过去了。这是满心愤怒的睡，睡里也是愤怒的，怒的梦陪伴他。

“沈主任……”贺蕊轻轻地呼他，站在小门里，这声音是颤抖的，因为她整个身子在颤抖。

沈云听到这一声，急忙转过身坐起来，看到门处站着一个女性，心里便明白了八九，不禁火起，怒道：“你是谁，你这日本娘们，你来干什么?”

贺蕊看到灯光下一张黄瘦的脸，心里好痛，她不知说什么好，但她又不敢立即退出去。

“快出去!”沈云怒斥。

贺蕊没有向外挪步，反而向前挪了挪。

“我是中国人，沈大哥。”贺蕊冒出这一句，而且叫他“沈大哥”。

“中国人。”这像一声震天雷，轰得沈云愣住了。沈云睁大眼睛看，眼前这女性是透着中国气质。他知道这当中必有缘因、必有故事。他想，正好通过这稚嫩甚至软弱的女性，摸摸敌人的情况。

“山本是中国的敌人，也是我的敌人，你是中国人，为什么跟他站在一起，帮他的忙?”沈云语气缓和了些，透出不解的意思。

贺蕊被这话重锤痛击得尴尬异常，不禁流出泪来，哽咽着说：“女人的命运好苦呵。”她退出了沈云的拘押处。

沈云看出她的无奈，她有难言之隐，她有一篇曲折的故事。

第二天，夜里，贺蕊又走进沈云的拘押处。

沈云早有思想准备，他不但要守住防线，而且在不利的地形中，争取主动出击。

“沈大哥，昨夜我来，干扰了你的平静，你会骂我吗？没有出息、没有骨气的女人。其实我的现状是天灾人祸造成的。我所处的环境，是不能得罪山本，也不敢得罪山本，违背了他，得罪了他，他随时可以结果了我的性命。但是我又有一个基本的原则，是不损害我的同胞兄弟，像沈大哥，我是绝不会损害你的。”贺蕊一进屋就滔滔不绝地说了这么多。

是实是虚，话语不在多。沈云是有经历的人，她的话有弦外之音。“天灾人祸”是什么？

“你对我这样坦诚，我是欣赏的，你就谈谈你经受的‘天灾人祸’吧。”沈云一改上次的愤怒之情，这次是和颜悦色地说，“你请坐吧。”他指了指旮旯里那只小凳子。

贺蕊在小凳子上，一籽一瓣地、一五一十地说出下面许多事：山本烧她家的小饭店，父母双双失踪及她的沦落，山本曲线地猎取了她，如今她的身心都是痛苦的。多少次想死，但是觉得死得不值。她的仇还没报，不能死。她要看山本的死亡，要看日本鬼子的灭亡。

她谈说时，多次痛哭流涕，都被沈云劝说住了。沈云恳切地说：“你既然有这份心志，你便得强忍着，要把仇恨压在心里，不然，你会暴露了自己。”

苦难磨炼贺蕊成熟了，她听懂了沈云的意思，缓缓地变得有些笑容了。她总归不是小孩子了，知道高下、轻重、利害。

第三天，贺蕊又走进沈云的拘押处。

两人都放松了许多。

沈云是有阅历的，他两次见到贺蕊，分析她的言行，认为她不像是职业特工，她是受难者，如果条件许可，倒可把她争取过来。

几句寒暄之后。沈云问：“这两天山本问你什么了。”

“他问过你的表现，我回答他，‘沈先生是铁硬的中国男子汉，知道许多中共的底细，如果争取过来，对皇军极为有利。要慢慢来’。山本说，‘这应该放长线钓大鱼’。”

沈云想，眼下还不会干掉我。贺蕊很聪明，她的话对自己有利。

“看来，山本把你当成他的心腹，他还有另外的贴心人吧，如同信任你一样信任的人。”沈云向前“摸爬”了一句。

“有，还有一个男性，此人神出鬼没的，就是那挂牌医生范一生。山本说他们俩是哼哈二将。但是他只说范一生是他的朋友，至今我也只看见过范一生两次，一次在品茶，一次在布弈。范一生十分年轻，书生模样，不过他到底是干什么的，我也搞不清。”

“你能不能帮我们试探一下他是干什么的。也算你为革命做了事情立了功，将来，八路军会给你保护，争取好好做吧。你年轻，前面的路正远。”沈云殷殷至诚地问，“贺蕊，你府上是何处？”

她告诉沈云，听父母讲，她的家乡是金牛县贺家楼。父亲贺柏兄弟俩，原来感情十分好，后来有了婶婶，家庭就不和睦了。父母此后离家到了日本，父亲会烹调手艺，就在日本开起了小饭店。自己是在日本出生，是老生女。

“啊，贺家楼，你听说过贺国栋、贺家栋的名字吗？”

“我听父亲说过，那是他的两个侄子，不正干，他没跟他们联系过。说起来贺国栋、贺家栋还是我的叔辈哥哥呢，我却从来没见过。”

“没见过倒好，你不要跟他们沾边，他们现在都死心塌地地为日本人干事。不像你，没失掉赤红的中国心。”沈云到后半是夸奖贺蕊了。

贺蕊要退去的时候，沈云笑笑说：“以后你的名字叫‘火热的心’。”

## 12

那天，当范一生诊疗完杨振方母亲的病，离开杨家庄院回到自己的住处时，埋伏在屋里的贺国栋的亲兵给他上了手铐，推推搡搡地拉他上了卡车，押进金牛县城。

伪军一路上警惕万分地将他押进看守所，许多官兵对这个范一生进行各种各样的推测，都认为他是八路军的一个“大的”，意思是八路军的高级干部，连贺家栋、贺国栋这样反动政治经验十分丰富的人，也都这样认为。而贺国栋的走卒和副官之类，也都赞美大队长的英明，这个八路干部是逃不脱大队长的火眼金睛的。

但是经过几次审问，范一生矢口否认他是八路军的高级干部，连低级干部也不是，跟“老八”根本不沾边。他说自己是个地地道道的医生，是个靠中医技术谋生的医生。

可审问者说他是为了配合沈云这次行动的，是个特殊的地下交通员。

范一生听到这些，不禁破口大骂：“你们瞎了狗眼，不能干这一行，回家看孩子去。”

当审问者要让他坐老虎凳时，他哈哈笑了，说：“我请别人坐过龙头椅，别人从来没叫我坐过老虎凳，叫我坐这个，你们要倒霉。”

他张开五叉手，向桌子上拍了一巴掌，响响地。

贺国栋对他的口供和表现反复研究，总拿不定主意，不知道他到底是个什么人。他把这些情况报告了山本，山本也很奇怪，胆子大，口气大，真不像犯人，倒真像长官。

山本不但有点奇怪，而且十分惊疑。他决定要弄个究竟。

范一生坐在山本大办公室的外屋里，倚着窗，看着窗外。日本军曹向内室喊：“形迹可疑的人，押来了！”

内室门开，山本哈哈地走了出来，今天他穿着大和服，拖着木屐，满屋子散发出嘟嘟的声音。他叼着雪茄，站在范一生的背后，端量着他的背影，咀嚼着贺国栋对他谈的情况。不知为什么，从背影上看，范一生倒真像个日本人。他想，难道范一生是个有特殊任务的日本浪人，故意化装成中国人？他试探地问：“你的，干什么活计的？”

范一生听了，思考片刻，答道：“噢，你问我是干什么的，是吧？我呵，医生行业。”

“听口音你不是本地人。”山本这个中国通，走南闯北见识多，听沿海各地口音能辨出眼前人的活动范围，他声气和蔼地又问，“范先生从哪儿来？”

“来自营口，中医世家，干中医多年，名叫范一生！”

山本哈哈笑了，说：“你回答得真干净利落，滴水不漏，在贺家楼大街上你挂的牌照上却写着‘大名府中医师’——你到这地方有什么公干?”

“我的家乡去年干旱，赤地千里，不得不求食他方四处流浪，三个月前落脚这个地方。”范一生好像小学生背课文似的，不打艮地讲了这些。

这声音，好熟呵，似曾相闻，山本由奇怪而惊疑，但一下子愣住了，他踱着步，走到范一生对面。

范一生抬起头来，两人凝视片刻，忽然，山本上气不接下气地惊呼：“米君，米秀山君——”

范一生听到喊他的真名，一惊，当他认出对方是谁的时候，反倒变得沉默了。他低下头，又抬起头转向窗外，他怕对方看透他的心情变化。不能过早地暴露自己的身份。这种特有的警惕性，是职业特工的本能表现。

“萍水相逢，相别五年，今日不期而遇，该是天助我也。”还是山本打破了无声的场面。

范一生转过身来，脸上还是冷冰冰的，深沉地说：“山本君，幸会，幸会，春风把我们吹到了一起。”

山本踱着木屐，搂起范一生的胳膊，引导着他走进机密的办公室。

办公室里日本军曹带四个荷枪实弹的兵士，警戒着，有情况随时可以听候山本的调遣。

山本一挥手，军曹等立即回避了。

山本取出雪茄敬给范一生，擦着火柴，给他点上，又取出茉莉大方泡上茶，捧到他的面前。两支雪茄烟气升腾，溢满了全屋。

他们一边抽烟一边喝茶，平和、亲切，是另一样气氛。不由地，他们沉浸在过去一段时间的回忆中。

他们五年前是东京士官学校的同学，毕业后，山本被派到中国东北营口。而米秀山是中国人，因为他的舅舅在日本开了个大饭馆“小蓬莱”，结交了不少日本上层社会的人物，有这些背景，他进入了日本士官学校，当然日本人培养一个中国人有他自己的打算。毕业后，把他派到金牛山一带，搜集共产党和国民党各方面的情况。他进行这些勾当时，就用“祖传”的一点医术做掩护，这样更有条件深入民间各个阶层。

山本听了这些很为欣慰，也把自己离开士官学校的情况过枝接叶地说了一遍。米秀山也为这不期而遇而激动万分。但是虽然相遇对他们从事的反动工作有许多方便之处，可也容易暴露自己，不利于他完成特殊使命。他并未向山本泄露自己到底是受谁的派遣，有什么特别机密的任务。山本发现他的工作极为特殊，便纳闷地试探着，问道："米君，这次到金牛山一带……"

没等他说下去，范一生截断他的话，说："山本，我现在不姓米，不叫秀山，而姓范，叫一生，今后切记以此呼之。"

山本听范一生语气十分委婉但又十分强硬，知道自己实在是自讨没趣，因而转变话头，缓和一下气氛，笑笑说："范君，看在士官学校'同场共练'的面上，对共存共荣之道可否赐教。"

范一生踱着方步在屋里走了一遭，不语，像动物园装在铁笼子里的狼，冷冷地，没有表情。

片刻，山本若有所悟，高呼"来人哪!"，话音刚落，日本军曹大步跨进，躬身肃立。山本命令道："准备宴会，我要与范先生小饮，交个朋友。"

日本军曹连应："哈夷，哈夷。"退出。

山本又给范一生点上一枝雪茄。范一生严肃地问："山本君，根据你这些年与共产党八路军打交道，你认为应该怎样对付他们?"

"……我总觉得他们神出鬼没，变化莫测，我是很伤脑筋的。特别是太平洋战争爆发……"

"对付共产党八路军是不简单的事，必须与老顽全面合作，共同完成我们消灭赤祸的目的。"范一生越说语气越重，仿佛是对下级下指示似的。

山本仔细地体味他的意思，对于范一生这突如其来的话，他心里明白了范一生的重要，话语间相当佩服，脸色表现得十分愉快。忽听范一生又说："太平洋战争爆发，日本军的总战略，是集中兵力全面支持太平洋方面，而以中华大地为大后方。这一点你比我明白。就山本君辖内来说，应撤离金牛县城，固守马蹄港至贺家楼一线。"

"平白放弃金牛县城?"山本不解地惊讶问，"这是为什么?"

“这就叫全面筹划，一心对付共产党。”

山本摇摇头，不同意地说：“你把这块肥肉扔了，龟田司令是要发火的。”

“你懂得个啥!”范一生把手一挥，又说，“这不过是扔给他们一块光溜溜的骨头，这个意图你不明白?”说着他连着拍了拍山本一夫的四个口袋。接着捂住他一个口袋，转头看一遍那三个口袋。又拍拍那捂住的口袋说，“给杨振方一个甜头，分一段防地给他。”

“分一段防地给他。”山本终于醒悟了，急切地说。

“这是实质，给杨振方一个甜头，便于拉拢他共同办事。”

山本、范一生相视狂笑。片刻，山本收敛了笑容，犹豫地说：“龟田司令……”

“龟田司令由我负责，他是聪明的日本皇军的官长，他是一点就通的。”

说话间，日本军曹喊声报告，躬身说：“宴会妥当，请用。”

山本、范一生站起。山本让着，一起走进侧室。

## 13

日头老高了，大田里，耕春地的农民吆喝牲口，鞭花在空中摇响着。

三匹大马在山间小路行进着，他们是提升为伪军侦缉队长的贺家栋及两个联络伪军。他们带着贺国栋给杨振方的亲笔信，向国民党金牛挺进军司令部进发。

昨天在山本顾问审问范一生时，认出范一生是带着特殊任务而来的东京士官学校的同学。他们商量下一步的活动，主动放弃金牛县城，让杨振方的队伍进驻。山本把这一行动计划让贺国栋执行，贺国栋立即派人去和杨振方联系，盼望杨振方能咬住这个“味”。

贺家栋三人骑着马不久进入棋盘岭。这里位于金牛县东部，是国民党挺进军盘踞的地方。早有哨兵将他们拦住。他们说明情况，展示出信件。哨兵立即按联系系统，报告了杨振方。

杨振方当即派副官长郭箭飞骑马到边界亲自迎接他们到司令部副

官室。

勤务兵递烟献茶，退出。

贺家栋双手递交了贺国栋给杨振方的信件。郭箭飞启封一看，信很简短，意思是派贺家栋来面请杨振方进驻金牛县城。

郭箭飞看完信，放在桌子上，一手按着短信，笑着说："家栋队长这次不远一百多里亲自来到敝部，我代表杨司令表示欢迎。本来杨司令该亲自来迎你这老街坊，但是不巧前天他不慎得了感冒，两天来一直卧床不起，这一点他叫我向你表示抱歉。"为了摸清贺家栋让出金牛县城的交换条件，以便有回旋余地，郭箭飞按照一套既定的意思讲话。

贺家栋心里明白这是一般军政界常用的外交手法，笑笑说："临行前，贺大队长讲，有要事一定要向杨司令面陈，既然病了改日再来吧。"他明知杨振方病了是假，便冷冷地，装着无可奈何的样子，站起来要告辞。

郭箭飞上前两步，扯住贺家栋的手，连连抱歉道："请原谅，请原谅。"然后双手向前拖了拖椅子，让贺家栋坐下，瞅着他的烟熄了，立即给他换了一根，急忙拿起火柴划着，一边说"烟受潮了，烟潮了"，一边给他点上。

郭箭飞也坐了下去，看贺家栋重新抽起烟来，脸上的雾稍稍散了，恳切地说道："我看贺队长远道而来很疲劳。先住下休息一下，待我报告杨司令，他一定会来见贺队长的。家栋兄你看如何?"一口"队长"一口"兄"的，希望贺家栋成全他这个要求。

贺家栋呷了一口茶，点点头说："好吧!"

郭箭飞笑着站起来，走出门外，告诉勤务兵把情况报告杨振方，并吩咐厨师和跑堂的立即摆上酒宴。当他回身走进屋里时，看贺家栋正在看墙上挂的一张金牛县地图，那地图上清楚地标明了三方面部队的盘踞地。

勤务兵和跑堂的先端上四个冷碟和香槟酒放在方桌上。

郭箭飞轻步到贺家栋身后，低声道："来，家栋兄，为你洗尘。"

贺家栋拿手捂住地图上的金牛县城，问道："副官长，你猜这是什么地方?"

"山本长官和贺大队长的驻地，金牛县城。"郭箭飞不加思索地说，

"贵方已经苦心经营了好几年了，防务固若金汤。"

"但它不久即成为杨司令的管辖之地。"

郭箭飞听了，简直不敢相信自己的耳朵。这是真的吗？他纳闷，不能理解贺家栋的意思，甚至认为他在开玩笑。但是为什么有如此突如其来的玩笑呢？他装着没听清贺家栋说话的意思，恳切地说："家栋兄，来，为你洗尘。"

他们就着海米、鱼子、松花、青豆以及大盘大碗，喝着香槟酒。不一会儿贺家栋心花大开，脸色也喜悦多了。郭箭飞乘机奉承说："听说日前家栋兄逮了两个共产党人员，得到山本长官的赏识，提升为侦缉队长，官运亨通。这次派家栋队长前来商量要事，也是长官对你的信任。愿你步步高升。"

"家栋不是材料，这次不过是碰得巧，可以说瞎猫碰到个死老鼠。给了我这一个衔，不过给马拴上了笼头，无非叫我好好干就是了。"贺家栋呷了一杯酒，又说，"这次独自出来跟贵方办外交，希望能圆满达成协议。"

屋子里热气腾腾，烟气腾腾，杯盘交响。

郭箭飞用筷子点点盘子，说："贺队长，来，趁热打铁。"

贺家栋吃了几口菜，哈哈笑着说："杨司令走了红运了，金牛县城马上成为他的管辖地区。"他又着重提到金牛县城将交给杨振方管辖。

"这是件大事，我不明白其中原委，如果你对兄弟信任，敢请透露一二。"

贺家栋夹着一个丸子放在嘴里嚼着，说："我为了早日办完事赶路，副官长，我干脆把事情跟你说了吧。"

"好，好！"郭箭飞给他又斟满一杯酒，说，"这也是彼此的交情。"

贺家栋张着大嘴把一杯酒一饮而尽，说："贺大队长说，为了使我们双方长期合作，来对付八路军，日本皇军愿把金牛县城移交给杨司令管辖，已经定下后天拂晓时间我们开拔，你们即可进驻。这样金牛县和棋盘岭就连成一片了。"

郭箭飞脸上掠过一丝微笑，他给贺家栋又点上一支烟，深情地说：

"随着形势的发展，山本长官和贺大队长的决定，确实是加强双方合作的一种良好的措施。"

"我们大本营听到这个消息，一定会嘉奖杨司令的。依我看，这也是杨司令洪福齐天，又遇到升官发财的好机会。"贺家栋翻了翻白眼说。

郭箭飞站起身来，又给贺家栋满满斟上一杯酒，恳求说："贺队长，这事关重大，我必须立即报告杨司令，由他裁决。家栋兄，你慢慢喝着，我去去就来。"说着他走出房间，向杨振方住室走去。

杨振方住在司令部东边的高坡上，南为十里之遥的南海，身后是老龟河，院内平房，院内外林木葱茏，花开鸟鸣，风景优美。郭箭飞拾级而上，走到杨振方住室外，喊了声"杨司令"，里面有勤务兵迎出来，接进去。

杨振方照着镜子整理装束。他的小老婆陈英美，拉了拉他的衣襟，又满意又埋怨地说："你这个人哪，不能太精神，太精神了哪还像个有病的样子，刚才你还叮嘱郭副官长说你感冒了。"

"感冒归感冒。重大事情我要扶病处理，这一点谁会不理解呢。"杨振方得意地瞅了一眼陈英美，说，"人间事，就是逢场作戏嘛。"

郭箭飞走进杨振方住室，直直地站着，低而缓慢地说："杨司令，贺家栋说……"

杨振方一挥手，截断了他的话，说："箭飞，我已知道了，所以决定马上去见他。"

情报人员早已报告杨振方有关情况，杨振方反复思考着，认识到这是他们的一种战略措施。

郭箭飞看杨振方转过身来，高兴地说："杨司令，这次我们又扩大了地盘。"

杨司令生气地说："你真糊涂，这分明要把我们暴露出来，跟共产党成对峙之势，他们兵力不足，分一段防地给我们而已。你却认为有便宜可占。你忘了最高首长的训示了吗？我们是隐蔽自己，保存实力。"

郭箭飞恍然大悟，茫然地说："事到如今，应该怎么办？"

"因势利导。"杨振方一挥手，说，"走！"

郭箭飞在前引路，杨振方在卫兵的簇拥下，走进司令部大院，卫兵在院内等着。他和郭箭飞走进办公室。

贺家栋站起来，迎上前去紧紧和杨振方握手，有礼貌地说："杨司令，如论街坊辈，该叫你大哥，带病来见我，叫我很过意不去。如果没有太要紧的事，绝不敢劳你的大驾。"

"棋盘岭的气候变化无常，特别是春寒厉害。"杨振方咳嗽了一声，蹙蹙眉头又说，"一不小心就着凉了，这不，一感冒就是好几天。家栋弟，刚才郭副官长把事情都跟我说了。我看哪，加强共同协作，我增加一点防务力量是可以的。""增加一点防务"几个字说得语气显得很重。

"增加一点防务？"贺家栋听了有点奇怪，便说，"这我不懂！"

"本来嘛，这是很明白的事，金牛县可以说是一座空城，本来是皇军和治安军防守，现在要移交给我，这不，给我增加一点防务吗？"杨振方有板有眼地分析。

"不能这么讲。"贺家栋原来不了解这一层，听他这一分析，恍然大悟，心中嘀咕，山本出这一招，确实花费了脑筋，支支吾吾地又说，"仍是友谊合作的表现，不要想得太多。山本司令和家兄的为人，杨司令不是不知道。"

"好，既然如此，我想跟贵方商量个事情。"杨振方说。

贺家栋看他那个神秘的样子，身子向前凑了凑。杨振方瞅了一眼郭箭飞。郭箭飞立即退出去。杨振方说话的声音极低，只见贺家栋不住地点头。他着重地说："贵军撤退那天，我们要枪炮齐鸣，表明我们是攻克金牛县城，你们走后，我们还要做短途追击，意思你也明白，不过枪是往天上放。"

贺家栋苦笑着，说道："这个代价不少，皇军和治安军是拍卖了一次自己的威风。不过，这样杨大哥名正言顺，会得到上方的嘉奖。"

杨振方听他这话谈得也很露骨，收敛了脸上的笑容。贺家栋看再说下去也没有多大意思，便站起身告辞。杨振方也不很留，站起来送客。

可是贺家栋走了几步，又回来了，慢条斯理地说："还有一件小事差一点忘了。"

杨振方不觉愣怔了半晌，问："还有什么不妥当的地方？"

"不，一切都很妥当。"贺家栋笑悠悠地说，"临行时大先生，家兄国栋要我顺便打听一下，你家大妹妹峻莲是否又有了人家。如没有，他愿意保大媒。"

"到底是乡亲近邻，时刻把我的事挂在心上，真是远亲不如近邻。不瞒你说，大家也都知道，我这妹妹从小不是脾气，男人前线阵亡后，回到娘家来，越发闹得家庭不安宁。我这个当哥哥的确实觉得没有办法。但是她将来如何，还得家母做主，等我把国栋的意思转达家母后再做回答如何？但不知'求'户是哪一家？"

"就是前些日子给令慈诊病的那个范先生，大名府世传中医范一生，范先生。老太太见过此人，杨大哥见过，大妹妹也见过，一表人才。"贺家栋是按照贺国栋和山本的意思办事，眼下像放连珠炮似的说了这些话，又补充说，"事不宜迟，一切从速。"

"哈哈哈"笑了一阵，杨振方收敛了一下笑容，说："老弟，买卖要一个一个地做。第一个生意是后天拂晓你移交我接收金牛县城，要绝对保密，免生枝节，带来麻烦。"

"后天拂晓，你我双方主要人知道，其他人绝对不能走漏风声。"贺家栋也随和说。

两人握了握手，杨振方一直送他到门外。郭箭飞迎上来，领贺家栋离开司令部。贺家栋带两个卫兵骑马飞回了金牛县城。

双方经过了一天多紧张的准备。到第三天拂晓，枪声炮声齐鸣，微风中传来阵阵喊杀声。这声音把金牛县城内和郊区人民从梦中惊醒了，男女老少都不知是怎么回事，在惧怕中猜测，大门紧闭，有好事而且胆量大的人，从墙头上和门缝里，观察着外面发生的事情。

这时，山本大佐骑在马上，压住中军，前列队引导后列队殿后，浩浩荡荡向马蹄港进发。队伍中押着中共金牛县武委会主任沈云。

另一路，金牛县伪军大队长贺国栋，率一千多伪军，粮食、被服以及各种物资，车载骡驮，浩浩荡荡向金牛县以北重镇贺家楼进发。



国民党金牛县挺进军司令杨振方的部队进驻了金牛县城，杨振方和他的参谋、副官、秘书站在城头上，喜气洋洋，谈笑风生，好像他们真成了胜利者。等看南路的山本和北路的贺国栋都走得看不见影了，立刻派二百士兵向南路“追击”，二百士兵向北路“追击”。接着枪声喊杀声南北大作，约莫半个小时，“追兵”都回来了，扬言说，给日伪军以更大的打击，敌人狼狈逃窜。

当人民群众怀揣疑惧走上街头时，满街刷满了彩色标语：“庆祝国军光复金牛县城”……接着早已布置好了的呼应户，放开了庆“胜利”的鞭炮。

## 第五章

### 14

在金牛县城、马蹄港的西北，贺家楼的西面，有一绵延百里的山区，名叫金牛山。金牛山是周围几个县交会的边缘地区，交通不便，是有钱有势的人不大常到的地方，从外表看相当冷落和荒芜。可是为什么祖先给它起个名字叫金牛山呢？又为什么给它留下这样一个美妙动听的童话呢？

天河旁有一颗牵牛星，那一旁是织女星。他们是一对夫妻，由于恶势力的阻隔，每年只在农历的七月七夜里相会一次。那一夜喜鹊搭桥，来帮助牛郎走过河去。牛郎本来是地上的牧童，因为偶尔的机会遇到了天上的仙女织女而相爱结婚的。牛郎也成了神仙。每年跟织女相会的时候，他都牵着他的那只老黄牛，这牛也成了神仙之属，它本来属于劳动者，它会耕田会拉车能载重，和人民最有感情，人民也最爱它。可是竟有人把它诌成贬义词，形容人笨，说其笨如牛。其实它哪里笨，只是因为它有耐力，对多么艰苦的劳动也不动摇，低着头拼命地干，干的同时对人们要求却很少，只吃些草来补充它的力量。它这种不讨价还价的性格，也被幼稚的人看成是笨了。它前进的脚步是扎扎实实的，一步一个脚印，从来不慌里慌张。他的眼睛总是盯着一个目标，决不左顾右盼、思虑重重，只是一心一意地负重致远。有偏见的轻佻人把牛的这些优点都挖苦为笨。牛郎呢，牛郎却离不开它，有了它，牛郎就不失劳动的本色。牛郎为了他和织女的爱情，专门盼着七月七日夜，这牛呢也得去陪着他。久而久之，牛觉得太无聊太没趣，它曾数次示意牛郎要回到地下再和劳动者一起，只是牛郎迷住心窍，不理解它。有一次它看牛郎脱了衣服正在天河里洗澡，偷偷地跑下地来。可是因为它的归心太切，行动太速，一下子撞死在地上。牛郎正在洗澡，忽然不见了黄牛，急忙上岸，也顾不得穿衣服，就追赶，追到地上一看，牛已经死了。牛郎伏在地上大哭起来，泪如泉涌，流成一条牵牛河，汇进了墨水河。墨水河水为什么黑乌乌的，是因为牛郎痛苦太深，哭出的眼泪也变成黑乌乌的了。原来墨水河名叫清水河的，因为以上故事改名为墨水河了。牛郎哭久了，已经哭死了，他的枯骨就是现在的牵牛峰，远远看去，牵牛峰还真像一个青年人在痛苦的样子。

牵牛峰对面是一条绵延的山峦，就是黄牛摔死后的尸体，后来叫它金牛山了。老人痛惜地说如今天上的牵牛星为什么不亮了，是因为那是已经虚妄了的牵牛星了，那只是牛郎脱下的一堆衣服；织女星也不亮了，是因为牛郎下凡已死，织女更加悲凉，长久地痛哭，脸颊逐渐黄瘦，织女苍老了。

这虽然是一段有趣而且令人惋惜的童话，但是它反映了一些什么内容呢？大家都在猜，但是谁也不知道正确不正确，猜了多少年月没有个结果。只不过，这金牛山有阳光，有空气，有水分，可是为什么任何作物都不愿长呢？有人编出歌谣来：

金牛山，没金牛，
山上山下净石头。
一块石头一个愁，
捆得水土都变瘦。

这个歌谣，不知经没经过文人的加工，整个看文辞并不美，只是它确实反映了这金牛山的冷落和荒凉。

其实，真的是冷落荒凉吗？不，这样看问题太表面了。

一九三八年以后，金牛山聚来了中国共产党八路军的英雄们，他们从小变大，从弱变强，成为抗日战争时期金牛县一带抗击日本侵略者的主要武装力量。八路军金牛山特区司令部和中共金牛县委机关都驻守在金牛山卧仙夼一带。如今的金牛山再不是落落荒凉，而是沸腾向上，充满了生机，革命使它换了容颜。

人民群众正忙着春耕生产。牛儿拉着犁，鞭儿红缨在半空飞，撒下的种子，一场春雨即可拔出嫩芽，忙碌的大生产使金牛山区变得年轻而富有朝气。

八路军战士在山间练武，有时也进行生产劳动。老红军劳武结合的精神在这里得到发扬。

山坡上，地堰边，多的是各种各样的树木，郁郁葱葱，一排排、一层层、一簇簇，像绿色的波浪。在这绿色波浪中，还夹杂着一团团火焰，燃烧着，像朝霞，像红旗，那是一树树盛开的桃花，把整个山区闹活了。

在这美好的环境里，有一个小小的特殊的队伍正在练功，他们是牛虎、赵雷、石景汉、孙玉刚、李一朗。在休息一阵以后，赵雷等四人正在聚精会神地观看牛虎爬山的动作。牛虎矫健的身影，吸引着人们的眼睛。当他飞快地往返一次后，他又扛着一百多斤的大石头上山，又飞快地往返一次。大家不断地称赞。石景汉幽默生生地说："都说你像只虎，我看哪，你比猴子还捷俏。"

话音刚落，赵雷很有趣地解释道："牛虎，牛虎，为什么叫牛虎呢，像牛一样坚忍不拔，像虎一样气势凌厉。所以叫牛虎。"

"这么说，是当初你爹给你起名时，就有这个意思，还是后来别人给你加的意思呢？"李一朗这个俏皮鬼眉头一皱，找到了话题，又开玩笑道，"老赵，我看你叫赵雷，敢情不是雷公下凡吧。"

大家一阵哄笑欢乐。

石景汉收住了笑容，也跟着打趣地说："有牛的优点，有虎的优点，刚才看你扛着石头上山，像猴一样伶俐捷俏，简直厉害得没法治了。以后就叫牛虎猴吧！"

又是一阵哄笑欢乐。人们光顾乐了。不知不觉高青走到他们的身后。小高对牛虎这段时间的学习锻炼情况了解不少，在远处看了刚才的情况，不由地喜从中来，便插话说："牛虎从进山以后，努力学习，刻苦锻炼杀敌本领，进步可大啦。"

"小高，打从进山来，首长和同志们对我特别关心，但是我要求不甚严格，进步不大，要说有点进步，那是大家帮助的结果。"牛虎怀着极端感谢的心情，又说，"特别得感谢沈主任和小高救了我，使我投奔了八路军。"

小高到底是个十七岁的小伙子，一听牛虎用表扬的语气感谢他，反倒很不好意思，急忙拉了拉牛虎的衣襟，用埋怨的口气说："你倒真谦虚，如果说不是你自己严格要求，那倒不能叫人信服。"说着撸上牛虎的裤腿，露出他腿上戴的沙布袋。小高知道牛虎的底细。

真有这样的有心人。大家看了沙布袋，都很奇怪，李一朗蹲下去摸摸沙布袋，关心地问："一个袋子有几斤？"

牛虎没有回答他的问题，小高代他介绍说："一个袋子是十斤重，两个袋子二十斤。李勉书记说，牛虎这样勤学苦练，将来会成为很好的武工队员。"

"要讲起戴沙袋，还是李书记教给我的呢。李书记是游击队长出身，对苦练杀敌本领确实有一套办法。打我进了山，李书记从政治、思想、生活等各方面对我关怀到家了。在这个世界上，他是我最亲最爱的人了。"

话音刚落，小高一指不远处县委机关的高沟道上，急火火地说："你看哪，谁来了？"

## 15

几位八路军战士，在练武间隙，欢乐地谈论着牛虎刻苦练习杀敌本领的事迹。忽听小高急火火的一句："你看哪，谁来了？"不由地，大家仰目一看，那人已经转过桃花坡，穿过梨树沟，走在桂花桥上了。可以清晰看出那人白净脸，蓝布褂，黑裤子，大布鞋，一般庄户人打扮。

赵雷兴致勃勃，风趣地说："神仙扛不住重念，你看，说起李书记，李书记就来了。”

不错，来的正是金牛县县委书记李勉同志。他是江苏东部连云港人，渔家出身，从小跟父亲坐船打鱼。十八岁那年因生活所迫，流浪上海，挑担卖蔬菜为生。不久参加了地下党，做党的地下工作。后来，党把他送进上海一个航海职业学校读书，继续做地下工作。抗日战争爆发后，他被派到金牛山特区开展工作。上级党委任命他为金牛县县委书记。他工作作风非常踏实，常深入基层，常在人民群众和革命战士中出现，促膝谈心，调查研究，解决问题。

那天夜里，牛虎被沈云和小高从贺家栋护院的子弹下救了出来，带着沈云给李勉同志的信，朝宿夜行，不日进入金牛山卧仙夼，找到李勉，交上了信件，并把墨水河畔和当天夜里沈云枪击了贺家护院，把他救出虎口等事一籽一瓣地说了一遍。

李勉看眼前这强壮凌厉机警智慧的大汉子，非常高兴。革命又增加了新的战士。后来把他和赵雷、石景汉、孙玉刚、李一朗编在一起，布置他们的训练任务，比一般战士项目要多，而且要求严格。如摸爬滚打，比一般战士速度更快，而且花样更多。另外还有翻墙越室、上树跳涧、擒拿刺杀等，更是别具风格。如刚才看到牛虎两腿上捆着沙布袋，扛着一百多斤大石头飞快上山，就是这些特殊训练的突出表现。据说练力气头是基本功。作为一个革命战士，特别是一个从事武装斗争的革命战士，没有力气就是白费，特别在危急时刻，需要火拼，需要刺刀见红的时候，如无特殊功底就要吃亏。俗话说得好，“平时多流汗，战时少流血”。当然，在战斗中，一个战士被杀，或者杀死一个敌人，都是极平常的事情。

李勉同志早先也是这样认为，可后来他对这些问题又做了深层的思考，认为将来要求进行特殊战斗的同志，常会因为在关键时刻捉拿一个敌人，而使一场大的行动取得难以预料的成果和胜利；而我们的同志被敌人擒拿或杀害，常会导致一次行动的失败。所以他对各种战斗项目的训练，要求准确而机智，要精益求精，这当中机智和勇敢是绝不可少的。

李勉还常常给牛虎一帮人讲兵法，讲特殊战斗的经验和教训，讲机动灵活的战略战术。

牛虎等进山以后，虽然时间不长，但是进步是非常快的，这些进步确实跟李勉同志分不开。当下李勉同志又来了，因为他是首长，所以他们都立正站着，可是想起他是如何像一位兄长一样关怀体贴他们，又巴不得赶紧听到他带来的好消息。

李勉一摆手，大家跟他走到一棵盛开着桃花的树下，他坐在石凳上，他们围绕他坐下。

李勉像和亲爱的朋友谈话一样，谈了各方面的情况，后来谈到金牛县政治军事情况时，强调说："同志们，根据情报，日伪军主动放弃了金牛县城。山本一路进驻马蹄港，贺国栋一路进驻贺家楼，而把金牛县城让给了杨振方。"

"日伪军主动放弃金牛县城"，这引起在场同志普遍的奇怪，为什么会这样呢？赵雷憋不住了，问道："山本和贺国栋是不是觉得有被消灭的危险，才主动撤退了？"

对这个问题，牛虎动了一番脑筋以后，看大家不说话，便接着赵雷话茬说："赵雷的意见，我是同意的，可不可以这样看呢，日伪军兵力不足，战线跨不过来，故意把这块骨头扔给杨振方，杨振方得不了什么便宜，不过帮着看守看守罢了。表面上贺国栋给杨振方一个甜头，实际上是把杨振方纳入了所谓的'共存共荣、建设东亚新秩序'的轨道。"

李勉脸上露出喜悦而自豪的微笑。他对这位出身羊倌的新战士的分析十分欣赏，认为他经过这样短时间的学习和锻炼，不但掌握了十分可喜的杀敌本事，更可贵的是逐渐能够用辩证唯物论观点和当前各个集团之间的利害关系分析问题。李勉拍一拍坐在身边的牛虎，笑笑说："你们的分析都很有道理。根据可靠情报，他们确实演了一场戏，明明日伪军是主动撤退，可枪炮齐鸣，煞有介事，杨振方扬言他们攻克金牛县城，很显然这是一笔交易。双方都有自己的小九九。日伪分一段防地给杨振方，加强了他们之间的关系，以便共同对付八路军……"

话音刚落，通讯员小高从不远的山道上跑过来，离李勉还有十步远，就喊了声"报告"。当他看到李勉一挥手，便走上来，送上一封三角形信件。李勉吩咐一声："大家休息去吧。"然后马上打开信看。看完信，把信装在了口袋里。

牛虎等正观察着李勉脸上的表情，猜测着情报里反映了什么情况。

李勉看到大家那种急切的眼光，沉思了一下说：“贺国栋在贺家楼一带抢运材料，逼迫民夫为他构筑碉堡工事，看样子他要在贺家楼一带长期盘踞下去。”

石景汉眨眨眼睛，一本正经地说：“兔子不吃窝边草，可贺国栋这小子回到老窝，我们这些人家都在贺家楼周围三里五村，这下可遭涂炭了。”

“面临着这新的情况，我考虑他们在对根据地搞一个包围圈，来封锁我们。”挺爱分析问题始末的李一朗，这时也发言了，他的发言往往经过了深思熟虑，他慢条斯理地说道：“这是为以后他们的大行动、大扫荡服务的，贺家楼将来就成为他们的一个补给站。”

李勉点点头，显然对他的分析非常满意。春天和煦的阳光照在他的脸上，泛出健康的红润，使人感到他的精力是那样充沛，满身都有活力。

一阵春风吹落了几多花瓣，落进牵牛河里，一群花色的鸭子扑进河水，好像在追逐那些随水而漂的花瓣，激起的涟漪在河面闪动。

李勉站起身来，在花树下踱步。他有个习惯，凡是在思虑重大问题并做重大决定时，都要一阵轻一阵重地踱步，那交错的脚印就仿佛是他反复思考的痕迹。一会儿他又走到牛虎等跟前，慢悠悠地说：“抓住这大好时机，给他们一有力的回击。从现在起，你们五人组成一个战斗小组，进行武装斗争工作，五人小组成员是牛虎、赵雷、石景汉、孙玉刚、李一朗，由牛虎同志担任队长，小组接受金牛县武装斗争委员会的领导。沈云主任失事，现在武委会工作暂时由我负责，小高是你们与我之间的联络员。你们马上行动，任务是插入贺家楼一带，找薄弱环节，破坏他们修碉堡工事，同时要打听各方面的情况，特别是沈云同志的情况，以便设法营救。你们知道，现在我们从力量上来说，仍处在劣势。你们的仗要打得漂亮，打出威风，让敌人收敛他们疯狂的气焰，让群众知道我们正在斗争。同志们打好这一战役，让敌人感到处处都有武工队活动，推进革命战争的发展。”

他一口气说了上面的话，大家的心弦绷得紧紧的。他的话是催征的战鼓，把大家的劲鼓得足足的。

牛虎代表大家表决心说：“请首长放心，我们一定出色地完成党交给的任务。”

“昨天晚上县委会正式批准你们五人的入党申请。来，我领你们宣誓。”李勉领他们在党旗下宣了誓。过后他又说，“从现在起，你们成为光荣的中国共产党党员了，你们的任务是光荣而艰巨的。你们要紧紧依靠群众，发扬革命光荣传统，为打倒日本帝国主义而努力奋斗。”

李勉扫视了一下牛虎等的热烈情绪，抬手摸摸牛虎长长的头发，关心地说：“为了学习和练武，这么长时间没理发了。小高，把推子拿来，我给他们理理发，然后让他们整理行装，下午出发。”

大家不约而同地喊：“是!”

小高不一会儿取来了理发推子，在阳光下，李勉给牛虎、赵雷、石景汉、孙玉刚、李一朗一一理了发。春光是那样温煦宜人。

李勉和牛虎等坐在石凳上，小高在石桌上铺开一张军事地图，李勉边指着地图，边轻轻地说话。他们正在制订这次战斗的计划。

一阵阵春风荡过金牛山、卧仙夼、牵牛河，荡过人们春天一样的心头。

## 第六章

### 16

天蒙蒙亮，五个化了装的武工队员拎着铁锨镢头，拎着元宝篓子，大摇大摆地向贺家楼以西二里远的五道岗炮楼工地走来，他们是牛虎、赵雷等。那天李勉同志给他们布置了战斗任务、注意事项后，下午牛虎等就离开金牛山卧仙夼，直奔飞云观地下交通员大平爷处。接上关系后，在秘密的屋子里住了一夜，大平爷把贺家楼一带地方上的有关情况，向牛虎等做了说明，牛虎也把县委有关指示谈了。对这次李勉交代的战斗任务如何进行，征求了大平爷的意见。

大平爷重点介绍了贺家楼周围要建造的几个炮楼工事的情况，指出五道岗这地方进度非常慢，贺国栋换了两茬监工，一直没多大起色，但究竟是何原因，还没有打听清楚。

牛虎等经过研究，决定先到五道岗看看，见机行事。于是他们好好休息了一夜，第二天早早吃了早饭，打扮成民夫的样子，混进各地民夫行列，进入了五道岗。他们老远看到几个大帐篷像几个大的坟墓横躺在地头上，知道这就是大平爷介绍的伪军监督施工的夜间值班处，他们暗暗交换了一下眼色。

这时，伪军吹起了起床号。不一会儿，散散漫漫的伪军三三两两走出值班宿舍，有的刷牙，有的洗脸，有的整理被褥床铺，有的擦枪整理子弹袋。

此刻，来修炮楼的民夫一个还没有来。一个站岗的看见走来五个人正在那里观望，便吆喝了一声："干什么的?"

"修炮楼的。"赵雷很快地对上一句。四个人看一眼牛虎。牛虎嘴巴一噘，五个人都走下壕沟，在那里等待一下，看看动静。顺变蹲下去，掏出火镰打火抽烟，个个装出十分轻松的样子。实际上情况十分危险，他们已准备随时投入战斗。

那伪军如果不吆喝那一声，也许不会引起其他伪军的注意，蹲在壕沟里也可以安全混过去。这一吆喝，可不行了，一个大个子伪军走到壕沟沿上，往下一端量，看他们抽着烟，雾气腾腾，倒挺自在，不觉心中长气，骂道："他妈的，来得这么早，你们要来抢孝帽子戴!"

"老总，来晚了你骂俺故意怠工，来早了你又口出……"孙玉刚一听大个子伪军的话，暴脾气早已火冒三丈，正要继续顶他几句，一看牛虎严厉的面孔、紧蹙的双眉，知道此刻不是说理的时候，正要缓和一下语气解释几句，赵雷却把话头抢去说：

"老总，你不要发火，我们是金枫寨的，八路在路上截，走晚了就来不了啦。"

大个子伪军听了点点头，说："好呵，早来修好，可以挡土匪。"说罢就回去了。

牛虎用脚尖一顶孙玉刚的脚尖，压低声音说："怎么搞的，玉刚，这是智慧的战斗，怎么能跟敌人顶牛呢？顶出娄子来就要坏事啦。现在命令你不准说一句话，你就当个哑巴吧，回答问题全由赵雷对付。"

话音刚落，顺着壕沟边又走过两个伪军，一个长着大胡子，背着大肚匣子，是个排长；另一个粗墩墩个头，背着大枪，是排长的贴心弟兄。两人一前一后慢悠悠地走着。大胡子一手抡着皮带在另一手掌上打拍子，一边唱起了淫秽的小调：

"月儿勾勾下了西方，露水夫妻不能久长……"

粗墩墩个头听他唱得很哀婉，紧走两步凑到他的身旁，关心地说："排长，你又想起你的割伙娘们了吧？"

"你说那个'衣裳架'呵，她在金牛县城，那天走得急，没来得及跟来。"大胡子说"衣裳架"三个字说得特别重。一提起这个，粗墩墩个头立刻想起排长经常与之"鱼水"的那个瘦骨伶仃的娘们。从她的形象人们联想到"衣裳架"，因此给她这样一个绰号。粗墩墩个头半认真半逗趣地说：

"这一下，可把人家'衣裳架'想坏了。一个河东，一个河西，什么时候见面呢。"

"你真替馋猫馋狗担忧，我走了，杨振方的排长会去睡她的热炕头的。"大胡子的话脏巴巴的，说完哈哈笑起来。

粗墩墩个头又继续关心地说："慢慢想法子搬来。"

大胡子斜了一眼，不以为然地说："慢慢地，谁等得及，今朝有酒今朝醉，谁知哪天脑袋碎。"

说着，他俩走到蹲着五个武工队员的壕沟的上面，仔细地往壕沟里望着。大胡子一招手，粗声粗气地喊："上来一个报报名。"

牛虎看了一眼赵雷。赵雷出了壕沟，走到他们跟前，温顺地说："我们是金枫寨的。"

"挺飒利的小伙子。"大胡子风风凉凉地赞美了一句，踱了几步，一转身，掀了掀赵雷的帽子，看了看他的脸，又抓起他的手，仔细看看，然后把手一甩，迅雷不及掩耳地问道："村长叫什么名字?"

"金得宝。"按照预先了解的情况，赵雷对答如流。

"你叫什么名字?"

"金常贵。"赵雷编得也快。

大胡子也不知道金枫寨村长是谁，不过，一听他对答如流，就认为一般没有错，这一关过去了。但他有些特殊经验，刚才看赵雷的脸和手，觉得和庄稼人多少有差别，心中起了疑团。这也确实，赵雷确实是庄稼人，但是进入金牛山集训以后，生活环境变了，留心的人看了，会觉出这当中的不同。大胡子炸雷似的急切地问：

"干什么的?"

"扛小活的。"

正在他们一盘问一回答的当儿，又走过来两个伪军。其中一个宽肩膀的，背大肚匣子，是个排长；另一个，大马哈鱼嘴，背着大枪，是个当兵的。宽肩膀看大胡子那蛮横的样子，盘问得那么火爆，很不耐烦，用浓重的东北口音说：

"这年头，得过且过，凡事给自己留个后路。"

大马哈鱼嘴也顺着说："可不是，从金牛县向贺家楼转移的路上，二小队长亲自抢老百姓东西，人家不叫抢，他打人家，人家跟他争讲一句话，他就用枪把人崩了。谁知还没到贺家楼，半路上就被流弹'报销'了。"

宽肩膀是个流落关内的东北军人，评判似的说："这叫伤天害理，必遭报应。"

"他妈的，扰乱军心。"大胡子排长仇恨地瞅了宽肩膀和大马哈鱼嘴一眼，转过头斥令赵雷，"下去等着，不干活不准上来。"

赵雷下了壕沟，又和战友们凑在一起。他在沟上经历的情况，沟下的同志听得一清二楚，对于赵雷的善于应对，大家都投以赞赏的目光，但是对事态如何发展，仍然惴惴于怀，彼此用眼睛不住地说话。

谁知道，宽肩膀和大马哈鱼嘴一走，那大胡子排长和贴心兵粗墩墩个头又转了回来，想找点外快。他俩站在壕沟沿上，瞅着沟下的牛虎等，又直勾勾地盯着他们的篓子，喊道："你们带的什么好吃的？"

"高粱面的萝卜菜饼子。"牛虎随声回答。

武工队员们看伪军注意了他们每人跟前放的元宝篓子，心里不觉出溜了一下，因为篓子里装的干粮，而干粮下面用包袱盖着四个手榴弹，是战斗的武器，如果这被敌人发现，不但这次任务完不成，而且当即就会被逮捕。眼下情况十分危急，他们立即疏散一下蹲的位置，整了整篓子，手都插在衣服里头，紧紧抓住枪把子，随时准备应付难以想象的局面。正思忖间，忽听大胡子对贴心兵粗墩墩个头说："慢吞吞地干什么？走，你下去看看。"

粗墩墩个头犹豫了一下，但排长的命令，又不能不下去。他警惕地，一溜小跑到了武工队员跟前，一打量就想猫腰掀开包袱看篓子装的东西，这情况，牛虎他们是没有料到的。蹲在最前面的牛虎眼疾手快，把手浸在身旁水湾的稀泥里，看伪军伸手掀包袱，急用沾满泥的手摸着包袱皮，央求地说："脏得很，别污了班长的手。"

"呔呔呔。"粗墩墩个头挺遗憾的，思考一下，扬头看了看大胡子排长，大胡子一噘嘴巴，意思是叫他检查一下。正在这千钧一发的时候，忽听"嘟——嘟——嘟——"帐篷前响起集合的哨音。

接着脚步声、武器的撞击声响成一片。沟下的粗墩墩个头一听哨音，慌里慌张地蹿上沟去，随着大胡子跑向集合的地点。

壕沟内的紧张气氛立即松弛下来。但对这突如其来的哨音，武工队员猜测着，只是不了解真情。大平爷曾说过监工的伪军早晚换班，真的是换班的时候到了？他们走上沟顶看个究竟。只见集合好的伪军，成一路队形，向贺家楼方向走去，而来换班的伪军已经在帐篷前站定，有五六十人。

这时四周都有说话的声音，从四乡八疃强征来修炮楼的民夫，陆陆续续走来了。他们阴沉的脸色像今天的天气一样，一块块阴云爬满了"天空"。

## 17

监工的伪军布好岗哨，立刻把四外的民夫召集到一起。护兵小马把中队长白崑扶了一把，白崑站在已修成的两尺多高的炮楼基座上，嘶哑着嗓子慢吞吞地说：“老乡们，炮楼修得太慢了，贺大队长很不满意。这主要因为材料不够。今奉贺大队长的命令，除了贺家和杨家两大家的门不拆以外，其他的都可以拆。过去的阶段所以慢，跟监工抓得不紧有关，贺大队长派我来抓这件事情。今天是第一天，老乡给兄弟我留点面子，不打不骂，努力干吧。现在就分头干吧。”

接着一个伪军班长站在一旁，喊道：“拆木料的到这边来。”

各村民夫，哩哩啦啦向那边集中了一部分。

牛虎用手一指赵雷、孙玉刚、李一朗。他们立刻明白，走到拆木料一帮人中去了。

又听那一边一个伪军班长喊：“扛石头的到这边来。”一帮民夫又向他那边散漫走去。

牛虎一拍石景汉的臂膀，两人走到扛石头的一帮民夫里。

伪军班长领着扛石头的民夫到二百米外的石坑里一趟趟扛着。

拆木料的五十多个民夫，要到附近村庄伐树和拆门板，怕他们跑了，所以派了五六个伪军持枪看着他们。他们由那个班长领着直向最近村庄五道岗走去。

进了五道岗村，刚转了一个胡同，赵雷用手暗示：孙玉刚、李一朗随赵雷溜掉了。

他们顺着沟沟洼洼大步流星向二里远的贺家楼奔去。在一个深沟里，赵雷从篓子里拿出一套伪军中队长的服装穿上，押着两个“民夫”——孙玉刚、李一朗，不一刻来到贺国栋庄院门口。赵雷站在高台上提提帽子，孙玉刚、李一朗两个“民夫”二话没说，动手拆大门。贺家大门板又高又大又宽又厚，一扇一个大门环，门环有脸盆那么大，穿过小铁豹的嘴里。门扇下半截都镶着铁板，一面钉三十六个大钉子，像算盘珠，又像瞪着黑黑的眼珠。

过去这门，对穷苦人来说，是鬼门关，那时它是那样蛮横无理，盛气凌人，这大门上沾满穷苦人的汗水、眼泪和鲜血。可今天在孙玉刚、李一朗的摇晃下，却干瘪着，像久病的老人，低吟着，又如同打断了脊梁骨的癞皮狗的残喘声。

门扇的转动声，引来了贺家的老护院。他原以为是孩子们在搂着门闩打秋千，出来轰走就算了，没料到一看，是两个身高六尺的大汉，而台阶上站着一个治安军军官。他心里明白了，嚷道："别摘大门呵，俺家贺大队长没跟你们交代这个吗，怎么大水冲上龙王庙啦?"

孙玉刚、李一朗，瞅了瞅老护院，又看了看赵雷。李一朗装出无可奈何的样子对老护院说："这跟我们无关，白队长叫我们摘，我们不……"下边的话故意不说出来。

"少啰唆!"化装成"白队长"的赵雷又呵斥道。

"千万不能摘呵，快停手。"老护院又解释利害关系又像命令地说，"你们乱摘，惹出乱子，吃不了可得兜着走。"

李一朗又对"白队长"装着哀求地问："白队长……白队长，到底摘不摘?"

"修炮楼子是为咱整个贺家楼一带的安全，你贺家大院还能跳出这个圈子外？对付八路，是有钱出钱，有物出物，两扇门把你痛成这个样子。"扮成伪军中队长"白崑"的赵雷一拍大肚匣子，一挥手，愤愤地说，"摘，快摘!"

老护院趔趄着跑进后院。

孙玉刚、李一朗摘下大门扇故意朝门槛上摔打，乒乓乱响，看热闹的人围了个半圆。

不一会儿，后院飞也似的跑出三个伪兵，还没等他们开枪，赵雷眼疾手快，早就扯着弦的手榴弹抛在大院里，轰的一声，两个小兵倒下了，一个死一个伤，蹒跚在最后的老护院，躲得远远的。

打扮得十分讲究的贺国栋的老母亲探了探头，看到这情况又缩回去了。贺家大院顿时哭成一片。其中贺老太太哭得特别厉害。

赵雷等三人机动灵活地完成这一任务，返身向五道岗炮楼工地跑去。

在深沟里赵雷他们把伪装脱了下来。当他们走到炮楼工地时，忽然枪声、手榴弹声乱响，民夫惊恐万状，四外逃散。赵雷看牛虎和石景汉也混在民夫中跑掉，知道发生了事情，一挥手和孙玉刚、李一朗也随人流跑掉了。当他们走进大平爷永泰小店的秘密房间时，牛虎和石景汉也刚刚到。赵雷看牛虎和石景汉那高兴的样子，知道是他们做出了胜利的事情，亲热地打了牛虎一拳，说："看你们恣的。快说说，我们也高兴高兴。"

牛虎笑笑说："事情出乎意料地顺利，好，就叫老石说说，不足的我补充。"

## 18

赵雷看牛虎、石景汉满脸喜色，忙让他们谈谈发生的事情。牛虎推给石景汉。

石景汉掏出烟袋，后声后气地说："我说说，我说的故事就算是第一回，看看下面的故事能怎样发展。"他哧的一声，划着火柴，点上烟，大口大口吸着，烟雾一朵朵地升腾起来，这一刻又把他带回了炮楼工地上手榴弹爆炸的现场，他一枝一叶地讲出下面的章节来……

牛虎、石景汉，随着各村民夫扛石头。民夫中有不认识牛虎的，用疑惑的眼光注视他，要说话。牛虎一摆手，制止了。有的人早听说在墨水河畔和贺家庄院发生的事情，也有听说牛虎投奔了八路军，想问问实情，看他摆手，也就没有声张的了，都默默地扛石头。牛虎一边扛着一边思忖，能这样白白来一趟吗，得搞出点名堂来。他想了一阵，决心在石坑里唱一出戏。停一阵子，他跟石景汉低声说了几句，让石景汉在坑沿上观察着，见机行事。他自己下到石坑里没有出来，坐在石坑里休息。

一个民夫走进石坑，牛虎一招手就坐下了。三个、四个、五个，不大一会儿，所有扛石头的民夫，都在石坑里坐下。牛虎怨气十足地说："扛了这大半天，不叫我们歇歇，打算累死我们哪。牛马还有个喘气的工夫。来，咱们抽烟。"

一个民夫也擤擤鼻子，埋怨说："贺大头嫌炮楼修得慢，直斥白队长，白队长疯乖就拿咱们撒气……"

这样你一言他一语，有的说，有的骂，有的听着，有的叹气，有的只是一味抽烟，十几口小锅，一刻工夫，就把个石坑弄得烟雾缭绕。

那一边，白崑在炮楼工地走上走下，瞻前顾后，想想这些扛石头的民夫好久没有回来。心里纳闷，自语着："又磨起洋工来了，老白我，可不是那熊蛋抱的，不收拾几个不行。"他向卫兵小马招了招手。小马来到他的跟前，白崑眨眨眼，说："走，看看去。"说罢一前一后向石坑走去。

在石坑沿上观察情况的石景汉，看白崑和护兵走来，知道他们的来意，必须把情况告诉坑下。他伸出两个手指，向牛虎摇了摇，接着蹲下身去，摸着脚，呻吟道："哎哟——哼，哎哟——哼。"

走到跟前的白崑，上下打量着石景汉，一皱眉头问道："脚，怎么啦?"

"那个民夫，搬石头砸了我的脚。"石景汉摸脚，哭丧着脸又轻一声重一声地呻吟起来，"哼，哎哟——"

在这同时，石坑里传出骂架的声音。

白崑让卫兵站在沿上，自己顺坡走下石坑。

牛虎在扛石头时就分析了各种可能发生的情况，并做了预先的安排，刚才又和他的一个童年的朋友小声低语了几句，当白崑和小马还没有走到坑沿时，牛虎他俩早就站起来吵开了。其他民夫愣怔着，又明白又不明白，说不出个所以然来。这时看白崑走到跟前，吵架的声音就更大了。牛虎对童年朋友道：

"他妈的，你想动手吗?"

"你怎么，赖人?"那位童年朋友也吆喝说，"赖人，不行!"

蹲在沟上的石景汉装出气愤不过的样子，手指那童年朋友，大声吆喝道："怎么，砸了人家的脚，还不认那壶醋钱。"

牛虎逼前一步抓住那童年朋友胸前的衣服，摇晃着，皮锤就要"海"上去。白崑忙喝道：

"住手!"

牛虎那装着要打人的拳头，慢慢放下了，退后几步，斜窥着事态的发展。

“都别吵吵啦。耽误修炮楼，我枪毙了你们。”白崑骂着，转向那些稍知其妙而看热闹的民夫，“快干活！”

在这同时，牛虎早拔出枪，一个箭步蹿到白崑身后，用枪指着他的脊梁，小声命令：“举起手来！不老实打死你。”

白崑缓缓地举起手。牛虎将他的枪缴了下来，又小声命令：“面朝南坐下。”白崑顺从地照办了。

在这同时，坑沿上的石景汉看牛虎下了手，手脚如疾风闪电，一挺身子，枪早拔出来顶着小马的脊梁了，小声命令：“举起手来。”小马乖乖地举起手。石景汉缴下他的枪将他顺坡推下石坑，用手指一指白崑的坐处，小马明白了，慢慢地走到白崑身旁，也朝南坐下。白崑和小马铁青着脸，斜瞅着，莫名其妙地害怕。

牛虎看两个俘虏怯生生地坐着，笑笑对民夫说：“现在我要对这两个中国人进行一番教育，你们不要声张，大家照常扛石头去。”话音刚落，民夫们扛起石头，络绎不绝地向炮楼工地走去。

石景汉又站在坑沿警惕地观望着。

牛虎站在白崑和小马跟前，低声说：“白崑，听群众反映你还是个有良心的中国人。日本鬼子的舒服日子不长了。希望你多做些对人民有益的事。给自己留条后路。”

白崑这个人，三十四五岁，长着宝塔形的脸，由于保养得当，脸上红润，可是又经常熬夜赌钱、玩娘们，眼里充满血丝。他苏北口音，消息灵通的人说，他本是跑行商的，船行马蹄港处，遇大风，触礁船破，货物沉水，本人幸亏被渔民所救，负债累累，有家不敢归，不得已当了二鬼子。因为常走江湖，他练出一手好拳脚，偶尔一露，被贺国栋发现，十分赏识，先提拔他当了拳术教官。后有一个中队长战死，贺国栋便立刻用白崑补上这个中队长的缺，并对这个中队加强了装备，使之干练整齐，每遇艰难任务，就派这个中队去完成。最近贺国栋对五道岗炮楼工程进度缓慢很不满意。特派白崑前来监工。虽然贺国栋挺重用他，但白崑因不是行伍出身，再加上行船出事，感情苦楚，老觉命运不济，因而惊悸不已，所以总是打不起精神。刚才被牛虎用枪顶住时，他以为这次要结束了生命，所以反倒木木的。自听牛虎说，“对两个中国人进行一番教育”时，不知为什么他又不寒而栗了。直到听到“给自己留条后路”时，一种侥幸，一种死里逃生的喜悦，才使他变得十分激动，浑身筛糠似的说：“是，是，我有良心，我要后路，只要能活着，将来能回老家侍奉我七十岁老母就行了，现在八路军叫我干什么我就干什么。”

“好吧，八路军重信用。”牛虎一拍大肚匣子慨然地说，“下一步就看你的啦。天知道，地知道，你我都知道。”

“可……可……官长，我有个要求，让我把炮楼修起来，不然我交不了账。”

“准叫你过得去。”牛虎说罢，把枪交给了白崑和小马，小马十分感动，眼泪挂满腮帮，哽咽着说：“谢谢官长，绕了我的命。”

白崑急切地问：“怎样掩盖眼下的事……”

牛虎接着他的话，说：“你就喊抓八路就行了。”说罢，将一颗手榴弹甩到坑外远处，轰的一声，他和石景汉顶着烟尘，混在民夫群里跑掉了。

白崑和小马也跑出坑外，高喊着：“抓八路呵！抓八路呵！”

一时间，那些监工的伪军惊呆了，纷纷向白崑拥来。白崑一指响手榴弹的地方，命令道：“追！”

当石景汉把五道岗修炮楼工地发生的事情说完。大家仿佛吃了蜜糖，心里甜得很，不由哧哧地笑起来。

这时，天上星斗闪烁，仿佛被他们胜利的故事所吸引，今夜特别兴奋似的眨着眼。

## 19

赵雷计谋多，那天化装成伪军中队长“白崑”带领两个“民夫”去摘掉杨家大院门板。消息传到杨振方的耳朵里，杨振方立即召宋殿培回金牛县城。

宋殿培是杨振方父亲的外甥，因为年少失去父母，所以在杨家抚养。长大后，杨父托关系送他到保定军官学校学习两年，全面抗日战争爆发后，回到杨家大院，杨父在临终前托他掌管杨家里外的事。杨振方本是浪荡公子出身，不会料理家务，也确实得有这样一个人。当他看到宋殿培精明强干，里里外外料理得井井有条，更加信赖他。因为宋殿培在军官学校混过，所以平日结交三教九流，扩充势力，很有办法。杨振方看他不但能管理一个家，更具有治军之才。特别是从山本顾问和贺国栋手里拿到金牛县城之后，杨振方地盘大了，势力大了，决定把宋殿培调到军内，担任参谋长。这不是件小事。为他的高升，几个相好的大摆宴席欢庆。大家正在谈笑饮酒、情重意深的时候，只见宋殿培紧皱眉头，他并不开心。他觉得不但贺家楼不是安全之地，即使是杨家楼也满是危险。他又想起了“拆门板”的事。

杨振方这个在官场中混过不少日子的人，一般是喜怒不形于色。而今看到宋殿培的表情，也便猜出他的心事，不禁消减了兴致，而且气得浑身都有点战抖了。他坐在太师椅里，头斜倚在一只胳膊肘里，思考老长时间，联系过去与贺家那些不愉快的事，卧蚕眉耸了耸，直起身，俯在桌子上亲笔给贺国栋写了一封短信，命宋殿培亲自送去，并让宋殿培回归时一便把家母和妹妹杨峻莲搬来金牛县城住。

宋殿培带一班护兵，全骑上马，扬鞭策马，不用几个钟点就到了贺家楼贺国栋的驻地，把名片递给门岗，传到内部。不一刻，升为侦缉队长的贺家栋出来，将宋殿培请进客厅，勤务上了茶。彼此寒暄了一阵，又说了些闲话。因为他们经常打交道，都奸得皮笑肉不笑的。贺家栋给宋殿培点上了烟，便问：

“这次殿培兄匆匆而来，有何贵干?”

“敝人，这次是为杨司令来送信的，并希望国栋大队长对事情当面做出答复。”说着他从布袋里掏出信件一封递到贺家栋手里。

贺家栋朝信封上瞟了一眼，又眨了眨眼，立即取出信瓤看，信上写道：

国栋街坊年兄：

一月前，贵军在敝舍前枪鸣，致家母吓病，羊倌失踪。前天上午贵军白队长又带民夫，摘街门，砸院落，手榴弹亡我护院两个，伤两人。长此以往，必将影响世交情谊，恨怨相处，必将引起大的事故。见信后，立即惩办肇事者，并赔偿损失。

他连看两遍，面渐失色，和善地应付道：

“杨司令信上所谈，小弟完全不知，待我禀报家兄，再做处理。宋参谋长，请在这里稍做休息，我去去就来。如何?”说罢，恭顺地给宋殿培点上一支烟。

宋殿培原来愤怒不已，现在听他好言相慰，脸上逐渐宽舒起来。贺家栋看他沉默地点头，弓着身带门出去，直奔贺国栋密室。

贺国栋的窗户里传出一阵阵箫声。这是贺国栋吹的。他虽然从小不愿念书，可在杂货店跑外城的时候，跟老客们学会吹箫吹笛子，而且吹得非常出色。平常吹吹箫和笛子，也显得非常文雅。但他在思考中走着，复杂的情绪仿佛可以从箫眼和笛眼中吹得更远，高兴和扫兴，仿佛可以从箫眼和笛眼中吹得无影无踪。

眼下，他正在和范一生研究最近时期各方面传来的令人不安的情况，特别是八路军打入五道岗炮楼工地的事，更使他们对目前局势感到可怕，而山本顾问身居马蹄港，可对整个金牛山贺家楼一带的情况，了解十分清楚，经常派人打听消息，并做出指示。范一生这位“医生”，来往于马蹄港与贺家楼之间，就负责这种特殊任务。贺国栋对他这特殊身份，开始有些纳闷，后来猜想他是被山本收买，但却不知他过去与山本那些特殊的联系，因此以为他不过是山本跟前的一个高级走卒而已。但是经过一段时间，他发现范一生知道的事情太多，分析问题远远超过他本人，所以对范一生既有戒心，又不得不处处咨询。当他把各种情况摆出以后，要听范一生意见时，范一生微笑着不语，沉默的空气显得沉闷，于是他吹了一段《小放牛》，音刚落，范一生说：

“贺大队长，别看简单这么几个眼，放在你嘴上可吹出文章来了，这一段箫音不由地使我想起家乡来了。”

“你的身世冷清不佳，而且至今尚无眷属，听了这个段子，怎能不思念家乡呢?”贺国栋早听别人议论过他的身世，也听他自己无意中流露了一些，觉得十分悲凉，因而同情地说。

范一生抬起头，悲悯地说：“敝人胸怀治世之志，可是生不逢时，而今年近不惑，身前荒疏，这也是命该如此……”

他的话还未说定，只听外面一声“报告”，话被打断。贺国栋听出是二弟的声音，连忙喊他“进来”。

贺家栋走进来，见了范一生稍稍弓身，把杨振方的信递给贺国栋。

贺国栋看完了信，一股阴云爬上了面孔。他把信递给范一生。范一生看信，皱了皱眉头，面上露出不易观察出的狐疑之色，他用手轻轻拍了拍信，深沉地说：

“这里面大有文章。”

“你的意思是……”

“八路军混进民工队伍，白崑队长那天一直监修炮楼，未尝离开那儿一步。”范一生深吸了一口烟，从鼻孔里咕嘟咕嘟冒出几缕烟，站起来，断然地说，“我看，是八路扮成白队长去摘杨家门板，目的不在这门板，而是破坏蒋汪之间的关系。我们万万不可上当。”

贺国栋又想了想那天的情况，根据可靠人的报告，那天白崑在五道岗炮楼工地，追捕过混进民夫队伍的八路，实在没到过杨家楼，范一生对情况所做的分析是合乎实际的，因而笑着说：

“范先生的看法即是，他们在白崑身上做文章，显然是没有经验。看起来，这帮新成立的队伍，热情高，但一下子露出了破绽。不过……”贺国栋对发生的事不大在意，但觉长久下去，总有大的危险，便沉吟地说，“为了使八路军无可乘之隙，我打算使你和杨司令成为亲戚。”

范一生不觉大笑起来，他从来没这样笑过，他体会错了贺国栋的意思，认为他想叫他和杨振方磕头拜把子，这未免有点幼稚，于是嘲讽地说：“你倒是会利用我，我可不是面筋，粘不住知了。”

“你能粘住他——我想把他的妹妹介绍给阁下，成一门亲戚。你看，肯抬举她吗……”

范一生倒真的没想到这一层，他对贺国栋为自己着想更为他着想，感到欣喜，笑着说：

“你真关照我关爱我。”

贺国栋从他的表情上，看到他对自己的主意是赞同的，考虑一下，转身对贺家栋说：

“老二，你面告宋参谋长，把上面范先生的分析，对他做详细解说，并把我的意图让他带回去让杨司令考虑。至于赔偿一事，让杨司令看看，应该赔多少，我们一定让他满意!”

等着贺家栋退出后，范一生拍了拍贺国栋的肩膀，启发地说：“大队长，脑袋要活一些。不能老这样被动应付，依我看，应该主动进攻。”接着他把声音放低，献出他心中的计策。

# 第七章

## 20

金牛山东边的边缘区，有一座山神庙。这里离五道岗五里，离贺家楼八九里。两个月前，沈云在这里被捕。从那时起山神庙就引起许多人的注意，特别是山本、贺国栋和范一生。他们一直想从这里找出些点子，扩大他们的影响，甚至把它当钓饵，来吸引八路，打击他们。范一生和贺国栋看完杨振方的抗议信后，认为不该被动应付，而应主动进攻。商量好了计谋以后，就马上进行。

山神庙附近有一个泉眼，长流不断。仍活着的老一辈人都说，他们之前的老一辈就有这个泉眼，总是那样咕嘟咕嘟流着，据说能治病，人们称它为“灵芝泉”，真神极了。不知从什么时候开始，每年农历四月二十八日，围绕灵芝泉会接连举行三天山会。山会上非常热闹，东西南北一二百里外的商人和农民把各种货物和土产以及农产品，拿到山会上买卖，多的和缺的，也可进行交换，又好像是个交易会。然而更使山会增色的，是来求灵芝泉泉水的人，男男女女、老老少少拎着罐子瓶子，打算用灵芝神泉水免疫祛病。还有的人带着香烛、纸锭来山神庙上香许愿，祈祷神灵免灾降福。这些人都来自周围几十个庄疃。百里以外的爷们娘们也络绎不绝地赶来，都利用这个盛大的节日，看一看、听一听、玩一玩、乐一乐。有些有钱的孩子爱在山会上吃粽子、面鱼、凉粉、肉冻。那些做小生意的，还可就地盘起炉灶办起露天饭馆，包子、水饺、打卤面、肉火烧，热气腾腾。

一路上和山会的周围，叫街的乞丐坐在地上，用菜刀和砖块，不断扑打光光的肋骨和胸脯。凄厉的喊叫声，刺激着人们的心，“舍几个小钱吧，大爷”“给点吃的吧，发财的掌柜”……叫街的哀求，是想争取到一份爱心。在另外一些地方，有卖药材的地摊，还有专卖老鼠药的地摊，另外还有练武功的，有拉胡琴卖唱的，也想让看客掏几个钱。那些变戏法的，还不断念念有词：“蒙蒙盖盖，有里有外，不蒙不盖，变不出来。”“会看的看门道，不会看的看热闹！”山神庙里外，说话声，呻吟声，笑声，哭叫声，乱哄哄的一片，仿佛这里是一个海，一阵阵地流动着潮涌。

伪金牛县政府和治安军的队部，命令地方上在灵芝泉边扎起十间屋大小的席棚。

一大早就请来和尚、道士、尼姑敲磬击木鱼，诵经念咒。

附近广场上，筑起一座高台，台上两根高杆上挂着一条横标：“金牛县太平维持会成立大会。”

敌人这般筹备，武工队早已听到风声。牛虎一方面把五道岗炮楼工地的战斗向李勉送了情报，而且对这次敌人的新阴谋也做了汇报请示，准备按照上级指示的基本精神，灵活机动地进行工作。昨天晚上五位武工队员在大平爷永泰小店的秘密房间里，凑了凑情况，研究了对策。一大早赵雷、孙玉刚就来到灵芝泉边，在各行各业买卖的人群中走动着。

牛虎一切安排妥当之后，带着石景汉，一人拎着一个篓子往五道岗炮楼走去。一路上麦子已经黄梢，时时有鹌鹑扑棱扑棱地蹿到麦地深处。他们无心去看。当他们走到台阶上踱步的伪军岗哨时，岗哨看到两个远乡打扮的人，立刻提高了警惕性，问道：

“干什么的？”

“找白队长。”牛虎应道。

岗哨听到找白队长，立刻透出点恭敬。

“我们是他的老乡同里。今天来赶山会，给他捎来老母亲的家信。”牛虎笑着，揭开盖篓的包袱，露出火红的樱桃，让着：“老总，快尝尝，这是白队长家乡的名产。”

石景汉也急忙揭开篓子上的包袱皮，露出樱桃，也赶忙让着。

岗哨看见这么新鲜的樱桃，嘴里不觉溢满了唾液，馋馋地瞅着。牛虎又赔着笑脸说：“老总，你在这里站岗，捞不着这样新鲜货儿吃，来，快动手，白队长不会骂你。”说着一大把一大把塞进岗哨的口袋里。

岗哨拈起一嘟噜樱桃放在嘴里，抿着舌头，堆下了笑脸。一边吃一边向院里喊：

“马班长，带他俩见白队长。”小马此刻已提升为班长了。

两个月前的事了。开始修建炮楼时，白崑连小马一起被武工队俘虏过。小马是个穷家的孩子，他家里孩子多，维持不了生计，父母早早把他卖了兵，带出一张嘴去。所谓卖兵，不在那个地方住过，不知道是怎么回事。当年那个地方也是按着保甲派兵的。这是很黑暗的事情。有的富家派了兵，但是他们看重生命，不去当兵，便出钱买穷家子弟当兵，有的给四亩地，有的给二百大头洋，价钱不统一，一般是双方通过中间人商量。说是自愿，但是穷家子弟，为了家庭需要，为了维持生计，也不得不走此路，一家人哭哭啼啼，知道未来的日子是灰暗的，甚至想到再见的机会也许没有了。但是也有些兵油子、兵痞子，专门做这份买卖。专门卖兵，有的自己卖，自己得利，有的介绍别人卖，自己提成。卖兵后到了某地，停不了几个月，跑回来了。有的是自己想办法跑回来了，有的跟官长搞好关系给官长好处，偷偷放出来了。所以当时国民党军地方部队和日本伪军部队，里面空额极多，没有什么战斗力，恐怕这也是原因之一。

小马卖兵以后，生活在伪军的下层。他早听说八路军如何打富济贫，铲除不公，专对付那些不义之官绅，自然内心对他们有些亲切感。再加上在家乡也经常听到八路军的神奇传说，如八路军很多人能空来雾去，而且刀枪不入。

前些日子在石坑里被俘虏，亲自看到八路军是什么样子，也是老百姓的样子，而且对他这样的小孩子，很和蔼可亲。不知为什么，他心里倒真觉得轻快。心里想。早早离开这个鬼地方，跟着八路军去干多好。但他不知道这个想法什么时候能够实现，又怎么实现。这几天因为有这个心思，吃不香，睡不甜，走里走外，像掉了魂似的。此刻他在用快马子烧水，坐着小板凳，倚着一棵大柳树，不知不觉地睡过去了，而且做了一场梦：他已经投奔了八路军，而且跟上次在石坑里见到的两位八路军在一起，正在进行一次殊死的战斗。他们包围了白崑带的一支队伍，白崑正在向山上逃窜，只听到“冲呵，冲呵”的喊声。他跑得飞快，向山上追去，耳旁的风声呼呼地响……正在这时候，传来了岗哨的叫声，他惊悸地醒来，看到快马子冒着气，嗞嗞地响。

他答应着，站起身，向门岗走去。牛虎、石景汉已经走进门里，在拐角处和小马打了个照面。真没想到，是他们来了，联系刚才的梦境，小马不觉愣住了。

牛虎看他那尴尬的样子，怕露出破绽，压低声音说：“小马，你愣什么？不用怕。”牛虎语气意味深长地说，“我们过去不认识。带我们见同乡白队长。”牛虎怕有人盯梢，故意说“不认识”。

上次在石坑发生事变后，牛虎便打听了白崑和小马的底细，特别了解了小马的情况，对他的遭际抱着深深的同情，认为小马是自己的穷苦兄弟，早晚会走到一起。

小马立刻平静下来，微笑着轻声说：“刚才我做梦还梦见你们。我不愿再在这里待下去，什么时候到你们那里去呢？”

“小马，你不能走，你要和白队长在一起。”牛虎说。

牛虎看了看小马那疑惑的眼神，但又不能深入解释，只说：“详细情况，以后再对你说。”

他说着，向白崑屋里走去，刚上台阶，只听白崑咳嗽两声。小马喊道：“白队长，客人来啦。”一语未了，牛虎、石景汉大步跨进屋里。

白崑用湿毛巾缠着自己的脑袋，在床上斜倚着。他从那天石坑里发生了事情以后，仿佛是在梦中一样，忐忑不安。他觉得八路军的活动，确实是神出鬼没，令人难以捉摸。在那里他哀求牛虎答应他把炮楼修起来，如今炮楼修起来了，他又主持这个炮楼，每天都心惊肉跳，仿佛有一个无形的绞索缠着他，有时头昏脑涨，像得了一场大病似的。昨天夜里他又没睡好觉，今天更觉得支持不住了，就用温水蘸湿毛巾，围着脑袋，以便舒服些。听小马一喊，一颗心跳得厉害，及至定睛一看，认出是牛虎、石汉景时，他简直不相信自己的眼睛，惊悸不已，毛巾掉落地上。他忽地站了起来，走到门前，用眼示意小马在外面望风，急忙关上门，拾起毛巾，磕磕巴巴说：

“这里危险哪！你们怎么到这里来了？”

“有白队长在，有什么危险？”

“呵，呵，保险，保险。”白崑无可奈何地笑着，沉默一下又说，“当然小心点为好。”

牛虎走到窗前，向外看了看，转过身子看了一眼石景汉。石景汉立即走上窗前观察着，警戒着。牛虎打量了一下屋内一切，又转身看了看白崑，安慰说：

“上次在石坑里有一面之熟，就算有了交情。俗话说得好，多个朋友多条路……”

语音未落，白崑接过去，深沉地说：“这话说得太对了，馊了的饭不可吃，这确实不是久住之处，早晚地，我要跳跳枝儿。”他越说越精神，脸上逐渐有了笑意。

此刻，小马端茶推门进来。牛虎点点头，又转脸对白崑说：“咱们家乡的麦子，今年因天旱长势不好，眼下正是青黄不接的时候，你老母亲叫你省吃俭用，多往家捎几个……”

小马听着他的话，品出滋味来了，他立即擦了擦桌子，将沏好的三杯茶第一杯送到牛虎跟前，第二杯端给石景汉，第三杯放在白崑眼前，立即退出。

“他不是外人，跟我一块受过你的教育，他是我的心腹，靠得住。”白崑很放心的样子，又恳切地说，“今天你们来了是贵客，有什么事就请快说吧！”

“请你帮忙干一件事，任务很简单。我们俩想到山会玩玩，你送送我们。”

“想赶山会用不着送，随便出入。”

“不是这个，到那里以后，当你听到西北方向枪响时，立即喊你的弟兄去战斗。”

“打谁呢？”

“你们的弟兄去了就可以了，用不着打仗。”

白崑眨了眨眼，想再问问底细，一看牛虎严峻的眼神，立即咽住了，缓缓口气说：“行，武工队长说的，我照办。”

“任务完成后，今晚十二点，再到这里来感谢你。并借五箱子弹”。牛虎说罢，倒下一篓樱桃。

“今晚口令是辣椒！”白崑叮嘱说。

## 21

白崑带着小马向金牛山灵芝泉山会走去。他们今天全副武装，好像是去执行什么任务似的。离他们十几步远，跟着牛虎和石景汉。这次行动牛虎交给白崑的任务是：听到西北方向响抢的时候，让他命令伪军去战斗。

智慧机警的牛虎办事非常缜密，什么事都考虑得周到，不使计划有一点纰漏发生。他叫白崑送他，实际上他是在监视着白崑，叫他在这段时间里不能去干别的工作。

他们时快时慢地走着，随着人流，走进了山会。

山会周围的岗哨见是白队长，都毕恭毕敬放行。

上午九点多钟。从贺家楼开来一队伪军的骑兵、步兵，还有骑自行车的、坐轿的，当中护兵马弁簇拥着的就是贺大头。贺大头是贺国栋的外号，人们还给他编出调侃的歌谣：“大头大头，下雨不愁，头大头大，下雨不怕。”伪军进了金牛山，登上扎起的高台子，坐在早安排好的座位上，喝着茶，抽着烟。贺大头坐在正中，指指画画，旁边坐的多是区乡头面人物和地方士绅名流。这些人对贺大头都装出诚恳谦虚的面孔，逢迎恭敬。

坐在贺国栋边上的是“吃饱蹲”陈喜天，他好像从未见过太阳的小鼠，虽然是个高个子，此刻却蜷缩成了干巴巴的“刺猬”。他亏心，胆怯，羞愧。他的父亲曾在贺家楼开过屠宰场，带烧锅。他是一个好刀手，宰过那么多大牛大驴，刀口没碰上一个牙。他的手也快，常常不到半个时辰，一个大牲口就拾掇得干干净净，又因为他的脚大，所以人都称他为快刀陈大脚。陈大脚有这一招，所以很快走了好运，买卖兴隆，不久雇上了两个伙计。

其中特别值得一提的是他的“走运”：那一年腊月天一个大风雪之夜，一个下关东的人从马蹄港下了船，准备连夜赶回家乡。谁知傍晚遇到了大风雪，前不够村后不够店，肚里无食，身上衣单，他拼命往前赶，好歹赶到贺家楼村西头的屠宰坊前，冻饿昏倒了，长夜漫漫没回家，长夜漫漫没气了。半夜，陈喜天赌完钱回家，在大门口发现了这具尸体，地上侧翻着一个钱褡子，褡裢里有八十块大头洋。他悄悄地把钱褡子拿回了家，得了那八十块大头洋。第五天，死者的老母亲来收尸，哭天喊地，但这没有感动陈喜天交出那八十块洋钱。“人无横财不发”，陈喜天从此增加了本钱，生意越来越好。

陈喜天闲的时候也在烧锅房里料理内外，养成了好吃好喝的恶习，就着驴肉，喝着老白干，真是过着神仙的日子。可是好景不长，日本侵入中国后，农村破产，民生凋敝，烧锅一天不如一天，只有算账关门。

不过陈喜天并没因此改变他好吃懒做的习性，卖个破烂，维持生计，吃了饭，就蹲在街头，东瞅西瞟，人给他起了个外号，叫“吃饱蹲”。后来破烂也卖光了，不得不打个小活，维生糊口。在八路军逐渐向贺家楼开展工作时，他看出了门道，跟着活动，很勇敢，不久被列为积极分子。那次八路军武委会通知他山神庙开会，由于他特别“兴奋”，喝醉了酒，失言泄密，被日伪便衣捉去，上了一点刑他就招认了，交代了情况。日伪当晚派便衣包围了山神庙，致武委会主任沈云被捕。

贺国栋看他是个“材料”，在范一生提出成立维持会时，贺国栋建议把陈喜天推到前台，演一出双簧戏。今天陈喜天刮了胡子，换上一件新的呢夹袍，戴上一顶新礼帽，脸上老带笑容地跟贺大头以及伪县府的头头脑脑搭话，说一些“今天天气哈哈哈……”“今天赶会的人挺多，哈哈哈……”

好一会儿，几十个区乡小头头，在伪军的胁迫下，押来成千群众，一队队走进灵芝泉边的平场，零散地坐在地上。许多老人和小孩也被他们赶了来。老人，许多是轻易不出门的，这时惊慌不已，找机会就向外逃，不过又一次次地被赶了回来。有几个小孩，吓得哽咽起来。老人们向他们投去悲悯的目光。他们挺懂事，不哭了。听到台上有活动的声音，台上台下立刻安静下来。

一个油头粉面，一脸烟灰，穿着洋服革履的县府秘书，走到台边讲桌前，回头用虔诚和请示的目光，看了看贺国栋，又面瞧台下，有气无力地开口道：

“今天，金牛县太平维持会正式成立。现在请维持会会长陈喜天先生给大家讲话。”

陈喜天听了，仿佛觉得听错了。按着原来的会议议程，是先由副县长讲话，再由贺国栋讲话，第三才是他发言，不知什么时候改了，而秘书又没事先告诉他。原来，几个月前八路军武委会主任沈云在金牛山山神庙组建贺家楼一带的群众组织，被陈喜天告密被捕，此事引起范一生、山本顾问和贺国栋的注意。范一生出点子，主张利用灵芝泉山会作为钓饵把许多人吸引来，成立太平维持会，镇住人心。开会时在四外布置下埋伏，一旦八路军活动，也便于识破和一网打尽。其实贺国栋的情报来得迅速而全面，因此思考也比他们深远。贺国栋想，八路军打进炮楼工地，又假借名义去摘贺家庄园、杨家庄园的大门，可见神出鬼没，灵芝泉山会如果搞不好，反会被八路军将计就计，顺手牵羊，那样等于用干柴压烈火。

贺国栋不同意这个行动计划。

只是不知什么时候范一生疏通了山本，山本对此行动竭力赞同，一再催促。贺国栋心有余悸，照做吧，又实在觉得危险；不做吧，山本又放不过。所以只得压缩会议时间，把本来的伪副县长讲话和他的讲话都删掉了，只到会不讲话。哪知道到会后，又发现副县长并没有来，县府秘书说副县长昨晚偶然感冒，头晕目眩，不能到会，这狼上狗不上的局面，更使贺国栋心中忐忑不安。他悄悄告诉秘书，话要简短，快开完快结束。他心里想这样，既挡挡山本的眼，又不至于因夜长而致梦多。

当秘书说请陈喜天讲话，陈喜天虽然纳闷，不过箭在弦上，不能不发。他慢悠悠站起来，朝着贺国栋微微一笑，走到讲桌前，整了整新崭崭的长衫，掏出秘书早给他拟好的讲话稿，哈着腰念起来：

“长官们，乡亲们，日本皇军到我们这里来，建设大东亚共荣圈，是帮助我们治理国家，建立新秩序。皇军和贺大队长看得起我，我可以给大家跑跑腿，联络个事。现在我宣布金牛县太平维持会正式成立。此后由各区分别建立保甲制度。从今天起……”他由于识的字并不多，在会前由别人教了好几次。现在念讲话稿，唯恐说错，怕人笑话，所以特别聚精会神。哪料到一阵风把他放在讲桌上的讲稿掀掉了两张。台下不觉轰动。他脸一阵红，觉得不体面，猫着腰在台上抓讲稿，没抓住，一阵风吹到台下，招呼台下人抓，两个人用脚踩住了讲稿，拿起来递给他。

此刻台下人笑，议论着，一片哗然。

一个大爷说：“大烟鬼成了维持会长了，真德行。”

一个小伙说：“谁选他当了维持会长？”

有一个大爷说：“这还用选吗？你没听他说是皇军和贺大队长瞧得起他吗？”附近人一阵笑。他们对陈喜天比较了解，又说，“过去他吃饱蹲，几个月工夫，成了大烟鬼，他越往后越有福。”

坐在人群中的赵雷，用眼迅速地扫视一下坐在附近的牛虎、孙玉刚、石景汉，有意思地说：

“有什么后福，他是个没骨豆腐。看这个小子能落个什么下场。”说罢把抓在手里的小石头狠狠地摔在地上。

台上的人们，特别是贺国栋，看陈喜天的讲话稿被风刮跑引起一阵轰动，心里很害怕，急忙告诉秘书稳住会场。秘书走到台前高声道：“雅静些，雅静些。”

陈喜天慌忙接过讲话稿，很抱愧地不敢看贺国栋和其他人，清了清嗓门继续说：

“乡亲们，从今天起，我们维持会和区长、乡长、保长、甲长，就管维持我们地方上的治安……”

## 22

陈喜天成了金牛县的新傀儡。他的充满滑稽和无可奈何的表演，让人好笑，也悲哀。正在热闹之际，只听西北方向响起激烈的枪声、机关枪声、迫击炮声、手榴弹声……

这是武工队员李一朗按照牛虎队长的预先布置，在灵芝泉西北的山沟里，点响了洋铁桶内的鞭炮，也间或有几发真枪、真手榴弹飞响。

李一朗所在的地方隔飞云观伪军炮楼十分近，炮楼上敌人一听枪声和手榴弹响，以为发生了情况，立即向那个目标射击。这就是西北方向响起激烈枪声的整个缘由。可这一响不要紧，山神庙会立刻炸了锅，喊的喊，叫的叫，有向东跑的，有向西跑的，有向南跑的，有向西北跑的，还有先向这儿跑又转头向那儿跑的，大家蒙了，乱作一团，慌成一堆。

白崑和小马进了山神庙会以后，观察了一下周围环境，看了看山会上各种情况，窥测了台上的情势，就溜到其他地方去了，他们装作是查哨的，所以也没引起什么人的注意。一听枪响，白崑便按照牛虎的布置，高喊道：

“有情况，跟我来！”

“走呵，弟兄们，捉活的，有赏！”小马也跟着喊起来，他仿佛了解了这次到庙会的意图，主动地来完成这任务。

周围许多伪军听着喊声，都跟着他们向西北方跑去。这好像是一群屎格螂，闻到臭味都本能地向那里蹒跚滚动。

听见枪响，一开始贺国栋竭力想稳住阵势，后来看岗哨和巡逻的伪军，以及埋伏在各处的伪军，都往西北方蹿去，心头立刻慌张起来。陈喜天看到这突如其来的事变，呆如木鸡，不知如何是好。西服革履的秘书，从来没见过这样的场面，急得也不知该怎样收场。贺国栋一看周围，也不由地害怕起来，但是他不失大队长的气度，壮着胆子高声喝道：

“不要动！不要动！听指挥！听指挥！”

人们都在逃命，谁还听进他这一套。当他看到人们像潮水似的奔流，连这“太平维持会”的高台子，也被挤得咯吱咯吱乱响，心里又不由地产生一个念头，“好汉不吃眼前亏，先保住这条命要紧”。于是他拔出指挥刀，朝他的护兵马弁一挥手，护兵牵过马来，他骑上马，向贺家楼奔去，护兵马弁像一群跟腚蜂子，簇拥过去。

台上，各方面的头面人物，都慌如惊犬，踉跄奔命。这时只剩下一个光杆司令陈喜天。陈喜天本来就是个“吃饱蹲”，眼下变成“吃饱站”了，可是当他看见贺国栋一群不是奔向西北去战斗，而是朝贺家楼方向猛蹿时，仿佛从大梦中初醒，转身从后台跳下。可是他没逃得了。牛虎和石景汉趁他一跳时，急忙上前，一人架着陈喜天的一个膀子，像鹰叼小鸡一样，随着散乱的人群，往灵芝泉边的席棚里架去。

席棚里，那些由土豪劣绅们请来诵经念佛的和尚、道士、尼姑们，正念得声嘶调哑、如醉如痴的时候，忽听激烈的枪声，开始感到莫名其妙，继而看到人潮四流，便也慌了手脚，拿着各人的家巴什逃命去了。那些看破红尘的年轻尼姑，终也经受不了死的考验，而害怕得哭起来。

牛虎和石景汉不去管他们，动作迅速地把陈喜天提到席棚里，往地上一撮，配合动作是那样干净利索。陈喜天上气不接下气，浑身瘫软，跪在地上，呜呜地哭起来。

石景汉转身走到席棚外，警戒着四周。

牛虎怒目而视，一时说不上话来。

陈喜天吞吞吐吐，哭着说：“牛虎，都说你死了。”

牛虎吐了一口粗气，跺着脚，没有理他。陈喜天以为牛虎听到他的哀求，心逐渐软了，又低声恳求道：“你干八路了。牛虎兄弟，看在乡里乡亲的面上，饶了我这条狗命吧！”

“快说，沈云被你们关押在哪里？”牛虎想起李勉同志出发前交给他们的一项任务，就是侦查沈云的下落，因而急切地问。

“不知道，这我确实不知道。”

“你告的密，你出卖了革命，你……”

“我那是不得已，我被他们捉去，严刑拷打，遭了老罪，我不得已。”陈喜天伤心地叙述着，偷眼看了看牛虎的脸色，又解释说，“他们根本不拿我当人，只当是一块木头牌位。用完就会扔掉的。他们什么也不告诉我。”

陈喜天这种没有骨头的酸样，牛虎看了又恼又恶心。转过身朝席棚外走去，他对石景汉摇了一下头。石景汉明白他的意思，一捋匣子枪，走进席棚。陈喜天看这架势，早魂飞魄散，朝着石景汉磕头如捣蒜，哭着哀求：“石大哥，饶了我吧！”

石景汉哈哈笑了，然后一敛笑容，严厉的目光像利剑，刺得陈喜天低下了头。石景汉斩钉截铁地说：“我们代表人民，判决你这背叛祖国的罪人。”

哪知困兽犹斗，就在陈喜天一低头时，发现地上有一个滚翻的香炉。他想，决不能白白死掉，打死一个也够本。眨眼间，他抓起香炉，朝石景汉砸去。石景汉眼疾手快，一个箭步躲开了，一勾扳机，啪的一声，结果了他的狗命。陈喜天像一摊泥，瘪弱在地上。

牛虎从篓子里取出早已写好的判决书，盖在他的尸体上。上面写着：

“背叛祖国，出卖革命，死有余辜。一切与人民为敌的人，都和陈喜天同样下场。”

落款是“八路军武工队”。

牛虎和石景汉处决了叛徒陈喜天，又在灵芝泉附近贴了许多标语：

“打倒日本帝国主义！”

“中国人民必胜，日本鬼子必败！”

“鬼子命不长，伪军快投降！”

他们动作特别迅速，贴完以后，马上离开灵芝泉，向五道岗转移。走了不远，在那里担任警戒的赵雷、孙玉刚，也一同向前奔去。在五道岗村头，又碰见自西北方向执行打枪任务的李一朗。他们又在大树上、小桥头贴了一些剩下的标语。

这时，有几十个便衣向五道岗匆匆赶来。原来他们是贺家栋领的侦缉队，为了配合灵芝泉太平会的召开，他们奉贺国栋之命在边远地区巡逻，观察动静。他们一听枪响，便向山神庙扑来，一走进念经的席棚，看到陈喜天尸体上盖的判决书，不寒而栗。他们迅速离开席棚，忽然发现五道岗村头影影绰绰有几个人影。贺家栋命令侦缉队迅速隐蔽前进，务必抓住几个活的，以便寻找八路活动的线索。

当牛虎他们发现敌情时，侦缉队离他们已经四百多米了。牛虎大声命令道："撤进村去，分别隐蔽。晚上在原定地点集合。"他扫视一下敌人，又命令道，"快撤！我来掩护！"

村里各个街口，有晒太阳的老人，有玩游戏的孩子，有豆腐挑子，货郎担，更多的是从灵芝神泉逃回来的人，心里害怕，又不死心，时时在各处张望。牛虎等再回大平爷的永泰小店是不可能了，那样会暴露目标的。

侦缉队一路喊着："捉活的！"

赵雷、石景汉、孙玉刚、李一朗，因为在前面，先撤了。

而牛虎要撤到安全地带，已经来不及了。他在一个胡同里，推了一下一个破大门，里面上了闩，不得已，按着墙头，翻身跳进院里。腾的一声，院子里摘野菜的姑娘吓了一跳，慌张地站起身来，要往屋内躲。牛虎抱歉地说：

"外面有敌人，我可以在这里躲躲吗？"

他的声音很低，可是聪明的姑娘却觉得这声音十分熟悉，定睛细看不觉惊了，夺口说道："是你？"刹那间墨水河畔和贺家栋斗争的一幕又显现在她眼前。这不就是从贺家栋魔掌下救她命的那位恩人吗。从他慌张地跳进院子，和远处"捉活的"的叫喊声以及急促的脚步声，她明白了，他一定遇到危险。她急切地道："来！"她从厢房里搬出一架梯子，搭在夹道子里的东墙上，又下命令似的说："快上！"

牛虎攀着梯子，三步两步上去了。有过军事训练的人一看便知这是一个暂时隐蔽的好地方。这地方是姑娘家东厢房相接处的水流子，不了解情况的人，完全猜不出这里还有这样的机关。牛虎匍匐身子，静听周围的一切。

姑娘把梯子搬到草屋里，放倒了，又用草盖了，又前前后后看了看有没有容易引人怀疑的地方。这时，急促的脚步声和呐喊声，已响在她的门外。她快步到原来的地方摘菜。

"快开门！"外面的破锣嗓子敲门了。

姑娘沉默着，继续摘菜。外面又气势汹汹地敲门。姑娘有气无力地问："谁呀？"

"他妈的，耳朵塞驴毛了。"破锣嗓子骂着，一脚踹开了门。接着拥进三个如狼似虎的便衣侦缉队员。破锣嗓子转动着流球眼搜寻着全院，咋呼着问道："刚才有没有八路跑进来？"

"没有。"

"难道长翅膀飞了？明明看一个人翻墙进院。快说，把他藏在哪里去了？"破锣嗓子狠狠一脚，把菜篮子踢翻，又问，"你把他藏在哪里去了？"

姑娘愤怒填满胸膛，没有搭腔。

"谁在屋里？"破锣嗓子边问边挥手，命令那两个便衣蹿到屋里。

姑娘抢前几步，央求说："屋里是我有病的妈妈。老总，小声点，可别吓唬她。"

破锣嗓子本来想自己在院子里警戒，让那两个便衣进去翻，但他又想到里面捞点外快沾点油水，便不顾一切蹿进屋里，翻箱倒柜。

在炕上，姑娘的母亲不停地呻吟。忽见几个匪徒闯进屋内，吓得浑身战抖，好大一会儿说不出一句话来。当他们又翻箱倒柜时，她立即想起几个月前几个伪军来抢东西，老头子阻拦，伪军狠狠几脚踹死老头子的悲惨一幕，此刻，她肝胆俱裂，不觉哭泣道：

"上次，老总来过了，柜里再没有值钱的东西啦。"

"少废话，老不死的。"破锣嗓子边骂边翻得更厉害了，屋内箱柜乱响……

埋伏在两幢厢房中间水流子的牛虎，听得清清楚楚，他愤怒异常，眼睛冒火，及至听到老人呼天喊地哭泣时，他牙齿咬得咯咯响，恨不得和他们拼了。他手摸着手榴弹，蓦地，眼睛里闪动着智慧的光芒。是呵，何不设法把这一群恶虎调出去。他拔开手榴弹盖，拉出弦，用上全力，将手榴弹扔出，手榴弹越过三幢房子在村西头的高坡上炸响。那里正好有两个放哨的便衣，对这突如其来的手榴弹爆炸，一点没有准备，立即倒在血泊里。

村里大街小巷的站岗的，放哨的，搜索的，听到爆炸声，以为发生了战斗，纷纷离开了原地，向手榴弹爆炸处跑去。在姑娘家翻箱倒柜的三个土匪，顾不得再拿东西，调头向村西头猛奔。

这时村西头就热闹了，手榴弹声、枪声、呐喊声，还有搜索前进的人影乱作一团。这里离五道岗炮楼只有三百米远。炮楼子的伪军一看眼前这情况慌了手脚，以为有八路前来袭击，急忙关了大门，利用枪眼向影影绰绰的人影急三火四地射击。

贺家栋因为预先没和炮楼联系，遇此特殊情况，只能饮泣吞声，哑巴吃黄连，马上命令："散开！"但终因袭击来得突然，没有准备，三个便衣被击中倒地。贺家栋在喊"散开"时，胳膊挂了彩。一个便衣躲在两搂粗的大树后，看队长受了伤，痛惜哀怨地喊道：

"别打枪，自己人！"

喊声传到炮楼里，枪声立即停止了。一个伪军骂唧唧地喝道：

"你们是哪一部分，为何不预先联系。快派个当头的来说清楚，不然全部消灭！"

贺家栋伏在一个土坎下，龇牙咧嘴，不住地呻吟，勤务兵用白布给他细心地包好伤口。他心想，真是祸从天上来，没被八路打，却叫自己人打了，真窝囊。此刻听到那伪军的回话，不觉火冒三丈，立即告诉大树后的便衣，喊：

"我们是侦缉队，贺队长亲自领来执行任务。快叫白崑出来回话。"

"贺家栋算个毛，软硬吓唬人，眼下是白队长的一亩三分地，别拿个鸡巴当牌位。"炮楼上答话，带着奚落的口气，以为下面不过是过路小卒，确不知真是贺家栋。

贺家栋刚要抬手，伤处痛得他"哎哟"了一声，又用没受伤的手拍了一下脑袋瓜子，他要在部下面前挽回失掉的面子，故意大声骂道：

"狗养的，混蛋东西，把八路放走了我不能饶你。"回头他又对一个勤务兵狡猾地笑笑，命令道，"趁'狗养的'不备，炸他一梭子。马上撤走！"

## 23

夜幕降临大地，家家升起了炊烟，耕田的，放牛羊的，拉乡的货郎和干杂工的人，都回到各人的家里。星星眨眨眼，月亮上柳梢。偶尔传来一两声牛羊叫，四周更加静谧了。

牛虎在水流子里待了八九个钟头，没有早下来，因为村头巷尾时有便衣侦察人员活动。到这时候，姑娘看看街上静悄悄地，便插上门，搭上梯子，让牛虎走了下来。

牛虎跟姑娘走进屋里，豆粒大的小油灯闪动，老太太听他进来，激动地招着手。牛虎上前一步抓着老太太的手关心地问道：

“大娘，你的病好些了吗？唉，今天又惊了你。”

“天暖和，病好多了。”谈起病，姑娘母亲浑身不禁痉挛了一下，眼前忽然昏暗，闪动的豆瓣似的灯光，映照出几个月前的一幕幕。

几个月前，贺国栋的治安军从金牛县城转移到这城北重镇贺家楼一带后，经常派小部队在附近搜寻，说是维持治安，实际是烧、杀、抢、掠、奸，无恶不作。那一天，也是这样的夜晚，三四个二鬼子，跑进了姑娘的家，喊着，骂着，说查八路，什么地方都抠遍了，要是老鼠洞能钻进去的话，他们也会翻个过。翻箱倒柜，看看确实没有什么好东西，每人顺手别了几件物品走了。姑娘的母亲由于经常饥一顿饱一顿的，得了挺厉害的胃病，倚在炕上边哭边哀求老总。姑娘也吓得偎在妈妈身边抽泣。二鬼子没因此而慈悲心软。他们打算往外走，迎头闯进来姑娘的父亲，他是到镇上给老伴撮药回来，手里提着三服草药。一看这光景老头子便明白了，堵住大门哀求老总千万别拿东西。那匪兵用枪托对准他的小肚子狠狠地砸过去，他窝在地上，大口喘小气，不一会儿就闭上了眼……老太太对牛虎谈到这里，长叹了一口气，说：

“贺家这对卷毛驴，真霸道！今儿个又把我吓得不轻。”

牛虎气愤地说：“如今是他们的天下，在他们房檐下，咱就得低头走啦。”

“那可不，羽凤那次拾柴走在墨水河边，差一点被贺老二害乎了。幸亏你救了她，这叫我怎么感谢你呵！你姓什么叫什么名？”关于墨水河边的过节，羽凤不止一次地跟家人说过。

那次在树行里，打翻了贺家栋，救过羽凤，这次羽凤又掩护了他，躲过了敌人的追捕。这也是无巧不成书。但牛虎还没有机会问姑娘的名字，眼下听老太太说出“羽凤”的名字，便感到更加亲切。

那次救羽凤时，牛虎看到姑娘穿着破旧，但眉清目秀，一副善良厚道的表情。眼下看到的羽凤，仿佛小小打扮了一下，真是“穷家出秀女”。他心中不由地生出许多愉悦的感情。他觉得眼前站着的是一朵花。长了这么大的牛虎，也懂了世间情、男女情，此刻不由地有些羞怯。他为了转换一下情绪，便回答老太太的问话：

“我名叫牛虎。原是杨家楼杨振方家的放羊的。”

羽凤姑娘带着感激的深情，说：“上次要不是牛虎哥救我，我早被贺家的猎狗撕吃了。”原来羽凤叫牛虎“同志”，如今改叫牛虎哥了，牛虎觉得很中听。

“如今八路军领导我们穷人闹翻身。我们要把鬼子打出去，建设一个新中国。那时，我们劳苦人就要当家做主了。贺家驴也就再不敢欺负咱们啦。”牛虎说着，看羽凤和她妈都喜了。牛虎又讲了一些革命道理给她们听。

她们听着想着，仿佛眼前展开了一个新天地，羽凤娘有意思地问：

“牛虎呵，你也是八路军吧？”

“我原来是金牛山猎人的儿子，谁想到父母下世早，撇下我这十四五岁的孩子，为了糊口，不得已当了羊倌，一干就是五六年。那天打了贺家栋惹了祸，晚上贺家派人杀害我，我被八路军救了出来，以后我就投奔了八路军……”

讲到这里，羽凤娘仿佛想起什么事情似的，截住说：“你看我光引你说话了，这半天你恐怕早饿坏啦。”

又笑着对羽凤叮嘱道，“还不快做饭，快一点，烙饼炒蛋最快。”

羽凤应了一声，就去调面啦。牛虎看看羽凤娘的感情也推辞不过，便急忙抱草烧起锅来。不一会儿饼就烙在锅里了。嘶嘶啦啦的响声，热气腾腾的蒸汽，使屋内原来的冷清环境一下子变暖和了。羽凤边翻着饼边寻思，突然问道：

“共产党八路军好，可是像我这样的女孩子也可以参加共产党八路军吗?”

“革命需要很多很多人。你是可以为革命工作的。”他们俩你一言我一语，又沉默一阵，又你一言我一语。不大一刻饼烙好了，鸡蛋也炒好了。羽凤把小饭桌搬到炕上，上了炒鸡蛋和烙饼。大娘颤巍巍地说：

“牛虎，你快吃吧，吃饱了好去打仗，打死那些兔崽子。”

他是穷家出来的孩子，知道穷日子怎么过法，对大娘硬要自己吃炒鸡蛋烙饼心里很过意不去。忽地看到放菜团子的笊篱放在一旁，他立刻把笊篱端到饭桌下，拿起菜团子大口大口吃起来。大娘一看焦急了，埋怨说：

“你是天上掉下来的稀客，是羽凤的恩人，怎么能叫你吃那个。”

“我就喜欢吃这个，”牛虎笑着，又吃了一大口，把饼和炒蛋推到大娘跟前，说，“大娘吃吧，大娘有病。”

“这炒蛋和烙饼，我吃过多少年了。”

牛虎听了大娘为了劝他吃而故意说的骗人的话，微微笑了。他知道，一位穷苦的农村妇女就是一年里也尝不了一次两次炒鸡蛋烙饼，多深的感情呵，也便情深意长地说：

“我将来有许多年可以吃炒鸡蛋和烙饼，大娘，还是你吃吧!”

他俩让来让去，可把羽凤难坏了，想劝牛虎吧，确实不好说话；不劝吧，心里又真不过意。左右不是，沉默着，只有两颊上的梅花窝深一阵浅一阵，看出她的情绪在不断地变化。她用手试一试饼的温度，惋惜地说：

“再不吃就凉了，你尝尝，我们这是头箩面。”羽凤说着，便实实在在地夺下了牛虎手里的菜团子。这一抢不要紧，菜团子掰成了三瓣儿。牛虎手里剩一块，羽凤手里捏一块，另外一块掉在炕上了。羽凤眼快，一手抓起炕上的一块，一下子填到自己的嘴里，这一动作，真正流露了她的通情达理。接着羽凤哧哧笑了起来，好像取得了什么胜利似的。这是农家女的别致表达。

牛虎开始很不好意思，后来一想这都是家长里短的通常事，也便笑了起来，他憨厚的笑，改变了那矜持的场面。他慢吞吞地说：

“我要是不吃，对不住大娘的一片心，也对不起羽凤的一片心，小妹妹是真心诚意的，没拿我当外人。当然，我不吃，大娘也不会动，也不会吃。”说罢他掰下一块饼，夹着鸡蛋吃着说，“好，用好的封封顶。”

羽凤顺下喜悦的眼神。

接着牛虎又打听了一些村里的情况，又说了些家长里短的话，看看时间不早了，便要辞别。大娘是个有心人，刚才牛虎上炕吃饭一盘腿的功夫，她低头看到他穿的鞋前后咧嘴了。她告诉羽凤把箱底那双大山鞋拿出来，递给他，深情地说：

“你试试，合脚吧。”

他伸脚一试，仿佛就是给他做的，正合脚。

此刻他笑吟吟的，喜得嘴角都合不拢了。

大娘脸上的阴云仿佛被一阵春风扫掉，乐呵呵地又说：

“这是羽凤给她爹做的，可她爹……”

羽凤看妈妈收敛了笑容，忙截住说：

“等将来把那些鬼子、二鬼子消灭了，就算给我爹报了仇。”说着便用一块仁丹斯林布的方包袱将鞋子包了。

牛虎也不推辞，一下子把它系在后腰上。不知为什么忽然泪花闪动，急促说：

“大娘，再见啦，你老人家多保重。”

“孩子，路过家门时，就进家看看我。要是有了长进，也给我捎个信儿报喜。”

牛虎点点头，瞅了瞅羽凤，转身走到院子里。

羽凤这姑娘也会冲动，也不认生了，她双手搂着牛虎的脖子，打着提溜，脑袋拱在牛虎的怀里，说：“我永远不会忘记你，我家里需要你这样的人。”

牛虎也不由地搂住她的腰，战抖地说：“我不会忘记你，不会忘记大娘，不会忘记这个家。”

一阵子，羽凤放下了手，泪水流在她的腮上。

牛虎决定要走了，而羽凤又急忙把他拦住。

她轻轻开了大门，走出大门向四周一看，街上是一片沉寂，她一招手，牛虎大步闪出门去，向黑暗的原野里走去。

## 24

按原来规定的集合地点，牛虎在五道岗村西一里远的山庵附近，亮出三声布谷叫，赵雷还了三声布谷叫，牛虎顺声下了一道山岗进入一条深沟，在那里看到赵雷等人。大家简单谈了谈从上午到现在的一些情况，原来李一朗在上午规定时分，在灵芝泉西北，朝敌人飞云观炮楼上骤然打了一梭子子弹，炮楼敌人慌了手脚，胡乱打起枪来。这样白崑和小马在集上一声喊，敌人纷纷向这里追击，太平维持会乱了营。李一朗完成了任务，转移到附近一个山庵里去帮助一个积极分子种地去了。而赵雷、石景汉、孙玉刚在贺家栋便衣侦缉队追捕时，在牛虎的掩护下，风风火火地穿过了村，顺着村北的深沟，窜进了树林，有的跟自己联系的积极分子一边打柴一边谈工作去了；有的和党的地下交通员一边耕地一边交代新的任务去了……大家把战斗的间隙充分利用起来，当成休息，工作很紧张，心情很愉快。大家交流了这些情况之后，彼此为这一胜利而高兴。

牛虎跟众人会合，聊了几句。看看时间不早了，牛虎吩咐大家化装成伪军，钻出深沟，向五道岗炮楼根下走去。不一刻，炮楼像魔鬼似的黑影就扑进他们的眼帘，牛虎又站下，悄悄地重复了几句重要的话，然后派赵雷和李一朗在前边走。因为灵芝泉山会出了事故，所以贺国栋亲自派人通知各炮楼据点加强戒备。五道岗是通往金牛山区的咽喉重地，所以炮楼防范更严。当下哨兵听到有急促脚步的响动，不觉打了个寒战，壮着胆子高声喊问：

“干什么的?”

“给白队长送信来啦。”赵雷慢吞吞地答。

“口令?”

“辣椒!”赵雷答上口令，立即和李一朗走到炮楼的小便门。

哨兵在小便门里嘴里不断嘟囔着：“黑天半夜，来干什么?”

“要不是传达贺大队长的命令谁愿意往你这乱葬岗里跑。”赵雷骂唧唧地顶上去了。

“白天去吃屎啦。”哨兵也没好气，边开便门边说，“来，把信件给我。”

“好。”赵雷一个字刚了，便门吱呀一声开了。此刻像迅雷一般，赵雷的枪口指在那个哨兵的胸口上。

“这是干什么，这是干什么？只许你骂我，不许我还你一句。”哨兵仿佛做梦，战抖着不知怎样才好。

李一朗急三火四把他绑起来，这当儿赵雷边下他的枪，边用毛巾堵住他的嘴，又用布蒙住他的眼。两个人连拖带抬把他架到炮楼下的深沟里。赵雷扔下一句话：“委屈你半夜。”

当他们俩又警惕地走到便门时，孙玉刚早在那里站好了岗。牛虎和石景汉已走到白崑住屋的窗下了。

白崑在灵芝泉山会“完成了”牛虎交给他的“任务”，回到炮楼后，心里一直忐忑不安，仿佛是缺页肝少张肺，又空虚，又害怕了；有时又觉得有块大石头压在心田上，上不来，下不去，不是人受的滋味。他自认为是个见过大世面的人，又有许多曲折的经历，本来想得开也早该平静了。回想从炮楼工地“遇难而释”到“灵芝泉表面是追击八路，实际是扰乱了会场”，觉得这像是做不完的一场场怪诞的梦，今后将要做成什么样，不得而知。但是他依稀看到由这帮武工队的引线，他可以踩出一条新的路来，可能使他更加飞黄腾达，更好地完成“新的使命”，想着想着一股甜蜜涌进他的心头。他打了一个盹，一种责任催他站起身来，叫小马一起从弹药库里扛出五箱子弹，然后打付小马睡了觉，自己时时到院子里听听。当听到哨兵喊口令时，他知道牛虎已经来了。他屏住呼吸，走出门，隐蔽在小伙房烟囱边的高处，看到哨兵开了便门，被人架走，不一刻石景汉走到他的窗外。他正要过去打招呼，牛虎从小伙房另一端的旮旯里压低声音说道：

“白队长，让你等了好久了吧。”

白崑没想到在他身后有人，心里一跳，马上平静地说：“知道牛队长要来，我白某不敢怠慢。”

“不啦，今夜时间紧迫，以后交往的机会多着哪。东西呢？”牛虎最后问起子弹的事。牛虎说过跟他借几箱子弹。

“现在？如果不休息，那就取东西吧。”

牛虎连同赵雷、石景汉、孙玉刚、李一朗跟着白崑扛出五箱子弹到炮楼二百米外的地方。白崑拉着牛虎的手，哭丧着脸，说：

“我的处境相当显眼，望你们要保密！”

“凡事要多动脑筋，应付局面。”牛虎深情地叮嘱。

“你们是了解我的。我是一个中国人。”白崑像有难言的苦衷，不得已地又说，“要我干什么，说话，我即便粉身碎骨也在所不辞。”

“对革命尽到自己的力量，人民是不会忘记你的。日本鬼子的命不长了，希望就在前面……”牛虎充满深情地说罢，一摆手，便和四位同志远去了。

当牛虎等五名武工队员各扛着一箱子弹，向金牛山走时，白崑也在屋内走来走去，他边走边想，事情做起来容易，但是想弄得天衣无缝是太难了。目前怎样应付局面呢。他是有经验的，开动了一下脑筋，轻轻开开门，走在院子的黑影里，回身朝自己住屋的门和窗户打了一梭子弹。又潜回屋里，对早吓醒的小马喊着“有情况”，又装着刚刚吓醒，披着衣服蹿到院里，手卡匣子枪，像要火拼的样子。此刻炮楼里乱了营，从枪眼里无目标地向外射击，一时间枪声响成一片，伪军们发现便门大开，又失掉一个岗哨，更加后怕。有个逞强的，说八路走得不会太远，而且是小股活动，是否可追赶报复一下。白崑急忙止住他们，说不要中了八路军的埋伏，紧闭大门，等天亮再说。但是这发生的情况必须马上向上级报告。他派小队长带小马去报告贺国栋。

## 25

贺国栋在灵芝泉山会上偶然遇事，仿佛吓掉了魂，想到他本不想利用山会进行反共活动，是山本和范一生硬逼他这样办的，又后悔又埋怨，一脸阴云，砸桌子摔板凳，弄得周围人提心吊胆，鸦雀无声，都怕贺国栋在盛怒之下，随意找个由头打骂他们。贺国栋回到公馆，小老婆看他满脸龙斑云，心里知道丈夫因为在灵芝泉山会上发生的事而苦恼，因此加倍小心，仔细服侍，温存体贴的话不知说过几千几百，贺国栋都当成耳旁风。

晚饭后，他早早闭了灯，躺在床上反复思考今天各方面得到的情报。许多事情他都觉得莫名其妙，特别对灵芝泉山会西北方向枪响时，队伍像掐了腚的蜂子一样，都往西北追击，而致太平维持会会场混乱，八路军乘机而动，枪杀了维持会会长陈喜天。而这追击的人中，竟然有白崑，但是这天并没派白崑领导警戒或其他的任务，这就更加费解了。夜深了，他还是睡不着，看着窗外晃动的树叶，仿佛是山会混乱时，四外逃走的人们的人头在攒动，联想到他当时的处境，如果走得再晚一些，也要送命，不禁浑身出冷汗。

他爬起身，打开灯，立即打发小老婆去叫勤务兵，通知贺家栋和其他头头脑脑即刻到会议室开会。

因为是贺大头的紧急通知，头头脑脑们知道有多么厉害，不大工夫人员到齐。贺国栋在谈了几天的情况之后，皱了皱眉头，把自己的疑问提了出来，征求大家的看法。头头脑脑们本来对这些事并不留意，经他这一提问，脑子里都划开了杠杠，接着都发言了。有的和贺大头有同样的疑问，这些人平常看白崑盛气凌人，有些私怨。但也有的为白崑极力开脱，给予辩解，甚至为白崑歌功颂德，说八路军潜入炮楼工地时，被白崑击跑；八路扮着白崑到贺家大院摘大门，想借刀杀人，我们没有上当；至于上午灵芝泉西北方向枪响，队伍没有命令便向西北追击，内中有白崑也好解释，他的住地离山会很近，他也可以到山会逛逛。遇到特殊情况发生，他也有义务追击，他的主动，是应该嘉奖的。

贺家栋在五道岗村西头被炮楼上打死两个弟兄，自己也挂了花，还挨了一顿臭骂，心里窝了一肚子火，想办法要对白崑进行报复。

可是这一切他并没有告诉贺国栋。到会以后听了各位发言，心火再也憋不住了，就把当时情况，过枝接叶地说了一遍，最后他像驴叫似的说：

“白崑那一窝子，对咱这么狠，我看哪，他准私通八路。”

“你怎么不早告诉我。”贺国栋怒气冲天，质问他。

“我怕大哥斥责我，所以没敢说。”他扫视一下周围，觉得很丢面子，红着脸低下头。

贺国栋正要部署下一步行动，外面忽报，说五道岗炮楼来人了，贺国栋急忙叫进来人。

小队副小马走进会议室，看满屋净是头头脑脑的，心里十分惶恐。小队副把炮楼遭到八路军突然袭击，说了一遍。贺国栋听了气得浑身发抖，一转眼，他忽然又哈哈笑了：

“八路军怎么进去的。我看，你们炮楼里有私通八路的。”

小马的脉搏跳得更急了，但是他分析贺国栋这话似有所指，不过是在不了解情况时，乱猜一句而已。只是低着头，顺着眼，一言不发。

忽然，贺国栋走到小马跟前，狠狠地提着他衣领，逼问道：

“你说说，最近都有谁跟白队长见过面。”

“没，没有。”小马知道贺国栋并不知道白崑这几天的底细，突然的问话，不过是敲山震虎而已，便平静而缓慢地说，“他在这里无亲无故，每天除了跟我们弟兄们见面，从来不跟外人接近。”

“叫你一说，你白队长干净得很。”贺国栋站起来，踱了几步，想了想，决心要打破一个缺口，又逼进一步，“那为什么他突然到灵芝泉山会去了?”

“他要去求神水，治病，治胃病。”小马对答得机灵。

“什么时候不能求神水，你们隔那里那样近。快说。”

怎样回答呢？小马一时答不出来。忽然外面报说，小太太来了，亲自给贺国栋送来一碗荷包蛋。荷包蛋放在桌子上，贺国栋一皱眉头，意思说这真多余，一摆手叫小老婆走开了。这件事对小马很有启发。当贺国栋再次追问时，小马哈哈笑了，有趣地回答：

“大队长，你该明白，这一点我不好说。”虽不好说，他眯了眯眼，却又说，“白队长，身前干净，连个热火被窝的也没有。叫谁能受得了呵?那天他上集，这，这可不该我告状，那天他上集，想操持个漂亮人儿。”

一语说了，屋内即刻活跃起来，有的人不住地点头，同情地说：“对呀，谁受得了。”

他的回答，挺合情理。贺国栋也找不出什么新的茬口再追问。他命令他俩回去。

开会的人们刚要走，贺国栋拦住大家说，今天会就开到这里，大家应该多长一个心眼，多方面考虑问题。

头头脑脑们各自散了。贺家栋也随人们走出了门，可是走了不远又被他的长兄唤回。贺国栋对准他的耳朵压低声音道：

"老二，不管三七二十一，你把姓白的逮住再说，这个人带着特殊任务。"他用脚尖顶了一下贺家栋的脚尖，又说，"快，带三十个弟兄，带着我的手令，天亮前要把他拿下。注意是'请'。"

天刚亮。

贺家栋亲自带领侦缉队，请白崑独进贺家楼。

## 第八章

### 26

大闹灵芝泉山会那天夜里，羽凤送牛虎出了门。牛虎踏着几点星光，高度警惕地搜索前进。到了大平爷开的永泰小店的便门，看一束艾蒿插在门楼上，知道没有发生什么事故，便对上暗号。大平爷开了门，牛虎向大平爷叙说了一天的战斗，以及羽凤如何机智地把他救出来。谈到羽凤家遭到敌人几次抢劫，父亲被打致死，而母女俩的生活十分艰苦，羽凤娘的病有点起色，能够照顾自己了，但是不能干什么营生，整个生活担子落在羽凤一人的肩上。牛虎说，为了扩大革命力量，可以把羽凤母女发展成我们的地下工作者，来协助大平爷开展工作，这一点他曾跟上级商量过。

大平爷听说他谈过之后，哈哈笑了，跳起来，激动地说出一段话来：原来事情凑巧，大平爷和羽凤的爷爷是亲兄弟，甄家老大二十多岁就闯了关东，一去路就没有回乡。羽凤的爷是老二，那年生活所迫，到了腊月底，他到外地贩香箔，半路上天降大雪，身上衣单，肚子缺食，连冻加饿死在荒郊野外。大平爷是老三，从小学厨子，别人办个红白事，他去做菜饭。他没有子女。三支人只有羽凤爹一个后代。从羽凤爹被伪军打死后，两家就更相依为命了。

当牛虎知道他们两家是这样的亲密关系时，便放心了。临别时他嘱咐，从现在起让羽凤多学点文化。

那天夜里牛虎等从白崑那里借了五箱子弹后，回到了金牛山，向李勉同志汇报了这次外出战斗的经过，李勉同志对取得的胜利特别高兴。当听到大平爷和羽凤是一家的情况时，李勉同志对甄羽凤家的困难生活深表同情，决定拨粮支援他们，并同意牛虎的建议，决定让羽凤脱产当八路军的地下交通员。上级调拨粮食的条子很快转给了大平爷。大平爷接到指示很感动，觉得这是党对穷苦百姓的关怀。但是他左思右想，斗争目前正处于非常困难的时期，要减少党的负担，他没去取这份救济粮。不过羽凤家确实困难，他背起自家的半袋小米，走进羽凤家的门。羽凤看见大平爷来，笑着，接下米袋，感激得说不出话来，只对里屋说：

“妈，三爷来了——”

“大平叔，”在炕上做针线的羽凤娘听声下了炕，这些日子她身体好多了。这时羽凤提着大平爷的米袋，搀着他走进屋，让着坐。羽凤娘看到这一切又说：“三叔，你这侄媳妇一家多亏你挂心。”

大平爷压低了声音，但是看得出他是很高兴地说：“你没想到吧，羽凤，你猜我来干什么？”

“来送米的。”羽凤不假思索地回答。

羽凤娘感动得泪花闪动，说：“我生活难，你也不比我强多少，上次和你说，三叔不要在为我母女操心了。顾一头吧，活着你，还好做点事，你挂着俺母女，落得大家都半饥不饱。三叔你也得照顾好三婶子呀，我看这米叫羽凤给你背回去吧。”

“这次呵，侄媳妇，可不是我送来的了。”他不能再说是他节余下来的粮食了，只看到锅里蒸的是萝卜缨子菜团子，羽凤娘早漏这个话了，再不收三爷的粮食了。

“这次是上级叫我送来的。”大平爷叮当地说。

“你说的上级，是谁?”羽凤娘不解地问。她和羽凤都用疑惑的眼光望着大平爷。

“我说的上级，就是金牛山的八路军啊。”

自从八路军在金牛山一带扎下根，工作开展得很好，许多打鬼子的故事，早已在民间流传，并且有些传说奇而又奇，玄而又玄，神而又神。除此之外，八路军关心穷苦人，也流传着许多故事。但他母女俩怎么也想不到八路军会牵挂他们，虽然想到了牛虎，但是不敢往这方面联系。羽凤娘又问：

“三叔，金牛山的八路军怎会知道天下还有俺这受苦受难的母女俩?”

“八路军和穷苦百姓心连心。怎么能不知道呢?”大平爷意味深长地回答。

羽凤是个聪明的姑娘，琢磨来琢磨去这跟牛虎有关，禁不住迸出一句：

“是牛虎……”

一语未了，大平爷哈哈笑了，爽朗地说：“对，对，是他，就是他，他是武工队队长，是好样的。”

一听大平爷称赞牛虎，那天的情景，又在母女俩脑海里浮现。他们早就觉得牛虎是个可信赖可依靠的人。当然羽凤心中多了一份感情，又敬仰又羡慕又关心，不知为什么她心里突突直跳，而脸上也烧红了。可是她保持着平静，急忙问道：

“三爷，牛虎回了牛金山啦?”

“是啊，这不首长来了指示啦。”大平爷说。

“什么指示啊?”羽凤问。

大平爷带来的首长指示，原来是调羽凤到相隔五六十里地外的马蹄港去干地下工作，马蹄港是日伪大本营，工作是很危险的。当他刚接到通知时，很是纳闷，觉得这样的工作，给这样一个从来没出过门的闺女去做，实在不大放心。但是仔细考虑一下，他的这个侄孙女是有条件的：第一她苦大仇深，一经教育，会有更强的革命坚定性；第二她敢于斗争，那一次在墨水河畔和贺家栋斗争的故事，在人们中间早已传开了；第三她大胆心细，遇事不慌不忙，沉着应付，在敌人追捕牛虎的千钧一发时，她机智地让牛虎在水流子上躲避，得以脱险，知道的同志，无不拍手叫好。也正由此，所以领导决定调她到敌人的心脏去工作。但是闺女是怎样对待这件事，大平爷还不得而知，在谈话中，他先试探试探她的态度。他说：

“上级来调一位从来没有出过门的闺女，到五六十里外去工作。我看那上级也太没底了，年轻轻的，谁肯离开家呢。”

“革命嘛，还能不离开家?”羽凤说。

“你这是年轻人的时兴想法，年轻人爱热闹。要是懂事的爹妈，也不会放她走。”大平爷转脸又试探羽凤娘说，“侄媳妇，你说呢?”

“我说呵，这是个有出息的事。就恐怕咱羽凤没有这个福。咱家里吃上顿没下顿，孩子跟咱遭了罪，要是能出去，起码能带出张嘴去，有个营生干着，也免得饿死。”羽凤娘羡慕不已。

大平爷搓着手，高兴极了，说：“你们母女俩挺开通，上级也有眼光。”

话说到这里，羽凤早就明白了，跳着，拉着大平爷的手说：“三爷，上级是不是来调我。”

“对啦，对啦。这可不是闹着玩，让你骑马追车就走。”他又质问似的问羽凤娘，“你……”

羽凤娘的眼里闪动着幸福的激动的泪花，这个上级的决定出乎他的意料，但是一想起朝夕相依为命的女儿马上就要走了，又有点舍不得了，不过她还是刚强地说：“闺女走到天边我舍得，那是你的命有福。你有了路了。”这是对羽凤说的。

“我妈的病，一天好起一天了，这些日子能自己料理自己了。我离开家，妈妈也会放心。再说我带出张嘴去，妈也能小小宽裕点，我到外面干活，积攒一点，捎来家孝敬妈妈。”

羽凤的几句话，在这即将离开的妈妈的心里，像春雨滴在干枯的土地，妈妈的感情是复杂的，泪花终于夺眶而出了。但是她不愿让女儿和三叔看见，急忙用包袱包了几件羽凤现穿的衣服，塞给羽凤，说：

“走吧，孩子，好好地干，等日子过好了，我再去领你。”

一句话像一把酵母扔进泪泉，羽凤哽咽着说："等我挣些饷回来，好养你老。"

什么事都是急的，革命就是这个样子，特别在那风风火火的年代。大平爷催她上路了。

羽凤娘给她擦了擦眼。把他们送出了大门。羽凤回头神情深深地看着从没离开的母亲。

远处传来一阵闷雷的响声。天快下雨了。羽凤娘叫他们停一停，急忙跑回家拿来一拔旧蓑衣和一顶草帽，分别递到羽凤和大平爷手里。

她一直看着他们走到遥远的地方……

## 27

在地下党的安排下，大平爷和甄羽凤在乌鱼滩上了渔船。

黄昏前，天还是云烟朦胧的。

一只渔船向马蹄港慢慢驶去。夕阳的余晖映着粼粼的波光，悠闲的船尾浪翅，向四处荡去。

满船鱼虾，满船金银。

在船尾，牛虎正整理渔网，他今天是渔民打扮。本来开始时，地下党是让大平爷甄羽凤两人前往马蹄港的，后来考虑他们缺乏经验，临时决定让牛虎护送。牛虎按照命令，早在船尾小仓里"埋伏着"休息，这几天他是挺累的。快到马蹄港时，开船人才把他叫醒。当大平爷和羽凤看到他时，真是又惊又喜。尤其羽凤，说不出是什么滋味，仿佛多了一些保险和依靠。

此刻，牛虎在船尾边整理渔网，边撒眸四周，他的渔民打扮十分自然。

船进马蹄港，靠在卡子边。

伪军哨卡："拿出良民证。"

船老大拿出证件，说："老总，几天不见，又不认识啦！"船老大早装好一篓子鱼虾递给伪军哨卡，又说，"活蹦乱跳的，真新鲜，老总们当个酒肴尝尝。"

伪军哨卡开始听船老大的话，不觉愣了一下，准备细细盘问，看送上一篓贡物，立刻喜上心头，说："啊，认识，认识。"一摆手，渔船向港内驶去。

大平爷和羽凤调进马蹄港，是要靠近山本大佐，探听敌人情况，特别是为抢救武委会主任沈云出力。

进了马蹄港。大平爷因为有厨子手艺，地下党让他进了一个像样的饭馆八仙楼，此地离山本大院很近，占了地利的优越条件。

地下党安排甄羽凤当了浆洗工，这样也有条件来来去去，便于打探消息，通风报信。

羽凤在浆洗房工作，专管送货上门、上门取货，十几天工夫，路子就摸清楚了。

这天，她到日伪军看守所里，打听到这里关押着武委会主任沈云。

羽凤抡着大包袱，与看守打招呼。她与看守也熟悉了，说要将浆洗好的衣物送给原主。

她走到监狱的铁栅栏前，喊着："取衣服啦。"

沈云听到羽凤的声音，走到铁栅栏跟前。地下组织早已通知他有关羽凤的情况。

羽凤用手拍了拍浆洗的衣裳的衣袋，将衣服递给了沈云。

沈云把两件血污的衣裳，递给了羽凤。他用一种感激的目光，同时将一个纸捻交给了羽凤。他注视着羽凤离去。

沈云走回自己的躺位。看着周围几个人都无精打采地昏沉过去，便就着小窗透进来的光线，从衣袋里取出一张纸条。纸条上写着：

> 老家来人，请你放心。
> 积极设法，飞归山林。

沈云琢磨了一阵，仰望窗上的光线，脸颊上掠过一丝微笑。这是久久没有了的微笑。他觉得有了逃脱魔掌的希望。但是不知要经过多大的困难和风险，想到这里他心情又变得郁郁的。

## 28

浆洗房隔大平爷的八仙楼不远。羽凤夹着一件浆洗好的衣服，穿过几个胡同，便找到八仙楼经理大平爷，衣服上罩着，在衣服下，交给大平爷一个小纸捻。转身离开。

大平爷走进里屋，打开纸捻看，纸条上写着：“最近在狱同志得知，在贺家楼挂牌医生范一生，眼下正在马蹄港活动，此人身份很可疑。”

大平爷看了几遍，也便背熟了，便把纸条烧掉。他要把这一情况速报上级。

大平爷扎上炊事围裙，拎着菜篮向鱼肉市走去。

鱼肉市人来人往。牛虎化装成卖鱼人，这期间他正用卖鱼掩护自己的身份。

大平爷走到牛虎面前“拉割”价钱，买了几条大鱼，顺便告诉了他沈云转来的有关范一生的情况。

牛虎迅速将情况转告了金牛县县委书记李勉。李勉指示：写两封信警告警告山本和范一生。

牛虎于是用顺口溜形式，写了两封警告信。写顺口溜的本领还是当年杨振方的妹妹杨峻莲教他的。他那时在杨家放羊，杨峻莲很看好这个粗狂又机灵的小孩，声称要提高牛虎的文化水平，就给他加了点“精神小餐”：如教他点《水浒传》《唐诗》《宋词》之类，还教他书法。杨峻莲在他身上有长远的打算。他很有灵性，一教就会，而且能融会贯通。

一位邮差，给山本司令部送来信件。收发员将信送进山本办公室。

此刻山本正与范一生品茗闲谈。

山本很兴致地拆开这封书法挺好的信。信上写道：

山本山本
穷途孤军
烧杀抢掠
坑害华人
反动本性

确实凶狠

奉劝山本

别再愚蠢

少做坏事

保个全身

牛虎武工队

山本汉学实有水平，他完全懂得这十行四十个字的意思和分量，不禁拍案大怒。可他心中也不免有些恐惧，觉得马蹄港已经扎下不少钢钉。

范一生看到山本如此坐立不安、怒容可掬，便笑笑问："山本君息怒，谁来的信，惹君如此烦恼。"

"哪，你看。"

范一生看了一遍，心中纳闷，忽然发现信纸后面影影绰绰，急忙翻过来看。没想到这面的字是给他的。武工队早摸清底细，将他与山本拴在一起了。翻面写的是：

一生一生

满身血腥

与敌为奸

坑害百姓

幕后策划

又毒又凶

奉劝一生

放点聪明

留条后路

保只狗命

如若不信

棺材备用

牛虎武工队

送与他的文字是十二行四十八个字，比山本的多了两行八个字，意思“煞实”。可见中国人对汉奸更恨。

老奸巨猾的范一生读完信，不由得浑身战抖。他曾经是大庙神，如今成了小庙鬼。时代已经不允许他们张牙舞爪了。

山本也看过这反面的文字，不觉纳闷起来，觉得屋子里有定时炸弹，不由推开“大怒”而心虚起来。

忽然从窗外呼地跳进一只猫来，在窗台上捕捉一只大麻苍蝇。

山本、范一生猛听这一声响，以为有人扔进手榴弹了，恐慌万状，一下子钻到桌子下卧倒了。他们是富有战斗经验的，知道如何应付突发事件。

及至定睛一看，是一只猫，昵称“鹿儿”的，山本从小喜欢宠物，这只优种猫还是从鹿儿岛家中偷偷带来的，猫龄也有七岁了。此刻他心中那块有风有雨的大石头算是落下了。

两人丧气地从桌子底下钻出，汗珠挂满了额头。

## 29

下半晌，天下起了雾露雨。这是马蹄港少有的天气。雾露，让人心里发烦。看着海面，大船小船拥挤着，如同杂乱无章的牛群和羊群。

已经是晚饭时分了。范一生自从窜到马蹄港，已经和山本联系上，山本将其安排在离山本司令部不远的很为僻静的二层小楼里。这是德国式建筑，原来是德国传教士居所，战争爆发后德国传教士携家带口离开了马蹄港回国。于是这里成了闲地方，德国传教士将这房交给一个当地的耶稣教徒看管。这里山野人不敢住，树大招风，只有“胆大包天”的人敢住，如同范一生者，敢大模大样地进来住。

那耶稣教徒也不知他是什么人，只觉他神秘异常，看看日本人也不来过问，更摸不透底细。只见大门外挂着“大名府世医范一生诊所”，都知道他是医生，可是并没有人到他这里看病。那时一般人有病，哪有找医生的，大都是穷捱，顶多找个偏方，好了就好了，不好就死了。



范一生买卖并不兴隆。他盼望的就是清闲。他此刻正练习书法绘画呢。他把写的字幅、画的图案，都挂在细绳上，自己欣赏，只要有自己欣赏就够了，把时间填了，将寂寞推走，目的就达到了。

一阵轻微的敲门声，有人走上二楼他的诊疗室。范一生急放下笔，开门。

大平爷提着食盒走进来。

范一生来到马蹄港，为了逃避人们的注意，并不多与山本联系，更不在他的司令部食堂用饭。他跟八仙楼联系，在八仙楼包饭。

此刻，大平爷将鸡鸭鱼肉四盘高级菜端在桌子上，刚要转身走，不料范一生把门一关，大平爷不由一愣。

范一生笑呵呵地说："老人家不要急着走，今天咱们一起喝点。"

大平爷听话听音，觉得其中必有缘故，便想法推辞。转而一想，何不借机摸摸姓范的底细，于是，忙谦恭地说："我是一个下等人，怎能跟大人一起喝酒，不但受用不起，也叫我惶恐难当。"

"不，不，不，老人家不用拘束，老人家恐怕不了解我，我是最爱下等人的，我最爱和下等人交交朋友。再说你自称'下等人'，我看你是很厚道的人。老人家，你为我送了一个多月的包餐，风雨不误，我很过意不去，今天是我的生日，我向你表示一点小意思，一块喝点，难道你不愿为我祈福……"范一生恳切之情在言语中盈溢着。

大平爷思索了一下："这……"他觉得生硬的推辞也不合常情，再说他是有特殊任务的，这何尝不是一个送上门的时机，他随机应变地说，"哪，今天算我为你祝寿，不用你开支。"

范一生把凳子往大平爷身后一推，按他坐下。大平爷点了点头，谦谦地坐着。

范一生打开了即墨老黄酒，温了温，斟了满满一杯，敬到大平爷眼前，稍停，他关心地问："近来八仙楼生意怎么样啊？"

大平爷说："本钱欠缺，立新项不容易，一直是这样不生不灭地对付。能挣碗饭吃，也就满足了。"

范一生低头沉思一会儿，开导地说："这个——可以找门路嘛。"

"这年头，哪里找啊！"大平爷试探地说。

"能不能找八路军在这里投投资，也可以给他们开展工作提供方便嘛。这样双方有利。"

范一生说到这里，把大平爷吓了一跳，认为范一生也许掌握了某些情况。大平爷说："这说哪去了，这样慌乱年头，保命要紧，谁敢任性和危险分子联系，宁肯做不成回家，也不能跟八路挂上。我老头子是老实巴交的出资，交往面不多，这倒落个心中清亮。"说罢，推说买卖要有人照看，站起要走。

范一生又拦下他，显得十分理解大平爷的困难，很同情而恳切地说："老人家，我看你是个老老实实的买卖人。这些年，我倒积攒了几百块大洋，放着也没有用，也不能生利息。我想拿出四百块交给你，扩大营业，我也不收你半文利钱，你看如何？"

大平爷听了这些话，先是吃惊，接着平静下来，他知道这"四百块"的用意，绝不是那样简单，范一生是有目的的。这有特殊任务的江湖人，凡做一事，必有一朵"花儿"。他想到如今也只能顺叶顺茎地摸下去，看到底是个什么"西洋景"，因而问道：

"不要利息，你是想投股分红利了，红利是怎么个分法？"

"红利嘛，我也不要，人的一生，钱不是最重要的，最重要的是交朋友。我们交个朋友吧。"范一生更加恳切地说。

"交朋友，我觉得我不够那种名分，我也没有那样的福气。不过我看出你是一个大方的人，你不是一般的医生，你是世医，生活在绅士之家。文化高，又看得起下等人，你将来会成就一番大事业。你的四百大洋我接受了，这我得感谢范先生。"

范一生开出一张条子，让他到马蹄港银号去取。大平爷接在手中，觉出它的分量和复杂。他要告辞。又被范一生拦下："再稍坐一会儿。"

忽然范一生的眼里，闪出一道光来，说："老人家，世道不太平啊。树大招风，我有这么几个钱，又有医疗技艺，有人就打我的小算盘啦。这样，我对老人家有个请求，八仙楼来来往往的人中，你发现可疑的人，马上告诉我，我也好躲避躲避，免得遭了他们的暗算。"

大平爷一听，马上明白了，原来"花儿"在这里开了，立即哈哈笑了："不用多说了，范先生既然这样瞧得起我，容易！"

范一生心里高兴，举起满满一杯酒："来，干！"

## 第九章

### 30

天高气爽，秋景宜人。

卧仙夼一个山坡上。在两棵柿树中间扎起一个小主席台。台上前额横挂会标："武装斗争总结大会"。台下最前面坐着牛虎武工队。

其后，各村四大组织、民兵组织以及各方面积极分子的代表，井井有条地坐着。

县委书记李勉在主席台上讲话："同志们，刚才牛虎同志代表武工队向大会汇报了几个月来武工队对敌斗争的情况。县委认为他们的斗争是有成绩的，大灭了敌人的威风，打乱了敌人的阵脚；大长了人民的志气，让人民群众知道，八路军在和敌人进行战斗。但是，同志们，我们不要满足这些成绩，而应不骄不躁，再接再厉，去夺取更大的胜利。

县委认为下一步的任务是：更广泛地发动群众，群策群力，出色地实行中央为武装斗争制定的十六字方针，千方百计地给敌人以物质和精神的压力，使他们寸步难行，分秒不宁。孤立敌人，瓦解敌人。为下一步配合正规军击溃敌人消灭敌人打下基础。现在分组讨论一下这个问题。"

李勉和各村主要负责人，走进武工队小组，一起讨论。

石景汉："刚才李书记谈叫敌人寸步难行。我体会这寸步难行，先得破坏敌人交通，割断敌人电线，叫敌人像冬天挖出的知了猴，叫也叫不得，动也动不得。"

大家笑着点头。

孙玉刚："我体会叫敌人分秒不宁，就是白天夜间轮番攻击，武的打枪，文的喊话发传单。让他们整日疲惫不堪，好像卡掉尾巴的蜻蜓。”

大家笑着点头。

赵雷：“我还想叫敌人吃没吃的，喝没喝的，喘口气也叫他呛嗓子眼。那就得让他们断粮，断水，断空气。”

听到最后这句话，大家哄堂笑起来。

李一朗一拍巴掌：“大赵到底有办法，还能断空气。难道空气还用买、还用偷、还用抢吗?”

赵雷：“噢，我是说断他的新鲜空气。”他对断空气加以解释。

李勉：“好，这看大赵的，这看大家的。只要我们紧紧依靠群众，就能把这一仗打得更漂亮!”

## 31

贺家楼到马蹄港公路。

群众把公路挖得沟壑纵横。

群众卡断电线，转着身子将电线缠到胸腹部，缠成大卷后，脱下来，立即发上牲口，把一卷卷电线驮走。

群众挖出电线杆，搬到适当的地方，搭起瞭望台，监视敌人的行动。

大路上。

五个散散漫漫的伪军，逼着民夫，赶着牲口运粮。

道路坑坑洼洼，十分难走。民夫脸色疲惫。

从山口转出武工队和民兵，打死打跑伪军，缴来粮食，立即运往金牛山。

## 32

伪军从炮楼出来，到附近井上挑水，边提水边说：“好沉!”

另一个伪军：“大麻子，有玩意儿，是不是捞上个珠宝盆。昨晚你做了好梦了。”

大麻子提出来一看，钩钓出一只死狗，“呔呔!”吐着唾沫。

伪军班长押来一群淘井的民夫，淘到傍晚淘干净了。

伪军叫铁木工做了井盖，上了锁。

月夜，几个民兵把牲口毛剪得很碎，顺着井盖的缝隙，塞到井里。

第二天公鸡一叫，伪军又来挑水，开了锁，掀开盖，放下桶去，摇摆了几下，拔出来，一瞧里面全是牲口毛茬子。倒掉一桶，再打一桶，还是那个样子。

伪军气急败坏，又拉来民夫淘井，淘了半天，淘净了。

又找铁木匠堵死了井盖的缝隙，上了锁。

夜晚，民兵把头发丝雷连在井盖上。

这一天，两个伪军早早来挑水，开了锁，掀盖，地雷响声大作。

两个伪军倒在井台旁，血泊汪汪的。

## 33

群众在马蹄港炮楼附近烧起潮湿的柴草，里面放进山胡椒、臭蒿子。浓烟滚滚，顺着风，直扑炮楼上的瞭望口和击枪眼。

炮楼里，伪军呛得戴上大口罩。

一个日本兵：“好厉害呀，新型毒瓦斯。”说着戴上了防毒面具。

在附近壕沟里观察“断空气”效果的武工队员高兴极了。石景汉对赵雷说：“大赵，你是诸葛亮再生。”

赵雷：“我这摆的是瓦斯阵。断了他们的新鲜空气。想买点、偷点、抢点新鲜空气，没有门啦。”

周围的民兵哄堂大笑起来。

## 34

集市上。

伪军买菜。一转身，武工队员把标语传单放进菜棵里。

伪军回到营房，从菜棵里取出标语传单争看。

奉劝伪军弟兄

伪军弟兄，日本鬼子寿命不长了。别再给他们卖命了。你们快向人民投降，转过枪口一致对外，做一个有骨气的中国人。伪军弟兄，欢迎你们回到人民的怀抱。中国人不打中国人。欢迎携枪来归。保证安全。

伪军把传单标语装进最里层衣服的口袋里。

## 35

儿童团放风筝。风筝靠近炮楼的枪眼。

伪军伸手把风筝扯去。

风筝上从纸架到尾穗，写的都是传单标语。

其中一条是：

日本鬼子命不长
伪军弟兄快投降

伪军们争相传看。

墨水河畔。伪军在饮马。

儿童团从上游放下小木板船。小船上系着一小捆标语传单。

饮马的伪军捞起船，看标语传单。

其中一条是：

万里长城是脊梁
长江水脉永浩荡

伪军把标语传单装进最里层的衣袋里。

## 36

一位邮差给炮楼伪军送来一沓信。

伪军们拆开信，信内装的是传单标语。

信里的内容——

老年母亲的话：

“孩子，你快回来吧。我天天拄着拐，哮喘着到村外，等你呀，妈妈盼你，眼睛快要盼瞎了。你什么时候回来呀？”

中年妻子的话：

“孩子他爹，你什么时候回来呀？咱家的二亩地长满了草，房屋倒塌了，剩下两个孩子，瘦得像干巴柴火，你什么时候回来扶持他们呵！”

孩子腔孩子气的话：

“爹，你快回来吧。隔壁二秃子他爹给他编了个小篓子，二秃子提着小篓子上山剜菜了。可我呢，爹，你什么时候回来呀？”

伪军似乎听到老母亲的呻吟、妻子的哀怨、儿子的哭诉。他们忍不住了，使命地抽泣。

## 37

山本顾问官邸。

山本拿着一本中国的线装书，正与范一生对局中国象棋。

山本哈哈大笑，站起来在屋子里踱步，说：“范君，这叫作小卒坐大堂，叫你老将活动不得。”

范一生说：“好狼架不住一群羊啊！”

山本说：“范君，你把八路看成一群羊吗？”

话音未落，门外喊声：“报告！”

山本喊：“进来！”

一个日本军曹匆忙推门走进，捧着一捆传单标语放在山本面前。

山本、范一生翻看。

山本色厉内荏，范一生呆如木鸡。山本问：“这是哪里来的？”说着他指着这些“感情的炸雷”。

军曹答：“到处都有。”

山本一腚坐在椅子上，闭上了眼，四肢仿佛爬满了刺猬。

军曹悄悄退出。

这时一阵狂风，吹开了玻璃窗，将室内物件吹了满地，传单标语像长了翅膀在屋子里飞腾，象棋盘被掀在地上。

山本连连打着寒战。他看着线装书若有所思，低吟着："山雨欲来风满楼。"

范一生说："山本君对中国唐诗很有研究。"

"你们这个文明国家，在历史上是很有些成就的。特别是唐诗，用精练的语言表现了人生的哲理，渗透着政治的深刻见解。你们古老国家的文明基础孔孟之道，可以作为大东亚共荣圈的精神支柱。""中国通"表现出他的汉学根底，他是从政治意图上着眼的。

范一生顺着山本的话说去，随意加上了自己的见解："中国有古老的文明，有自己发展的途径，这是许多仁人志士所公认的。至于共产主义，是外来的，确实难适合中国的国情，我们……"

"我们共同的责任，就是想方设法采取有力措施，消灭它。"山本说着，用手比了个"八"字。

范一生伸了伸懒腰，说："目前八路采取的进攻和办法，是加强物质和精神的压力，使我们寸步难行，分秒不宁。照这样下去，我们就无立锥之地了。"

山本两个巴掌对挤："这是一个新型战术——挤，把我们挤走。用他们的话说，就是'敌驻我扰'。好厉害啊。"

"汪先生对此很是忧心，多方设法对付。就我们这个地区来说，就是要把马蹄港、贺家楼、金兰县所有的力量拧到一起。"范一生吐出师爷的语言，可看出他的老谋深算。

"范君有何高见？请继续谈。"

范一生站起来，关上窗，把象棋盘又铺在桌子上，两只手各捏一个"卒"，对敲着，说："让贺国栋和杨振方合唱这出戏。"

一时间两个脑袋凑到一起，像眼镜蛇两只亮亮的眼睛。

# 第十章

## 38

杨峻莲从回归故里，听说牛虎被劫持的事。十分恼火，也十分牵挂。牛虎曾救她于危难之中，又当过她的书童，她一直看好他的勇敢和品德，她曾冒失地说过“牛虎有帝王之相”，这无形中透漏出她对牛虎的评价。她这次回来绝不是单纯的休息，而是要回到故里做一番事业。于是就忒想牛虎能回到杨家大院，来到她的身旁。

她派人四处打听牛虎的消息。

杨峻莲的家在远近颇为有名，是本地几代的士绅世家，人称杨家楼、杨家庄院，家里有地有粮有钱，在几个城市里还有商号。她是独生女，所以她在家庭里的地位，不但是千金小姐，而且是“万金”小姐，除了过着衣来伸手、饭来张口的生活之外，她的话就是指令，要干什么就干什么。

那年她在大城市教会中学高中毕业，考入燕京大学学人文科学。之后，它回故里度假。少女心活，爱赶热闹。那天山神庙赶庙会，她一个人要去，世道挺乱，家人劝阻，她非要去，家人要派人保护，她拒绝，她骑上自行车跑了。可见她是个勇敢的姑娘。

杨峻莲在庙会上看了一阵野台子戏，还吃了一碗焖子、一串糖球，买了一个编篮，买了两条大理石鱼装在编篮里。骑车走上回家的路。

她在集上游荡的时候，已被两个地痞端量上了，随控其左右前后。当她回家的时候，两个地痞骑车尾随，在下大坡处，一个地痞紧蹬车子赶在她前，挡住了去路。另一个地痞从后赶来，形成了前后夹击之势。

她下了车，看周围情势，心里已明白十分，不觉害怕起来。

“把钱全拿出来！”一个地痞大声命令道。

“出来走走，没带多少钱。”杨峻莲只是出来走走，确实没带多少钱。

他明白两个地痞是拦路抢劫，她想吓唬吓唬他们，说，“你们知道我是谁家人吗?”

“你是谁家的闺女，你肯定不是皇上家的公主，就是公主我们也想……”两个地痞流气十足地笑起来。

“我是铁脖子杨的孙女，你们没听说过？我也是不怕死的。要钱嘛到家里去取。”

## 39

提起铁脖子杨的故事，远近知道。峻莲的爷爷杨励蓬是个身居乱世而会处事的名人。他的事情给人以震撼，而更多是让人敬仰。

那晚，夜黑风高，高墙外跳进三条大汉。这三条大汉有武功，一般无能之辈难以攀进这高墙。杨听院内有动静，不慌不忙，爬起身来，穿上衣服，点上了灯。

外面敲窗了。

“弟兄，要喝茶，要抽烟，要吃饭，点出来，照办。也许是要钱，点出来，照办。如果你要我的命，也可，只要你刀快，可以割下来，拿走。”杨励蓬不慌不忙地说。

“仗义!”

“真仗义!”

“我们借点钱用，巴望你老给几个。”一个大汉憨里憨气地说。

“这容易，今天太晚了，我手头没有现钱，得到账房里取。这样吧，弟兄把地址留下，明天我派人给弟兄送去。”杨励蓬客气十分地劝说。

外面的一个大汉一跺脚，厉声说：“你老杨头想通知官府抓我们，你安的什么心。”后面的话，有点狠唧唧的了。

“弟兄，这说哪去了。我杨励蓬虽然认识官府，但我跟他们没有来往。我跟他们是两股道上的车。何况弟兄是借点钱用，必有难处。你跟我借，说明你瞧得起我。我如此不懂友谊，可以说白活了一个甲子，那你该把我的头拿去了。”停了停，又问，“你们信不信我的许诺？如信，你们告诉我个地址，现在我写个条子给你们，保证绝不食言。”

外有一个文气十足，看起来有智多星之风的人说："好吧，你开个保证吧。"

停了一会儿，窗缝里递出一张条子来。

条子上写道：

朋友借钱
必有困难
我若失理
听任裁判
……

外面的人摸黑看了这用毛笔写在宣纸信笺上的大大方方的字，很是佩服。

那个"智多星"说："棋盘山大道夼的银杏树下。明天出星星前送到。"

第二天，杨励蓬派两个得力家院，完成了这一特殊"破费"。

俗话说"破财免灾"，在此用上最为恰当。丑事传千里，好事不出门。杨励蓬对这件事的处理，既非"丑事"，也非"好事"，可它震动了马蹄港、渔姑口、金牛山、金牛县地区，都评说"铁脖子杨真行"。这一品牌言行，一直传递了几十年，直到今天，那地方人，每谈及此，便夸其奇、夸其妙、夸其识、夸其胆。

## 40

一个地痞听了，似有印象，心想：不过这些如梦如幻的传说，管不了那么久，你铁脖子杨的孙女，也吓唬不住我们，我们既有意了，先得从你身上开开荤了。说时迟，那时快，一个地痞将她的自行车夺下来，推到一边，两个家伙将杨峻莲推推搡搡，逼到一个陡坡的旮旯里。

"快脱下裤子来，自己动手，不用我们费事，先玩你一玩。"一个地痞半玩笑半命令地喊道。

杨峻莲怒目而视，自不言语，心想这次遭了，也许免不了这场灾祸，这都是自己太闯浪了的后果。

两个地痞毫无顾忌，动起手来，她又打又踢又咬，也没敌过那力气大的泼皮，裤子被扯到腿弯处。至此，想“奸”也不方便，一个泼皮五去四剩一，提着两腿将她的裤子完全扯下。“谁先来？”年纪轻的问。

“我先来！”年纪稍大的说。

正在千钧一发之际，陡坡后转出一个“哪吒”来，大喊一声：“好大胆，大白天就敢欺侮人，无法无天……”

来人不是别个，他就是杨府放羊人牛虎，后面老管家也跟了过来。原来早晨峻莲非要赶山会的时候，老父亲认为女儿任性虽然可气，但她是学人文科学的，也得多见识社会，便放她走了。不过老父亲留了个心眼，让牛虎赶六只肥羊到山会去卖，由老管家陪着。说去卖羊，更多的是保护小姐，身居乱世的老父亲，时时事事都有警惕性。

听音，两个泼皮一愣两愣，看站在前面武巴巴的人，身量高高的，手中握住一根四尺长的鞭杆，猛虎下山一般，不过细瞅也不过是个乳毛未尽的小伢子，打心眼里瞧不起他。一个泼皮大洋洋地嘲讽道：“小崽子，你想来管闲事？真是没长狗眼。”

牛虎脾气早鼓胀得难受，忽起一鞭，正抽在那个年纪大点的泼皮的肘弯上。

“哎呀，真厉害。”这不是一般的鞭子，一下来，总有二百斤重。大泼皮一看流出来的鲜血，急忙提着裤子逃窜了，另一泼皮也相跟着跑远。

牛虎追了二十米外，心想，救出小姐也算大功告成，不必远追了。转回身来。

此刻，杨峻莲已收拾停当。她看牛虎似曾相识，忙问牛虎的一切。她接过老管家给她扶好的车子，三个人赶路了。

老管家说：“他名叫牛虎，是咱们家的看羊娃，童年时父母早逝。大老爷收养在家，干放羊的活。看他身高体壮，现年只有十三岁。”接着又把她老父亲叮嘱的话说了一遍。

杨峻莲想，老父亲虑事周到，如果没有牛虎相救，今天就不堪设想了。她感情容易激动，急忙把在庙会上买来的一对大理石鱼从兜里取出来一个，递给牛虎，说："小朋友，留作纪念吧。"

牛虎推辞，说："我是个下人，是个放羊的，哪敢要小姐的东西。"

"这是个纪念物，留着吧。没有上下人，我们都一样。"杨峻莲恳切地说，语气里透出无限的感激之情。

牛虎轻轻地仔细地将大理石鱼揣进怀里。

这一段有点像杨六郎阵前救柴郡公主而柴郡公主赠珍珠衫似的，只是没有戏曲当中那样复杂。

## 41

峻莲虽然出生于贵族之家，思想性格却并未显得特殊的"高贵"，她的感情是单纯的，她关怀下人。

打从牛虎在庙会上救她之后，她不但感激牛虎，而且佩服这个小孩子。她认为这个小孩子将来定非等闲之辈。她在家人前常常表扬牛虎，说他勇敢而且聪明，"有帝王之相"。"帝王之相"这句冒得太突然，让人不由地想起朱元璋，也许乱世会出英雄。杨家庄院上下人等，也另眼看待牛虎了。

她决心教牛虎识字、学文化。牛虎如饥似渴，一学就会，一会不忘。他属于那种半拉神童一类，只是命运多舛，失落到这般境地。

她知道他的不幸遭遇后，心中特别同情。她又想起孟子的话："天将降大任于斯人也，必先苦其心志，劳其筋骨……"

她给他送去一张狗皮褥子。看到羊倌小屋很脏，她告诉他要把屋子打扫干净。牛虎跟老羊倌陈孤老一起整理了住屋。看他们用艾蒿驱蚊子，峻莲立刻命杂务给他们各制备了一架蚊帐。

杨峻莲的"人本主义""人文思想"跟她的广泛阅读和开阔经历有关。

不久假期结束，她该到北平燕京大学报到了。老父亲要选择得力人员护送她。她对老父亲建议："就由牛虎送我吧"。她有心带他到大世界去看看。

由于有山神庙那段佳话，老父亲毫无异议。立即叫来牛虎说明护送峻莲的事。牛虎笑脉悠悠地说："愿去，请老爷放心，我保护小姐安全到达。"

"谢谢你，牛虎小弟。"这称呼真破格了。

老父亲及家人都奇怪小姐，觉得她没顾全自己的身份。进而想想，这当中流荡着不少暖意。

杨家庄院的婶子、大娘们，给牛虎赶制了衣裤，像个"书童"的样子了。

坐船到天津，再乘车到北平，安全抵达目的地。峻莲领牛虎走了几个地方，在馆子里吃了两次饭，并到"全聚德"烤鸭店吃了一次，一听厨师都操着同自己一样的话语，一问是家乡一带的人，尤感亲切。

临归时，峻莲给牛虎装了几本新书和旧书，又给他买了两套衣裤。

送到车站分别时，峻莲对牛虎说："牛虎小弟，回去以后，一边放羊，一边学习，千万不要忘记学习，将来条件成熟了，我带你到大城市读书。"峻莲流泪了。

"大姐，别哭，我会为自己争气，也为你争气。"牛虎厚重地说，也禁不住哽咽起来。

## 42

寒假时，牛虎到北平去接回杨峻莲。

在这冬天里，牛虎教过杨峻莲如何捉麻雀和鸽子：把后院的雪地，扫出一片来。用一尺高的三脚架支起大箩筐，箩筐下撒上些小米、玉米豆。三脚架上系着长长的绳儿，绳头牵到窗缝内。等到麻雀和鸽子钻到箩筐下吃食，一拉三脚架，麻雀和鸽子便被扣在箩筐下了。然后用大棉被盖在箩筐上，用手摸着，摸一个递到峻莲的手里，送到屋子里。屋子里，麻雀们瞪着惊恐的眼睛，乱飞，鸽子则蹲在旮旯里生气。

牛虎说，麻雀可以糊上泥在灶灰里焐熟，然后剥下泥可好吃了，香得很。鸽子可以杀死，用开水剥羽毛，可以炖着吃，很有养分，并且马上要做给峻莲吃。

峻莲忙止住，道：“不可，那也是活活的生命，它们也有家庭老少、亲戚朋友，它失踪了，那些有过联系的同类，能不揪心地等待?”她把自然生命和社会生命同等看待了。

“哪，看一会儿，就得把它们放走，不然麻雀会气死的。”牛虎说。

“它们是自由的鸟儿。”峻莲看了一阵，细细观察了一阵，又深情地思考起来。老半天，它把窗户打开，让它们飞出去了。一个懒塌塌的神情迟钝的鸽子，蹲在炕旮旯里没发现眼前的情景。“不愿飞走吗?”峻莲笑笑地说了这一句，两手捧着它送到窗口外。它还不着急飞走，又转过身来朝窗内看，然后唧唧叫几声，飞走了。多情的人会听出这是“感谢你”的意思。

然后，峻莲检查了牛虎的作业。对牛虎的勤奋学习，峻莲是很满意的，高兴地说：“等将来条件成熟了，我带你到大城市读书。”

春天开学时，牛虎又一次到北平送杨峻莲。

牛虎归来时，杨峻莲又让牛虎带回几本旧书和新书。

这以后杨峻莲再没让牛虎接她，不用说也没再叫牛虎去送她。牛虎“书童”的使命结束了。牛虎也再没问有关峻莲的情况，他总归是杨家庄院的下人，问也没处问，问了也多余。

停了两年，杨峻莲回来了。这次她时不时地穿着军装，多了英武之气，她成熟了。

杨峻莲在五月的鲜花的季节里，跟同学一样，出于对国家的热爱，到湖南参了军，开始了戎马生活。开始是随军记者，带着武器，也会使用各种武器。由于工作出色，一年后便提升为中校军衔。

这期间，她没跟哥哥失掉联系。哥哥杨振方在辅仁大学哲学系毕业，全面抗日战争爆发后不久，投笔从戎。在军校里培训了一年，便回家乡拉起了队伍，由官长委任为金牛山地区挺进军司令，军衔为少将。他们正式成为国民党军的地方武装，军需按时由行政公署拨付。

哥哥杨振方很希望妹妹峻莲能回故里一带抗战，峻莲也有这个打算，便跟长官谈了这个意思。长官认可她的意见，让秘书开了介绍信推荐她到金牛山地区挺进军部队任职。

回到杨家楼后，本想在家乡做一番事业。见过大世面的峻莲，一方面觉得这一方水土是得天独厚的宝地，同时心里也充满了不安，认为混乱的世道，便会有不幸的人生，遭难受苦是难免的，此刻她特别恨日本鬼子及其走狗。当听说“羊倌”，她的“书童”已经失踪，内心深处生出若干惆怅。不然的话，她可和哥哥商量，调牛虎到她的身边，当她的副官、保镖。她对他有特别的感情，认为他是可信赖的。她决心要找回牛虎，托人打听牛虎的消息。

这几年她兴趣不断扩大，从新诗、散文、小说，而扩大到丹青，闲时就动笔画画，山水、花鸟草虫、人物。她是属于生不“对路”的“才女”。

老实讲，她是多愁善感的，她时常思念牛虎，她曾贸然说出一句“牛虎有帝王之相”，这话虽有点摸不到边际，过火的言辞让人奇怪，但也正说明她对牛虎的器重。这天，她铺好纸不知画什么好了，忽然在脑海里闪过那年出庙会时牛虎救她的场景。牛虎对她有搭救之恩。好吧，画一张牛虎的肖像画吧。但苦于没有牛虎的照片，只好心里想是什么样就画成什么样，只要能抓住特点就可以了。

她今天画的是水墨画，几笔勾出头部的轮廓，然后动笔描眉画眼……

忽然有勤务兵来报，杨司令请峻莲参谋到司令部议事。

## 43

金牛山地区挺进军司令部传达室，接到一纸名片，名片上标着周瀛医生，名片背面写着亳州名医世家，协和医院学过西医。

递名片的人不过二十四五岁年纪，口称求见“杨司令”。

杨振方独占一方，也急于召集各方面人才壮大他的部队。他一见名片，一听情况，决定“接见”。

分宾主坐定后，勤务兵端上茶来。

杨振方看对方年轻和善，一表人才，寒暄之后，便有礼貌地问：“先生到此，有什么打算？能到部队卫生部门工作吗？”

“当前我在一个诊所任职，还没有到部队工作的打算。”周瀛笑笑又说，“这次来与部队无关，是一件私事。”

杨振方向来关心的是部队的事，至于私事找他，十有八成不耐烦。不过出于礼貌，他还愿听其详。

周瀛说出下面的一段。不久前范一生大夫曾给府上老太太看过病，得知府上杨峻莲小姐是位有身份的人，曾经在燕京大学学习，文化高，有修养，现在正当花季年龄。而范大夫也很年轻，医术在手，又未结婚。范大夫经过考虑，想与杨家结为秦晋之好。不知杨司令认为如何。

杨振方经常关心妹妹的婚姻大事。不过妹妹这些年，上过燕大，又闯过南方，性格大大变了，有时觉得她放浪不羁，没有管降了。只是她对“羊倌”最为关怀，常谈起牛虎，牛虎失踪后，又托人多方面打听，放风，愿牛虎回来。这一点让人不大理解。难道她会有忘年之爱？杨振方认为这是不可能的他完全不理解妹妹的想法了。

不过，不管如何，妹妹的婚姻大事应该上心。经过思考，杨振方对周瀛说：“这是个大事，应该慎重。另外，应该跟家妹商量商量，征求她的意见。”

周瀛说：“这次来不过透个风，贵府考虑考虑，再做道理。”说罢告辞了。

半个时辰后，杨峻莲来到司令部。

杨振方将周瀛的来意，一籽一瓣地跟峻莲说了。

峻莲不觉哈哈大笑起来，说：“真没想到，刮了一阵风，就引凤招凰了，天下真有这样多情的人，真有这样莫名其妙的人……”她还想发挥下去，被杨振方拦住了话路。

杨振方说：“妹妹，听说这人医术高超，又一表人才，你认为怎样。我当哥哥的，也不能不为妹妹的终身大事操心。”

“我还没深入了解这样的‘英雄好汉’呢，何况知人知面不知心，他当他的医生吧，何必向我这个女子靠拢。也许他不是向我靠拢，而是借我向杨家庄院靠拢，一句话，向哥哥你靠拢。”峻莲真成熟了，考虑问题更周到了，又说，“他的靠拢未必不是个阴谋。”

杨振方很高兴，高兴妹妹对人生多了体验，看来妹妹蜕掉了孩子皮，少了任性，多了主见。

峻莲站起身来，走到军事地图前，用手在渔姑口、老君堂、石弓泊、滑石夼、卧仙夼、鹁鸽顶、鸡鸣埠、凤凰寨……画了一个圈。“杨司令，我们要有一个新的计划，我们要对马蹄港形成包围之势，这是时局的需要，我们要打主动仗。整个战争形势，日本鬼子的寿命已经长不了啦。”

杨振方思考着，表示愿听其详。他早看过妹妹从湖南前方带回的介绍信，心里有底。

峻莲说，愿指挥三个营的兵力，驻扎在渔姑口，将刚才用手画了一圈的地方连成一片，成为一个战略区，可以防守，可以进攻，随机应变，天时、地利、人和，最主要是把握主动权。

杨司令同意她的战略战术。

# 第十一章

## 44

渔姑口，二百年来，就时时被倭寇侵扰。二百年来，官民结合修筑了不少暗堡地道，随丘陵弯曲，非常隐蔽。杨峻莲带领三个营的兵力，因陋就简，对这些暗堡地道加以修整，变成可以坚守、可以进攻的阵地。东西二十里、南北三十里的区域，都在她的管辖之下。渔姑口与马蹄港形成犄角之势。

在渔姑口的高地，有当年外国修道神父建造的二层简易小楼和小小庭院，庭院外是魁星河的入海口，朝霞闪闪、夕阳朦胧都收拢在它的相集。杨峻莲的指挥部就安排在这个二层简易小楼上。作为金牛山地区挺进军的中校参谋，镇守渔姑口，坐了第一把交椅。她只知道得意自在，却不明白其责任之重大。她把自己和这一责任、这一地点全艺术化了。

峻莲看这渔姑口一边有海一边有河，海的背后又有连绵六十里的大山，风景十分优美。她选择这个地方驻军、安身，既因报国之念，这是主要的，又因其浪漫艺术之性。她是学文科的，这几年又迷上了绘画，适间适时有诗情画意的环境，清闲度日，是人生一大快乐。她想，最终她不是个将军材料，她要在诗画上过完一生。

的确，她对诗情画意是敏感的。到此第二天，她就写出一首诗来，诗题:《山的印象》。

大山、小山、群山
氤氲成脉脉云烟
收藏千万年的谜语
还有永不衰老的“神仙”
那带着花、叶的流水
琴弦绷紧了
银色的遥远
什么树有什么树的色彩、形态
施放着绿色的空气、情感
高低的鸟鸣，一簇一簇
像满山绽出的蘑菇、笋尖
朝霞戏弄着草叶上的露珠
夕阳酝酿出甘醇的美酒万盏
月光喜在树林间漫步
流连忘返于峰顶深渊

这首诗写的除了自然风光外，还流露出她的意志和情趣，不过丝毫没流露出她内心的忧虑和哀伤。其实忧虑和哀伤是她内心的主旋律。

峻莲虽然是在养尊处优中成长起来的女性，也曾过过饭来张口、衣来伸手的日子，但她的善良之心未泯，爱国爱民之心未丢。当此国家战乱不已、民不聊生之际，千斤的忧虑、万斤的哀愁压在她的心头。不过她无能为力，只是依稀感到时代将有大的变化。

“报告。”女警卫清脆的一声，打破了她沉思的精神状态。她有两个贴身护卫保护她的安全，只是文化水平不高，既不懂政治，也不懂军事，更不懂文化，是两个带枪的嫂。她遗憾与她们没有共同的语言，慢慢滋生了孤独苦闷的情怀。不过，一种“脾性”坠着她，“性本爱丘山”的园林爱好缠着她的灵性，让她不肯离开这古韵十足的窝巢。这一声报告，让她觉得新鲜也奇怪，这是她入驻渔姑口十天来，第一次听到这有分量的“报告”。

她让女护卫进来，问其事由。

“前沿阵地抓到一个不明身份的青年，如何发落?”女护卫朗声朗气地说。

“押在禁闭室里。”女护卫刚要下传命令，峻莲马上改变了主意，说，“将可疑之人，带到外屋，我先审问一番。”

## 45

不一刻，一个男兵由女护卫引着押进一个青年，二十四五岁，细高身材，面部白皙，穿着一袭灰色大褂，干净利落，迂气十足，是一介书生。

杨峻莲心里生出不少杂感。

“你叫什么名字?”

“我叫黎伯山。原籍东北葫芦岛，家乡在鬼子的铁蹄下，实在憋气。只是父亲挣了一份家业，在乡下置了几十亩良田，养着大牲口大车，雇着两个长工，在海上跑着三条大帆船……父亲直说让我接替他经营。”说到此，黎伯山露出十分为难的样子。

“以后呢?”

“到了晚年，父亲买了个丫鬟当小妾。哪知小妾早与一长工暗地相好，被父亲发现，千方百计逼死了长工。又将小妾逼成疯癫，锁在菜园的小屋里，三顿饭都从窗户上递进，屎尿也都在屋里。我曾一再反对父亲这样做，但改变不了父亲，也改变不了这个状况，最好的办法，就是离开这种令人愤慨的现实。我于是携带盘缠打算到上海，再转往香港继续求学。”他的话语里，充满了同情、善心、人道。

“再以后呢?”

“不料船在渤海湾遭遇大风，顺水而至，来到渔姑口，被贵部擒获。有幸跟女长官相见。”

杨峻莲听了，很受感动，走向前去，亲自为黎伯山松绑，连说“对不起，对不起，部下粗鲁，千万不要记在心里”。她看眼前这个青年跟自己年龄差不多，下意识地认为这可能是她的一个朋友或知音。这也是变态心理的一个特例。

一经松绑，黎伯山立刻心宽意悦起来，仿佛他并不是被逮来的人，而是女主人请来的客人。他撒眸四周，看墙上挂的几幅画，笑笑说：“我猜这几幅画都是长官小姐画的，画是平面凝固的诗，但它有局限，不但有空间的局限，而且有感情的局限，更主要的是感情的局限、思维的局限。从某种意义讲，它并没有诗的容量大。”

眼前的青年人，不但有辨别力而且有独立的见解。他对诗与画的议论，峻莲还是第一次听到。天下何处无芳草，天下何处无知音。她问他一些问题，他都慢条斯理地回答了。

他说：自己今年二十四岁，曾在北平西什库辅仁大学攻读过生物学。后因战乱，觉得此学无助于救国救民，故改学文学和艺术。其实文学和艺术何尝能救国救民?只能说自己爱好，找找逃避心灵的港湾。

他又指指那一张画了几笔巧云的图画说：“对此，我曾写过一首诗，现在默写出来，请长官小姐指教。”

他一口一个“长官小姐”，她听了有些刺耳，但因他是阶下囚，随便叫叫也不必当真。

不一会儿，黎伯山默写出一首诗来，诗题：《云的性格》。

高高的一片云
滑过长天远去了
它是位旅行家吗
将山川河谷的丰姿
收获成厚厚的相夹

犁铧耕耘着芳香在里面张扬
那宝塔似的云块
却一动不动
这一山红高粱
仿佛是它刚写的情书
还得字斟句酌
不敢贸然投递

杨峻莲看了，心里咯噔一下，觉得眼前这位青年，可以从“高高的一片云”“宝塔似的云块”，演绎出如此多的形象、意象，可见他善于捕捉生灵，处理意蕴，升华境界。她也写诗，却没有这等的想象力。

他看她看一遍诗后，又重看的时候，轻轻地问：“长官小姐，请您多提意见，我是从善如流的。千万不必客气，何况我又是贵部的俘虏，说枪毙我就枪毙我，何论是一首小诗了。”

最后几句话，让杨峻莲摸不透真实的意思。

“我的看法，画，只可以画出‘云’来，画出‘山川河谷’来，画出‘红高粱’来，却画不出画面之外的‘旅行家’和‘张扬’气势来，同样画不出‘情书’‘字斟句酌’和‘不敢贸然投递’的心境来。画受到时空的局限，而诗可以突破时空写出这一切，诗不受时空的局限。从这个意义讲，画，是笨拙的，而诗是智慧的。”黎伯山感到自以为是、旁若无人的这种侃侃而谈，实在冒失而且近乎鲁莽，接着转话头说，“不过画有线条，有轮廓，有色彩，是具体的，而诗却只有几行蚂蚁的字……”他知道对方颇爱丹青，说几句不冷不热的话，也许可以挽回刚才语言失度的败兴。

“这里是战地的文艺沙龙，你可以尽兴发挥你的高论。在此我可以填充两句，诗可以写出这个境界，而画却画不出这个境界，我说的有道理吗？诗以情为主，画以意为主。不过这话又说回来，诗无意无志，何以成诗？至于画吗，直到现在，我还没想得准确……”杨峻莲没有再说下去，她也不知再说什么好。

一个女兵在门外喊“报告”。

允许进来后，女兵说开饭的时间到了。

杨峻莲说：“今天有客人。”她把捕获的可疑人说成“客人”了。

一刻工夫，盘盘碗碗安排停当，桌面上有进口的香槟酒。峻莲说：“为你洗尘吧，当然说为你压惊也可以。”

她劝他喝了几杯酒，他也不推辞，几杯酒下肚，他醉醺醺的了，整个屋子也醉醺醺的了。

她破口问：“黎先生，你这次漂游到渔姑口，有些什么打算，能跟我交流一下吗？”她没忘记她有责任在身，想突然袭击，让他说出点真实。

“我打算通过这里，转上海，或者转香港，最好是出国。我要去学绘画艺术。”他执着而十分企盼地说，“我虽然不过高地看绘画，但我在绘画方面费了不少心力、时间和财力。它像文学一样可以寄托精神和排解内心的垃圾。”

她十分好奇，更是惊讶他的言语，觉得这真是一个奇怪的人，不觉乐从心出，笑绽唇边，说：“原来你也是喜欢美术的，难看出来。”即刻拿出纸、笔、墨、砚，让黎伯山画张素描。

黎伯山问：“画什么？”

“爱画什么画什么，随便。”

黎伯山看窗外有一水塘，即刻画了一张水塘画，水塘里有荷花盛开，有一朵大荷花上描出一个胖娃娃的幻影。

“怎么这里有一个胖娃娃，什么意思？”杨峻莲困惑地问。

“你听过民间故事吗？有一个荷塘，有时人们会发现有胖娃娃坐在荷花上，都说那是金娃娃精灵，谁能抱去，谁家里大发，一共出现过九次，有九个人去抱，不幸都淹死在荷塘里，我把这个胖娃娃的幻影画出来了。”黎伯山讲这个故事时，是带着感情的。

此刻，天下起了细雨，远近灰蒙蒙一片。

“这个胖娃娃，谁也不敢抱了。下着雨，谁敢抱啊。”杨峻莲听他讲得很有意思，画又画得挺好，很觉意气相投，心想没料到在这特殊地点特殊情况下竟遇到了一个志同道合的朋友。知音难求，有时也容易，知音就在眼前，有时知音还会送上门来。不过黎伯山是捕获而来的。

这几天，微风细雨，渔姑口朦胧一片，近海有几叶轻舟，河口有披着蓑衣撒网的人，山峦间也有三五采药和采蘑菇的山人。

晚宴设在哨口的窗下，宾主只有两人。别看这里地处僻远，可时时有美国物资运来。比如今夜的炒鸡蛋，就是美国蛋粉和水炒成的，还有一盘红烧驴肉，是从当地买了一头不嫩不老的驴做渔姑口哨卡的荤菜的，这一点可看出这个“自由兵”的嗜好了。酒有香槟酒和本地老黄酒。

今天听了黎伯山的童话故事，看了《荷塘听雨》的素描画，引出了杨峻莲强烈的兴趣。世界就是这样有意思，天上掉下个馅儿饼，也可能掉下有叶有花的故事。她开了话匣子，把好多年憋在心里的话，找时间找地点倒出来干净。

“日本鬼子、二鬼子快完了，蒋介石也很难统一天下……”她给黎伯山斟上一杯香槟酒、一杯老黄酒，抛砖引玉似的说了这些话。她揣摩他是个中共分子，来渔姑口有特殊任务，所以她不谈对中共的看法，留下空白，让他发挥，便问，“你看中共如何？”

“看来你是要摸我的底，我确实不是赤色分子，我家里我学校都没有人介绍我参加中共，如果有来联系的，我可能会参加。同样，国民党也无人跟我联系，不然我也会加入。我并无什么主张、主见、主义，反而传统观念较强，思想也更靠近国民党。不过总归没有人来找我。”

“无党无派你是幸运的，有党有派连家人也会被牵扯进去。”杨峻莲在这里是“大人说出了孩子的话”，又说，“你别看我当中校，可我是无党派，我的最高信仰就是文学和艺术。”

## 46

渔姑口是个鲜味和臭味杂陈的渔镇，有杂货铺、有当铺、有钱庄、有赌场、有烟馆、有饭店、有旅馆，也有教会和教会学校，有来往的三教九流其他人等。安排黎伯山住在一个木板结构的麒麟旅馆里，表面看是自由自在，实际是有人监控。

这天下午，杨峻莲带了一班护卫来到麒麟旅馆，跟黎伯山对话，想掏出他到渔姑口的真正目的。

他们又穿插起前面故事的枝干。

“那么你怎样干上中校的?”黎伯山顺藤摸瓜地问。

“国民党杂牌军的官不值钱，有点关系就可送官。我的舅舅是这个县往年的县太爷，在这地方他又是三民主义的先行者，他曾在中央大学政治系学习，毕业后本来可以青云直上，后来因人生观灰色，懈怠了党国事业，又后来信仰了基督教，不久便归田园居了。在几个朋友的资励下，他办起教会小学、教会中学，我就是在教会小学、教会中学毕业的。在他办的学校里，兼容并包，也培养出几个八路军的头目，也有八路军的头目在校任教。那个教地理课的李老师，是冬天晚上睡觉都不关窗的人，一时传为奇谈，他就是现在中共金兰县的县委书记。”杨峻莲继续对李老师做补充，“李老师可不是教会学校培养的。听说他是从天津北洋大学来，当年是天津一个区的少先队的负责人，因为暴露了行迹，后来到这偏远的地方躲难的。可见，这些八路军的头目都不简单。”

黎伯山连连点头，表示敬仰和钦佩。

“我听过他讲课，有一个下午他还领着十几个同学到海边散步。那时问他为什么他都支支吾吾。我们就觉得他迂，联系他冬天夜里不关窗，冻得两个耳朵都长着冻疮，就觉得他怪了。可谁也不知他是什么地方人。”灶王爷卖完了，杨峻莲就剩画（话）了，“后来他被二鬼子逮捕了。觉得他奇怪，可又查不出什么罪名来。我极力向舅舅宣传他书教得好，又富正义感。舅舅转弯抹角托人把他救出来。临别时他送我一本书，没有封皮的书。一夜工夫他没有了……”

晚饭时间到了，他们在老牛拉面馆，吃了水煮鱼，一人一碗拉面，吃得饱饱的。此刻月亮上来了，他们走上了附近的石头桥。桥上没有人。他们两个人，也不惹人注意。

“你还托人救过共产党人，你是有功劳的。”黎伯山敬佩地说，“不过你也有不足之处，为什么对我这个无党无派之人，却很长时间不肯放行，押在这里，不，软禁在渔姑口，不让我到最广远的世界去。我到今天也不理解。你别忘了我是追求艺术的，艺术是我的生命，我的艺术人生是经不住软禁的。”他露出了埋怨的语气。

“装糊涂容易，但被识破也容易。我为什么留住你，开始不明白，后来你还不明白吗？我是想找个伴，一起逃出这个世界，一起逃到一个宽广的地方去，谋求一个新的生活，再加上我们又是同好、同道，是情投意合的。我发现你对我不陌生，并未无动于衷。你也是有感情之人，只是你不懂爱，但懂野蛮，野蛮就是爱，野蛮得厉害，就是爱得厉害。”杨峻莲这一篇爱和野蛮关系的新诠释，是酣畅淋漓的。

那天晚上，他野蛮了，他好奇，他胜利了，他拥抱亲吻了这位独霸一方的中校，浪漫的中校，和她睡在一个当掩体的草垛里，像两只撒欢过后的狗。他们应该订终身的，但没时间盟誓终身之约。他们没换戒指。他们只有山月山风、海月海风、山情月情、海情月情。但这都不是空的，她手里有他一张《荷塘听雨》，他手里有她一张《暮海归舟》。他们可通知家里，双双远走高飞；他们也可不告诉家里，双双“偷走偷飞”。不过他们有点怠惰，他们有点贪享这初恋初爱的日子，在这兵荒马乱之中，并未迅速选择去路。

转眼之间已到春节了。

春节之夜，哨卡静悄悄。远近村庄有零星土制爆竹的声音。近处三五只狗的吠声，一阵一阵，伴着远处的零星的狗叫，衬托着这春节之夜过分的安宁。

晚十二时整，冲锋号声四起，枪声密集，八路军发动了宣传攻势：“范一生，投降吧！”

“范一生，缴枪不杀！”

武工队副队长赵雷带领八路军已埋伏在挺进军渔姑口战区的工事外。他们获得准确情报：范一生潜伏在渔姑口内。

杨峻莲听到了外面的喊话，觉得当中大有文章，立即命亲兵将黎伯山逮起，拘押进禁闭室。

她笑笑，自言自语道：“好小子，跟姑奶奶演这一出‘变脸’戏。”

# 第十二章

## 47

山本征太郎派贺蕊接触武委会主任沈云，目的在于施行“美人计”拉沈云“下水”。他没有料到沈云是钢筋铁骨的中国人，何况贺蕊这个在异国他乡的受害者，没忘记旧仇新恨，她的中国心是血红的，表面上不能不按照山本的指令行事，而实际上却被沈云的浩然正气深深打动，不由地产生敬佩之情。

她要配合八路军救沈云逃出牢笼。

沈云与贺蕊接触的种种情况，他都按既定的路线，及时汇报给李勉书记。李勉派通讯员高青来见沈云，具体商量出逃事宜。

一天，小高和羽凤一起送洗好的衣物，并取回要洗的衣物，故意多抱了一些，显得一人抱不了。这样掩护了小高的身份。

当羽凤的呼唤一起，沈云马上走到小门旁，小高与沈云两双眼睛对视，如同火舌发烫。小高的泪水涌出，泪眼模糊，抽咽着说：“沈主任，这几个月你受苦了。我没有一天不想你啊，做梦都梦见你。”

沈主任用长长的衣袖擦拭小高的泪水，像兄长劝弟弟一样，说：“高青，你不要哭，我也牵挂你呀，这几个月你长高了，你的工作顺利吧，武艺练得怎么样?”忽然他打住了，忙说，“现在不是谈这个的时候，多想办法救我，好在组织已做好工作，你按照组织的意见办就行。不过，还有，在东面隔两个房间处，住着一个二鬼子中队长白崑，在放风时遇到的，听贺蕊讲，他曾被牛虎俘虏过，可以争取过来，为革命所用。好，就这样，我们不久就可以常在一起了。”

这期间，羽凤又急忙告诉高青，以后想办法跟贺蕊联系上，贺蕊的称呼是“火热的心”，住在山本司令部外的胡同里。高青急忙点头称“是”，便与羽凤急忙离开了拘押处。

密件很快传到李勉书记手里，他想，如果此次抢救成功，算是向敌穴投进一颗炸弹，会让山本征太郎及贺国栋之辈流出一身冷汗，说明八路军真正做到了“敌驻我扰”，而且不是一般的“扰”，确切地，是向他们腹部扎进一把闪亮钢刀。

此事关系重大，经过县委研究，决定派牛虎武工队前往，这十分得体，而且主要去抢救武委会主任沈云，这又十分合理。何况牛虎此间正在马蹄港进行抗敌工作，高青也在大平爷的八仙楼里伺机而动，眼下即将赵雷、石景汉、孙玉刚、李一朗向马蹄港集中即可。

## 48

羽凤拎着衣物敲开“火热的心”的屋门。

“‘火热的心’大姐，有衣物可洗吗，我是羽凤。”

贺蕊不觉轻松起来，如同见到了自家姐妹，让到屋里，说：“我这里十分安静，山本老贼是轻易不来的，我的命运，我的遭遇，你是知道的。我有天仇地恨，与山本不共戴天。在救出沈主任的同时，我便逃出虎口了。”

羽凤急忙拉住贺蕊的手说：“大姐，你放心，你一定会逃出虎口，而且会参加革命。”

贺蕊心中升起了太阳，活了这些年月，她还从未听到如此诚恳的语言，而且能与“革命”联系起来。她说：“小妹，你救我，我就跟你参加八路军，参加革命吧。”

“好，你早做准备吧，赶早不赶晚，只是千万不能被山本虎狼看出破绽。今后一切就由我跟你联系了。‘火热的心’，你听清楚了吧，你把这一计划跟沈主任汇报一下，让他也有准备。”

贺蕊点点头，说：“一切会顺利完成的。”

## 49

白崑的拘押处。说是拘押处，倒像是贵宾招待所，因为当时逮捕他时，贺国栋指示过贺家栋是用“请”字。白崑住在这里是吃香的喝辣的，一般犯人没有这样的待遇。贺国栋有时还派几个娘们来陪他打麻将，虽然是娱乐性质，但也少有输赢。贺国栋派人送白崑一些钱，劝他不要怕输，主要情绪好就行。但他是麻将高手，很少有输的时候，只当三个娘们商量要弄他，才可使他输一两次。娘们儿笑了，白崑也笑了。更值得笑的是，白崑不管赢多少，最后都给娘们儿分了，说："我不缺钱，你们需要，你们拿回去开销吧。"娘们儿觉得很高兴，都说"白大爷"好。叫"大爷"是尊称，也有点"爱"的意思在内。其实白崑比他们大不了几岁，有的女性看样子倒比白崑大些。他没把她们看成牌妓，就这样混日子吧。

白崑问："你们是谁派来的？"

"侦缉队长。"一个快嘴的女人说。

"派你们来干什么？"白崑又问。

"想打听打听你从哪里来的？"一个最年轻的女人有兴致地说，"还有提供你其他方面的方便。"说这话时略带羞意。

他们一起吃了晚饭。这些娘们真能吃，甚至连盘底都舔干净了。从这一点看，他们都是穷苦人家的女孩。

上灯时分，白崑赶她们离开这里。有两位慢悠悠地离开了，只有那位年轻的不走。

"快走！"白崑先是温和地说。

"我不能走，我是给了定金的，让我陪你一宿，跟你……"年轻女人说。

"你想把花柳病传染给我，你安心不良。"白崑声音放大了。

年轻女性听了，不觉抽泣起来，时断时续地说："白老师，实不相瞒，我是刚从县城初级师范学校毕业的学生，因为家境贫寒，维持不了生计，被贺家大院花钱雇到家里，专教他家子女学习的。我还没跟任何男人有过瓜葛。贺家栋没安好心，让我来套你的底。"

白崑是有经历的人，看她打麻将，就知他是新手，看她的脸，虽然润泽，但是暗淡无光，这是没经历过男性抚爱的必有特点。白崑对这女孩生出许多同情来。

"你要做什么事情吗？我是拿了定金的。"那年轻女人又说。她是挺死心眼的。

“我没有什么要求，我是先天性阳痿，没有能力了。你懂得阳痿吧，就是下面家巴什硬不起来了。”白崑火了，火得莫名其妙，他仿佛认为这师范生太无聊，太无知，也许无知是主要的。他忽然发现自己装成大老粗，却露出了无耻和无赖，破坏了形象，也损害了自己的内心，自己是有“长远目标”的人，不该说得如此粗野。

他忽然又笑了，羞愧地说：“对不起，小姑娘，我在气头上，乱说了一些话，其实我不是对你，我是恨贺家两个畜生。他们放我在这里折腾我。他们早晚不得好死。”

“白队长，你千万别生我的气，我来这里不是折腾你，我是来安慰你，也许你不认为这是安慰，而纯粹是来探听你的底细……其实你与我无仇无怨，一切干干净净，我也不是有坏心的人。”年轻的女人安抚地说，“你千万别发火，你发脾气，如果让姓贺的听见了，让山本听见了，肯定不能饶我，也许会扣去该给我的钱。”

此刻，白崑收起了怒意，转而露出了笑容，说：“对不起，你也是个不幸的人，我不该朝你使劲，请原谅——哎，姑娘，你叫什么名字？”

“沃棣华，我叫沃棣华，是沃家泊村人，白老师，实不相瞒，我在县城的师范上过学，家庭贫寒，不得已而辍学了。这是我命不好。”她前面说上过师范，现在又重复说“师范”，表明自己有一定的文化，一切都是被生活所迫，不得已而为之。既然是师范生，她的习惯语也就不奇怪了：叫什么人都是老师。而今两次喊白崑为“白老师”了，白崑并不觉得刺耳，而听出她心存礼貌。

白崑不但同情这个小姑娘，而且有点喜欢这个小姑娘了。她的柔情和甜蜜，让他不由得想起一个人。他想，我应该救出这女孩，让她有个光明的前景。

“这样吧，沃棣华，有件事想跟你商量商量，如果你同意，我就给你办；如果你不同意，就作罢。但一切方面都不要跟别人说，行吗？能做到吗？”

“行，能做到，白老师。”

"你是个好女生，我想把你送出马蹄港，到一个有光明的地方，到那里你会找到新的工作、新的人生……"白崑很有责任心地说。对这女生，他是有责任心的，他要抢救出这女孩。

沃棣华高兴起来，直感谢白崑，说："你真是我的救命恩人，白老师。"

"我不是什么救世主，我只是你的同胞兄弟。"

白崑觉得宜速不宜迟，急忙给她写了一个字条，让她连夜出马蹄港到五道岗炮楼找小马，马步远，马班长。他重重地说："马步远，见了字条，一切会有安排的。"

不久，马步远领沃棣华到了渔姑口，见了杨峻莲。杨峻莲看了白崑的字条，带沃棣华如同小妹妹，把她安排在教会小学里教书。沃棣华对杨峻莲十分感激。

马步远也有好的安排，他被提升为巡逻队的排长了，战士们喊他"马排长"。

## 50

因为白崑对八路军这几次行动，起了很大作用，对革命有功劳，只是招来了嫌疑，被贺家栋请到了马蹄港，住了"单间"。李勉打算救沈云的同时，顺便将白崑救出。经过研究，牛虎决定派赵雷前往报信。赵雷不但勇敢，而且机智，能随机应变。

打通拘押处的关节，赵雷走进白崑的"单间"。

在"单间"里，白崑在一方厚厚的垫子上打坐，左手五指并拢，直竖青天，右手五指并拢，放在右大腿上，如托大地，双眼微闭，呼吸均匀，是入静状态。

赵雷进屋后，白崑半刻没有睁开眼来。

赵雷看墙壁上高悬着一幅大画：一只虎向山岩攀登，可它回头瞅着，眼有愤怒之情。也许虎永远是愤怒的，谁也没看见虎笑，笑脸相迎，用在它身上不恰当。它嘴咧开着，大牙尖利，虎须张扬，一只前蹄子抬起，还露出四周红润的蹄肉。熊掌值钱，想必虎掌也颇有营养，不知营养师研究过没有。它尾巴拖得很长，鞭子似的，也许这一鞭子，可以把一只山羊抽死，躯壳里面的虎骨支撑着全身。但是赵雷并不觉得此画虎行生风或者虎虎有生气。

这幅画两旁各有一联：

红虎黄虎白虎花虎王字虎
虎眼虎须虎牙虎骨虎尾巴

横联是：

碎虎断威

赵雷看了老虎画，倒不觉得怎样，当他看到这楹联，不觉心中好笑，觉得这联绝非“对子大全”中所有，也不是出自楹联家之手，古代诗词中肯定没有这样毫无诗情画意的句子。但它也有它的甘苦在内：虎碎，碎虎的创造性内涵，是否也出自受难人的心境？

他不敢打扰白崑禅功，自然坐在小凳上等候。

其实白崑早有察觉，也早看出是赵雷，过去打过交道的人，是胜利者的光临。思忖半刻赵雷的来意，他睁开了眼，急忙站起来，走到赵雷眼前，想握手又觉得不妥，将手收回。

赵雷主动伸出手，紧紧握住白崑的手说：“白崑，你受苦了。”

“你们俘虏了我，他们逮捕了我，这是我活该如此，不怨什么，这使我人生多了经历。这种经历虽然危险，却也有意思。自从干了这一行，就随时准备牺牲……”说到这里，白崑哈哈笑了，笑得很勉强，不过也透着自然，表明他心里是不在乎的。

“时间紧迫，我们打算来救你，救你出这个牢笼，到光明的地方去，你早做准备吧。”赵雷有情有义又恳切地说。

但赵雷的话并没打动白崑的心，白崑麻木了似的，说：“哪里是光明的地方？我没看到光明的地方，我想不出光明的地方。”

赵雷听了他的话，莫名其妙，也许他未听懂自己话的意思，便又重复一遍救白崑出牢笼的意思，说眼下是最好的时机。

“我不愿离开这里，山神庙的事，五箱子弹的事，他们并不知底细，贺老鬼、山本鬼狼没掌握什么材料，他们没法办我。我不能走，走了反倒坏了我们的事情。我是理想主义者，我有自己的道路。我不愿意你们救我，不过我希望别人离开这里。”接着白崑将救沃棣华出虎口的事说了一遍，最后加重地说，“沃棣华是我的妹妹，我是沃棣华的哥哥。”

赵雷看时间紧迫，立即说：“请你多多保重，以后再见。”说罢他匆匆告别了。

白崑深情地注视着赵雷的背影。

## 51

赵雷将这次见白崑去去来来的情况跟牛虎和李勉书记说了一遍。开始都猜不出究竟，不知道他是何意，竟还有不愿脱离牢笼的人。“中队长”，他这样怀揣阴阳的人甘当个中队长？怪哉，他肯定如同桃园三结义在落魄时期“做”菜园一样，施行的是韬光养晦之计。当他们琢磨起白崑“最后加重地说‘沃棣华是我的妹妹，我是沃棣华的哥哥’”时，发现里面颇有味道了。

考虑了一刻，李勉同志说，暗示就在这“沃棣华”的名字上，“沃棣”就是“卧底”，到底李勉的悟性快。

大家愣住了。白崑在日伪军里“卧底”，所以他不愿离开那牢笼。他是有个目标的，他有自己的“使命”，但不知其详。

## 52

此间，山本征太郎与贺国栋想尽了招数劝降沈云，都无济于事。沈云有一种精神和意志，这种精神和意志不动摇，什么困难也挺得过去，只要脊梁不弯，泰山也能扛得起。这以后的日子，山本与贺国栋决定速战速决，用吊打非刑，企图从沈云口里掏出些八路军的要害情报。不过沈云是颗铜豌豆，“咯崩老硬”，他早已视死如归了。

敌人给沈云上了脚镣，晚间加强了看守。

李勉书记获得情报后，心痛如刀绞。他召集牛虎武工队开会，分析了马蹄港的情况，又分析了敌人的设防，觉得抢救的时机已经成熟。党委决定：农历除夕之夜起事，抢救沈云及贺蕊。责令牛虎主持全面的筹划和具体的工作。称这次行动为“彩云”行动。

牛虎带孙玉刚、石景汉、李一朗准备好大车、小车以及其他必需的工具，又联系好大平爷、羽凤、贺蕊诸多环节，向各环节交代了任务及有关做法。牛虎等人都埋伏在大平爷的八仙楼里。

除夕日，山本吩咐贺蕊晚上去陪沈云，让她带去一大壶老黄酒，嘱咐道：“只劝沈云喝，你自己不喝。”停停又说：“你不喝不对，你不喝沈云岂肯喝。你们一起快快乐乐地喝吧。”

贺蕊听了山本这一套“喝，不喝，一起喝”的话，心里纳闷，觉得这当中大有文章于是立刻转告了羽凤。

羽凤报告了大平爷。大平也生疑，让羽凤从八仙楼带去同样一壶酒，换回山本给的那壶酒。大平爷将换回来的酒倒出来一看一闻，说：“这酒下了老鼠药。好歹毒的鬼子，想甩掉这个包袱，而且要将贺蕊一起毒死。这样既杀了人，又灭了口。”大平爷将酒给一只狗喝了两口。狗转了几圈，摇摇摆摆躺下了，闭了眼睛。不错，山本的酒里果然放进了剧毒。人们不寒而栗。

除夕夜，贺蕊带着大平爷的酒，走进了拘押沈云的屋里，二人心照不宣了。

小桌上放着两支蜡烛，亮亮的，颇有气氛。还有瓜子、花生、土造麦芽糖瓜，像过节的样子。他们不动声色。沈云有时间闭着眼沉思，思考这是怎样的世界。他过去就有严重的关节炎，经过这些日子山本与贺国栋的吊打酷刑，全身疼痛，已经不能走动了。他强忍着痛，有时牙咬得咯咯乱响，心中充满无边的仇恨。

鞭炮早早就响了，马蹄港有了土火药味。正在山本穿着和服，跪在天皇像面前祝福天皇的时候，一颗手榴弹炸响在天皇像前。山本赶紧卧倒，而天皇的相片连同“武运长久”的挂旗都被炸得四分五裂。山本明白这是不祥之兆，日本鬼子是迷信的，不过他“迷信”得似有根据。

这是沈云原来的通讯员高青干的。这次他参加了“彩云”行动。

在这同时，牛虎带领石景汉、孙玉刚潜入拘押沈云的地方，砸死了看守的伪军。今晚为了加强防守，山本还增加了一个日本军曹，当日本军曹刚反应过来时，也被干掉了。

贺蕊开了门，石景汉背起沈云，孙玉刚刚要背贺蕊，贺蕊说自己能走。他们由牛虎掩护，到了不远的拐角处，那里早有高青与小推车等候。

将沈云放在车的一侧，另一侧坐着贺蕊。贺蕊还想推辞，说自己能走，这次牛虎说不坐不行了，偏沉，小推车无法行进。贺蕊只能坐上。街上到处都有鞭炮声，如同平安盛世。这里流淌着“苦难美学”。

小车推了一里之遥，李一朗按预先布置，早将三道铁丝网剪断。有道者多助，这一帮抗敌勇士，顺利通过了封锁线。

此刻一辆胶轮大车，停在道旁，这是直通卧仙夼的比较平坦的道路。牛虎搀着沈云上了车，扶着贺蕊上了车。赶车人的举止很面熟，原来他是化了装的李勉。大家看李勉亲自参加抢救沈云，十分兴奋和感动，不禁欢呼起来。这时这地可以欢呼了，这是中国的土地，原野无边的辽阔，欢声笑语都是润泽的，而且充溢着自由的气息。“彩云”行动成功了，胜利了。

他们唱起了《武工队之歌》：

我们是勇敢的武工队员
为祖国南北转战
铁臂推倒暴风骤雨
双脚跨过万里江天
心头流动震天雷
肩上扛着山外山
奔袭日寇
打击敌顽
机动灵活的战略战术
智慧让我们左右逢源

我们是勇敢的武工队员
为祖国南北转战
革命是我们的性格
胜利是我们的信念

## 第十三章

### 53

金牛县城杨振方官邸。

杨振方、杨母、一个保姆，加上妓女一枝花，四人在打牌。

杨振方把牌推倒，口念："自摸，砍当，一条龙，门前清，一般高，清一色，满贯!"

一枝花说："杨司令换了好运了。你看，牌来得多顺，怎么打怎么有理。"

保姆说："这我知道，我在杨家大院伺候了老太太大半辈子。老太太常说，杨家坟地风水好，辈辈世世出大官。就是有运哪!"

一枝花哗啦哗啦洗着牌，大家摞着牌。

杨母突然叹了口气："可我有一件愁事。我家峻莲打从她男人在火线上阵亡后，回到娘家来住，可难伺候了，怎么也不满意。"

大家摸着牌，看着，出着牌。

杨振方扔了一颗"白板"，一皱眉头说："好，我看，给她再找个人，推出去算了。"

杨母有些愁云："二十七八岁的人，有哥哥的势力架着，什么人也看不好。原来的男人是上校团长，在咱这个小地方，上哪里去找那样的大官大户，何况她是个寡妇。"

保姆确不那么认为："寡妇？这看是谁家的寡妇了。杨家大院的寡妇也大八辈，谁搭上也算烧了高香，将来不愁吃香的喝辣的。"

杨母说："如殿培能把牛虎请回来，就把峻莲许给牛虎算了。只是年龄……"

杨振方插嘴道："管不了那么多，我已叫殿培去见牛虎，专提这码事。"

他的话音刚落，走进了宋殿培。

杨振方问："殿培回来了。事办得怎么样了？"

宋殿培一脸丧气："大先生，别提了，简直把我气坏了。牛虎不但不来，而且把我臭骂了一顿。"

杨振方有些来气："这东西，一点旧情也不讲，怎么没把他逮住。"

宋殿培说："贺家栋侦缉队去逮时，他已走了。"

杨振方也有些失望和沮丧："白跑了一趟，唉。"

宋殿培又说："也没白跑。贺家栋领我去见了正在马蹄港公干的贺国栋，贺国栋又让我给大先生带来一封信，和上两封信的意思一样，是给峻莲小姐介绍个人。"

杨母眼睛一亮："还是那个姓范的医生？这年头，会医道也算有了铁饭碗。依我看哪，比你们这些拿枪的好得多。要是你妹妹愿意，这门亲事就成了。这以后我有个灾病也方便。"

杨振方转对宋殿培："写信告诉贺大队长，这门亲事就依他的。不过得讲个条件，让他们放出白崑。白崑是我的救命恩人……"

正说着，侦察员来报说：范一生已经好多日子没见了；而白崑在牢房里待得人都变怪了，听说不知什么人去救他，他硬是不走。这些消息让杨振方实在纳闷，他从牌桌站起，走到窗前，看着远天发呆。

半个多月之前……

山本住处相邻的两座四合院，一下子被打扮得特别壮观。这里就要成为范一生的新房了。

范一生正陪杨振方、贺国栋喝茶抽烟。

女仆来报："山本先生到。"

范一生、杨振方、贺国栋起身走到廊下，躬身肃立，表示欢迎。

山本笑着说：“好嘛，诸君能坐在一起，也是大东亚共荣圈的新气象。”说着和那三个人一起，走进屋里。

范一生说：“多蒙诸君的偏爱，使我后半生有了伴侣，可以安心从事医务了。”

贺国栋应道：“范先生侨居异乡，互相关照是应该的。今天，在这个吉辰良日，我们欢迎范先生对目前的新秩序能有些建议。”

山本附和：“对，对，对，范君是有智慧的人，这是责无旁贷的。”

范一生沉默了一刻：“目前八路活动广泛，要想对付他们，必须同心协力，打主动战。在窝里死守，必然是江河日下。”接着，他把杨振方和贺国栋放在桌子上的手巾牢牢地结在一起……

范一生的这一动作，令人联想到诸葛亮和周瑜在赤壁之战中都写“火”字一样。当然，这对比不伦不类，不可同日而语，但是范一生的意思指向是明确的。

一群人连声笑起，各怀鬼胎地笑起，他们各人有各人的打算。不是所有中国人都能被日本鬼子拉拢住的。但也确有死心塌地的汉奸，他们想在“大东亚共荣圈”里捞到一官半职，也可能他们有一种别的想法，即他们嘴里的“曲线救国”。

隔两天，范一生不知不觉失踪了。对医生的失踪，山本、贺国栋、杨振方都觉得异常，因为这发生在他即将结婚的档口。

范一生化装成一介书生，活动在渔姑口一带。他胆大包天，竟敢深入杨峻莲的地盘，想亲自去会会这位挺进军的参谋长、渔姑口的女头目。他想闹点戏剧性，以便在闹世中求得心灵的多味素。

不过，杨峻莲始终是有警惕性的。当春节之夜爆竹声起，八路军冲锋号声吹响，喊着“范一生，投降吧！”“范一生，缴枪不杀！”的时候，她马上察觉到那黎伯山可能就是范一生，他在演“变脸戏”。她马上下命令将黎伯山拘押进禁闭室。从这一点看，杨峻莲并不是糊涂人、糊涂兵、糊涂长官。

杨峻莲平常是个自由自在的女性，一过了火便成为一个自以为是的女性了。最初岗哨抓到黎伯山送到参谋部时，她未将情报立即报告其兄长杨振方司令，而与黎伯山交上了“朋友”，探讨起诗文书画，交往十分投机。

但此刻，事情大变，黎伯山竟然是范一生！她不得不将前后情况报告杨振方，于是立刻派巡逻队排长马步远前往金牛县城。杨振方获得消息，立即带领千人部队来到了渔姑口。

## 54

消息很快也传到山本征太郎那里，山本抓耳挠腮，觉得此事败露是很大失败。他立即召集贺国栋、贺家栋商量如何搭救范一生。失掉了范一生，不但使山本失掉了主心骨，而且使日本人失掉一根指挥棒，范一生是带着更高级的使命来到这里督办一切的。山本觉得责任重大，要想尽一切办法救出范一生。他想，动武的不行，经过双方谈判也许会有希望。

山本命贺国栋修书一封，派人送往渔姑口。信件传到参谋部，需经过沃棣华这一环节。说起沃棣华，她是由马步远带着白崑的介绍信将她介绍给杨峻莲的。杨峻莲开始将沃棣华安排在教会小学教书，后来得知沃棣华师范毕业，文笔较好，便又安排她到参谋部当了机要秘书，处理部队日常事务。

沃棣华将贺国栋来件立即送给杨峻莲。杨峻莲跟哥哥杨振方谈了春节与人会晤的一节，并商量此事如何办才好。

杨振方在屋内踱了几个来回，说：“那样吧，先把范一生带来我看看，问一下情况，探探路子。”他脸上的表情一阵热一阵冷。

“范一生”被提了来。

杨振方一看这“范一生”却不是前时有一面之识的范一生，心里不觉纳闷，觉得这里的故事实在多。便问道：

“你到底是黎伯山，还是范一生？”

“我不是范一生，我是黎伯山。”

“黎伯山，来此有何贵干？”

“我是学艺术的。”

“学艺术的，往驻军要塞钻？”

看来，要编个理由了，黎伯山稍一顿，说道：“我想跟杨峻莲小姐，这个中校参谋长交交朋友。我是敬慕她的。”

“先生到这地方，没有特殊任务？”

“我是被逮进来的不假，可没有特殊任务。令妹审问我几个回合，我的心萌动了一种感情，敬仰令妹的言谈举止，冒昧地说，是爱。不能说我是‘偷袭’，而是误踏雷区束手被擒。唉，命吧，自投罗网了。不过我这人愿瞎想，以艺攻艺，以文攻文，说不定有终成和谐的可能性，世间事本就有许多巧合处。”黎伯山侃侃而谈。

## 55

杨振方明白了，峻莲拘押的并不是范一生。

好啊，范一生真狡猾。

杨振方想，得将情况马上通知沈云及牛虎等。

于是，国共友军双方碰头，要摸出范一生的去向，要演出一场活戏。

恰好，此前范一生几次放风，敬佩杨峻莲小姐有才，说如果能结为连理，是他三生有幸。友军双方决定戏的开头，就从这“连理”开始。

杨振方修书一封，由牛虎带两个战士亲送山本征太郎并转范一生先生阁下，表示愿将妹妹许配范一生，山本征太郎做主婚人，择日大喜。

择定结婚的当天，有一个排的国民党挺进军，耀武扬威地开进马蹄港。

约离卡子半里的地方，旗罗伞扇、车队和一乘大轿正在休整。这是杨振方之妹杨峻莲出嫁的行头。

离大轿半里之遥，还有一个国民党特务排殿后。

这时，从龙王宫里出来两个武工队员，他们是石景汉和李一朗，他们和各位“执事”打着招呼。

各位“执事”微笑着。这时看得清楚，那些“执事”是赵雷、孙玉刚和精干的民兵。

李一朗掀开轿帘，把石景汉推进轿里坐定，说：“‘杨峻莲’，你坐稳了。”轿开始走花步了。几个青妇队员微笑着伴轿前进。

赵雷不时地掀轿帘逗趣说：“石景汉可坐稳了，这回尝尝当新娘子的滋味。”

石景汉闹了个大红脸，沉吟着说：“不该叫我遭这份罪。”笑声四起。

这时大号、锣鼓响起来，向贺家楼卡子口走去。

卡子伪军哨兵甲对乙说：“今天是山本顾问座上客范先生的大喜日子，你瞧瞧多热闹。”

伪军乙：“你忘啦，月儿弯弯照九州，几家欢乐几家愁。”

伪军甲看轿子已到跟前：“揭开轿帘，看看新娘子，到底是个什么俊模样。”说着拦住轿杆，就要掀轿帘。

赵雷眼尖手快，猛踢一脚，伪军甲打了个趔趄，踉跄后退。

伪军甲端着刺刀就刺赵雷。

赵雷大喝一声：“你这混蛋，真是有眼不识泰山，你不知谁办喜事？敢这样大胆，竟动手动脚。”

伪军乙急忙拉住伪军甲：“老哥哥，到现在还是那小孩子吗？你也不会看火候。”

轿子继续前行。街上看热闹的人很多。人群中有大平爷和羽凤。

队伍隔范一生新寓两个胡同停下。今天“戒备”特别严。

化装成伪军的牛虎、孙玉刚和小高，向看守所大门走去。

伪军门岗问：“哪个部分的？”

孙玉刚答：“奉山本顾问之命，来为范一生完婚。”

伪军门岗说：“拿证件看看！”

牛虎取出伪造证件：“你能识几个大字？”

伪军门岗看了证件，一挥手让他们进去了。

## 56

大轿停在范一生寓门，旗罗伞扇、锣鼓笙管，热闹异常，看光景的人挤得水泄不通。

范一生走出来，在轿前转身，准备牵红。

这时石景汉踢开轿帘，一个箭步，用手枪顶着“范一生”的脊背：

"举起手来!"

这突如其来的事变，使"范一生"莫名其妙。"范一生"慢慢举起手，斜着头偷看后面，冷不防，飞起一脚，踢下李一朗的手枪，一闪身逃窜了，兔子一般快，躲在了一棵大树后。

武工队岂能让敌人逃走，四面包围。"缴枪不杀!"李一朗拾起枪来，赶得最快，已在"范一生"的身后了。正在"范一生"呆愣之间，他已将其活活搂住。石景汉、赵雷遂即上来，将"范一生"捆了。

"范一生"被拉到附近隐蔽处审讯。

大家都不认识范一生，只知道他是披着白大褂而有特殊任务的人。

"你就是范一生?"

"我不是范一生，我是他的助手，名叫周瀛。"

他的话叫众人大吃一惊。此前范一生想娶杨振方的妹妹杨峻莲的事，已传得沸沸扬扬，而且放风今日结婚，结果是这样一出莫名其妙的戏，令人哭不得，又不知从何笑起。这简直是梦中之梦了、错中之错了。

武工队员严厉又温和地审问这当中的曲奇。

周瀛说了当中的枝枝叶叶:

"我是范一生的助手，也会点医。范一生早知杨峻莲的来路，认为此人前途无可限量，他想如果能跟她联姻，将来定会一帆风顺。他命令我来到杨家楼提亲，准备完成好事，达到圆满的愿景。不料半月前，他忽然说有特殊任务，愿把杨峻莲让我。这不是割心割肺地让我，是让我娶下这门亲事，生米做成熟饭。还说我也会有一个远大的前途。这出戏就是这样演出的。"

赵雷问:"把范一生说得详细些，他到底是干什么的。老实说，免遭皮肉之苦。"

"他……他……我知道太少。"周瀛吞吐着说。让人感觉他知道的是少，但并不是什么也不知道。

"老实交代，你知道八路军的政策，坦白从宽，抗拒从严，立功者受赏。"赵雷一巴掌拍在土墙上，震下一阵子的泥草末。



周瀛仿佛是打扫囤中的底存，说:"范一生是三生道的道首，坐第一把交椅，他说他将来要主宰中国，主宰亚洲……但他不努力发展道徒，而是慢慢来，有死心塌地的人便予以利用。我就是他的一条狗。我是三生道的小头目。我们的咒语很简单，‘南无阿弥陀佛’。”范一生剽窃了佛家的禅语。

石景汉很不耐烦：“你掏出这些鸡毛蒜皮有什么用？老实讲，范一生听谁指挥？跟谁来往密切？”

“我知道山本指挥不了他，他跟山本称兄道弟，有时山本很听他的话，贺家兄弟更管不着他。他悄悄对我说，贺家是狗屁，自有一股带酸带涩的臭气。连我都认为他是个奇怪的人。”周瀛本来书生气十足，现在的语言显出下三流来了。

周瀛被押往金牛山去了。

杨家楼热闹一阵子，不长时间便无声无息了。后来才知道，杨峻莲早到了渔姑口。

# 第十四章

## 57

杨峻莲安排好了沃棣华，一来二往，两人感情弥深。沃棣华称杨峻莲为“官长”，被峻莲制止了：“我虽然出身于大户人家，但我性格中是别具一格的，我愿与最基层的人民交朋友。这样吧，我们姐妹相称吧。”

沃棣华也很随和，就称峻莲“姐姐”了。

峻莲跟沃棣华打听关于牛虎的消息，并谈了她与牛虎的友谊。谈到种种细节的时候，沃棣华看到她是噙着泪珠的。沃棣华还不知峻莲与牛虎感情之深，但她知道牛虎已是飞来飞去的武工队长了，是个有名的英雄人物，也是鬼子和贺家楼二鬼子的死对头，鬼子、伪军听到牛虎的名字，如同丧家之犬，都是胆战心惊的。

当然，牛虎带的武工队救出武委会主任沈云的大好消息一传十、十传百，大家说这简直一出神出鬼没的戏剧。杨峻莲为这事件所感动，她越发想见牛虎了。她让沃棣华出主意与牛虎会面，沃棣华说可以试试。

沃棣华此刻也是个性格解放了的人，她转弯抹角找到了马步远马排长，说明了杨峻莲的愿望，并千方百计通过各种关系将消息传到了牛虎那里。

牛虎立刻想起过去的事，在杨家楼当羊倌，杨家待他不薄。后来又成了杨峻莲的书童，几次接送杨峻莲到京城学习。杨峻莲还送他书，劝他好好学习。只是杨峻莲那句莫名其妙的“有帝王之相”在牛虎心里永远是个闷葫芦。他也在危难时刻救过杨峻莲，杨峻莲为此送过她石头鱼。杨峻莲从没把他当下人看，给了他无微不至的关怀，简直是一种爱，说不明白的爱。

不过，牛虎已经是有组织的人，他不能随便去见杨峻莲，但又不可不见杨峻莲。他将此事向武委会主任沈云汇报了，沈云又将此事汇报了金牛县县委书记李勉。

沈云：“听说杨峻莲是个很风骚的女人，李书记你看这事怎么处理?”

“都传说她风骚，其实这并不准确。她是有才华的女性，在大学里待过，比较开放，对社会、世界了解比较多。她的家底厚实，从爷爷辈起就是本地有名望的士绅，为本地办了不少实打实的好事。再说她与牛虎也有类似‘青梅竹马’之交，再加上她现在又是友军的主要领导之一。统战的需要，也该叫他们见上一见。我们的目标是共同打败日本鬼子，顺和为贵。统战的需要，见面是合情合理的。”李勉说得很有高度。

“我记起来了，你在她爷爷办的教会学校里教过书，又是杨峻莲的老师。你想得比较周到。就这么定了，让他们见面。”沈云说。

“沈云，一切由你安排了。”

## 58

渔姑口。

五大三粗的牛虎，这天下午三时许来到挺进军参谋部刘峻莲的大门外。这里是基督教一位牧师的四合院，因为战乱，牧师离此回国，刘峻莲进渔姑口，即居住于此。

此前此后发生的事情，便是通过各种渠道联系、安排在这里进行的。

杨峻莲穿着便装迎候在台阶下。

峻莲有些惊讶："牛虎兄弟，几年不见，你成大人了，你成熟了。"

牛虎也感慨："峻莲姐，世间万事变化大，原来你是大学生，现在你却当了参谋长。"他俩的话，几乎是同时说出的。

说着，他们走进了杨峻莲的起居室。左右很知趣，都没有进去干扰他们的谈话。牛虎与峻莲有过去的纯真的感情，如今见面，并不拘束，而是很随和，听从杨峻莲的安排。侍卫女兵端进咖啡和茶来，让牛虎任选。牛虎在杨家时就认识咖啡了，但他对此并不感兴趣，他喝的是茶。峻莲让女兵将咖啡撤下，自己也换上了茉莉花茶，与牛虎一口一口对饮着。

"牛虎兄弟，我永远忘不了你的救难之恩。"峻莲仍记得过去种种。

"那时保护你是我的责任，那是老太爷安排我去做的。可后来，姐姐待我太好，我跟你学了太多的东西。你送给我的书，我经常读，且一直背在身边，什么可以扔，那些书不能扔。我的长进有多种原因，你的善心厚意也是鼓励我前行的动力。"牛虎也拾起了回忆。

他们正叙旧事旧情，天色也见晚了。

牛虎要离开渔姑口。杨峻莲说："话还没说完呢，怎么能走？据我所知，李书记是准你三天假的。我们得说个够、玩个够。你还可以到渔姑口辖区走走看看，也便于将来咱们友军共同打败日本鬼子。起码你得掌握地形地势、周遭情况。当然我还有个最大的秘密要告诉你。"

杨峻莲对李书记准牛虎三天假都知道。牛虎知道推搪不了，只有依从住下。杨峻莲说："你就住在这个院里吧，这里安全。"

牛虎有为难之色："住此不妥，这里是机要部门，我住此不合适。"其实他认为更不妥的是这里上下人等多是女性，更为不便。牛虎表示不能在这小院里住。"好吧。"杨峻莲把他安排在黎伯山住过的地方，一个木板结构的旅馆里。不同之处是，黎伯山住时，表面看是自由自在，实际是有人监控；而牛虎住此，杨峻莲命令一个班的男兵特地保护他的安全。

第二天。

牛虎随便在街上走走、看看，但不跟任何人说话。杨峻莲嘱咐过他，渔姑口是个码头大镇，南来北往东去西行的经商者、探亲访友者甚多。他虽有满身功夫，也得有所防范。防范，武委会主任沈云和县委书记李勉也都曾嘱咐过他。不过他这次来虽没有探听情报的任务，可有了解社会了解民情的任务。他在摊贩小食店吃过油炸馅儿饼。他看小食店女掌柜有些面熟，仿佛在何处见过。他匆匆走掉，以免泄露行踪。他极力搜索记忆，想从记忆中抽出这个人来。

想起来了！她曾是杨振方的小老婆！叫，叫，贺美婴！是她，是她。她也许认不出自己来了，杨家楼的小羊倌，“男大十九变”，如今他已是五大三粗的男子汉了。

## 59

提起贺美婴，她是个很有意思的女性，她是贺国栋、贺家栋的出了五服的妹妹，中等文化，只是长得丰姿绰约，易引起人们的关注。

贺家楼与杨家楼一家是虎一家是龙，日积月累的点滴恩怨，成了解不开的疙瘩。但是两家见面都很客气，谁也不撕破脸抢先得罪对方，甚至某些方面还要给对方一些廉价的好处讨对方的欢心。

自打贺家楼投降了日本鬼子，做了日寇的帮凶，两家才明白地撕破了脸皮。为了将势力渗透到杨家楼，贺家兄弟想尽了一切办法。

此时，贺美婴变成了贺家兄弟一个颇为有力的筹码。

恰好，杨振方的老婆没有生殖能力，年到三十没有孩子。那时人们的知识太缺，生不出孩子只怪女方、怪老婆。杨振方声言要续弦，找个小老婆。风放出去以后，贺家兄弟开动了脑筋，最后要把贺美婴这个筹码押出去。这对改善贺家楼和杨家楼的关系有利，更隐蔽的目的是把贺美婴这根钢钉，插到杨家楼腹地，以便一切情况尽在掌握之中。

双方安排了一次见面，贺美婴三两个卖弄，便成功上轿过门了。杨振方将她安置在最豪华的西院，独门独院，还有密室，她成了这片天地的

“武则天”。贺美婴能陪杨振方应酬，打麻将、弹琴、吃喝，她啥都不怵。特别是喝酒，从威士忌到即墨老黄，甚至当地的地瓜老烧，都不在话下，酒量无法估量，且酒后从不糊涂。传说她十五岁起就在哈尔滨当过“三陪”，跟俄罗斯人玩过，练就了一身“过硬本领”。后来战争爆发，回到故乡。

不过住了两年，不见她的肚子大起来。其实，杨振方也满足不了她的需求，她属于那种没有抚摸便难过日子的女人。每当杨振方公干外出，她便选择卫兵的小头目，或者长工中的“坚挺者”，编个理由，让对方进入她的密室，做杨振方绝对不能容忍的事。受宠者又害怕又觉得幸福，在惊惧中玩弄也许更有意思。最可怕的是，贺美婴在小羊倌牛虎身上打开了主意。牛虎只十二岁多点，可长得高个子，膀大腰粗，嘴上已经有浅浅的黑毛了，早成熟的孩子。尽管如此，贺美婴对他有想法也不合情理，也非人性所许。

杨家楼西院北面有一座花园，花园不远就是羊圈，羊圈旁的小屋就是小羊倌牛虎和老陈爷的住处。那天傍晚，羊群归圈。贺美婴散步到羊倌住处。老陈爷这些日子腿部关节炎大作，趴在床上便不愿动弹了。贺美婴消息灵通，她拎了一些包子让他们吃。临走时，牛虎出来送她。她悄悄说：“小弟弟，等天黑下来，你到西院来一趟，帮我干点事，我不能亏待了你。”

牛虎没想很多，认为小太太有事要自己帮忙，也许是一种光荣，便按时去了。

走进贺美婴的起居室，牛虎看满桌上都是自己从来没看见过的糕点什物。

贺美婴让他吃。他很腼腆。

贺美婴说：“你坐着吃，到时候我会叫你的。杨司令已经好几天不在家了。那个死玩意儿。”

牛虎想，她怎么咒自己的男人呢？

她在卧室里洗澡，小声喊了一句：“牛虎进来。”

牛虎进到卧室里，看到眼前是个白花花的光身子。要退出去时，她说："不用怕，我让你给我搓搓背。"

牛虎不能不搓了。忽然她转回身，一下子抓住了牛虎的"二哥"。已进入青春期的"二哥"一下子坚挺了起来。

贺美婴脸皮厚，她顺势躺在了床上，要求牛虎趴在她的身上。她抓住牛虎的"二哥"往适当的部位放，几乎激动得痉挛了。牛虎也颤抖着，他是怕的。他有力气，用力一推，拔脚就跑。开门，门已锁上。他很聪明，打开一扇窗，扁着身子钻了出去，一溜烟跑回了羊圈小屋。牛虎没跟老陈爷说这些，老陈爷也没问。

贺美婴很尴尬，骂道："不识抬举，不识抬举的小杂种，不识抬举。"她气急败坏。

## 60

贺美婴为什么来到了马蹄港？理由也很一般，说起来多半是老套子。

一方面，杨振方的大老婆不满意她，双方因此发生许多争执。但是大老婆也治不了贺美婴，贺美婴有丰姿绰约的价值，这就是本钱，谁也不敢怎么惹她。再加上她是贺家楼的人，有人还得巴结她，因此各方面比较活络。杨峻莲看这位嫂子很不顺眼，又不能不当顺眼看，因为她总归是哥哥杨振方的人。她对贺美婴的态度是亲近而有戒心，这显示出她的大器度。哥哥对妹妹的做法也比较满意。

但十几年下来，贺美婴却卷起细软，偷偷离开杨家楼，开起了小食店。这主要是因为她色胆包天，竟挑动起副官长郭箭飞来了。郭箭飞早闻知她的不轨，不稀罕跟她交往苟且。为了表示对杨振方的忠诚，郭箭飞将事情告诉了上峰，并将那张贺美婴写的肉麻的纸条交给了杨振方。人证物证在握，贺美婴无法抵赖，不得已走了这一步。不过按她的家底资财完全可以到大城市，如北京、上海、香港等地存身，而她却选择了渔姑口。这跟贺家兄弟的安排有关：让她注意杨峻莲的行动。这也不必费解，贺家楼是二鬼子，而杨峻莲是金牛县挺进军的参谋长，让她来监控杨峻莲与监控杨家楼是一样的用意。



牛虎想起过去的一切，十分恶心。但他作为武工队长，不能不思考贺美婴为什么偷偷来到这里。思量之间，他拐进一个胡同窥探。

不料，眼前站住一个女人，她是贺美婴。贺美婴在牛虎还不满十三岁的时候，只看好他高个子、膀大腰粗，可以当个玩物，却万万没有想到十几年后牛虎竟成了八路军的武工队长，且一身本领，是远近闻名的英雄。

贺美婴搭讪道："牛虎兄弟，不认识我啦。不要急着走，晚上再来吃吧。我们可以拉谈拉谈。人都是有感情的，有一面之缘，便会有二面之缘，往往还有三面之缘。我不懂政治、军事，但我追求的是缘分。缘分经常是人间的快乐。你看我在这里很好，晚上你再来吃馅儿饼，我还可以给你准备几个菜，你可请峻莲参谋长一起来，她曾经是我的妹妹。"她真会说，真了解情况。她比起一般的演说家，水平并不差。

## 61

牛虎回转杨峻莲处，将见到贺美婴之事一籽一瓣地说了说。

杨峻莲说："牛虎兄弟，这次你没有白来，你给我带来新的情报。不然谁知贺美婴能来到此处呢。"说话间，她不时露出愣怔和不解之情，又说，"她来此处，一方面是为了躲杨家楼的憋闷生活，到自由的天地里可以胡作非为没有管降了。当然，她有特殊的任务，也许是朝着我来的。她是个不择手段的女人，不管在哪个方面都是如此。"

牛虎听了这些话，立刻想到不到十三岁时贺美婴让他帮着搓后背的那一场戏。是，她是不择手段的女人。

在黄昏的桥头堡，杨峻莲和牛虎一起散步的时候，适时地提出了她早已存在心里的打算。他说："牛虎兄弟，你看我'无所从来，亦无所去'，我是在瞎忙活。但是我的所居所处所为充满一种危险性，弄不好有杀身之祸。"

天边飞过几丝淡淡的云，星斗也陆续闪烁起来，给人以凄清悲凉之感。这是一种气氛，一种掏心的氛围："我希望，我真希望你能来到我的身边，保卫我，保护我，让我不受到伤害。你可担任副参谋长兼卫队长。我最信任的就是你了。"她拉起牛虎的大手。

“我已经参加了中国共产党，奋斗目标是明确的，现在就是打日本鬼子。我又担任武工队长，责任在肩，得到同志们的尊敬和信任。我护卫的目标大得多广得多，是整个国家、整个民族、全体人民。”牛虎说。

“我们的目标，也是要把日本鬼子赶出中国去，我们也是保卫国家、民族和人民的。我是不管什么党派的。我就不是国民党员，不过我说的话可算数。如果你当了挺进军的副参谋长兼卫队长，也没降低你的水平，而且表达了国共合作抗日的诚意，大方向是明确的，谁也不能指责。”杨峻莲确实是一介书生，看问题如此简单，她像小孩子过家家一样，幼稚而且可笑。

她把政治斗争、军事斗争、日常生活都看得如此轻飘，实在是天真得可爱。不过牛虎听了，觉得她的话是发自内心的，是对自己抬爱的表现。他很感动，只是表现得很不自然，报以憨厚的微笑而已。牛虎也是有感情的。他长大了，成熟了，经历也不少了。他明白，感情代替不了原则，他有自己的任务，也有自己的道路。他爽快地说：“我不能成为挺进军的副参谋长，也不能成为你的卫队长。我已经是有组织的人，又是八路军的武工队长，不该脚踩两条船。当然，我们是打击日本鬼子的友军，目标是一致的。我虽然不在你身边，但我仍可保护你，也会将有关情报转给你。即使我不是亲自做这一切，也会有人代替我做这一切，也会安排人做这一切。我保证做到。”他强调了“不该脚踩两条船”。

杨峻莲原来出于自己狭隘的打算，对牛虎的打算，其实并不适应而且不利于牛虎的前行。现在听了牛虎的话，她心里豁然开朗。她说：“牛虎兄弟，你成熟了，看得比我远比我高，我不能强留你。你的志向是崇高的，前途广阔而且光明。你应该走自己的路。我们不但是朋友，现在又是友军。我不能强留你。不过见见面沟通沟通，也算纾解了我的思念和挂心。”她的感情如喷泉。

牛虎就势站起，说：“在此我也玩了两天，咱们也谈了不少，我该回部队去了。”他从腰中取出当年杨峻莲送给他的石头鱼，要还给她，“这个物件还你吧，我珍藏了好多年，现在该还给你了。”

“不要还我，送你就是送你了。它是件纪念品，又不是一般的纪念品。

它是我对你的评价，在那危险之际，你救了我一难，是恩也是情。那是一对石头鱼，很轻但很结实。我在集市上就认识它了。这不知是哪个大户的宝物，在战乱中拿出来卖了。你我各一个，你看到它，就记起那个日子，也必然想起我来，我也是这样。”

牛虎装好了石头鱼。

菜酒端出来了，牛虎匆匆吃罢，起身告辞。这次杨峻莲没有强留他。她送他出了四合院。牛虎说：“请止步。”俩人贴得很近，互致了多多保重之意、希望重会之辞。一股战友之情溢满全身。

杨峻莲听了牛虎关于贺美婴的情况，立即派人到该处查找，而贺美婴早已不知去向。杨峻莲又派特务连到处寻找，均说下落不明。

## 62

牛虎离开渔姑口的卡子口，沿着去金牛山的道路大步迈去。不到一个时辰，忽然从树林里蹿出五个大汉，喊道：“牛虎，站住。交个朋友。”

牛虎一看情势不好，此刻他已完全被包围。本来牛虎到渔姑口是绝对秘密的。不过，他一霎间明白了，这次的不幸，完全出自贺美婴的特务情报。

他问：“弟兄，是哪部分的？我们从不认识，我也不是牛虎，不知牛虎是谁，你们怎么要跟我交朋友？我平常爱赌个钱，常来渔姑口玩玩。”

“你真会编。”

“你编得挺好。”

一个人，仿佛是这五个人中的头头，说：“你愿意当客人跟我们走，还是当俘虏跟我们走？”

此刻，马上上来两个大汉搜查他的全身。牛虎这次外出是没带武器的，两人只搜出一个石头鱼。问牛虎：“这是个什么东西？”

“这是个护身符。”牛虎回答得很自然有理。大汉们也不知这石头鱼的来历，没有深追下去。

他们又翻出一些零散的钱币。

牛虎说：“你们拿去喝酒吧。”

那个头头抓住了钱，但是没要他的石头鱼。

牛虎只得跟他们走。他想麻痹他们，找机会逃跑。牛虎对此地很熟。他们走的方向，正朝着贺家楼。牛虎心里明白了。

牛虎走得快，在前面快走。“慢点。”头头命令他。

牛虎看机会来了，在一个密林处，他转身蹿进树林。但这不是大树林，一切行动都看得清楚。

“这是贺国栋保安司令的地盘，跑不了你。”五个带短枪的人迅速包围过去，“站住，开枪啦。”

牛虎行动得过早，这次逃跑没能成功。

“抓活的，贺司令及山本的命令。”一个大汉正要开枪射击，头头按住了那大汉的枪时，抢着说。

他们将牛虎捆了绳索，是当俘虏对待他了。

# 第十五章

## 63

牛虎被俘，消息迅速传开，金牛县县委书记李勉和武委会主任沈云十分惊讶，本来认为牛虎此行万无一失，没想到却出此事故。大家立即想抢救方案，名为“救虎行动”，李勉亲自挂帅。

杨峻莲知道消息后，热血上升，立即想派兵追赶，但又不知出事地点及去向。她觉得很对不起牛虎。按牛虎言讲的关于贺美婴的情况，牛虎应该被贺美婴出卖了。此刻，她对贺美婴，即其兄先前的小老婆，恨之入骨，决心有一天非给贺美婴一个难堪的下场。

杨振方知道这个信息，觉得妹妹实在天真、任性，想从八路军处挖走牛虎这个响当当的武工队长，简直是异想天开、天大的笑话。牛虎已经不是在杨家楼当羊倌的牛虎，已是“空来武去”在民间流传着传奇般故事的英雄了。但杨振方决心要救出牛虎，已布下几条线索打听牛虎的去处，以备营救。

只有贺氏兄弟及山本征太郎高兴得不得了，感觉如获至宝。他们将牛虎押进地牢上方的单间里，送上好吃的、好喝的，目的是软化他归顺敌伪，想让他为虎作伥。又不时派美女前往单间麻痹他的神经，企图从感情上、精神上打开缺口，摸有用的情报。色相经常是对软弱者有着奇异力量的钥匙。

可这一切对牛虎来说都是无用的，牛虎是铁骨铮铮、冷如霜冰、软硬不吃的。他的心中存的是人民，是抗战的事业。

其实贺家楼对牛虎恨之入骨，尤其是贺家栋，对墨水河畔发生的事，他一直耿耿于怀，下决心置牛虎于死地而后快。这一点，他和山本征太郎的观点是一致的。山本早想用毒酒将牛虎毒死。不过他想起他那说不明白的上级官长，实质上是他“监军”“督军”的范一生此刻也被杨峻莲俘虏，已转押进金牛县挺进军司令杨振方处，便不敢对牛虎轻举妄动了。他认为最好的时机到了，可与杨振方商量以牛虎交换范一生。不然他也难以向有影无踪的上峰交代。

这是一次政治斗争、军事斗争，也是一次特殊的交易。

经过秘密交谈，贺家楼一方决定由贺国栋亲自出马，办理交换俘虏一事。

贺国栋发出两封信。

一封：

乡邻杨司令振方先生阁下：

贵部牛虎队长已被我方请来，待为上宾，勿念。

我部范一生先生已在贵部待了不少日子。

弟想，贵我双方经过商谈，让他们各归各处，不知先生意下如何。

另一封是给金牛山八路军武委会主任沈云的，意思与前信相同。

杨振方次日即派参谋长宋殿培携亲笔信去见贺国栋。三方很快达成协议，决定第三天上午十时，在山神庙互交人员。



## 64

这次，三方在山神庙大殿外的方院里举行了简单的交接。

牛虎从贺家楼一方走出来了，武委会主任沈云以及石景汉、赵雷等一见大喜。牛虎英武的样子，不减当初，只是多少消瘦了些。他的微笑，让诸位战友心里放下了石头。一把椅子递过来，牛虎坐下，他向诸位战友抱拳敬礼，大家千感万慨尽在不言中。

从杨家楼一边走出一个人来，全场立刻愣住了。“这是范一生吗?”一片惊讶。贺国栋是和范一生打过交道的人，而且不止一次地打过交道。

就连杨振方司令，也和范一生打过交道，那是范一生给他母亲看病的时候。而现在来人却不是范一生，从哪一方面看也不是范一生。宋殿培等不用说也看得清楚。这人跟范一生风马牛不相及。众人急忙转问不远处听消息的杨峻莲。杨峻莲说：“春节之夜，听八路军武工队喊捉拿范一生，我们就认为他是化名打进渔姑口的范一生，将其捉拿，也没审讯就下进大牢。本来他画一笔好画，也会写诗，准备转道上海去香港学习，然后谋生。他是有些才华，但也会花言巧语。既然友军喊话，不管是不是范一生，先逮起来再说。不管如何，他的运气是有点背。”

贺国栋问：“你叫什么名字?”

“黎伯山。”

“干什么的?”

“学艺术，将来准备从事自由职业。”

杨振方、宋殿培等也在纳闷，这是出什么戏啊，“错中错”。杨振方觉得妹妹是幼稚的。

此刻贺国栋小心眼上来了，怎么能用这么个狗屁不如的书生来换大将牛虎?太吃亏了。他流露出不划算之意。

杨振方表示情报都不准确，这不能怪谁，谁也不能怪。这只表明“范一生大夫”确不是一般人，他是神仙，有分身之术。

贺国栋到现在从心里崇拜以至于恐惧范一生了。他想起连山本大佐都听从范一生的安排，不由地警惕起来。

八路军武委会主任沈云等也只当看了个热闹。

戏唱到这里，一切按规定进行。牛虎过来，黎伯山过去。黎伯山立刻被放逐了。贺国栋笑笑说：“振方兄，稍稍欠我一点，以后可得补偿啊。”

“怎么补偿，那样吧，贺司令到杨家楼喝酒吧，正好沈云主任作陪。”

一阵笑声。在这战乱的年代，这算还有一点生活气息。

牛虎向杨振方敬了个礼，跟沈云主任等一起，快步转进了山林。

黎伯山有点恋恋不舍，要求杨振方准自己再跟杨峻莲见一面。杨振方心机也快：“本来可以答应你的要求，这些日子，她回杨家楼看母亲去了。后会有期吧。”

黎伯山带着甜蜜的回忆，离开了山神庙。本来杨振方准备留他在本部工作，利用他的一技之长。可黎伯山坚决要走，说：“艺术是我的第一生命。”

杨振方是慷慨大方的，发给他二十块大头洋做路费，嘱咐说：“所有的，都要你自己谋划了。”

## 第十六章

### 65

黎伯山乘小帆船顺流东南，一天一夜，平稳的路程。船家问他去往何方。他说没有何方。他又把心中的不少苦闷和渺茫的追求向船家说了。当船家听说到上海转往香港的时候，觉得这实在是自己力不能及的。这条船从来也没走过那么远。正踌躇间，忽然海上起了大风，不但船走不动了，且如果泡在海里更有船破身亡的危险。船家急中生智，看不远处有一小小港湾，已有不少帆船在港内避风。

船刚进港，上来三个便衣，全部美式装备，进行盘查。

这是一支什么队伍呢？

这是1944年结尾的日子了。这支部队是由美国太平洋号派登陆艇登陆运送的，开始有千数人。可带队的长官却是少将衔，兼专员公署专员，名叫白仑。白仑很有宣传能力，不久在游动中招募来两千多人，形成了三千人的编制。部队一律住帐篷，且挖战壕顺巷道，布下了九宫八卦阵。他们不干扰地方百姓，所有军需都由美国登陆艇补给，只是番号不明。三个月来，这支部队引起了金牛县各界的注意。

贺国栋派副官长去联系。白专员一听，叫人回复了一句不客气的话："日本鬼子是兔子尾巴长不了啦，早做打算为上策。"

杨振方派宋殿培来联系。白专员一听，叫人回复很褒扬的话："好好干吧，胜利快来到了，到时候我都会联系你们的。"

李勉派沈云联系，白专员一听非常高兴："八路军对打击山本和贺家治安军，做了很大的贡献，我们敬仰而且钦佩，愿成为友好的同盟，以便共同消灭日本鬼子。"

## 66

"沃棣华是我的妹妹，我是沃棣华的哥哥。"因为杨峻莲看了白崑的字条，才将这个师范毕业生安排在教会小学里教书的。

一天夜里，杨峻莲传呼沃棣华进机要室共进晚餐。

"小妹妹，你在学校里工作还好吗？"

"好，很好。大姐姐，你对我关怀到家了，你是我的高人、贵人、恩人。没有白崑队长的开恩，没有你的安排，我早就是贺家楼冤死的鬼了。过去，不但受屈而且受辱；如今，我是天高一层了。"沃棣华这个内向的姑娘有了这长时间的锻炼，也敢于在人前说长话了。

"但是为了打败日本帝国主义，为了革命，你得挪挪窝了。"

沃棣华开始纳闷，"挪挪窝"是什么意思？有什么大的变故了？

此刻，勤务员端上简单的饭，两大碗馄饨、几个烧饼。

杨峻莲推一大碗馄饨到沃棣华面前说："简单吃点吧。有要事跟你商量。"

她们对面坐着，两人的眼睛里舒展出温厚的目光。不过沃棣华的目光中显然充斥着疑惑和焦急的神色。

“这次你要做点秘密工作，到鱼池店小学工作，也担任小学教师。但有特殊任务，就是秘密地将可靠的情报传给我。这是革命工作，有利于抗日战争。”

沃棣华听了自然生出重担在肩的感觉，说：“这方面我可实在没有经验。”

“什么是经验，你去干了，就有了经验。你最要紧的接头方式就是，对方说‘沃棣华是我的妹妹’，你回答‘我是妹妹沃棣华’。这就是一家人了。”

## 67

牛虎派石景汉带着贺蕊也到了鱼池店，命令他们假扮夫妻在镇上开个小百货店，经营油盐酱醋、烟头火脑之类。经营得当，有盈余可以支援武工队，即使亏损，也不算经济账。这是一个新的桥头堡，是打败日本鬼子的需要，是革命斗争的需要。小百货店起名为“余泰”，这也是对大平爷开的“永泰”小店的响应。用今天的话来说，这小店也可称为“永泰”的连锁店了。

不久，大平爷就来联系了。大平爷的身份是老掌柜，实际上他是武工队的地下交通员。隔三岔五羽凤也会来。这样，情报网就完整建立了。

## 68

白仑是一名国民党部队的少将军官，有高学历，参加过域外的缅甸战争，战功显赫，曾得到过统帅的嘉奖。后来，他转回广西，又调往广东，都是突击性的任务。在广东，他接到命令，登上美舰，转向黄海岸的棋盘岭九宫港执行特殊任务。他来时也只一个团的兵力，但装备精良，一切都由美舰补给。由于饷银充足，一切正规，这支部队不扰民，不祸害地方，威信不断提高，不少城市的中学生、大学生都来投奔。几个月的时间，部队已经发展成三千人，够一个师的兵力了。

白仑很注意宣传工作。三个月后他办了一份小报，名为《胜利在望》报，是半月刊，开始几期从内容到版面都比较粗糙。白仑指出，报名是《胜利在望》，一切方面都要表现出欣欣向荣的精气神，要突出“天下为公”“世界大同”的理念，要宣传中山先生的遗训，同时还要表达科学和民主、自由的思想。“过去心不可失，现在心不可失，未来心不可失。”这是他经常说的话。这话内涵比较深刻。后来有一佛教徒说，这几句是《金刚般若波罗密经》中的句子翻用的。实质上就是不要失掉民心。“民心”是立党立派立门立学说的根本要素。

## 69

白仑是位深入基层、民间的知识型军官，经常一个人化装成群众、客商、教师走出军营到民间溜达。

这一次在鱼池店“余泰”小店，白仑要了一碗馄饨、两个烧饼。邻桌有一位穿着体面的先生也在吃馄饨、烧饼。白仑与那先生就面善面亲，立刻搭起话来。

“长官，你是出来私访吗?”先生先说话了，他不是别人，正是黎伯山。

白仑笑了：“你怎么看出来的，我有什么特殊的地方?”

黎伯山也笑了：“你看那门外不远处两个探头探脑的人。那不是探子，那是你的随从。你自己可能没觉察到，他们也尽量不叫你看出来。你可能嘱咐不带保镖。但是副官长不放心，怕出了事承担不起责任。”

正说间，白仑向外面瞧一下，觉得是这样一码事，这先生有经历和阅历。也许他并不是一般的客商。因而问：“先生贵姓?”

“姓黎名伯山，想路过此处转道上海，再转往香港，准备学习艺术，想在艺术上有所发展。”

“到香港干什么，香港已被日本占领。你完全不必到那么远去学。如果基本画法已经掌握，绘画和写诗一样，全在作者的悟性。不知我这门外汉说得可有几分道理。当前一切工作为了抗战，为了打败日本鬼子。艺术也得在这个大目标下进行。你说是这样吗?”

黎伯山不住地点头。

接着白仑将自己主编《胜利在望》报的事告诉了黎伯山。他说报纸只是开始，还有些粗糙。而粗糙的原因，主要是缺少专业人才。然后他想请黎伯山担任常务副主编，千方百计将《胜利》办好。在这里，白仑将《胜利在望》报，简化成《胜利》，也便多了些味道。

黎伯山心活了，应诺了。白仑开了两份饭钱。两个人相跟着走出门外。外面有阳光也有风光。不到半个时辰，两人一起走进了《胜利在望》报社。报社十分简陋，但只是初步的，它并不妨碍《胜利》的前进。

在黎伯山和白仑两人吃饭时，走里走外的是石景汉和贺蕊。他们对于他俩的谈话也听到一些，觉得这二人不一般，立刻将情报由大平爷转到牛虎武工队。

《胜利在望》报有了起色，黎伯山上任后版面开始活了。起色之处，第一是改变过去清一色的文字，现在有了插图，如杀敌英雄的素描，如对军民和衷共济的描绘……第二是不但发表国民党军方面的情况，也搜集登载各抗日部队的稿件，包括以往的各种事情。如他搜集的牛虎用顺口溜形式写的警告山本征太郎的信：

山本山本
穷途孤军
烧杀抢掠
坑害华人
反动本性
确实凶狠
奉劝山本
别再愚蠢
少做坏事
保个全身

写给大特务范一生的顺口溜：

一生一生
满身血腥
与敌为奸
坑害百姓
幕后策划
又毒又凶
奉劝一生
放点聪明
留条后路
保只狗命
如若不信
棺材备用

黎伯山也发表了《武工队员之歌》：

我们是勇敢的武工队员
为祖国南北转战
铁臂推倒暴风骤雨
双脚跨过万里江天
心头流动震天雷
肩上扛着山外山
奔袭日寇
打击敌顽
机动灵活的战略战术
智慧让我们左右逢源
我们是勇敢的武工队员
为祖国南北转战

革命是我们的性格
胜利是我们的信念

这些报纸在棋盘岭周围散发，不管自营、友营、敌营，有心人都可得到。石景汉、贺蕊在鱼池店开的余泰小店，也按时收到报纸。石景汉留下一张，将多余的立刻让大平爷转到金牛山根据地。居住在卧仙夼的李勉书记兼司令员很敏感，觉得驻扎在棋盘岭的部队是有善意、有修养、有文化的部队，应该形成统一战线，打击共同的敌人。此刻牛虎带着他的子弟兵正在棋盘岭外围游弋，接到李勉与沈云的指令，他们便向棋盘岭中心地带靠拢。

## 70

《胜利在望》报在黎伯山的主持下，逐渐增加了散文之页和诗歌之页。这一点预先得到白仑的同意。白仑认为，战斗的年代也不该让人全看到火光、硝烟，全听到枪炮的声音。也应让人们看到日月光华、田园风光、人间情感。

后来黎伯山将杨峻莲化名甄廉的《山的印象》发表了，并将自己与杨峻莲初会时的诗作同版刊出。报纸送到鱼池店小学教师沃棣华的手里，沃棣华立即将报纸转上了渔姑口。杨峻莲翻到诗歌之页，看到：

大山、小山、群山
氤氲成脉脉云烟
收藏千万年的谜语
还有永不衰老的“神仙”
那带着花、叶的流水
琴弦绷紧了银色的遥远
什么树有什么样的色彩、形态
释放着绿色的空气、情感
高低的鸟鸣，一簇一簇

像满山绽出的蘑菇、笋尖
朝霞戏弄着草叶上的露珠
夕阳酝酿出甘醇的美酒万盏
月光喜在树林间漫步
流连忘返于峰顶深渊

在其下便是黎伯山的《云的性格》：

高高的一片云
滑过长天远去了
它是位旅行家吗
将山川河谷的丰姿
收获成厚厚的相夹
犁铧耕耘着芳香在里面张扬
那宝塔似的云块
却一动不动
这一山红高粱
仿佛是它刚写的情书
还得字斟句酌
不敢贸然投递

杨峻莲看到这些诗句在《胜利在望》上刊登，不觉愣怔了，这是怎么回事呢。她心潮翻滚不能自已，这当中也有甜蜜，也有荒唐，也有尴尬，也有无奈。这其中大有文章，属于绝对的机密。

她慢慢地思量，理出一个头绪来，知此机密者，唯黎伯山也。

# 第十七章

## 71

三教九流，五花八门，都向棋盘岭集结，都觉得白仑是一个新的来临，新的存在，有生命的活力，也许他是这金牛山、金牛县城、卧仙夼、马蹄港、渔姑口一带的重要人物，很起作用的人物，特别是《胜利在望》报所发出的声音，新颖而雄壮。

对于白仑的队伍，消息最灵通的是范一生。

他有几个秘密电台，他也知道日本鬼子长不了啦，但是越到危难时刻越要效忠，这是他在日本部队学校里受到的最深刻的教育。他是中国籍的日本人，前辈父辈都精通中医，父亲也教会他许多中医之术。为挣饭吃，他在日本开了一个小小的诊所，为日本人治好了病，颇有声名。范一生很聪明，又自学了西医，这样便可中西医结合治疗。有一次他为一个日本中学生樱花山原子治好了神经性偏头疼，得到了樱花山原子全家的好评，被邀约到女生家里玩，并被待为上宾。樱花山原子病愈，得以继续上学，后又上了大学的心理科，毕业后在心理研究所工作。此刻他俩都是二十出头的青年，在交往中早已互相产生爱慕之情，不久完婚，女方改名为范樱花山原子。

## 72

其实，范一生是他到日本后的化名。他本来是苏北一名医之家的后代，弟兄三个，他排行老二，名谢星地，长兄谢星天，三弟谢星人。弟兄三人性格迥异。他的性格忒有创造性，不安于现状。初中毕业就跟同学到了日本闯荡江湖，与三教九流交往，思想感情逐渐融入了大和民族的“基因”，在日本奴化教育下，他成为效忠天皇的忠实奴才，对大东亚共荣圈的欺骗性不再有识别能力了。他心甘情愿地甘当日本人的走狗。在日本军校里学习时，龟田就是他的同班同学，而且两人成为好友。龟田跟随日本部队踏入中国土地，经过几次战役，一升再升，成为独当一面的少将军曹。此刻，龟田想起同窗好友范一生，他要求范一生调到金牛山一带工作，只是不暴露真实身份，以行医为行当，奔走民间，搜集情报，帮助山本大佐出出主意。至于范一生的身份，龟田只让山本知道一点，山本也摸不透范一生的来历。

这次范一生悄悄地来到棋盘山中段，那里有一小海港，名曰九宫港，正是美国军舰运来白仑队伍的地方。他就在九宫港周围以行医为名，干起了特务的老本行，看起来他的本领绝不在川岛芳子之下。

## 73

情报送到山本征太郎的手里，瘦猴脸立刻显得“毛长”了，不过胖墩的身躯，却显得臃肿而懒惰，他形体本身就表现出十足的矛盾。这时已是1944年末，他已经是被掏空的驴腔驴肚驴腹，只剩下驴头和四腿，成了空架子的大佐。队伍从开始的一千多人到现在也只剩下百儿八十人，士兵多半调往太平洋前线了。侵略者的思想和胃口总是空虚的，到最后变成破罐子破摔的程度，被打七寸的蛇最后还是要蹿几头的。

情报上报到龟田司令处，龟田两手一摊，他心里明白，这是全面失败前的一种征兆。不过，作为日军的一个战区司令，他不敢在任何一个环节失掉战机。他命令山本大部队围剿白仑部队，同时派杀手暗杀白仑。

白仑仍坚持随便走走的习惯，有尾随的护卫保护他，他也知道，所以他不害怕有刺客伤害他。那天他走进鱼池店小学校，看到不少的学生在上体育课。

上课的是女教师。女教师自已有创意，课名是“袭击”。每个同学都缝个石灰布袋。学生分两组，相距二十米。哨声一响，两组学生互相对击，被击中者即成为俘虏，主动跑到对方小组，成为对方的战士。十分钟算一回合，每回合结束清点人数，人数多的小组为胜方，人数少者为败方。

白仑看时，不禁拍了巴掌。他赞赏这堂体育课，认为这堂课富有战术战略意义，从点滴之处培养了小学生的攻防意识。学生们对此也感兴趣，不断地飞腾不断地笑。

这一天他安然地度过了，回到专署大本营。

这日他又外出溜达，走进了余泰小店。情报及时，大平爷早从飞云观八仙楼赶来。

白仑穿着高筒马靴，在这山村野泊里走动，十分刺眼。有的人胆小，早把街门闭了，有的人胆大，争着出来看热闹看派头。大平爷殷勤地笑脸相迎，问："长官，想尝点什么?"

"长官?谁是长官?老师傅你猜错了。"白仑不觉笑了起来。

"我要是猜对了怎么办?你能叫我到你部队里去干吗?如果能专门给长官办饭，那可是长官的造化，也是我的造化了。"大平爷笑吟吟地说。

白仑佯装没听懂，把话岔出去了，问："有什么好吃的?"

"素菜是炸拌茄子，荤菜……""不提荤菜了，一个人吃不多，来个小盘吧，当然我付全价。饭食呢?"

"那便是我的摔面了，有的地方叫抻面。"

"这个我要一碗。"

"好啦，请稍等。"

白仑是个好动的人，他把小凳搬到面案前，细看大平爷的操作。

大平爷像艺术体操运动员玩球、玩环、玩棒一样，一块面在他手里飞舞，一会儿，一撮龙须面就丢在锅里了。

小盘炸拌茄子已先上来，大平爷问白仑要什么酒。

白仑说："我半生烟酒不动。什么嗜好没有，闲时稍动笔杆，写几个字练练腕儿。"

白仑品尝着面条就着茄子，顿觉饭菜味道鲜美，不断夸赞大平爷的手艺。大平爷也十分高兴。白仑问："老师傅的摔面跟谁学的。可惜我现在晚了，不然我拜老师傅为师，学艺成功后也开个小饭店。"他的话很随和也很逗趣。

"其实这很简单，不过是铺、抬、抻、摔、卡而已。"大平爷的摔面五字诀总结得精辟到位极了，都能写入烹饪学教科书了。

白仑不住地点头。用饭后，白仑要掏钱。大平爷一把按住了他的手，说：“你的欣赏就是对我的肯定，也就算是劳金了。如果你实在不过意，可选另外一种方式赏我。”大平爷一指墙，又说：“长官，你看这白粉墙上缺少点什么?”

“缺一副丹青，如富贵牡丹，或者松竹梅岁寒三友，或者财神爷赵公元帅，或者忠义之圣关云长。”

大平爷这些年也经历过一些场面，又肩负着革命任务，想事宽泛。为了摸清来者的身份地位，他心生主意，说：“我想哪都不算最好，贱家想请先生临场发挥，赐小店一幅墨宝，增辉小店。再者，长官的字一摆，有些下三流、下次赖，也就不敢来此生事滋扰了。你也算是为小老儿施了张保护符。不知长官，哎，不知先生可赏光?”

白仑忍俊不禁，说：“所谓字画，都要跟名人联系起来，一跟名人联系起来就值钱了，也便有了象征的意味，产生心理的震撼力。而你不知道我，我是个混饭吃的流浪汉，走过几道鬼门关，妻子也失掉了。我是个不幸的人，虽然会写几个字，但是摆出来也产生不了什么意想的效果。”

“你是长官也好，你是流浪汉也好，我都要跟你结缘。咱们的缘分是天定的，不是我定的，你写吧，写什么字都行。”大平爷正说着，伙计们已铺了宣纸，摆好了笔砚。

白仑不能再推辞了，团结群众，了解社情，方式是多种多样的，而这文化、文明的宣传是更高级的一种方式。他脱下了外衣，执笔泼墨，写了十个大字：“无为而无不为　无不为而无为”。落款：“录易经中语　山水居士潘珊”。

笔画不多，笔力遒劲，好字!

只是意思不好懂。大平爷礼貌地请潘珊居士讲一讲这十个字的意思。

“你要什么意思啊，连我也不懂，讲什么给你听。不过，总的意思是‘无为’二字。可这很难做到。比如我刚才给你写这十个字，本身就违背了这十个字的意思。我不知道为什么要写，为什么要卖弄货色、招风惹事。我现在后悔不已。”说罢，他掏出一块大头洋来，放在饭桌上，几个大步走出了余泰饭店。

大平爷跟出门外喊道："先生以后得便可来啊。"

大平爷紧急装裱，高高悬起这十个大字。潘珊为余泰饭店题字，立即传开，众人争看，一时间余泰如赶山会一般，人头攒动。大家七嘴八舌地评论说，"此人非同一般""金刚神下凡"，里外的理论神秘而传奇。

白仑离开余泰小店，石景汉立刻赶上前去，说："先生，你忘掉外衣了。"

"谢谢，你看我岁数不大，忘性比记性都好。谢谢，有缘。"

"不过，你不是一般的人，你身负一种使命，安全第一。这里到棋盘岭还有五里之遥，各界的朋友都有，我得负责你的安全。很多人都在注意你，一旦有个闪失，我便对不起天地。这样吧，我送你一程。"石景汉侃快地说。

"好吧，你愿送我一程，这说明我们有缘分，也看出你的心好。心好，神仙也给福。"

他们并肩走着，聊着。如，你身体真棒，适合当兵或干武行，在把日本鬼子赶出中国的事业中，你会做出贡献的。又如，你结婚没结婚，当听说他还没结婚时，便说饭店里的女郎挺好，配合挺默契，可以成婚配。这些谈得很轻松。

"我最佩服的是八路军的牛虎武工队，他们建立了不少的功勋，如果你能见到他们，就代我潘珊向他们致意。"白仑从谈一般的问题中忽然一转，夸赞起牛虎武工队来了，"但我就缺少这样的铁杆弟兄。"

"吃饭的时候，先生说自己是个流浪者，难道流浪者还需要什么铁杆弟兄?"

"我不久想做个买卖，做商人也得有保镖的，特别是现在，战乱期间，一切要注意安全。"当他朦胧快到专区公署的岗哨时，白仑谢绝了石景汉的继续送行，招手告别了。

## 74

潘珊在余泰小饭店题字的事，风速传开了。对他的"无为而无不为，无不为而无为"的题词，不但平头百姓分解不开，小知识的人，有中知识的人，有大知识的人，也不一定有深透的了解。世界就是这样，越解释不开的，越难解释的，越崇高越珍贵。

消息很快传至马蹄港、贺家楼一线，加上《胜利在望》报用主要篇幅介绍了这件事情，山本征太郎、贺国栋、贺家栋、范一生都觉得这是半路杀出个程咬金来，从政治、军事上看，非同小可。

范一生从棋盘岭附近所设的医疗点归来，早跟山本交换了看法，得不出统一的认识和见解。于是由山本牵头主持召开了一次秘密会议，以便得出认识、制定策略。

这次到会人员除了山本、范一生、贺国栋、贺家栋外，还有四大打手，或者直说四大杀手：铁狼、铁虫、铁虎、铁豹。

当山本开篇说出几句后，贺家栋立即抢话道："他娘的，就是一个办法，先捉来，问个究竟，最后将其杀掉，以除后患。"人说"江山易改，本性难移"，这话不假。贺家栋在黑水河畔对羽凤蛮横无理，牛虎打抱不平，教训了他以后，消停了没多久，动不动又抓开打开杀开了。可见他的本性丝毫没有改变。

范一生说："对新来的这拨队伍所得情报欠全，可能是国民党军的嫡系部队，不然不会由美军登陆艇送上岸。你们看他们登陆时的气魄。"说着，他铺开几张新的《胜利在望》报，指着上面戴着钢盔、佩着少将军衔的人，"就是白仑，专员公署主任及挺进军总司令。我看先逮住他事情就好办了。只是用什么方法逮，在何处逮，可做商量。"他"特务"了半个多月，也没得到多少有价值的情报。

"听说潘珊给余泰小饭馆题了十个字，我们该从题字上着手。"山本讲。他自己也练中国书法，大东亚共荣圈之类，有时都是亲自书写。

想了半晌，范一生说："题字的事，咱们也可传他来，当然他是不会上门来的。不过可换个地方，请到贺家楼？马蹄港？嗨，不可，不可。哎，有了，传他到鱼池店的诊所较恰当。"

顺着这个思路，大家又扯谈了一些。

## 75

由范一生发出了邀请函。

白仑收到此信，颇为纳闷，怎么一个小小的诊所竟关注起余泰饭馆题字之事了呢?

信中重要一段是这样写的：

先生是地方上的名流，遒劲的墨宝将传得久远。为饭馆生辉，也表现了地方上的艺术底蕴，其意义非同小可。

我小小诊所，虽无华陀高手，尚可为百姓方便治疗。如能获得先生赐字鼓励，当勤勉追佳。愿先生不吝赐教。

静候佳音

一生诊所主人呈

白仑让参谋长、副官长等人看了此信，商量如何对待。大家共同的认识是在《胜利在望》报刊登范一生的信件。

地方上各帮各派各种势力各个阶层的代表人物，都议论纷纷，各打各的算盘，各定各的主意。这地方过去如死水一潭，而今便如大暴雨后的水湾，蛤蟆轮番呼叫了。

白仑决心应战。因为这些日子，他曾发现鱼池店附近有一诊所，诊所内坐着一个大夫，仪表堂堂，谈吐流畅。他觉得此大夫绝非等闲之辈，此人除了懂得医术，言谈举止中，还带有更多复杂的东西。那次写字，此人明明待在二门外，却没有进去拉谈。写字人清楚地看到他，而他却装着没有看见写字人。如今他既上门叫板，不去应付显得胆小了。白仑决心派他的机要秘书蓝岚前往写字，先让卫兵改扮成平民打扮递上帖子，定在次日下午三时于诊所外开写。

## 76

消息传开，侦缉队长贺家栋亲自部署这场战斗，十几个治安军布置在诊所北边的小院里，一个连的兵力布置在鱼池店的大街小巷。另外，山本征太郎还来个狠招，让贺国栋派两个连的兵力包围起鱼池店，争取抓住活的潘珊。

蓝岚大摇大摆地走进诊所，范一生出迎。

“贵姓，你不是潘珊先生?”范一生一打眼来人，跟他在余泰小店外观察过的那个人不一样，诧异道。

“我是潘珊先生的书法老师，我已经给范大夫写好了一副顺口溜，请笑纳。”蓝岚说。

范一生就要摆笔墨纸砚，蓝岚一摇手说：“不用了，大家时间忙，我早写好了。”说罢，打开布包，亮在面前的是一张宣纸：

贪得无厌野心狼
日本鬼子命不长
“胜利在望”招手笑
“哈咦，哈咦”快投降

范一生看罢，哈哈大笑，说：“这词编得结实，字写得流畅。不过不适宜在诊所里挂，我倒是可以珍藏起来，留作纪念。”

蓝岚说：“你忘啦，俗语说，‘看菜吃饭，量体裁衣’。我看范大夫不纯是位治病的大夫，更多的是关心政治、军事的有心人，所以我把这共同的认识写给你，彼此鼓励吧。”

“你这不是一张墨宝艺术品，而是一页内容强烈的宣传品。如今世道混乱，人间复杂，我这诊所里四通八达，什么人都有。如果哪路神仙看不顺眼，就可能砸了我的牌子，也就是砸了我的饭碗。”范一生心里明白对方的抗日立场，也清楚对方的用意，他停了停，缓和气氛地说，“我能跟你这书法老师认识，是幸会。为了加深友谊，能不能再给我写一张呢?”

“这是不可能的了。这是你要求的一幅墨宝，你没指定写什么内容，所以我写时就有广阔的空间，好在你要的就是书法。如果你看不顺眼，我就收回去了。你想叫我给你写什么‘华佗再世’或者‘妙手回春’一类的老套，我是不愿意的。”

蓝岚抬脚告辞。

范一生恭敬有礼，双手合十，说：“别急，既然来了，我们就要走入深交。我准备在余泰饭店，摆下小小宴席，大家同饮几杯，表我恭敬之寸心。”

“不啦，谢谢，告辞。”蓝岚转身而去。

山本、贺国栋、贺家栋原来想在诊所抓个活的潘珊，不料来人不是那奇怪的书法家，而是一个无名小卒。范一生认为，不能打草惊蛇，做出得不偿失的事，因此他没发抓人暗号。

## 77

山本征太郎最厉害的一招是安排生擒潘珊行动的同时，攻击渔姑口杨峻莲部。山本按情报和迹象判断，棋盘岭的部队与渔姑口的部队有千丝万缕的联系。

贺国栋率一千兵马将渔姑口三个方面团团围住，当日拂晓开始进攻。杨峻莲正在海边几块礁石间的开阔地晨练，闻枪声起，立刻带着女兵，跨进瞭望台，拉起警报器，电话指挥前沿阵地的排长还击进攻的敌人。不料得知，由于麻痹，失于警惕，敌人已经突进第一道防卫线。

杨峻莲听了，毫不含糊地拉起警卫排以及就近一个连的兵力赶往出事地点，命令士兵堵击。此刻天色大明，贺国栋看清杨峻莲的身影，急忙命令部下喊话，喊话的内容听不清楚。杨峻莲不管三七二十一，将突击进渔姑口的贺家兵击毙两个、俘虏一个，其他六七个伪军缩了回去。

俘虏将帖子交给杨峻莲，杨峻莲看了看，帖子上的大意是：让贺美婴早日回贺家楼，她在杨振方家受的虐待贺家楼不会不管，贺家军要为其报仇雪恨。

杨峻莲一看笑了，她想起“欲加之罪，何患无辞”的话。

贺家楼与杨家楼是两个地头蛇，世居此地。日积月累，谁也看不顺谁，谁也治不了谁，各有一帮势力，小摩擦不断，都把对方看成眼中钉。但两家又要互相拉扯，在关键时刻又要一致对外。比如军阀部队来到，两家紧闭寨门，彼此呼应，共击军阀，让军阀无处下手。只有这次抗日战争，两家方向相背。贺家楼投降日本，做了敌人的帮凶；而杨家楼则坚持抗日，与敌人周旋。不过在此种情况下，两家许多方面也时有勾连。杨振方大老婆不生育，贺家兄弟便将出了五服的妹妹，出了名的风流坯子，破鞋碎花贺美婴托人说合嫁给杨振方为小老婆，在杨家闹出许多笑话。打从杨峻莲从外地归来，贺美婴觉得杨峻莲很碍她的眼。两人因为鸡毛蒜皮，也无端争吵了几次。当杨峻莲离开杨家楼到渔姑口当了头头，贺美婴有一天也离家出走了。牛虎发现她潜伏在渔姑口，肯定有特殊的任务，便向杨峻莲做了汇报。当杨峻莲派人去找，她已无影无踪，不知去向。

不过，贺家兄弟是知道贺美婴的来龙去脉的，这指的是此前种种。当牛虎发现了她，而她把情况通知了贺家兄弟后，就连贺家兄弟也听不到她的音讯了。这次贺家军来犯，名为找妹妹，其实是想一举消灭杨峻莲，夺下渔姑口，扩大自己的势力范围。

贺家兵在攻占的一个暗堡里喊话了：“杨峻莲，快将贺美婴交出来，不然要继续攻打，火烧渔姑口。”

“好说，乡里乡亲的，很多情况，我们不太了解。请贺司令派两个知情人过来，谈谈细情，我们保证他们的安全。”杨峻莲吩咐战士这样对答。

不一会儿，看见两个人，各拿着一把柳条，漫步走来。同时暗堡中喊话道：“就按你们的意见，过去两人，好好谈谈。”

副官长带领两个女兵迎候。

双方都没带武器。这是对垒双方自古以来的君子协定，不斩来使。双方坐定，来人说：“贺大队长这次行动，没有什么大事，只是听说他本家妹妹贺美婴在杨家不堪虐待，逃窜至此。他决心带回去好好调养。当年贺大队长也算瞎了眼，为了两家结好，将妹妹嫁给杨大相公，不料竟是如此。”

副官长说：“我们的杨师长，虽是振方司令的胞妹，可久居外城，回家没有多长时间，与贺美婴也没相处多长时间，没见过也没听说她受什么虐待。至于贺美婴为什么跑到渔姑口，我们不知，她没跟杨师长联系，不知其详。牛虎说过此事，后来我们去小饭摊找她，她倒无影无踪了，我们也很纳闷。”杨峻莲在此升为师长了，不值钱的官，半斤六两的官，随便扔着玩。

“那，我们要来人搜查，非找出她来不可。”

“我们军防，怎么能容你们搜查？这未免有点欺负人。”

“寻找失落的亲人，仅添点麻烦，不是欺负人。”

“不是欺负人是什么？”

“既然不准搜查，武力解决是当然的了。我们是先礼后兵，合情合理，看来不必再辩了。”正在杨家军要送客，贺家军代表要撤的时候，新的戏开场了。

## 78

贺美婴进来了，穿着花里胡哨的衣服，可以说在当时大都市也算先锋将军。大开的旗袍，长拖的纱巾，高跟的皮鞋，金丝的眼镜，说她从欧洲留学回来也未尝不可。

她没被捆绑，是被请来的。

后面跟着赵雷和李一朗。

话说牛虎前些日子从杨峻莲处出来，在小饭摊处碰上了贺美婴。他们都是旧时相识，但互相躲着，装着不认识。

后来牛虎把这情况告知了杨峻莲，让峻莲小心，便告辞回金牛山卧仙夼向领导汇报了。

领导和牛虎一起分析了情况，认为贺美婴潜伏在渔姑口，一定有特殊任务，极可能是刺探渔姑口的军情，了解杨峻莲的动向，甚至杀害杨峻莲。于是牛虎决定带着赵雷重回渔姑口，查找她的下落，见机行事。

在一个大烟馆的后面，有一个半明半暗的小妓院，一打听，烟馆和妓院的经理都是贺美婴。

赵雷和李一朗设计将贺美婴“请”到鱼池店余泰小饭店里，硬泡软磨了些时日。今晨听闻贺家军的动向，两人立刻押着贺美婴见了杨峻莲，并在关键时刻，将贺美婴送到贺家楼代表面前。

李一朗俏皮地说：“见到娘家人了，抹抹鼻子、擦擦眼泪、诉诉苦吧。”他一向以幽默出名，“大烟枪和小娘们怎么带走？如果带走，山本和你本家哥哥，就减少破费。”在这种语境里，人们一听便知是大烟馆里的大烟枪和妓院里被生活所逼的那两三个小姑娘。

贺家楼的来人听了如被伤口上撒了盐，急忙簇拥着贺美婴离开了余泰饭馆。

## 79

前面写到贺家军找寻本家妹妹只是借口，其主要目的是端掉杨峻莲的老巢。

贺家军一个小分队顺着蜿蜒的小路，急向教会后院小楼冲去。那里原来住着金牛县挺进军参谋长杨峻莲，他们打算捂家雀般地抓到杨峻莲。哪知杨峻莲经过这几年的曲折磨炼，已经较为成熟，警惕性也提高了。当牛虎告知她贺美婴潜入渔姑口后，她便知贺美婴来此必有特殊任务，首先要加害于她。因此她已转移到更加隐蔽的地方——渔姑口早年防倭入侵的旧营垒。她将旧营垒内部加以装修，战壕深挖了一下，顶部加上铁板和木板覆盖，又连接上几个营垒，使住处防卫和指挥战斗都十分牢靠。当下敌人摸到她原来住地，扑了个空。

八路军武委会主任沈云和牛虎、孙玉刚带上一个排的兵力，埋伏在教会附近的低洼处，个个头上戴着草环，身上用绿枝覆盖，坐等敌军入瓮。

敌军弯腰杀将过来，围住杨峻莲的参谋部，喊道：“杨峻莲投降吧!”

听不到反应。

“装死，他妈的。”敌人骂着，朝小楼的窗户开了一枪，传来了玻璃及杂物粉碎的声音。又开了一枪，传来的还是玻璃及杂物粉碎的声音。

此刻牛虎带领孙玉刚及众战士冲出隐蔽处，喊：“杀啊。哪里跑。”

敌人反抗，拒不投降。牛虎开枪结果了一个狗命，孙玉刚开枪也结果了一个狗命。这都是百发百中的武工队员。

敌人喊道：“中了埋伏。”慌忙逃窜。

牛虎大声喊道：“别跑，给你两袋烟的工夫，撤回尸体，我们决不开枪。”

不一会儿，两具尸体被搬走了。

杨峻莲闻讯，邀武工队到新搬的参谋部见面。

沈云决定牛虎与孙玉刚前往，其他人员由他率领撤离渔姑口。

杨峻莲看到牛虎和孙玉刚，十分高兴，说："牛虎兄弟，你说保护我，就能保护我。有了你，我的安全有了保障。"说罢，她又问起另外一人。

牛虎说："他叫孙玉刚，也是武工队员，枪法棒，也是百发百中，刚才我们一人干掉一个贺家楼的人。"

杨峻莲急忙握握孙玉刚的手，说："你们武工队都选择些膀大腰粗的，说是虎背熊腰一点不假，给人以不可战胜的气概。这样吧，我们也是兄弟了。"

一个大小姐，不是，是国民党军金牛山地区挺进军参谋长，说出这种有感情的话来，让人觉得别有意味。杨峻莲安排小宴。他们婉言谢绝了，说："后会有期。"牛虎经过锻炼，也能有分有寸地说出礼貌用语了。

# 第十八章

## 80

1944 年新年，农村和集镇都放了不少鞭炮，人们仿佛有什么预感似的，情绪都有点放松。日本鬼子不多见了，不少日本军曹的家属，穿着她们的木屐，偷偷坐船由马蹄港离开了中国大地，带着她们破碎的美梦离开了。

只有贺国栋、贺家栋这两个土包子二鬼子还不知道时代潮水的深浅，绑在鬼子的战车上为他们服务，办些不知好歹的事，办些不明不白的事，办些一捏就出水的事，办些一提就嘟噜的窝囊事。民怨在心，恨之入骨，等着吧，等待正义的审判。

再说贺家军的中队长白崑，在前面曾被牛虎武工队俘虏。后来在屡次战斗中，他的行动都对武工队有利，引起贺家侦缉队的怀疑，被拘留审查。但贺家兄弟又查不出任何根据，只得把他拘押在条件优越的收容所里，任其行止，甚至用权钱色引诱他上钩，他都一概不沾。最奇怪的事，当武工队进行“彩云”行动时，在抢救武委会主任沈云时，想连他一块救走，他却不走，他说他还有任务。武工队猜他是有特殊任务的人，可又实在不知他有什么特殊任务。不过有意思的是那次他却将中学生沃棣华经过马步远转到杨峻莲的名下当了小学教师。后来棋盘岭来了新的队伍，杨峻莲又将沃棣华转到鱼池店小学去任小学教师。

## 81

《胜利在望》为半月报，印数不少，覆盖面挺广，整个金牛县境，可以说到处可看到它的踪影了。

白崑也时时获得这份报纸。该报形象虽为简陋，只是一看内容，却是胜利在望了，给人极多的信息，闻所未闻的信息。如日本鬼子在太平洋战争中的节节败退，又如本土抗日的正面战场如何有好的转折……这些信息都给人鼓舞和喜悦。白崑拿着一张报反复地看，总想从字里行间看出点更新的东西。特别那“无为而无不为，无不为而无为”的署名“潘珊”，是似曾相识的笔迹。又对比另一张看：

“贪得无厌野心狼，日本鬼子命不长。‘胜利在望’招手笑，‘哈咦，哈咦’快投降。”署名“蓝岚”，他搜索记忆，也似有痕迹。

从内容上看，前两行有经卷气，内涵较深，后者则结合当前形势，似宣传品，很富活泼气息。白崑在小单间里踱步，忽地激灵一下，只觉得一米十米百米千米万米隧道里，冒出一点光来。是啊，潘珊浮出水面了，他是弟弟的一个化名。弟弟的化名有好几个，这是文化人的一种喜爱，这喜爱有时是一闪一闪的，忽东忽西的，有的能说出点理由，有的也谈不出什么理由。而蓝岚，也是化名，多少年前，他是弟弟的一个颇有书法造诣的文书。怎么，他们来到这有山有水的地方了吗？是啊，作为军人，作为政府人员，随时听从任务的召唤，到应该去的地方。白崑似乎进入甜甜的梦乡，胜利在望。

## 82

贺家楼将贺美婴带走以后，贺国栋很看重她的能力。她经历多，见过世面，又曾是杨振方的小老婆，可以说勾引人有些硬功夫，叫她去打开白崑的心扉也许是好办法。他把贺美婴叫到堂前内院。

“大妹子，经过这些日子，你的情绪也好多了，身体也恢复了，你可以为贺家办点事情了。”贺国栋特别强调“办点事情了”这一节。

“只管说，大哥，什么事，只要小妹能办到的，小妹一定卖力去办。”贺美婴笑吟吟地回答。

“不用卖力，拿着大烟枪就行了。”贺国栋这句话说得太轻飘，有点油里油气，听得出他对这本家妹妹的所作所为并不太瞧得起。

但贺美婴强压不愉快的心情，装糊涂就过去了，仍是笑吟吟的。

贺国栋将白崑的情况向她细细地说了一说，希望她能帮助完成任务。

## 83

白崑在拘留地享受着很高的待遇。住有里外间，经常打麻将，经常看古书，经常有女人去陪。对于女人，他无动于衷，只搭救过一个中学生沃棣华。

贺美婴颇有姿色，又伶牙俐齿，善交往，见过世面，死驴能说成活马，活狗能说成死猫。这都是闯荡京津沪青，跟三教九流练出来的。当年杨振方娶她为小老婆，一方面为了延续后代，一方面也为了帮自己圆满工作。

如今回了娘家，帮贺国栋圆满一个希望，当然不遗余力、不遗余心、不遗余脸了。

近半夜时分，白崑已经困乏得很了，放下《史记》线装书，面对窗外慨叹道：“司马迁真了不得，能写出《史记》。”接着他背诵道：“顾自以为身残处秽，动而见尤，欲益反损，是以独郁悒而无谁语。谚曰：‘谁为为之？孰令听之？’盖钟子期死，伯牙终身不复鼓琴。何则？士为知己者用，女为悦己者容……”

此刻，敲了两下门，推门进来一个女人，淡雅的女人，三十岁出头的样子，满脸是淡淡的笑，说："不要惊疑，我是来陪陪长官的。长官独自一人，这么多年，不寂寞吗，不孤独吗？长官就是长官，装是装不出来的，想装成不像长官，也是不可能的。"

"不用装，我只是一个中队长，被俘的中队长，糊里糊涂为八路军做过一些事的叛徒，拘留我是理所当然的。我虽然说明了那是不得已，贺司令认为我是强词夺理，不予相信。只是贺司令是君子，是善良的长官，不肯枪毙我，将来我会报答他的。"

"你是个知恩必报之人，心好。我就赞美这样的人，佩服这样的人，我愿为你服务，做各种各样的服务。首先可以聊聊天，说说彼此的经历，从中找到安慰和慰安。"她口里的"安慰"和"慰安"肯定不是一个意思。"来人。"她又喊了一声。

喊报告，内回应，推门进来一个伙伕，端上一碗狮子头、一碗凉拌银耳，转身走了。白崑知道这之前贺老鬼已经做了安排。

白崑也顺其自然。从柜子里取出一瓶棋盘岭老烧。

"随便些，随便，我们都是场面上人，我知道你经过大世面。你细高挑，又长得漂亮，甚至可以说是风骚，所以很多人都喜欢你。可我并不会喜欢你，我只能欣赏你，更多是同情你。"白崑有点兴奋，从来没像此刻这样爱说话，不过"风骚"二字出口有点不恭。不过像贺美婴这样的破鞋式的人物倒无法反感，更无法反驳。

贺美婴笑得很自然，说："长官，你说不会喜欢我，只能欣赏我，更多是同情我。我现在出两道题，恐怕你无法回答，答不出来。"

"你出两道什么题，说吧。"白崑终于被"引蛇出洞"了。

"你欣赏我什么，你同情我什么？"贺美婴亮出两把生锈的柳叶剑来。

这确实不容易回答，但是沉默是无能的表现，当然沉默也没办法治她。白崑是个不被人懂得的人，摸不着底细，又不能叫他死的人。

白崑今天不知道为什么这么兴奋，可能是背诵《史记》背的，话不由地多起来。他回答问题了："我同情你，是有理由的，你是个玩具，谁爱玩谁玩，个性没有了，全身磨得光滑而一点棱角没有了，你已经失掉了人的本质，成为一只驯兽，如猫，如狗，如八哥，如蟋蟀，如鹌鹑，如一条被抽去毒液的蛇。你已失掉了人的本性，你很可怜。我只能廉价地可怜你，同情你是说得有分寸一些、好听一些。”说着他夹了一个狮子头放在贺美婴的小碗里，看着她的表情，她的表情是忧郁的。她等待他继续说。他喝了一口棋盘岭老烧。

“你真好笑，令人好笑。看起来，你不完全是个军人，而且是一介书生，而且主要是书生，书生气十足。你活了这么大，走南闯北，不但没有长进，而且越来越糊涂。什么是社会，什么是人生，你完全不知道是怎么回事。更可笑的是，你倒不觉得，不认为自己可怜。你蹲在拘留所里，也就是监狱里，没有宗教，没有信仰，活得不愉快，死又没法死。因为你有底牌，所以死不了。我认为你是百分之二百的傻瓜蛋。”她更尖刻，接着露出风骚的姿态，站起来，走在他的跟前，轻拍慢抚着他的肩膀，用一绺头发缠住他的脖颈，狠狠地一捋，说：“我让你死吧，这就算救了你。不过可误了你的党国大事。我也是个糊涂女人，我不过是别人的麻将牌，在什么时间可以编成故事就编成故事，不然永远被扔来扔去。”

好歹毒的女人，对世事如此洞明。这是个不阴不阳、似阴似阳、阴阴阳阳的女人，值得探索、研究的女人。白崑想着，便换换角度，开了腔：“你看怎样，你以为如何，我想释放你，放你到一个开阔的地方去，那里也许有非常漂亮的风景。”

贺美婴一乐，差一点说出“谢谢大爷”来。她认为他会露出点尾巴来，说：“请先生指一指大方向，以便我找到光明。”

“你到棋盘岭吧，那是个热闹的地方。你可开个大烟馆，那里漂亮娘们也多，还可开个大妓院。不但可以赚大钱，还可以结交更多有头有脸的朋友。发了财，可以到上海发展。”白崑是知道她底细的人，他是在奚落她。

她没有生气，说：“好吧，今晚我就做一次你的侍妓。”

“你不觉得降低了人品？”

“长官，大长官，能做你的侍妓，我觉得光荣。什么人品之类，在我这里不值一分钱。当然，你动了，我一个钱不要。我是很干净的。”

"很干净，你指什么？"

"我的身体。"贺美婴很自豪地说。

"但你可不是彻底的干净。"白崑顺着道儿下流了。

"我是杨振方的小妾。他杨家为了生孩子，但他又没有本领，可还要怪我，全家人怪我。我可百分之百地完整，生不出孩子不能怪我。窝囊废，这我知道，怪我是太冤屈我了。不过他有钱有势，我有气只能肚子里咽。"她说着又气又恼，眼睛内有泪花转悠。这是在灯下看，不甚分明。

"那，你的生活是相当苦恼而且无聊，可以说是无聊的苦恼，这也是一种生存，这也是一种生活。这又增加了我对你同情的分量。"白崑是有点真情真意了，他没有先前那种奚落的成分了。

"说实在的，我的生活，也自有一些乐趣。他家里有几本老画谱，我看得深入，心也扎进去了，情也扎进去了。我开始喜欢绘画了，我开始临摹，大约半年之后，我可以独自创意了。于今，我画得最多的是荷花。"她很自信地说，"今天晚了，明天我给你画一张，向你求教。"

他在思考她的一言一行，认为这女性也有真实的一面、坦诚的一面、可爱的一面。人，是高级动物，随时都会变的。

此刻，他斜头一看，贺美婴已解除所有的"武装"，很潇洒，很自然地躺在他的床上了。没法统计三点，还是两点，或者一点了，说一丝不挂，也许更为准确。

"你这是为什么，你这是干什么，你要拖我下水吗？"他是愤怒的情绪，但声音是低沉的。她的大胆，让他觉得她是火辣辣的热情，而此情不是有目的的，不是为谁服务的，不是为别人的不可告人的目的而抛出的底牌。

"我不但要拖你下水，而且要拉你进井。我要用一种东西淹死你，我也同归于尽，这样我算没白活一生。我看准了就干，我认为你不是一般的人。"

"我不是一般的人，那么我是谁？"

"你首先是个长官，而且是不小的长官，是别处来的长官。你有任务，一般人不明白的任务。"

"好，你休息吧，你睡吧。这是拘留所，很安全。"

"鬼子快完了，安全什么？贺家楼也快完了，安全什么？真可怜，就是我，套在贺家的破车上，为他家拉着一个即将散架的破车。我倒霉极了。我有一天，要摆脱这一切。我不能这样过一辈子。"她喑哑地哭诉着。

白崑听了她的话，觉出她无可奈何，有难言的苦衷。这是个值得同情的女性，良心善心未泯。得想办法救她出这火炕。他没再说什么。俯在桌子上要睡了。

停了一阵子，贺美婴从床上起来，穿上轻纱般的衣裳，轻步走在他的跟前，说："醒醒，别感冒，对不起，是我这个老母鸡占了你凤凰的栖息之地。你快回到原位吧，我该走了。"

"你不用走，这时候了，你往哪里走。我就是这样的，什么罪都遭过，缺一次睡又算什么呢。"白崑也"话"不顺当了。

"我真不忍心让你再遭罪，遭罪是我给你造成的，我是老鸹占了凤凰窝。不该，不该。那样吧，如果你不嫌我不干净，就睡在这一个床上吧。你可怜可怜我。你和我睡在一起，我完成了任务，有法交代。你不跟我睡在一起，我没完成任务，无法交代。"她恳切地说，"反正我们也保不住名声了，如果你不觉我比你的差距太远。不妨也可以……然而你不觉我很美吗？"贺美婴有些语无伦次了，只是她自信自己是美的。

"你是很美，而且成熟，你的举止虽然轻浮，但仍然是成熟的表现。我先问你，你对日本鬼子怎样看，你对二鬼子怎样看？你不用管我是谁，你可以说说你的心里话，我喜欢听心里话。说出心里话，我们就是朋友了。"

"我恨死他们了，我是中国人，他们来烧、杀、抢、掠、奸，践踏我们的土地，我恨死他们了。我把他们看成豺狼虎豹，包括我的本家哥哥，也不是好种，而是杂种，他们将会受到人民的审判……他们死有余辜……"她越说越气，不免过分地慷慨激昂。

白崑听了，一阵阵暖意升上心头，转过身来，走到床边："美婴，美婴，你真是一个美丽的孩子。"

84

次日，上午，白崑仍看《史记》。

贺美婴取来绘画工具，在小桌上画起一幅稚荷图，是荷花的童年吧，荷花的少年吧，是那样的稚嫩。稚嫩是生命的初始，有无限的风光在后面。画法是大写意，也就是挺拔的几笔，粗粗细细的几笔。在画面的左上方还题写几个字：“白崑先生雅正”。

捧给白崑看。白崑对这画很欣赏，疏疏朗朗的，色彩也很轻淡，画面上有很多的空白。

“先生，长官，请您题几个字好吗？”

“题什么字，我的字像狗扒沙一样难看。”

“你的字很有功力，我看过你的字。”

白崑一愣。

“愣什么？你的《史记》读书笔记的字不是你写的吗？”

白崑想，这女性是有心人，没想到她已经注意到那本读书笔记了。

“你想叫我题什么字？”

“周敦颐老先生的那几句常被文人墨客用过的句子，不是很现成吗？”

“噢，原来如此，可我对那几句并不欣赏，那句子有偏见，因没有认识到而产生的误解。对这我有自己的看法。”

“愿听君一谈，请指教。”

“你要的是‘予独爱莲之出淤泥而不染’。你想以此句自况。我相信你染得并不厉害。不过，这句话一对照、一对衬、一对比，仿佛淤泥是个大罪人。其实这是个大冤案，淤泥有什么错，这里用抑扬法的老套和习俗观念，将淤泥打入地狱，使其永远不得翻身。然而莲，不但被淤泥染了，而且依靠淤泥的染，才生出根、茎、叶，而后秀出花、结出果。单说莲花，各种颜色的莲花，各种形态的莲花，没‘亭亭’于别处，而是‘亭亭’于淤泥之上。淤泥有丑的美、陋的美、脏的美。它是伟大的、无私的、奉献一切的。种子加淤泥加水分成为莲的生身父母。莲在淤泥的捧爱中长得像模像样了，受人称赞、受人艳羡、受人怜爱，淤泥功不可没。但它无口无唇无牙无舌去争这份功。”白崑如入无人之境，舌马驰骋。

“你这见解是新颖的，千万别叫别人抢去。”当时没有著作权法，抢也白抢，不抢白不抢，古今中外多的是这样的冤案，特别是创意之类的东西。

白崑对贺美婴逐渐改变了看法，认为她不是纯坏的女人。她谈过她对日本鬼子的恨，对二鬼子的恨，对她本家哥哥的恨。她的爱国心并没泯灭，她仍是可爱的。他决定另一计划。

## 85

白崑和贺美婴相处得很融洽。贺美婴一天向贺家楼汇报一次，说白崑不像过去那样顶牛了。贺国栋认为她的工作是有成绩的，劝她继续努力。贺美婴为白崑说了很多好话，这都是有目的的，仿佛她内心生出许多复杂的东西，她决心永远投靠白崑了。她对白崑产生了真感情，尽管她对白崑并不了解，只知道他是个爱国之士。爱国就是一个标志性的性格，也是一个牌照，也是一面旗帜。她觉得白崑比杨振方好得多。杨振方色厉内荏，而白崑是实打实的精神，不管从哪一方面讲，白崑的内心和外在都是吸引她的，是不可抗拒的。

那一夜，他俩亲热之后，促膝长谈，谈人伦之爱，谈友爱，谈情爱，谈性爱，谈鸡毛蒜皮，谈大道青天。互相补充，默契相许。天下何处无芳草，天下何处无知音。

“这不是个长居之地，美婴，咱们走吧。”

“往哪里走?”

“主要是你想不想走，爱不爱走，要走就有地方，而且是安全的地方，有光明的地方，胜利在望了，我们去迎接胜利。”

“走，多危险，落在他们手里，命就完了。”

“我保证百分之百安全，百分之二百安全。”

“你说吧，你下指示吧，我照你说的办。”

接着白崑让她到五道岗炮楼，找马排长，即马步远，那是自己的心腹兄弟。“你悄悄去，让他来一趟。如果一旦不测，被贺家楼发现，你便说，最近白崑有些转变，让马步远来劝一番，也许会迅速瓦解白崑的心理防线。这是对付贺家楼的话，不会引起贺家楼怀疑。”白崑叮嘱道。

次日贺美婴就去了五道岗炮楼。

再一天的晚上，马步远骑着一匹灰色马就来了。

## 86

拘押处的战士，对马小队长是熟悉的，他来过多次了。表面是受贺家栋的命令，来寻觅白崑的根底，但实际上是杯酒相交，谈笑风生，很亲切，很契合，如同兄弟。他俩有时也拍案叫喊，那是佯装的，是演戏给别人看的。

今天也照样给拘押处的弟兄们带来些许烟酒及烧鸡烧肉之类。弟兄们喜出望外，早提到一边打牙祭去了，把空间和时间都留给了白崑和马步远。

闲言碎语不用讲了。“事情已经到了紧要关头，老弟，我得改换地方了，你也得改换地方了。如今有了方便条件，时机已经成熟，贺家栋的远房妹妹已被我策反了，我们已经成了亲人。如今她的命运跟我连在了一起，听我的，听我的调遣。”

“快说吧，老哥。一切听你的安排。”

“农历六月六，看谷绣的那天拂晓……”

## 87

农历六月六看谷绣的拂晓。白崑和贺美婴携带两包杂物，男搀着女，女搀着男，离开了拘押处，出了马蹄港，沿着小路，到了五道岗炮楼。这些日子，白崑由于贺美婴无微不至地照抚，体质大有好转，加上情绪也好多了，路上没有什么闪失。

五道岗是马蹄港到贺家楼的要冲，贺国栋派在那里一个连的兵力，这一个连的兵力，叫马小队长马步远统领。

白崑和贺美婴距离五道岗还有半里地之遥，已经看到那分阶段排列整齐的队伍。准备迎接他们的中队长、老好人白崑。白崑怕声势过大惊动面太广，命令贺美婴快走几步。

见到马步远，贺美婴说："长官让你拉部队向棋盘岭方向开去。"

马步远立即遵照命令，拉部队出发了。

马步远想得很周到，派了两匹中等个快马亲自送到白崑面前，敬礼。

于是马步远骑在马上，引导着白崑和贺美婴向棋盘岭开去。

走不多远，只听五道岗炮楼及附近军事设施，发生了连环爆炸，五道岗已成为一片废墟了。

五道岗爆炸声，让马蹄港的山本征太郎和贺国栋丧魂落魄。此刻山本手下一共只有五十多个鬼子，已没有当年气势汹汹的样子。现在他们的"大和精神"也蔫了，而应付惨痛的局面是痛苦的，如审判，如死，如遣返……都如梦魇般纠缠。有的鬼子早做好了投降的准备，连"投降不杀"的语言，都学得很流利了。有的鬼子甚至将得到的武工队给伪军的信，揣在内衣里，那信上有——

老年的母亲的话：

孩子，你快回来吧。我天天拄着拐，哮喘着到村外，等你呀，妈妈盼你，眼睛快要盼瞎了。你什么时候回来呀？

中年妻子的话：

孩子他爹，你什么时候回来呀？咱家的二亩地长满了草，房屋倒塌了，剩下两个孩子，瘦得像干巴柴火。你什么时候回来扶持他们啊。

孩子腔孩子气的话：

爹，你快回来吧。隔壁二秃子他爹给他编个小篓子，二秃子提着小篓上山剜菜了。可我呢，爹，什么时候回来呀？

这些日本人，不全都是穷凶极恶的禽兽，有的良心未泯，他们不过是军国主义者的炮灰。当他们在中国土地居住一段日子，也学了些中国文字，看懂这些传单的意思，不免怀念起家乡来了，有时忍不住，也悄悄地抽泣。

山本征太郎颇有心计，听到五道岗爆炸，吓得两腿发抖，和他的五十多个喽啰一样，没有去救援和夺回的意思。

只有愚昧而无知的贺国栋带领一个连的兵力，赶往五道岗，重整炮楼、地道、各种设施，连接起贺家楼和马蹄港这根没有韧性的线。

## 88

驻扎在贺家楼的贺家栋，更加愚昧无知自以为是，他拉出侦缉队四十人，快马加鞭，要到五道岗看个究竟。正行进间，从山神庙蹿出一帮膀大腰粗的人，他们的气势压人，如同猛虎般飞腾。贺家栋一愣，看眼前站的是牛虎。迅雷不及掩耳，牛虎的枪已经顶在贺家栋的腰间。赵雷、石景汉、孙玉刚、李一朗齐喊："你们被包围了，缴枪不杀。"呐喊间，四下里包围来一帮战士，已将四十人点住。

贺家栋战栗一团，五官吓得变了形。上来人立刻将他绑了。"牛虎大爷，不用绑，我跟走就是了。"将"牛虎"后加"大爷"，这是贺家栋的第一次。牛虎俏皮地说："不用叫大爷，我也可以给你松绑。"接着松了绑，上来四个人押贺家栋向金牛山根据地而去。

那侦缉队的四十人，也乖乖的。他们多半是些穷苦人，是到贺家楼混饭吃的。

牛虎将他们围笼一起，让赵雷为他们训话。

"穷苦的哥们弟兄，没有你们的事，今天主要逮的是贺家栋，你们还可以回到贺家楼混饭吃，不干坏事就行了。"赵雷慷慨激昂地说着。但他的脸带着笑，他不愿吓唬这些命运不济的穷苦人。

"我们缴枪不干了。"

"可以缴枪，但是还必须回去干。"赵雷斩钉截铁地说。

立即收获了四十支枪：大枪和小枪。

"往贺家楼跑吧。"牛虎这样命令着。

一群蝼蚁向贺家楼猛蹿。

牛虎一帮人收拾了战场，收获颇丰。一行人向金牛山根据地前进。

牛虎武工队这次行动，预先是得到了马步远的通知。

当然，那实际是白崑的指示。

# 第十九章

## 89

白崑带领马步远一个连队，迅速向棋盘岭前进，不久到了鱼池店小学。沃棣华早听传闻了。听到白崑恩人来到，高兴异常。以往种种，在脑海里显现。

此刻学生正在上课，沃棣华跟三位教师一说，教师们也特高兴，对于抗日的军队，他们十分崇拜。于是沃棣华校长一吹哨子，学生都跑出教室，八十多个人分两排站在大门内的甬道上。

沃棣华立即走出校门，看白崑走在前面，马步远牵着两匹马走在后面。

沃棣华紧跑几步，在白崑面前要跪拜。

白崑赶快扶住她，说："新的时代，不兴这一套了。开始我们是朋友，现在我们是朋友，今后我们永远是朋友。当然也可以说是革命同志。"他们握手，双目相看并且互相致意问候了。

马步远将两匹马分别系在校门前的两棵柳树上，并且布了哨。

他们一起走进学校，学生们鼓掌欢迎。很快，安置了休息的地方，开水也送来了。

他们走进了校长室。校长室很简陋，但很舒适。白崑问："沃棣华，工作还顺利吧。"

"很顺利。"

白崑早看见挂着装裱的四个大字"胜利在望"了，落款是"蓝岚"。他不觉笑了，说："胜利在望，这是实在的。"

忽听不远处有飞马的声音。他们从窗子望见有一人骑着一匹大马赶来，在五十米处被岗哨拦住。听不清他们的言谈。一个人守住，一个岗哨来到校内报告。

“那人说，他是《胜利在望》报的记者，名叫北山，是来采访长官的。”

“请。”

白崑向来对人谦和，他多次读过《胜利在望》报，对它印象很好，认为它是抗日战争的文化宣传大军，是不可缺少的。因此带着马步远、沃棣华一块儿出迎。

大门口前，互相介绍，寒暄了一阵，边说边进了校长办公室。

“北山先生，北山主编，北山记者，有幸会晤。”白崑说。

“请免先生一称，说主编、记者勉强可以，因为主编、记者就是我一人。”北山自信也十分自豪地说。

“你的报纸办得很好，有图有文，对抗日战争起到了宣传鼓舞作用，感谢你的工作。”白崑表扬地说。

“我只是一个学习绘画的，滞留棋盘岭，得到蓝岚长官的重用，干起了这一行，并参加了抗日战争。一切全由蓝岚定盘，我只是他的一个文化兵。”此处“蓝岚”和“潘珊”混用了，这也是抗日战争的需要。

谈了一阵，北山请退。

第二天，《胜利在望》特刊号发行。第一版第一条是“国军混成旅昨日杀出重围回归抗日前线”。这标题是大字。

先此，白崑派马步远带领两个勤务兵，快马加鞭，飞到棋盘岭国民军挺进部队司令部面交了白崑的手书。蓝岚拆信看了，微笑，点头。

蓝岚告诉马步远：“马参谋长，回去告诉白崑大哥，白崑旅长，就地驻扎，我正筹措一次大的行动，他在那里待命就行了。当然也休息好身体。这几年白崑大哥是受累了。”最后一句马步远是有深切体会的，不过蓝岚说的这句话内容却复杂而且沉重。最后蓝岚又叮嘱一句：“一切行动，千万不要扰民！”

马步远带回蓝岚的一封盖大章的信递给白崑。白崑拆信一看，拍手大笑了：“马步远，马参谋长，祝贺你升迁了。”因为马步远原来是个连长。

马步远只是心里高兴。他重复了一遍蓝岚叮嘱的一句话：“一切行动，千万不要扰民！”

白崑立即决定，旅部安在鱼池店小学校里，其他战士、士官都分散在民户的空房里。

傍晚时分，一大汽车粮食及其他军需品到位。

## 90

夜里，白崑兴奋不已，兴奋是自然的，虽然这些日子，他很劳累。最可幸的，用计谋和勇武逃出了敌伪军的拘押，得到了自由之身，而且拉出一个连队。这一切有贺美婴的功劳，他内心感谢。于是在旅部办公室，即小学校的校长办公室的墙上，挂上了贺美婴画的那幅大写意《挺荷》。而且这《挺荷》恰好挂在“胜利在望”题字的旁边，显得自然自美、和谐统一。

白崑看着“胜利在望”的题字和“挺荷”的图画，浮想耿翩。好嘛，浮想耿翩，又使兴奋增加浓度。怎么了这样的人生？可他不知前方是怎样的。他想这蓝岚是相识的，有过接触，再看这笔迹也是似曾相识。也许是他来领导这一地方的抗日战争。不过这似乎不可能，听说他已牺牲在滇缅的战场上了……

正沉入各种各样的思量中，贺美婴送进来一杯香茶。这是贺美婴最朴素的感情表现了。

九时过了，忽听有马蹄声向这儿飞奔而来。此前，早被巡逻哨兵拦住。对话正当：口令“胜利”，答曰“在望”。

两人下马。一人穿着国民党军的呢子军装，上尉军衔。他对哨兵说：“快去通报，挺进军司令员兼行署主任来了。”又着重说了一句，“蓝岚来看望旅长，慰问旅长。”

通报以后，白崑想，蓝岚不愧是正规军出身，行动的迅速，令人钦佩。他内心还有一层思考，今晚如此兴奋不已，仿佛注定要发生什么大事。

闪电般的脚步，推门进来一人，高个子，比白崑的个子还高。在暗沉沉的灯光下，来人向白崑敬了个礼，沉沉地说：“大哥，没想到，今日见面了。”来者正是白仑，也叫潘珊。

“大哥”，这突如其来的一声，白崑仿佛从梦中惊醒。仔细一看，真是的，这正是自己的三弟。忙抢上前，半抱着对方的躯体，哽咽之声出来了。他们经受着战争年代的各种考验，分别时间不长，却有一种阔别多年重逢的感觉。

“三弟，这像做梦一样。人生多变，人生无常。我们两人都算走在革命的路上、抗日的路上。而你的二哥呢，他却叛变了先祖，叛变了父母，叛变了党国的事业，投降到‘曲线救国’‘共荣圈’那个阵营去了。这真是父母的不幸、家族的不幸。”

“但是他陷得太深，无法挽救了。”

“任他去吧，也许他有他的道理，这要历史裁定了。其实这也不用历史裁定，道义即可裁定清楚。不过我们得好好镇守住我们的阵地。不让我们的船体有任何的蛀虫滋生。”白崑的话是安慰自己，也安慰三弟；也鼓励自己，也鼓励三弟。不过船体、蛀虫之类，却颇有些哲理意味。人经历多了，总对人生有所感悟。

兄弟两人在他乡相见，心里说不出有多少滋味，复杂的滋味。

“同在异乡”为“异客”，大哥与三弟都流露出淡淡的忧伤。智慧的思想家、哲学家、文学家认为忧伤是永恒的主题。你想谁能跨过一个生离死别呢？死亡的门槛，谁也砍不断。

“哥哥，我们喝点酒吧。”白仑说着，从包里提出两瓶白兰地、一包牛肉干、一包花生米。这是土洋结合的酒菜。谈话间，他们也无非说几句“胜利在望”的主题。

酒过半寻，他们又请进马步远参谋长和白仑带来的侍从官。让他们一起喝，他们是长官的贴心人，也不拘束。参谋长和侍从官也认识了，表示今后一定好好合作。

## 91

白仑临行前。

白崑说：“三弟，请出你未来的嫂子跟你见见面。”

白仑开始不敢问这一节。他想，大哥近乎四十岁了，一直戎马生涯，最后又被拘押，肯定是单身一个。革命嘛，抗日嘛，哪有时间料理生活一套，单身是自然的。再说大哥历来在这方面是严肃的，不肯凑合，也不马虎，他是从不随意而为的人。如今有了嫂子，必定是理想加情投意合的，是天作之合吧。听到这一节，白仑自然高兴万分。

“美婴，快来呀。”贺美婴听声出来，笑吟吟的样子。白崑又说：“这是我的三弟，一胞兄弟，亲的，不是拜把兄弟。”他怕别人不懂“亲的”，又加上“不是拜把兄弟”。语言有点啰唆，不过啰唆地可谓有理。

“嫂子，你好。”

贺美婴一听，有点受宠若惊，但没表现出尴尬。升格了，比升级重要。这突如其来的称呼，肯定有潜台词。不过她认为这是一个好的信息。赶忙答应了一声，说：“三弟，你哥早谈起过你，一直夸赞你是家族的骄傲。”贺美婴能随机应变，将此情此景变得十分顺畅自然。

“我们要举行婚礼，三弟，按老式的好或者新式的好？”

“我看战争时期，就按新式的办吧，简单而且省时间。在棋盘岭有一座三十多年前的教堂，里面有个美国牧师，就由他主持好了。我跟他打个招呼。”

三天后的一个上午，白崑和贺美婴都简单地修理了一下，在上帝面前举行了结婚仪式。上帝见证了这一切。

## 92

贺家栋被俘，是为民逮了一霸。消息传开，无不拍手称快，说老天睁开一只眼了。好人是好人，坏人是坏人。好人令人赞扬，作古以后，仍然称赞，如杨峻莲的爷爷铁脖子杨。而现实的贺家栋，便被烙上许多印记：地头蛇，地痞流氓，该杀的，×他祖宗八辈。积下孽债、孽灾，出魔成这样一个怪物。他不但霸占土地、霸占山林，半偷半拉半抢半夺，天下变成贺家的啦。他尤其是个酒色之徒，三里五村，只要长得水灵貌美的女性，不管年龄，大都逃不脱他的手心。民间统计家估算，起码有四十多人。之前在墨水河畔，羽凤就险遭他的毒手，幸亏牛虎相助，免此一难。贺家栋是该千刀万剐的。

他的被俘，贺家楼上下一直瞒着贺老太太。贺老太太七十挂零年纪，整日吃斋念佛，争取升天，对儿子的恶行略知一二。她认为这是几辈子做了坏事，做了缺德的事，才摊上这样一个孽种。尽管如此，她也无能为力。她的老头子死得早，她把希望寄托在两个宝贝儿子身上，好在家有田产和金银财宝。所以贺家楼还能支撑这金牛山金牛县的半边天。另外半边天就是杨家楼了。

但是纸里包不住火，贺家栋被逮终于没包得严实。贺老太听了一下子昏厥过去不省人事。贺家急忙请郎中诊治，又到金牛县城里洋鬼子医院买了点药。经过吃药治疗，身体一直没有痊愈。心痛，心急，心慌，心跳不能自已。她心里明白，留下的日子不会太多了。

果不然，金牛山八路军以及县政府有关部门，决定公开审判贺家栋这个坏蛋。贺老太太听了，连呼："活该，投降敌人，没有好下场。"她比混蛋儿子还清醒。她一命呜呼了。

## 93

罪大恶极的贺家栋从被逮住以后，色厉内荏的本相就显露出来了，经常哆哆嗦嗦，嘴唇战栗。他是迷信的，用一片草叶贴在自己的脸腮上压惊。他经常想山本征太郎会来救他，哥哥贺国栋会来救他，最起码用人质或其他值钱物件将他换回去。

抬头一看，却看到了八个大字，千斤重万斤重的大字："坦白从宽，抗拒从严"。其实他坦白不坦白都是一样的，他的罪行都在大面上，谁都可以给他点出几条。

他的生活条件也无法跟他的过去相比，窝窝头、地瓜干、白菜汤、咸菜、白开水就是最好的啦。也叫他尝尝贫民的滋味。

他见到所有的人都对他笑，是嘲笑，是苦笑，是逗笑。送饭吃的战士偶尔还送上一句"二先生""二大官人"，下面的话没说出口：你也会有今天……

审判贺家栋的任务，县委分配给武委会主任沈云，由他全面负责。当然武工队开展新的工作，有时也来配合。

沈云问："贺家栋，这些日子怎么样，都想了些什么？"

"沈主任，我没想什么，我是运气不好被俘了，我会出去的。"

“你还会出去？那不能说运气不好。”

“你这么相信运气，运气是什么东西，你能说出来听听吗？”

贺家栋低着头，喝了一口水，没说什么。他真说不出运气是什么东西。

“你所说的那运气的确没有了。你现在是个癞皮狗，谁来救你？你就是只哈巴狗，不会有人来救你了。因为你的山本及整个日本鬼子都没有运气了。连他们本身也不能自救了。”

此刻，牛虎走进来了。牛虎有一种威慑力量，是贺家栋的老相识。牛虎虽脸带笑容，但眼内仍冒着愤猛之光。

贺家栋一闪念，立刻想到墨水河畔，他对羽凤的蛮横，而牛虎在关键时刻搭救羽凤的一幕，不由自主地嗡的一声，脑门子里发蒙了。他低下了头。

沈云退出去，听动静。

一眨眼进来了羽凤。羽凤已成为八路军的情报员。几年的工夫，她已成为从外表到内里的成熟的战士。

贺家栋是健忘的，俗话说：贵人健忘。他不认识她了，或者根本没向那一方面想，他认为眼前是一个八路军较为高级的干部。

“首长，多教导。”贺家栋鞠了一躬，低沉地说。

“你是见了人就首长啊，贺二少爷、贺二东家，你不认识我啦？”

好嘛，他仔细一看，认出来了，哆嗦了一下，说：“当年对不起你，我是瞎了眼……”

“你现在认罪吗？”

“认罪。”

“好，如果在十天内，你能将山本的头提拎过来，可以减轻你的罪。”羽凤第一次别出心裁地出了这个招数。这都没经过武委会研究，她迸出来了，她想开个玩笑让他难堪。

牛虎扯扯她的衣襟，示意她说多了。

羽凤悄悄说：“给她出个难题，他不能答，也不会答。给他一个别开生面的下马威。”

“此时不是逗乐的时候，山本的头不用他提，那是瓮中之王八，瓮扣过来没有跑。”牛虎也逗乐了。

牛虎牵着羽凤的手走出去了。

贺家栋蒙了好一阵，又走进一个人来，她是贺蕊。

贺蕊是个最命苦的人，她父母在日本开的酒店，因为出进有人谈论政治、军事，被山本听到。山本由于根深蒂固的“王道乐土”，竟然偷焚了这酒店，父母无踪，剩下孤苦伶仃的孤女。又被假惺惺的山本关怀，不幸被奸污。后来因为侵略中国的需要，山本将其调到自己的身边。

贺蕊认了本家贺家楼。贺家栋本来就是个色棍，他看贺蕊举止文静，色彩淡雅，比他践踏过的娘们另有滋味。他以侦缉队长的身份，经常出入山本的大门，也以本家哥哥的身份常带贺蕊到贺家楼住些日子，利用有利条件，也变着法子玩弄了贺蕊。

牛虎武工队了解了贺蕊的命运，在一次活动中，将其策反了，给她的代号是“火热的心”。她仍在曹营，可心在汉阙了。

文静、淡雅不等于没有个性，有时也会变得冰冷无比，突然袭击。贺蕊见了贺家栋火冒三丈，一边喊着“杂种、畜生”，一边轧上狠狠的巴掌。

“啊呀”一小声，贺家栋摸着被打处，并不觉得很痛，弱女子的手能有几斤几两的重量，不过像弹弹西瓜、甜瓜熟不熟罢了。不过他奇怪的是贺蕊能到这里来。

“贺蕊妹妹，你到这里干什么？”

“是山本派我来骂你的，你这该死的败类，披着人皮的畜生。”

“我认为山本会派人来救我，派你来骂我？我不相信。你说山本骂我不如说你来骂我。”败类有败类的推理，败类有败类的逻辑。不管如何，他摸不着头脑，不知以后会是怎样的，麻木和恐惧填满他的胸膛，死的意念淹没他的全身全心。

经过八路军武委会和国民党军清敌委员会的协商，决定在五道岗公审罪大恶极的贺家栋。

那天五道岗是大集，周围几十里的商贩，以及工农货物直销的买卖人，特别是来看热闹的人多，让五道岗南的沙河滩形成海洋般的热闹。这都是这许多日子，国共双方宣传工作做得十分深入，大家对公审可以说家喻户晓了。《胜利在望》出版了特刊，舆论的声势自然颇显神威。

为了预防贺家楼二鬼子的袭扰，由八路军部署战斗力强的队伍在离贺家楼通往五道岗二十里处埋伏狙击；由国民党军清敌军部在马蹄港向五道岗进发的路上二十里处埋伏狙击。

在五道岗南边的沙滩上早已构建起主席台，各界代表坐了两排。

九时整，八路军方面高青武委会主任（高青原是武委会主任沈云的警卫员，这几年进步很大，被提升为武委会主任，而沈云调县委担任副书记了），拉着国民党军清敌委员会马步远参谋长的手，走上主席台。台上台下响起雷鸣般的掌声，口号声也此起彼伏。沙滩大集笼罩在掌声和口号声中。

大会宣布将罪犯贺家栋押上台时，贺家栋戴着白色的手铐和脚镣。这是奇怪的白色，是用白粗布缝制的。这真是别出心裁，显示了对贺家栋的轻蔑和鄙视。这是贺蕊出的点子，是贺蕊的独特创意。

大会进行控诉，一人两人三人……一条两条三条……罄竹难书。速写员做了笔录。这期间，人民的海洋呼天喊地，最突出的声音是“打倒”“枪毙”“活剐”“五马分尸”，可见人们对民族败类是多么恨之入骨。

大会将笔录交给贺家栋看。贺家栋有气无力地说：“不用看了。这都是实实在在的。”

他犯是危害国家罪、危害民族罪、危害人民罪、危害乡邻罪。他是五毒俱全、十恶不赦分子。经过高青、马步远等审判组成员议定，宣布“贺家栋罪大恶极，立即枪决”。

## 第二十章

### 94

人民公审大会的情况，《胜利在望》报做了全面的报道。金牛县金牛山一带沉入全面兴奋之中。爱耍的人，立即编成了小型秧歌剧在场边地头演出，大长了人民的志气，大灭了敌人的威风。

感到最害怕的是山本征太郎，他坐立不安。感到最无可奈何的是贺国栋，他心律不齐，觉得心脏随时都可能衰竭。感到最懵的是范一生，无所适从，又无法摆脱，又无处逃遁。他们是三股污浊的水。

在这种环境里、心境里，山本最需要贺蕊贴心贴身的慰安了。他向贺国栋索要贺蕊，到处打听有关她的情况。他直到现在还认为贺蕊对他过去的罪行根本不了解。贺蕊真能忍辱负重，真能含而不露，真能“宁静致远”。她对自己的家破人亡以及个人的被污辱，是深纳不露的。她认为报仇雪恨还不到时候。她真成熟了，她成了一个喜怒不形于色的“政治家”。

贺蕊这些年学会了装裱字画，手工装裱是需要耐力和韧性的。她学会了，而且装裱得很出色。

贺国栋找到了她，说：“大妹子，山本司令来电话找你，说他想念你。愿意跟你见见面，聚一聚。今天下午出发吧。”当年初见时，贺国栋为了巴结山本和贺蕊，谎称她是自己的叔辈妹妹。其实他们虽然都姓贺，却是来处不同的杂姓，用的是“凡是羊，就往一个群里赶”的套路。

贺蕊不怒不恼，经意不经意地说：“他找我干什么，我已经是独立的人生，我回到故乡，我就是故乡人了。我自己有本领挣饭吃，不必再靠他施舍了。”

“不管如何，他是你的恩人，有时候是会想你的。听山本说，你们有过旧情。”

“什么旧情，那是他的罪恶！什么恩人，他是仇人！”贺蕊在没有特意设计的情绪下迸出这两句带着糙刺的语言。

贺国栋听了，认为这不过是一般女性那种嗔嗔怪怪的语言。他说：“不管如何，你得去一趟，给哥哥留个面子。马已经备好了，午后出发吧。”

关于这个情报，通过地下交通线，已告知了牛虎武工队。

## 95

在山本已不算密室的屋子里。

山本征太郎不到五十岁，却憔悴不堪，罪恶的历史在他心里盘根错节。此刻已是1945年的春末，日本军国主义如同被砍成数截的蚰蜒，分段可以动一动，但整个联系不起来了。日本大和民族的特点，致命的弱点，是躯体倒下了，而皮靴没有倒下，战刀还高擎着。

“天皇的命运是结束了，可我们这些走卒不知何以自处，不知投奔何方，何方可奔？我们的前方，不是吉凶难卜，而是连天连地的荆棘。小蕊，你可否给我出个主意？”山本的泪滴已经洗了他的三角脸。他这是第一次在贺蕊面前这样像样地哭。他看贺蕊无动于衷的样子，甚至看到她眉宇间尚潜流着一丝笑意的时候，心里过度地麻辣起来。山本没失掉敏锐度。缓一缓又说，“‘火热的心’，你得为我出个主意。”

“火热的心”，这是八路军武委会送给贺蕊的一个暗号，山本怎么迸出来这个词？是这个语境里的巧合呢，还是他已知道了底细？不过她成熟了，没惊讶，没楞怔，没慌张。心里琢磨，外表并没有动容。

“我对你一直是火热的心。火热的心你是应该享有的，因为你曾救我于危难之中。”贺蕊顺着“火热的心”做起反面文章。

山本认为他的犯罪行为，贺蕊是绝对不会知道的。贺蕊过去不知道，以后永远不会知道。只有上帝知道，但上帝永远不会告诉贺蕊。他于是对贺蕊的话从正面去理解了。“中国有句俗话，‘一日夫妻百日恩’，而我们起码是四五年的夫妻了，其恩何止千百万。”山本也是数学家。

贺蕊忍住笑，面对这只虎狼，也得用心应付。他到时也是玩命之人，何况现时已是末路“英雄”，手段已不多了。最后还有个剖腹自尽来结尾，他们的细长大砍刀，是有杀气的。

贺蕊笑笑说：“感谢你还这样信我。这种商谈不易做。我想你可连同范一生大夫一起做，不知意下如何，他可能跟你是一样的心情。”

关于范一生的问题，武委会并没有吩咐她有关事宜。如今在这种情况下，她能甩开一笔，说明贺蕊的工作是有创造性的，她是一个机动灵活的抗日战士了。

范一生，这提醒了山本。他说：“范一生并不听我的，他有更高层次的联系。我在某些方面，还得听从他的旨意。他是个难以捉摸的人。不过事到如今，我倒可以跟他联系联系，问问他后事如何处置，是否跟我有一样的想法。”

此刻，贺蕊站起来要走。

山本恬不知耻地要求贺蕊能在此住一夜，叙叙旧。

“你害了我一生，你是个罪人。叙什么旧啊，难道你眼前的歌舞伎，还不够你叙旧的吗？再说，我已经结婚了。我不能对不起我的丈夫。”说到此，贺蕊从布袋里取出一小捆《胜利在望》报，放在桌子上，反身离开了这虎狼之地。

一句话在她的身后哀诉：“求他们给我一条活路。”

走到门口，她骑上大马，直奔金牛山去。

行进间，有一小股队伍追上她。原来他们是牛虎及几个战士，他们驾风驾雨不甘落后。

一帮人回到金牛山，向金牛县县委书记李勉做了汇报，沈云及高青也在。贺蕊将“鸡毛蒜皮”的事约略地点到即止，着重谈了山本征太郎的最后一句话，“求他们给我一条活路”。

按照日本军国主义的武士道精神，失败了就该剖腹自杀，特别官阶达到了他这样的大佐官长，没有勇气自杀也是耻辱，也对不起天皇。

“缴枪不杀”意思是明确的。那么他的“求他们给我一条活路”到底是何意？

大家都认为那话的意思就是“缴枪不杀”。

这引起贺蕊内心的积痛。她向众人哭诉了她全家在日本时的情况，后来山本如何歹毒地焚烧了她家的饭店，父母失踪，山本假慈悲地“救助”了她，如何千方百计地欺负了她。话也多是含蓄，众人明白即可。她最后表示，要亲自枪毙山本，方消掉心头之恨。“火热的心”，这是善良的心灵，但是里面也装着水火不共戴天的情感。贺蕊是正义的，正义在贺蕊一边，她的打算也合情合理。

冷场半天，在这迷惑不解之间，李勉深深思考着。

李勉跟沈云、高青、牛虎又进一步做了商量，让贺蕊再前往马蹄港，专门了解山本“求他们给我一条活路”的意思。贺蕊心静下来，想想也对，怎样对抗日有利，怎样对革命有利，就怎么干。

## 第二十一章

### 96

第二天贺蕊便出发了。

山本不由地喜出望外，他认为贺蕊能给他带来有希望的消息。

“你说的‘求他们给我一条活路’到底是个什么意思？请你直截了当地说。”这最后一句话，他用了一个“请”字，显得情绪十分宽松。

“请千万不要笑我。”山本也用了个“请”，显得他的心境也很从容，又说，“我说的活路和活命不是一个意思。我对活命、死亡并不十分在意。而活路就宽泛得多。因为我是侵略者的走卒，做了很多伤害支那民族的事，我该死，我死有余辜。天不饶我，地不饶我，我的先祖不会饶我。我即使死了，心并没得到解脱。我要有一个忏悔的机会。我的父母是信奉佛教的，我想皈依佛门，天天忏悔。我要在中国出家。”

贺蕊听了，心内五味俱涌，原来是这样的“活路”啊。这是最正儿八经的活路。这是个很有心机的日本鬼子，直到如今，还能说得头头是道。

“你有具体的去处了吗？”贺蕊郑重地问。

“早有了。”他早有准备了，是有心人，“我来中国之前，我就知道这场战争，日本必败，你琢磨琢磨，对一切事我都是马虎应付，我从来没认真过。我是个厌战主义者，是个失败主义者。就因为有人钳制我，我做了一个地地道道的走卒。具体指挥我的是范一生。一切上级的重要指示，差不多都由他发布。”

“范一生”，山本征太郎不由自主地又提起范一生。范一生是个根深根长的人物。

贺蕊记下了这个名字，又问：“你的目的地是什么地方，请告诉我，以便上级研究。”

“五道岗附近有个山神庙，在山神庙东北有个仙瀛大寺，我到那里拜行过好多次香火了，我在那里也表叙过忏悔之意。”

贺蕊将这一切汇报给李勉、沈云和武委会。大家对山本的“求他们给我一条活路”，很觉特别，又有意思。所谓“特别”是他想摆脱罪恶的泥潭，带着一身的污浊，转入佛门，依托佛而清洗干净过去。所谓“有意思”，他太童真，这样的好事，天下能有多少？一个敌营的中级人物，能够这样活动脑筋，也真够恬不知耻了。不管如何，他这样提出来了，就得给予答复。

贺蕊从一开始汇报，到后来的讨论，一直气冲心田，想想过去，她要亲手将山本干掉，只是没有合适的时机和条件，当然牛虎、石景汉等也恼怒万分。沉下心来，他们想，这是厚脸皮的笑话，真是狡猾的日本狗子。他是怕死的，活路，他想的活路比天皇与东条英机聪明十分、百分。贺蕊看大家犹豫不决，愤愤地说：“我的意思将其干掉。”

沉默好一阵子，沈云说：“我谈谈看法，山本是狡猾的，诡计多端的，他的罪行十恶不赦，应该处以绞刑。单就贺蕊的遭遇讲，他都是不可饶恕的。但从另一角度讲，那些都属于过去式了，过去的，那时他很年轻，忠于天皇又罪迷心窍，干出那些罪恶滔天的勾当。但那是过去式了，从大局考虑，他出家也是对日军的瓦解。再从根本上讲，人道主义的胸怀，也是抗日和革命不可缺少的。‘求他们给我一条活路’，这活路，就是人道主义。他放下枪，离开了法西斯的集团，对抗日和革命有利。贺蕊，你说呢？”他在话里两次强调了“过去式”。

在座的人，都是久经沙场，又深明大义，特别懂得人道主义的意思。牛虎等连连说有道理。贺蕊似乎也明白了。贺蕊又赘上一句：“听听李勉同志的意见。”

李勉笑了，笑得很天真。

“这是沈云同志的意见，真的跟我商量过，应该说，这是我们的宽容大度，只有革命党人革命队伍才会有这种精神。”李勉深沉地说。

择日，山本带上黄金二十两、白银十锭来到仙瀛大寺。这是早已疏通安排好的。老方丈率五个小和尚出大门欢迎。一共六个人，全出来了，兵荒马乱的，有的寺庙有很多的出家人，在这金牛县金牛山腹地的庙，僧人并不多，因为这里从古代就对这种人瞧不起，而且编了很多可笑的笑话，有些不堪入耳的。

献上金银，老方丈很高兴。

行了宗教仪式，剃度为僧。当午便以粗粮和山果供食，清洗他油腻的肠子。

从此除了早晚念经外，山本白天也种点小地，修理山林，捡拾枯枝为庙内烧火之用。

## 97

省城侵略军总部很快知道这个情况，立即召回潜伏在棋盘岭附近的范一生回马蹄港挂帅，又将总部副参谋长樱花水原子派往马蹄港与范一生共襄各种事宜。

其实马蹄港的鬼子兵不过五十多人，从山本寻找“活路”之后，鬼子们人心惶惶，知道大势已去，也都想有个活路，不过他们没有山本那份聪明，只能受着身体和心灵的挤压，活受罪，在死路一条跟前，做一个驯服的走卒吧。

范一生归来与樱花水原子会面。两人闲话少说，直接商量如何干掉山本，以巩固军心。

恰好此刻，有山本的一个亲兵偷偷出逃，被樱花水原子捉回。问：“你往哪儿逃?”

“我准备去找山本征太郎，也要出家。”

山本的出家给他一个很大的刺激和希望。

“你当初为什么不跟他一起走?”范一生问。

“山本太保密，根本没跟我提起过此等事，再说他的条件比我好。”日本逃兵这样说，“条件”不知指什么，也许指的是那二十两黄金和十锭白银。

“你可知道山本的行为是背叛天皇的行为，适当的时间，我们要处置他。你今天又要学他背叛天皇，就得先处置你了。”樱花水原子一拍战刀，如同狼嚎般地叫。

"不是我背叛了天皇，而是天皇背叛了日本人民，将日本拖进战争的泥淖。如今大东亚共荣圈没有建成，连日本群岛也岌岌可危。日本群岛要沉没在太平洋里了。我作为日本青年而感到可耻和可怜。"逃兵流泪了，他的认识是在国内形成的，他是大学一年级生，是学政治经济的，在日本兵源不足的情况下，他被逼入伍。那时他就不是一个愚忠于天皇的学生，到了中国，亲眼看到日本兵及贺国栋贺家栋二鬼子的倒行逆施，早已身在中国心在日本了。再加上最近《胜利在望》报的宣传，使他的心里那块"日本必败"的铭文碑，越压越沉，喘不过气来，近乎窒息。

他穿着日本兵服，刚出马蹄港，在小沟里换下日本装，换上中国老百姓的服装时，被樱花水原子和范一生派去的跟踪者捕获，并被押往了宪兵总部。

一来二去，喊里咔嚓。樱花水原子和范一生是看得见或看不见的刽子手，这一次更不手软，当即将日本青年带到沙滩上，身绑大石，沉在水里，喂了鱼鳖、虾蟹。冤死的日本青年。

樱花水原子和范一生恨的是主犯山本。他们决定将刺杀山本。

他们派了两个刺客，潜伏在仙瀛大寺周围，准备夜间动手。那天老方丈和四个和尚已经仙卧就寝。而山本精力充沛，或者说他的内心负担过重，不想入睡，跪在墩子上朗读：

> "尔时佛告地藏菩萨。一切众生未解脱者，性识无定，恶习结业，善习结果。为善为恶，逐境而生。轮转五道，暂无休息，动经尘劫，迷惑障难。如鱼游网。将是长流，脱入暂出，又复遭网。以是等辈，吾当忧念。汝既毕是往愿，累劫重誓，广度罪辈。吾复何虑……"

刺客破门而入。一把大砍刀从山本的背后砍去，正所谓"大刀向鬼子们的头上砍去"，而此时的砍人者正是他们自家人。正此时也，一颗子弹射中持刀人的手腕，刀落地下，当啷一声，持刀人顿时鲜血横流，两个刺客看事不妙，仓皇退走。而山本听此情境，看此情境，不觉晕倒在地，可见他心灵脆弱已到何等程度。

这一颗子弹来自何处？原来，从山本出家后，牛虎武工队就多了另一任务，监视山本的新动向，他们以为敌人的本性不会变，他的出家是另有企图。眼下看到有人行刺，他们也有“保护”他的责任，留个活口，绝不能让某些政客或者军客杀人灭口。

这一颗子弹就是这样射出的。

## 98

战争形势，对日本侵略军越来越不妙了。金牛县金牛山区的诸多据点，同样也似风烛残年。省侵略军总部为了撤退逃离有一通道，并没忽视贺家楼到马蹄港一线，派二百鬼子及两千治安军加强这一线路，其中又添了一个据点，名起凤圈，也叫起凤头，这起凤头与马蹄港相距20里，与马蹄港有依存之势。起凤头是个古战场，海上有小码头，停靠百吨二百吨船舰是没有问题的，而两边是悬崖，形成天然屏障。有暗堡、有战壕、有地道，是屯兵扼守门户的好地方。

这次侵略军总部指示，一切方面只是固守，不许出击进攻。

对于侵略军这一新的部署，金牛山八路军抗日司令部思想最为敏感，行动最为敏捷，武装抗日委员会高青立即带领牛虎武工队及若干战士，赶往起凤圈，潜伏在周围，查看形势，搜集情报。

棋盘岭的国民党军司令部及金牛县杨振方部、渔姑口杨峻莲部都分别派去小部队注视起凤圈的动向。

范一生完全脱下行医的伪装。他是死心塌地的走狗。说“走狗”并不确切，其实准确地说他是华籍日本人，汉奸走狗的掌门人。他的家乡在中国东南部沿海地区，该地区买卖人口很多，多有在朝鲜和日本经商者。他家多子女，小学毕业就跟邻居到了日本。先当小伙计，后来日本老板看他勤奋有出息，老板又无子女，便收他为义子，供他上学，上完中学上大学，日语也通通的。当他从东京帝国大学政治系毕业的时候，奴化教育和效忠天皇的教育，让他根深蒂固，成了一个日本人。他和日本女孩结了婚，对象是同班同学樱花山原子，即樱花水原子的姐姐。当日本帝国贪欲无穷，想吞并半个世界的时候，便得扩大征召范围。范一生和妻子的妹妹樱花水原子，主动应征，在日本青年中也是佼佼者。

来到中国都干的是特工人员。樱花水原子在省日军总部，范一生则到边远处，窥探动静，打听消息，指挥一切。范一生是他的假名，他的假名很多，也许这是特工的共同之处。

过去，范一生神出鬼没，以医生世家的幌子，偶尔为人治病，名传周围，于是显得处处都有他的影子，三教九流跟他都有联系，当然也包括山本与贺家栋、贺国栋之流。

如今他已正式登场为敌伪军头领之一。各派政治军事力量，当然要从他这里试刀了。

牛虎武工队的同志们想起了年前给范一生撒的帖子，当时把他当成山本征太郎的幕僚，帖子上用词规劝话多。写道：

一生一生
满身血腥
与敌为奸
坑害百姓
幕后策划
又毒又凶
奉劝一生
放点聪明
留条后路
保只狗命
如若不信
棺材备用

再次散发帖子进行揭发，不过词句稍改，将“与敌为奸，坑害百姓，幕后策划，又毒又凶”改成“本是鬼子，十足元凶，上台指挥，真相大明”。帖子撒到各处，范一生再不敢随意活动，医生的外衣也脱得干净。对樱花水原子，因为情况还不十分明白，尚未发什么帖子。

《胜利在望》报很快转载了这份帖子。

## 99

白仑的国民党军队伍从驻扎进棋盘岭，一直不断地招兵买马，但并没有任何行动、作为、攻势，仿佛是死水一潭无波无浪。当初上峰指示他来担当专员兼司令，一个重要之点，就是有意让他枕戈待旦，等候良机收拾日伪败局。

如今看敌伪部署新的防线，很明白是一条败退之路。白仑及其主要将领都有意来一次试探性进攻。

这一天正好是在农历七月初七，农村把七月七看成是大节，蒸包子、包饺子、卡巧果、摆果碟，如同中秋节一样。

白仑早派手下与杨振方部及杨峻莲部联系，决定在渔姑口于七月七这天夜间，商量对敌伪发动一次进攻。

晚八时许，在杨峻莲住宿的教堂北侧小会议室里，几方面坐定。参谋长宣布今天的议题，是进攻马蹄港，活捉樱花水原子及范一生。布置完了议题，白仑率黎伯山及一干人等进入会场，在场的起立致敬，白仑双手一按，示意大家坐下。

白仑拉开了苏北口音的话匣子。

这立即引起杨峻莲的忐忑不安，愣怔异常，从举止、从谈吐，这分明不是别人，是她辅仁大学的同学，是一同参军并结为夫妻的他。战争无常态，时无常态，地无常态，后来他调往滇缅一线执行任务。后来的消息是他已牺牲了。那些日子杨峻莲痛哭万分，不知如何是好。后来情绪低落，要求回归故里，跟哥哥杨振方一起干。

白仑也看见了她的异常，也想起了旧事。人生真有巧安排，在七月七之夜，让他们相会。但他是久经考验的长官，喜怒哀乐之际能不失常态。

会议匆匆结束，白仑留下了杨峻莲，说再筹措一个周密的计划。

“白仑司令员。你还……”杨峻莲哽咽地喊，下面的“活着”尚未吐口。

“峻莲，峻莲，我一直没打听到你的消息，这些年你可好啊。你辛苦了。”他的话是和峻莲的意思相近的话同时开口的，充满了思念之情。

他们闲庭信步一般走进了峻莲的卧室。

夫妻重逢是很随便的，同时，一种复杂的情感也像火山一样爆裂。

他们紧紧抱在一起，要将这失散几年的日子抱成压缩饼干。好一阵子，好几个部位都湿乎乎的了。

“怎么，还没有吗？”峻莲终于开口了，她最关心这事了。

“一直等你的消息。当然，在我周围也有不少女孩，但谈得来的没有。我觉得她们都赶不上你，所以把事情耽误了一阵子，加上战争，常常不由人。”

峻莲是个怀念旧情的人，听了心如刀扎。回顾前半生，大多是光亮透明的，可以说得过去。只有一次是无法交代的，就是与黎伯山在草堆里混了一夜，有汤有水的一夜。那太任性了，鬼使神差似的，说是同爱艺术，也就驾驭不了自己了。何况那时她知道白仑已大去，不在人世了。在大千世界中，遇到个知音，实在太难了。而当时黎伯山的诗才和绘画是她所佩服的。幸亏，幸亏他不是敌人，而是个追求自由的自由职业者。不过，在这种情况下，能不能算作不忠于白仑呢。她沉吟着，有些羞涩，有些难以捉摸上帝的安排。她轻轻地叹了一口气说：“人生真奇怪。为什么你没给我消息，让人生改写了。”

白仑终归没理解她话的含义，那是自然地。因为他不知道她与黎伯山的那一出戏。

“现在，老天巧安排，让我们重逢，恢复过去的夫妻生活不是正好吗？”

杨峻莲两行泪已经流到了腮边，吞吐地说：“别谈夫妻了，那缘分已经结束了，一切都冷了，都过时了，时过境迁了，地过境迁了，今后我们是上下级，我要服从你的命令。抗日救国，实现我们学生时代的抱负。”

“我实在糊涂，你现在是独身，我也是，没有任何障碍，怎么不可以了？”白仑不解地跟问。

“你不要再问了。我已经想好了。我已经给你想好了一个人。她文化低一些，年龄小，但性格温存，能做你的妻子，她比我好得多，一介绍准成，双方准能都满意。她将来会给你生个大胖小子的。”

## 100

按照农历七月七商谈决议，分兵几路，由白仑部攻打马蹄港，杨峻莲部攻打五道岗，高青、牛虎部攻打贺家楼。

这天是农历七月十五，俗称鬼节。

散乱的枪声、小炮声，也夹杂着大量的鞭炮声。五道岗、贺家楼都算是佯攻情势，不是全方位的，各方皆有伤亡，因为不是决战时刻，也有意不予攻下。

但说白仑部攻打马蹄港一节。

白仑部参谋长纪永晨率一个团的兵力，由南、西、北包围了马蹄港，白仑率一个营的兵力，乘两艘小艇及十艘帆船由东方逼近。

早有探子报知樱花水原子和范一生。

水原子和范一生虽是经过大世面的人，表面十分沉静，但此刻也慌在心里。水原子建议由范一生坐镇中军，自己带女子护兵及一个营兵力走上围墙。看外面树林中，道路的屏障处，小桥边、石山旁，有散兵个体，有阵势有行动地匍匐。

双方进行了较量。

此前研究时，白仑认为，其一，可以攻占马蹄港；其二，即使打不下，也得抓住一两个头脑人物。

参谋长纪永晨做一次正面进攻，只因围子牢固，又有地道暗堡，难以攻进。只落得亡故一个弟兄，伤两个弟兄。续攻四次，都没能攻进。

此刻马蹄港中军范一生得到情报，不禁喜在心中。他正看送来的《胜利在望》报，里面间或露出国民党军对马蹄港的兴趣。其中一首打油诗，颇耐人琢磨。诗曰：

马蹄港湾像马蹄
马蹄踩进大海里
天造地化神仙居

哪容鬼子占宝地

范一生儿是畜生
甘为鬼子卖力气
扒开你皮看一看
肚子里外臭兮兮

这是指名道姓地骂他了，他知道自己是主要的攻击目标。

静一阵子，探子来报：东海边有舰艇和帆船扑来，船上张扬着“胜利在望”旗。

范一生带着副官长及一营兵力，急忙赶往海边瞭望，瞭望哨里没有战斗经验的兵卒慌了手脚，不知如何是好。

“交出范一生，不杀其他人。”单打一的交代。

“范一生，快投降!”这是命令式。

“晚降不如早降，早降早回家。看你老父和老妈。”这带感情色彩了。

口号四起，一股厮杀在即的形势。

马蹄港副官长名叫卜二丁，名字怪，当初前辈老师起名时，就要求笔画少，这样好写好记。他是职业特工，曲里拐弯，打进敌伪阵营，为国民党军窃取情报。平常无大显露。眼下是关键时刻，他要当机立断，把想法跟两个马弁说明了。这马弁长时间来往，已被卜二丁策反，成为职业特工的助手，平常日毕恭毕敬，不露声色，小小的风吹草动，都视如小小风雨，不理不睬，一切听卜二丁指挥。

两个马弁，趁一生不防，下了他的手枪，立即用绳子绑了。撕下范一生一个白衬衣袖子，用竹竿挑起来算是投降旗，然后走下瞭望哨，顺着暗道、战壕，走出防御工事。正好舰艇官兵已来到跟前，看张扬的白帆，又看到卜二丁在胸前划着“十”字，这是预先约定的暗号，一拥而上，将范一生推上舰艇。卜二丁及两个马弁也上舰艇，匆忙开航驶向棋盘岭。

这段运作，真是我中有你，你中有我。也即敌中有我，我中有敌。这对于对垒的两个阵营，乃千古必然之事也。

卜二丁带两个马弁及其他护从将范一生押进舰艇小间。

白仑在舰头睄了范一生一眼，此人是半敌伪服装半中国服装，是一个老者打扮，有胡须有拐杖，不知怎样化装成这个样子。白仑并没看清他的真面目。

开初，卜二丁们也没将他的假胡子捋下，手杖也没夺下扔了。直到小间里才想起这一切，还了他的真面目。

这次出战主要目的是逮捕范一生，他是关键人物，逮住他即是打蛇七寸，便是很大胜利。参谋长纪永晨圆满地完成了战斗任务。

舰艇一直开回棋盘岭基地，十只大帆船也陆续返回。

五道岗，杨峻莲也有收获，撤退渔姑口。高青与牛虎在贺家楼也有收获，立即化整为零，融入农村各关系户。

## 101

到了棋盘岭，范一生被押在一个比较宽亮的房间里，不像监狱，不像看守所，明摆着是一间会客室。他是秃子头上的虱子明摆着，各方面都是明确的。不用吓唬、不用利诱、不用色迷，何况他是条只吃味不吞钩的鱼。不，说是吃味也不确切，他是一条不吃味也不吞钩的鱼。他是日本特工中的“上乘”特工。

第二天，他就适应了这环境，心情也平静了。他跟看守人要小提琴，要口琴，要笔墨纸砚，他又要在这里过过儒雅的生活。

白仑确实宽宏大量，不失大将风范，一切照办。即使对敌人也要施展人性、人情和人道主义。只是笔墨纸砚好说，而小提琴却没在戎马生活中带着。白仑是会拉小提琴的，更会吹口琴。口琴带在身边，这是纪念品，偶尔吹吹，也抒发着怀念。这是女友后来成为妻子的杨峻莲送给他的。在口琴一端还镌刻着几个字：

星人　存　莲敬

白仑仗义，决定将这口琴送上敷衍。

提起这口琴及这镌刻的字，就得再一次提起一些往事了。

原来，白仑弟兄三人，大哥谢星天，二哥谢星地，他是老三，名谢星人。他们家庭属苏北名门，有地有房有钱有势，势是地房钱撑的，并没倚势欺人作恶乡里。家族重视教育，老大老三在国内上完了大学。而老二谢星地，从小就性格张扬，不甘寂寞，紧追形势，带着银两，跟别人到日本求学，娶了日本女生樱花山原子，加入日本籍，真正成为天皇的奴才。日本法西斯侵略中国后期，由于兵源奇缺，老二也应征入伍，带着特工任务来到金牛山地区，成为省级日本首领的顾问，而且成了山本征太郎的监督者。

在“客厅”里，开始，他先写字，写条幅。

床前明月光，
疑是地上霜。
举头望明月，
低头思故乡。（李白《夜思》）

千山鸟飞绝，
万径人踪灭。
孤舟蓑笠翁，
独钓寒江雪。（柳宗元《江雪》）

少小离家老大回，
乡音无改鬓毛衰。
儿童相见不相识，
笑问客从何处来。（贺知章《回乡偶书》）

字写得流畅却没有筋骨，仁者见仁，智者见智，这是纪永晨参谋长的认识，也从他写的唐诗中看到了他孤独的心态和思乡的情怀。但他孤独的是什么，所思的故乡在何处。这是纪永晨不明白的。

纪永晨还听到晨夕之间，范一生用那只旧口琴吹的乱七八糟的曲子，间而停吹，又吟唱起来：

春江潮水连海平，海上明月共潮生。
滟滟随波千万里，何处春江无月明。
江流宛转绕芳甸，月照花林皆似霰。
空里流霜不觉飞，汀上白沙看不见。
江天一色无纤尘，皎皎空中孤月轮。
江畔何人初见月？江月何年初照人？
人生代代无穷已，江月年年只相似。
不知江月照何人，但见长江送流水。
白云一片去悠悠，青枫浦上不胜愁。
谁家今夜扁舟子？何处相思明月楼？
可怜楼上月徘徊，应照离人妆镜台。
玉户帘中卷不去，捣衣砧上拂还来。
此时相望不相闻，愿逐月华流照君。
鸿雁长飞光不度，鱼龙潜跃水成文。
昨夜闲潭梦落花，可怜春半不还家。
江水流春去欲尽，江潭落月复西斜。
斜月沉沉藏海雾，碣石潇湘无限路。
不知乘月几人归，落月摇情满江树。

纪永晨极有古代文学根底，他一听便知这是唐代诗人张若虚的《春江花月夜》。这篇作品是描写春江花月景色，述民间离别相思之苦的，表现了大自然和人生对照而产生的感慨。

纪永晨心里有点好笑，你，范一生，怎能跟张若虚相比，张若虚没有对那个时代变节，而你却做了民族的叛徒。总之时空都不对了，你只落在愁缸里腌着吧。

纪永晨是有才华的人，曾在清华就读，听过王国维的课，国学有点根底。

那是大学时代。后来他投笔从戎，几年战场，无法录表。

范一生不时地吹着那只破旧的口琴，想减少孤独和苦闷的情绪。把玩久了，忽觉这口琴是件“文物”。此间他全方位地看这口琴，在不显眼处发现了几乎磨光了的几个字，仔细看看，“星人　存　莲敬”，看得分明。啊，天大的奇物，“星人”是自己的亲弟弟，已经十几年不见的弟弟，自己是谢星地，大哥是谢星天。

也许会是重名，人间重名者很多。关键处又在于没有姓。没有姓更有重名的可能。

他开始打听这叫“星人”的人是谁，看守人不知道，送饭的不知道，当纪永晨跟他谈话时，他顺便问了问这“星人”是谁，纪永晨也说不知道。纪永晨是真不知道。即使真知道又能跟他说什么？只说叫他反省、认罪。纪永晨对这头面人物是合乎分寸的，实在是审讯他，却说是谈话，真不失大将风范。

纪永晨将情况汇报给白仑，白仑认为这人奇怪，是有点才气，不用说家传甚殷，也有过高的文化素养。彻底的日本打扮，又是完全的中国通。他很想亲自审讯一次，但又认为不可，对这样的敌人，何必暴露自己，让敌人摸去虚实。罢罢，以后待时机而定，先窥测一次。

## 101

打从范一生被俘，樱花水原子实在坐不住了，走里走外，如同丧家之犬。这因为范一生是她的同僚，是来“大东亚共荣圈”共存共荣的，他去了，军中便失掉了一个膀臂；更因为他阅历深，多谋多策，是智多星式的人物，失掉他，军队失掉了一个主心骨。再一方面，可以说是重要方面，也可以说是主要方面，他是姐姐樱花山原子的丈夫，是自己的姐夫，姐姐在国内，联系较少。他们在一起，耳鬓厮磨，很快成了亲密的恋人，她已投身在他的怀抱，已经睡在一起了。不用说，失掉他，就等于失掉感情的寄托，而此也许是更为痛苦的。

樱花水原子决定抢救范一生。她向棋盘岭派出了各种特工人员。

牛虎武工队更加活跃，得知了樱桃水原子的本意。有一次将樱花水原子的一个特工挟持到大平饭店，大平爷忙活了几个菜，上了酒，牛虎也亮出了身份。

“对君子，不说假话，我是牛虎，你可能闻听过这名字。”牛虎笑着说。

“牛虎大仙，久闻大名，如雷贯耳，但不识君面，今日拜见，不胜荣幸，这是可遇而不可求的事情。你是神仙下凡，要想达到什么目的，就可达到什么目的。你叫我死，我活不了。但是我想长官叫我来，不是叫我死，而是叫我做点事。”特工，虽然是“工字出头”土玩意儿，也会文绉绉地说些社交场合上的话。

“日本鬼子已经快完蛋了，快为人民做点事情，给自己有个立功赎罪的业迹，将来也好有个方便。如今事不难做，你告诉樱花水原子，说范一生就关在棋盘岭卧虎村的地下室里，可以轻取、可以智取。可以劝樱花水原子亲自带人去取，以表对一生的钟情。告诉她你们绝对保证她的安全，第一站可到鱼池店小学校埋伏。”牛虎对那特工说得很详细。

特工不断点头，酒菜下肚，显得十分快乐，神不知鬼不觉地返回了马蹄港。

樱花水原子看这特工兴高采烈地回来，忙问：“怎么样，有收获吗?”

“真巧了，真有收获，原来范长官被押在鱼池店小房子里。”牛虎的话，被他说了个丢三落四。这个特工口头甜咧、手脚利索，樱花水原子早看好他了，对他的话很是信任。犒赏他几句，又送些银两，让他到下间喝酒休息。

樱花水原子思考了一阵，决定快速行动，抢救范一生。范一生原是她的姐夫，如今已是她如胶似漆的情人，为了表现她的挚爱，她需亲自出马前往营救，采取的是突袭的战术。

傍晚时分，樱花水原子率领一个排的兵力，坐着军车，开往鱼池店不远的地方，悄悄下了车，慢慢向鱼池店小房子摸去。

武工队员，每人都成了战时的心理学家，牛虎猜樱花水原子会立马追来，前来抢救，所以早早部署同志们在此“迎候”了。

牛虎看到有几个人影前行，开了一枪，是惊魂枪，故樱花水原子无处还击，更前面的几个伪军早吓得落荒而逃。牛虎等从树岚子里蹿出，轻轻将她们绑了，绑的是三个瘦小的“母鸡”。

那几个慌神的伪军，跑回去和那些二鬼子一说情况，都急忙跳上了车开回马蹄港，向有关长官表述了这一切。大家各在琢磨。二鬼子的心都散了。

牛虎武工队立即将这三个敌伪“母鸡”押往金牛山根据地。

一路上，先让她们跟走。这些人平日养尊处优，走了一夜，唉声叹气，说不行了。天亮时，武工队弄来三辆自行车载着她们，她们看这满山满野的花草、树木、庄稼，很是新鲜，心里都有很多感触。

到了驻地，略微休息，进食。牛虎等就开始审讯她们了。

当她们知道眼前这个八路军战士就是牛虎时，吓得满身筛糠，可见威武之名多有力量。

“你们对中国挑起战争，进行侵略，烧杀抢掠奸，对吗？合乎‘王道乐土’的宗旨吗？”牛虎直截了当地问。

“我从小就觉得不对，不过在那个大染缸里，想干净做人，行吗？谁敢不效忠天皇，谁就灾难重重，没完没了的灾难。我被绑在这帝国主义、法西斯主义的战车上，下来都难。我很庆幸是你们八路军逮住了我，我可以当一名清净的鬼子，终于离开了那个大染缸了。当然，我并不是清白的……”说到这清白时，她挤出一滴泪。

“在中国有个日本的反战联盟组织，你可听说过？”牛虎关心地问。

“听说过，但无缘投奔。”

早时一个日本胡子兵，在前线被俘虏了，乖乖投降，认罪服罪。经过反战联盟的同意，吸收为盟员，于前几日派来金牛山区开展工作。

“我是反战联盟的成员，知道你樱花水原子对日本法西斯有认识，并有进入反战联盟的意愿，我特来跟你交谈交谈。”日本胡子兵看到憔悴十分的樱花水原子，开门见山地说。

一来一往，一阵子交谈，给了樱花水原子一线希望。她立刻填表。办完了手续，跟胡子兵走了。在路上，胡子兵从挎包里掏出两份《胜利在望》报给她看。

# 第二十二章

## 102

1945 年 5 月 1 日，苏军攻克柏林，8 日，德国签署了无条件投降书，欧洲反法西斯战争胜利结束。

在中国土地上，对日本军国主义的战争，也日日宣告胜利的消息。在华仅剩日军五十八万余和伪军八十万余，多半龟缩在许多城市中和交通要道上。作战时，他们经常采用的是突袭的办法。想来他们在跟中国军队的游击战中学了几招。当然，秋后的蚂蚱、兔子的尾巴，长不了，以此概括描述当下日本鬼子的情状是再形象再准确不过的了。

参谋长纪永晨负责对范一生的审讯，整个过程，不是以体罚处置，而多的是人性、人道的关怀。按他的要求，处处予以满足，知道他愿了解国际情况，所以能得到的资讯材料，必送给他看，内中最多的是《胜利在望》报。不用说，世界反法西斯战争形势他是清楚的。

听说樱花水原子为了救他中了计，被牛虎武工队俘虏。他日夜思想着樱花。他与樱花被俘，是两个部队施行的，又无法要求见见面。樱花是他的妻妹而实际已是他的妻子。他厚着脸皮向纪永晨提出要与樱花见面的要求。他的脸皮够厚的，人快死了，还没忘这段情。这情难以理解，也不难理解。

白仑司令跟李勉司令联系此事。

牛虎武工队隔日将樱花水原子“保驾”送来了。如今樱花已是反战联盟的成员，是八路军的统战对象，大家对她礼貌有加。送来，保驾，就是保护她的安全。

给他们一个自由自在的时空，让他们“谈情说爱”吧。其实他们无情，也无爱了，只有悲哀是现实的。

“我已经加入反战联盟，是晚了一点，但早并没寻到，我从中学时起，就反对日本人侵略中国。我是个和平主义者。经营自己的土地就行了，何必外出侵略，‘大东亚共荣圈’是个什么东西，是帝国主义的美丽外套。”樱花水原子思想发展得这样快，这出乎范一生的意料。他原以为她是坚定的特工，对天皇绝无二心。如今看来她是被裹挟而来的盲目的冲锋者。她往日的言谈举止是不得已而为之，不过是随波逐流而已。这是真正意义的随波逐流。

“你的转变是快的，是太快了。而我可无路可走，想走已晚了，我是真正的走狗，属于‘屁狗死乡洼碱’的那种。”他最后一句是从童年听到的那种最不值钱的狗屁语，拿到这里挖苦自己了，比自嘲厉害沉重得多。

但樱花水原子并不明白这土得掉渣的话。她劝说：“你不也可参加反战联盟吗？可以反省罪行，立功赎罪。”

“不行啊，我有罪，有大罪，我的双手占满中国人的鲜血，许多烧杀抢掠的军事行动都跟我有关。比如五道岗战役、山神庙战役……比如捕拿武委会主任沈云，而今他已是八路军地区副司令了。我涉及的面太多，难逃惩罚、惩处。说句实话，死有余辜……”说到最后，他已经给自己定罪了。

“战争，这是战争之罪。所谓‘战祸’即是如此。”

“我对不起爹娘，对不起你的姐姐樱花山原子，她是我的最爱，我对不起你，也对不起我自己，也对不起我的前辈和祖辈，也对不起我的哥哥和弟弟。”他只有沉吟，没有哭泣，他是一个钢铁的人，自然有一副钢铁的心。

樱花水原子听了，情绪十分复杂。她想，人生啊，就是这样曲折、复杂而多变化，大部分的过程都不可预测，不可知。而主要是大方向，大方向错了，就从根上错了，根上有病毒，就会全部腐烂。她想多劝劝范一生，扯里扯里，打算在此再过一夜。

“你回去吧，我对任何都不感兴趣了，各人走各人的路，请自珍重吧。我只要求你一件事，如果有一天，你能见到樱花山原子，你把我的这首诗转给她留念吧。”说罢他用笔抄出这首诗，诗名《无题》：

日光月光
谁也拦不住它的匆忙
山光水光
谁也握不住它的模样
我有许多幻想
谁也网不住它无影无踪的渺茫
只有我两片手掌
终成为镣铐的飞桨

樱花水原子看了一遍，半懂不懂，折放在内衣口袋里，鞠躬行礼，哭着，转身走开了。

## 103

白仑听了纪永晨的几次报告。越来越感到范一生是个兴趣中人，这兴趣是从若干言谈举止中来，奇而且怪，加在一起即奇怪，离奇也。特别纪永晨谈到范一生吹口琴后，打听“星人”是谁，这是谁的口琴，当事人在军中吗，还是这是俘获品，或者是朋友奉送之物……这问题让白仑十分奇怪。他为什么问这个？纪永晨也确实回答不了。因为这是白仑的真名，谢星人。谢星人弟兄三个，他是老三，老大名谢星天，老二名谢星地。老辈取意在三人名字尾：天地人。

白仑决定近距离地探视一下范一生。

在一个晴朗天气里，让范一生到学校小操场上放风。

白仑躲在隐蔽处。

一看两看三看，这是怎么了？白仑竟掉下了眼泪，眼前这范一生不是自己的二哥谢星地吗，肯定的，他是谢星地。他从中学后期就跟人到日本去了。开始有点联系，后来就断绝了音信，不断绝也不可能了，因为战争开始了。这怎么了？他竟成了敌人的走狗，完全彻底的走狗。

过后，白仑思来想去，想让大哥亲自看看，以免弄错了，造成许多扭曲。

又放风。白仑约好大哥白崑来看。白崑看后，说：“他是你二哥无疑。”

“这真是天意，二哥竟堕落到这般天地。”

他们商量，先由白崑见范一生。看后再决定下一步如何处理。

第二天夜里，就在小学校小办公室里，两人相见了。沃棣华给安排好一切。

桌面上有茶水，有本地产老黄酒，也有瓜果梨枣，像接待客人一样。

范一生一直没敢正面看白崑，自己是罪恶累累，是阶下囚，而阶下囚又多种多样，自己是带罪带恶之心的阶下囚，并不是光明正大的义者之类的阶下囚，自己是可耻的阶下囚，自然就矮了几分，恐怕是超矮三分。

“不能怪你，你一次没见我，但是你会知道此事，五道岗事件，你恐怕并不生疏，那次关了我很长时间，是冤案，也不是冤案，可惜你一次没亲自审我。”白崑唏唏哩哩地说了这些，他已经完全认识了眼前这个敌人，就是他的二弟谢星地。

范一生听这话声很熟悉，童年时是常听到过的，他猛地抬起了头，看清了眼前这人，就是自己的大哥谢星天。他号啕大哭，拍胸顿足，一股羞愧之情流转全身。不过他终归是日本有经验的特工，很快收拾了泪水。一副笑意涌上最显眼的部位。他说：“经过近四十年的岁月，我越来越相信缘分了。天缘、地缘、人缘，处处存在，做大事者，成就大事者，得天缘、地缘，我还没有适当的句子来概括，而人缘倒是现成的。当然人缘有多种，其中一种，就可以用目前的情况来说明，比如你是我的哥哥，我们本来应该是一个阵营的，而我却归在敌对阵营里，成为对抗的两方。你可以杀了我，为家传洗耻，为国家洗耻；如果你不顾一切地大发善心，给我一条生命，让我活到终生，寿终正寝，那便宜了我，你则失掉了原则，忘记了人生的尊贵……”说到此，范一生没再说下去。他很会分析，但始终是不卑不亢，大和民族的劣根性，已经渗入他的骨血：倒驴不倒架。

“你是罪大恶极的，火烧飞云观，抢掠卧仙夼……杀死不少革命同志、抗日人士，罪恶难书，也更难赎了，谁也救不了你。”

“你可以大义灭亲。”范一生大嗓门地说。

白崑离开了小办公室，立刻和白仑会面，说了刚才的一切。其实白仑早通过通讯仪器，听了整个过程。大哥和三弟都是痛苦的。当然感到耻辱是最寒心的啊，人缘、兄弟情缘，都在民族大义之下，变得微不足道。

# 第二十三章

## 104

鬼子省本部司令龟田自达闻知马蹄港的樱花水原子和范一生都被国军和八路军擒捉，跺脚捶胸，按捺不住的心中的恐惧和悲哀，大叫“完了”“完了”“一切完了”。他概括的“完了”，十分确切。

他认为这“一线”十分重要。所以重要，他心里明白，一般人并不理解，只有军事家、战略战术家能够明白。

他亲自出马，带一个团的兵力，日夜兼程赶赴马蹄港坐镇，这样马蹄港有了主心骨。鬼子有忠诚于天皇的迷信，这迷信就是他们活该倒霉的信仰。二鬼子游手好闲，多半是些混饭吃的杂碎，挺一天算一天吧。

## 105

白仑司令闻知龟田自达的行动后，想利用他各方面还不是完全归整时，给他一个沉重的打击，而且是亲自出马。

于是他将意图传达到白崑，让他主持大营，又通知杨振方、杨峻莲加以配合，各想办法加以配合，又传信给友军李勉、沈云、牛虎等人，这是用兵的礼貌。

他汲取俘捉范一生那次的经验和教训，力求使这次行动取得最大的成果。

他把这次行动称为“捕鳖”行动，学习八路军的游击战术，将部队化整为零，分散前进。

攻击开始了。摸进敌营，抓了舌头，得知龟田自达并不在马蹄港，而在海里游弋的几条日本舰艇里。龟田自达驻扎在小舰艇里指挥。他轻易不上岸。这次行动，生擒敌酋的“捕鳖”行动最终落空。不巧，也是损失，白仑的右臂被流弹击伤，所幸，没有断臂的危险。回归棋盘岭后，由军医治疗。

杨峻莲亲唤沃棣华妹妹去侍候白仑养伤。

“沃棣华妹妹心地善良，现在派她来侍候你，你看如何。”峻莲对白仑说。

白仑一看，啊呀，这是老熟人，是鱼池店小学校长，过去是中专生，有过困难。上次外出，在小学校里还为她写过字“胜利在望”。心里不觉一阵热。

除了医生精心医疗，护士精心护理白仑的创伤外，最挂心他的就是沃棣华了。她说：“我到民间操持些土方，采集点山草山花山果给你做辅助性医疗，也许创伤能好得更快些。”

“不用啊，有医生治疗，已经够了，不是什么大伤，停些日子就好了。”

“不是越快越好，越早越好吗。”

“你不必过于操心。伤病就是这样的，不能急。”

“峻莲大姐指示过我，你是长官，即使不嘱咐我，我也会为此操心的。”沃棣华把声音放低下来，又说，“峻莲大姐说，你这长官忒好，有过不少功劳，又经历许多危险，是个受尊敬，让人佩服的英雄人物。她的意思是……”

“嗨，这也许是命运造成的。”白仑不住地唏嘘叹息。

沃棣华，不知道他的意思，更不知他的底细。只认为这是一般层面上的话。她又说：“峻莲大姐问过我几句话，我一直不明白。问我跟你见过几次面，交谈过几次，对你的印象如何，是个可以信赖依靠的人吗。一句话，她问我会爱你你会爱他吗。我真不知道说什么好。你是长官，我是个不起眼的小学校长，我只觉得你是英雄，我除了敬佩之外，不敢胡思乱想了。”

“你有胡思乱想的权力。”

沉默一阵子，沃棣华脸都红透了，说：“峻莲姐说，让我跟你一辈子，过一辈子。”

“哪，胡来，浑大洋，我怎敢毁掉你的青春。你还是个黄花闺女。你应该有一个好的前途，你应该有一个好的青年陪伴你。我是不配的。我于心不忍，你看我是个半大老头子了。”

“说别的没有办法分解，要说我对你的年龄是没有考虑的，我不考虑年龄，男当大，女当少，自古如此，我不嫌你老。”

白仑思前想后，记起了前此杨峻莲跟他说的话。那时他本想和杨峻莲恢复以前的关系。但峻莲说不可，那“不可”白仑并不知其内涵。只有她自己知道：他们虽有同学情谊，又“夫妻”了一些日子。由于离散，各人的思想和情趣都大变了。她如今虽仍是个女军人，不过平添了许多的儒雅，也许说平添儒雅并不确切，是她本性就有这方面的基因，只是因时代和机遇的阴差阳错，而转移了舵轮，驶向越来越远的今天，这是天缘、地缘、人缘。就各方面而论，她跟黎伯山更为贴近。也该喜爱艺术的黎伯山要经过此处，转上海，再去香港，半路在此被她的兵所逮。当他们见面时，各方面就十分异常，在谈诗论画中，在作诗作画中，诗、画把他们的距离拉近了。鬼迷心窍似的，神迷心窍似的，酒饭侍候，在深夜里，在乱草堆中，“鬼混”了长长的时间。谁说人间无缘分，谁说缘分是一种迷信。其实这不能说是迷信，人间多的是不可知数、不可测的事情，常数是有的，变数也是有的，在一种情况下，常数是必然的、合理的；在另一种情况下，变数又是必然的、合理的。他们“长长的鬼混”让他们得到天外来的幸福，真可谓天上掉下来个黎伯山，在黎伯山来讲，峻莲何尝不是似曾相识的林妹妹呢。

当然，这当中有曲折，当除夕之夜，牛虎武工队呐喊捉拿范一生的时候，她误认为他是范一生，逮起了他，后来知道他不是范一生，把他放生了，放他去学艺术，可不巧在棋盘岭又被白仑的部队逮住。经过种种，他竟成了抗日部队的一员，成为《胜利在望》报的执行主编。这段故事，不是颇为曲折吗？

如此这般，杨峻莲心中有愧疚，但这不是她应该负责的事情，因为白仑当时早已“阵亡”了，且与黎伯山，这是本来只有神鬼知道的事，可她还是痛苦地思考了很久。她决心介绍沃棣华陪伴白仑一辈子，这是有意思的，也特合乎情理。而这样成功了，她心里便平衡了，也踏实了。所以她在那次与白仑相会中，提出来这个想法。如今是水到渠成了。

她思前想后，决心一下，就不能再变了。峻莲是个十分果断的女性。

于是她跟白崑、杨振方等商量。又跟牛虎，通过牛虎跟李勉、沈云等友军领导层打了招呼。几日后在棋盘岭的机要地方，按照本地习俗为白仑和沃棣华举行了简单的婚礼。这是入乡随俗，也符合战时的特殊情况。

这天，沃棣华穿上花袄花裤花鞋，扶上一匹大马，从鱼池店向棋盘岭进发。身边有几个护从。一路上看热闹的人不少，都说小学校长嫁给了一个大官。

白仑也由黎伯山操办，赶制了一身礼袍。他在村头迎接了沃棣华，牵着她的手扶下马来。沃棣华透着羞涩的笑。淳厚质朴的心怀，绽露出来，水灵灵的露水般透明的村姑。

他们也拜了天地。

峻莲向沃棣华献了自采的一束山花。

也巧了，黎伯山向白仑也献了一束自采的山花。其实这是他们预先商量好的，而且是一块儿去采的。

也办了两桌酒席，极为简单明快。有战时意味，也不落俗套。大家喝了土酒和洋酒。这只是摆摆样子而已。里面没有一个够得上酒鬼的人。

白仑让人取出笔砚，又笔蘸饱墨，写出豪放的“胜利在望”四个大字。

杨峻莲赠诗一首《历史的误会》：

你的斥责（虽然你没斥责，你是沉默的，但沉默是另一种形式的斥责，它归根结底是斥责——峻莲自注）

是

一道景观

你的唾沫星子

是给我增加的
一顿美餐
我用舌头舔吃
那有滋有味的几点
你丰姿庄严的
脸色
是
一表宣言
我知道
此路通达幽径远
时耶、运耶、命耶
应悟出无悔无怨

时光已晚
把裤管挽到眼皮上
更高更远更强的蹿
几本美丽的扯淡（指写过的思念日记——峻莲自注）
天花乱坠地
编织着哀叹和缠绵
遮住憔悴的脸

黎伯山也赠了一首短诗，题目《新叶子》：

待春天的嫩芽
打出 T 形符号
就是老叶子
告一段落的时候
你会笑着飘走
新锃锃的接力棒

交给了清明的季节
一首新歌开始了
生命的绿色
展示守持相续的意义

这首短诗仿佛概括了杨峻莲和沃棣华的命运和现实，更多赞美了沃棣华的生命意义。

不久，这两首诗都在《胜利在望》报上发表了。为《胜利在望》报生色不少。一份战地报竟能如此活泼可亲，也是罕见的。

## 106

龟田自达来到马蹄港，除了部署防务以前，还有一个重要任务，是设法救出范一生，因为范一生是他的平级或者可以说是他的上级，又有其他的各种联系，可以说友情深深。

他发出一封信函，送给白仑的国军司令部，语气恳切地言道：愿以马蹄港换范一生。可见范一生对日军的重要性，对龟田自达的重要性。

白仑经过思量，不知这是否是龟田出的花招和阴谋。他决定指令白崑、杨振方、杨峻莲等有关人员和友军诸位领导来棋盘岭指挥部商量。分析情况，筹措对策。同时加强范一生被软禁处的布防。

讨论一阵，共同的认识是：马蹄港是一座空城，说空城不确切，不如说是一座死城，日本人搬不走，它永远是中国的土地；而范一生是个活物，何况他是个神秘的活物，在他身上有许多存在物，是谜，没有头绪解开的谜，可见他比马蹄港重要。这种交换不合情理，不妥，决定不干。大家认为马蹄港可换樱花水原子。樱花水原子秘密加入了反战联盟。她回到马蹄港也许对抗日战争有利。

白仑谈出自己的想法，用樱花水原子换马蹄港，龟田老贼肯定不会干，因为樱花不过是一般特工，换不着一座马蹄港。如果不换，认为不如将樱花白白送回。这也是好的。樱花水原子是一颗反战的种子，是反对日本军国主义、反对日本法西斯的种子，这颗种子在日本兵中，在伪顽军中发芽，也会产生一种力量。

大家都同意白仑的分析、判断。

就这样办吧。

不过樱花水原子在八路军手里。于是白仑派参谋长纪永晨再次跟八路军武委会主任兼武工队长牛虎（因为原主任高青已升进县委常委兼组织部部长，所以让牛虎武工队长兼武委会主任）联系。牛虎又跟李勉、沈云、高青等诸位首长做了汇报，请予决策。李勉等同意白仑的意见。

李勉等商量一下，将樱花水原子白送马蹄港，什么条件不要求，合适吗？龟田不是文盲，不是谋盲，他会分析出其中的奥妙。樱花水原子肯定会带来某种危险，或者危险的连锁物，或者更确切些说她本身就是一颗定时炸弹，需要加倍防范。

牛虎提出让甄羽凤和大平爷跟随樱花水原子前往马蹄港，一个是跑腿的，一个是做饭的，各方面都方便。实际上这两人是保护樱花水原子安全的，也是搜集情报的人。另外金牛山儿童团团长陈甲巍也跟了去，做樱花水原子真正跑腿的，名叫跟班，走到哪跟到哪。

提起陈甲巍，得从牛虎在杨家楼当羊倌时说起，那时跟他一起放羊的名叫陈孤老。称孤老是大家随便的简称，看他身前身后只有羊做伴，而生出若干的恻隐之意，称孤老是同情心也是怜悯意，其实他的老伴、儿子、儿媳妇原来都有的，只是小鬼子扫荡时将其儿媳妇奸污了，儿子去救，被枪杀，媳妇挣扎，被掐死，陈老汉的老伴，遇到此种事情心路更窄了，气憋身亡。陈老汉，身前只剩下一个小孙子。他眼泪流了好几天，也无可奈何。这样，杨家楼杨峻莲知道如此悲凄的情况，也收留陈甲巍放羊，算是有住的有吃的有穿的。后来又加上牛虎当成伴，日子马虎过去了。

陈甲巍因为天资聪颖，被杨家楼看中，先供他上小学，一年学了两年课程。小学毕业，又供他上了跟杨家有关的教会学校上完了初中。这都跟杨峻莲的善心有关系。这期间他多次跟牛虎见过面。这教会学校初中到头了，不能再升学了。在牛虎的引导下，他到金牛山解放区当了儿童团团长，那年他年龄十二岁，机灵透顶。他跟随樱花水原子左右，可以说再恰当不过了。

## 107

牛虎等将樱花水原子送到马蹄港后，龟田部下不要牛虎等靠前，他们要了一个收条就回去了。

龟田老贼打开卡子门迎接，总归他们共过事，也是上下级。她是为救范一生而被俘获的，而范一生是重量级人物。龟田曾扬言要以马蹄港换回范一生，可见范一生的重要。

进了接待室，龟田警惕性很高，预先对来的四人都做了安检，包括樱花水原子。樱花很以为辱，但也无可奈何。只说："龟田司令，对你最亲近的部下，也不信任了?"

"过去你是部下，如今，你已变成客人了，比客人更特殊的客人。"

樱花水原子没再说下去，她认为再说下去，就会成为辩论，最后会把"俘虏"两字抬出来，那时更为尴尬，更难以收拾。她一肚子苦水积在肚子里。

龟田看了大平爷，做饭的，是那个架势；又看甄羽凤，是侍候人的，乡下妇女打扮，也像那个架势；及至看到陈甲巍，便愣了愣神，他对这十二岁小孩子，产生了怀疑，忽然他迸出一句话："你的，团长的，儿童团长的干活……"他笑了，露出满口狗牙。

大平爷和甄羽凤是有点心慌，但是参加革命多年，心里有数，也能沉住气，外表是木讷的，装着不懂什么。

"什么团长，太君你把我说得忒小了，我是师长、军长、司令……"陈甲巍聪颖过人，一听这回答，便知。

这引起龟田的奸笑："什么司令，光杆司令。"可见龟田是想敲山震虎，让小孩措手不及，露出真山真水来。

"我是放羊的孩子，我是羊司令。"陈甲巍的回答，立刻放松了这儿的紧张气氛。

不过龟田老奸巨猾，最后没把他们安排进老营，而是放在外围的碉堡里。

## 108

龟田老贼知道山本征太郎在山神庙仙瀛大寺出家的事，恨之入骨，认为他辜负了天皇的信任，败坏了大和民族的声誉。当时失败了剖腹自杀，显得有骨气也体面，而今是出家的日本官长，实在是耻辱。他认为山本即使出家也洗刷不掉叛徒的罪名，他仍是一个叛徒。他决心要干掉山本，使他与家国永二。

龟田先礼后兵。派人送信，让山本来见龟田，叙谈叙谈。山本回答应该先问问佛祖的法旨如何。当晚他跪拜在佛祖面前，念念有词，然后求签问卜，得到的信息是外出下下。这外出下下，是签上有的，还是他自编的？不得而知。这卜意转弯告知了龟田。

山本也留了个心眼，找时间转弯地向牛虎做了汇报。牛虎得知此事，加强了对山本的保护措施。

龟田想山本会来见他，然后叙谈中，用慢性毒酒，让他走回山神庙后，睡后死去，干净利落，让人说山本是服毒自杀。这一招未成。

如今看山本不上钩，便只得派刺客前往。

月黑无风之夜，三个刺客摸入仙瀛大寺山门，顺侧道潜身入山本诵经的禅房。这是早时踩的点。这是访准了山本的生活起居而采取的行刺行动。

一长叶刀砍去，咔嚓一声倒下。

是草人俑，是高高的山条编的篓子上的草人俑，这肯定是跟诸葛亮先生的草船借箭学来的，倒下的是草人俑。

刺客呼道："上当了！"

三刺客转身要飞，几个旮旯里和佛像后拥出牛虎武工队众弟兄。刺刀卡在刺客的肩膀上，要想反抗，刺刀一滑就会进入他们的胸膛，他们反抗无用，立刻就俘，个个被绳索五花大绑捆了，押到下处，让赵雷审讯。

刺客们一一招来，不敢含糊。

牛虎等做了他们的思想工作，故意放回一个去告诉龟田，说只有龟田亲自来接，方可接回山本，并表示保证龟田的安全。这都是无根无据的话，龟田怕其中有诈，早晚没有敢来接，最终没有来接。



## 109

《胜利在望》报编辑兼记者的黎伯山经常以采访为名出入渔姑口，下榻在要塞内部，住处与杨峻莲相近甚至相通，谈得热活时，杨峻莲便留他住进密室，彻底长谈。

人间事如此之怪，就是那次黎伯山被逮，两人便接上了“火”。谈诗谈画，艺术将他们联系到一起，说话投契，非常有缘，而且那一夜在草堆里热闹了好一阵子。当听到牛虎武工队要捉拿范一生时，她误以为黎柏山是范一生了，将他拘禁起来，弄到归底，原来是一场误会。他是要到外地深造艺术的。她本来爱才，出于好心放飞了他。没想到在棋盘岭又被逮。黎伯山又得到了机遇，就任了《胜利在望》报的编辑，他的才华得以显露。这可以说，就事业讲，他是站在抗日力量的一边了。更主要的是“天涯何处无芳草”这句古诗，他与杨峻莲的相识，得到亲历的认定。

那一夜，一杯咖啡进肚，兴奋劲来了，杨峻莲笑笑说：“你真是个危险人物。”

“怎么，你把我看成危险人物？既然是危险人物，你还不早早把地雷排掉。”黎伯山风趣地说。

“你不知道啊，越危险越刺激，越有味，越有吸引力。”杨峻莲孩子气地说，也许这是艺术爱好者内心的感受。如同谁也没看见龙，谁也不知道龙为何物，却要谈龙，却要画龙，却要唱龙。人人心里都有龙，而且把龙列在十二生肖内。这一联想，这一发挥，也是顺竿爬，找不着样板，找不出根据。称之为“风马牛”“雨鸡狗”再恰当不过了。

“你不怕被‘地雷’炸死，这是你的胆量。不过‘危险’倒可能成为引子，把不相干的事联系到一起。”黎伯山在甜蜜中发挥开了，“比如在人生中谁和谁相遇，不是说擦肩而过的人，就讲短时间相遇，而且说了话，交往了几个回合的人，是怎样就相遇了呢，不用说从相遇到相识到相知了。这是怎么一回事。”冷不防，他紧紧抱住杨峻莲，歇斯底里地大亲吻，疯狂地、野蛮地，把杨峻莲的舌头都咬破了。野兽不懂这一切。

杨峻莲瘫软在床旮旯里，所有的地方都流汗了。

“别这样，你要吃了我吗?”

“我要吞了你。”

杨峻莲闭上眼，她不敢看眼前这个变态的“野兽”。

## 110

他们真是新思想，没告诉任何人，偷偷地结了婚。没有结婚的热闹，那种热闹对他们无用，当然最明显的，没有人为他们作证，没有神父，没有父母，没有兄长，没有姊妹，没有亲朋，没有乡亲。只有心中的上帝，每人心中有一个上帝，他和她都是上帝的子民，而且提升了个人的等级，本身也是上帝了。他们彻底反了乡俗，也彻底反了洋俗，他们认为这是最简洁明快的。

经过几个回合的“相聚”，几个回合的“战役”，几个回合的“折腾”，杨峻莲怀孕了，显得疲劳，显得无精打采，显得没有精气神，经常犯恶心。他们都是有经验的人，明白是怀孕了。

他们没有喜悦，更没有狂喜，对新的生命倒有许多的恐惧，因为当前是战争的年代，虽然即将胜利，但情况也有不可测之处，怀孕将成为一种负累。尽管如此忧心忡忡，他们的责任感，却有心地提高了。对艺术的爱、性的爱、精神之爱，他们遍尝了其中的味道。他们认为是最幸福的。

他们互赠了一首诗，作为人生的纪念。

黎伯山《三个喜鹊窝》:

两个喜鹊窝
和夕阳一样大
夕阳也是喜鹊窝

两个黑色

只是圆得不干净
一个火红色
看起来圆得很利索

红的特别远
慢慢沉
山峰托不住它的辙

两个黑的很近
有高高的杨树
做支架
牢牢靠靠地护着

守住这黑夜
它们是黑色的灯笼
照着这黑色的原野

杨峻莲《牧梦》：

梦，还得放牧吗
谁是牧梦之人
感谢梦神
给我的梦多
我得放牧呵
像放牧羊群、牛群

眼前是一带绿洲
梦的草场，梦的森林

好大胆呵
牧梦之人
放牧太阳
放牧星辰
放牧月亮
放牧玉皇大帝、太上老君

## 第二十四章

### 111

1944年，苏军已将德国法西斯完全驱逐出国境，并攻入了德国本土。英美军队于同年6月在法国北部登陆，开辟了第二战场。德国法西斯失败的阴影，笼罩着柏林。

在中国战场上，日本侵略军只剩下不到六十万，伪顽军也只有八十多万人，而且士气大衰。他们心里明白得很，等待着难堪的命运。

白仑也接到上峰命令，集结力量，拔除日本的据点。他立即行动，将马蹄港周遭几个日军据点连连拔除。其实这些所谓据点内，每窝不过二三十人。算是土地爷看家，哪有什么战斗力，一撒《胜利在望》报，一咋呼，打几枪，便撤走了，撤到马蹄港去了。也有的干脆投降、缴枪，交其他武器，交装备，交余粮。还是按老政策，愿干的，换换军装，加一训练，就编进国民党军队伍。不愿干的发给路费，回家去吧。

八路军方面，出动两千部队，准备挑破贺家楼这个脓包。贺国栋很精细，在心里害怕的时候，经常在马蹄港住宿。当听说白仑部队，又拔除了几个据点，这些据点过去是山本直接指挥的心腹据点，心里有数了，觉得贺家楼早晚不保。十几天前，他便偷偷地将家小，包括大房，以及几个暗房相好，再加上她们的细软、金银之类，趁夜晚，神不知鬼不觉地运往马蹄港了。

## 112

贺国栋逃到马蹄港，看杨家楼安然无恙，心中很不是滋味。一天，他的堂叔辈妹妹贺美婴来到。谈话间，他想起贺美婴过去嫁给杨振方的日子，想起她离开杨振方而到渔姑口监视杨峻莲的日子。贺国栋心里很不是滋味。他很想套一套杨家楼的一些情况。他说："小妹，你看杨家楼真有能耐，纹风不动。"

她说："杨家对不起我，我得想办法整治它一番。大哥，你说我应该怎样做?"

贺国栋如今也是丧家之犬，心思没有贺家栋坏，"坏"主要指他外表不像贺家栋那样露骨的霸道，而他骨子里也并非温柔敦厚之辈。更何况大路上他就走错了，成为无法挽回的汉奸走狗。时到如今，破罐子破摔也许是他最解恨的一招：那就是不能让杨家楼太"风水"了。他说："咱们给它来一下子，让它也不得安生。"

"大哥，怎样动作?"贺美婴问。

"借刀杀人，最为痛快方便。"接着贺国栋将利用牛虎武工队的番号袭击杨家楼的打算说了说。这是他思谋已久的鬼点子。

"牛虎能听你摆弄？杨家楼对牛虎有恩，即使翻脸不认人，也说不出道道来，俗话说不可恩将仇报。杨家对他有恩，即使说没有大德也有小德，特别是杨峻莲那样看得起他，那种关照是姐弟之情，山高海深的情义。听说他们还偷过情。"贺美婴越说越下道。

"这想到哪里去了，那说不上理，也没有人信，我说的是利用牛虎武工队的番号，用我们的人打扮成他们的样子，口口声声说是牛虎武工队，在关键处下狠手，杨家楼便不能稳坐钓鱼台。"

## 113

夜里，轻云飘过天空，月色朦胧。

"我们是牛虎武工队。"

"我们是牛虎武工队。"

“我们是牛虎武工队。”

杨家楼的国民党军一时莫名其妙。正赶上杨振方到棋盘岭参加会议去了，副官长郭箭飞也跟着去了，只有总管家宋殿培主持工作。他是镇定的，他下令各寨门好好把守。

宋殿培有战斗经验，他曾在陆军学校里待过，遇事不惊。不过听到外面的喊话，也有些纳闷。他站到寨口的最高处，掏出信号枪，发了四枪。信号枪在天空中闪着光亮。

“你让牛虎站出来看看。”

“你让赵雷站出来看看。”

“你让石景汉站出来看看。”

“你让李一朗站出来看看。”

“你让孙玉刚站出来看看。”

宋殿培又打了四发信号弹。只见寨外有影影绰绰几个人活动，只是不见武工队五位健将级人物，不但一个人物没有出现，连任何一个人物的声音都没听到。

外面又喊话了：“贺家楼、杨家楼是地方上两股黑道势力，拔除了一个贺家楼，也不该剩下你杨家楼在此作威作福，你们也该滚蛋一边去。”枪声大作。

“该滚蛋的不是杨家楼，杨家楼是爱国的，它坚持的是抗日战争，是正义的，是符合中国人民利益，符合全民族抗战大方向的。日本鬼子快完蛋了。该滚蛋的，是你们这些狗腿子。”这是宋殿培告诉喊话人这样喊的。

这是一场皮影戏。

不久天就蒙蒙亮了。

可这一夜，不幸的事情发生了。枪声、喊声，使杨家楼平添了恐怖的气氛。杨家楼受不了这种恐怖，尤其是杨振方、杨峻莲之母受不了惊吓，她有多年的心脏病，早已是苟延残喘的岁月。这一大惊吓，使她的心脏病大发，一头栽在炕头上，不省人事，断了呼吸，心脏停止了跳动。报知宋殿培，宋殿培马上要将杨老太太送向渔姑口小医院抢救，都说这无济于事了。杨家楼几位土医生也这样认为。宋殿培急电杨振方、杨峻莲，说明各种情况，杨振方哭着说："不必了。"杨峻莲也哽咽着说："不必了。"

两个"不必了"，打消了宋殿培"死马当活马医"的情感观念。

## 114

杨老太太西去，消息传到棋盘岭。

棋盘岭正开着全面反攻的会议，会议由白仑与李勉轮流主持，主要分片给敌顽最后一击。

杨振方、杨峻莲、黎伯山和牛虎都十分悲痛。杨振方、杨峻莲不用说，是杨老太太的亲儿女，而黎伯山是她的女婿，活着时没能见，死后得有所表示。至于牛虎呢，他曾是杨家楼的放羊倌，曾得到杨老太太的特别关照，杨老太太不是一般的地主婆，而是有文化有高层次修养的知识妇女，原是上海的大户名户的女儿，名叫白凤，是复旦大学英语系学生，也算系花之类。而杨老太爷杨基五是复旦社会系学生，他俩在校园活动中相识。后来结婚，生了一男杨振方、一女杨峻莲。杨基五是爱国的知识分子，参加了孙中山的北伐战争，做机要工作，屡立战功。在一次战役中，不幸中弹受伤，后回归故里，隐居山水之间。

白凤与杨基五相伴，"苟全性命于乱世，不求闻达于诸侯"，时时刻刻，日日月月年年，情绪都埋进记忆的深渊里，这深渊里，堆积着爱的过去和现在。

她总归是个识大局、顾大体的知识女性，她认为杨基五和自己对家庭、社会、时代，该有一种交代，或者说一种责任，经营杨家楼，侍奉公婆，抚养子女。

对公婆，作为新时代的知识分子，她做到孝顺。

对丈夫，恩爱异常，不幸丈夫五十出头染病而殁。

对子女，她加意培养，子女也都大学毕业。因为她是复旦英语系毕业，子女的英语都非常出色。

对下人，即对在杨家楼工作的上下人等，没有架子，从没呼来喝去的，尊重他们的人格，以真正人的待遇对待他们。所以上下人等，都尊重白凤，后来慢慢她老了，大家都称她杨老太太了。

特别对待牛虎，更是厚爱有加。一者牛虎是生来的苦孩，在杨家表现出勤劳、认真的本性，什么都办得出色。在送往、接回杨峻莲上学的事上，更得到杨老太太的称赞。当然杨峻莲对牛虎十分欣赏，对他加意培养，打算让他将来上大学。但是事情多的是偶然性、不可知性、不可预测性。牛虎竟成牛虎武工队的主要成员，他们成了友军。

乡俗比什么都重要，这次杨老太太白凤并没预先对死后的事做安排，如一切简化之类。她也没想到死得这样早。其实每个人都应该想到随时随地都可能死，死是必然的，只是在什么时间、什么环节、什么事件上死，说不清楚。这不是对人生悲观，生命的规律不是画圆周，而更多的是画不圆。“上帝”有自己的撒手锏，的确世界上多的是偶然性，不可测性，突然性，不可知性。有时人的死比鸡鸭鱼猪牛狗驴都容易。如这些年日本鬼子的子弹、炮弹、飞机炸弹，经常会毁掉一个村庄。杨老太太的死，纯属惊吓而致，是冒充牛虎武工队干的。惊吓是心脏病患者的无情杀手。

乡俗是多少年形成的，杨家楼也没有脱俗，家里也将杨老太的尸体在正堂里停放三天，请了十六个吹鼓手，另外还从圣佛庙请到和尚四人，从圣道观请道士四人，用听不清词句的背诵超度亡魂。吃的、喝的、用的皆齐备丰满。入殓的时候是上好的棺材。出大殡也很排场。凡跟队伍行走的，非亲非故者，都分两个熟鸡蛋，一直送老太太到喜阳山南坡杨家坟埋葬的，回来后一切人等都可吃到打卤面，意思是牵念，牵肠挂肚，永久哀思。

这次没摆大威风，用几十个家兵开路，杨振方、杨峻莲穿着孝服。本来按本地习惯，女儿是不到坟上去的。杨峻莲想，这是跟老母亲做阴阳界的告别，心思难平，破例到坟地来的。黎伯山没穿孝服也跟来了。

“妹妹，我先回去了。你对妈妈还有什么话要说，你在默诉一阵子吧。”杨振方三叩首后，哭了几声，站起身来说。

不一会儿，这坟地周围，除了杨峻莲三个扈从外，并没有什么人了。

杨峻莲匍匐在大坟的一坡，哭着，呻吟着，约一个小时。贴头处泪洗了一小片，那像一个眼泪的盘子，这盘子盛着她的泪。她整了整发，看十米以外处，站着牛虎。扈从都认识牛虎。牛虎是来向杨老太太做阴阳界的告别的，他对杨老太太，施行了三鞠躬。同时他也是来呵护杨峻莲的，杨峻莲心里明白。

牛虎早采集了一大把鲜花，敬在杨老太太的墓前。又施行了三鞠躬。

## 115

八路军金牛山司令李勉及沈云、高青、牛虎等为一方，与友军白仑司令、杨振方副司令、杨峻莲参谋长、宋殿培副官长为一方，商量决定共同审判大特务头子范一生。

地点定在鱼池店大集的地方。时间定在赶大集的那一天，上午九时半。宣传方面由《胜利在望》报主持，时前广发号外，到周围各县、乡、村，扩大公众面。主持审判人由牛虎来担任。

揭发范一生的罪行者，也只两人。因为他是日伪上层，行动诡谲，很多人都不知道他的情况。第一揭发人为樱花水原子，第二为大平爷，主要揭发他在金牛山以及在金牛县的烧、杀、抢、掠、奸的罪恶谋划。

上午九时半审判开始，四县八乡来的人不少，沙滩集市人山人海。小学生维持秩序，更有友军双方出动治安人员，设有固定哨、流动哨。

樱花水原子将范一生在日本学习、生活，以及如何参加特务组织，其妻子樱花山原子如何劝阻他的种种均说了出来。当谈到之前如何勾搭她的时候，牛虎听此，立刻制止她的发言，让她转转口径。她说，范一生曾接受川岛芳子的接见，川岛芳子面授机宜（这些在川岛芳子的材料中，并无些微痕迹，只作为参考）；龟田司令代表上峰，曾给他戴过三次勋章。审判会安排得比较周到，这天也让山本从仙瀛大殿里赶来受教育，并问他揭发材料是否属实。

山本从椅子上站起，咕咚一声跪在地上，连说：授勋时，有他在场。

大平爷对范一生的控诉，主要谈具体事实，如魁星河战斗，战后杀害魁星河青壮年十一人。在飞云观因日本鬼子战车出事，说是小孩破坏的，将七个小孩绑架到日本国内做苦工，至今未放归。在卧仙夼扫荡中，遇到河边洗衣服的年轻妇女，施行强暴达六人之多，强加给她们的罪名是为八路军通风报信……血的事实，令人心寒。这一切都是范一生亲自建议的、指挥的罪恶行动。此刻山本又咕咚一声跪到地上，言“是，是，是”。他心里明白，教唆犯、导引犯、主谋者与执行者同等罪恶，而且更应罪加一等。

广场的听众本来就义愤填膺，现在满眼是火，怒不可遏。要求枪毙范一生的喊声此起彼伏。

时间已经近午。牛虎跟审判会几方商量，暂不枪毙，放在附近一草屋内，“让他反省，交代诸多恶行，争取从宽处理”。

会间好几次让范一生申诉辩解，他一声不吭，像一条癞皮狗，让人恶心、愤怒。

范一生一直没说出他是白仑的二哥、白崑的二弟，这是一个永久的埋名者。

今天的审判会，白崑、白仑没有到场，他们心里非常痛苦。同胞三人的选择如此不同，老二走上了卖国的道路，成为民族的罪人，真是过去的心不可得，现在的心不可得，将来的心不可得呀。

散会后，将范一生送进附近一场院屋内，屋内有炕，有小窗，被褥也给他安置好了。

三五监管人员在不远处站岗，不让他跑掉就是了。

晚上，范一生点亮小油灯，躺在土炕上。这是一生中第一次享受这种待遇。这算人生的一种经历，当特务、超级特务的最后下场。人生尝尝各种滋味是有好处的，不过对他这样不知羞耻的人，就难说如何了。

不一会儿，监管人员送来了四个菜，有肉有鱼有鸡有凉拌黄瓜，还送来白酒。经过一天的审判，晌午没吃进什么饭去，到晚上倒是非常饿。也许多吃点菜饭，可以减轻些疲劳。他大吞大嚼起来，酒也喝了不少。他从来没喝过这么多酒，怕酒过度，会不由地吐露出要紧的情报。现在不同了，现在是公审过的罪犯，也许要受到重判。这是难看而且难过的事情。

撤走了盘碗，他把场院屋的破门关上。人生的一幕幕在眼前闪开了，怎样离家出国学习，怎样参加了特务组织，怎样和樱花山原子结婚，怎样勾搭了她的妹妹樱花水原子，怎样到了“大东亚共荣圈”的第一线，怎样残害中国同胞，他时时如在梦幻之中。而现在是跑不出去了，跑不回去了。再没有往日的自在了，再不能自由地纵横了。他想着想着，觉得想问题时更容易疲劳，下地走走。转眼间他发现小窗上放着一把破旧不堪的镰刀，这比日本长叶大砍刀差得远，不但样子差得远，就是锋利度也差得远。他拿这镰刀到炕头上，观看，没有什么新发现。他又在小屋里踱行，忽发现在一个杂草堆的旮旯里，有一瓶土式农药。他灵机一动：这是天赐良机，人赐良机。这恐怕不是有意安排的。镰刀和土式农药，在这里不知多长时间了，这是天赐地赐，无意中的人赐吧。

下面开始了血腥的一节。他为了早日安息，他毅然决然地自裁了。

先喝了土式农药，又用钝钝的镰刀剖腹，做到双料保险。

第二天，看守送早饭的时候，发现范一生血肉模糊，鲜血已凝固在地下。于是马上报告上级。

村民口吐唾沫，恶心至极，用干草将屋内屋外堆满，一把火点着，仿佛烽火台似的告知了四面八方的百姓。范一生自己处理了这一个时代的罪人——范一生。

审判委员会，还没做出最后裁决，也只好“尊重”他本人的选择了，也特别尊重人民火焚罪犯尸体的做法。

## 116

兵败如山倒。小日本好大的胃口，想吃掉大东亚，进一步想吞掉太平洋，胃彻底撑破了。这样说太轻巧，撑破了不确切，应该说是被子弹、炮弹、原子弹被炸破的，是被中国人的抗日洪流冲破的。它的本土也在危急之中，如果坚持下去，它要亡国的，它的国民是要尝尝亡国奴滋味的。在这危急之中，1945 年 8 月 15 日，日本天皇裕仁广播《停战诏书》，并“敕谕”国内外武装部队停止一切战斗行动。日本铃木内阁辞职，陆相阿南惟几自杀。

就在此前一周，龟田早已得到消息。他所占领的区域，特别省本部至马蹄港一线，他看守得很紧。适时暗令，渐渐撤退，许多家小及细软、珍宝之类，已偷偷运走了几船。

## 117

中国各方面部队，也分析到了新的情况、新的形势，准备大的反攻、大的接收。

牛虎由于战功卓著，军内外闻名，特别是民间百姓，将他描绘得神乎其神，甚至加上了飞檐走壁、腾云驾雾、古侠客之类的情节，但牛虎谦虚谨慎，戒骄戒躁，始终保持清醒的头脑。他不但练武功，也练文功，读了不少军事著作，成了有勇有谋的军事家。上级了解实情，已将他调往正规军，提升为师长，真是“不拘一格‘使用’人才”。

牛虎是怀旧之人，有大爱。他虽然调往大部队，但并未走远，所以他还经常跟李勉、沈云、高青、李一朗、石景汉、赵雷以及孙玉刚等联系，谈情况，请教问题。有时他还带着甄羽凤去探望老上级、老哥们、大平爷，甄羽凤已是随军家属。

牛虎有时还偷偷探望杨峻莲。当然这也是得到同级和上级同意的。

杨峻莲见到他十分高兴，说：“牛师长……”她看牛虎轻摇着头，分明知道对方听了这称呼比较刺耳，改口道，“牛虎兄弟，你知道我战后的打算吗?”

“继续干你的本职，一路顺风。”

“我不是搞军事、搞政治的材料，我从小内心就充满了艺术的细胞，我偏爱艺术，偏爱诗歌。最后我要向这方面发展，我的心在那里，爱在那里，人生在那里，那里有我的高兴，有我的使命，有我的责任，有我一生的愿景。”

杨峻莲总归经历多一些，又是艺术专业的毕业生，她对生活和人生肯定能从多角度上思考，看多一些，看远一些。

牛虎对此没再多谈什么。

杨峻莲又告诉了她与黎伯山的关系和共同的爱好。这是该当如此。但她没告诉他之前与白仑的关系，交代那一段是痛苦的。

“噢，黎伯山先生，就是我把他当成范一生的那一位先生，在春节之夜，呐喊要捉住的那一位先生。”

“为了大局，有关大局的事，我一直是敏感的，我当即把他拘禁起来。因为范一生神出鬼没，活动范围广，又有胆量，又会伪装，这当口我是把黎伯山当成范一生了。”

“结果不是，结果是个艺术家，最后成了你的……”牛虎没有说下去，没有说下去，也知道是什么意思。

杨峻莲拿出一张《胜利在望》报，给牛虎做个纪念。

先看到黎伯山的《雄鸡报晓》：

黑羽毛、红冠子的雄鸡
站在高高的岩端
遥远地看，看着遥远
它正唱着传统的期盼
高昂洪亮的声音
震得宇宙摇颤
太阳还没出来
但光线并不黯淡
那岩下的向日葵盘
如同圆圆的台阶
让它攀登上时间的制高点
它已接近高天
云霞与它结伴
苍穹——空白得自由自在
它也成了云霞神仙

接着是杨峻莲的新诗《脚印》：

沙滩上的
脚印
像花朵

像印玺
像燃烧的火焰
像渗透着恐惧的心
漫不经心地踩过去
就创造成新鲜的图案
看成什么就是什么
沙滩上的
脚印
不必赞美它的诞生
当海潮冲没了它的摊位
也不必哭丧着脸埋怨
自然而然地踩踏
自由自在地散淡
野台子戏的演出
戏码是:“糊涂难得”“难得糊涂”

人生的艺术，艺术的人生。黎伯山诗意中对艺术充满了信心和期待。杨峻莲虽有期待，但她看到了坎坷的点滴。如此说来，杨峻莲的思绪倒显得比较沉稳。

牛虎保藏起《胜利在望》报，上面有杨峻莲与黎伯山的火辣辣、情深深的新诗。双方互致了军礼，牛虎转身退出，走上了他新的战斗岗位，也可以说沉浮于茫茫的人海之中了。

## 118

当1945年8月15日，日本天皇裕仁宣布无条件投降的时候，日本的一艘舰船已冒着青烟向远海起锚了。里面的人惊惶不已，失魂落魄的全是日本的败将败兵。

之前，龟田进行了筹措，他先秘密派人跟樱花水原子联系，谈到及早撤退，免遭恨他们的中国百姓的杀戮和践污。这是战败国常经历的事，历史上就是这样的。

樱花水原子说：“我不走，我是改造好了的日本人，中国能容纳我，我可以为中国人服务，我要留在中国。”

“你总归干过日本特工，中国人是会跟你算账的，一笔账就可结束你的命。”秘派人说。

“我已经悔过自新了。按照中国人的善良、博爱精神，是不会加害于我的。”

秘派人看樱花水原子死心塌地不想走，一个口哨上招来两个人将她劫持了，绑在一辆摩托车上，扬长而去了。飞奔到离马蹄港二十里外的起风圈，这是早已经营好的秘密逃跑处，起风头港。

龟田给她松了绑，又一次告诉她败国之耻辱，劝她应该跟撤军一起回国，说她不是一般的小兵，应该有未来的打算。龟田谈话中，一直板着脸，训斥她，不择轻重地训斥。樱花水原子沉默不语，她的沉默中感情是复杂的。也许沉默跟愤怒是一样的，只是没有爆发而已，此刻沉默就是没有爆发的仇恨。

之前，龟田也秘密派人到山神庙附近的仙瀛大寺去找出家的山本征太郎，他如今已改法号为追圣僧。起早贪黑，念经十分认真，监管他的人认为他也许是皈依了佛门，从此向善了，因此监管也有松懈的时候。

此刻，一个伪军走过去，将他抱起，随即又上来一日军一伪军，顺势将其拉出山门，早有四匹战马，等候在树林中。山本征太郎看清了他们的面目，都是当年在他跟前最听话的走卒。山本明白了他们这次行动的目的，心中不觉一喜，上了战马，直奔马蹄港二十里外的起风头港。

龟田并没斥责他叛徒之类，总归是龟田的老部下，秋后的蚂蚱，谁对谁都无话可说，也不知说什么好。不过山本还是说了一句话：“我在那里出家，总觉得该有这一天。果不然，能活出一条命来。”龟田苦笑了一下，没再说什么，吩咐他整理行装，马上登舰。

山本被逮后，他的住屋一直没动。他取出细软，特别拿出一件宝物，那是一把在民间低价买到的银股大折扇，上面套用郑板桥“难得糊涂”四个大字。他认为这是最珍贵的，用金色绸布包裹好，带上了逃舰。其实他并没带走“难得糊涂”，只带走了“糊涂”，这是有“兆”有“示”的，你一个小日本能吞并这样一个五千年历史的大而长的“龙”吗？不但裕仁天皇糊涂，陆相阿南惟几糊涂，整个法西斯都是糊涂的。

## 119

贺国栋自知自己是汉奸，今后的日子要比黄连苦很多倍，可能有丝瓜嫁接的味道。他要求龟田允许他一家妻少跟舰艇一起逃窜。龟田满口答应，并告诉他，如果到了日本，他可想方设法让他加入日本籍，隐居在深山老林的旮旯里，安度晚年。贺国栋松了一口气，觉得这几年没白混，如今熬得了这一条出路。于是收拾细软，总有六箱之多。所谓六箱是取六六大顺之意，谁也不知道里面装的是什么。

朝着日本的方向，一艘大艇，又有四条大帆船。大艇载着龟田、山本几个大头目及其眷属，贺国栋也在里面。四条大帆船是劫持来的，里面载着伪军头目及其眷属，都是铁杆的，有罪的，双手沾满中国人民鲜血的，朝着日本本土开。如果大艇直接开走，也可能安全抵达他们的故土。可惜几条大帆船不顺风，走得很慢。大艇又不肯抛弃大帆船。因为大帆船里，载着樱花水原子。这有点意思。本来大艇里有樱花水原子的位子。可是当她上艇后一看是那么一帮子杀人刽子手，内心不觉一阵恶心。她不愿与他们同船，坚决要到大帆船里，龟田无法只得依她行事。

船行得很慢。夜里正驶到渤海湾最为水深的地方。忽然阴云密布，狂风大作，暴雨倾盆。大艇也失掉了方向，在深海里打转。天意吗？偶然吗？大艇无论如何离不开大漩涡了。沉了，沉在渤海湾最深处。龟田之辈成了鱼鳖虾蟹的干粮。

四条大帆船，三条陪伴着大艇，也没驶出漩涡，也沉没了。

也有偶然性，那是樱花水原子乘的那条大帆船。樱花水原子这船驶得尤其慢。在危机到来之前，樱花水原子哭着对船夫说：“不用紧追他们，要变天了，我们既然拉开了距离，不如向那个海岛靠拢。”船夫照她的话做了。当狂风暴雨大作时，他们离一海岛不远，急忙向岛子靠近。有在岛边居住的渔民发现了这船，驾着小舟赶忙前往救援，好歹将他们拉进岛湾。渔民是善良的，没有对他们进行报复，天亮后，小官们四散了，各归各的家，只有樱花水原子没有去处。

一位四十多岁的渔民，还没有老婆，看她可怜兮兮的，问她：“愿不愿意到我家里，吃饭。”另外的渔民也帮着劝说。

樱花水原子点了点头，相跟着到了四十多岁男人的家，他老光棍，什么其他人也没有。

他和她一起吃饭，一起睡觉了。

她给他生了两男一女。

到中日两国有了来往了，她回日本了。邀请六十多岁的、一起过了二十多年的丈夫去日本看看，他丈夫没有去。邀请两个儿子一个女儿去看看，他们都去探望母亲了。但过了三个月三个子女都回来了，日本母亲家里很阔气，回来时，给了他们一些钱。回来后，经过筹措，三个孩子在岛上开了一个饭店、茶宴馆，并营食宿、休闲、娱乐。再后来，孩子们经常和母亲用信件和电话联系，樱花水原子也几次来看望他们。

## 120

大反攻的时间到了。

李勉、沈云、高青等带领八路军地方部队，迅速收复了马蹄港及马蹄港到贺家楼一线，以及其他各地零星的碉堡、炮楼。敌伪举枪投降，更多的是弃枪而逃，隐居各处。当时户口不严，到任何地方，编个理由，就可报个户口。八路军收缴了许多剩余物资，充实了部队的库藏。被解放的民众，放着鞭炮，扭着秧歌，夹道欢迎自己的部队。

这同时，白仑、白崑、杨振方迅速收复了金牛山县城至渔姑口一线。俘获的不过是些残兵败将，炮楼和碉堡之类也多半空空如也，有的炮楼、地堡，群众争着拆了，所获之物，回去翻修自己的房屋和猪圈以及牛羊棚了。

真是兵败如山倒啊。

对于渔姑口，不能说收复，而只是接管而已。

原来，半月前，大势已经明确了。杨振莲和黎伯山决心去为自己的艺术事业了结终生。他们向白仑提出了辞职申请，言语恳切，决心坚定。白仑、白崑、杨振方看看留不住他们，答应了他们的辞职申请，放他们走。当然这是合乎天理人情的，何况抗日战争已经胜利，每个人都该有个自己的打算，追求自己的前程。

黎伯山和杨峻莲心里高兴，一身轻快。打点行囊，雇好船只，即刻出发。

他和她先到了上海，又从上海转到香港，又从香港去了巴黎。

他和她在以后的日子里，不管在任何时间任何地方都不忘记渔姑口。他和她在渔姑口相遇、相识、相知、相爱，这一切都说不清理由，没有道理可讲。也许艺术和诗文是一个牵线，既然是线，就可以打结，可以打同心结。缘分吧，缘分是什么，缘分可遇而不可求。偶然相遇，心和心的黏合、融化。

最动人，最让人不能忘记的一幕是：

他和她在离开渔姑口的时候，并站在船尾护栏后。多少感情，多少意思，多少幻想，多少意境和意象，在心里盘桓，说不出什么，眼含着泪，凭眺渔姑口，渔姑口在他和她的心头长叶、开花、结果了。渔姑口值得凭眺，凭眺渔姑口。